凤凰坪

程清彦◎著

陕西新华出版传媒集团
太白文艺出版社

图书在版编目（CIP）数据

凤凰坪 / 程清彦著. — 2版. — 西安：太白文艺出版社，2017.9（2022.3重印）
ISBN 978-7-5513-1280-6

Ⅰ. ①凤… Ⅱ. ①程… Ⅲ. ①长篇小说—中国—当代 Ⅳ. ①I247.5

中国版本图书馆CIP数据核字（2017）第186592号

凤凰坪
FENGHUANG PING

作　　者	程清彦
责任编辑	曹　彦　史　婷
整体设计	陈　涛
出版发行	陕西新华出版传媒集团 太白文艺出版社
经　　销	新华书店
印　　刷	三河市腾飞印务有限公司
开　　本	787mm×1092mm　1/16
字　　数	645千字
印　　张	31.25
版　　次	2013年10月第1版 2017年9月第2版
印　　次	2022年3月第2次印刷
书　　号	ISBN 978-7-5513-1280-6
定　　价	95.00元

版权所有　翻印必究
如有印装质量问题，可寄出版社印制部调换
联系电话：029-81206800
出版社地址：西安市曲江新区登高路1388号（邮编：710061）
营销中心电话：029-87277748

作者简介

程清彦 陕西省韩城市人,作家、诗人、学者,曾任编剧、记者、编辑、副总编、主编。先后发表中短篇小说,舞台、影视剧本,报告文学,诗词等约五百多万字。中篇侦辑小说《斗牛图之谜》,曾在《中国法制日报》连载二十五期。报告文学《长安街头的黄祸与形形色色的骗局》,先后被二十多家报刊转载。采访陕西省女子监狱的纪实文章《大墙内依然阳光灿烂》,是国内首篇报道女子监狱的长篇通讯。主编的《新青岛人手册》为中英文对照,图文并茂,被称为"青岛名片"。诗集《野风集》和学术文章《究竟谁是千古一帝》《浅论红颜祸水》得到广泛好评和专家评论。《禁毒戒毒歌》被媒体誉为"国内首部以诗歌形式宣传禁毒戒毒的普及性读物",称该书"填补了建国以来以文学艺术形式普及禁毒戒毒工作的空白",2007年5月由陕西人民出版社出版发行,7月第二次印刷,2008年5月第三次印刷,荣获2007年《和谐中国》征文金奖,作者于同年11月18日在人民大会堂参加了颁奖仪式。该书也是国内第一部由市(县)委政法委、教育局、总工会、禁毒委联合下发文件推介的文学书籍。

再版前言

光阴荏苒,弹指之间,《凤凰坪》出版已经九个多月了。九个多月三百来天,时间不算长,却给我留下了刻骨铭心的永久记忆,留下了魂牵梦萦的感恩惜福,无疑也会成为我此生的一个心结。

之所以刻骨铭心,之所以感恩戴德,是因为《凤凰坪》出版后的影响。《凤凰坪》是2013年10月份出版发行的,出版后的反响出乎意料。一些书店于同年11月20日前后上架销售,其他地方我不了解,在我的家乡陕西韩城市,《凤凰坪》得到了家乡人的偏爱,力挺的人不少,赞声颇高。市区八个书店销售状况创新,其中有三家在春节前告罄。几位朋友在我不知道的情况下,自己掏腰包在书店购买了几十本《凤凰坪》,各自分送亲朋好友,至今不清楚他们到底买了多少本。今年春节前后,不知哪位朋友捧场,以手机群发形式致力于宣传《凤凰坪》,其内容是:"马年春节不收礼,收礼就收《凤凰坪》。"著名网络评论家马德武先生对《凤凰坪》情有独钟,于今年3月27日在互联网发表了题为《讴歌西部大开发的巨著,颂扬助推中国梦的杰作》的评论,长达五千多字,从各个角度评论了《凤凰坪》。与此同时,《韩城日报》和韩城作协网也做了适时报道。路遥知马力,事久见人心。这些朋友以实际行动支持我,是关爱更是鼓励和鞭策,我将会感恩惜福铭记于心。《凤凰坪》电子版是今年3月6日在凤凰网上架的,仅仅一个月后,点击率直线上升,与日俱增,端午节那天有三万六千多位读者上网阅读,截至目前,点击人数已达五十八万五千多人,而且有了手机网页,在百度打上我的姓名,三五秒钟之内就可以在手机上阅读《凤凰坪》。家乡人的厚爱,各地读者的青睐,令我在感恩戴德之余,更加明白了一个创作真谛:一部有真正价值的作品,并不是取决于市场走势,而在于其能否经得起时间的考验和读者的认可。它献给人们的不只是优美文笔的享受,更重要的是真实生活的再现和历史价值。文学其实就是人学,一部好的作品既能反映作者的心境和实力,更是对广大读者的精神奉献。再版的《凤凰坪》一书中,增添了《"带刺玫瑰"的处女情结》和《门庭家训千古风》两个章节,把中国传统人文道德和凤凰坪的村风予以高度融合,进一步丰富了柴俊虎、"风流寡妇"白雪莲以及川妹子王萍的形象,使凤凰坪这个特定的山村形象更为立体更为饱满。诗歌的美丽在于唤醒内心浪漫,散文的精彩在于呼唤心灵回声,小说的神韵在于提示人生幸福。文学作品是精神食粮,是浓缩的世界。一部作品就像房子,读者就像窗子,窗子越多屋里越亮堂,读者是作家永恒的上帝。

"天行健,君子以自强不息""地势坤,君子以厚德载物"。值此《凤凰坪》再版之际,我怀着感恩惜福的心态,向广大读者致以崇高的敬礼,向凤凰网和太白文艺出版社表示衷心的感谢!

程清彦
于 2014 年 9 月 18 日

目 录

再版前言	(1)
金凤凰	(1)
凤凰落架	(6)
相亲之日	(12)
英雄救美	(17)
报恩风波	(21)
移花接木	(27)
冒名顶替	(31)
酸枣沟定情	(37)
山沟沟来了大干部	(43)
月亮泉	(47)
高风亮节赤子情	(51)
误陷情网	(56)
色狼本色	(61)
柴俊虎出差	(65)
被扭曲的灵魂	(70)
风流寡妇	(75)
祖孙传奇	(80)
初绘蓝图	(86)
"带刺玫瑰"的处女情结	(92)
俏佳人与"金凤凰"	(98)
折翅雄鹰	(104)
中秋节	(108)
张凤仙投河	(113)
张凤仙的丧事	(119)

情海恨波	(124)
光棍与寡妇	(129)
牛王庙里一夜情	(133)
骗奸风波	(139)
时代的强音	(144)
梦寐以求	(150)
小艄公求婚	(155)
血案即将发生	(161)
鹰愁崖	(167)
批评与自我批评	(172)
丁贵赶庙会	(178)
一轮明月入室来	(183)
麻子老三	(188)
"四人帮"的"斗私纠风会"	(193)
古庙会上的精彩镜头	(198)
可怜天下父母心	(204)
龙泉沟	(210)
"老板"和"东家"	(216)
微服私访	(222)
伟大的人格	(227)
常委扩大会	(233)
麻将之道	(243)
山本太郎	(249)
酒不醉人人自醉	(255)
"牛魔王"杀鸡	(260)
扰人的新洞房	(265)
洞房惊变	(270)
奇缘巧配	(276)
双凤归巢	(281)

十三的月亮 …………………………………………………… (287)

草原风情 ……………………………………………………… (292)

牛狼犬喋血 …………………………………………………… (299)

腊月二十三 …………………………………………………… (304)

两个新女婿 …………………………………………………… (309)

小宝打电话 …………………………………………………… (318)

闹社火 ………………………………………………………… (326)

威风锣鼓 ……………………………………………………… (331)

家有梧桐落凤凰 ……………………………………………… (336)

教授应聘 ……………………………………………………… (343)

渤海黑牛 ……………………………………………………… (353)

七彩山鸡 ……………………………………………………… (364)

日本客商 ……………………………………………………… (371)

洞房花烛夜 …………………………………………………… (377)

人狼奇缘 ……………………………………………………… (384)

沸腾的山沟 …………………………………………………… (390)

服装模特 ……………………………………………………… (397)

清明上坟 ……………………………………………………… (405)

狐仙传奇 ……………………………………………………… (414)

三上狐仙岭 …………………………………………………… (419)

兄弟换妻 ……………………………………………………… (430)

春桃离婚 ……………………………………………………… (435)

临别赠言 ……………………………………………………… (443)

柴二狗捉奸 …………………………………………………… (452)

门庭家训千古风 ……………………………………………… (461)

动物王国 ……………………………………………………… (468)

分红大会 ……………………………………………………… (478)

后记 ………………………………………………………… (487)

金凤凰

麦熟杏黄,正是青山披翠、鸟语花香的醉人季节。放眼望去,满山遍野的青松翠柏郁郁葱葱,随风起浪。半人多高的茅草丛中,夹杂着许多叫不上名的野花,姹紫嫣红,五彩缤纷,令人感到心旷神怡。

随着一阵叮叮当当的铃铛声,柴二狗牵着一头大青骡,小心翼翼地走下一段青石板路,把缰绳递给骑在骡背上的张凤仙,笑嘻嘻地说:"凤姐,到好路上咧,你放心大胆往前走,我给你唱支山歌。"

骑在骡背上的张凤仙快活极了,她为堂弟柴二狗在娘家张家坪介绍了一个对象,今儿个是相亲之日,男女双方一见钟情,谈话不到半小时,便眉目传情,要不是有人在场,没准儿俩人早就搂抱在一起乱咬乱啃上了。如今的年轻人,感情投入快得像闪电,这桩亲事自然是一拍即合,当下就说好了订婚的日子。男女双方对媒人感恩戴德,好话说了几大筐,从不喝酒的张凤仙,也被软磨硬缠地灌了两大杯啤酒,终因不胜酒力,在她母亲的窑洞里睡了两个多小时,直到此刻,头还有些发晕。她乜斜了柴二狗一眼,嗔骂道:"唱你娘个腿!设着法儿把老娘灌醉,你俩方便多了是不是?老实交代,亲嘴了没有?"

柴二狗是一个二十五岁的壮小伙儿,中等个头,长相身材都和堂兄柴俊虎有些相像。俊朗中显露着几分顽皮,爱说爱笑爱开玩笑爱出洋相,人称"活宝",伙伴们都叫他"赖狗"。听到堂嫂的问话,柴二狗扮了个鬼脸,嬉皮笑脸地挤眉弄眼,油腔滑调地唱起了电影《红高粱》的插曲:

> 妹妹你大胆地往前走,
> 往前走,莫回呀头,
> 通天的大道,
> 九千九百九十九……

张凤仙随手从崖壁上掰下来一块土圪瘩,"砰"的一声砸在二狗的脑袋上,笑骂道:"一股子流氓味,回家去唱给你妈听!"说罢咯咯地笑着,用缰绳在大青骡屁股上抽了一下,大青骡"嘚嘚嘚"地向前跑去,张凤仙吓得花容失色,连声叫着:"二狗!二狗……"

到了这个年代,尽管青龙川交通不如山外那么方便,但也早已告别了以驴代步的历史,村民们走亲访友不是骑摩托就是坐三轮,川道的村庄,差不多家家户户都有自行车。这儿有个流传下来的老规程,男女双方在结婚之前,必须请媒人骑鞍鞴鲜亮的骡马,最不济的也要骑毛驴。张凤仙坐过各种型号的汽车,还会驾驶80型摩托,可骑大青骡还是大姑娘坐轿头一回。大青骡不比摩托,有油门有刹车的可以随意控制。凤凰坪在山脚下,张家坪在山头上,一上一下十多里,去时是上坡路,大青骡缓步而上,自然是无惊无险。回来是下坡路,刚开始由二狗牵着缰绳,一颠一颠的,使张凤仙感到既新鲜又体面。大青骡这么一跑,把张凤仙吓得可不轻。

柴二狗自小放过羊放过牛,也赶过脚,调理牲口是一把好手,他大喊一声"吁——",大青骡就停住了。张凤仙惊魂甫定,双手紧紧抱住鞍梁,一动也不敢动。柴二狗从张凤仙手中接过缰绳,把张凤仙扶端坐正,趁机在张凤仙的大腿上捏了一把。这几年,人们受电视、电影、录像以及报纸书刊的熏陶,思想解放多了,男男女女老老少少之间说些脏话、粗话、酸话和开一些恶作剧的玩笑,已是司空见惯,张凤仙自然也不在乎柴二狗捏一下抱一下的。她略略定下心来,冲着柴二狗娇叱道:"笑!笑你娘个屁!把骡子牵好,要不我就不骑咧!"

柴二狗笑嘻嘻地说:"凤姐,你不愿意骑骡子,我背你走。"

张凤仙瞪了柴二狗一眼,嗔骂道:"回家背你妈去!"

柴二狗做了个要搂抱张凤仙的假动作,张凤仙扬了扬巴掌,二狗哈哈一笑,牵着大青骡一边向前走,一边由衷地说:"凤仙姐,你长得真美啊,俺虎哥真是好福气。兰花能有你一半好,我心甘情愿一辈子把她当神仙敬着!"兰花是他今天刚确定关系的对象。

张凤仙是张家坪老支书张平安的独生女,是青龙川一只引人注目的金凤凰,从小就出名叫响,为啥呢?就因为她生得俊,长得俏,一张瓜子脸,白里透着红,丰腴的两腮两个酒窝儿,又圆又深,一双丹凤眼,犹如一潭秋水,清明黑亮,那眉眼,那鼻子,那小嘴,整体搭配得那么恰到好处那么精致。饱满的胸部,纤细的柳腰,修长的秀腿,千娇百媚。站着惹眼,走过撩人,回头率绝对是百分百。张凤仙到底长得有多好?二狗们编出一段顺口溜来,成了青龙渡周围不公开的流行歌曲。顺口溜用的是陕北民歌《青线线,蓝线线》的曲调儿,头两段是这么唱的:

> 张凤仙那个张凤仙,
> 真是个美天仙,
> 脸如桃花眼如水呀腰细屁股圆。
> 看一眼那个看两眼,
> 还想看三眼,
> 越看心里越像扇子把呀么把火扇……

再后边那词儿自然而然的是一些粗话,酸话,说得出口,也入得耳,但写不上纸。

定亲好似小登科,柴二狗高兴得直想翻跟头,他嘴里哼着赞美张凤仙的曲儿,脑海里却老是想着兰花。张兰花是张凤仙一个出了五服的堂妹,她虽然远没张凤仙那么美艳,那么光彩照人,可也颇有几分姿色,具有一种独特风韵。脸形多多少少和张凤仙有些相像,比张凤仙富态,黑里透红的脸盘上,总是绽着纯真的笑意,一双会说话的大眼睛,喜欢直勾勾地看人,柴二狗迎着兰花的目光,心里陶醉了好几回。兰花个头不高,胖胖墩墩的很丰满,浑身上下透露出一股青春气息。特别是那对圆鼓鼓的乳房,把粉红色的衫子顶得老高老高,一走一动一闪一颤的,从开得很低的领口望下去,活脱脱的两只小白兔,吸引得柴二狗魂不守舍,心猿意马地胡思乱想。

张凤仙是头一回为人说媒拉纤,没想到竟这般容易,如此顺利。旗开得胜和被人奉承、高看的喜悦,使她的虚荣心获得了很大的满足。早知这样,何必推三阻四地延误到今天呢?要是早些听了丈夫的话,说不定柴二狗和兰花早就拜堂成了亲,自己也早就披红挂花坐花轿地风光过一回了。

平地坐轿车,山道骑骡马,各有各的感受,各有各的趣味。大青骡身高体壮得像个庞然大物,却善解人意十分温顺,步履稳健,宽厚的身背犹如平坦的舢板,既安全又舒坦。张凤仙居高临下,美目四盼,大有一种跨马游街之感,特有的虚荣心得到了另外一种满足。这位被誉为"金凤凰"的青龙山第一美人和凤凰坪的第一夫人,在趾高气扬之际,又一次想入非非,觉得漫山遍野的花草树木都在向她躬身致意,盘旋啼鸣的飞鸟蜂蝶在向她献媚问好。张凤仙的父亲张平安是张家岭村的党支部书记兼村长,她从小就是父母的掌上明珠心头肉,嫁给柴俊虎后,更是被娇惯得像个公主,啥事都得由着她的性子。她爱打扮爱出风头更爱占小便宜,无论是谁送啥礼物她都敢收,能办了和办不了的事都敢拍着胸脯满口应承,她只认钱财只听奉承话,根本不考虑违法不违法违纪不违纪,更不顾及柴俊虎的威信和脸面。有权不用,过期作废,笨蛋才犯傻呢!狗剩媳妇一连生了两个女儿,三天两头请张凤仙帮忙,硬是把一套十分漂亮的套裙和一千元钱塞给了张凤仙,张凤仙硬是逼着丈夫从县计生委糊弄了一张准生证。村里谁想申请庄基地,只要张凤仙应了口,瓮中捉鳖,十拿九稳。无论多难办的事,张凤仙总会想方设法办得让人心满意足。其实,张凤仙办的很多事柴俊虎都不知道。年轻的村主任曾因舍己救人勇斗歹徒而闻名遐迩,既是乡党委委员又是县人大代表,乡上县里的熟人多得是,认得柴俊虎能不认识大美人张凤仙?张凤仙打着丈夫的旗号办事,能不大开绿灯能不给面子?张凤仙不是妇女主任,但是妇女主任的职权都让她越俎代庖了,妇女主任刘凤珍成了摆设,直骂张凤仙是搅乱朝纲的妲己是狐狸精。城门失火,殃及池鱼,因为嫉恨张凤仙,也就嫉恨上了柴俊虎。"四人帮"的一番运作,导致了柴俊虎被罢免的风波。星移斗转,张凤仙成了凤凰坪的"夜郎国王"。为了能鹤立鸡群高人一头,张凤仙申请了一块庄基地,逼着丈夫实现婚前诺言,建起了一座与众不同的"柴家大院"。张凤仙心想事成,春风得意,做梦也没想到自己的所作所为,为丈夫也为自己埋下了一颗定时炸弹,这颗定时炸弹被引爆之后,不仅使柴俊虎中弹落马,更使她这只自命不凡的金凤凰折翅断魂,最后不得不在汹涌澎湃的青龙渡里香消玉殒。

柴二狗是柴俊虎的叔伯兄弟，因为父亡母残，家境不好，初中没毕业就辍学在家，成了地地道道的小农民。柴二狗生就一副天不怕地不怕的火暴脾气，爱打抱不平，为人办事泥水不避，风雨无阻，从小就是孩子王。柴俊虎当了村长以后，让柴二狗当了民兵排长和治保主任，是柴俊虎的一员得力干将。二十大几的小伙子，身体壮得像头牛，精力特别旺盛，有空就往录像馆里钻，常常是夜不归宿，害得他那半哑的母亲心急如焚，黑灯瞎火地到处找儿子，有一次险些跌入深沟。无论从哪方面讲，柴俊虎都应该关心这位堂弟，可他是一村之长，整天忙得晕头转向，也不便去为人说媒拉纤，就委托爱人张凤仙为柴二狗物色一个对象。张凤仙瞅着得意忘形的柴二狗，故作正经地问："二狗，想不想早点结婚？"

柴二狗迫不及待地说："想啊，越快越好嘛，如今是改革年代，啥都讲个快速，连火车都要提速呢，咱也得紧跟形势。"

张凤仙说："那你就给我叩三个响头，我保证今年以内让你和兰花拜堂成亲。"

柴二狗嬉皮笑脸地说："那我保证明年以内生个胖娃娃！"

张凤仙啐了一口，笑骂二狗不要脸，柴二狗故作神秘地压低嗓门说："凤姐，你给我传授传授经验，新婚第一夜咋个和新娘子上床？"

张凤仙咯咯地笑着，也故作神秘地弯下身悄声说："那还不简单呀，你多留点神，看你家那条母狗咋个和公狗来，你和兰花就咋个来就行了呗！"

柴二狗双手抹脸，怪模怪样地学了两声狗叫，惹得张凤仙笑出了眼泪。

说说笑笑，十多里山路不觉长，拐个弯儿，走入沟口，来到了青龙渡，再穿过一片柳树林子，便来到了凤凰坪村口。农历五月的天气，日头火辣辣地挂在空中，烤得大地热热燥燥的，散发着一片热气。满街满巷见不到一个人影，家家门上都挂着大铁锁。水渠旁边的树荫草丛中，躺着几头肥猪和吐着鲜红舌头的狗，三五成群的公鸡、母鸡自由自在地在觅食，对擦身而过的一头大青骡子和两个大活人熟视无睹。张凤仙跳下骡背，以手做梳理理那头并不显乱的披肩发，美目四顾流盼，见满街满巷悄然无声，心知肚明是咋回事，小嘴一撇不屑一顾地冷嘲热讽："连狗大个人都看不着，得是提防日本鬼子大扫荡，上天入地打地道战去咧！"

柴二狗是个马虎惯了的马大哈，根本就没把今天的村民大会往心上放。他把大青骡的鞍子卸下来，很在行地让大青骡就地打了几个滚，慢条斯理地把大青骡拴在大槐树上，大大咧咧地说："娘希匹，平白无故的开啥尿选举会！谁他妈的咸吃萝卜淡操心，偷偷摸摸写黑状乱咬，查出来老子非让他断条胳膊坏条腿！凤姐你是王母娘娘吃蟠桃，稳坐稳吃放一百八十条心，我和水生、卫东几个人给大家都打过招呼咧，不管他乡上县上是啥意思，凤凰坪的村主任还得是俺虎哥当！凤姐，你知道那些举报材料都是谁写的吗？"

张凤仙忙问："是谁？"

柴二狗说:"就是咱们村的'四人帮'啊,是妇女主任刘凤珍和麻子老三领头煽风点火,有人看见他们经常在一起开黑会。哪天要是让我给堵住咧,非让他们吃不了兜着走!"

张凤仙撇撇嘴,不屑一顾地说:"麻子老三想当村主任,那得看他家祖坟冒青烟了没有。刘凤珍算老几?给老娘系鞋带都不够格!"

正说着,高音喇叭传出一阵刺耳的电流声,紧接着是一个鼻音很重的声音:"静一静,吭,静一静,吭,按照刚才讲的,现在开始投票,各监票员注意,吭……"

这是老支书田根年那人人都听惯了的声音。柴二狗自鸣得意地说:"听,还是老支书主持会议,大水冲不了龙王庙,有龙王爷坐镇,鱼兵虾将能翻起啥尿大浪!"

张凤仙轻轻哼了一声,掏出小手帕在她那并没有汗珠的俏脸上拭了拭,抬头挺胸,雄赳赳气昂昂地向村委会大院走去。她根本不相信那些平常点头哈腰的山野乡民,敢在她眼皮下动刀动斧地要砍掉柴俊虎这棵参天大树!张凤仙一改往日那种婷婷袅袅的身态,故意大踏步地冲进会场,那双闪闪发光的高跟鞋在她脚下发出一阵声响,她要敲山震虎,要起到一鸟入林百鸟压声的作用。

凤凰落架

凤凰坪西濒青龙渡，背靠青龙山，川道从村东绕村而过，村民居住比较分散，山脚，山沟，山腰到处都住有人家。在靠近青龙渡的长堤后边，错落有致地住着近百户人家，是凤凰坪居住最为集中的一个自然村庄，二狗们戏称这儿是凤凰坪的"首都"。

距山道不远的村口，两棵枝繁叶茂的梧桐树下，鹤立鸡群般地矗立着一个飞檐斗拱的新院落，门楼的墙面全部是瓷砖贴面，配有龙凤呈祥的彩色图案。门脑上"平为福"三个字，是用一块核桃木雕刻的匾额，金光闪闪，熠熠生辉。宽阔的院子里，不像其他农户那样杂乱无章，格外清爽格外整洁。大院坐西朝东，南北两头靠墙之处，种满各种草木花卉，农村常见的月季花和牡丹正是叶绿花红，满院飘香。院中央的葡萄藤撑起一片翠绿，刚刚挂絮的枝枝蔓蔓招引得成群蜜蜂盘旋飞舞，别有一番景致。葡萄架下摆放着山里人惯用的石桌石凳，是吃饭纳凉的好地方。院子西边是借着崖势砌旋的三孔窑洞，北边是一排瓦房，墙上挂满干辣椒、干豆角和金黄金黄的苞谷穗。整个院落宽敞幽雅，被人称为"柴家大院"——这就是村主任柴俊虎的新居。

柴俊虎原来住在山腰，只有三间旧瓦房和两孔窑洞。到了男大当婚的时候，老支书田根年大力周旋搭桥牵线，"金凤凰"落到了凤凰坪。为了能娶到青龙川第一美女，柴俊虎和母亲使尽浑身解数，舅父姑父姨父们全都披挂上阵，尽其全力，为张凤仙买了一辆80型雅马哈摩托和一台29寸大彩电，并写下五年内另盖新房的保证书，终于风风光光地把张凤仙迎进了柴家大门。

提起柴俊虎，并非等闲之辈，在青龙川很是出名叫响。柴俊虎十二岁那年，在青龙渡当了一辈子艄公的父亲患上了食道癌，把家底掏空全部支付了医疗费，最后还是撒手西归了。留下孤儿寡母，恓恓惶惶苦度光阴。那年柴俊虎正上六年级，他聪颖好学，年年当班长，也是村里的孩子王。爹死后，他一改往日上树扒鸟窝，下河捞鱼虾和领头打群架的坏毛病，一有空就往家里跑，放牛喂鸡割猪草，啥活都干。手能生金，勤可致富，几年后，柴家彻底翻了身，囤里有存粮，银行有存款。柴俊虎上高中后，母亲积劳成疾，形容憔悴。柴俊虎不忍心让母亲再干累活，收秋打夏场里地里不干利索不回校。一心不能二用，柴俊虎高考只差三分而名落孙山，背着铺盖卷回到了凤凰坪。村支书田根年慧眼识人，让柴俊虎到村委会当文书。当村干部的第二年，柴俊虎见义勇为，赤手空拳勇斗三名轮奸妇女的歹徒，身上多处受伤，上了电台登了报，随后就是入党提干。柴俊虎当了村主任后，两年干了三件足可流芳百世的大好事，一是引进耐旱抗虫不易倒伏的"小偃6号"小麦品种，当年平均亩产达到六百斤，是整个青龙川有史以来的最高产量，一举提升了整个青龙川的粮食结构。二是把临近青龙渡的一座荒山整修成层层梯田，引进优良果树，建成了全县第一个百亩果园。三是用公款引进了一批"巨峰"葡萄苗，每户十株，严令保栽保活，两年以后，凤凰坪成了闻名遐迩的葡萄沟。随着时间的推移，年轻的村长在掌声和鲜花中，慢慢轻飘飘起来，用他手中的权力，为亲朋好友办了不少事。更为可悲的是他过于宠爱张凤仙，由着张凤仙的性儿来，张凤仙背着他干了许多违纪违反原则的事，他竟一无所知。去年冬季，柴俊虎顶不住张凤仙的枕头风，不顾母亲反对，硬着头皮实现了婚前诺言，东挪西借建造了被人称为"柴家大院"的新居。随之，举报信接二连三地飞到了乡上和县里有关领导的办公桌上，随后就是乡上和县里派来了工作组，再后来就是改选大会。

俊虎妈是个慈眉善眼的家庭妇女，满头华发，一副弱不禁风的样子。说老也不老，还不满六十岁，但长年累月的操劳奔波，把她折磨成了一副衰老相，腰也弯了，背也驼了，走起路来再也不像过去那样风风火火的一溜风了。面对活蹦乱跳的小孙孙，她常常是苦笑着摇头叹息，深感力不从心。

这些年，日子好过了，儿子也成了一村之长，按说该过几天舒心日子了，可俊虎妈自打搬进被人们称为"柴家大院"的新居以后，就一直感到忐忑不安，她觉得变化太快，快得令人不敢相信。俊虎妈明白自己的家底，盖这么气派的新房新院落，钱从哪来？张凤仙过门不久，就成了一家之主，掌了经济大权，一切都得听她的。自从小宝呱呱坠地后，张凤仙便成了家中的太上皇，动不动就使小性发脾气，根本就没把他母子俩往眼里放。唉，母以子贵，贵得无边无沿咧！

柴俊虎在妈面前是个孝子，在媳妇面前是个五好丈夫，对张凤仙的话是言听计从，百依百顺。俊虎妈担心儿子受媳妇的唆使，用了来路不明的钱，收了昧良心的礼，将来会跌跤。她背着张凤仙问了好多遍，柴俊虎总是笑嘻嘻地说："妈您放心，啥事儿也没有。"近来，俊虎妈觉得眼皮直跳，提心吊胆地只怕出啥事，整天愁容满面，忧心忡忡。上午，张凤仙回娘家让二狗相亲去了，吃过午饭，俊虎说下午要开村民大会，让她在家里照看小宝，不要到会场去，她就觉得有些心悸，觉得眼皮跳得更厉害了。她坐卧不宁，魂不守舍地出出进进，小宝调皮捣蛋浑闹，她破天荒地打了小宝一巴掌。

村支书田根年那鼻音很重的话，从挂在树上的高音喇叭中传遍四面八方，俊虎妈聚精会神地竖起耳朵，仔细地捕捉着村支书的每一句话。她听清了，村里是开选举会，她的心跳加速，一种不祥之兆笼罩着她，两行泪水顺着脸颊往下流，滴在了小宝的脸上。小宝稚声稚气地说，奶奶不要哭，小宝的屁股不疼，一点儿也不疼，不信你摸摸。俊虎妈用手揩去满脸泪水，亲了亲天真活泼的小宝，心神不定地在院子里转着圈子，不时地朝大门口张望着，她想看看儿子进门后的神情，想着该说些什么安慰话。

虚掩着的大铁门"咣当"一声被踹开了,张凤仙凶神恶煞般地闯进来,连婆母和孩子瞧都不瞧一下,径直朝她和柴俊虎住的那孔窑走去。"哗啦"一声,葡萄架前的鸡食盆被她一脚踢出去好几米远,正在啄食的十多只鸡一哄而散,一只芦花鸡从张凤仙身边飞过,鸡食溅了她一头一脸。张凤仙勃然大怒,顺手拎起一根棍子,满院子追打着芦花鸡,踢翻了水桶,撞倒了自行车,正在树荫下打盹的小花狗不清不白地挨了一棍,夹着尾巴跑到大门外去了,真正是鸡飞狗跳。俊虎妈又是一阵心跳,怯怯地说:"凤仙,平白无故的,你这是干啥呀?"

张凤仙粗声倔气地说:"火都烧到屁股上咧,还平白无故呢!该死的芦花鸡,不好好下蛋,偏要学着公鸡叫鸣,真他妈的丧门星!"

俊虎妈怔了一下,无可奈何地摇摇头说:"唉,一只老母鸡能惹啥祸么。"

"啥祸?天塌地陷的祸!"张凤仙一屁股坐在平常吃饭用的石桌上,冲着婆母直嚷嚷:"你儿子官丢咧,撤职咧,这不是祸难道是福!"

"噢?不让他当村主任咧?他,他犯了啥法呀?"俊虎妈心头一紧,可怜巴巴地望着儿媳。

张凤仙没好气地说:"屁法,他娘的头发!还不是见老娘日子比他们强,眼红得滴血呢,全他妈一群红眼病,喂不熟的白眼狼!"

小宝被张凤仙的凶样儿吓得直哭,张凤仙扬着巴掌说:"哭!哭!你老子丢了官,以后有你哭的日子呢!"

随着一阵慢腾腾的脚步声,柴俊虎垂头丧气地走进门来。这是一个三十多岁的英俊青年,一米七二的个头,身材适中,两条剑眉,一双虎目,英姿勃勃,不苟言笑的脸上愁云密布,一副郁郁寡欢的神态。这次落选,是意料中的事,他早有预感。乡上和县上派人查了那么长时间,尽管老支书使尽浑身解数,千方百计为他活动,为他解脱,但有些明显的事,是秃子头上的虱子,是无法赖掉的。柴俊虎心中比谁都清楚,要不是看在他曾经见义勇为、拼死只身斗歹徒救人的分上,最轻也得给个留党察看的处分。虽然很多事是张凤仙背着他干的,可他也有失察和客观上的纵容之过。毕竟是同床共枕的恩爱夫妻,出了事让一个家庭妇女去背黑锅,还算是男子汉么?在接受调查期间,乡党委为他说情,县委书记王志辉法外施仁,让乡上找借口在凤凰坪搞改选,给了他一个下台阶的机会,柴俊虎自然是感恩戴德了。

由于是临时走马换将式的改选,匆忙间没有合适人选,几个匆匆物色的候选人,票数还没有柴俊虎得票多。尽管柴俊虎不是候选人,但很多村民还是投了他的票。反正是民主选举,选举是自己的权利,爱投谁投谁,天王老子都管不着。柴二狗和他那些气味相投的伙伴们搞恶作剧,有的在选票上填着拳王泰森,有的是美国总统尼克松,还有人填写的是"结巴猎神"的猎犬"黑熊"和"花豹"。

乡长贾景堂和乡党委书记范孝勤商议了一下,决定村主任先由田根年兼任着,等到明年换届选举时再另行选举。

村主任由支书兼任,旧人旧事,交接手续很简单,柴俊虎说他头疼,没精打采地出了村委会。一路上,他思前想后,心烦意乱,萦绕在心头的问题很多,目前有两道难关:一是今后怎么办?二是如何安抚张凤仙。柴俊虎心中明白,总是以凤凰坪第一夫人自居的张凤仙,无论如何也咽不下这口气,是不会善罢甘休的。村小路短,还没容他想好对策,已不知不觉地走进了家门。果然不出所料,张凤仙正在大发雷霆。柴俊虎喊了声妈,把小宝拉进怀中,苦笑着对张凤仙说:"你这是咋咧?孩子哭成这样也不管一下。"

张凤仙瞪了柴俊虎一眼:"管个屁!我连我都管不了咧,还管他呢!"俊虎妈看着儿子的神色,心中涌起一股疼子之情,低声下气地对儿媳说:"凤,你消消气,少说两句吧。"

张凤仙乜斜着婆母说:"咋,嫌话多?嫌话多把我的嘴巴用针线缝住!"

柴俊虎讪讪地说:"凤仙,你,你这是啥态度么?"

张凤仙冷嘲热讽地说:"你态度好,咋让人家给撤职咧?"

柴俊虎像害牙疼似的吸了一口冷气,耐心地给妻子解释说:"体制改革么,全国都一样。不要说村主任,就是乡长、县长也要由群众选举……"

"选个屁!"张凤仙不容柴俊虎多说,冲着丈夫放开了连珠炮:"辛辛苦苦好几年,一日之间交了权,全县几百个村子,就偏偏把你给改选咧!"

一句话噎得柴俊虎半天喘不过气来,心中犹如打翻了五味瓶,什么味都有。小宝睡着了,他把孩子放在母亲的炕上,用发抖的手点燃了一支香烟,狠狠地吸了几口,又坐在石凳上闷声不语,张凤仙还是不依不饶地说:"你犯啥法咧?做贼咧?劫道咧?啥特殊化呀,啥以权谋私呀,都是你那伙穷亲戚和你那帮狐群狗党干的好事!今天你来要庄基地,明天他来要救济,连生孩子也要找你这位村主任。就说修路吧,叫你不要逞能,你偏说要致富先修路,硬是让'四人帮'那伙人趁机告黑状,说咱是胡乱摊派增加群众负担,还说咱是啥暗箱操作吃回扣呢!这下好咧,官丢咧,印交咧,看你还有啥能耐!"

生性憨厚的柴俊虎尽管事事都让着爱妻,平时从不粗声俚气的说话,啥事儿都是忍忍就过去了,可今天本来就心绪烦乱,被张凤仙一顿抢白,激得火苗子直往上蹿,忍不住要发火。他猛地抬起头来,望望怔怔的慈母,看看撒泼的娇妻,强忍心中火气,心平气和地说:"凤仙,说到以权谋私,我是有很多错误的。不说亲朋好友,就看看你自己吧,咋就那么爱逞强逞能呢?给你说过多少回咧,不要插手村上的任何事,可你就是不听,啥事都想管,惹得刘凤珍乱发牢骚,说咱们家是凤凰坪的土皇上。"

"啪"的一声,张凤仙把茶杯摔在地上,柳眉倒竖,杏眼圆睁,大吵大叫着说:"扯你妈的淡！你自己没能耐，让人家撑下台，冲着我耍啥臭威风！走，咱到群众会上评理去！"

说着，一把揪住柴俊虎往门外拉。

俊虎妈看着儿子受屈，心里像猫挠狗抓似的，她惹不起也不敢惹儿媳妇，只好赔着笑脸，可怜巴巴地向儿媳说着好听的："凤呀，常言说家和万事兴，你是个明白人么，不要和俊虎一般见识。他今儿个心里不痛快，胡说八道的得罪了你，你忍忍气饶他一回，等他心中的火气消下去咧，妈让他给你赔情道歉。"

柴俊虎望着母亲那副憔悴的面孔和眼眶中的泪水，心里阵阵发酸。他心中十分清楚张凤仙在这个家中的位置，十分清楚张凤仙在众人心目中的价值。俗话说，没有梧桐树，难落金凤凰。这几年张凤仙之所以能安心和他过日子，还不是因为他当着村主任和家中经济条件比较好么？女人的虚荣心都很强，如今自己不当村长了，娇妻能不伤心么？咋能再火上浇油惹她生气呢。这么一想，柴俊虎顿觉冰消雪化，满心愧疚地冲着张凤仙一个劲儿地傻笑。

生性好强的张凤仙又一次降服了柴俊虎，心里的火气也就消了大半，她借坡下驴地问柴俊虎："官丢咧，权交咧，以后咋办？"

柴俊虎苦笑着说："咋办？咱有责任田，庄稼人除过种庄稼，还能干啥？"

张凤仙说："种庄稼？哼，要种你自个儿种，反正我不下地，整天东山日头背到西山，累得屁打脚后跟，一斤小麦能卖几角钱！"

柴俊虎问："那你说咋办？"

张凤仙冷冷一笑："你爱咋办就咋办！我是嫁汉随汉，穿衣吃饭，我啥也不干，你就养活我一辈子吧！"

俊虎妈怕张凤仙又耍脾气，急忙随声附和："凤仙说的有道理，光有粮吃不行。如今政策这么宽，得想个挣钱的门道。"

柴俊虎怔了一下，心中涌起一阵浪花。凭着这些年的经历，在乡上县上结识了不少人，其中不乏掌握实权的人物，如果挨个去求，还愁寻不着发家致富的门道么？不当村主任就活不成了？柴俊虎刚要表态，心里突然就冷了，他是个很要强很要面子的人，低三下四求人施舍的话，他无论如何是说不出口的，只好苦笑着挠挠头皮说："我从学校回来就当干部，种庄稼还凑合，搞生意连门也寻不着。"

俊虎妈提醒儿子说："前几天田支书不是和你商量过，说城里人爱吃鳖，一斤鳖卖一百多块呢，要不咱自己养鳖吧。"

村看村，户看户，村民看的是干部。体制改革的主要内容之一，就是要一部分人先富起来，树面旗帜，做个榜样。农民是最讲现实的，就是致富也要让干部以身作则带个头。小家小户，谁愿意拿着血汗钱去打水漂？老支书田根年和村主任柴俊虎为了让群众脱贫致富，听广播，翻报纸，苦心孤诣地寻找能让群众脱贫致富的良方妙计。田根年想来想去,想出了个立足当地实际养鳖养鱼的好路子,并搜集了不少有关资料。柴俊虎落马转行,搞养殖也是因祸得福。听母亲这么一提醒,柴俊虎点点头说:"行是行,就是鳖种很贵,鳖池也很费事,总共没有两万元不行。"

张凤仙说:"活人还能让尿憋死,医疗站有五千多块,家里也有几千,想法再借一些,当不了官就想法儿发财!"

柴俊虎摇摇头说:"医疗站的钱是公款,咋能随便挪用?"

张凤仙猛地站起来说:"屁!我就把公款挪用了,看谁敢把老娘活吞了!"说罢跨出大门扬长而去。

柴俊虎要去阻拦张凤仙,俊虎妈一把拉住儿子说:"虎娃,你千万再不要招惹她咧,还嫌不热闹是咋的?她愿意咋着就咋着,由着她的性儿吧,免得她浑吵浑闹,惹人笑话。"

柴俊虎有些发急地说:"妈,挪用公款是违法行为,你儿不当村主任,可还是党员么,公款是分文也动不得的。"

俊虎妈通情达理地说:"这理儿妈懂得,犯法的事啥时候都不能干,饿死事小,失节事大么。妈明天去你舅家,让你舅寻些钱,过几天你就去西安,也顺便散散心。"

相亲之日

村支书田根年是个实在人,生得牛高马大,说话鼻音很重,三句话两个"吭",很有特色,凤凰坪三百多户一千多口人,家家户户都留有他的足迹,人人都熟悉他那特殊的嗓音。柴二狗到处乱咋呼,说倪萍的嗓音也不如田支书的嗓音动听。

田根年小时候家境贫寒,凑合着小学毕了业,就随着父亲赶脚,去陕北延安一带搞长途贩运。父子俩两头大青骡,去时驮棉花,回来驮羊毛,一来回十多天,一个月跑两次,挣些血汗钱。赶脚是个苦差事,来回几百里路,全靠步子量,风吹雨淋日头晒,忍饥挨饿两头摸黑是家常便饭。晚上住店,骡子卸了驮,人还不能歇着,得照料着给骡子饮水,操心骡子的夜草。

从小赶过脚,百事都经过,十多年的奔波磨炼,把田根年炼成了一个阅历很丰富的大能人,三教九流的人都见过,千奇百怪的事都经过,是凤凰坪唯一见过世面的半拉子秀才,算起账来干净利索,算盘打得脆巴响,大炼钢铁那年,被选拔到大队当会计,"文化大革命"中当了大队革委会主任,后来入了党。到了公社改成乡、大队改为村的时候,他又成了村民委员会主任。柴俊虎当了村主任,他成了村党支部书记。

年过花甲的田根年,连续当了三十多年村干部,柴俊虎是他看着长大的,在凤凰坪和周围几个村庄,能让他看上眼的年轻人为数不多,他对柴俊虎抱有厚望,甚至把凤凰坪的兴衰都和柴俊虎联系在一起。近几年来,柴俊虎在村主任的岗位上,充分展示了非凡的才能,使凤凰坪的面貌有了很大变化。就在县上派出的调查组进驻凤凰坪期间,柴俊虎还想方设法申请了一笔无息贷款,请交通局派技术人员实地勘察,设计了修路方案。青龙山是一座花果山,也是一座宝山,干鲜果品、各种药材以及飞禽走兽用之不尽,取之不竭,资源相当丰富,仅仅囿于交通条件所限,大批量的山货运不出去,造成了极大的浪费和损失。如能沿青龙山根儿修筑一条通往山外的公路,那么,不仅凤凰坪,整个青龙川的经济面貌就会彻底变样。可惜,修路工程刚刚开始,柴俊虎就落马了。痛惜之余,田根年盼望着一年半载之后,柴俊虎能东山再起,重新驾起凤凰坪这辆沉重的马车。吃过早饭,田根年破例没有去村委会,径直来到柴家大院,开门见山地问柴俊虎:"你要养鳖?"

老支书是个庄重稳厚的实在人,没有什么坏毛病,只有一个嗜好,就是吸烟,整天烟不离口。他不吸旱烟也很少吸香烟,一直吸他自己卷的纸烟,一有空就从口袋里摸出烟丝和纸片,得心应手地卷好一支烟,"哧"的一声划着一根火柴,闭上眼睛狠吸几口,浑身的乏困和烦恼,一下子全都跑到爪哇国去了。老婆和儿女受其感染,先后加入了"卷烟加工厂",一有空就切烟丝裁纸片。女儿田春燕买了一大卷白粉纸,整整齐齐地裁了满满一箱子小纸片,锲而不舍地改变了老爸那种随手撕一片废纸卷烟的不良习惯。凤凰坪的"第一夫人"张凤仙对谁都摆架子,唯独对老支书很尊敬,顺其自然也成了"田氏卷烟厂"的技术员,裁纸卷烟的速度比田根年还要熟稔。她给老支书让座沏茶,随手从柴俊虎的笔记本上撕下一页纸,放好烟丝,飞快地卷了一支烟递给田根年说:"俊虎不当村主任咧,闲着也是闲着,听说养鱼养鳖能赚钱,我们想试试看。"

田根年从身上掏了一把水果糖,把小宝揽到怀中,亲了亲小宝说:"干啥事都要因地制宜,咱这儿水多阴湿,养鱼养鳖的条件再好不过咧。听贾乡长说,全县上档次的餐厅酒家有上百家,吃鳖肉喝鳖汤成了风气,鳖成了抢手货。没听人说过么,城里流传着这么几句顺口溜:猪牛羊肉扫下台,鱼鳖蛇蝎请上来,设席摆宴把客待,没有王八请不来。养鱼养鳖的确是本小利大的好事。"

俊虎妈笑道:"千年王八万年龟,吃了鳖肉能长寿。"

田根年也笑了:"其实,鳖是大补之物,如今的人都娇贵,谁不想延年益寿?我和俊虎早就算过账,养鱼养鳖当年投资,当年受益,第二年就能翻番,搞好了,每年少说也能赚两万多块。俊虎,啥时去西安?有困难么?"

柴俊虎习惯地挠着头皮,笑了笑没吭声,张凤仙说:"啥都准备好咧,就是还差几千块钱。"

田根年说:"钱的事好办,我想办法给你们解决,明天下午给你们送五千块钱。"

俊虎妈有些歉意:"咋能老麻烦你呢!"

田根年摆了摆手:"近邻近舍的,谁不用谁呀?就这么定咧,我去修路队看看,春山是爆破组的组长,那小子毛手毛脚的,真让人不放心。"

田根年从柴俊虎家出来,刚走到沟口,就见田二曼挎着一个大竹篮急匆匆迎面而来,眉飞色舞地说:"根年哥,云杰大舅给云杰介绍了一个对象,今天来送照片,下午就搭车去陕北相亲,我正要去你家请你喝杯喜酒,你看正巧就给碰上咧。"

田根年笑道:"要当婆婆咧?怪不得这么高兴,这是喜事,我去山上看看就来。"

田二曼和田根年同姓不同宗,"文革"开始那年嫁给了猎手李三林,按照习俗,人们称她为三嫂、三婶什么的。牛贩子丁贵给儿子云杰说了一门亲事,今天要去陕北相亲,田二曼一大早就出来搞采购,烟、酒、肉、菜装了满满一篮子。

这是一个典型的川道人家,三孔窑洞,一座平房,用石头垒起的院墙只有一米多高,墙头上铺了一圈石板。与众不同的是,院子东边像个小果园,分别栽着两棵苹果树,两棵杏树,两棵梨树,两棵桃树和两棵李子树,株距、行距错落有致,十分对称,修剪得很齐整,都是刚刚挂果的青年树,这是田二曼的儿子李云杰的杰作。李云杰高中毕业后,在丁贵的辅导下,承包了村上的苹果园。柴俊虎见他爱学肯钻研,由村上出资送他到西北农学院进修了一年,学会了修剪嫁接和防治病虫害技术。他把自己的院子当成了实验站,分别移栽、嫁接了各种果树,桃、李、杏嫁接一次成功,酸枣结大枣更是一绝,在全县是首创,小伙子也慢慢出名叫响了。李云杰事业有成,婚事不如意,二十四五了,还没订婚。儿子不急,田二曼等不及了,她和丁贵说好了,今天下午就进县城,明天一早乘车去陕北相亲,无论如何也要把这桩亲事说成,最迟年底就要结婚。

田二曼推开虚掩的大门,把沉甸甸的竹篮放在院中央的石桌上,冲着屋里喊道:"云杰,云杰,你出来一下,妈有话和你说。"一连喊了几遍,不见应声,她以为儿子又去了果园,嗔骂了一声,就里里外外地忙开了。

牛贩子丁贵中等个头,身体胖胖墩墩的很结实,圆圆的光脑瓜上一毛不拔,胖胖的脸上长着一双小而发亮的眼睛,一眨一个点子,人称"牛魔王"。丁贵伶牙俐齿,能说会道,精通牲畜交易之道,也颇谙兽医之术,低价买来的弱羸老牛,经他亲自调养一段时间,就很快膘肥体壮,牵到交易市场,准是抢手货。就是濒临死亡的病牛,也能被他调理得回光返照,欢欢实实地被拉进屠宰场,自然能卖个好价钱。

那年,丁贵去陕北贩牛,贪近路从杂草丛生的野狼沟走捷径,被三只饿狼围逼,眼看着要葬身狼口,幸亏李三林打猎途经此处,听到呼救声,拽着葛藤从崖头上荡过深涧,开枪吓跑了三只野狼。丁贵死里逃生,当下就趴在地上叩了几个响头,成了李三林的干兄弟。公社改乡、大队改村的那一年,李三林打猎误踩了地炮,死于非命,丁贵一手相帮着料理了李三林的后事,也算报了李三林的救命之恩。后来丁贵和田二曼结为干兄妹,两家相帮相衬,常来常往,成了一门正儿八经的亲戚。田二曼急于给儿子找对象,甚至含而不露地甩出了只有他们两人能听懂的潜台词,丁贵能不尽心尽力么?经过一番苦思冥想,丁贵又一次去了陕北,此一去旗开得胜,马到成功,为凤凰坪两桩带有传奇色彩的婚姻喜剧,拉开了序幕。

离开镰割麦没有几天了,近午的太阳像团烈火,烤得人燥热难耐,十多里的山路,跑得丁贵气喘吁吁,浑身冒汗,他对着电风扇扇了一阵,才感觉到舒坦多了。田二曼迫不及待地从丁贵手中接过一张彩照,只看了一眼,就忍不住啧啧称赞:"多俊的姑娘啊,人说陕北出美女,我看比凤仙还要漂亮。"

丁贵不无得意地说:"这就是陕北清涧县我那位朋友柳有山的女儿,叫柳翠香,高中毕业好几年咧,也喜欢养花养草搞嫁接,和咱云杰的爱好很相同。他们那儿山高人稀,翠香高不成低不就,一直没有找到婆家。"

田二曼忙问:"她多大咧?"

丁贵说:"和咱云杰同岁,我让人掐算过咧,生辰八字不犯克,身材相貌都是一流,你说得不错,是比张凤仙还要漂亮。咱云杰一米七六的个头,英俊潇洒,按照现在的说法那就叫酷毙咧。柳翠香大约一米六二吧,我看各方面都般配。"

田二嫂瞟了丁贵一眼:"你说般配就般配?人家父女是啥态度?"

丁贵说:"他们全家都很满意,凭咱们的家道,凭云杰的才貌,再加上我老丁一张嘴,他们自然是求之不得呢。柳有山再三再四地反复叮咛,要云杰最近去陕北相亲。我敢担保,要是这桩亲事成不了,你把我的眼球摘下来当……"

田二曼不愿听丁贵发誓赌咒,摇摇手截住丁贵的话:"啥都不要说咧,我也觉得这是一门打上灯笼也难寻的好亲事。还是那句话,云杰的婚事办妥了,以后的啥事都好说。我请了田支书,让他过来陪你喝杯喜酒,下午你就和云杰进城吧!明天赶早去陕北。"

丁贵张了张嘴,把要说的话又咽回了肚里,他和田二曼有一种心知肚明却谁也无法开口的感情,十几年一直就这么若即若离地维持着。为了云杰的婚事,田二曼终于松口了,尽管是一种含而不露的潜台词,但丁贵全听明白了,他紧紧盯着浓眉大眼、风韵犹存的田二曼,浑身的血管都膨胀了,脑海里闪现着一种美好的憧憬。

开山修路的隆隆炮声,震得房屋微微摇晃。炮声响过,就到了吃中午饭的时辰了。李云杰每天几乎是踏着炮声进门,可今儿个炮声已响过多时,云杰还是无踪无影。田支书也早该到了,他是个说一不二的人,不会不来的。眼看过了12点半,田二曼心中阵阵发急,她解下系在腰上的围裙对丁贵说:"凉菜热菜我都弄好咧,锅里炖着鸡,你给咱看着点,不要让鸡汤往外溢,我去找田支书和云杰。"

田二曼刚走近门道,被人们誉为"刘晓庆"的田春燕闯进来,险些和田二曼撞了个满怀。田春燕是田根年的女儿,是凤凰坪所有美女中的佼佼者,个头不高不矮,身材不胖不瘦。柳叶眉下一双杏眼,顾盼生辉。白里透红的瓜子脸一边一个酒窝,深深的圆圆的,映衬得整个人犹如出水芙蓉,格外娇媚。田春燕天生丽质,从不化妆也不穿艳丽衣裳,人们赞美田春燕,说田春燕身上披一条麻袋也好看。田春燕高中毕业两年了,在县城学了几个月的裁剪,计划在村上开个缝纫部。田二曼十分喜爱这个活泼开朗的俊姑娘,一直嚷嚷着要认春燕做干女儿。望着田春燕的慌张样儿,田二曼一把拉住田春燕的手,爱怜地说:"死丫头,看你变颜失色的,得是碰见劫道贼咧!"

田春燕嘘了口气,结结巴巴地说:"三婶,我云杰哥他,他……"

田二曼心中"咯噔"了一下:"云杰咋咧?"

田春燕一见田二曼神色大变,心中更加慌乱,话难出口,急得眼泪都冒出来了,田二曼是急惊风遇见了慢郎中,连声催问出了什么事。丁贵闻声走出房间,一抬头便看见老支书走了进来,连忙打着招呼:"田支书,你咋来迟咧?让我们好等啊。"

田根年说:"是老丁啊,有好久没见咧,常念叨着你哩。"他和丁贵握了握手,转而对田二曼说:"三妹子,是这么回事,刚才春燕去工地给春山送饭,逞能一定要学着点炮,导火索嗞嗞啦啦地一冒火,她又心里发慌,让石头绊了一跤,越急越爬不起来,春山一急之下,拽着春燕就要往崖下跳。一对憨蛋么,五六十米高的悬崖,跳下去还能有个好？正在危急关头,适逢云杰来找春山,他一把推倒春山和春燕,刚护住他兄妹俩,炮就响了,云杰的手被炸伤咧。"

田二曼心头一哆嗦,声音颤颤地问:"要,要紧么?"

田根年安慰田二曼:"不要紧,工地上有医生,给云杰包扎了一下,我已派人把他送到渡口去咧,并让二狗骑摩托到乡上去打电话,渡口那边有车接,云杰一过河就去县医院。你收拾一下,让春燕陪你去医院,我随后就到。"

田二曼略略松了一口气,给丁贵交代了几句话,就和田春燕匆匆向渡口赶去。丁贵从老支书和他女儿的言谈举止中,已看出李云杰的伤势不会太轻,他见田二曼和田春燕走出了大门,忙问田根年:"田支书,云杰的伤到底咋样?"

田根年叹了口气,实话实说:"头上不要紧,让石头砸了个口子,已止住血咧。右手被砸得血肉模糊,伤势不轻。"

丁贵吸了口冷气,脱口说道:"这真是事不顺心运不通,出门就遇打头风,这桩亲事怕是说不成咧!"

田根年忙问:"老丁,你给云杰介绍的对象是啥地方的?"

丁贵说:"陕北清涧的,双方经过了解,都很满意,说定了今天下午我和云杰同去县城,明天一早乘车去陕北相亲,咋就发生了这事!"

田根年握住丁贵的手说:"老丁兄弟,实话对你说,云杰的右手怕是保不住咧,估计三两个月出不了院,这门亲事全靠你大力周旋,只要能成全云杰的婚事,女方有啥条件都可以答应。这件事不惜一切代价,你尽着力办,万二八千或者三万两万,花多花少开口,这件事就拜托你咧!"

素来稳健的老支书田根年,被飞来之灾弄乱了方寸,简明扼要地向丁贵交代了几句,便神情慌乱地向大门外走去。人称"十二能"的丁贵,望着老支书远去的背影,脑子里像开了锅似的,七十二个心眼一窍不通。云杰的婚事成功与否,和他的后半生有着直接关联,眼看着就要好事成双了,偏偏的节外生枝,祸从天降,一桩皆大欢喜的好事很可能泡汤。他苦苦一笑,忽然莫名其妙地第一回哼起了一曲旧情歌:

　　船在水上走呀嗨,
　　鱼在水里游呀嗨,
　　人在船上坐呀,
　　心在肚里揣哟,
　　我的心上人哎,
　　莫挠哥的心……

英 雄 救 美

一轮红日从东山头冉冉升起,慢腾腾爬向正空,披着朝晖的青龙渡,已显得熙熙攘攘,赶渡的人们肩挑手提,络绎不绝地向渡口奔来。这儿通往县城有两条路,一条是乘三轮车或拉运木料的卡车,沿乡村公路经青龙口出山,要多绕二十多公里路,再就是从青龙渡坐船过河,到对岸乘坐直接开往县城的公共汽车,既近又方便。青龙渡成了进山出山的必经之路,撑船摆渡的生意相当好,老艄公田有福兴致很高,整天乐乐呵呵的笑声不断,曲不离口。

农村实行联产责任承包制改变了以前那种"农家少闲日,五月人倍忙"的常规。在"人民公社好"的那个年代里,农民统称社员,男社员女社员集体出工,日出而作,日落而息,下地一窝蜂,回家一阵风,出勤不出力,人人磨洋工,干多干少一个样,反正一个劳动日只值三五角钱,吃不饱饿不死,图个人多热闹。男女社员没有一天清闲时间,有活没活都得出工,有事找生产队长请假,请假也是因人而论,有的人容易,有的人很难,其中的渠渠道道多着呢。林彪从天上掉下来的那一年,凤凰坪大队第三生产队发生了一件不大不小的事,令从那个年代过来的人,无论什么时候提起此事,都会发出一声非常复杂的叹息声。

三队有个女社员叫刘花阁,浓眉大眼,面容姣好,很惹人注目,她急着要回娘家看望生了重病的母亲,连续三次找队长柴明娃请假,柴队长总是推三阻四不开恩,那天上午下工后,刘花阁在半道上拦住了柴明娃,有些气恼地说:"队长,到底批不批我的假?"

柴明娃不冷不热地说:"你写个请假条,下午到队部来。"

队部设在一个无人住的空院里,两孔窑洞,一孔作为保管室,一孔作为办公室,每天晚上社员们来这儿记工分或者开会,白天就闲着,成了队长的休息室。吃过午饭,刘花阁拿着请假条来到队部,柴队长接过假条看了看:"我只有三天的审批权,你咋写了五天?"

刘花阁央告说:"我妈病了,我得侍候侍候老人,队长,你就开开恩吧!"

柴队长把请假条放在一边,目光紧紧盯着刘花阁那高高耸起的胸部,呼吸慢慢变粗了,脸上显出一丝淫笑。刘花阁心中"咯噔"了一下:"队长,你快给批一下吧,我今天下午就回娘家。"

柴队长笑道:"花阁,你坐到炕沿上,我和你说句话。"

刘花阁倚着门框没有动:"有啥话你说吧,我听着呢。"

柴队长走过去关上门,不由分说把刘花阁抱起来放到炕上,顺势把刘花阁压在身下,刘花阁使劲推着柴明娃:"你要干啥,快放开,再这样我就喊人咧!"

柴明娃把手伸进刘花阁的衫子,握住了那双坚挺的奶头:"不嫌丢人就喊叫吧!你让我来一下,我批你五天假,下次来了救济粮,我批你五十斤苞谷,二十斤小麦。"

刘花阁不再吭声了,任柴队长把她剥得一丝不挂,任凭柴队长在她身上折腾。柴队长干农活不行,干这事行,生龙活虎的忒有劲,也舍得不惜余力,好一阵子,他才气喘吁吁地从刘花阁肚皮上溜下来,给刘花阁批了五天假。两个人还没蹬上裤子,刘花阁的丈夫突然破门而入,见状大怒,拎起棍子一顿暴打,柴队长的右腿被打折了,刘花阁的头被打破了,当天晚上她羞愧难当地喝了老鼠药,来不及抢救就含恨死去了。为了五天假,刘花阁失了身丧了命,成了特殊年代的殉葬品,能不令人扼腕叹息么?

体制改革后,社员叫成了村民,村民有了自主权,责任田想咋种就咋种,愿意啥时候下地就啥时候下地,加之机械化程度提高,一年两料庄稼,收秋打夏总共用不了三个月时间,农家少闲日变成了农家少忙日。农民自由了,平时闲着没事,就各尽所能,千方百计地寻找挣钱的门道。夏收前,没啥活可干的人们,就三三两两到山外的集市上,或者去县城,购置一些农具和生活用品,也有走亲访友或提媒说亲的,渡口忽然热闹起来了。承包了渡船的老艄公田有福单枪匹马忙不过来,把在城里当小工的儿子田柱儿叫回来,父子俩轮流撑船摆渡,穿梭般的东来西往,生意相当红火。

到了快吃中午饭的时候,赶渡的人慢慢稀少了,等了好一阵子,才凑够一船人,老艄公高喊一声"开船啰",撑船离岸,咿咿呀呀地向彼岸荡去。他挥动船篙,转舵定向,拨正船头,"吭吭"两声,清理了嗓门,放开喉咙唱起了那支唱了几十年的情歌:

> 青龙河九十九道弯,
> 水流船走弯绕弯,
> 五十五道映着天,
> 四十四道连着山。
> 蓝蓝的天上飞俊鸟,
> 青青的山上有心肝,
> 妹妹上山去采花哟,
> 撵着日头下西山。
> 日落西山船靠岸,
> 妹妹等哥猫在哪个弯哟,
> 九十九道弯全找遍哟嗬,
> 哥和妹妹……

老艄公仰面一阵哈哈大笑,不再往下唱了,船上的乘客们也嘻嘻哈哈地笑了起来,有的拍手,有的打呼哨,下面的词儿好听不好出口。

　　船靠岸了,田有福停篙下锚,搭好跳板,乘客们纷纷离船上岸,争先恐后地向停放三轮车的地方奔去,住在附近的人也抄捷径钻进了山林。码头上显得空空荡荡的,只有一个戴着太阳帽和茶色太阳镜的瘦高个儿青年,慢条斯理地走到河堤下的一棵大垂柳下,把旅行包放在一块形同卧虎的大石头上,坐下来点燃一支香烟,心神不安地东张西望。

　　这个风尘仆仆的远方来客,名叫任小小,是一个拐卖妇女儿童犯罪团伙的首要分子,吃喝嫖赌,坑蒙拐骗,无恶不作。前不久,西安市公安机关又一次展开了声势浩大的"严打"行动,违法犯罪分子纷纷逃窜,任小小和他的同伙们,整天东逃西躲,犹如丧家之犬,惶惶不可终日。省城实在待不下去了,任小小疏散了几名同伙,孤身一人来到和陕北交界的韩塬县,没料到韩塬县的"严打"也是如火如荼,大街小巷不时有警车呼啸而过,声声警笛令他心惊肉跳。任小小凭着已往的经验,住进了韩塬县带星级的黄河大酒店,夜间还是有警察前来查房。按说,一般情况下,警察不会光临宾馆和大酒店,可见韩塬县城也非久留之地。第二天一早,任小小就离开了黄河大酒店,坐上了开往山区的公共汽车,他计划在山沟里找个落脚之处暂避一时。过了青龙渡,身处深山大山,任小小那颗忐忑不安的心才稍稍平静了些,下来投向何处呢?任小小心中无底,想找个当地人闲唠,以便从中了解一下当地情况,可惜渡口是个流水码头,人们一上岸就四分五散了,想找一个闲人并非易事。

　　青龙川有八景,青龙渡便为其首,山奇水险,风光旖旎,历来是人们浏览拍照的天然景点。靠近泊船码头的左边,是一段不知何年何月修筑的河堤,虽然近年来用水泥、石块修补过,但仍然掩盖不住历史的年轮。堤上有一座小小的龙王庙,传说是秦朝的遗物。青龙川有历史知识的大有人在,"黑秀才"柴德贵常对人说,仅凭"秦砖汉瓦"这点历史特征,就能证明这座龙王庙是秦朝遗迹。那年翻修龙王庙,柴德贵称过一块砖,整整十二斤,谁敢说不是秦砖?庙前那棵合抱粗的参天古柏,没有两千多年能长恁粗?还有庙前的石板,明显地凹下去几厘米,显而易见是人们跪拜、叩头所致,血肉之躯能把石头磨下去几厘米,没有两千多年能行?尽管国家有关部门没有挂牌子,可青龙川的人们,众口一词地说这座高不过两米的小庙,是真真正正的文物古迹。从秦朝到现在两千二百多年了,古不古?传说每当改朝换代之前,青龙渡就有青龙腾空现象,神不神?以前的传说毕竟是传说,无人去印证也无法印证,可是近年来常有冤鬼拉人投河的传说,给青龙渡蒙上了一层神秘的面纱,这种现象当地人很难见到,这天倒让流窜犯任小小亲眼看到了。

　　吃过午饭,柴俊虎把两万块钱放在黑皮包的夹层,装了两件换洗衣服和他妈为他准备好的鸡蛋、烙饼,就匆匆抄捷径来到渡口,他要去西安定购鳖苗,可惜一步来迟,老艄公把船撑到对岸去了,只好耐着性子等待。任小小见来人没有赶上渡船,刚想主动上前打招呼,迟疑了一下,没敢站起身来。任小小善于察言观色,喜欢辨别、猜测别人的身份,尤其是便衣警察,十个他能辨认出七八个来,仅此一技,就令他的同伙们佩服得五体投地。来人一米七以上的个头,略显清瘦,剑眉星目,英气勃勃,面沉似水,有一种与众不同的气质,说不准是什么人,但绝对不是"雷子"(警察)。任小小不敢贸然搭话,便用报纸遮住半个面孔,偷偷地观察着来人的一举一动。

河对岸也没有几个坐船的,老艄公大概是肚子饿了,不愿再等,已把船向这边撑来,柴俊虎不假思索地走向码头,他知道用不着自己开口,老艄公会立马把他送过河。忽然,随着一阵零乱的脚步声,一位失魂落魄的姑娘,踉踉跄跄地从柳林中跑过来,和柴俊虎擦身而过,径直向河堤奔去。柴俊虎见状情知不妙,随口喊了声"站住",姑娘毫不理睬,不管一切地冲上了河堤。柴俊虎一看要出事,急忙拔腿向堤上奔去。

水急浪险的青龙河,激流撞击着悬崖绝壁,浪花飞溅,吼声如雷,令人头晕目眩,那位姑娘毫无怯意,紧跑几步,纵身一跃,一头扎进滚滚激流。紧随其后的柴俊虎一见此情,惊得出了一身冷汗,他来不及多想,随手把黑皮包扔在一边,脱去外衣,奋力跃入青龙渡。

流窜犯任小小目击了轻生者和救人者一前一后投入滚滚激流的情景,惊得目瞪口呆,他做梦也不会想到,现今社会竟真有舍己救人的活雷锋。望着在激流中时隐时现的两个人,任小小想靠上去看个究竟,忽然发现了柴俊虎那个扔在河堤上的黑皮包,不由双眼发亮,看看周围再无人影,便迅速拿起鼓鼓囊囊的黑皮包,慌不择路地跳下河堤,一溜烟似的窜进了灌木丛生的荒山沟。

报恩风波

枝茂叶盛的梧桐树上,落满了叽叽喳喳的麻雀,打着谁也听不懂的嘴仗。本来就感到心烦意乱的柴俊虎,更觉烦乱,他踱到墙脚下,顺手捡起一个石子,用力向树上扔去。扑哧扑哧一阵响动,受了惊吓的麻雀全都飞走了,院子里又恢复了宁静,一丝儿声音也没有,静得令人感到不安。

柴俊虎痴呆呆地站在梧桐树下,心中好像悬吊着十五个吊桶,七上八下的忐忑不安。一想到白白丢失的两万块钱,浑身上下直起鸡皮疙瘩。接二连三的打击,不由得让他一次又一次喟然长叹,真他妈的活见鬼,改选丢了官,被爱人骂得一佛出世、二佛升天,好不容易东挪西借的凑集了两万多元,一下子就让贼偷了个精光,莫非这就是人们常说的"福无双至,祸不单行"么?大门被推动的响声,把柴俊虎吓了一大跳,他以为是张凤仙回来了,急忙隐藏在桐树背后。

进来的是俊虎妈,她望着儿子的窘态,不由得好笑又觉心中发酸。柴俊虎如释重负地嘘了一口气,把小宝揽到怀中,不好意思地说:"妈,是你呀,我还以为是凤仙呢。"

俊虎妈叹了口气说:"你怕媳妇,就别再做马虎事咧。"

柴俊虎说:"妈,我不是怕她,是怕外人笑话,怕惹你生气。"

俊虎妈点点头说:"妈晓得和为贵、忍为高,你爹在世时,总爱说家和万事兴。"她取出一张字条递给儿子,"我在沟口碰见田支书,他说你救人丢钱的事,乡长和书记都晓得咧,让你拿上这个条子去信用社,说是啥不要利息的贷款。"

柴俊虎叹了口气说:"妈,咱不当村主任咧,还麻烦人家干啥呢。"

俊虎妈把字条塞到儿子手里说:"不当村长,连人情世故都没有了?不要再使牛性子,吃过饭就走人,免得凤仙回来了,又闹得鸡飞狗上树!"

柴俊虎说:"妈,我不吃饭咧,马上去信用社,下午就去县城。"俊虎妈让儿子等一下,从柜子里取出一个包袱,从中取出一叠钱说:"这是妈平时攒下的五百多块钱,你带上吧。到县城先去医院看看云杰,满村的人都替云杰担心,怕他那只右手保不住。唉,咋总是好人多遭难呢!"

提起李云杰,柴俊虎心中又是一阵哆嗦。村里有人埋怨柴俊虎,说要不是急着赶着修这条路,能闹出这么大的乱子么?李云杰是柴俊虎早就相中的千里马,已经列入了培养计划,他和老支书议论过好多回,打算让李云杰先当副主任,随后再入党。发生这件事,无论从哪方面讲,他都有一份难以推卸的责任。柴俊虎沉思了一会儿说:"妈,我到城里先去医院,把云杰啥都安排好了再走。"

小宝瞪着圆溜溜的眼睛想了想，一溜烟似的跑回他和奶奶住的窑洞，眨眼工夫又跑了出来，摊开手掌说："爸爸，这是奶奶给小宝买冰糖葫芦的钱，全都给你！"

柴俊虎一把揽过小宝，亲着小宝的脸蛋说："好乖乖，听奶奶的话，不要淘气，爸从西安回来给你买个冲锋枪。"他牵着小宝的手刚走出大门口，忽然见凤仙急急忙忙地走过来，不由得吸了一口冷气，瞠目结舌地说不出话来。

张凤仙也愣住了，十分诧异地说："我以为你已到西安了，咋又回来咧？"

柴俊虎无言以对，一个劲地挠头皮，俊虎妈急忙向前跨了两步，把小宝推到张凤仙跟前说："前沟的云杰被炮炸伤咧，俊虎忙着寻人寻车，误了坐船，他这就走。"

柴俊虎借风驶船地拔腿要走，张凤仙一把拽住柴俊虎的胳膊，眉飞色舞地说："别走，鳖种咱不买咧，多亏我昨天下午回娘家，碰到了一桩本钱小、赚利大的好生意，保准发大财！"她把柴俊虎拽进院子，兴致勃勃地说出了"保准能发大财"的来龙去脉。

张凤仙的娘家张家坪，是个山清水秀的小山村，全村百多户人家，居住很分散，有不少是独家庄。昨天下午，张家坪来了一位西装革履、风度翩翩的年轻人，说他叫高翔，是省土特产开发总公司的一名科长，专程来山区考察土特产的分布情况，计划在韩塬县设立一个分公司，集中收购干鲜果品、药材以及各种兽皮，然后运往省城西安，有的可以直接出口。山里人本来就好客，加之凤仙的哥嫂都在西安市工作，凤仙妈对西安来的客人有一种亲近感，她把客人请到家里，好酒好饭热情招待，总觉得有说不完的话，问不完的事。高翔就是流窜犯任小小，他在青龙渡顺手牵羊偷走了柴俊虎的黑皮包，发了一笔意外之财，扔掉空皮包，顺着山沟爬坡而上，闯到位于山巅的张家坪，偏巧就遇见了去小卖部买东西的凤仙妈。任小小凭着他那察言观色的特殊本领和三寸不烂之舌，一个假工作证，一份假介绍信，再加上一番甜言蜜语，把凤仙妈哄得心花怒放。适逢张凤仙回娘家取她的身份证，一席畅谈，就表示要让柴俊虎跟着高科长筹办公司，并主动提出要拿出五千块钱入股。

"省城干部？省城干部一个人单枪匹马地去山沟沟考察，可靠么？"柴俊虎感到好笑。

张凤仙说："人家有工作证，介绍信上盖着鲜红鲜红的大印章，能有假？"

柴俊虎说："人民币都有假的，弄个假工作证和假介绍信还不容易？"张凤仙有些不耐烦了："你这人真呆板，如今连县长、省长都下乡呢，山沟沟来个省城干部有啥大惊小怪的？我和人家说好咧，交五千块钱就算入股了，高科长说公司办成后，可以让你当副经理，我可以干个会计出纳什么的。快，拿出五千块钱给我。"

一提到钱，柴俊虎好似哑巴吃黄连，有苦难言，俊虎妈急忙打圆场说："凤仙，大热的天，你翻山过沟的走了这么远的路，快回屋去歇会儿。"

张凤仙说："想挣钱还能怕热怕累？俊虎，把钱给我，我马上给高科长送去。"

柴俊虎心中一急,脱口说道:"钱丢咧!"张凤仙提高嗓音说:"钻啥牛角呢,送上门的肉包子都不要,整整一个二百五,拿钱!"

柴俊虎急了,结结巴巴地讲了丢钱的经过,张凤仙听罢火冒三丈,指着柴俊虎破口大骂:"柴俊虎,咋没把你丢了?像你这号中看不中用的窝囊废,活在世上有尿用!为啥没让汽车撞死你!为啥没有在青龙渡淹死你!"俊虎妈实在听不下去了,忍不住为儿子抱不平:"凤仙,你咋能这样说呢?白天红日的咒人,你就不怕遭报应!"张凤仙一蹦多高,跳着双脚大吵大闹:"咋?丢了钱还合伙欺负人,这鬼日子还有啥过头!"说罢一阵风地冲进窑洞,俊虎妈害怕凤仙拿着衣物回了娘家,连推带搡地把柴俊虎推进窑洞,要儿子设法拦住张凤仙。

事情闹到这一步,不知能有个啥结果,俊虎妈呆呆地坐在葡萄架下,一边哄着小宝,一边提心吊胆地听着窑洞里的动静。忽然,大门被推开了,一个端庄秀丽的大姑娘走进来,笑容可掬地问道:"大妈,请问这是柴村长家吗?"

俊虎妈怔怔地点了点头,小宝高声说:"我爸爸叫柴村长!"女青年扭头朝门外喊道:"爸呀,进来吧,就是这家。"随即,一位老干部模样的人,提着一个大包包走进来,乐呵呵地向俊虎妈打招呼问好。

俊虎妈见来了客人,急忙拭去眼泪,手忙脚乱地让座敬烟,小宝跑进窑洞去喊他爸爸。柴俊虎正被张凤仙闹得无法招架,被小宝硬拉到院子里,女青年双眼一亮急切切地迎上前说:"俊虎哥,你可真难找啊!"

柴俊虎仔细一看,原来是他昨天从青龙渡救出的那位姑娘,当时他把姑娘刚救上岸,就被乡卫生院的几个医护人员接走了,也没顾上问清姓名。那位胖胖的老干部抢前几步,紧紧握住柴俊虎的双手说:"柴主任,我叫高宁,在县政府多种经营办公室工作,多亏你舍生忘死救了我女儿,我真不知道该咋样感谢你哩!"

柴俊虎也认出了高宁:"噢,是高主任,我听过你关于开展多种经营的工作报告,难得你能来我们这穷山沟,快请坐!"

俊虎妈听说是县政府的干部,十分热情地说:"大热的天,难为你父女俩跑了这么远的路,快歇歇气,我给你们做饭去。"高宁拦住俊虎妈说:"老嫂子,快不要忙活啊,我父女俩今天是来感谢救命之恩的。秀月,快给你俊虎哥叩个头!"

高秀月热泪盈眶地站起来,就要给柴俊虎下跪,惊得柴俊虎手足失措,不知该如何办才好。俊虎妈急忙拉着高秀月的手说:"他大叔,这是干啥呢?千万不要折了他的寿数!"她让高秀月坐在她身旁,十分疼爱地说:"瓜娃么,有啥想不开的,年轻轻的咋能走那条路?"

一句话勾起了高秀月的伤心事,她伏在俊虎妈怀中饮声哭泣。高宁长叹一声,讲述了这件事的前因后果。

高秀月是个有少数民族血统的姑娘。西藏平叛的那一年,刚入伍不久的新兵高宁,随大军进藏平叛,后来转业到当地牧区工作,和一位名叫卓玛的牧民女儿结了婚。"文化大革命"开始不久,高宁调回原籍韩塬县,担任农林局的副局长。1967年局长被打倒了,高宁继任局长,过了不长时间,就被当作走资派关进牛棚,直到1973年才重新回到农林局,第二年生下了掌上明珠高秀月。高秀月上高中那年,卓玛因病去世了,从此父女俩相依为命。高秀月为了尽量多干家务,学习成绩逐渐下降。班主任知道了,让班长姚昆为秀月补习。姚昆来自山区,家境贫寒,却天资聪颖,勤奋好学,学习成绩一直位列前茅。姚昆在帮助高秀月补习功课期间,也帮着秀月干些家务,天长日久,两人感情渐深。高宁自然是欢喜不尽,把姚昆当儿子看待,姚昆上学的一切费用他全包了。高中毕业后,姚昆考上省城一家名牌大学,秀月却名落孙山。姚昆上大学之前,信誓旦旦地和高秀月订了婚,两人约定,等姚昆毕业分配后再结婚。姚昆上大学的第二年,高秀月自费到卫生学校上了两年学,被分到县医院当护士。一个多月前,县卫生局成立了医疗队,巡回到山区搞义务医疗,高秀月参加了医疗队,前几天刚来到青龙川,医疗点设在青龙乡的卫生院。昨天,县医院的司机来青龙川送药品,顺便给高秀月带来了姚昆的挂号信,高秀月迫不及待地拆开信封,没看完就昏倒了。姚昆在信中直截了当地说,由于城乡差距太大,结了婚也只能是长期两地分居,所以只能分道扬镳。并直言不讳地说他另有新欢,让高秀月"贵有自知之明",不要再纠缠他了。这个医疗小分队的医护人员,全是血气方刚的年轻人,一致表示要为高秀月抱打不平,高秀月苦笑着婉言谢绝了伙伴们的好意,推说她头疼,连午饭也没吃就睡了。大家知道她的心情,没有人去打扰她。于是,一场悲剧发生了,高秀月一念之差,险些葬身鱼腹。

高秀月的遭遇,深深触动了柴家母子的心,俊虎妈紧紧搂着高秀月,感慨万分地说:"真作孽,花朵般的俊姑娘,还有啥说的!世事都到啥时候咧,咋还有陈世美,真该让包相爷把那贼东西铡成两节!"

高宁苦笑着摇了摇头,从身上取出一个红包说:"世上还是好人多,我父女俩今天是来谢救命之恩的,这一万块钱是我们的一点儿心意……"

柴俊虎连连摇头摆手:"高主任,您这是干啥呢,快别这样!"

俊虎妈真心实意地说:"他大叔,这钱我们不能收,庄户人讲实在,我喜爱秀月这闺女,咱们以后就当作亲戚走动吧。"

一直站在门后竖耳细听的张凤仙,再也站不住了,抱着小宝趾高气扬地走出窑洞,居高临下地打量着高秀月。高秀月知道是柴俊虎的爱人和孩子,急忙站起来热情地说:"嫂子你好!小宝真逗人爱,来,快叫姑姑。"

张凤仙见高秀月身材苗条,容颜秀美,联想到柴俊虎光着身子把高秀月抱到河岸的情景,难以名状的妒意和醋意油然而生。她没有搭理高秀月,无事生非地拍打了小宝一下,指桑骂槐地说:"贱货!真烦人!"高秀月热脸贴了个冷屁股,闹了个大红脸,愣在那儿进退两难。俊虎妈感到脸上发烧,急忙把高秀月拉到身边,顺手递上一杯热茶。高宁没有计较张凤仙的态度,仍是笑容满面地对俊虎妈说:"老嫂子,咱今天不再提报恩的话,这点东西和钱权当是见面礼,再客气那就是见外了。"

柴俊虎母子说什么也不收高宁的钱,张凤仙气呼呼地冲着丈夫说:"收不收钱随你们的便,昨天丢的两万块得全部交给我,少一分一厘都不行!"

高宁忙问柴俊虎:"怎么,钱丢咧?"

柴俊虎搪塞着说:"没、没啥……"张凤仙阴损地说:"钱没丢?得是进舞厅包间,送给哪个小妖精了!"

俊虎妈见张凤仙越说越不像话,急忙劝阻道:"凤仙,有客人,你少说两句吧!"

张凤仙说:"咋,来了客就不让我说话?要是有人再给俊虎送个媳妇,你娘儿俩非把我给暗害了不可!"

柴俊虎气得满面通红,刚要发作,高秀月站起身说:"爸,俊虎哥不收钱,咱替他存银行吧。"她扭过身又对柴家母子说:"大妈,俊虎哥,以后我会常来看望你俩和小宝的。"说罢,仰头挺胸地从张凤仙眼前擦身而过,头也不回地向门外走去。

柴俊虎和母亲要去挽留高秀月,高宁拦住娘儿俩说:"时间不早了,我们得到渡口去赶车,以后日子长着呢。俊虎,县上要扶持一批种植专业户,进一步发展商品田,我看凤凰坪的条件很好,可以发展种植业,你三两天内到县上来一下,咱们好好商量商量,寻个发家致富的好门道。"说罢,他弯下腰亲了亲小宝,就告辞回县城去了。

柴俊虎返回院里,十分恼怒地说:"凤仙,你太不像话咧!"

张凤仙冷嘲热讽地反唇相讥:"咋?让你和那个小妖精眉来眼去才像话?让你拿上两万块钱去嫖婊子才像话?"

"放屁!"柴俊虎怒不可遏地向前跨了一步,俊虎妈一把拽住儿子的胳膊,拖着哭腔说:"虎子,你还让不让妈活啊!"

柴俊虎不忍心让母亲伤心,无可奈何地蹲在地上生闷气。小宝吓得直哭,张凤仙照着孩子的屁股就是两巴掌,俊虎妈忙把小宝揽进怀中,心里不是个滋味。儿子受气她心疼,媳妇厉害她惹不起,也不愿惹。她恪守着丈夫的遗言,一直抱着家和万事兴的宗旨,尽最大努力维持着这个家。眼前风波因钱而起,她认为只要有了钱,一切也就烟消云散了。她叹了口气,强装着笑脸对张凤仙说:"钱丢就丢咧,有人还愁没钱么?俊虎当了好几年村干部,瞎好也能落下几个人情,让他想法去借钱,快点把鳖池子建起来,挣钱也就有了指望……"

张凤仙毫不客气地打断婆婆的话说:"养龙我也不稀罕,愿养啥你自个儿养去!"她双手叉腰站在柴俊虎面前说:"两条路由你挑,一是跟着高科长办公司,二是离婚!"

俊虎妈忙说:"凤仙,你不能这样……"

张凤仙厌恶地说:"我和俊虎说话,你瞎掺和个啥?真讨厌!"

柴俊虎"腾"地站起来,严厉地说:"住嘴!对我咋骂都行,对妈咋能是这态度?"

张凤仙说:"嫌我态度不好,另寻个好的去,我就是要说,老不死的真讨厌!"

"啪!啪!"柴俊虎再也忍耐不住了,伸手扇了张凤仙两个耳光。

张凤仙自小就是爹妈的掌上明珠,她母亲更是万般疼爱这个如花似玉的宝贝女儿,真是捧在手上怕摔了,含在嘴里怕化了,别说打骂,连大声说话也害怕惊吓了自己的心头肉。张凤仙嫁到凤凰坪以来,一直以金凤凰自居,自觉高人一等,干啥事都要由着自己的性子,任何人都得看她的脸色说话。多年来,张凤仙作威作福惯了,做梦也没有想到爱她、宠她也怕她的丈夫竟敢打她的耳光。张凤仙只觉得眼冒金星,怒火攻心,一声尖叫,气急败坏地向柴俊虎扑去,又一次闹了个鸡飞狗跳。

当天下午,张凤仙把她的衣裳、化妆品和私房钱塞进一个大提包,扔下不满四岁的小宝,独自跑回娘家去了。从此,这只金凤凰再也没有飞回来,最后怀着悔恨交加、万念俱灰的悲哀心情,投入了汹涌澎湃的青龙渡。

移花接木

韩塬县地处大西北黄土高原,地理位置比较特殊,东濒黄河,西靠群山,南托秦川,北连陕北,既有平原风貌,又具山区特色。境内有山、有塬、有川、有滩,物产丰富,资源众多,是个以产销煤炭为主的新兴工业城市,被人誉为西北黑腰带上的夜明珠。

韩塬县的土特产很多,各类干鲜果品和粮棉油作物自不必说,飞禽走兽、中草药材应有尽有,拳头产品"大红袍"花椒,以色味独特而畅销国内外,是当地一宝。韩塬县的地方风味小吃手工挂面,外地少有,羊肉荞面饸饹更为一绝,外地人到韩塬,都要闻其名而尝其味。久而久之,就有了"不吃羊肉荞面饸饹,就不算到过韩塬"之说。羊肉荞面饸饹既然能成为当地一绝,自然有它的独特之处和一套制作程序。说来也怪,荞面饸饹只有在韩塬,才能保持筋韧不断,耐嚼耐放,而到外地任何地方都不能保持这种特色,其中奥妙何在,至今仍是一个难解之谜。制作羊肉荞面饸饹的工序,观之十分有趣,首先把磨好的荞麦面粉放进大面盆,掺入适量的蒿子粉,用温水和成比较软的面团,放进床孔,人坐在床杆上用力挤压。通过密如筛眼的箅网,压出的面细而长,只有线绳那么粗,足有两尺长。床子架在煮沸的大铁锅之上,压出的面条直接入锅,打个滚就煮熟了,然后捞出来放进水桶里,连过两遍清水,再捞出来将水控尽,拌上清油,就成了凉饸饹,放进一个特制的大木盘,备有辣椒、蒜泥、芥末、上等好醋和凉粉,随吃随调,一筷子挑不到头,耐嚼有味,拿回家放上三两天仍是坚韧如初,不易断成小节。吃热饸饹,更是妙不可言,放着羊肉臊子的臊子汤,漂浮着厚厚一层红得瘆人的红辣椒,吃到口里却不甚辣,满口生香,其味无穷。乡下人赶集上会或进城约伙伴时,大都要说一句:"走,吃两碗羊肉饸饹去!"

青龙川爱吃羊肉饸饹的人很多,凤凰坪就数田春山最爱吃,小时候,他随爹进城或赶集上会,宁可不要水果糖不买玩具,也要吃一碗羊肉饸饹和一碗凉粉饸饹,久而久之便吃上了瘾,几天不吃就馋得慌。县医院对面是商业大厦,大厦旁边的饮食街上,卖饸饹的就有好几家。田春山信步来到饮食街,在摊前转来转去,就是吊不起胃口,尽管他没有吃早点,也感到肚饥,可是这几天他是食不辨味啊。李云杰的右手到底未能保住,被截了肢,一个生龙活虎的小伙子,骤然变成了一个地地道道的残疾人。一个多月来,田春山和田春燕怀着负罪感和报恩心念,衣不解带、寸步不离地轮流护理着李云杰。田春山和李云杰同年同月出生,李云杰比田春山只大二十天。春山妈身体孱弱,奶水不足。田二曼身强体壮奶水好,经常一手抱着春山一手抱着云杰,两张小嘴同时吸吮两个奶头。也可能是同奶之缘故,两人长得十分相像,不知道底细的人,往往会误认他俩是同胞兄弟。田春山和李云杰光着屁股一起长大,从小学到高中都是同学,感情胜似骨肉同胞。李云杰的右手被截掉了,田春山能好受么?如果医院有换手之能,他会毫不犹豫地把自己的右手还给云杰。他不止一次地暗暗发誓,为了云杰,上刀山下火海在所不辞。上午,他刚照料着为云杰换过药,丁贵就连着打来两次电话,要他10点钟到商业大厦前碰面,说有紧要事和他商量。田春山给妹妹和护士张丽打过招呼,离开病房来到商业大厦前,神不守舍地等了好一阵子,还不见丁贵到来,他抬起手腕看了看表,才9点半。田春山叹息着摇了摇头,又信步向前边不远处的新特药店走去。

这家新特药店是新开的,医药品种很多,不少药品都是刚刚研制出来的新产品。田春山总是怀着一丝希冀,盼望有一种能使断手再植的特殊新药,让云杰那只截掉的右手完好如初。尽管他明白这是一种幼稚可笑的幻想,可他还是不由自主三番五次地来到这家药店。来的次数多了,两位女营业员都知道了事情的真相,明白了田春山的心意,每次看见田春山走进店门,都会不约而同地向他报以同情的微笑。

从药店出来,田春山无处可去,便走到大厦前花圃旁边的水泥凳前,坐下来垂着头想心事,渐渐感到双目发涩。忽然,一个身穿道服的白胡子老头来到他跟前,笑容可掬地说他住的深山老林里,有一种能使断手再生的药草,让田春山跟着他去采药。田春山喜出望外,站起来跟白胡子老头就走。走啊走,一直走到深山老林,来到一个深不见底的悬崖边,白胡子老头说神药长在半山腰,问田春山敢不敢去采,田春山说只要能采到神药,哪儿都敢去,顺手抓着一根葛藤滑下崖畔,望见半山腰果然长着一种火红火红的神药,他不顾一切地向神药荡去,眼看就要采得神药了……忽然有人一边喊着他的名字,一边摇着他的肩膀。田春山猛地睁开眼睛,怔怔地望着站在他眼前的丁贵。

丁贵十分诧异地瞅着田春山,连声问道:"春山,你这是咋咧?"

田春山清醒了,细想刚才的梦境,自己也觉得十分可笑。他长长地打了个呵欠,有点不好意思地说:"没啥,刚才睡着咧,做了一个梦,刚到紧要关头,就被你叫醒了。"

丁贵通情达理地说:"也真是难为你了,没黑没明地护理云杰,连续一个多月,铁打的汉子也吃不消啊。年轻人睡多梦少,你刚刚打了个盹,能做个啥梦呀?"

田春山有些好笑地讲述了他做的梦,丁贵瞪圆眼睛盯着田春山看了好一阵子,由衷地夸奖说:"春山,你是有良心的人,不愧是云杰的好朋友。说好10点钟碰面,有点事来迟咧,叔甘愿认罚,走,到龙门酒家去吃南韩烧烤,叔我请客。"

田春山摇摇头说:"丁叔,现在就是有龙肝凤胆,我也没胃口。有啥事你快说,云杰刚换过药,我得去照看着。"

丁贵不以为然地说:"有护士有医生,还有春燕,你不必整天守着云杰。"

田春山说:"云杰的脾气你还不清楚?啥事都不愿意麻烦别人,又是个薄脸皮,不愿意让女护士和春燕护理,我在场他还比较听话。"

丁贵叹了口气说:"唉,天生的牛脾气,总是改不了。春山哪,叔今天有事相求,你得赏个脸啊!"

田春山有些歉意地说:"丁叔,要是平常,只要你有句话,我是上刀山下火海万死不辞。如今云杰成了那模样,我心里整天乱糟糟的,干啥也提不起精神,请丁叔不要见怪。"

丁贵竖起大拇指说:"好!好!春山,云杰有你这样的知心朋友,受苦遭难不冤枉。不过,你能侍候云杰一辈子?"

田春山说:"我这条命是云杰给的,不要说侍候他一辈子,替他死我也心甘情愿!"

丁贵满意地点点头说:"那好,这件事就是要给云杰办的。"

田春山忙问:"啥事?"

丁贵把田春山拉到一棵大树下,递给春山一支香烟说:"我在陕北给云杰找了个对象,叫柳翠香,是个高中生,人长得很漂亮,和云杰一样,也爱搞果树嫁接,眼头挺高,她同意见面谈谈话,就在云杰要去陕北相亲的那天出了事,这事就给耽误咧。"

田春山急切地说:"丁叔,这桩亲事无论如何都要说成,到时我给你老披红挂彩送牌匾,要我干啥尽管吩咐!"

丁贵轻轻地吐了口气说:"春山,叔实话对你说,要是从前,叔敢打包票,这门亲事是万无一失。可如今么,云杰成了残疾,要是双方一见面,准得砸锅!"

田春山说:"丁叔,我看没啥,云杰舍己救人,上了电视登了报,成了雷锋式的英雄人物,柳翠香肯定愿意。"

丁贵说:"瓜娃些,上电视登报纸是一阵子,两口子过光景是一辈子,一个有才有貌的俊姑娘,咋能心甘情愿地跟着残疾人过日子?叔和你爹商量再三,觉得只有来个冒名顶替之计,才能把这桩亲事促成。"

田春山不解地问:"啥叫冒名顶替之计?"

丁贵扬扬得意地说:"是条妙计,三十六计里都没有的妙计。你和云杰长得很像,身材个头也差不多,最好由你以云杰的名义,代替云杰去陕北相亲,事情定妥了,你就把柳翠香接到凤凰坪,随后想办法弄个结婚证,生米就变成熟饭咧。"

田春山感到心头冒火,脸上发烧,但又不便对丁贵发脾气,气呼呼地说:"丁叔,亏你们能想出这号歪点子,我不干!"

丁贵先是被田春山顶得发毛,听了田春山的话,又觉得发虚,一时间竟无话可说了。但丁贵毕竟是走南闯北的牛贩子,小眼睛眨得快,新点子也来得快,眨眼之间,又生出了一条妙计。他佯装恼火地站起来,拍拍屁股大惊小怪地说:"啥?歪点子?

我这不是好心做了驴肝肺了么！你既然不愿干,我也没法子,我马上去邮电大楼拍电报,给柳翠香把这事退了,云杰就是打一辈子光棍,也是他命该如此,我这当舅的是心有余而力不足,要怪,只能怪他自己没有交下好朋友!"说罢转身要走。

丁贵这一招欲擒故纵之计确实高明,对症下药地将了田春山的军,田春山怔了一下,不知所措地拽住丁贵："丁叔,你老急啥呢,有话好商量么。"

丁贵见田春山上了圈套,趁机再紧了紧套绳。他走近田春山拍了拍田春山的肩膀,用一副长辈人的口吻说："好娃哩,你是个懂事的人么,岂不知受人滴水之恩,必当涌泉相报这个理么？你三婶就云杰这么一个独苗苗,你能忍心眼看着李家断了香火？"

丁贵一番话,深深打动了田春山的心,一股热泪涌出眼眶。不孝有三,无后为大,对于李云杰的婚姻大事,他绝对不会袖手旁观。可冒名顶替相亲,是一种极不道德的骗婚行为,是会让人笑话的,田春山感到左右为难。

丁贵不失时机地说："为了云杰,啥都不要想咧,你爹和你三婶在公园门口等着呢,咱们快去商量一下。春山,听叔一句话,这件事也和打仗一样,只能胜利,不准失败!"

年轻气盛的田春山,在老谋深算的牛贩子面前,不到一个回合就彻底失败了,他像个被缴了械的俘虏,垂头丧气地跟着丁贵,忧心忡忡地向公园门口走去。

冒名顶替

我家住在黄土高坡,
大风从这里刮过。
不管是东北风,还是西南风,
都是我的歌,我的歌。
…………

伴随着悦耳动听的歌声,一辆满载乘客的豪华型大客车,沿着逶迤蜿蜒的柏油公路,左盘右旋,忽上忽下驰骋在黄土高原上。翻过一条大沟,道路宽敞而车辆稀少,司机加大油门,开足马力,风驰电掣般地奔向革命圣地延安。

坐在前排座上的田春山,一颗心随着汽车的颠簸而起伏难平,越是接近目的地,他越觉得心里头翻江倒海。田春山是有生以来第一次去延安,不是旅游观光,不是参观考察的,而是冒名顶替去相亲,他觉得自己是全车厢里最为特殊的一名乘客。田春山虽然没有去过延安,但对延安很了解。上小学的时候,他就从课本和连环画上,认识了革命圣地延安,知道雄伟的宝塔山,知道清亮的延河水,知道枣园也知道杨家岭。田春山去过西安,去过兰州,也去过其他几个大城市,但他不以为荣;没有去过延安,他觉得遗憾觉得自愧。他不知道做了多少次游览延安的美梦,想方设法寻找着去延安的机会。现在,田春山终于坐上了驰往延安的公共汽车,可他的兴致总是起不来,代之而来的是一种难以名状的惆怅。

自从答应了冒名顶替之事,田春山心里就没平静过。他是个高中生,也是个血气方刚的现代青年,他知道冒名顶替为别人相亲是啥行为,也清楚可能出现的严重后果。复杂矛盾的心情,激烈的思想斗争,把田春山推入了水深火热之中,真正应了"赴汤蹈火"那个誓愿。田春山是个粗心大意的人,对于很多亲身经历过的事,过去就过去了,从不经心在意。可李云杰那就大不一样了,放开别的不说,李云杰奋不顾身见义勇为救护他兄妹的那个镜头,他刻骨铭心,终生难忘。柴俊虎信任田春山,力排众议,让田春山承包了修路工程。修这么一条长不过五公里、宽不过六米的山区道路,算不上什么工程也没多大油水,可是想承包的大有人在。柴俊虎之所以让田春山承修,一方面是铭记老支书的扶持之德,再就是因为田春山以前在石灰场干过,会打炮眼会放炮,而且不怕苦不怕累,有一股子闯劲。柴俊虎中箭落马,田春山愤愤不平,决心要提前修好这条路,到时候请柴俊虎验收剪彩,为柴俊虎脸上增光。平时上午只放一炮,为了赶进度,那天多钻了一个炮眼。田春燕胆大性子野,从小就喜欢放鞭炮听响声。她见哥哥一炮就炸掉了一块高达三米多的巨石,惊喜得不得了,心痒痒手也痒痒,软缠硬磨一定要亲手放炮。在田春山的指导下,田春燕壮着胆子点燃了导火索,导火索不比鞭炮引信,声响大火星也大,"哧哧哧"的火苗子蹿得老高,田春燕吓了一大跳,扭头就跑,没料到高跟鞋的后跟卡在石缝里崴了脚。田春燕抱着脚脖子直喊疼,田春山忙着把妹妹往起拉,越急越乱。负责监视现场的柴水生看导火索快要燃尽了,急得又是挥舞小红旗又是吹哨子,躲在远处的人们都异口同声地喊叫:"春山快跑快跑啊!"田春山急蒙了,拉着妹妹就要往五十多米深的崖下跳。正在千钧一发之际,李云杰赶到了,看到眼目前的危局,他来不及多想,一个箭步冲过去推倒田春山和田春燕,张开双臂趴在兄妹二人身上,紧接着就是天崩地裂的爆炸声……

汽车穿过一个川道,又向一个塬头爬去,一阵悠扬悦耳的信天游,荡悠悠地飘进了车厢。田春山闻声向窗外望去,山坡上有一位头上缠着白毛巾的老汉,手里挥动着羊铲,一边招呼着吃草的羊群,一边高一声低一声唱着听不清歌词的陕北民歌。黑白相间的羊群,时聚时散,咩咩之声不绝于耳;两条硕壮的牧羊犬,来回追逐着跑离羊群的小羊羔。一排排梯田、一排排窑洞和一排排树木,迅急地向后倒去,独特的陕北风光,接连不断地迎面扑来。客车驰过三十里铺,转过一个弯,雄伟高耸的宝塔山赫然在目,车厢里引起一阵骚动,乘客们七嘴八舌地欢呼着:延安!延安……

午后,正是各种长途车进站和出站的高峰期,人喊车鸣,熙熙攘攘,十分热闹,马达轰鸣声,汽笛声,小贩和司乘人员声嘶力竭地招呼顾客声,汇成一股声浪,显得格外嘈杂。车刚停稳,乘客们就争先恐后地往外挤,坐在前排座位上的田春山,是最后一个走出车厢门的。当其他乘客拥向车门之际,他抬头仰望着清凉山上的宝塔,平心静气地调整着自己的情绪,暗暗盘算着下一步的行动。按照上车前的打算,他要在延安停留一天,看看向往已久的圣地风光,逛逛延安的市面,顺便买一些见面礼物。可汽车进站后,他又临时改变了主意,决定连车站也不出,立即搭乘去清涧县的公共汽车,尽快完成这件令他颇感难堪的特殊使命。

延安汽车站是个大站,停车场整整齐齐地排列着几十辆待发的客车。田春山逐车走过,两眼紧紧盯着车上的牌子,寻找开往清涧县的车次。他来到一辆车牌上写着开往子长、清涧、绥德的客车前,停住脚步仔细辨认,弄不清这辆车到底是开往子长,还是直接开往绥德,再有没有直达清涧的车次,该不该上这辆车,他犹豫不决。忽然,一位女青年走到田春山面前,笑盈盈地问道:"请问,你是不是从韩塬县来的?"

田春山闻声望去,顿觉眼前发亮,女青年明眸皓齿,一双明亮的大眼睛像月牙似的,使那张灿若朝霞的面孔上充满了盈盈笑意。倏然间,田春山竟觉得这位姑娘有点眼熟,继而他知道了来者是谁,不由自主地心中撞鹿,神情慌乱地点了点头,用发颤的声音说道:"我,我叫李云杰,你是柳,柳翠香同志吧?"

柳翠香咯咯咯地笑了,她上下打量着田春山,抬起手腕看看手表说:"快两点钟了,是先登记住宿还是先吃饭喀?"浓浓的陕北腔,很好听,也听得懂。

田春山摇摇头说:"不住旅社咧,下午还有去清涧的车么?"

柳翠香有些诧异地问:"不在延安看看?你以前来过喀?"

田春山说:"没来过,以后游玩的机会很多,家里比较忙,我想快点去清涧,见见两位老人。"

柳翠香说:"那好吧,咱们先去吃饭,4点钟有直接发往清涧的客车,时间够用。"

车站前边的饮食摊上,有不少陕北风味小吃,柳翠香以东道主的身份,给田春山买了荞面片片,买了煮着洋芋块的小米饭,买了烤得发黄的羊肉串,还买了两瓶啤酒和几样小菜。田春山感到局促不安,十分机械地品尝着别具味道的陕北小吃。相比之下,倒是柳翠香显得落落大方,不停地劝田春山多吃,并给田春山讲述这些风味小吃的典故和制作方法。

这顿饭吃得相当别扭,色味俱佳的风味小吃,田春山觉得味同嚼蜡,根本没有品出味道来。柳翠香问口味怎么样,他只是一个劲地点头称好,惹得柳翠香咯咯发笑。吃过饭,田春山坚持着进了一家商店,给柳翠香的父母和哥嫂买了烟酒罐头,扯了几块时兴的高级布料,这些都是田二曼和丁贵再三再四叮咛过的,他牢牢地记在心里。

上车前,田春山抬头望望高耸入云的宝塔,望望身旁亭亭玉立的柳翠香,感到相比之下,自惭形秽,更加感觉到他所扮演的角色是多么的不光彩,是多么的窝心。陕北之行将会出现什么样的后果,他不愿想也不敢想。车到山前必有路,事已至此,是刀山也得上,是火海也得下,为了报答好朋友李云杰的救命之恩,为了李家的后续香火,他豁出去了,什么也不再去想了,只是牢记着丁贵的话:只许成功不准失败!

开往清涧县城的公共汽车准点发车,田春山和柳翠香并肩坐在双人座位上,尽管座位狭小,但他始终和柳翠香保持着一定距离。路途中有年纪大的老人上车,他总要站起来让座,对下车的老年人和行动不方便的残疾人,也总是搀扶着送到车下。柳翠香靠里而坐,默不作声地观察着田春山的言谈举止,心中感到很满意。她是个有心计的女子,为了终身大事,她要对"李云杰"从各个角度进行观察,进行考察,一辈子要生活在一起,是千万马虎不得的。

柳翠香的家在清涧县城外十多里路的一个山洼里,村子不大,只有三四十户人家,是个缺水的高寒地区,村民们大都住窑洞,家家院中都有一个水窖,下雨时存些水,以备平时人畜饮用。这儿日照较短,冬天很冷,气温一般都是零下二十多摄氏度。庄稼以荞麦、谷子、糜子和苞谷为主,蔬菜较缺,常年四季多以南瓜和洋芋为主要蔬菜。这里的南瓜和洋芋很独特,个大而味美,蒸着、炒着、煮着都很可口,过去常有南瓜洋芋半年粮之说。

柳翠香家中共有六口人,父母亲和哥嫂还有一个小侄儿,全家人十分热情地款待了远道而来的贵客。放在炕上的小饭桌上,摆满了凉盘热炒,还有一盆清炖羊肉。

柳翠香怕田春山不习惯盘着腿在炕上吃饭，特意给他拿了一个小板凳，田春山说他也习惯盘腿而坐，说青龙川有不少人家是从陕北迁来的，风俗习惯都差不多，而且两地相隔只有二百多公里，他到这儿啥都感到很习惯。这顿晚宴的气氛很好，柳有山和老伴感到十分开心，欢声笑语不绝于耳。

　　这天晚上又停电了，窑洞里点着一盏带着风罩的煤油灯，柳翠香又点了一支蜡烛。灯光昏暗，使田春山精神上的压力减轻了许多，他怕人家看清了他脸上不自然的神色，怕人家看清了他脸上的每个部位，他时时刻刻在告诫着自己，他是李云杰而不是田春山。他小心翼翼地应付着这家人的问话，不敢多说半句，更不敢饮酒。这顿迎客饭看起来是在轻松愉快的气氛中进行着，但田春山一直是如坐针毡，心中总像揣着一只小兔子。

　　此起彼伏的鸡叫声，把田春山从梦中惊醒了，他睁开眼睛，见纸糊的窗户上已显露出一片曙光。昨天晚上多喝了一些茶水，小便憋得慌，他翻身起床，放轻脚步走到门外。住在山上的人家，一般都没有厕所，门外不是荒坡就是丛林，随便到哪儿都可以方便。这是一个很普通的农家小院，没有大门，只是用石头垒了一道矮矮的院墙，牛圈和猪舍都很简陋。田春山手脚勤快，是个闲不住的人，他想帮着柳家干些出力活，找机会表现表现，以便取得柳家父女的欢心，尽快定下这门亲事，尽快回韩塬交差。田春山满院巡睃着，看见靠近牛棚的墙脚下，堆放着一堆树桩，就拿起旁边的斧头去劈柴。这把斧头很锋利，他使起来很觉顺手，不大一会儿就劈完了几个树桩。田春山把劈好的木柴码放齐整，直起腰来擦了擦头上的汗水，一侧身见柳翠香站在他身后，柔声细语地说："洗脸吧，我把水兑好了。"

　　早饭是柳翠香做的，香喷喷的小米稀饭，油渍渍的芝麻烙饼，黄亮亮的炒鸡蛋，还有一盘自家腌制的咸萝卜条。翠香的哥嫂和父母分家另住，没有过来吃早饭，翠香嫂出于礼节，让小儿子送来几个鸡蛋。翠香妈把田春山让到炕上，一个劲儿地夸奖春山勤快有眼色，说那些树桩放在那儿多半年了，她磨破了嘴皮子，也没人给她动一斧头。柳有山递给田春山一支香烟，田春山摇头摆手地说他不会吸烟，柳有山赞许地说："尔格这些年轻娃娃，不吸烟的人很少，你不吸烟，也不会喝酒，真是个好后生喀！"

　　吃饭期间，柳有山和老伴兴致勃勃地谈天说地拉家常，就是只字不提婚姻之事。柳翠香习惯站着吃饭，她端着饭碗紧挨炕头而站，慢条斯理地喝着稀饭，很少说话，也不去看田春山。

　　田春山心里又慌慌地直打鼓，他后悔没有拽着丁贵一起来陕北，中间没个搭桥引线的，话不好说。这件事到底能不能成？该如何开口？他是一筹莫展，心里头又悬起了十五个吊桶，七上八下的很不好受。田春山思索再三，决定来个投石问路，他殷勤地为柳有山点燃了一支香烟说："叔，家里地里有啥要干的活，我抓紧时间去干。"

柳有山说:"急啥喀,大老远的来了,就多住几天么。"

田春山说:"我不能多停留,县绿化局在我们村办了个苗木基地,成立了一个筹备小组,也让我参加了,村上让我领两个人到江苏常州市去考察学习,我得回去准备准备。"

柳翠香瞅了田春山一眼,想说几句挽留的话,觉得脸红心跳,无法张口。忽然,她灵机一动,对她父亲说,"电视连续剧《张三丰传奇》播放后,白云山又热闹了喀,村上不少人都要去求签看热闹呢。"

柳有山一提起张三丰,便来了兴致,眉飞色舞地说:"张三丰是活神仙,他是咱陕北人喀,常常显灵为咱陕北消灾除难哩。听说他老人家近来又显灵咧,我也想去看看。"

柳翠香的本意是想让田春山陪她去白云观,故意指东打西地问道:"爹,听说以前毛主席和周总理都去白云观抽过签,是真的么?"

柳有山说:"是真的,那还是胡宗南进犯延安时,毛主席坚决不离开咱陕北,牵着几十万蒋匪军到处转圈圈。有一天毛主席到佳县的黄河边上去看地形,听人说白云观的签特灵验,就和周副主席一块儿去了白云观。毛主席连抽三签,签签都是上上签,他问老道签语是什么意思,老道给毛主席写了四句话:'无妨无妨,万寿无疆,文臣武将,谨防林江。'毛主席看了哈哈大笑,随手把那张签语给扔掉了,把签语上的天机也给忘咧,所以后来就出了林彪和江青两个大奸贼。"

田春山是头一次听到这么动听的故事,津津有味地连饭也忘了吃,柳有山滔滔不绝地继续说道:"过后不久,胡宗南也去白云观抽签,他率领三十万大军抢占了延安,晓得陕北只有两三万红军,他龟儿子想消灭红军,还想活捉毛主席,可就是寻不着毛主席在哪搭,还常常挨红军的打。胡宗南想抽签问吉祥,连抽三签,都是下下签,这小子满肚子不高兴喀,说毛泽东咋就连着抽了三个上上签?参谋长说那你就替蒋委员长抽个签吧。胡宗南是蒋介石的得意门生,和蒋介石好得一个鼻孔出气,他就代替老蒋抽了三签,签签还是下下,老道给他写了签语,也是四句话:'生不离川,死不离湾,长江不险,黄鹤不返'。胡宗南还想往下问,老道说天机不可泄露。两年以后,这签语全都应验了喀,长江挡不住咱百万雄师,蒋光头跑到台湾一去不返了,咱毛主席坐了北京城,你说白云观的签灵不灵?"

田春山像听天书一样,十分过瘾,也就动了想去白云观游览的念头。白云观的签那么灵验,他想去试一试,问问李云杰的前程,问问这桩亲事是否能成,也想顺便为自己抽个签,问问自己的终身大事和前途是吉还是凶。他问柳有山:"叔,咱这儿离白云观有多远?"

柳有山把最后一口稀饭咽下去,抹了一下嘴巴:"远倒不甚远,尔格交通方便得很,一天能打两个来回。"他侧过身对柳翠香说:"听说佳县那边的牛价下来了,我想去看看行情,韩塬县你丁叔来了信,说韩塬的牛价很好,他想多买几头牛,我得把这个事给落到实处。最近气候不大正常,你妈的腰腿病又犯了喀,我和你妈去白云观看看热闹,顺便也抽个签。"柳翠香心眼活,脑子反应挺快,晓得父亲已同意了这门亲事,借口要去白云观抽签看热闹,给她和"李云杰"创造个谈情说爱互相了解的机会。她悄悄瞅了田春山一眼,笑着说:"爹,你和我妈抽签的时候,不要忘了替我也抽个上上签,问问我嫁接的酸枣树,甚时候能结大枣?"

  柳有山笑呵呵地点了点头,说一定给翠香抽个上上签,说这次去佳县事情比较多,得多住几天,要女儿把家里招呼好。田春山不解其意,以为是老汉下了逐客令,心中像灌了铅似的直往下沉,十分失望地叹了口气,神情怏怏地说:"你老有事忙着,那……那我今天就回韩塬去。"

  柳有山忙问:"你说甚?"

  田春山瞅了瞅柳翠香,嗫嗫嚅嚅地说:"家里的事很多,我……"

  "既然家里忙,你来陕北做甚?"柳翠香气恼地截断田春山的话,把饭碗重重地放在饭桌上,拧身走出门去了。

酸枣沟定情

柳翠香住的村庄叫柳家湾,柳家湾的大枣很驰名,个大肉厚,味道甜美。每到枣红之际,来柳家湾收购大红枣的小商贩络绎不绝,接踵而至,驴驮车载,热闹得跟过庙会似的。

柳家湾三十多户人家,家家户户的门前、院里和崖畔上,到处都是枣树。靠山吃山,靠水吃水,柳家湾的村民靠大红枣,全凭用大红枣换回来的钱维持生活。早在建国以前,柳家湾就有一个大枣园,几乎占满了整个山坡,人们都习惯地把柳家湾叫成了红枣坡或红枣湾。那个时候,县上和地区的领导去北京开会,都要带上柳家湾的大红枣,作为罕见的礼物,送给以前在清涧打过游击或者闹过土改的中央首长,据说毛主席最喜欢吃清涧的大红枣,说一个红辣椒,一个大红枣,闹红了陕甘宁,闹红了全中国。大炼钢铁那年,枣树几乎被砍伐殆尽,先后被填进了炼钢铁的大炉子,红枣坡名不副实了,又成了光秃秃的黄土坡。红枣坡不存在了,老百姓尝过红枣的甜头,就在门前屋后、路边崖畔,能栽树的地方全都栽了枣树。桃三杏四梨五年,枣树当年能卖钱。久而久之,柳家湾的大红枣又一次出了名,有人就把柳家湾又叫成了红枣湾。

柳翠香家住村东,村头不远处有一条山沟,名叫酸枣沟,这条沟很深,两边的山坡上、崖头上长满了大大小小的酸枣树。沟底有一条小溪,雨多了,溪水长流,雨少了,溪水时有时无,只是随着山势的落差,隔三岔五地冲刷出一些大大小小的水潭,小水潭淹住脚面,大水潭深可没膝,潭水中有鱼有虾,也有螃蟹。可能是由于水土的关系,这里的酸枣比其他地方的酸枣大多了,味道也有异于其他地方的酸枣,酸味忒大,酸中带着甜。每年酸枣成熟季节,村里人三三两两地拿着长杆,夹着麻袋或者挑着筐,到酸枣沟打酸枣,一是用来酿醋,二是晒干去皮后当药材卖。一个红枣坡,一条酸枣沟,实实在在地为柳家湾的老百姓们造了福。

柳翠香高中毕业后,在家里待不住,跑到县城去求职,给个体户卖过服装,在招待所当过服务员。有人要她到舞厅去当小姐,有的领导和款爷缠着要出高价包养她,柳翠香一气之下又回到了柳家湾,发誓不再到县城去干任何工作了。一个偶然的机会,柳翠香发现了一本酸枣树结大枣的资料,她如获至宝,反反复复看了好多遍,萌发了把酸枣嫁接成大枣的念头。柳翠香大致上计算了一下,酸枣沟有嫁接条件的酸枣树,少说也有两万多棵,如果嫁接成功,一棵树平均结五斤大枣,每年就是十多万斤,是一笔相当可观的经济收入。她把这个想法给几位要好的同学讲了,同学们嘴上说是好事,但都是只呐喊不上阵,干打雷不下雨。柳翠香干脆给县长写了一封信，详细介绍了酸枣沟的现状和红枣坡的历史，畅谈了她的远大理想。时间不长，县林业局来了几位干部，到酸枣沟看了大半天，说回去向领导汇报请示一下再说。谁知这一走就黄鹤一去不复返，再无任何音信，柳翠香到林业局跑了好几次，不是张三不在，就是李四出差了。最后她找到了局长，局长给柳翠香讲了一番改革的大道理，讲了一大堆鼓励的话，末了又诉了一顿苦，说林业局人员不足经费极缺，暂时无力顾及此事，让柳翠香先试着干，争取闯出一条成功之路，说他有机会一定亲自去酸枣沟看看。柳翠香气得七窍生烟，心里把这位胖局长的祖宗十八代都骂遍了。她不再指望什么外援力量，决定自己试着搞，干出一番事业来让这些王八蛋们、王九蛋们看一看，用成功的事实去扇这伙尸位素餐者的大耳光。

柳翠香的行动，只得到了她母亲一个人的支持，送水送饭递剪刀，能干多少干多少。柳翠香坚持不懈干了两年，共嫁接了五百多棵酸枣树，成活率很理想，达到了百分之八十以上，但没有什么实际效果，不知是何原因，有不少嫁接成功的酸枣树结出了大枣，但味道还是酸的，且皮厚汁少，咬在嘴里干巴巴的如嚼木头。柳翠香彻底泄气了，就产生了另辟蹊径的想法。正在这个时候，牛贩子丁贵给她介绍了李云杰，柳翠香觉得两个人志同道合，各方面条件也都旗鼓相当，便同意李云杰来陕北相亲。田春山来到柳家湾不到两天时间，柳翠香便相中了这位英俊憨厚而又手脚勤快的小伙子。爹和妈到佳县去了，她留住了这位白马王子，把他领到了酸枣沟，她还要进一步观察，了解一下这位在韩塬小有成就的李云杰，她不愿意放弃这个好机会，是否有缘，酸枣沟将是决定她一生命运的紧要关口。

田春山又一次感觉到他成了俘虏，乖乖地跟着柳翠香来到了酸枣沟，他也知道酸枣沟之行，是决定这桩亲事成败与否最关键的一步棋，自然是如履薄冰，格外小心，他极力控制着自己的一言一行，不敢多说半句话。两天来，田春山觉得是他有生以来最难度的两天，是他有生以来最为尴尬的境遇，他暗暗嗔怪丁贵和他爹是个很不高明的导演，暗暗责骂自己是个蹩脚的末等演员。

柳翠香的心情特别好，兴致勃勃地给田春山讲红枣坡，讲酸枣沟，讲她在学校时耳闻目睹的一些奇闻趣事。幽深的山沟里，回荡着柳翠香那一阵又一阵清脆悦耳的欢笑声。

酸枣沟果然名不虚传，满山遍野，溪旁崖畔，触目之处都是绿叶青果、浑身长刺的酸枣树，郁郁葱葱，无边无际，一阵阵山风吹过，枝叶晃动，犹如微微起伏的绿浪，潺潺的溪水声悦耳动听，像是一位高明琴师手指下的琴声。柳翠香伸手从一棵酸枣树上摘下两颗青枣，递给田春山一颗说："这是我嫁接的第一棵酸枣树，你看，这枣儿比那些没有嫁接的酸枣大多了咯，你尝尝，看是啥味儿？"

田春山接过青枣，放进口中嚼了嚼，连皮带核全咽进了肚子，不住口地称赞着说："好吃，好吃，味道很好！"

柳翠香"扑哧"一声笑了,她调皮地学着田春山的样子,把手中那颗青枣丢进嘴里,虚张声势地嚼了嚼,也是连皮带核全吞进肚子,皱着眉头说:"哎呀,又酸又涩的,还有一股青草味,你咋说味道很好喀?"

田春山就发窘,就傻笑,就感到手足失措。柳翠香给田春山发了个信号:"等枣儿红了,我在这棵树上挑选两颗最大的红枣,你吃一颗,我吃一颗,尝尝味道究竟怎么样?"

田春山未解其意,随声附和:"行么,枣儿红透咧,味道肯定就甜美么。"

柳翠香心中骂了句"笨牛",指着一棵酸枣树说:"云杰,你是搞果树嫁接的内行,看看我嫁接的部位对不对?"

田春山和李云杰常常泡在一起,形影不离,李云杰承包了村上的苹果园,田春山自称是苹果园的"首席顾问",整天泡在苹果园,自然也懂得嫁接知识。他仔细察看了几棵枣树的接口说:"搞嫁接说起来比较容易,实际操作上难度较大,接茬部位一定要选准确,还要选准时间,一般是上午嫁接的成活率比较高。另外,对接茬处一定要缠紧包严,使不同母枝的枝芽有个良好的黏结条件。"

柳翠香笑着说:"果然有两下子,啥时候到你们的果园去参观学习,拜你为师行不行?"

田春山心中"扑通"了一下,这句话他听懂了,柳翠香向他举起了绣球,他迫不及待地说:"行么行么,你啥时候去?"

柳翠香没有回答,她领着田春山来到一个水潭前,蹲下来洗了洗手,甩着手上的水珠问田春山:"喂,有手帕吗?"

田春山忙不迭地从裤兜里掏出手帕,递给柳翠香,柳翠香接过手帕擦去手上的水珠,没有把手帕还给田春山,让田春山蹲下来看潭水中的游鱼。这是一个比较大的水潭,半人多深的水,清可见底,成群结队的小鱼儿,摇头摆尾地相互追逐着。柳翠香指着游鱼问田春山:"云杰,为甚有的鱼儿成双成对,有的鱼儿却分开得那么远?"

田春山随口答道:"成双成对的鱼,一条是雌的,一条是雄的。"

柳翠香佯装不解:"为甚?"

田春山说:"大概是同性相斥、异性相吸吧。"

柳翠香娇嗔道:"咱俩是同性还是异性?"

田春山怔了一下,不知如何回答,柳翠香略显愠色地说:"你总是离我那么远,怕我吃了你还是嫌弃我?"

田春山红着脸说:"翠香,看你把话说到哪儿去咧,我,我总觉得我配不上你……"

柳翠香坐在一块光滑的石头上,往内挪了挪,示意田春山坐下来。田春山笑了笑,十分局促地坐在柳翠香身旁,浑身像过电似的,麻酥酥的怪不自在。柳翠香穿着一件领口开得很低的粉红色连衣裙,裸露出羊脂般的一截酥胸,雪白的脖颈,莲藕似的玉臂,观之令人心醉目眩,思之令人神魂颠倒。人说陕北出美女,确实是名不虚传,田春山暗暗为好友李云杰庆幸,能有这么一位可心的佳丽陪伴终生,是几世修来的福分,自己以后也不必为了云杰的饮食起居,老是那么牵肠挂肚了。田春山暗暗祈祷着,愿月下老人赶快用红线把李云杰和柳翠香紧紧捆绑在一起,他衷心祝愿李云杰和柳翠香良缘早结,白头到老。

柳翠香对田春山相当满意,决定以身相许。她是个有心计的女子,她还要进一步考察一下田春山的人品。她听很多人说过,韩塬县的经济比较发达,也很开放,不到六十万人口的县,各色歌舞厅就有二百多家,从外地来的舞厅小姐竟有两千多名,年收入平均高达五六万元,很多人都进过歌舞厅。她拐弯抹角地问田春山:"云杰,韩塬县的好姑娘成千上万,你为啥要到陕北来寻媳妇?"

田春山笑了笑说:"这是一种缘分,有缘千里来相会,无缘对面不相逢。你不也是一样么,陕北的好小伙儿多得是,你为啥也要到韩塬县寻对象?"

柳翠香不置可否地点了点头问:"云杰,你对我们陕北了解么?"

田春山说:"比较了解,米脂婆姨绥德汉,清涧的石板瓦窑堡的炭,都是全国闻名的好地方。陕北地灵人杰,人才辈出,明朝时出了个闯王李自成,推翻了朱明王朝。后来又出了刘志丹、谢子长、习仲勋几位老一辈革命家,闹红了陕甘宁,给中央红军打下了一个落脚之地,要不然的话,中国革命历史就该另写咧。还有个延安,是革命圣地么。"

柳翠香笑嘻嘻地说:"还有个貂蝉喀,你不知道她也是陕北人?"

田春山知道三国时有个美女貂蝉,是历史上的四大美女之一,他在电视连续剧《三国演义》中见过戏剧中的貂蝉,相比之下,他觉得远不如眼前的柳翠香美艳。他偷偷打量过柳翠香,觉得她有些地方像张凤仙,有些地方像他妹妹田春燕,具体说哪儿像,又说不出来。田春山认为张凤仙那只金凤凰,漂亮是漂亮,但文化素质太差,太粗俗,称为金凤凰总有点那个。要说金凤凰,眼前这位柳翠香才名副其实呢。他心里是这么想着,嘴上却说:"我只知道三国时有个叫貂蝉的美人,没留心她是哪里人。"

柳翠香盯着田春山说:"我的屋子里有一本新买的杂志,有一篇介绍历史上四大美人的文章,你没有看?"田春山是贵客,柳翠香把她的闺房让给田春山住,她和爹妈住在一起,她留下那本杂志还有其他东西,也是考察"李云杰"的一种方式。

田春山说:"我从来不关心那些事,我只喜欢看有关科技和重大历史题材的文章。"

柳翠香满意地笑了笑说:"貂蝉是绥德县人,离我们这儿只有几十公里路,汉献帝时,貂蝉是大司徒王允的一名歌妓,一天晚上她去花园拜月,一片乌云将月亮遮住了,人们都说月亮比不过貂蝉,躲起来了喀。"

田春山笑着说:"这只是文人妙笔生花的一种传说,世界上哪有这样的美人呢?最高明的画师也画不出来闭月羞花的美女。"柳翠香调皮地问:"听说你们县的歌舞厅很多,小姐也多,如果有貂蝉这么美的小姐,一个月能挣多少钱?"

田春山老老实实地说:"不知道。"

柳翠香问:"你没去过舞厅?"

田春山一本正经地说:"我去那儿干啥?去那种地方的人算啥人?起码不是好人!"

柳翠香完全放心了,情难自禁地扑进田春山的怀中,娇羞万状地说:"云杰,我爱你!"

田春山被柳翠香这种突如其来的举动惊呆了,倏然间心脏好像停止了跳动,吓得连大气也不敢出,推也不是,搂也不能,觉得世界进入了停止状态。柳翠香久久不见田春山的反应,慢慢仰起脸来,见田春山脸上连颜色都没有了,嘴唇也在抖动着,不觉有些好笑。她在田春山的怀中扭动了一下身躯说:"云杰,你……"

田春山慢慢恢复了知觉,他怀中的柳翠香,柔软的躯体散发着一种令人心旌摇动的青春气息,那种浓郁的香气,犹如含着乙醚的气体,令人感到魂难守舍。田春山正值青春体盛,生理上的需求,常常使他躁动不安,遇见好看的女人,总会情难自禁地多看几眼。在漫长的黑夜中,他常常思念异性,曾无数次地幻想着求偶的事,想着如何偷食禁果,每个月都会做干那事的美梦,也总会遗一次精。但田春山是个正派人,从来对异性没有任何越轨行为,眼下,他怀中躺着一个如花似玉的美女,他浑身像过电似的,麻麻的,酥酥的,感到口干舌燥,心脏急剧地跳荡着,他再也忍不住了,双臂一用力,紧紧抱住了柳翠香,喘着粗气俯下头去。忽然,他想到了李云杰,恍然看到了李云杰那双炯炯有神的目光,田春山不觉打了个寒噤。与此同时,他也想起了历史上那位坐怀不乱的柳下惠,深更半夜,怀中躺着一位绝色佳人,竟不动心,留下千古美谈。那么,他当时是怎么想的呢?有人开玩笑说柳下惠是标准的共产党员;有人说柳下惠是个阳痿患者,那玩意儿不管用;也有人说柳下惠是个书呆子,是个没有七情六欲的木头人。田春山不这样认为,他觉得柳下惠才是真正的男子汉,他不乘人之危,不见色起意,是值得让人尊敬值得让人学习的大好人。而眼下的这种情形,和柳下惠夜遇美女的事大相径庭,完全是性质不同的两码事,他和她是经过谈情说爱,心心相印才发展到这一步的。到了如此程度,拥抱亲吻,相互抚摸,甚至干那事儿,也是水到渠成的事,可惜他是田春山而不是李云杰,柳翠香应该躺在李云杰怀里,他田春山是无权消受这种难得的艳福的,他和她的关系只能到此为止,再向前走一步就丧失了人格,就会成为被人唾骂的无耻小人。田春山强自抑制住汹汹情涛,慢慢松开柳翠香说:"翠香,爱情是高尚而神圣的,不到洞房花烛之夜,咱俩不能有任何越轨行为,你说呢?"

田春山那几句铿锵有力的话,犹如一阵春雷,柳翠香一阵脸红,一阵心跳,浑身涌起一股热流。她缓缓地离开田春山的怀抱,心中卷起一阵汹涌澎湃的激浪。什么叫爱?什么叫男人?如果"李云杰"冲动之下狂吻了她甚或偷食了禁果,那么"李云杰"将会成为她的丈夫,她只能把身子交给"李云杰"继而成为他的妻子。至于是否把心也交给他,那得经过时间的磨合,得经过油盐柴米茶的考验,毕竟中国的传统观念根深蒂固,毕竟要生儿育女要厮守终生。大多数夫妻都是先结婚后恋爱,历经风风雨雨,有的相濡以沫了,有的分道扬镳了,更多的则是选择了平平淡淡往前奔的态度。一时冲动形成的性爱,那不叫爱情,只能叫片刻之欢的性爱,性爱是一种激情是一种发泄而不是真正的爱情。爱在哪儿?什么是爱?情在哪儿?情为何物?那得两个人用行为用真心用时间去体验。试想,两个素昧平生的人突然间成了夫妻,彼此之间能有多少了解?能有多少感情?百人百性,两个脾性不一样的人,能很快成为情投意合心心相印的恩爱夫妻么?不是有个"七年之痒"的说法吗?七年时间非同儿戏,人生能有多少个七年?柳翠香从"李云杰"口中得到了答案,吃了一颗定心丸,这就是她心目中的白马王子,不用磨合,无须体验,这几句话就是姿态,就是责任。柳翠香觉得"李云杰"是一个真正的男子汉,是个可以托付终身的人,决定以身相许,以心相许。她暗暗吐了口气,用泪光闪烁的美目紧紧盯着田春山说:"云杰,我生是你的人,死是你的鬼,以后就是千万亿万富翁来找我,我也毫不动心!"

山沟沟来了大干部

山里的鸟雀很多很多，多得谁也无法知道种类和数量，但益鸟很少，少得谁也没有兴致去统计种类和数量，像深受农户喜爱的"算黄算割"鸟，更是少得出奇，真可谓是凤毛麟角了。每当小麦泛黄的时候，每天一早一晚，家家户户都能听到"算黄算割""算黄算割"的鸟啼，一声又一声，一阵又一阵，其音清脆而凄厉，使人们有一种难以抗御的感召力。

本来，夏收就是一场"龙口夺食"的争夺战，人们的心情本来就很紧张，再经"算黄算割"这么一叫，再懒的人也会坐不住的。令人奇怪的是，"算黄算割"这种鸟儿，只闻其声，难见其形，谁也说不清它是啥颜色啥样儿，谁也弄不清它为何总要在"龙口夺食"之际，不要命地连声啼叫。说不清，道不明，于是就有了一个美丽的传说。

从前，有一对年轻夫妻，随着年迈的父亲耕耘播种，收秋打夏，两亩肥田养活着一家三口人，吃穿不愁，小日子过得十分快活。有一年，年老的父亲卧床不起，临咽气前，反反复复对儿子和媳妇说，麦子是人的命根子，也是四海龙王的喜食之物，每年过了芒种，四海龙王就会派出虾兵蟹将，来到人间抢收小麦。但虾兵蟹将害怕麦芒，只收落在地上的麦粒，所以每到麦粒成熟之季，四海龙王就会兴风作浪，刮狂风，下暴雨，响惊雷，下冰雹，尽着法儿把麦粒打下地。老头对儿子说，对付恶龙只有一个好办法，就是在芒种之前，小麦黄一片割一片，随割随晒随时碾打，千万不能让麦子熟透了再割。说完，老头就咽了气。

老头死后的头一年，儿子记着爹的话，麦子黄一片割一片，随割随晒随碾打，小两口丰衣足食，无忧无愁。第二年，儿子还是记着爹的话，麦子黄一片割一片，随割随晒随碾打，小两口吃香喝辣，快乐无边。第三年，小两口吃胖了，变白了，人也懒了。麦子黄了一片，儿子要去割，媳妇说中午吃油饼，明天吧。麦子又黄了一片，儿子要去割，媳妇说今儿吃饺子，明天吧。麦子又黄了一片，儿子搂着媳妇睡懒觉，两口子异口同声地说，等麦子全都黄了一起割吧。

农家少闲月，五月人倍忙，夜来南风起，小麦覆垄黄。一夜小南风，麦子全黄了，麦粒熟硬了，儿子和媳妇吃饱了，喝足了，要去割麦子了，但是来不及了。四海龙王一声令下。虾兵蟹将全体出动，上午还是晴朗晴朗的天空，骤然间电闪雷鸣，乌云翻滚，狂风暴雨夹着冰雹，铺天盖地倾盆而下，一眨眼的工夫，麦子全部进了龙口。这一年，颗粒无收，儿子怨媳妇，媳妇说不怕，囤中还有一些麦子呢，儿子说那是种子，媳妇说吃完再说。第二年春上，青黄不接，儿子和媳妇双双饿死了。小麦刚刚泛黄的时候，儿子和媳妇的坟头上忽然裂开了一道缝，飞出两只黄莹莹的小鸟，绕坟三匠，凄厉地叫着"算黄算割"，展翅飞向天空。从此，每到麦梢儿刚刚泛黄之际，就会从空中传来一声又一声、一阵又一阵的"算黄算割"声。

传说毕竟是传说，但农人们每到麦梢刚变黄的时候，都会进入临战状态，做好"龙口夺食"的一切准备工作。按照青龙川的风俗习惯，每年夏收结束后，丈夫就要领上妻子，提着用新麦面蒸的寿桃，拿上一瓶白酒，去到岳父家"祭场"。顾名思义，就是到打麦场上去看看，提着酒瓶祭奠一下，庆贺麦子颗粒归仓。柴俊虎和别人不一样，他是在开镰前一天来到岳父家，年年如此。两年前，老丈人张平安病故了，张凤仙的哥嫂都在西安工作，柴俊虎尽半子之劳，收秋打夏全包了。

川道的麦子成熟早，比山上的麦子要早十多天，往往是川道里地光场净了，山头上的麦子才开始收割。川道的地块比较大，小型收割机进得去，柴俊虎抓紧时间快收快打，没几天就结束了夏收工作。刚打完场，麦草还未起垛，俊虎妈就催着柴俊虎去到张家坪，说利索点收完岳母家的麦子，早一天把凤仙接回来。

随柴俊虎来到张家坪的，还有柴二狗，未婚妻张兰花捎来口信，要二狗帮她家收麦子，柴二狗高兴得手舞足蹈，屁颠屁颠地随着柴俊虎来到张家坪，没过门的女婿第一次到岳父家干活，既不能空着手，还得有介绍人陪着，于是柴二狗先来找张凤仙。正好，柴俊虎也要去给凤仙妈收麦播秋，答应领柴二狗去张家坪。

从走出村口到进了沟，柴俊虎一直沉默不语，只是闷头走路，英俊的脸上布满阴云。柴二狗好几次话到口边，看堂兄的脸色不好，硬是咽了回去，他天不怕地不怕，就怕柴俊虎。二狗爹去世早，母亲半残，家里家外全靠大妈和堂兄料理。从二狗上学开始，每学期开学放假，都是堂兄牵着他的手接送。平时学校开家长会，也是大妈或者堂兄参加。柴俊虎对二狗管教很严，从来都是给好心不给好脸，因为柴二狗太调皮太捣蛋了。柴二狗上二年级那年，偷了同学一本作业本，柴俊虎打了柴二狗并罚他在烈日下站了半小时。柴二狗实在不是读书的料，中学辍学后，又是柴俊虎手把手地教他学会了各种农活，带着他一起上山挖药材一起做家务。在柴二狗心目中，比他大十多岁的堂兄是兄长也是严父，他敬畏这位堂兄也服这位堂兄，啥都听堂兄的，经常给他那帮伙伴说，堂兄让向东他绝不向西，让撵狗他绝不撵鸡。堂兄让他跳崖，他连眼皮都不眨就往下跳。

爬上山巅，走上一段比较平坦的路，柴二狗实在憋不住了，用袖口擦了擦头上的汗水说："哥，我已经调查清楚咧，写黑信告黑状的都有谁。"

柴俊虎没有吭声，炯炯有神的目光射向柴二狗。柴二狗愤愤不平地说："是麻子老三李有贵、妇女主任刘凤珍、退休老教师柴选江，还有那个老倔驴田拴牢，就是'四人帮'那伙人搞的鬼。"

柴俊虎冷笑一声："没有家鬼引不来外祟，我就知道是刘凤珍在搞报复，没想到他们会搅和在一起。"

柴二狗大包大揽地说:"哥你别管,等哪天我堵住他们了,非得好好教训教训那帮狗东西不可!"

柴俊虎瞪了柴二狗一眼:"少逞能,还嫌不够热闹咋的?大路朝天,各走半边,他走他的阳关道,咱过咱的独木桥,看他们能翻起多大的浪花!"

柴俊虎和柴二狗刚走到大门前,就听见张凤仙那种带着铃音的笑声,柴俊虎心头一热,不由得加快了步子,大黑狗从门道窜出来,认出是柴俊虎,摇头摆尾地直撒欢,显得格外亲热。张凤仙和她母亲正在吃午饭,同桌的还有一个青年男人,一边吃饭,一边山南海北地吹牛皮,说笑话,惹得张凤仙咯咯咯地笑个不停。看见柴俊虎和柴二狗走进来,张凤仙戛然住声,刚才还灿若朝霞的俏脸上,刹那之间变得冷若冰霜。她悻悻然地瞪了柴俊虎一眼,将头扭向一边,显然,她对那两个耳光还耿耿于怀。凤仙妈不热不冷地给柴俊虎和柴二狗倒了一杯茶水,自个儿到厨房端饭去了。

柴二狗和张凤仙闹惯了,也不管张凤仙脸上是晴天还是多云,趁着柴俊虎上茅房之际,嬉皮笑脸地说:"凤姐姐,你也真能憋得住,回娘家这么长时间了,就不想俺哥?久别胜新婚——"

张凤仙啧着脸打断二狗的话:"人模狗样的总没个正经相,也不怕客人笑话。"

柴二狗看了看那个青年男子,仍然是嘻嘻哈哈地说:"熟人不算客,没关系。"

张凤仙说:"你今天是头一回见人家,咋知道是熟人?"

柴二狗用手抹了一把脸,指指卧在青年男子脚前的大黑狗,阴阳怪气地说:"你看,大黑狗和他那么亲热,能是生人么?"

张凤仙感到很不自在,她怕这个二百五说出更难听的话,瞪了柴二狗一眼,拿起几个剩有残汤的饭碗,也去了厨房。柴俊虎紧紧盯着那位神情不大正常的青年男子说:"如果我没有猜错,你就是从省城来的高科长?"

柴二狗随着柴俊虎的话音,咋咋呼呼地说:"嗬,省城来的大干部哇,我说呢,今儿个是喜鹊高叫,满院生辉,原来是山沟沟来了大人物!认识你真高兴,以后到了西安,一定要去拜望你这位大科长,记着我,到时可不要装着不认识。"二狗知道,凤仙就是因为这个狗屁科长,才和柴俊虎唱了一出龙凤斗,他一进门就觉得这家伙不顺眼。

柴俊虎一进大门,任小小就认出了,吓得他腿肚子抽筋头皮发麻,心里暗自叫苦不迭:"真他妈的活见鬼,冤家路窄,这世界咋他妈的这么小!"柴俊虎跳水救人的情景,又在他眼前闪现,面对这个真正的男子汉,任小小自惭形秽,自觉矮了一头,还有那装有两万块钱的黑皮包,更使他心惊肉跳,要是真的露了马脚,老账新账一起算,他有十颗脑袋也得全部搬家!面对柴俊虎的发问,任小小难以自控,神情慌乱地支吾着说:"是,是,啊,你二位在,我还有事,回头见。"他说着就退出窑洞,在院里向张凤仙母女打了个招呼,就脚底抹油溜之大吉了。

吃过午饭,张凤仙把二狗送到兰花家里,又去到村委会找那位省城来的高科长,要他和柴俊虎洽谈办公司的事。村委会以前和学校混在一起,村支书张平安病故前两年,才集资新盖了三间瓦房,挂上了党支部和村委会的牌子。两间房子作为办公、开会的场所,空出一间作为客房,接待乡上和县上的下乡干部。高科长是省城来的贵客,自然而然地住进了布置不俗的客房,好客的村主任对全村的人家进行了筛选,指定凤仙妈管客人的饭,答应由村委会每天补助十块钱,再三叮咛不能怠慢省上干部。村上打算加宽通往川道的大路,村主任和新任支书指望通过高科长,向省上申请一笔补助款呢。

张凤仙兴冲冲地来到村委会,连喊几声高科长,无人答应。她推开虚掩的门扇,屋里已是人去室空,桌上留着一张信纸,上边歪歪扭扭地写着几句话:"凤仙,我有急事暂回西安去了,详细情况以后面谈。"张凤仙捏着字条想了想,风风火火地跑回家,推醒正睡午觉的柴俊虎问道:"你刚才和高科长说啥咧?"

柴俊虎打着呵欠说:"高科长?就是那位省城来的干部?我没有说啥呀。"

张凤仙把那张字条伸到柴俊虎的眼前,满面愠色地对柴俊虎说:"没说啥?没说啥人家咋无缘无故的突然回西安去咧?"

柴俊虎没黑没明地连轴转忙了好几天,骨头像散了架似的,感到乏困无力,他打算好好睡半天觉,养精蓄锐,明天一早就和凤仙一起去割麦子。同时,凤仙跑回娘家十多天了,他和凤仙好久没有同床共枕了,十分渴望着得到娇妻的柔情蜜意。正在酣睡之间,却被凤仙十分粗暴地摇醒了,柴俊虎心中感到有点恼火,他强自忍住气,用湿毛巾擦了一把脸,心平气和地说:"啥回西安咧?我看他是逃跑了!凤仙,你了解这个人么?"

张凤仙觉得气不打一处来,一脚踢翻了床前的小板凳,大声嚷嚷着:"我谁都不了解,就了解你,天底下就数你柴俊虎是好人,好得让人家撤了职,好得宁可丢掉两万块钱,也要跳进河里去救美人!"

凤仙妈闻声走进窑洞,指指戳戳地数落着柴俊虎说:"俊虎,你看你尽干些啥事么?撤职丢钱打媳妇,还要咋着?自个儿没能耐,凤仙好不容易给你找了个发财的靠山,你还把人家给气跑了,你到底想干啥些?"柴俊虎赔着笑脸说:"妈,挣钱的门道我会找到的,那个姓高的不地道,不能打交道。"

"放屁!"张凤仙不由分说,咄咄逼人地冲着柴俊虎说:"柴俊虎,今儿个当着我妈的面,我可把话定死咧,还是那两条路,一是把高科长给我请回来,拿出五千块钱跟他办公司,二是离婚,走哪条路,你给个话!"

柴俊虎猛地站起身来,声音朗朗地说:"我不会去找那个什么科长的,我也不离婚,有啥本事你尽管往外使!"说罢,拿起他放在床头的外衣,头也不回地向门外走去。

月亮泉

　　这年夏收,柴二狗是全青龙川最忙的人,忙得他屁打脚后跟地不敢停步,连小便都是提着裤子一路小跑,可他不觉得乏困,他认为自己是全世界最幸福的人,瞅见没人就要偷偷地发一阵笑。

　　从表面看,柴二狗是个大大咧咧的二百五,可他脑子很灵活,是个粗中有细的人。他和母亲两人种着两亩多地,也学着柴俊虎的样子,只种小麦不种秋,一年忙不了几天,经常出去打工或者挖药材弄几个零花钱。二狗爹去世早,母亲半哑,腿脚不利索,也算个残疾人。分地那年他还小,孤儿寡母受到特别照顾,分到了紧挨青龙渡的两亩水浇田,还是连片的。俗话说,穷家出能人,二狗十六岁就挑起了生活重担,里里外外啥事都得他亲手操办,磨炼出一身好本事,犁、耧、耙、耱以及赶车扬场,样样活都能拿得起,放得下,且本性豪爽,手脚勤快有眼色,喜欢给别人帮忙,在村里人缘很好。柴俊虎当村长期间,没少照顾柴二狗,出门干包工、装运什么的,总要二狗打头,他成了村上的八大金刚之一,在年轻人中间很有号召力。小伙子爱看书,爱看电视,爱打架,爱开口闭口骂"娘希匹",除此而外,没有其他大毛病。

　　张凤仙跑回娘家后,俊虎妈有小宝缠着,里里外外帮不上手,柴俊虎单枪匹马,忙了地里的,还要忙家里,有时还得给母亲帮把手,要不连饭也吃不成。柴二狗很同情柴俊虎的处境,一有空就跑来帮忙,还和田春山、田春燕以及几个伙伴集中一天时间,把李云杰家的小麦割了,运到打麦场上,随即就用脱粒机脱了粒。家里忙完了,二狗没顾上喘气,又来到了张家坪。张凤仙娇得跟个公主似的,干不了农活,更怕晒太阳,柴俊虎被她娘儿俩气跑了,柴二狗成了冤大头,忙了兰花家的,又要忙凤仙家的。好在二狗身强力壮,干活利索,倒也不觉得太累,整天乐呵呵的,干起活来生龙活虎。张凤仙心里直纳闷:这小子是吃了生铁还是喝了神水?真他娘的邪门儿!她悄悄问二狗,二狗嬉皮笑脸地说,这是精神作用。张凤仙想想也在理,二十五岁的大小伙子了,第一次在未婚妻的眼皮下干活,能不兴高采烈,能不精神饱满么?她感到好笑,说了一句半酸的话:"留着点劲儿,等到结婚时用。"柴二狗回敬了一句全酸的话:"劲儿多着呢,给你也留一份!"张凤仙红着脸笑骂说:"留给你家老母猪吧!"柴二狗哈哈大笑,他感到开心极了。

　　紧张的夏收快要结束了,只剩下一些尾巴活,柴二狗松了口气,感到轻松多了。吃过午饭,他躺在兰花的单人床上,痛痛快快睡了一大觉,还做了个干那事儿的美梦,醒来时,早已过了歇晌时间。他伸了个懒腰,走出房门看了看天气,一溜风地奔向打麦场。兰花早就把大犍牛牵到了打麦场的大松树下,柴二狗给大犍牛套好碌碡,左手牵着缰绳,提着木锨,右手挥舞着长鞭,转着圈儿碾脱过粒的麦草。他很内行地牵着牛缰绳,边接边、碴对碴地碾着场,见牛扬尾巴了,就伸过木锨接下牛屎,然后右臂一扬,木锨上的牛屎就被抛到远远的沟里去了。他的在行,他的利索,自然又一次引起了人们的称赞声。张兰花感到很光彩,用那双发亮而多情的眼睛,紧紧盯着身强力壮会干活的未婚夫,心里甜丝丝的。柴二狗时不时地瞟一眼兰花,时不时地瞅一眼偏西的太阳,越看越着急,恨不得一鞭子把太阳甩下山去。他怀着一种难以抑制的心情,迫不及待地盼着黑夜早些来临。

垛好麦草,再给大犍牛铡了足够吃十多天的草,今年的夏收就算完满结束了。柴二狗兴犹未尽,心里暗骂老天为何不下雨,好让他在老丈人家多住几天。晚餐很丰盛,凉拌热炒的弄了好几样,为了犒劳未过门的女婿,兰花妈把那只肯下蛋的老母鸡都给宰了。兰花给二狗端来一盆洗脸水,柔声细气地悄声说:"洗完脸快点吃饭,我在鸡汤里加了香油,你尽量多吃多喝,我妈说鸡汤大补呢。"

柴二狗幽幽地叹了口气,装着一副愁眉苦脸的样儿说:"可惜,这是最后的晚餐啊!"

兰花暗暗踢了二狗一脚说:"吃完饭放灵醒些!"

有了柴二狗这个干农活的好把式,今年的夏收很顺利,没有让兰花爹像往年那样,累死累活得忙上好多天,赶场净地光时,浑身的骨头全散了架,躺在炕上三天不想吃饭。老汉一高兴,就把他藏了好几年也舍不得喝的"西凤酒"拿出来,要和这位能干的女婿一醉方休。菜上齐了,兰花爹把酒分别倒在两只白瓷缸子里说:"二狗呀,今年的夏收多亏了你,让我省力又省心,如今场也光咧,地也净咧,你也该回家去歇两天咧,咱爷俩把这瓶西凤酒干完,好好睡一夜。"

兰花只怕二狗喝多了酒,暗示二狗:"二狗,你会喝酒么?不会喝就不要喝,凤仙姐也弄了几个菜,让你一定要到她家去。"

兰花爹有些气恼地冲着兰花说:"你不晓得咱家割了肉,宰了鸡?咋还能到别人家去吃饭?你去告诉你凤仙姐,就说二狗今天晚上不去她家吃饭了。"

兰花无话可说了,急得直跺脚。兰花妈早就看穿了女儿的心思,无声地笑了笑,替二狗解围说:"二狗,你爹今儿个高兴,你就陪陪他,你能喝就喝,不能喝就意思一下,端起酒杯就算。"柴二狗借风驶船地端起白瓷缸子说:"爹,只要你老喜欢喝,我以后多长点眼色,给你老多搞些好酒。今儿个就照我妈说的那样,我陪你老喝个痛快。我不会喝酒,更不敢和你老对着喝,我敬你老一杯!"

几句贴心可意的话,把兰花爹说得心花怒放,连连夸奖二狗有孝心,比兰花强多了。一家人高高兴兴地吃完晚饭,兰花爹已是醉眼蒙眬,他在二狗的搀扶下,头重脚轻地爬上炕头,刚挨着枕头,就打着呼噜进入了梦乡。

二狗要帮着兰花收拾碗筷,兰花妈拦住他说:"洗锅刷碗有我呢,不用你俩管。二狗明天要回家了,今晚上到凤仙家去告个别,看她娘儿俩还有啥活,顺便再给帮个忙。兰花,你把门从外边锁好,我也乏困得撑不住咧,要早点睡觉,省得你俩回来晚了,还得让我开门。"

兰花妈近似明说的一番暗示,使柴二狗很觉意外,就发怔,就觉得有些心跳,就一个劲儿傻笑。兰花握紧拳头在二狗的背上捶了一下,大大方方地拉着二狗走出大门,翻过门前不远处的一条小沟,直向月亮泉奔去。

张家坪虽然地处高山,用水却不发愁。村北老鹰峰下的山坳里,有一孔山泉,泉水有茶杯般粗,常年不息,天旱天涝一个样。山泉前有一个圆形水池,水池前沿安着类似水龙头的溜槽,用不了三两分钟,就能接满两大桶水,用不了的水就顺着山沟沟流走了。因为渗泉水的石窟是圆形的,不知是何年何月石砌的水池也是圆的,形若圆圆的月亮,人们就把这儿叫作月亮泉。月亮泉旁边是一片台阶式的大石坪,石坪后边是一望无际的山林,山林历来是男女夜间幽会的天然场所,世世代代、年年月月都会从这儿传出一些带有传奇色彩的风流韵事,时间长了,也有人把这儿叫作风流泉。

直到二狗和兰花坐到月亮泉旁边的石坪上,紧紧握在一起的手还没有分开,实际上谁也不想分开。异性之间有生以来头一回这样的肌肤相亲,大约初恋的男女都一样,都会感到对方是一块很有吸引力的磁场。二狗把兰花的左手放在他的双掌之间,轻轻地揉搓着,总舍不得丢开。他好几次想把兰花揽进怀中,但一直鼓不起勇气。就这么着坐了好一阵子,还是兰花先沉不住气了,有些气恼地说:"咱俩得是跑到这儿赏月观景来咧?你一个人待着,我困了,想回去睡觉。"

柴二狗心头一紧,结结巴巴地说:"别,别走,困了的话,就,就在我怀,怀里躺一会儿吧。"他看兰花没有反对的意思,猛地伸出双臂把兰花紧紧抱在怀中,俯下头在兰花的头上乱啃乱咬,兰花"扑哧"地笑了一下,仰起头,把两片柔软的嘴唇送过去,二狗的嘴巴找到了正经地方,紧紧地吮住不放,吧唧吧唧地吻得有声有色,吻得天昏地暗。脱了缰的野马开了闸的水,其奔泻之势,是任何力量也难以阻挡的。二狗只觉得浑身燥热难忍,小腹下面胀得难受,那只不老实的手慢慢解开了兰花的衣扣,握住了那对令他朝思暮想的乳房,轻一下重一下地捏弄着。兰花舒意地呻吟着,两条胳膊紧紧抱着二狗的脖子,身子像水蛇似的在二狗怀中扭动着。二狗左臂紧揽着兰花那柔软的腰肢,右手从乳房滑过肚皮,滑向小腹,兰花本能地护住那个紧要部位,死死抓住二狗的手说:"不要,不要这样么。"

二狗停止了进攻,咬着兰花的耳朵柔柔问道:"花儿,你怕么?"张兰花娇声娇气地说:"你急啥呢,这身子早晚都是你的,年底咱俩结婚吧,结了婚你想咋个来全由你!"

柴二狗急切切地说:"我实在是等不及咧,早一天晚一天还不就那回事么?"

张兰花在柴二狗的怀中扭动着身躯,用手摩挲着二狗的脸说:"我听人家说,女人结婚前和男人干那种事,结婚后会被丈夫小看,一辈子也当不了男人的家。"

柴二狗赌咒发誓地说:"花儿你放心,我一辈子都让你当家做主,要是有三心二意,天诛地灭雷电轰身,把这玩意儿割了喂狗!"他抓着兰花的手,引导她去摸他那个玩意儿。

张兰花缩回手,哧哧地发笑,柴二狗搂紧张兰花说:"花儿,咱俩都是头一回干这事,但我保证不会让你受疼。"

张兰花问道:"你和别的女人好过?"

柴二狗摇头晃脑地说:"啥话么?我要是和哪个女人干过那事,我就是个王八蛋!花儿,我老实向你坦白,在县城干活时,我们几个都看过黄色录像。黄色录像你懂么?就是专门放干那事儿的镜头,男人和女人都脱得精光,一丝不挂,一举一动,可清楚呢,再笨的人也是一看就会。"

兰花嗔骂道:"一伙流氓!"

柴二狗显示出一副很有学问的样子说:"花儿,你知道中国女人和外国女人,干完那事都是咋想的么?"

兰花说:"还不都是一样的么?"

柴二狗说:"不一样,就是不一样,各国的风俗习惯不同,干那事的想法也就不同么。日本女人干完那事,就会柔声细语地对丈夫说:'对不起,没有侍候好您,请多原谅。'美国女人干完那事,就会高兴地说:'OK,上帝呀,真来劲!'法国女人干完那事,就会文质彬彬地说:'亲爱的,要不要来杯白兰地?'咱中国女人干完那事,就会说:'从现在起,我就是你的人了!'花,你会咋个说呢?"

兰花是第一次听说,各国女人干完那事,还有那么多不同的说法,觉得很有趣,用拳头在二狗的身上轻轻捶了两下,哧哧地笑着没吭声。说完这番话,柴二狗知道他的愿望不会落空,早已三下五除二脱光了自己的衣服,又去解兰花的裤带,兰花没有再抗拒,怀着惶恐、羞赧、好奇而又有些急迫的心情,扭动着身躯,配合着让二狗把她剥得赤条条的一丝不挂。朦朦胧胧的月色下,张兰花那散发着青春气息的胴体,令柴二狗头晕目眩,有些恍然。他极力回想黄色录像那些撩人的画面,根本无法和眼前的现实联系起来。看那些东西,可望不可即,只能刺激得人浑身过电,小腹发胀,心猿意马地睡不着觉,可兰花那白生生的娇躯,就躺在自己的身边,看得见,摸得着,自己面临的是实实在在的享受,这才真正是属于自己的宝贵财富啊!

一阵夜风吹过,兰花打了个寒噤,柴二狗打了个激灵,十分机械地爬上兰花的肚皮,左臂伸到兰花的脖子下,右手从高山到平原再到深沟,一路摸了下去,在兰花轻微的呻吟中,小心翼翼地干着令他朝思暮想了好几年的那事儿。月儿躲进了云层,虫不鸣了,鸟不叫了,世界上的任何声音都没有了,只有二狗在上面的喘气声,只有兰花在下面的呻吟声……

云收雨散,二狗从兰花身上爬起来,痴呆呆地望着娇喘未息的兰花。许久,兰花才坐起身来,羞怯万状地瞅了二狗一眼,低下头嘤嘤哭了起来。二狗像做错事的小孩,手足无措,不知该怎么办。兰花哭了一会儿,一头扎进二狗的怀中,喃喃地说:"二狗,从现在起,我就是你的人了……"

高风亮节赤子情

不知是渴得厉害,还是热得难受,躲在树叶中的知了一声接着一声,不要命地吱吱乱叫,此起彼伏地汇成了一片刺耳的噪音,吵得人心烦。正是午睡时间,高秀月怕吵醒了正在午睡的柴俊虎,便操起一根长长的细竹竿,朝着树上乱捅了一气,暂时镇压了知了们的鼓噪行动。高秀月调皮地笑了笑,呆呆地站在树荫下想开了心事。其实,柴俊虎根本就没有睡午觉,他正趴在高宁那张古香古色的办公桌上,苦心孤诣地写着创办苗木基地的可行性报告。今天上午,县多种经营办公室主任高宁派车把柴俊虎接到县城,给柴俊虎介绍了一个发展商品田的好项目,要柴俊虎结合青龙川的实际情况,写一份在青龙渡周围发展商品生产的材料,说天时、地利、人和全占,万事俱备,只欠东风,东风能否刮起,关键在于这份可行性报告。

近几年来,随着体制改革的逐步深化,韩塬县凭借当地资源丰富的优势,致力于调整产业结构,对大部分企业进行了优化组合,推行股份制,全方位地向非国有制推进,跨入了全省改革开放的先进行列,典型事例不断涌现,中央电视台和几家国家级报刊相继做了报道。

韩塬县是一座保护比较完整的古城,城墙、城壕、牌楼以及古城门的遗址,依稀可辨,文物古迹到处可见。由于老城街道狭窄,房屋拥挤,远远不能适应发展需要,韩塬县于几年前就制订了"保护老城,建设新城"的方案,建设了规划面积为十平方公里的新城区。经过三年多时间的努力,新城区已初具规模,建筑新颖,商贸繁荣,名曰"状元街"的主街道已有三百多家商店,门面连接一万多米,全部建成后,将成为全省县级最长的商业街。整个新城区共有主次干道三十六条,总长五十公里,市区绿化干道三十多条,总长三十五公里,按照设计需栽植乔木十万余株,灌木四十多万株,绿篱五万平方米,草坪八千平方米,此外,还需要大宗的各种花卉。这些绿化干道,还不包括刚刚开始兴建的面积为十五平方公里的经济开发区。

海阔凭鱼跃,天高任鸟飞。飞速的发展,大宗的需求,为发展商品田的有识之士,开拓了一条高速跑道。

姜是老的辣,阅历丰富的多经办主任高宁,很敏锐地捕捉到了这个发财致富的信息,他经过详细了解和分析,决定把这个十年不遇的好机遇让给柴俊虎,既出于报恩,也是职责所在。高宁告诉柴俊虎,新城区和开发区的绿化干道,所用苗木量很大,本省范围内没有可大量供应苗木花卉的场地,所用苗木花卉大都是从江苏常州地区购进的,由于运输太远以及水土差异等原因,苗木损失较大,成本很高。按照规划要求,新城区和招商区的绿化干道,还有三分之二没有绿化,还需采购乔木十多万株,灌木五十万株,绿篱、草坪和花卉的用量也很大。

柴俊虎是个聪明人,一听就明白了高宁的良苦用心,好像是第六感觉发挥了作用,他当即有了一种跃跃欲试的冲动,默默地进行了一番心算。如果把自己的三亩责任田都种植苗木花卉,一亩地每年少说也能赚两万多元,再从外地贩运一批苗木,那是个啥概念?倏然之间,柴俊虎又想到了那次改选大会,想起了下台后的诸多苦恼,想起了那段刻骨铭心的往事:父亲去世那年,正值三年自然灾害时期,那是个经常饿死人的年代。安葬父亲后,母亲翻遍盆盆罐罐,所有杂粮不到十斤了。黎明时分,柴俊虎被母亲的哭泣声惊醒了,他很豪气地说,妈你别哭,有我呢!母亲百感交集,一把搂过十二岁的儿子,母子二人抱头痛哭。第二天清晨,大门前放了十几个布袋袋,分别装着杂粮和红薯、南瓜,总共有一百多斤,那是乡亲们从牙缝挤出来的救命食物,母子俩又一次抱头痛哭。柴俊虎决心再次报效父老乡亲,抹去眼泪问高宁:"您老能承揽多少苗木花卉?"

高宁笑着说:"不是我能承揽多少业务,而是你能承担多少苗木花卉?"

柴俊虎无声地笑了笑,心中暗自设计着发展商品田的蓝图,他是个精于策划,没有绝对把握轻易不表态的人。经过深思熟虑,柴俊虎对高宁说,他想把这个难得的机遇让给更多的群众和困难户,说凤凰坪有种植苗木花卉的优越条件,说很多村民需要脱贫致富。高宁盯着柴俊虎看了好一阵,对女儿的救命恩人有了一个全新的认识。随之,他竭心尽力地为凤凰坪发展商品的事奔波操劳,为凤凰坪事业的腾飞借助了一股强劲的东风。

市容绿化管理局女局长成怡,以前在农林局当过宣传干事,曾是高宁的老部下。高宁这次找到成怡,详细了解了市容绿化的具体规划,向成怡详细介绍了柴俊虎的一切,建议绿化局在青龙川建立一个苗木基地,他想给柴俊虎谋一份差事。成怡说建立苗木基地,她是早有此意,也做过努力,但失败了,有很多具体困难根本无能为力。比如说征地吧,十亩二十亩的是杯水车薪,无济于事。要多征,县上、地区都做不了主,得往省上、往中央跑,天晓得要跑多少次,能不能跑成?再说钱呢?城区周围的地价高得惊人,一亩地得十几万,还不包括城市配套费什么的。把苗木基地办到乡下,建到山区,她没有想过,也懒得去想。再说,办这号事太惹眼,难免烧香惹鬼叫,是个出力不讨好的差事。再说,有很多具体困难,凭她个芝麻官儿,凭她一介女流,只能望难兴叹。再说……正是因为有这么多的再说,让绿化局建立苗木基地,只能是纸上谈兵,尽管是件大好事。末了,女局长真心实意地对高宁说,既然老领导有这么个意思,很可行,于公于私都有利,如果柴俊虎有决心,如果青龙渡周围的用地问题能解决,这事能成!最后决定,让柴俊虎根据青龙渡的实际情况,写一份可行性报告,然后由她和高宁找有关领导,找有关部门交涉通融,尽力促成。高宁向柴俊虎和盘托出成怡的态度,列了几条提纲,让柴俊虎赶紧写可行性报告,他到办公室找有关资料去了。

对于高宁的设想,高秀月积极响应,大力拥护,恨不得三两天内就立马行动。张凤仙和柴俊虎闹翻的事,她很快就知道了,次日一早就去柴家大院看望俊虎妈和柴俊虎,俊虎妈像见到久别的女儿似的,鼻涕一把眼泪一把地向高秀月倾诉了心中的委屈,惹得高秀月陪着俊虎妈流了好多眼泪。临走前,俊虎妈拉着秀月的手说,秀月,我没有女儿,你就和我的女儿一样,能不能常常来看我?高秀月说一定常来,小宝稚声稚气地说,姑姑要天天来,不来是小狗,他缠着高秀月,硬闹着和高秀月拉了钩。听俊虎妈的口气,张凤仙是不会再回柴家大院了,她也实在不想再见到张凤仙。作为一个落选的下台村官,柴俊虎仍是一心一意地为群众着想,说要把这个发家致富的好机会让给凤凰坪的父老乡亲,这难道不就是高风亮节?张凤仙不回来,柴家的日子该咋过呢?高秀月望着天空中飘浮着的片片白云,思绪又飞向柴家大院。

大门"吱呀"一声被推开了,高宁提着一条还在摇头摆尾的大鲤鱼走进来,看见女儿出神的样儿,笑呵呵地问:"秀月,大热天的,站在树荫下练哪门子功呀?"

高秀月冷不丁回过神来,不好意思地笑了笑,从爸爸手中接过鱼说:"哟,是黄河鲤鱼呀,这么大,怕有三斤多重吧?"

高宁说:"好眼力,不多不少刚好三斤,下午饭来个'鲤鱼跳龙门',让俊虎尝尝你的手艺。"柴俊虎闻声从房子里走出来说:"高主任,您回来咧?"

高秀月笑嗔道:"啥主任主任的,在家里,我最烦人打官腔称呼职务咧。大妈说庄户人讲实在,来到我家,就不能喊我爸一声叔么?"

柴俊虎被高秀月抢白了几句,心里感到热乎乎的,习惯地用手挠挠头皮,一个劲儿傻笑着。高宁哈哈大笑着对柴俊虎说:"秀月是在辣椒地里生下的,辣味可大呢。俊虎,你的文章写得怎么样了?"

柴俊虎有些自嘲地说:"经常不提笔,手上没有劲儿,脑子里想的蛮多,就是写不出个样儿来,连一些常用字都不会写了。"

高宁说:"舞文弄墨不比其他,三天不写手就松。"

高秀月自告奋勇地说:"不就是份可行性报告么,有啥为难的。俊虎哥,我替你写,保证把事情说清道明,半小时交卷。"

高宁对柴俊虎说:"俊虎,你可别有眼不识金镶玉啊,秀月可是个地地道道的女秀才,爱看书爱写文章,还经常给报刊投稿哩!"

柴俊虎高兴地说:"秀月,那就麻烦你代劳咧。"

高秀月的笔头果然来得很快,加之她悟性较高,善解人意,又带着一种火热的感情,一篇洋洋近千字的可行性报告,写得有论有据,文通理顺,很有说服力。柴俊虎十分佩服高秀月的文才,心中赞叹,嘴里难讲,怕秀月又说他见外,只是鸡啄米似的连连点头。

高宁看过可行性报告说:"可行性报告只是起个介绍作用,绿化局还要做实地考察。关键是咱们得心中有数,得算算账,得有个切实可行的计划。"

柴俊虎说:"是得算算细账,不知道绿化局的苗木需求具体是多少?"

高宁说:"具体数字么,我和成怡局长说过了,只要你能保证按时供苗,所需的乔木、灌木、草篱、草坪以及苗木花卉,可以全部让你承担!"

柴俊虎应声说:"太好咧,是笔大买卖,可以承担。"

高宁提醒柴俊虎:"有把握吗?绿化局考察后,要和你签订书面合同,签订合同,是要负法律责任的。"

柴俊虎点点头说:"我是这样考虑的,您老看行不行?"

高秀月调皮地说:"不叫高主任咧?"

高宁说:"秀月不要打岔,听俊虎说。"

柴俊虎说:"以前村上搞绿化,我们也种植过苗木。按常规计算,每亩地可以种植泡桐二百多株,杨树苗可达三百多株,每亩平均二百五十株,种植乔木得用四十多亩地。灌木出苗率高,每亩平均按两千株计算,得用地二十多亩,总共用地在八十亩以上。我们村第一组和第二组的责任田,基本上都靠近青龙渡,除过山坡地和几个果园,能灌溉的耕地少说也有一百多亩。"

高宁点点头说:"我目测过了,大致上就是这个数,那么,你打算如何集中使用这一百多亩耕地呢?"

柴俊虎说:"我考虑过了,只能采取租借的办法,按平均亩产给户主付钱,也可以动员一些愿意发展商品田的人种植苗木,统一分配种类和统一交货,这中间也有一些具体问题,得请田支书出面解决。"

高宁说:"咱们县上对一些企业进行了优化组合,实行了股份制,效果很好,从整个趋势来看,搞股份制是个方向,我认为创办苗木基地,也可以走这个路子。"

柴俊虎十分高兴地说:"您老一言提醒了梦中人,给我和我们凤凰坪的很多人指出了一条发家致富的道路。我可以动员村民用自己的责任田入股,将靠近青龙渡的土地集中使用,集中管理,风险共担,利益共享。这样既符合改革的政策,又能解决村民们的实际问题,是一举几得的好事,您老说能行么?"

高宁笑着说:"不谋而合,我看行。"

高秀月说:"这个主意高,我看还是成立个股份公司好,俊虎哥出任经理,可以重整旗鼓东山再起,轰轰烈烈地干一番事业。"

柴俊虎摇摇头说:"当啥经理呢,我当村主任期间,做过一些以权谋私的事,总觉得愧对父老乡亲们,心里老是憋得慌。搞商品田比起种粮种菜,经济收入要高得多,何况苗木花卉的销路现成着,是个旱涝保收的事。这样做,也算是我对乡亲们的一点补偿。"

高宁赞许地说:"人非圣贤,孰能无过?以后的道路长着呢。不过,种植苗木毕竟是短期行为,充其量也是两三年的事,以后咋办你想过没有?"

柴俊虎说:"以后的事我还真的没有想过哩,您老说咋办就咋办。"

高宁胸有成竹地说:"其实,我也没啥高招,是成怡局长的主意,她说县上计划在开发区建个大公园,需要很多名贵花卉。以后完成了绿化任务,大部分耕地继续种庄稼,可以考虑留二三十亩地,作为固定苗圃,长期供应普通花木和名贵花卉。以后不要说是公园、街道,一般私人家庭也需用花卉。"

高秀月指着院子中间的花卉说:"俊虎哥,你看那盆雪松,要价二百六十元,实价二百三十元。靠近厨房门口的那盆玫瑰,花了一百二十元,还说是熟人优惠呢。"

柴俊虎怔了一下,看看那株雪松,高不过两米,咋就那么贵?他盯着雪松和那盆玫瑰看了好长时间,心里豁然开朗,不由得雄心勃发。他为高宁的一片苦心所感动,高宁的话也使他深受启发,脑海里初步绘出了一套兴农富村的蓝图。他十分兴奋地说:"办固定苗圃确实是个切实可行的好主意,我们凤凰坪有不少高中生,可以选派几名去江苏常州学习培植花木技术,同时还有个成龙配套的问题。靠青龙渡不远的龙角沟,有白云石陶瓷土层,老辈子有人在那儿烧过缸,烧过碗盆,可以动员有专长的人办个陶瓷厂,除过烧制花盆,还可以烧制水缸和碗碟,也算得上是一个小型企业。"

高秀月出谋献策说:"主要是要有个销售队伍,分头到周围县和西安去推销花卉。我们医院的药品和医疗器械,本来是由省医药公司供应,可是南方来的一些推销员,不知用啥好办法,把药品和器械硬是售给我们医院,而且街上的药店都让他们占领了。"

高宁说:"要定点的事很多,目前有两件事要办,一是找田支书协商用地问题,二是请成怡局长去青龙渡实地考察。"

柴俊虎说:"行。我现在去医院看看云杰这几天病情咋样了,明天一早就回凤凰坪。"

高秀月笑着说:"今天下午我好好做一盆'鲤鱼跳龙门',你不能白吃,也得鲤鱼跳龙门,来一个鱼龙变化。"

高宁双目炯炯地盯着柴俊虎说:"俊虎,最后再送你一句话:海阔无际地作岸,山高千仞人为峰。希望你在改革大潮中搏击风浪,做一个新时代的弄潮儿。"

误陷情网

进入农历六月下旬,已是盛夏季节。往年,正是阴雨连绵的时候,这年却旱得异常,从清明节以来,没有正儿八经的下过一场透雨。浇不上水的秋庄稼,旱得秆枯叶焦,用火能点得着。奔腾咆哮的青龙河,也逐渐变成了温顺缠绵的老绵羊,轻易看不到一个浪花。就连那声势撼人的瀑布,也呈现出一种偃旗息鼓的衰势。

老艄公田有福退居二线,在他家的那孔大窑洞里避暑纳凉,一包卷烟一壶茶,每天下午约上几位志同道合者"垒长城"(打麻将),日子过得蛮舒坦。小艄公田柱儿是个乐天派,看样子很喜爱这份工作,挥动船篙,捏细嗓门,南腔北调地唱着"妹妹你坐船头,哥哥我岸上走",在一片欢声笑语中,把二十多位乘客运到了青龙渡码头。

最后走下船板的乘客,是一位四十岁出头的女人,按现在的时兴话叫女士。蓬松的烫发头,白皙的面庞,戴着一副琳琅框架眼镜,显得文质彬彬,十分秀气,一看就知道是大城市人。她叫刘婷,是张凤仙的嫂子,和张凤仙的哥哥张兴泉同在省城西安工作。近日来,家里忽然接二连三地拍来电报,要张兴泉尽快给家里汇五千块钱,说有急用。张兴泉去南方考察实习去了,刘婷不晓得家里出了什么事,向单位请了一周假,星夜兼程赶到了青龙渡。她看看手表,才上午10点多钟,就在码头的小吃摊上吃了一碗凉皮,然后换上旅游鞋,做好了走山路的准备。

近几天来,凤仙妈好像捡了一个狗头金,出出进进,脸上总是喜气洋洋。几天前,省城那位高科长又来到张家坪,整天泡在她家里,大妈长大妈短的叫不绝口,一有空就给她讲一些山里人听不到的奇闻怪事,还一个劲儿地说,有机会一定要带她去西安动物园,去看五条腿的牛,去看会说话的娃娃鱼,去坐有轨道的飞机。凤仙妈自然明白,高科长极力巴结讨好她,是醉翁之意不在酒,是冲着她那宝贝女儿来的。张凤仙和柴俊虎闹翻了脸,凤仙妈是正中下怀,求之不得,恨不得让女儿立马就扯离婚证,好另攀高枝。她一直替女儿抱屈,埋怨老伴没有让女儿这只金凤凰落到梧桐树上去。柴俊虎算什么?一个地地道道的庄稼汉,全没有城里年轻人那种潇洒劲儿。她常说,女儿嫁给柴俊虎,是把一朵鲜花插到牛屎上去了,说女儿比她年轻时长得好看,但没有她有福气。

凤仙妈姓马,名叫玉莲,娘家在陕北,是安塞县人。1961年,在县城当商业局长的李春祥死了婆姨,回家送葬期间,李局长一眼就相中了花容月貌的马玉莲,随后连续托人上门提亲,各种礼物和许诺几乎装满了马玉莲家的两孔窑洞。那时正值三年自然灾害时期,是个经常饿死人的饥荒年月,马玉莲全家人饿得东倒西歪,没有谁能抗拒得了摆在眼前的鸡鸭鱼肉、罐头、点心和五百元的彩礼,街上饭店一碗羊头肉一角钱，一元钱能买到二十个馍馍，足够全家人吃两天。李春祥的婆姨刚过了百日，就和马玉莲结婚了，那年李局长五十八岁，马玉莲刚满十八岁，面若桃李，身似杨柳，丰乳肥臀，明眸皓齿，真真正正的黄花闺女。肥头大耳、五大三粗的李局长有权有钱更有一股牛劲，花样特别多，第一夜就把马玉莲整得死去活来，喊声不绝。随后不久，马玉莲就上了道，性欲大得出奇，三天不干那事就憋得慌。县城不比农村，可以随意逛大街逛商店，还可以看戏看电影，马玉莲觉得自己过上了神仙般的日子，乐得找不着北，整天笑容满面，曲不离口。可惜好景不长在，好花不常开，由于李局长过于贪色纵欲，身体迅速衰弱，刚刚过了结婚周年纪念日，就因病住进了医院，住院不到三天就呜呼哀哉了。李局长的两个儿子和女儿不是省油的灯，李局长入土时间不长，马玉莲就被赶回了娘家，几乎是扫地出门，身上只有五十块钱和几件衣裳。马玉莲苦度苦挨了半年多时间，再也熬不下去了，便随着逃荒的人群一路南下，来到了青龙渡。马玉莲没钱买船票，央求艄公田有福把她带过河。田有福问清了马玉莲的身世，看她面容姣好，便把马玉莲介绍给了表弟张平安。从此，马玉莲就在张家坪安身落脚，生儿育女，操持家务。马玉莲和一般女人不一样，思想开放行为更开放，年轻时，经常会传出她在月亮泉的风流韵事，就是到了五十多岁，还经常有男人围着她的屁股转。

　　这段日子，张凤仙和那位高科长眉来眼去，形影不离，有时晚上一块出去散步，亲热得犹如一对新婚夫妻。马玉莲是看在眼里，喜在心头，女儿如果能嫁到省城西安去，那才叫一步登天呢，自己也能跟着沾光，能跟着女儿到大城市去享清福。张凤仙一门心思想挣大钱，不断地和高科长说起办公司的事，高科长答应等凤仙哥把钱汇回来后，他和张凤仙一起到县城去看地点，一起去西安向总经理请示汇报。连着拍了几封电报，儿子的钱还没汇来，马玉莲怕那位高科长等得不耐烦，便生着法儿改变饭菜花样。本家侄子张林泉喜欢打猎，她特意向林泉要了两只鸽子，炖了一锅鸽子肉，要让高科长尝尝山区的野味。

　　随着一阵歌声，张凤仙满面春风地走进门来，大黑狗也像是受到了感染，围着女主人一个劲儿地撒欢。按常理说，失去爱情的人是痛苦的，可张凤仙却恰恰相反，夫妻反目倒使她有了一种如释重负的快感，尤其是傍上了从省城来的高科长，她更是异常兴奋，觉得她真正成了一只金色的凤凰，正展翅向一棵闪烁着光芒的梧桐树上飞去。张凤仙把一条用报纸包着的香烟放在窗台上，跑进厨房来帮忙。马玉莲望着喜气洋洋的女儿，心领神会地问："凤，买的啥烟？"

　　张凤仙说："硬盒红双喜，小卖部的水生说，红塔山和阿诗玛大多是假烟，不敢经销，说眼下最时兴的是红双喜。"马玉莲十分惋惜地说："省城下来的干部，人贵嘴也贵，就这样的烟，人家不一定喜欢。唉，住在这高山野岭上，有钱也买不来好货！"

　　张凤仙把刚买的一包精盐倒进盐罐里，喜滋滋地说："妈，刚才在村口碰见李半仙,让他给我算了一卦。"

马玉莲忙问:"他咋说?"

张凤仙扬扬得意地说:"李半仙说我是金命,福大命大,说我能遇到贵人,以后有大福大贵。"

马玉莲说:"李半仙神着呢,掐八字算命可灵验咧,他没说啥时才能遇到贵人?"

张凤仙知道她妈是明知故问,毫不掩饰地说:"高科长年轻潇洒,能说会道,门路广得很,是一个靠得住的人。"

马玉莲投石问路:"他是大城市的干部,有身份,也有能耐,看得上咱山里人?"

张凤仙自鸣得意地说:"妈,他对我可好咧,刚才还说,他要是能有我这么个人陪着,死了也不冤枉!"

马玉莲悄声问:"凤,给妈说实话,你俩有没有那事?"

张凤仙娇羞地摇了摇头,马玉莲穷追不舍地说:"贼女子,连妈也哄?你去照照镜子,出门时刚抹的口红还有影么?"

张凤仙感到脸上有些发烧,娇笑着说:"现在的年轻人么,亲嘴就像握手似的,那有啥呢。我和他真的没有那事儿,你不晓得我正来月经了么?"

马玉莲说:"那是三两天的事。凤,听妈的话,你俩干那事可千万不敢让人看见,免得让柴俊虎知道了。"

张凤仙不以为然地说:"他知道了能咋?离山的老虎不如狗,落架的凤凰不如鸡!我敢当面对他说,我就是看上高科长咧,有本事让他到省城告状去!"

鸽子肉炖熟了,满屋飘着香气,马玉莲又配了几样菜,让凤仙去请高科长。张凤仙兴冲冲地刚走到门口,和匆匆而来的刘婷撞了个满怀,她喜出望外地说:"嫂嫂,真没想到是你回来咧,我哥呢?"

马玉莲闻声走出门外,刘婷叫了声妈,马玉莲忙问:"你咋回来咧?兴泉呢?"

刘婷走进窑洞,仔细观察着凤仙和婆母的神情,见家里没有发生啥意外事,悬着的心总算放下来了。她来不及洗脸喝水,忙向马玉莲说:"妈,连续接到三次电报,不晓得家里有啥急事?兴泉到南方考察实习去了,下个月才回西安,我不放心,请假回来看看。"

马玉莲盼望的是钱而不是人,况且回来的是媳妇而不是儿子,心里不乐意,脸上就挂了霜。

张凤仙暗暗拽了拽她妈的衣角,喜笑颜开地说:"嫂嫂,一大早就听见喜鹊不住声地叫,果然是亲人回来咧。嫂嫂,你歇口气,我给你报告个好消息。"

刘婷一边洗脸一边打趣说:"有啥好消息?得是俊虎又升官咧?"

张凤仙不愿意提起柴俊虎,岔开刘婷的话头,向她讲了要投资入股和高科长合办公司的事。

刘婷听了感到很意外,刚要说话,马玉莲对张凤仙说:"凤,你去请高科长来家吃饭。刘婷,钱带回来了么?"

刘婷打了个顿说:"带着呢。妈,让我和那位高科长谈谈,行么?"

马玉莲说:"咋不行?你们都在西安市工作,能说得来,兴许还是熟人呢。"

任小小听凤仙说她嫂嫂回来了,心里打了个沉,又无法推辞,便装着十分高兴的样子,抱着张凤仙亲热了一会儿,硬着头皮来到凤仙家里,他要随机应变再蒙一次。

刘婷是个颇有心机的人,思维敏捷,比较稳健,从任小小进门寒暄到落座吃饭,一举一动和说话的神情,都没有逃过她那双明如秋水的眼睛。任小小本来就怀着鬼胎,被沉默寡言的刘婷这么一盯,心里就直打鼓。他强打精神撑起一副科长的架子,笑容满面地说:"能在这边远的深山老林见到咱西安人,真有一种他乡遇故知的感觉。请问嫂子,你在哪个单位工作?"

刘婷漫不经心地说:"在市公安局……"

张凤仙截住刘婷的话说:"嫂嫂,你和我哥不是都在庆安公司工作么,啥时又到西安市公安局咧?"

刘婷看到任小小微微怔了一下,脸上显露出一丝慌乱神色,心中便有了底。她给马玉莲夹了一筷子菜,对张凤仙说:"西安市公安局需要一批技术干部,我和你哥都是搞电脑的,上个月才调到西安市公安局,还没来得及给家里说呢。"

张凤仙头脑简单又好虚荣,听说哥哥和嫂嫂都调到了西安市公安局,十分高兴地说:"祖宗显灵咧,我们家一下子出了两位警官,这下更好咧,我们办公司就有了保驾护航的了。"她十分得意地问任小小:"你说呢?"

刘婷一番敲山震虎的话,令任小小感到心惊肉跳,他搞不清刘婷是故弄玄虚吓唬他,还是真的调进了西安市公安局。不管是真是假,随时都有露馅的可能,他顿觉惴惴不安,挖空心思地思索着脱身之计。

这顿饭吃得如同下棋,刘婷一边夸赞着马玉莲的手艺,一边单刀直入地问任小小:"高科长,你们的总公司设在西安市什么地方?总经理是谁?"

善于察言观色的任小小,见刘婷貌似漫不经心、实则穷追猛打的问路,完全是一种公安人员特有的问话方式,不由自主地乱了方寸。他知道纸里包不住火,冷汗也就冒出来了,正巧马玉莲给他夹了菜,劝他趁热吃,任小小忽然灵机一动,情急智生地找到了一个避风港,软中带硬地说:"嫂子,你真是三句话不离本行啊,在家里饭桌上也要查户口,大妈,您老看这……"

马玉莲感到很扫兴,满面愠色地说:"这是在我家里,不是公安局,高科长,你快吃你的,不要理她!"

刘婷断定任小小不是好人,心里也就明白了马玉莲连拍三次电报要钱的原因,为了不让婆母和凤仙上当受骗,她决心当面捅破这层纸。刘婷顾不得马玉莲满意不满意,仍然穷追不舍:"高科长,我又不是正式审查,你心虚啥呢?咱们都在西安市工作,我是想问个明白,以后可以去你们公司拜访你。你们的总公司到底在哪儿?电话号码是多少?我记一下,以后便于联系。"

任小小知道今天是无论如何也蒙不过去了,决定三十六计走为上策,便佯装不甘受辱的样子,拍案而起,怒气冲冲地说:"嫂子,你不要欺人太甚,我是大妈和凤仙请来的,要早知道这是你的家,用轿子抬我也不来!"说着他向马玉莲和张凤仙告了个别,又一次脚底抹油溜之大吉了。

张凤仙狠狠地瞪了刘婷一眼,"啪"地摔掉筷子,跑出门追赶任小小去了。马玉莲十分恼火地说:"好狗不咬上门客,你这是干啥呢?你啥也不要说咧,我不听,你把钱给我,就算是我借你的,过后让我儿兴泉还你!"

这天下午,坠入情网的张凤仙,揣上她妈交给她的两千块钱,跟着任小小远走高飞,飞向另外一个世界去了!

色狼本色

火车到达西安时,已是华灯初上、火树银花之际。繁华宽敞的街道上,车水马龙,热闹非凡,两旁的霓虹灯像流动着的彩河,流金溢彩,熠熠生辉,各式各样的广告牌触目可见,到处都是人群,放眼皆是车辆,张凤仙看得眼花缭乱,目不暇接,大有刘姥姥进了荣国府的感觉。她是头一回来西安市,觉得什么都新鲜,什么都稀奇。

任小小以夫妻名义,在钟楼饭店前台办理了住宿手续,领着张凤仙跨进自动电梯。电梯里只有他们两人,张凤仙有一种晕晕乎乎的感觉,心情有些紧张,任小小紧紧揽着她的腰,轻声对张凤仙说:"不要紧张,马上就到了。"电梯停在十二层楼,任小小拉着张凤仙走出电梯,到楼层服务台领取出入证,女服务员打开房门,送来热水瓶和茶叶,把带着小牌牌的钥匙交给任小小,就告退了。

这是一套带卫生间的客房,装潢得富丽堂皇,真皮双人沙发,带有闭路系统的大彩电,名牌席梦思床,高级空调,还有冰柜和食品柜。任小小把他和张凤仙的皮包放进壁橱,饿狗扑食般的一把抱起张凤仙,放倒在席梦思床上狂亲乱吻,一只手迫不及待地去解张凤仙的裤带。张凤仙神色紧张地说:"小心让服务员看见了。"任小小说:"这是包房,外边挂着请勿打扰的牌子,服务员除了打扫卫生送开水,不喊是不会进来的。"张凤仙放心了,迫不及待地脱光衣裳,解去乳罩,叉开双腿躺平身子,伸出双臂迎接压过来的任小小。她本是个水性杨花的女人,性欲很强,和柴俊虎闹翻后,已一个多月没有干那事了,她受到了性饥渴的折磨,此刻,她再也忍不住了,如久旱遇甘霖似的,和她早就动心的高科长尽情尽力地放纵着。

这一夜,两个气味相投的野鸳鸯,反反复复地折腾了大半夜,才精疲力竭地相拥相偎着进入了梦乡。

进入西安市以来,张凤仙快活极了,觉得自己已是改换门庭,一步登天了。任小小领着她游览了大雁塔、兴庆公园、西安动物园,还去了秦始皇兵马俑,来回都是小轿车,张凤仙也学会了说"打的",也学会了站在路边很潇洒很气派地招招手,端着一副贵妇人的架势钻进出租车。白天进的是各类餐厅,南北大菜,生猛海鲜,基本上都品尝过了,张凤仙自我吹嘘说,就差人肉还没吃过。任小小下流地说,咋没吃过?上边不吃下边吃,哪天夜里放过空?这玩意儿不是人肉?每天吃过晚饭,任小小就领着张凤仙去舞厅,在大厅跳累了,就去包间,两杯饮料一个话筒,相依相偎着唱唱卡拉OK,搂搂抱抱地轻狂一阵,然后回到房间,洗过澡就上床去颠鸾倒凤。

任小小是色狼中的色魔,什么样的女人都玩过,但他觉得都没有张凤仙的味儿足。张凤仙美而不妖,淫而不乱,言谈举止都显露出山里人那种特有的朴实,她一再发誓说，除过任小小，她不会再让任何男人沾边。任小小爱的就是这个味儿，他要利用的就是张凤仙这号女人。任小小的床上功夫很厉害，会玩几十个花样，前后左右，上上下下，侧过去坐起来，把张凤仙快活得死去活来。她和柴俊虎同床共枕八年多，一周最少两次性交，有时白天还要瞅机会加个班，可反反复复总是那么一两种姿势，那么一两种动作，十次就有七八次还没有达到高潮就完事了，哪能像和任小小这样，花样多得令她惊诧万分，快活得让她神魂颠倒。她叹服任小小的床上技艺，能让她在多次做爱过程中，连续来三五次高潮，暗自庆幸上天有眼，把这么一个可心可意的男人赐给了她。张凤仙一遍又一遍地下着决心，要死心塌地地跟着高科长过一辈子。

可惜好景不长，这种神仙般的日子，仅仅维持了一个多月，张凤仙的美梦就破灭了，她又从天堂掉了下来，掉到了通往地狱的十字路口。

近些天来，任小小说他去公司处理一批堆积的业务，整天整天不露面，晚上回来比较晚，和张凤仙的热火劲儿慢慢冷了下来，做爱的次数和花样越来越少，有时回到房间也不多说话，洗把脸就上床，很快就像死猪般的睡着了。同时，打电话找任小小的人越来越多，有男人有女人，有叫高科长的，有叫老任也有喊任老板的。张凤仙问这是咋回事，任小小说他和别人合伙做生意，取了个化名叫任小小。张凤仙要去任小小家，任小小总是以各种借口推诿敷衍。张凤仙问她的户口啥时能转入西安市，任小小说他在西安市公安局有熟人，这事儿很好办，关键是要有他和张凤仙的结婚证，张凤仙和柴俊虎还没有办理离婚手续，自然也就无法和任小小领取结婚证。张凤仙咬牙切齿地咒骂柴俊虎，咒骂村支书田根年，咒骂乡政府，几乎把青龙川的人都骂遍了。她晓得要扯那张离婚证比登天还难，她不怨任小小，不怨自己，怨恨青龙川所有的人。

终于有一天，张凤仙在钟楼饭店住不下去了，随着任小小来到了西安市郊区。这是一个农家小院，独门独院，有一座两层小楼房，上上下下六大间，房东在城内经营歌舞厅，任小小把这个独院全包下了。一天晚上，一个长着一对虎牙的中年妇女，领着六名女青年来到这个小独院，把任小小介绍给六位姑娘，说这位就是土特产开发总公司的高科长，说总公司设在广州，深圳、厦门都有分公司，要招聘一些具有初中以上文化程度的女青年，按照个人特长干不同的业务工作，试用期半年，每人交报名费五十元，要签订劳务合同，还要以身份证作为抵押。虎牙女人取出六张已经填写好的表格，让高科长审查。任小小见这六位女青年都有些姿色，其中还有两个是高中刚毕业，心中十分高兴，向虎牙女人投去一道赞许的目光。任小小招呼着让六位女青年吃过夜宵，让她们住在二楼中间的大房间，说他立即与总公司联系，一两天就出发去广州。

这一切，自然没有瞒过张凤仙，她为那六名女青年做好饭，就神情忧郁地回房间睡觉去了。任小小一反常态,显得格外兴奋,进门就脱光衣服,嬉皮笑脸地揭开张凤仙身上的毛巾被,就要往张凤仙身上爬。张凤仙也一反常态,不再是如饥似渴地把身子交给任小小,任凭他癫狂,她用力推开任小小问道:"你到底是干啥的?"

任小小死皮赖脸地扯着张凤仙的裤头说:"你问那干啥呢,有你吃有你穿有你花的,你管那么多闲事干啥?"张凤仙甩开任小小的手,坐起身来怒气冲冲地说:"我不瞎也不聋,你是干啥的,当我不晓得?你根本就不是啥狗屁科长,你是个人贩子!"

任小小终于露出了本来面目,冷冷一笑说:"你说对了,我就是搞这门业务的。既然你已经晓得了,就得帮着我干。你不是想发大财么?这可是个无本万利的生意,只要你好好跟着我干,用不了多长时间,保你发大财。"

张凤仙毕竟是出身于正经人家,虽然是那种轻浮浪荡、爱好虚荣、水性杨花的女人,可她的本质是淳朴的,从来没有做过如此伤天害理的坏事。在娘家,她是村支书的掌上明珠,在婆家,她是凤凰坪村的第一夫人。父母溺爱她,丈夫宠着她,村民奉承她,她心高气傲,自觉高人一头。她瞧不起那些走街串巷的小商小贩们,说他们是上不了档次的下层人,她也瞧不起那些贩猪贩羊贩牛的,说这些人赚的钱有血腥味,她更恨那些拐卖妇女儿童的人贩子,说这种人是世上最可憎的人,死后是要下十八层地狱的!她牢牢记着她爹以前常说过的话:冤死不告状,饿死不做贼,宁可砸锅当铁卖,也不能坑人骗人发不义之财。张凤仙做梦也没有想到,由于一念之差,竟使她误入歧途,跌进了罪恶之门,为虎作伥,成了人贩子的帮凶,成了下三烂中的下三烂,这事传扬出去了,她还有脸见青龙川的任何人么?张凤仙终于明白了。任小小采取各种手段把她骗到西安,既骗了她的身子骗了她的钱,还要她加入拐骗团伙。从和任小小接触的人中,张凤仙看清了这个犯罪团伙,是由一些亡命之徒组成的,是一伙什么坏事都能做得出的衣冠禽兽。她担心有朝一日任小小翻脸不认人,把她卖到外地或者杀害了她。其实,有一点她没猜对,任小小对张凤仙所说的话,全是假的,只有说要和她结婚是真的。

狡兔三窟,未必保险。这年"五一"节前,不晓得哪个环节出了问题,公安机关突然黑夜出动,捣毁了任小小设在西安市南郊的一个窝点。幸好那天晚上任小小送虎牙女人去火车站,又一次成了漏网之鱼,他到山区去避风,意外地结识了张凤仙。他爱张凤仙的美艳,也爱张凤仙不同于其他女人的淳朴,他不想让张凤仙加入拐卖团伙,他要成家立业,要传宗接代,无论从哪个方面讲,张凤仙是再理想不过的合适人选。按照任小小的打算,他要在郊区买一个小独院,和张凤仙名正言顺地结为夫妻,让张凤仙为他生儿育女,为他管理家务。出于如此目的,任小小没有为难过张凤仙,有生以来第一次真心实意地善待一个女人。他不让任何人说张凤仙的坏话,更不许任何人打张凤仙的主意。虎牙女人说把张凤仙带到深圳或珠海去,随便卖给哪个大款,最少也能得到五万元,任小小毫不留情地扇了虎牙女人两个耳光,凶神恶煞般地说:"放你妈的狗臭屁！你再敢打张凤仙的主意,小心老子把你卖给深山老林里的老光棍,小心老子打你的排子枪！"

张凤仙识破了任小小的庐山真面目,踢被子、摔枕头地又哭又闹,要任小小放她回青龙川。任小小先是耐着性子好言劝慰,后来干脆不理张凤仙了,点燃一支香烟,一声不吭地望着张凤仙,看张凤仙哭够了,闹够了,转身从墙上的暗柜里取出一个密码箱,从密码箱里取出二十多张彩色照片,递给张凤仙。张凤仙接过彩照一看,像突然掉进冰窖里,浑身上下全凉透了。这二十多张彩照,全是她和任小小做爱的照片,一张一个姿势,一张一个表情,张凤仙惊呆了,无地自容地用双手捂住了发烫的面孔,泪水像断了线的珠子似的,从手指缝中不住地往下流淌着。她咬牙切齿地哭骂着说:"骗子！流氓！死不要脸的东西,你把老娘坑害死咧！你不得好死……"

任小小用他那特有的法宝降服了张凤仙,脸上显露出得意的狞笑,他清楚张凤仙的处境,了解张凤仙的性格,知道张凤仙的致命弱点,盯着张凤仙冷冰冰地说:"如果你有兴趣的话,我可以请你看看咱俩在床上的录像,那比照片好看多了。如果你胆敢私自跑回家,我就把这些照片印个千二八百张,给青龙川的每家每户都邮一套。还有那盘录像带,我只送给你妈一盘,再送给柴俊虎一盘,其余的留下来,想你的时候我自个儿看。"

张凤仙彻底绝望了,她抓起彩照摔到任小小身上,悔恨交加地扇着自己耳光。

柴俊虎出差

当张凤仙和任小小出双入对进餐馆,逛舞厅,宛如新婚夫妻欢度"蜜月"的时候,柴俊虎也来到了西安市。他不是来寻找张凤仙,也不是旅游观光,他是到江苏省常州地区的苗木花卉公司去考察,去学习的。听说终南山下的长安县有不少私人苗圃,想顺路去看看。

在青龙渡创办苗木基地的事,得到了青龙乡政府的重视和支持,党委书记范孝勤和乡长贾景堂经过研究,觉得这确实是一件百年难遇的大好事,两人一起来到凤凰坪,由村支书田根年出面,召开了村民大会,介绍了创办苗木基地的条件和前景。责任田靠近青龙渡的村民,绝大多数自然是同意入股,有极少数想趁机要挟,多捞点外快的钉子户受到了冷落,田根年当会宣布不让这些人入股。农民是最讲实际的,几家钉子户拿起算盘,噼里啪啦地一算账,惊得目瞪口呆,种植苗木花卉,比种庄稼的收入高出好几倍,且省工省时省成本,是个本小利大的大买卖。再说土地是集体的,个人承包的责任田只有使用权,要重新调整要调换,还不是村干部一句话的事?要是真的让村上调换了他们的地块,那才是偷鸡不成,反而沾了一身鸡屎。最后,几家钉子户反而托人情,走后门,找田根年,找柴俊虎,甚至找范孝勤和贾景堂求情告饶,成了入股的积极分子。在村民大会上,入股的村民一致选举柴俊虎为筹备小组的组长,全权负责创办苗木基地的一切工作。经过研究讨论,决定入股者按土地面积承担启动资金,每亩为一百元,不到两天时间,一万多元的启动资金全部交来了。柴俊虎揣着县绿化局的介绍信,肩负着父老乡亲们的厚望,登上了开往西安的列车。

柴俊虎有好几年没有进省城了,想不到西安市有了这么大的变化。女大十八变,比花还好看,西安也大变,比花还娇妍。宽阔的车站广场上,人山人海,万头攒动,熙熙攘攘,声浪喧天,车水马龙的长街两旁,装潢富丽堂皇的各类店铺鳞次栉比,到处都显示出一种生机勃勃的万千气象。

柴俊虎一出火车站的广场,便被繁华异常的市容迷住了,乍从山沟沟来到大都市,他突然感到心胸豁然开朗,骤然有了一种回肠荡气、心旷神怡的感觉。为了饱览市容街景,柴俊虎放弃了坐电车的打算,沿着解放路信步而行。路过一家门面华丽的卡拉OK门前时,两名打扮入时的女服务员拦住去路,十分热情而又彬彬有礼地邀请他进去休息进餐。面对热情好客的女招待和装饰豪华高雅的门面,柴俊虎忽然感到又困又饿,有如此热情礼貌的服务员,有这么干净卫生的幽雅环境,歇歇脚吃顿饭,也算是进入西安市的一次享受。

卡拉OK餐厅非一般食堂可比,现代化的装饰,高级的组合音响,雪白的桌布以及火车软卧车厢式的雅座,给人一种高雅清新的舒适之感,颇能提高人的食欲。坐了六个多小时的火车,眼下已是午后3点多钟了,柴俊虎还未吃任何食物呢,只是偌大个餐厅,除过他以外,再无其他顾客,柴俊虎心中"咯噔"了一下,猛地意识到来这样高档的餐厅进餐,价钱肯定比其他食堂贵一些。既然进来了,也不好意思退出去,像这样的条件,多掏十块八块也值,上车饺子下车宴,就算自己为自己接风洗尘吧,只此一次,下不为例,尽量少吃一些,以后再艰苦一点,也就赶出来了。

两名服务员业务很熟练,十分殷勤地把柴俊虎安排到靠内室的一个雅座上,一个出去取饭,一个留下来一边倒水,一边陪着柴俊虎谈笑,亲热得像是老熟人。随着老板一声吆喝,组合音响放起了嘭嘭嚓嚓的西洋音乐,顶棚上的彩灯全开亮了,五彩缤纷,绚丽夺目。女服务员用白瓷盘端来两杯咖啡、两个红富士苹果和三块夹心面包放在饭桌上,两名女服务员分别坐在柴俊虎两侧,陪同柴俊虎一同进餐。这样的接待方式,对柴俊虎来说,是平生第一次,他受宠若惊,暗忖西安市的精神文明建设,真的是卓有成效,这样好的服务态度,美国、英国甚至法国也不过如此。坐在他右边的女服务员妖艳而轻浮,她紧紧依偎着柴俊虎,嗲声嗲气地问老板您贵姓,在什么地方发财。柴俊虎吓了一大跳,心中升起一股不祥之兆,头上的冷汗也就冒出来了,他食不辨味地咽下最后一口食物,连声催着结账。一位吧台小姐袅袅婷婷地走过来,把一份账单递给柴俊虎,柴俊虎接过账单一看,只觉得"轰"的一声头胀大了。账单上赫然写着令人瞠目结舌的数目:六百八十八元!柴俊虎愣住了,下意识地问:"多少呀?"吧台小姐嬉笑着说:"六百八十八块呀,不识字咋的?第一次光临我们餐厅,就碰到了个吉祥数字,六八八,一路发发,小费随你便,多少都行。"

柴俊虎只觉怒火攻心,心中连呼上当,十分恼火地和三位小姐发生了争执,几名五大三粗的彪形大汉闻声逼过来,满脸横肉的餐厅老板瞪着一双牛眼,声色俱厉地叫喊着说:"喊叫个屁!找死呀你?高级组合音响为你伴奏,两位漂亮小姐陪你吃饭,得是看你长得帅?你是省长他舅?不要他妈的不识抬举,敬酒不吃吃罚酒,六百八十八元外加一百元小费,少一分钱也不要想离开这儿一步!"

近八百元钱,就这样在光天化日之下被敲走了,柴俊虎气得一佛出世、二佛升天,八百块钱,能买一千多斤小麦,足够一个三口之家吃一年。他当村主任期间,也经常请客或者被别人请,每次都是热热凉凉汤汤水水的十几个菜,最多也不过二百多块。再说,他怀里揣的钱是父老乡亲们的入股集资款,他宁可丢了命也不能就这么浪费,不能再做任何对不起父老乡亲们的事了。柴俊虎咬牙拦了一辆出租车,直接去了西安市公安局。他是一名共产党员,他根本不相信在共产党领导下的西安市,会容许如此不法奸商胡作非为。当天下午,被讹去的钱如数退回,那家违法经营的餐厅也被查封了。

这件事,使柴俊虎深刻地吸取了一次教训,他下定决心,以后永远不再迈进豪华餐厅、宾馆的大门,永远不涉足歌舞厅。柴俊虎没了游兴,也不想去长安县了,径直来到火车站售票厅,买了一张去江苏常州市的硬座票,这次列车是过路车,到西安站的时间是翌日清晨6点20分,他得在西安等待十多个小时。

柴俊虎走出售票厅,看看手表,已是晚上6点多钟了,他来到离火车站不远的一家旅馆,想登记个床位早点睡觉。柴俊虎走到登记室的窗口,问有没有床位,女服务员翻了翻登记簿,说二楼刚有位客人退了床,她看过柴俊虎的身份证说:"一张床位五十块,另外再交一百元押金。"

柴俊虎说:"咋恁贵,能不能少点?"

女服务员抬起头瞅了柴俊虎一眼,冷嘲热讽地说:"嫌贵?嫌贵住马路边上去,那儿不用掏钱!"

柴俊虎不愿再啰唆,抓起身份证扭头就走。他出门的时候,带了两千多元,田根年说多带点,出门在外花费大,还要请客送礼买资料。柴俊虎说这是集资款,得尽量抠紧点花。俊虎妈心疼儿子,硬是把她平时攒下的那五百多元塞进了儿子的手中。柴俊虎在当村长期间,欠了父老乡亲们一份情,背上了一个十分沉重的精神包袱。他感谢高宁为他创造了这么一个机遇,他更感谢大伙儿还是那样信任他,抬举他,他一次又一次暗下决心,要牢牢抓住机遇,把握时机,千方百计尽快把苗木基地建起来,争取尽快受益,尽快领着大伙儿走向共同致富的金光大道,以实际行动将功补过,重新塑造自己的形象。

经过进餐厅和进旅馆这两件事,柴俊虎变灵醒了,他要为大伙儿省下这百十块钱的住宿费,计划到街上看看夜景,溜达溜达,然后到候车大厅找一席之地,坐等进站的时刻。火车站广场前的街头路边,有不少卖夜市的饮食摊,柴俊虎来到一个卖便饭的小摊前,看清供应的是份饭,一碗小米稀饭,一个蒸馍,一盘小菜。柴俊虎向卖主问价,胖胖的摊主笑容满面地说:"家常便饭,便宜得很,每份才两块钱。"说着,便把一双一次性卫生筷递过来,还顺手给柴俊虎放好了小板凳。

柴俊虎认为一份饭两块钱不算贵,吃两份才四块钱。比在自己家吃饭贵不了多少。他确实饿极了,狼吞虎咽地一连吃了两份,还不觉饱,索性再要了一份,饱吃一顿也能多挨一阵,得做好在候车大厅熬夜的准备。这餐饭吃得很自在,比在那家卡拉OK餐厅强多了,他接过小摊主递来的餐巾纸,擦了擦嘴,心满意足地取出十元钱递过去,摊主笑嘻嘻地说:"先生,总共是三十块,再给两张大团结吧。"

柴俊虎又吓了一跳:"一份饭两块钱,我吃了三份。共是六块钱呀。"

小摊主脸上的笑容骤然间消失得无踪无影了,他冷着脸不耐烦地说:"你得是不会算账呀?一碗稀饭算一份,一个蒸馍算一份,一盘小菜也是一份,三六一十八,一张餐巾纸是两块,你算算是多少钱?"

柴俊虎又一次发愣了,没想到还有这样的宰客法,还没等他再开口,两名帮工的小青年连声催着他掏钱:"快把小板凳腾出来,不要耽误了俺的生意!"

来到西安市不到半天时间,为了吃饭就受了两次窝囊气,柴俊虎感到懊丧极了。一顿总共超不过两块钱成本的便饭,宰了他二十多块钱,这个理向谁讲去?在青龙川,一个普通庄户人家,一个月的油盐酱醋,二十块钱也足够了。真他妈的世风日下,人心不古,一个比一个奸,一个比一个刁!柴俊虎悻悻然离开小饭摊,心烦意乱地向候车大厅走去。

火车站广场灯火辉煌,行人如蚁。周围高高矮矮的各种建筑物上,触目皆是用霓虹灯围起来的巨幅广告,五颜六色的彩灯明明灭灭,走马灯似的旋转着,犹如流动着的彩河,亦真亦幻相当迷人。柴俊虎无心浏览都市夜景,看看时间尚早,便来到草坪上席地而坐,点燃一支香烟,抬头望着满天繁星,思潮滚滚,以前发生过的一些往事,不断地在他眼前闪现着。他想起了见义勇为斗歹徒的情景,想起了当村主任期间的风光和乐趣。想起了母亲那健壮之躯变成枯瘦如柴的艰辛历程。他想得更多的是张凤仙,张凤仙曾经是他的心头肉,为他带来了不少欢乐,也给他造成了很多麻烦。母亲总怕儿子做了错事,总是不住口地规劝着儿子,要儿子小心谨慎,要儿子凭着良心办事。妻子却是另外一种态度,她爱好虚荣,爱听奉承话,也爱占小便宜爱贪小利。听了别人的奉承话,收了别人的礼物,就逼着丈夫办她答应了别人的事,她才不管违法不违法。张凤仙太任性,动辄就使小性发脾气,啥事都要听她的,她总说有权不用过期作废,啥事都想管。一边是苦口婆心的慈母,一边是撒娇撒泼的娇妻,毕竟是枕头风难抵,柴俊虎常常顺着张凤仙画的道儿走,做了不少违反原则的事。他爱张凤仙,爱得刻骨铭心,可张凤仙竟跟着一个不明身份的野男人私奔了,使他那男子汉的自尊心受到了强烈的刺激,他眼中流泪,心中淌血!

柴俊虎沉沉地叹了口气,又想起了高宁,想起了正在筹办的苗木基地,忽然间,他想起了七十多岁的军强妈。李军强是柴俊虎的同学,在部队当营长,爱人随军,家里就一个老母亲。村上照顾军属,把老太太的责任田划在青龙渡的长堤旁边,地面平坦灌溉方便。那天下午,军强妈来到柴家大院,拿出一张百元大票来交集资款,柴俊虎说您老只有八分地,交八十块就行了,军强妈说你为大伙儿办事,风里来雨里去,求人说话的不容易,多交二三十块也顶不了啥事,硬是把那一百元塞到他手中。想到这儿,柴俊虎心里发热,眼圈发红。他想好了,这次外出,坚决不花大伙儿一分钱,他算过细账,去江苏来回最多半个月,母亲给他煮了三十多个鸡蛋,还晒了一些干馍片,他爱吃辣椒,母亲给他装了满满一罐头瓶红油辣椒。他计划再去买三十袋方便面,每天一早一晚泡一碗方便面,加上一个鸡蛋一片干馍,也就差不多能塞饱肚子。中午饭不管是面食还是米饭,辣椒能顶菜,不得超过五块钱。至于住宿呢,他也想好了,住私人旅社,超过十块钱的床位坚决不住,反正火车站汽车站有的是地方,随便坐在哪儿都能打盹休息。

不晓得什么时候,柴俊虎身边来了一位妙龄女郎,娇滴滴地问道:"这位大哥,你一个人坐在这儿等谁呀?"

柴俊虎闻声望去,这是一位二十岁左右的年轻姑娘,长发披肩,上身穿一件无袖衫,领口很低,下身穿着牛仔短裤,裸露着两条洁白的大腿,在绚丽多彩的灯光照耀下,那张描眉涂脂抹口红的娇容,显得格外媚人。她见柴俊虎的目光盯着她,便笑意盈盈地坐在柴俊虎身边说:"大哥,还没登记住宿吧?我们的旅社离这儿不远,条件可好了,吃饭、洗澡、娱乐什么都方便。如果看得上小妹,小妹可以陪吃陪住,价钱好商量。"

柴俊虎觉得既好气又好笑,他拉开黑皮包上的拉锁说:"你看看,我就这么些鸡蛋和干馍片,能顶钱么?"

女郎轻蔑地瞅了瞅柴俊虎,骂了一句带着酸味儿的脏话,站起身扭着屁股向别的地方走去了。

被扭曲的灵魂

姚昆垂头丧气地坐在护城河边的石凳上,一口接一口地吞云吐雾,脚下的草丛中,横七竖八地扔着二十多个烟头,他感到嘴是木的,头是木的,浑身上下都是木的,此时此刻,他希望自己变成一个没有生命的木头人,就这么永久性地待在这儿。

命运之神和这位春风得意的幸运儿,恶作剧般的开了个大大的玩笑:爱人韩水琴锒铛入狱,被西安市中级人民法院判处十五年有期徒刑。姚昆被开除了党籍和公职,家产也被检察机关抄没,值钱的东西全被作为赃物充了公。青云直上的锦绣前程毁于一旦,富丽堂皇的温柔之乡顷刻之间家破人散。姚昆好似做了一场黄粱美梦,从发迹到落魄,只有短短的一年多时间,真正应了昙花一现那句成语。

姚昆进入大学的第二年,成了同班女同学韩水琴心目中的白马王子,她爱这位带有农村乡土味的高才生,爱他那风流倜傥的身材相貌,更爱他艰苦朴素勤奋好学的精神,她使出浑身解数,向她心目中的白马王子展开了凌厉的攻势。韩水琴的家庭条件相当好,父亲是一位厅级领导,母亲是一家国有企业的人事处长,老两口就她一个宝贝女儿。韩水琴相貌平平却特别聪颖,学习很用功,从小学到大学,一直是班上的尖子生,功课门门优异,数理化更是出类拔萃,善于心算,算起账来比打算盘还要快。韩水琴相中了姚昆,姚昆自然只能是笼中之鸟网中之鱼,何况他是个见利忘义极想攀龙附凤的小人。

按说,姚昆的运气相当不错,在韩塬上高中期间,生活上有高宁和高秀月照应着,上了大学,韩水琴承担了姚昆的一切费用,每个周日和节假日,姚昆都是在韩家度过的。在这个四室两厅的单元房里,有韩水琴的一方天地,她的卧室就是一个浓缩了的花花世界,关上房门,俩人就可以百无禁忌为所欲为,到了大学毕业分配后结婚之时,韩水琴已经怀孕三个多月了。同学们闹洞房,要新郎新娘多玩几个花样,韩水琴嬉笑着说:"花样多着呢,老夫老妻了,还能没有一套丰富的经验?"

姚昆攀龙附凤时来运转,一毕业就被分配到本市一家国有企业担任技术员,不久就晋升为副工程师,随即走马上任当了技术资料科的科长,一日三升,红得发紫。韩水琴千挑万选进入金融系统,在工商银行的一个分理处担任会计。韩厅长没有儿子,姚昆实际上是招赘到韩家的上门女婿。对于姚昆和高秀月的关系,韩水琴胸有成竹,采取了快刀斩乱麻和釜底抽薪的办法,起草了一封断交信,让姚昆一字不漏地抄写好了,贴上挂号邮票寄给高秀月。这封挂号信没有让高秀月葬身鱼腹,却成了韩水琴自己走向省女子监狱大门的特别通行证。

姚昆鱼龙变化,成为厅长的乘龙快婿,自有一番"一日看尽长安花"的春风得意之感，但也常常感到心神不安，问心有愧。初恋是人生的一个紧要关口，任何人无论到了何时何地，永远都不会忘记第一个恋人，每个人心里都有一个永远不可告人的秘密，而初恋则是一个带着甘甜而永世难忘的心结。高秀月的血管里流有藏族人的血液，生性直爽，能歌善舞，具有异族人那种特有的迷人色彩，她的倩影在姚昆的心里占据了很大的位置。姚昆依附于韩家，犹如青藤缠绕大树那样，完全是出于攀高结贵，以求飞黄腾达之目的，而在内心深处，他能忘了千娇百媚的高秀月么？

姚昆和韩水琴结婚后，韩水琴逐渐露出了骄横跋扈的娇小姐本色，常常盛气凌人地指使姚昆干这干那，使姚昆的自尊心受到了极大伤害，总有一种寄人篱下的自卑感，慢慢地很少回到那个令外人称羡不已的安乐窝，他学会了跳舞，学会了打麻将，也常常酗酒。

姚昆的变化，自然引起了韩水琴的警觉。一个春光明媚的星期天，韩水琴打算和姚昆同游翠华山，打电话没人接，打传呼不回电话，她打的直奔姚昆的单位，双脚刚跨进办公室，骤然惊得目瞪口呆，只见姚昆和一个留着披肩长发的瘦男人正在吸食毒品。韩水琴吃惊之余，火冒三丈地冲过去，乒乒乓乓给了姚昆一阵耳光，扭头冲出了办公室。当天晚上，韩厅长把姚昆叫回家，进行了严厉批评，并以鸦片战争为题，旁征博引，大讲特讲吸毒的危害性。此后，韩水琴为了使丈夫戒毒，不惜花费巨资，想尽了办法，先后两次送姚昆进戒毒所，但均收效不大。第二次从戒毒所回来，姚昆在韩水琴面前痛哭流涕地发过誓，一转身就又操起吸毒用具。韩水琴望着失魂落魄的丈夫，恨铁不成钢地说："男子汉大丈夫，咋就如此没骨气，我就不相信戒毒就怎难？我也吸几口，再给你做个戒毒榜样！"说罢，韩水琴从姚昆手里夺过烟具，在姚昆的指导下，笨手笨脚地吸食了第一口毒品。

韩水琴过高地估计了自己的意志，过高地估计了自己的胆识和毅力，这位高傲成性的公主，从她赌气操起烟具"下海"，从此再也没有回到岸上来，以至在血迹斑斑、白骨森森的死亡路上陷入了灭顶之灾。吸食之初，韩水琴出手大方，吸起来也特别气派。随着时间的推移，烟友越来越多，常常你来我往，集聚在阴暗角落，沉浸于烟雾世界中吞云吐雾，飘飘欲仙，自我陶醉。

黑市上的毒品比黄金还贵，一克海洛因最高价高达一千多元，而上了道的韩水琴每天最少要吸食一克，有时来了兴致或者有了什么烦心事，一天就能吸食三至五克海洛因，她和姚昆的工资以及存款，像打水漂似的，很快就"一江春水向东流"了，不到半年时间，手头的十多万元荡然无存，姚昆在戒毒所"修身养性"，成了无所作为的活死人；韩水琴成了不可救药的瘾君子，而且残害了下一代。一天清晨，韩水琴刚起床，一岁多的宝贝儿子忽然鼻涕眼泪直流，哭叫着在床上翻来滚去，显得格外难受。韩水琴以为儿子生了病，便以最快速度过了烟瘾，准备抱儿子去医院，不料小孩儿大张嘴巴，贪婪地吸了几口空气，竟神奇地站了起来，抱着小布熊活蹦乱跳。韩水琴情难自禁地失声喊道："天哪,我的小宝闻上瘾了!"

韩水琴的灵魂被震撼了,她悔恨交加地抡起双手,使劲地扇自己的耳光,揪扯着自己的头发。韩水琴跪倒在父母面前,毫无保留地坦白了她吸毒的全部过程,在父母亲的协助下,她主动来到西安市戒毒中心。第一天,韩水琴在痛苦难熬的分分秒秒中,打开了记忆闸门,回想父母疼她、爱她、宠她,辛辛苦苦抚育她成人的养育之恩,想到了父母亲因她吸毒引起的不良影响,她想到了儿子的一切。父母之恩,舐犊之情,使韩水琴产生了巨大的忍受力,居然挺过了难熬难挨的第一天。

第二天上午,韩水琴的毒瘾又发作了,全身痉挛,心速加快,身上发烧,大汗淋漓,眼泪鼻涕齐往外涌,骨髓中像是钻进了千百条蛆虫,折磨得她躺在地上滚来滚去,学猪爬,学狗叫,不顾一切地把头往墙上撞,刚刚建立起来的防线,在毒魔的狞笑下彻底崩溃了,趁母亲送饭之机,韩水琴不要命地从二楼跳下去,脱兔般地逃出了戒毒中心。

天堂和地狱只有一步之遥。韩水琴为了吸食毒品,从通往天堂的天梯上掉了下来,她舍弃了她那千金小姐的优越条件,过起了今天窜东、明天窜西的流浪生涯,在醉死梦生的"饮鸩止渴"中,一步步滑向地狱之门。

自古至今,吸食毒品的人,大都成了丧失人性的行尸走肉,眼中只有毒品,丝毫没有儿女亲情,没有夫妻之义,往往为了一口毒品,父子夫妻反目成仇,大打出手,甚至同归于尽。这年春节前夕,韩水琴和一位同在银行工作的女毒友,相约到另一位毒友张瑛的家中去过春节。张瑛结婚不久,丈夫在欢度蜜月中受了伤,张瑛陪着丈夫走南闯北,几乎跑遍了西安、北京等地区的大医院,但未挽回丈夫致残的命运,被截去了右腿。张瑛的丈夫痛不欲生,万念俱灰,张瑛宽慰丈夫说,截就截了吧,有我呢,俩人三条腿,比别人还多了一条呢!张瑛怀着一片挚爱,尽心尽力地护理丈夫,忠贞不渝。张瑛的丈夫在绝望中吸毒上瘾,随之,张瑛也"夫唱妇随"地成了一名瘾君子。这对恩爱情笃的患难夫妻,在四处奔波求医直至残废的日子里,同甘共苦,恩爱和美,可后来为了争吸一口毒品,却导致感情破裂而分居了。残废没有使他们的爱情枯萎,毒品却使他们的爱情很快凋零,也使年纪轻轻的张瑛过早地魂归地府。韩水琴和毒友在医院的太平间见到了张瑛的遗体,她是在和丈夫抢夺毒品时,因痰堵塞气管而休克致死的。望着毒友的遗体,韩水琴心中涌起一种难以名状的恐怖感,她突然想起了父母,想起了宝贝儿子,扭头冲出太平间,顶着纷纷扬扬的漫天大雪向家里跑去。

韩厅长是从部队上转业下来的,在对越自卫反击战中,他是一位叱咤风云、令敌闻风丧胆的英雄师长,他能管好千军万马,却管不好他的宝贝女儿,一气之下卧床不起。韩水琴推开家门,被眼前的情景惊呆了,形容憔悴的父亲正在输液,床前还放着一碗冒着热气的煎药。韩水琴失魂落魄地喊了声"爸爸",跪在床前失声痛哭。母亲由于过分悲痛,说不出话来,只是用颤抖的双手紧紧抱住韩水琴的头,泪如泉涌。孩子被哭声惊醒了,猛地扑到韩水琴怀中,紧紧搂着韩水琴的脖子,稚声稚气地哭喊着说:"妈妈你咋不要小江江了?妈妈妈妈你别再跑呀……"

韩水琴心肝俱裂,紧紧搂着儿子捶胸揪发,号啕大哭。韩厅长语重心长地训导不争气的女儿:"上帝没有能力照顾好每个家庭,所以才创造了母亲,在每一个家庭里,母亲便是爱的基督,是孩子心目中的耶稣,而你却玷污了母亲的圣名,亵渎了母亲的神圣,你的所作所为对得起父母对得起孩子么?人生在世,可以对不起任何人,但绝对不能对不起生你的人和你生的人,不能对不起自己的良心,你如果再不痛改前非彻底戒毒,还有什么资格为人之母呢!"说罢,他拔掉针头,打电话要来小轿车,亲自把韩水琴再次送到戒毒中心。可是,对每个瘾君子来说,戒毒这种超负荷的痛苦,超过人间任一种酷刑。"宁可吸毒死,不可没毒生",是绝大部分吸毒者的真实写照。韩水琴在第二次戒毒中,感情上的天平再一次失去平衡,她战胜不了毒魔,无法顾及骨肉亲情,又一次伺机而逃,这次逃跑,再也没有回头,一直跑进了省女监。

吸毒需要钱,巨大的开销使韩水琴的毒资难以为继,为了吸毒,她铤而走险,把那双沾有毒菌的双手伸进了银行的保险柜,以她那高智商的犯罪手段,先后贪污、挪用公款二十多万元。韩水琴银铛入狱后,痛定思痛,真的悔悟了,她给父母写了一封忏悔信,恳求父母亲宽恕她这个不孝女儿,替她把儿子养大成人,说她有决心把刑期当作学期,再上一次大学,真正使自己脱胎换骨,重新做人。韩水琴也给姚昆写了一封信,同意解除这个本来就含有悲剧成分的婚姻关系,劝姚昆再去找高秀月破镜重圆,重新组建一个新家庭。

姚昆之所以得到"双开"的处分,也完全是咎由自取。这个从农村走进大学踏入仕途的高才生,思想变化快得令人难以置信,他处心积虑贪图荣华富贵,梦寐以求渴盼飞黄腾达。他有他的奋斗目标——权和色,从进入工厂的头一天起,姚昆就觊觎着厂长那把交椅。检察机关在搜查韩水琴的卧室时,发现了姚昆的笔记本,里边除过几个毒友的电话号码外,还有一段令人瞠目的奇文,是两首唐诗和新民谣,唐诗是杜牧的两首七绝《赠别》:

其一:娉娉袅袅十三余,豆蔻梢头二月初。

春风十里扬州路,卷上珠帘总不如。

其二:多情却似总无情,唯觉樽前笑不成。

蜡烛有心还惜别,替人垂泪到天明。

唐诗后边的括号内,写有"与小玉共勉"一行字。小玉是谁?不得而知,但绝对不是韩水琴,更不是高秀月,后来查明,小玉是一位三陪小姐,曾被姚昆包养过。

再翻过一页,赫然写着标有 AB 顺序的两段新民谣:

A、《四项基本原则》

老婆基本不用，

工资基本不动，

烟酒基本靠送，

吃饭基本靠请。

B、《快活四转》

上午围着茶杯转，

中午围着餐桌转，

下午围着麻将转，

晚上围着裙子转。

最后是姚昆的批注："能如此，方显男儿本色！"

这个笔记本连同姚昆吸毒的材料，一并转到了纪检委，姚昆自然而然地被开除了党籍和公职。

一阵狂风吹过，乌云翻滚，电闪雷鸣，眼看着一场暴风骤雨即将来临，姚昆仍是不管不顾地呆坐在那儿闷头抽烟，忧心忡忡地思前想后翻江倒海：比起韩水琴，姚昆算是幸运多了，因为他没钱吸毒，没有人探望，戒毒中心对他实行了强制戒毒，经过十多次死去活来的折磨，九死一生，他的毒瘾竟奇迹般的戒掉了，姚昆因祸得福，下定决心再也不吸食半点毒品了。可是，眼下怎么办呢？公职没有了，饭碗丢掉了，又成了一文不名的穷光蛋，他既无颜回到韩家去，更无颜再见同学、故旧。人常说"噩梦醒来是早晨"，姚昆觉得这场噩梦做得太长了，是"噩梦醒来已黄昏"了！他此时此刻的心情，就像黄粱美梦醒后的卢生那样，看破红尘，万念俱灰，以前那种梦寐以求的锦衣玉食、金屋藏娇的奢求，在他心目中已荡然无存，苦苦追求的"四项基本原则"和"快活四转"，也成了烟消云散的海市蜃楼。痛定思痛，姚昆又一次想起了高秀月，心中突然腾升起一股强烈的欲念，情不自禁地喃喃自语："一失足成千古恨，前悔容易后悔难啊……"

"轰隆隆……"随着一阵惊天动地的霹雷声，狂风平地卷沙，暴雨倾盆而下，姚昆不躲不避，泥塑木雕般的呆坐原地，任凭狂风撕扯着他的衣衫，任凭暴雨冲刷着他那发烫发木的身躯……

风流寡妇

最近以来,柴二狗神气得邪乎,整天屁打脚后跟忙得直撒欢,照他的话说,是两眼一睁,忙到吹灯,比国务院总理还要忙。可他还总是哼哼唧唧地哼着走了调的流行歌曲,到处都能听到高一声低一声的"娘希匹"。

人逢喜事精神爽,小伙子时来运转当了官,掌了权,能不兴高采烈么?凤凰坪村的治保主任田勤学到深圳打工去了,长期不回家,老支书田根年听了柴俊虎的话,向乡政府打了个招呼,让柴二狗顶了缺。柴俊虎去江苏考察学习之前,又委托柴二狗负责责任田连片工作,柴二狗深感荣幸,觉得很有些了不起。微不足道的一个治保主任,根本算不上什么官儿,可在凤凰坪村民心目中,治保主任是个公安局长的角色。一朝权在手,便把令来行,柴二狗不管治保主任是官不是官,也要有枣没枣三竿子,来个新官上任三把火。他在老支书的支持下,在他那帮哥儿弟兄们的拥戴下,召开了一次入股的村民大会,当众宣布:凡是入股的村民立即行动,各自清理责任田里的麦茬和堆积物,拆除各种形式的地界标志,限期三天,违者罚款,烈军属和教师除外。

果然是令下如山倒,不到三天时间,靠近青龙渡的一百多亩责任田,清理得干干净净,各式各样的地界碑、垄坎和围墙什么的,全部消除了,土地连片工作相当顺利。按以前的计划,要在连片的土地四周打一圈围墙,防盗防鸡防牛羊。二狗们认为打围墙不合算,工费高,用期短,两三年后说不定又得拆除,建议在周围栽上花椒树。花椒树满身是刺,相互盘根错节,其防御作用仅次于电网,而且花椒的经济价值很高,当年栽树,次年挂果,韩塬县的大红袍花椒畅销全国,一公斤花椒可卖二十多元,二狗们算了一笔账,一棵花椒树平均产一公斤花椒,一百多亩地的四周可栽两千多株花椒树,加起来乘起来是啥数字?田根年连声夸奖二狗们,说后生可畏,他完全同意这个一举两得的方案,等俊虎回来让他拍板定案。柴二狗一反常态,正儿八经地说了两句文绉绉的话:"是得让俊虎哥发号施令,他是创办苗木基地的总指挥,别人不好越俎代庖么。"

县上的电影巡回小组又巡回到凤凰坪来了,打麦场上挂起了白色银幕,太阳还老高老高的,打麦场上就摆满了小板凳。山里人平时看不到电影,一年也就那么三两次,每逢放电影,都要把住在山顶和山沟里的亲友们,请到凤凰坪来看电影。柴二狗一吃过中午饭就去了张家坪,他帮着老丈人锄完了苞谷地,领着张兰花来到打麦场上时,天已经麻麻黑了。放电影前,照例是村支书田根年先讲了一些有关政策、形势方面的话;二狗为了在兰花面前显弄,也挤上去讲了几句要群众提高警惕,严防小偷严防坏人破坏严防什么的一些淡话,讲完后也不看电影了,也不管秩序不秩序了,拉着兰花一溜烟地跑回了家。

二狗妈也看电影去了,二狗把兰花领到他住的窑洞,一进门就紧紧抱住兰花一阵狂吻,就急着脱衣服,就急着拉兰花上炕,张兰花娇嗔地说:"你是请我看电影,还是请我来睡觉?"

柴二狗嬉皮笑脸地说:"那电影没看头,过几天咱俩进县城,到电影院去看,那里边有铺着坐垫的靠背椅,有瓜子有水果,那才叫来劲呢。半个月没亲热咧,你就不想么?"说着就关上门,拉灭了电灯。

有了上次的经验,兰花心情不那么紧张了,干过那事已好长时间没有见二狗了,怪想的。有了第一次,也就总想有第二次。兰花很快脱光衣服,和二狗如鱼得水似的搂抱在一起,在炕上翻来滚去,尽情尽意不要命地折腾着。干完那事后,兰花娇喘着说:"二狗,上次干了这事后,我一下子流了那么多的血,我还以为是又来了月经呢。"

柴二狗气喘吁吁地说:"花儿,那是你的处女膜让我这玩意儿给戳破咧,是女儿红,证明你是个处女。"

兰花说:"那咋证明你是处男呢?"

柴二狗说:"男人没法检验,全凭良心。"

张兰花轻轻哼了一下,用手抚摸着柴二狗的胸口说:"良心值多少钱一斤?谁晓得你以后会不会和别的女人干这事!"

柴二狗翻了个身,侧过来搂着兰花说:"我不是向你发过誓了么?我要是再和别的女人胡来,就把这玩意儿割了喂狗!"他拉过兰花的手,让兰花攥住他那玩意儿,"花儿,你要是不放心,就在这玩意儿上做个暗号,随时随地让你检验!"

张兰花"扑哧"一声笑了,紧紧攥住那玩意儿舍不得松手,二狗把兰花紧紧地搂在怀里,两人絮絮叨叨地说起了知心话。

一连串的欢喜事,使柴二狗乐昏了头,结果应了乐极生悲的那句老话,发生了一件意外事,险些闹出了人命案,且由此引出一连串颇具传奇色彩的奇闻逸事,在凤凰坪的变迁史上落下了重重一笔。

放电影后的第二天下午,柴二狗送张兰花回张家坪,顺便扛上由治保主任负责保管的那支双管猎枪,想打两只飞禽或走兽,给母亲换换口味。二狗把兰花一直送到张家坪村口,约定三五天后同去县城游玩,才恋恋不舍地分了手。柴二狗见天色不早了,就抄近路越沟跃岔地往回走。走到临近村庄的沟口时,已是夕阳西下之际,忽然有一只野兔从二狗眼前跑过,三跳两蹦就不见踪影了。二狗急忙取下猎枪,睁大双眼四下搜寻,发现前面五十多米处的一棵大松树下,齐胸高的茅草不住地摆动着,他断定草丛里有野物,便端平猎枪,朝着晃动的茅草丛扣动了扳机。

随着一声枪响,传来一声女人的尖叫声,柴二狗吓得差点儿背过气去,冷汗直冒。他失急慌忙地跑过去,见一个女人光着屁股趴在树下,柴二狗急忙抱起一看,是村上的"风流寡妇"白雪莲。她双目紧闭,面无人色,胸脯一鼓一鼓地喘着气。柴二狗一见人还活着,不管三七二十一,背着白雪莲撒腿就跑,跑了没多远,白雪莲醒过来了,哼哼唧唧地问:"谁呀?"

柴二狗扭过头来,喘着粗气说:"雪莲嫂子,我是二狗呀,你不要紧吧?"

白雪莲一边把裤子往上提,一边问:"二狗,你把老娘往哪儿背?"

柴二狗说:"先去村上的医疗站,明天一早就送你去县医院。"

白雪莲气恼地说:"去你娘的腿医院!送我回家去,哎哟,你轻点啊!"

看来"风流寡妇"的伤不重,柴二狗松了口气,背着"风流寡妇"拐过一个山弯,穿过一片丛林,走捷径把"风流寡妇"送到家。"风流寡妇"的家在村子的最北边,紧挨山脚,屋后就是连绵起伏的山林。白雪莲感到窝火透顶,下午从村里打麻将回来,发现她的宠物大花猫不见了,就到附近的树林草丛中去找寻,不料突然来了月经,她没有任何思想准备,情急之下掏出手帕暂作应急之用。跑到松树下刚褪下裤子,忽然一声枪响,子弹呼啸着从她的头皮飞过,把树皮打掉了一大片,她一声尖叫,吓得晕了过去,屁股被树茬戳了两个窟窿,鲜血和经血混合在一起,沾满了大腿和屁股。

柴二狗把白雪莲轻轻地放在炕上,从厨房端来满满一盆热水,要给白雪莲擦洗屁股,白雪莲没好气地嗔道:"娘儿们的屁股,是你个大男人擦洗的么?快去医疗站叫平娃媳妇拿些药来,把你那臭嘴闭紧些,不要咋咋呼呼地让满世界人都知道!"她的伤口不是正经地方,是见不得人的。

白雪莲并不是个淫荡女人,因为她人长得漂亮,喜爱打扮,爱和人开玩笑,人们就给她起了这么个绰号。"风流寡妇"三十六岁,男人死了两年多,她一个人过日子。两年多来,打"风流寡妇"主意的男人不少,三天两头有人以各种借口到她家里胡骚情。白雪莲是来者都是客,抽烟喝茶热情招待,开些带点酸味的玩笑也可以,但不能动手动脚,谁要想干那事儿,她就会怫然变色,沉着一张俏脸说:"寡妇门前是非多,两个山字擦一块,请出,以后再不要来咧!"

白雪莲的美主要体现于一个白字,人如其姓,姣好的面容白里透着红,红白红白的,全身都是白生生的,雪白的脖子,雪白的酥胸,雪白的双臂,雪白的大腿,整个人犹如粉雕玉琢。那年冬天,李国强的爱人菊菊和"结巴猎神"田金生的爱人爱花相约白雪莲去镇上洗澡,当在浴室脱光衣裳的那一刻,菊菊和爱花目瞪口呆了,目不转睛地盯着白雪莲的胴体,眼珠子差点掉地上。那是怎样一个妙人啊,通体雪白雪白,如雪似玉,一对白生生的乳房坚挺圆实,犹似倒扣在胸脯上的两个大瓷碗;屁股肥硕,又圆又大,就像扣了一个大瓷盆。那胳膊,那美腿,还有那两只脚丫子,无处不是瓷白瓷白的,活脱脱一个令人醉到窒息的瓷美人!嗣后,凤凰坪的女人们纷纷凑热闹,暗中给白雪莲起了个绰号："瓷美人"。

"风流寡妇"也有七情六欲，她不是不想那事，她有她的苦衷，也有她的打算。她那死去的男人是位民办教师，患过肺结核，身体很虚弱，常年不离药，干农活不行，干那事更不行。晚上两口子躺在一个被窝，任凭白雪莲抚摸、撩逗，那玩意儿要么硬不起来，要么半软半硬，就是进去了，也就三两下就算完事。白雪莲不是半饥半饱，就是火烧火燎地受着痛苦的折磨，久而久之，她的性欲也就淡下去了，对那事儿也没有多大兴趣了。她学会了打麻将，学会了描龙绣凤，整天不是垒长城，就是帮着别人刺绣，忙完外边忙屋里，总不让自己闲着，以此打发着形单影只的寂寞岁月。

凤凰坪的女人们大多精通刺绣，其中不乏高手，白雪莲是高手中的高手。刺绣是一门细心活，也是一门技艺，不是谁都能做绣娘的，一定要具备三个条件，一是要心灵手巧，二是要有腕功，三是要耐得住性子。白雪莲在具有这三个基本要素的同时，更有创作灵性，绣出来的牡丹雍容华贵，国色天香，正看倒看都娇艳，放哪儿都是赏心悦目。白雪莲最拿手的刺绣是龙凤呈祥，用金丝线刺绣的金龙张牙舞爪，凌空腾飞；用粉红丝线刺绣的凤凰，展翅翱翔，翘首弄姿，和金龙首尾相衔，栩栩如生。龙凤衔接之处，是用绿色丝线刺绣的"龙凤呈祥"四个字。周边是用五色线刺绣的云彩，整体那么有风韵，那么浪漫，那么富有诗情画意，如果有机会到国际赛会参评，没准能获得诺贝尔艺术奖。

为了消愁解闷和开眼界，白雪莲进城当过厨娘，学过裁缝，也在餐厅打过工，因为受不了老板娘的白眼和老板的性骚扰，在城里待了不到一年又回到了凤凰坪。"风流寡妇"在娘家时有个恋人叫牛建明，两人明里暗里热了好几年，双方结婚后，慢慢断了来往。男人死后，"风流寡妇"打熬不过，又去娘家找到牛建明，断弦重续。不料牛建明是个怕老婆的角色，总是匆匆而来，匆匆而去，从来不敢在白雪莲家过夜。有天中午，两人正在炕上热火朝天地干那事，忽然传来一阵敲门声，牛建明以为是老婆跟踪追迹前来捉奸，那玩意儿顿时就瘪了，软溜溜地从白雪莲的肚皮上溜下来，吓得大气也不敢出。其实，那是有人来叫白雪莲打麻将，虚惊一场。从此，牛建明再也没有来过凤凰坪。

半年前，有人给白雪莲介绍了个对象，是青龙乡政府的农科专干，农科专干的老婆患了子宫癌，不治而亡，留下两个小男孩儿。农科专干刚满四十岁，是个三脚踢不出一个响屁的蔫性子，身体也不大好，白雪莲和农科专干来往了一段时间，也就冷了。她是一朝被蛇咬，十年怕井绳，心有余悸，害怕农科专干也和她那死去的男人一样，是个中看不中用的银镴枪头，她还年轻，她要找一个身强力壮、年貌相当的男人，她要生儿育女，要过一辈子有滋有味的日子。

白雪莲的屁股受了伤，不能坐，也不能平躺着睡觉，只能侧着身子或趴着，也干不了啥活儿。柴二狗承担了一切责任，每天请医疗站的平娃媳妇换一次药，他自个儿给"风流寡妇"担水、扫院、喂猪、做饭,啥活儿都干。"风流寡妇"和二狗说说笑笑、打打闹闹的习惯了,平时没少让二狗帮过忙,所以使唤起二狗来也很随便。几天以后,她不要平娃媳妇来回跑了,隔三岔五地让二狗代劳。柴二狗是个爱开玩笑爱出洋相的二百五,每次换好了药,总要摸摸白雪莲那洁白丰满的屁股,说几句俏皮话,开几句带些酸味的玩笑。开头,白雪莲总会笑骂着说,把兰花叫来和老娘比一比,看兰花的脸白还是老娘的屁股白。后来,每逢换药时,白雪莲都要紧紧盯着柴二狗,水汪汪的大眼中闪射着一股灼热的光芒,也总会借着配合二狗换药,紧紧抓住二狗的手,久久不肯松开。她忽然从心眼里喜欢上这个身强力壮、爱说爱笑的小伙子了,总是借着开玩笑的机会,不断地用眼神和言语挑逗柴二狗,要不是屁股上的伤口还没结痂,她会不顾一切地把柴二狗拉到她肚皮上去的。

十多天后,白雪莲屁股上的伤口基本愈合了,这天中午,她炒了几个菜,蒸了两碗大米饭款待柴二狗,柴二狗有些后怕地说:"雪莲嫂子,不知是你的命大,还是我柴二狗的运气好,那天枪头再稍低一点,你就没命咧!"

"风流寡妇"用那双大眼睛瞟着柴二狗说:"那怕啥?有你二狗抵命,咱俩一块去阴曹地府,还能成双成对呢!"

吃完饭柴二狗要走了,他诚心实意对"风流寡妇"说:"雪莲嫂,以后不管是地里的家里的,有啥要干的活尽管说,我是招之即来,来之能战,战之能胜!"

白雪莲紧紧瞅着柴二狗说:"咋,说走就走?这回事就算了结咧?"

柴二狗笑嘻嘻地说:"得是怕伤口落疤?明天给你买瓶祛疤灵,那玩意儿管用。"

白雪莲娇嗔地说:"留着给兰花抹脸吧。二狗,你说这件事是公了还是私了?"

柴二狗仍是嬉皮赖脸地说:"公了私了都行,坐班房我也不怕,反正有你送饭哩。"

"风流寡妇"含情脉脉地说:"不要总是嘻嘻哈哈的没个正经相,咋个了结,我已经想好咧,今天晚上我在家等着你,告诉你这件事该怎么个了结。二狗,你一定得来,10点钟以前等不见你,我就赖在你家里不走咧!"

祖孙传奇

白雪莲的意思再明白不过了,她要柴二狗今天夜里陪她睡觉,要和柴二狗干那事,她给柴二狗出了个难题。要是以前,柴二狗是求之不得的,只要白雪莲稍稍暗示一下,柴二狗就会义无反顾地扑上去,和白雪莲痛痛快快地苟且一回,尽管白雪莲比他大十来岁,可娇嫩得像个少妇,是个尤物般的瓷美人,风韵味儿足着呢。

士别三日当刮目相看,现时的柴二狗和以前的柴二狗不同了,他有了心上人张兰花,他三番五次地给张兰花发过誓,他要是和别的女人胡来,就把他那玩意儿割了喂狗。男子汉大丈夫,一言既出,驷马难追,何况还有他爷爷的前车之鉴。可是,既然让白雪莲缠上了,想轻易躲开谈何容易?闹不好打不着狐狸惹身臊,后果不堪设想。从来不知道发愁的柴二狗,为这事却犯了难,白雪莲、张兰花和他爷爷的身影,走马灯似的在他眼前闪现着,他觉得自己是骑到老虎背上了。

柴二狗的爷爷叫柴黑牛,以幽默、诙谐以及干了那件骇人听闻的事而出名叫响,青龙川三十岁以上的人,没有不知道柴黑牛的,柴黑牛的奇闻逸事,至今在青龙川盛传不衰。人们把柴黑牛的奇闻逸事,当作传奇故事和开心的笑料,茶余饭后经常提起,常常令人捧腹大笑,谈论得津津有味,人们都说柴黑牛是青龙川的一位传奇人物。

柴黑牛家里很穷,一家三口种着一亩多兔子不拉屎的山地,十料九不收,柴黑牛从小就跟着他爹以打猎为生。传说柴黑牛虎背熊腰,枪法奇准,日打飞鸟,夜打香头,且力大无穷,敢和金钱豹单打独斗,两头牛抵架,他能一手抓住一只牛角把牛分开。人大力大饭量自然也大,八十多岁的平娃爷爷,说他年轻时和柴黑牛打过赌,柴黑牛一顿吃了十个大蒸馍,两大碗面条,外加着喝了一大瓢凉开水!

柴黑牛长得五大三粗,却偏偏爱唱旦角戏。那年月,青龙川的人爱闹社火爱唱戏,几个大村都有业余剧团或者自乐班,逢年过节和农闲季节,都要轰轰烈烈地闹几天社火,热热闹闹地唱几天秧歌和秦腔戏。凤凰坪是青龙川最大的村子,业余剧团的势力最大,而且接二连三地出了好几个名角,群众很喜爱那些名角,给他们分别起了诸如"满台红""满台彩""十六红"等艺名,谁家过红白喜事,都要恭请这些名角坐上席。据说有一个艺名叫"唱破天"的中年男人,唱得一口好秧歌,嗓音洪亮,字正腔圆,上台一声大吼,台下鸦雀无声。他摆动身段,手舞足蹈,眉目传神,声情并茂,把人听得如痴如醉,也唱迷了许多女人的心窍,不管"唱破天"走到哪儿,都有一些大姑娘小媳妇追他、缠他,三天两头有女人给他送些手帕、鞋垫、旱烟袋之类的手工艺品。一个少妇特别爱听"唱破天"的秧歌,夏天的一个夜晚,"唱破天"在邻村登台演出,公婆和丈夫都看戏去了,让她在家看孩子。少妇心急如焚,不住地在大门外转圈圈,听到从邻村传来的锣鼓声,她再也待不住了,抱着刚刚半岁的孩子,一溜烟地跑出村外。为了抄捷径,少妇从一片西瓜地横穿而过,心急脚步乱,一不留神被瓜蔓绊了个大马趴,她顾不上疼不疼,顺手抱起孩子,一路小跑来到戏台下,挤在人群中看戏,直到演出结束回到家里,才发现怀里抱着个大西瓜。"唱破天"成了"女人迷",绯闻逸事自然也多,有人说青龙川几十个村庄,村村都有"唱破天"的相好,还有人说"唱破天"同时和三个女人同床而眠。不知是"唱破天"的秧歌令柴黑牛着迷,还是"唱破天"的艳遇令柴黑牛倾心,三天两头往业余剧团跑,死缠硬磨着要登台唱秧歌戏。无奈他的嗓门粗而硬,不管咋个唱都拐不过弯,而且还带着一种兽叫般的怪音,凡听他唱秧歌的人,无不掩耳而逃。柴黑牛是头犟驴,别人越说他唱不好他越要唱,还缠着班主非要到台上去唱。班主被缠得烦,就哄他说,你先到野外去练几天,不管啥时候,只要有一个人说你唱得好听,就让你登台。柴黑牛说那你就等着瞧,不出两天,准会有人当着你班主的面说好听。

粗人自有粗办法。柴黑牛在黑松林里扯着嗓门苦练了一天半,唱得声嘶力竭,吼得口干舌燥,自我感觉很不错了,就拿了一把唱戏用的腰刀,来到青龙渡不远的路口,耐心等待着听众。日落西山时,一个货郎挑着货郎担,匆匆忙忙地向渡口赶去,等那货郎来到跟前,柴黑牛执大刀拦住去路大喝一声,横眉竖目地吼道:"呔!你想死还是想活?"

货郎以为遇到劫道贼了,吓得魂不附体,哆哆嗦嗦地说:"大爷饶命,大爷饶命啊!"

柴黑牛摆了摆手说:"我不要你的命,也不要你的货,我唱一段秧歌戏,你如果能说好听,我就送你上船,船钱我替你掏。"

货郎以为这个黑大汉是发了酒疯,连连打躬作揖:"能听大爷唱戏,是我的福气,大爷尽管唱,我一定说好听。"

柴黑牛把假刀往地上一扔,扭扭捏捏地扎了个势,便细着嗓门唱了起来:

大姑娘十七八,

学着绣荷花,

一绣绣成大西瓜,

哎呀呀,把人羞死啦……

柴黑牛驴吼马叫地刚唱了半段戏,货郎双手捂住耳朵大声喊道:"不要唱了!不要唱了!你快拿刀杀了我吧!"

柴黑牛气得破口大骂:"日你妈,你狗日的就不怕死?"

货郎哭丧着脸说:"听你唱戏,还不如挨刀好受。"

柴黑牛像是皮球上扎了一刀,气全泄了,他一屁股瘫坐在地上,冲着货郎做了个揖,少气无力地说:"伙计,刚才是和你开玩笑,实在对不起,请不要见怪。"

货郎受了一场虚惊,擦了擦满头冷汗,挑起货郎担飞快地向渡口走去,一步一回头,只害怕柴黑牛又要让他听唱戏。柴黑牛感到十分憋气,也觉得很委屈,愤愤不平地骂天骂地:"日他妈,唱几句戏就恁难?唱秧歌唱不好,唱几句秦腔试火试火,日他妈的再唱一段秦腔《柜中缘》,再唱不好老子就……"就怎么,他心内虚虚的,底气不足,不敢发誓,不敢发誓不等于不敢唱秦腔,他背靠大树,咳嗽了一声,运气扎势,又细声细气地唱起了秦腔乱弹:

　　许翠莲来好伤惨,

　　悔不该门外做针线,

　　那相公进门有人见,

　　难免背后说闲言,

　　这才是手不逗红红自染……

忽然一阵稀里哗啦的乱响声,打断了柴黑牛的唱腔,他闻声望去,见一头毛驴失蹄趴在地下,把驮笼里的碗盆罐罐什么的,打了个稀巴烂。原来是邻村一个卖木炭的,从城里返回路过这儿,碰巧听见柴黑牛唱秦腔。卖木炭的也是个牛脾气,他怒气冲冲地冲着柴黑牛说:"你狼嚎鬼叫的成啥精呢?把毛驴都吓趴下咧,你看看,我刚买的碗盆罐罐全给打烂咧,没说的,你给我赔!"

柴黑牛气不打一处来,针锋相对地说:"我唱我的戏,与你尿不相干!嫌难听你咋不扯把青草把驴耳朵给塞住!"

几个过路的前来劝架,柴黑牛自觉理亏,就把他刚穿到身上不到两天的新衫子脱下来给了卖木炭的,作为赔偿。货郎宁肯挨刀也不愿听他唱戏,几句戏连毛驴都吓趴下了,柴黑牛彻底死心了,发誓从今以后再也不唱戏了。回到家里,柴黑牛正在厨房吃剩饭,忽然听见老婆在门外和别人说话,说的就是他唱戏让人家扒了衣裳的事,急忙藏在案板下。老婆进来看到了柴黑牛露在外边的那双大脚,喊着让他出来,柴黑牛振振有词地说:"男子汉大丈夫,说不出就不出!"打这儿开始,青龙川又有了新的歇后语。

柴黑牛还有一段逸闻,更是令人捧腹。

1947年初,胡宗南准备大举进犯延安,到处抓壮丁,柴黑牛被抓到县城,编入了新兵连。第一天出操训练,新兵连连长全副武装站在队伍前,威风凛凛地下达了口令:"稍息,立正,向右转,齐步走!一二一,一二一,一二三——四!"

新兵们随声齐喊:"一二三——四!"

喊声刚停,柴黑牛紧接着亮开嗓门喊了一声:"五!"

新兵们哈哈大笑,队伍零乱了,连长喊了声"立正",跑到柴黑牛跟前,朝着柴黑牛的屁股踢了一脚骂道:"日你妈的,你再喊!"

柴黑牛挺了挺胸，又大声喊了声："六！"

连长气得两眼冒火，七窍生烟，解下皮带要狠狠抽打这个二百五新兵，柴黑牛哭丧着脸说："长官，你就是打死我，我最多只能喊到十，我不是当兵的料，让我哥来替换我吧，他一口气能数到十八！"

新兵们笑得前仰后合，连长也忍俊不禁骂道："他妈的，青龙川的人死绝了，咋送来个二百五！"

柴黑牛又是一个立正，大声说："报告长官，不是二百五，整整二百斤，前几天我去乡公所送野羊，顺便把我也过了秤。"

新兵连长哭笑不得，他觉得这个二百五实在不是当兵的料，就喊来司务长，把柴黑牛送到大灶上去当伙夫。不长时间，队伍开拔，在途经一个山口时，平时看上去傻熊笨牛似的柴黑牛，却机灵得像只猴子，以迅雷不及掩耳之势窜进山林，眨眼间无影无踪了。

前两件逸闻，只能说柴黑牛幽默，诙谐，是位爱出洋相的活宝，而真正使他成为青龙川名人，则是他那件惊天动地的壮举。那个时候，青龙川山多林广，当地人靠山吃山，除少数人靠打猎、挖药材养家糊口以外，大多数人靠卖柴卖木炭赚些零花钱，每到立冬前后，便成群结队地赶着骡马或毛驴，驮着劈好成束的干柴或木炭进城去卖。青龙川距县城近百里，清晨起身，麻麻黑进城，第二天卖掉柴炭，买些日用品逛逛大街，第三天又往回赶，三天一个来回。柴黑牛是位出色的猎手，不用下苦力去砍柴烧木炭，天上的飞禽，地上的走兽，是取之不尽、用之不竭的滚滚财源。秋收后，是狩猎的黄金季节，柴黑牛起早贪黑，去深山老林捕禽捉兽，把比较珍贵的兽皮挂在墙上风干，入冬后到城里去卖个好价钱。

二狗爹两岁那年秋天，柴黑牛双喜临门，老婆给他生了一个女儿，左邻右舍说一儿一女一枝花，称羡他有福气。女儿生下来的第六天，柴黑牛在龙须沟猎到了一只牛犊般的金钱豹，创造了他人生的又一个辉煌。

说来也邪乎，柴黑牛那天兴冲冲地来到了人迹罕至的龙须沟，想打一只野獾，那家伙是个宝物，肉鲜油厚，是个能补身子能下奶的上等野味，寻常人是享不到这份口福的。柴黑牛刚穿过一片丛林，便和迎面而来的金钱豹不期而遇，他急忙隐到树后想溜走，但为时已晚，那头凶猛的山林之王已咆哮着扑了过来。柴黑牛艺高人胆大，忘了金钱豹扑火的习惯，对准金钱豹的头开了一枪，这一枪虽然打中了，但受了伤的凶豹比老虎还要厉害，那畜生像疯了似的腾空跃起，张开血盆大口扑向柴黑牛。再装药是来不及了，柴黑牛情急智生，顺势把猎枪塞进那张血盆大口，双臂一使力，几乎把整个猎枪填进了金钱豹的肚子里，金钱豹打了几个滚死去了，柴黑牛只受了点轻伤，但已是冷汗淋淋，瘫倒在草丛中半天爬不起来。能猎到金钱豹，那可是猎人们几十年乃至一生也难得到的喜事，人们都说柴黑牛福大命大，生女猎豹，双喜临门。

进入冬季,青龙川进城卖柴卖木炭的人与日俱增,柴黑牛也带了些豹骨和晾干了的豹肉进了县城。不到一顿饭时间,豹骨和豹肉就被抢购一空,柴黑牛扯了两丈布,买了一大堆新鲜用物,连夜赶回了凤凰坪。老婆疼他,说进一次城不容易,咋不多停两天,一来歇歇身子,二来开开眼界。柴黑牛说他想老婆,想女儿,老婆说他没出息。此后,隔上一段时间,柴黑牛便带上一些豹肉和豹骨,随着卖木炭的驮队进城,第三天又随着返回,从不多停留一天。后来,村子里有了闲言碎语,说张三李四卖了柴炭,逛窑子嫖女人,三五天不回家,钱都让婊子拿走了。以后,柴黑牛进城前,老婆总要给他敲敲警钟,柴黑牛也总是赌咒发誓地说:"你尽管放心,我要是干了嫖婊子的事,就把我这玩意儿割了喂狗!"

柴黑牛向老婆发誓的话,传到了那几个嫖客耳中,他们一商量,决定和柴黑牛开个玩笑。那一次,柴黑牛的宝贝女儿出天花,需用钱需用药,柴黑牛拿上那条十分珍贵的豹鞭进了县城。豹鞭是滋阴壮阳的补品,也是治男人阳痿的头等良药,自然卖了好价。几位嫖客闹着要柴黑牛请客,嘻嘻哈哈地把柴黑牛推进饭馆,几位嫖客轮流把盏,把柴黑牛灌了个酩酊大醉。柴黑牛酒醒时,已是次日天亮时分,他才知道自己住进了名叫"春满园"的窑子店,赤身裸体躺在他怀中的妓女叫"小桃红",是"春满园"的花魁,由她来对付柴黑牛,简直是小菜一碟,太容易不过了。果不其然,柴黑牛神魂颠倒地沉迷在温柔乡中,乐不思蜀。可惜好景不长,十多天后,柴黑牛卖豹鞭的钱花光了,老鸨"大肥鹅"要撵他走,"小桃红"也翻脸不认人,又钻进了另一个嫖客的被窝。

柴黑牛忐忑不安地回到凤凰坪,还没进门,就听见了老婆和儿子的哭声,他心中一惊,急忙闯进屋里,老婆一把揪住又打又骂,要和他拼命。原来,柴黑牛在"春满园"享乐,家里没钱买药,又没人照料,他那出生不满百天的宝贝女儿病死了。老婆揪住柴黑牛那玩意儿哭骂着说:"你还有脸回家?你咋没有把这不要脸的东西割了喂狗!"

柴黑牛悔恨交加,挣脱老婆的手,从厨房里拿出菜刀,一手举刀,一手抓住那玩意儿,还没等老婆反应过来,他手起刀落,把那玩意儿给割掉了。随着老婆的惊叫和菜刀的落地声,柴黑牛昏倒在地。从此,柴黑牛声名大噪,人们称他是青龙川第一条刚烈好汉。

凤凰坪一些上了年纪的人常说,柴二狗身上有他爷爷柴黑牛的影子。柴二狗也想成为一条好汉,但他绝不能剁去那传宗接代的玩意儿,舍不得割那玩意儿,唯一的办法就是除张兰花外,不能再和任何女人干那事。以后的事好说,眼目前白雪莲这一关如何过?柴二狗不愧是个活宝,很快就想出一个两全其美的办法,他自鸣得意地笑了笑,兴冲冲地去找光棍李金锁。

李金锁四十岁了,还没沾过女人的边。他人样不赖,身体也很健壮,家里不缺钱不缺吃,之所以打光棍,主要是以前有过偷鸡摸狗和爱打架的坏毛病,名声不好。李金锁是个苦命人,十五岁死了母亲,十八岁又死了父亲,成了一匹无人调教的野马,东游西逛,偷鸡摸狗,动不动就和人打架斗殴,曾先后两次进过拘留所。李金锁有两亩多责任田,全是山坡地,他也不大经心,收多少算多少,平时就外出当小工,或者上山挖药材。他不会过日子,有了钱大吃大喝,没钱了顿顿吃缺盐少醋的稀饭或面条。李金锁有一身蛮力气,农活也干得不错,每逢收秋打夏,他就会在打麦场上大显身手,干完了自家的又去帮别人。柴二狗早就注意到了,李金锁特爱给白雪莲帮忙干活,且很卖力,也不顾热凉,常常用热脸去贴冷屁股。近两年来,李金锁走上了正道,买了两头奶牛,还养了几只奶羊,白雪莲对李金锁的态度也逐渐改变了。这些偶尔的发现,帮了柴二狗的大忙,后来也让他栽了个大跟头。

光棍李金锁正在挤牛奶,听了柴二狗的良方妙计,浑身发燥,心中发怵,但他经不住那种巨大的诱惑,硬着头皮答应了,并感恩戴德地说:"好兄弟,这事要是能办成,老哥啥都听你的,上刀山下火海连眉头都不皱一下!"

天麻麻黑的时候,柴二狗又给白雪莲挑了两担水,他笑嘻嘻地问白雪莲:"雪莲嫂,那个了结的办法是明着说呢,还是暗着说?"

白雪莲用她那双会说话的大眼睛,灼灼发光地瞟了瞟柴二狗,嗔骂道:"二狗二狗,真跟个泥猪赖狗似的,浑身尽是泥土,我这屋里容不得脏见不得赖,你去水潭洗个澡,把自己收拾干净了再来,这事咱暗着说。"说着,她有些娇羞地拉开毛巾被,放好了枕头,暗示性地做好了准备工作。

柴二狗故作神秘地向门外望了望,悄声对白雪莲:"雪莲嫂,我现在就去洗澡,晚上10点以后我再来,免得让人看见了。你也不要开灯,那事咱就暗着说。"

俗话说,六月的天,孩子的脸,说变就变,下午还是晴天红日,傍晚一阵风,天上就堆满了乌云,柴二狗对光棍李金锁说:"光棍哥,真是天遂人愿,看来你是该走桃花运咧,你尽管放心大胆地按我说的办,出了事有我呢!"

李金锁激动极了,整整一下午都是坐立不定,浑身燥热地想入非非,小腹胀了一阵又一阵,裤裆湿了一大片。他不住地盯着偏西的太阳,心里直骂娘,恨不得一脚把太阳踹到山后边去。可是要冲锋上阵了,他却感到一阵心虚,筋酥骨软难以自制,这事儿毕竟太大了,好了是花好月圆的人生快事,弄不好后果不堪设想,柴二狗不由分说,拉上李金锁就走。

来到白雪莲的门前,柴二狗推开虚掩的大门,蹑手蹑脚地来到窗下,故意轻轻打了两声咳嗽,把李金锁推了进去。一个光棍,一个寡妇,干柴遇烈火,李金锁三下五除二脱光了衣裳,急不可待地扑了上去,白雪莲裸体相迎,两人紧紧搂抱在一起,李金锁不谙房事,白雪莲引导着让他爬上肚皮,迫不及待地干了起来……

翌日清晨,柴二狗敲着白雪莲的窗子说:"雪莲嫂,该起来谢大媒咧!"

白雪莲明白了是怎么回事,羞愧难当,怒火攻心,一甩手扇了光棍好几个耳光,气急败坏地抓起枕头,向窗外的柴二狗砸去……

初绘蓝图

一场连续三天多时间的连阴雨,把拼命鼓噪聒耳的知了们赶得无踪无影,山川原野犹如刚刚出浴的妙龄少女,袅袅婷婷,显得格外清新秀丽,空气中飘荡着沁人心脾的清香,大有令人回肠荡气之感。持续了三个多月的高温终于消退了,人们感到轻松多了,冷清了好几天的青龙渡,又热闹起来了。

夕阳西下之际,天空出现了一道绚丽夺目的彩虹,五彩缤纷的光芒,把青龙山染成了一幅多彩多姿的风景画,这个奇妙的自然组合,俨然是一个海市蜃楼。乘客们被这个奇情美景迷住了,都站在船上看稀罕,恰巧"黑秀才"柴德贵也在船上,他有些卖弄才华地解释说,彩虹有红、橙、黄、绿、蓝、青、紫七种颜色,通常有两种现象,一种是红色在外,紫色在内,颜色鲜艳的叫"虹",也叫"正虹",红色在内,紫色在外,颜色较淡的叫"霓",也叫"副虹"。柴德贵很神秘地说,彩虹出现是一种好兆头,但其中很有讲究,"正虹"和"副虹"的兆头大不一样,一种兆国事兴旺,一种兆民间华荣。今天的彩虹笼罩青龙山,乃是大吉之兆,青龙川要出现不寻常的大喜事了。柴德贵也是凤凰坪的一位"腕级"人物,没念过几年书却当过民办教师,"文革"期间因为爱写大字报小字报,受过打击,被人称作"黑秀才",人们都爱听他谈天说地侃三国。

柴德贵自小就爱看戏爱看书,先是看《三国演义》《水浒》《说岳全传》什么的,后来又迷上了《老黄历》《万年历》《麻衣相法》和《周易》。喜欢为人推算流年看风水,久而久之就有了一点名气。他心灵手巧,多才多艺,虽然只上了个初小,但能写会画,吹拉弹唱无所不通,吹唢呐更是一绝,无论是《平沙落雁》《高山流水》还是《百鸟朝凤》,都能吹奏得悠扬婉转,慷慨激昂。尤其是晋陕两省流行的名曲《唢呐咔戏》更是一绝,悠扬婉转,如泣如诉,能令人心潮澎湃,回肠荡气;也能令人悲哀凄凉,泪如雨下,是青龙川最有名气的"神吹"。

正当人们听得入迷之际,从江苏考察学习归来的柴俊虎,风尘仆仆地赶到了青龙渡。

柴俊虎这次去江苏考察学习,是旗开得胜,凯旋而归,收获可大了。他基本上掌握了各种苗木花卉的习性和种植、栽培技术,也学到了一套现代化的科学管理方法。柴俊虎艰苦朴素的生活作风和虚心好学的精神,深深感动了绿通苗木花卉总公司的总经理严沪生。柴俊虎向严沪生倾诉了往事,倾吐了他报答父老乡亲的决心,使严沪生喟叹不已。两人的个性、脾气都差不多,又是同龄人,很快就成了一对志同道合的好朋友,经过几次接触了解,大有相见恨晚之意。

严沪生承包市里的绿通苗木公司发了财,盖了一座三层小洋楼,他亲自开着他

初绘蓝图

那辆豪华型的桑塔纳小轿车,硬拽着把柴俊虎从个体旅馆接到家里,也是毫无保留地向柴俊虎传授了养育花木的技术,陪着柴俊虎跑遍了当地所有的苗木公司、办事机构以及花木店。临别时,严沪生给柴俊虎赠送了很多名贵花卉种子和一整套技术资料,还派了两名技术人员来青龙川实地指导。柴俊虎不虚此行,满载而归。

也许是由于久旱而雨的缘故,很少出现的那道彩虹久久不肯散去,维持了近半个小时,才和晚霞混映在一起,融进了渐渐降临的暮色。人们啧啧称奇着走下渡船,纷纷拥过来和柴俊虎打招呼,柴德贵乐呵呵地说:"俊虎,这道彩虹迟不出,早不出,偏偏等你回来才挂在天空,好像是专门欢迎你的,你一准是给咱凤凰坪带来了吉祥如意!"

离开渡口不远,柴俊虎忽然看见了茫茫暮色中迎面而来的高秀月,不由紧走几步迎上去说:"秀月,天都快黑咧,你咋还要去县城?"

高秀月笑吟吟地说:"回啥县城呢,我调到青龙乡卫生院了。下午我爸来电话,说绿化局成局长晓得你和两位技术员回来了,明天要在凤凰坪开个座谈会,让我转告你和老支书,我是专程来通风报信的!"

有客从远方来,惊动了凤凰坪不少人,二狗们七手八脚地杀鸡宰羊,买烟买酒,忙得不亦乐乎。白雪莲正在医疗站买药,也被老支书支派着前来,再三叮咛让她亮亮手艺,好好炒几个菜。白雪莲吃了个哑巴亏,心里不痛快,说是来买药,其实没啥病,听说来了远客,她用买药的钱买了两瓶料酒和配制甜羹的樱桃、银耳罐头,让高秀月给她打下手,在俊虎家的厨房里又切又剁地大显身手。俊虎妈把小宝哄到门外去玩,她乐呵呵地给客人敬烟沏茶,核桃、杏干、苹果、大枣摆了一桌子。

白雪莲的烹调技艺还真不赖,八凉八热外加一盆莲子羹,色味俱佳,比起一般餐厅要好得多。吃饭时,田根年领着村民小组组长李国强前来作陪,以山村人特有的方式,十分热情地款待两位技术员。两位技术员深受感动,一再表态说既来之,则安之,一定要手把手培训好技术人员,什么时候培训好,什么时候离开凤凰坪。

这天夜里,高秀月住在了柴俊虎家,和俊虎妈拉了大半夜家常话,几乎没有合眼,但她不觉乏困,反而觉得身上增添了一种新的活力。俊虎妈一口一个闺女,慈祥喜悦的目光很少离开秀月;小宝一口一个姑姑,偎在她身上撒娇,高秀月从这里享受到了家庭温暖,心中涌现着一种难以名状的骚动。

县绿化局局长成怡和高宁来到凤凰坪,已是快吃中午饭的时候了,为了招待方便,这个座谈会就放在柴俊虎家里。柴二狗腿快,一大早就去张家坪叫来张兰花,让张兰花跟着高秀月和白雪莲炒菜做饭,他心里打着小算盘:兰花爹虽然很喜欢柴二狗,但兰花是家里的主要劳力,他不想让女儿过早出嫁。柴二狗和张兰花正在热恋之中,三天两头的总是找借口去兰花家,或者把兰花接到凤凰坪,他想造成既定事实,为提前结婚打好基础。山里人啥都讲现实,女儿肚子里有了小孩儿,还能拦着不让她出嫁么？二狗催着兰花快点动身，兰花说没过门就去帮人家干活，多不好意思。柴二狗说扭捏啥呢，反正你一过门就当家，提前多认一些人有啥不好？兰花说去就去，正好你还欠我一场电影呢。柴二狗说明天就进城，不过晚上咱俩得回家睡觉，在城里住旅社，公安局抓住了，就要当作流氓鬼混罚款呢。兰花骂二狗不要脸，二狗说你要脸咋和我干那事？两个人说说笑笑、打打闹闹地来到了柴家大院。

吃过中午饭，成怡看了看手表说："老领导，现在已是下午两点多了，是开会还是午休？"

高宁说："抓紧时间开会吧，天黑前还要赶回去呢。"

按原来计划，座谈会只要田根年和柴俊虎参加就行了，主要是落实一下合同内容，听听柴俊虎的汇报。但二狗们不肯离去，原来物色好参加培训的几个高中生，也相约着来到了柴家大院。成怡笑着说："既然大家都不想离开，就坐下听听吧，也可以发表意见，集思广益么。"她征求了田根年和柴俊虎的意见，指名道姓地对高秀月道："秀月，你也过来听听，以后我和你爸爸不可能常来，你可以给我们当个联络员么。"

一顿饭做下来，高秀月和兰花、白雪莲成了熟人，三人携手走了过来。人多屋小，这个别开生面的座谈会，就地在葡萄架下召开了。

柴俊虎详细讲述了去江苏学习考察的经过，明确告诉大家，种植、培育苗木花卉，比种庄稼要复杂得多，要有一套严格的管理办法。他扳着指头说："苗木花卉的品类相当多，要经过繁殖、育种、分蘖、嫁接、扦插等一系列工序，还要考虑日照、光照、室温和地温的变化，必须采取一系列的现代化管理措施。"

女局长成怡说："苗木花卉的收益很大，是种庄稼的好几倍，搞好了就是一个不冒烟的工厂。青龙渡的地理位置很理想，土地肥沃，灌溉十分方便，种植苗木花卉的条件很理想。"

高宁说："青龙川山清水秀，是个小江南，发展商品田的条件相当好，大有潜力可挖。"

柴俊虎说："是大有潜力可挖，苗木公司是一个很有前景的经济实体，根据江苏的经验，我们可以设想成立一个股份制的集团公司。比如说花卉吧，需要大量花盆，需要运输车辆，那么我们就可以办一个陶瓷厂，可以组织一个车队。再说，许多花卉既具有观赏价值，也具有药用价值，更有潜力可挖。就说我们常见的菊花吧，是多年生草本植物，品种很多，其中有好几种菊花具有清热明目功能，可以入药，是一些制药厂必不可少的原料。有的菊花和花叶经过加工，可以成为一种保健茶叶，目前就有甜菊茶叶上市，很受欢迎，我也买了几听，一会儿让我妈冲一些，请大家尝尝。"

高宁有喝茶品茶的嗜好，当下就让柴俊虎拿出一包，他撮出一点儿来仔细观看，放在嘴里嚼了嚼，点了点头。柴俊虎接着说："还有一种桂花树，属常绿小乔木或灌木,花分白色和黄色两种,有一种很特殊的香气,既可美化环境,又可加工做香料,据说这种香料在东南亚一带很吃香。另外,我们既然要成为苗木花卉专业村,就要在县城甚至省城开设一些苗木花卉店,常年四季供销各种花卉,联系苗木业务。这就需要搞宣传的人才,需要一支能说会道而又内行的营销队伍,需要不少人才,光你们几位高中毕业生,是远远不够的。人才从哪里来呢?我们村上的人不够用,可以向社会上招聘,下岗的人很多,其中奇才能人很多。大邱庄、华西村和刘庄从外地招聘的人才,比他们村的人口还要多。啥时候我们凤凰坪在社会上招聘的人才上了千,我们就敢提出学习中国三大村、赶上三大村的口号。"

柴俊虎一席话,在所有的听众心中点燃了一把熊熊烈火,都紧紧盯着柴俊虎的嘴巴,想多听一些令人欢欣鼓舞的话。高秀月更是心潮澎湃,用灼灼发光的眸子,紧紧瞅着侃侃而谈的柴俊虎,她把眼前的柴俊虎和在青龙渡舍命救她的柴俊虎,反反复复地进行着重叠组合,竟莫名其妙地产生了一种自豪感。她从白雪莲和张兰花口中,得知了张凤仙的一切。凤凰坪几乎所有的人都晓得,张凤仙跟着野男人远走高飞了,都在为柴俊虎抱不平。高秀月却是另一种心情,她那双又黑又亮的大眼睛,时而看看柴俊虎,时而看看玩意正浓的小宝,再看看满头银发的俊虎妈,心中涌过一阵热浪,脸上飞起两片朝霞。

柴二狗容易冲动,早就按捺不住了,他像猴屁股似的一会儿站起、一会儿坐下的稳不住神,一副摩拳擦掌、跃跃欲试的样子,惹得兰花一个劲儿地用眼睛瞪他。

四十岁出头的女局长成怡,浓眉大眼,性格泼辣,干啥事都有一股子闯劲,且是个不到黄河心不死的犟脾气。她毕业于西北农学院,搞苗木花卉是内行,对在凤凰坪创办苗木花卉公司的前景,她比一般人看得更高,想得更远,下的决心也更大。在她的一再敦请下,两位技术员分别讲解了各种苗木、花卉的习性和培植办法,深入浅出地列举了很多事例,系统地介绍了办苗木公司的经验。

成怡见几个高中生听得很认真,笑着问:"你们几个,谁的数学学得最好?我出一道很简单的数学题,看谁答得最快。一公里等于多少米?"

几个高中生不明白女局长的用意,互相瞅着无人应声,柴二狗嘿嘿发笑,成怡问他笑什么,二狗说他想起了一个笑话:深圳有个大企业招聘文秘人员,十名女大学生同时面试,总经理说有一道很简单的数学题,谁答对了谁留用,月薪五千元,奖金另算。他问第一位女大学生,二加三等于几,回答说等于五。第三位说二加六等于八,第四位说六加三等于九。就剩最后一位女大学生了,总经理十分失望地问一加一等于几?那位女大学生应声答道:总经理说是多少就多少。总经理一锤定音:好,你留下,各位拜拜吧!

柴二狗讲的笑话,惹得大伙儿哈哈大笑,成怡也被逗乐了,她摆摆手笑着说:"我可出不起那么多的钱选秘书。大家都听说了吧,香港有家大公司计划投资三千万人民币,要在我们县的开发区办一个产、供、销一条龙的批发市场,已经签订了投资协议书,规划图纸是他们提供的,把绿化建设放在了首位。"

几个高中生恍然大悟,都嘻嘻哈哈地笑了起来,"带刺玫瑰"田桂芳调皮地说:"成局长,你出的数学题我来回答,一公里等于一千米,等于二华里,等于0.621英里,等于0.540海里;一米等于三市尺,等于3.281英尺。"

又是一阵哄然大笑,连不苟言笑的高宁也朗声大笑着问柴俊虎:"俊虎,有一种名叫'桑叶梅'的花木,你认得么?"

柴俊虎说:"我们村就有这种花树,属常绿灌木,花红叶绿,是一种观赏价值很高的花树,耐旱性和耐冷性都很强,易扦插,易栽培,成年树平均占地一平方米左右。"

成怡满意地点点头说:"这种花木成活率高,生长快,当年就可以成形开花。外商在国内投资办企业,首先讲投资环境,其中绿化是很重要的一个内容。'桑叶梅'花大而红艳,叶绿而枝繁,既有乔木的挺拔,又有灌木的葱郁,确实是一种净化环境的理想花木。如果在老城通往开发区的道路两旁,新城区和开发区的周围栽两行'桑叶梅',再配栽两行冬青,那么整个市容面貌就会焕然一新。"

高宁接着成怡的话说:"我和成局长初步估算了一下,从老城到开发区是五公里,开发区和新城区周围三十公里,按俊虎说的每株'桑叶梅'占地一平方米计算,共需四万多株'桑叶梅',这个数字是新加的,可以写进合同。"

二狗们高兴极了,恨不得把高宁和成怡抬起来。最后决定,晚上召开入股大会,当场签订入股协议,明天开始灌溉,随后按照苗木花卉的品种和种植时间,排列一个顺序表,该育苗的育苗,该扦插的扦插,需用搭盖塑料棚的,等两位技术员实地勘察确定地块后,立即采购竹竿和塑料膜,开挖地沟,赶入冬前做好全部准备工作。

白雪莲越听越心热,越热越是沉不住气,她上了柴二狗的圈套,让光棍李金锁占了个大便宜,哑巴吃黄连,有苦无法说,后来架不住柴二狗死磨软缠和李金锁跪地求饶,她在万般无奈的情况下,违心地同意和李金锁建立恋爱关系,等到适当时候再决定结婚事宜。白雪莲的责任田全是山坡地,对入股的事自然就格外关心,又不便当众提出来,便一个劲儿地瞅柴二狗。柴二狗用偷梁换柱之计,既不道德又不高明地强点鸳鸯谱,觉得很对不起白雪莲,总想找个立功赎罪的机会。他明白白雪莲的意思,再说这也不是一家两家的事,便对柴俊虎说:"哥,关于入股的事,还存在着一个大难题呢。三组和四组在青龙渡周围没有责任田,入不上股的人意见可大咧,你没回来前,闹了好几次了,咋解决这个实际问题,大伙儿都等着你一句话呢。"

田根年也对柴俊虎说,这是个很棘手的问题,他一直想不出个万全之策。柴俊虎挠了挠头皮:"这个问题么,我在回家的路上也反复想过了,都是凤凰坪的父老乡亲,该谁吃肉?该谁喝汤?我有一个不大成熟的想法,凤凰坪要成为专业村,就要调整产业结构,要搞优化组合。从凤凰坪的实际上讲,最好的办法就是把所有耕地收上来,重新搭配划分,让每家都有入股的机会,不过这是关系到政策性的事,要向乡上和县上请示。"

高宁连连点头:"只能是这样,成局长,你说呢?"

成怡说:"我认为这是深化体制改革一项新的创举,上合政策,下顺民心。还有最重要的一点,县上正在大力宣传西部大开发,这可是一个千载难逢的好机遇啊!"

田根年想趁热打铁,和高宁、成怡及柴俊虎商量了一下,就对柴二狗说:"二狗,你去村委会开喇叭,通知全体村民马上开会。"

柴二狗学着电视里的动作,双手一抱拳,说了声"得令",把兰花拉到门外说,先不要急着回张家坪,借此机会再陪我睡几夜吧,你不想得慌? 兰花啐了二狗一口,说你的脸比城墙还要厚。

"带刺玫瑰"的处女情结

夕阳西下,残阳如血,夜风初起,暮色四合,正值阴阳交替之际,也是划分农村和城市不同风韵的奇妙时分。农村的炊烟袅袅升起,渐渐和天上的云霭混为一体,根本分辨不出哪是云霭哪是炊烟;牛羊鸣叫声,鸡鸣犬吠声,潺潺流水声混为一团,根本分不出哪是家禽的叫声,哪是自然界的天籁之音。这段时分,就是滚滚红尘的永恒现象。

韩塬县城是一个历史古城,人文景点星罗棋布,新区老城泾渭分明,各有各的特色,各有各的韵味,对于"带刺玫瑰"田桂芳来说,她是两栖动物,到哪儿都是如鱼得水。在农村是千娇百媚的小家碧玉,在城市是风情万种的大众情人,赞美声总是不绝于耳,回头率绝对百分百。当中巴客车准时驶进客运站,站里站外灯火辉煌,人欢马叫声浪喧天。车刚停稳,乘客们便争先恐后往外挤,好像车下有狗头金。田桂芳双臂抱怀,微微眯着眼皮,一副与世无争的闲情逸致,直等到人去车空,才慢条斯理地提着小坤包,袅袅婷婷地向车站大门走去。

此时,街道两旁的路灯、车水马龙的车灯以及各类店铺门前的招牌霓虹,在满天星斗的映衬下,一片辉煌,令人有了天上人间之感。田桂芳伸手拦了一辆港田摩的,坐进只能容两个人的车厢,说了声去老城仁义巷,又眯上了一双美目。新城客运站距老城差不多三公里,摩的在滚滚车流之中逶迤穿行,比拖拉机快不了多少,颠颠簸簸地得跑上二十多分钟,田桂芳要的就是这个空间,她是带着父亲的操心母亲的唠叨,从四十公里开外的凤凰坪返回县城的。而对她来说,县城仿佛是另外一个世界,在打工的日子里,活得很累很累,她要好好调整调整心态,要梳理梳理"处女屋"的前世今生。田桂芳和田春燕同样,都是天生丽质艳若桃李的超级美女,所不同的是田春燕较胖,田桂芳较瘦,二狗们不知道从哪儿学来了"燕瘦环肥"这句成语,硬是给田春燕和田桂芳套上了。田桂芳和田春燕是出了五服的姐妹,田桂芳只比田春燕小三个月,两人从小学到高中都是同班,从小学到高中都被称为姊妹花。田桂芳和凤凰坪很多大姑娘一样,都有一个处女情结,刻骨铭心,这个处女情结在她打工时期,招来的风风雨雨不亚于打一场抗日战争:处女们立场坚定,旗帜鲜明,对于喜欢拈花惹草行为猥琐的男人们,一律冠以日本鬼子和汉奸的称号。不知从哪个年代开始,青龙川盛行着一个潜规则,凡是新婚第一夜见红的新媳妇,新婚燕尔过后就会成为家里的一把手,凤凰坪尤甚,即便是到了改革开放年代仍是如此,什么都可以开放,唯处女情结不能开放,否则就会为村民所不容。田桂芳的母亲叫刘玉莹,也是一名娟秀妩媚的美女,高中毕业后经常参加一些文艺演出,很快就闻名遐迩了。田桂芳的

"带刺玫瑰"的处女情结

父亲田高峰会点儿武功,是城里一家大酒店的保安部部长,在一次文艺演出过程中,见义勇为教训了几名调戏刘玉莹的混混,成了刘玉莹的护花使者,刘玉莹去哪儿演出他就跟到哪儿,日久生情,两人坠入爱河相爱相依。在凤凰坪大多数人的心目中,刘玉莹肯定不是黄花闺女,即便不是让其他男人破处也不足敬,料定不会在洞房花烛之夜见红。迎娶刘玉莹那天,凤凰坪热闹极了,人们在目睹美人风姿风韵的同时,共同的心声就是洞房花烛夜会不会见红?对此,更为纠结的是田桂芳的爷爷奶奶,他们不敢想象,如果第二天早晨看不到落在床单上的处女红,他们会不会和儿子分开另过!翌日清晨,田桂芳的奶奶提前起床,不漱口不洗脸也不做早饭,呆呆地盯着新婚洞房发愣。一轮红日冉冉升起,一袭朝霞万里碧空,可田桂芳的爷爷奶奶心中被阴霾笼罩得严严实实,几近窒息。直到太阳升上东山头的时候,恋床的儿子和新媳妇才从新婚洞房走出来,田高峰有点儿不好意思地冲着母亲傻笑,刘玉莹羞答答地低着头,娇怯万状。奶奶迫不及待地走进新婚洞房,很快就出来了,欢天喜地地嚷嚷着要杀鸡宰羊放鞭炮。新媳妇满月回娘家,按常规得在娘家住十天,奶奶实在等不及了,第五天下午亲自去到刘玉莹的娘家,说要接刘玉莹回去接替她当家做主。这件事是刘玉莹终生的骄傲,自然也成了田桂芳头上的紧箍,她不想纠结也不行。进城打工的头一天,母亲亲自给田桂芳租了一间房,千叮咛万嘱咐,说这个包租屋名字叫处女屋,说凡是住在这个屋子的姑娘必须是处女,说只有一句成语适合这个包租屋,那就是"守身如玉"。

"刺啦啦"一阵十分刺耳的刹车声,吓了田桂芳一跳,港田摩的到站了,司机扭回头说:"小姐,到地方了。"

"谁是小姐?你会不会说人话!"田桂芳突然发怒了,怒气冲冲地朝司机轰了一炮。

司机愣了一下,莫名其妙地说:"怎么了,叫你小姐不对么?"

田桂芳气不打一处来:"你妈才是小姐呢!"

摩的司机也火了,脸红脖子粗地回敬田桂芳:"你会不会说人话?我咋咧?"

吵闹声招来了好几名围观者,七嘴八舌问是咋事。摩的司机很委屈地说明了前因后果,一位文质彬彬的中年人连声说误会误会,说他也遇到过这号事,说他去年去外地出差,向一个大姑娘问路,也是先叫小姐,挨了一顿臭骂,说小姐本来是一种尊称,都是让这个瞎瞎社会风气给弄歪了,只好换成同志,姑娘说啥同志同志的,俺是农民,随即骂了一声神经病扭头扬长而去。接着向另一个女青年问路,竟然不知道该咋个称呼了,叫大嫂吧,不知道人家结没结婚,叫大妹子吧,怕人家说咱想占便宜,没办法只好站在三岔路口等,一直等到夕阳西下时分,好不容易等来一个男人,没想到是个哑巴!

"哗——"一阵哄然大笑和掌声,气氛完全变了,田桂芳连声说对不起对不起,掏出十块钱递给摩的司机说不用找了,下次还坐你的摩的。司机说哪能呢,从客运站到这儿是两元钱,找你八块,这是我的传呼号,随叫随到。

田桂芳的包租屋位于一个四合院二楼,开始只有她一个人住,后来陆续进了两名伙伴,是和她一起在黄河大酒店当门迎的漂亮妞,入住的条件只有一个,必须是处女,什么时候破处了就自动卷铺盖走人!天气阴沉沉得好像要下雨,大院空荡荡的没有人影,田桂芳步履匆匆地来到房门前,一见门锁着,心里一沉:已经过了晚饭时间,俩死丫跑哪儿去了?她们知道她今天回来。推开房门,田桂芳心里倏然升起一股凉气,丽娟的铺盖不见了!田桂芳愣怔片刻,凄苦地说了声"枪响了,出事了",软绵绵地坐在单人床上,脑海里一片空白。"俩死丫"一个叫丽娟,一个叫雪琴,都是千娇百媚的美女,是黄河大酒店的台柱子。酒店总共十五个女服务员三个门迎,分两班倒,其中四个有对象,观念更新快,早就破处了,自然进不得处女屋。田桂芳是前台经理,是管理美女们的头牌美女,虽然比较自由,不用和其他服务员一样要上足八小时,但要带班,两班都要不定时地检查,哪个门迎请假或者生病了,她就得顶上去,工作并不轻松。丽娟和雪琴住进处女屋的时候,三姐妹对着电灯发了誓:不到洞房花烛夜,谁也不能和男人上床,谁要是违规破处,谁就是叛徒内奸工贼,就把谁的铺盖从楼上扔下去!

高跟鞋钉碰地声和推门声,把沉思中的田桂芳惊醒了,睁眼望去,雪琴神情郁郁地走进门,随手拉亮电灯,有些哀怨地说:"大姐大,出事了!"

田桂芳一把拉住雪琴的手问:"丽娟到底咋咧?我连来带去总共才八天呀!"

雪琴反身关了门,坐在田桂芳身边说:"丽娟让她那个男朋友赵飞拉下水了。你回凤凰坪的第二天,赵飞给丽娟送来一条金项链,金项链是用一封情书包着的,情书肯定是在哪本书上抄的,肉麻得能让人吐八回,可人家丽娟特喜欢,捧着情书直冒泪花子,当着我的面和人家山盟海誓,说这辈子要嫁就嫁赵飞。"

田桂芳恼怨地说:"真是个猪脑子,赵飞油嘴滑舌,虚情假意的很不厚道,长相比猪八戒强不了多少,听说在老家有妻子还有一个女娃呢。"

雪琴"哼"了一声:"情人眼里出西施么,热恋中的男女都是弱智!我说赵飞不值得信任,要她再详细了解一下,三思而行,可人家根本不听我的,说赵飞能说会写,很有才华,还大言不惭地说他俩是郎才女貌呢,当天就去赵飞那儿了,昨天和赵飞一起取走了铺盖和化妆品,他们知道你今天回来。"

田桂芳气得直拍床头:"脑子叫驴踢了!让门板夹了!进娃哈哈了!"田桂芳是个很清纯的正派姑娘,个性强脾气倔心高气傲,从小受村风和家教的熏陶,把贞节看得比命还重要。凭着自身的优势,田桂芳进城打工不到一年时间,就由服务员晋级为前台经理。对于客人,她服务热情周到,挑不出碴。对于拈花惹草想吃豆腐的男人,她是横眉冷对,言语尖刻,一句话可以噎死一头种公牛。久而久之,就得了一个

"带刺玫瑰"的绰号。为了庆祝女儿的这项桂冠,刘玉莹和田高峰卖了家中的大黄牛,给田桂芳买了一条金项链。

一场阴雨断断续续下了两天,天气很是凉爽。雪琴今天上早班,下班没事干,一个人在处女屋睡觉,入睡没多久,就让一个酸梦给折腾醒了。她梦见和一个很帅很帅的男人一见钟情,俩人手拉手逛大街,肩并肩逛公园,男人把她剥得一丝不挂,还没来得及做那事就醒了。又是一个夕阳西下暮色四合的傍晚时分,屋里的光线很快就暗下来了,雪琴懒得开灯,躺在被卷上想着心事,越想越烦躁,越想越迷茫,越想越揪心。街上的喧嚣声声声入耳,墙上的石英钟滴滴答答声声烦人,雪琴穿好衣服,顺手拿起小坤包走出处女屋。

华灯初上的街道,比起白天来更有一种韵味,熙来攘往的人流和街道两旁的叫卖声,汇成了十分美妙的城市夜曲。雪琴信步来到一个啤酒屋,闻到飘荡弥漫的啤酒味,突然有了喝酒的冲动。啤酒屋灯光很温和,很有情调,人不多,大都是情侣在嗑着瓜子嘤嘤私语。雪琴要了一瓶青岛啤酒和一盘果脯,一边自酌自饮,一边想着心事。女大当嫁是常理,七情六欲是本能,此情此景,大姑娘能不想入非非能不思春么?不知什么时候,对面坐了一个男人,也是一瓶青岛啤酒一盘果脯,刚刚开始自酌自饮。雪琴突然心跳加速,脸上腾起了红霞,心中暗暗惊呼:"我的妈呀,咋会和梦中的男人那么相似呢!"一杯青啤下肚,雪琴心情豁然开朗,情不自禁地冲着男人嫣然一笑。男人很绅士地举起酒杯说:"相识皆是缘,敬你一杯,我先干为敬。"说着一饮而尽,很潇洒地亮了亮空杯。雪琴心花怒放,大有他乡遇故知之感,两人推杯换盏,五瓶啤酒很快就见底了。当报时钟敲响10点钟的时候,两个人都有些微醉了,不知道是谁邀约的谁,半个小时以后,两个人迫不及待地脱衣上床了。

世上的巧合太多太多,所以就有了"无巧不成书"这句俗语。雪琴在毫无征兆的状况下,就那样稀里糊涂地破处了,破得毫无章法毫无价值,也破得那么巧。快下班的时候,一位门迎突然生病,田桂芳顶替她值夜班,否则她肯定会和雪琴一起去啤酒屋,雪琴破处的事只能是水中月镜中花,只能是一场春梦而已。翌日上午9点多,田桂芳回到处女屋,发现雪琴的铺盖和化妆品也不翼而飞了,差点儿晕倒。她百思不得其解,这世界到底怎么了?一个女人苦苦守护了二十多年的贞节,就如此草率如此窝囊地一江春水向东流了!在农村长大的姑娘,可以严防死守二十多年保住处贞,怎么进城了就那么脆弱?脆弱得还不如一个玻璃瓶!难道她们不懂一失足成千古恨的道理?不懂得人生尊严?一个大姑娘突然就变成了没有丈夫的小媳妇,怎么面对亲戚朋友?以后还结不结婚?咋过洞房花烛验红这一关?人生道路如何走?一生会有幸福会有欢乐么?难道城里的物欲横流,就能轻而易举地摧毁道德操守?物以类聚,人以群分,长此以往,自己会不会也这样呢?常在河边站,焉能不湿鞋?想到这儿,田桂芳的脊背冒出一股凉气,是那种透骨的凉,触景生情,她突然想起了柴水生大闹青龙镇的那档子事。柴水生是凤凰坪一个很普通的农村小伙儿,几乎是一夜之间成了响当当的风云人物。田桂芳上高一那年,暑假期间现场目睹了柴水生赖以成名的壮举。那年立秋不久,柴水生欢天喜地地结婚了,新娘子叫杏花,名如其人,艳若桃李,可她没能顺利地跨过新婚"验红"的人生大关,喜事差点儿办成了丧事。翌日早晨,水生妈迫不及待地走进新婚洞房,进去快出来更快,一出门就一脚踢翻了水桶,摔碎了热水瓶,闹了个鸡飞狗跳猫上树。柴水生再三给妈解释,说女人的处女膜损伤有很多原因,比如骑自行车比如干重活比如什么的,说他了解杏花,可以用人格担保杏花是处女,可是让他妈骂了个狗血淋头,宣称要和小两口分家。杏花受不了这口窝囊气,跑到青龙镇药店买了五包老鼠药,一口气全都喝下去了。柴水生吓得魂飞魄散,抱着晕过去的杏花痛哭不止,说杏花要是有个三长两短,他就跳到青龙渡去陪杏花,谁劝也不听。家里人吓坏了,村里人也都提心吊胆。一包老鼠药就可以毒死人,五包老鼠药能毒死一头牛,后果不堪设想!不长时间奇迹出现了,正当全家人和邻居们心惊胆战之际,杏花却睁开了一双水汪汪的大眼睛,她只是短暂的休克了,虚惊一场,老鼠药是假药!柴水生喜出望外,兴奋得直想翻跟头,在柴二狗的极力煽动和倾力支持下,买了一面锦旗,组织了二十多名小伙子,敲锣打鼓,浩浩荡荡地来到青龙镇药房门口,虚张声势地把锦旗挂在药店大门上。这事成了爆炸性新闻,柴水生也闻名遐迩。那天,田桂芳站在看热闹的人群中,目睹了全过程,对这件事刻骨铭心。田桂芳也想起了每次进城前,父亲都要叮咛几句,要女儿时刻注意形象,说千万不能影响凤凰坪的村风。母亲的话更直白,说保不住处贞就自个儿去投青龙渡!

"嘀嘀嘀……"传呼机响了,悦耳的传呼机铃声分贝很小,此时此刻犹如打雷,吓了田桂芳一跳,仔细一看,又是黄河大酒店副总经理刘杰在呼她。刘杰是分管餐厅和前台的副总经理,是酒店出高薪从省城请来的管理精英。刘杰风流倜傥,才华横溢,很看重田桂芳,在工作上倾力支持,生活上大力照顾,有事没事总爱围着田桂芳转,连续写了好几封求爱信。田桂芳也很喜欢刘杰,打算和刘杰正式交往一段时间,如果合适了就带他回凤凰坪见父母。男人怕选错行,女人怕嫁错郎,田桂芳懂得这个理。她是个有心机的姑娘,动用一切关系对刘杰进行了全面了解,很快就有了准确信息:刘杰在西安有爱人有小孩,早就有了家室。田桂芳没有揭穿刘杰的老底,不动声色地巧予应付。刘杰连续两次请田桂芳喝咖啡,田桂芳都是连声答应,每次都要带上"俩死丫"。这天下班前,刘杰又一次邀约田桂芳喝咖啡,再三说有话要和她单独谈。刘杰好像迫不及待了,传呼机连续不断地响。心绪烦乱之际,田桂芳突然想起了那天在柴俊虎家中的座谈会,想起了凤凰坪即将开展的事业。座谈会的第二天,田桂芳在回城的路上碰见柴二狗,柴二狗咋咋呼呼地说大美女还进城啊?咱凤凰坪要在全世界范围内招聘各种人才,你是个大美女也是女秀才,咋能不积极响应村中央的伟大号召呢？别总想着嫁给城里人，那不靠谱，肥水不流外人田，赶紧进城写辞职报告。见田桂芳抓起一把泥土，活宝撒开脚丫子就跑。活宝的这番话，在此时此刻起到的作用，毫不亚于一次公开招聘会。田桂芳当机立断，毅然决然地取出炭素笔和稿纸，十分庄重地写下了"辞职报告"一行字。

俏佳人与"金凤凰"

艳阳9月,正是秋高气爽的金秋季节。蔚蓝的天空,明丽的艳阳,为繁华的历史文化名城西安,披上了一件流金溢彩的面纱。雄伟巍峨的大雁塔,壮丽辉煌的钟鼓楼,风光旖旎的兴庆湖以及鳞次栉比、犹如浮雕般矗立的现代化建筑物群,像一块巨大的磁场一样,吸引着各种肤色的人们,潮水般地涌向这座闻名世界的千年古都。不少人来这里入梦,寻梦,实现梦想,可是张凤仙来到西安不久,美梦很快就破灭了。

那天,张凤仙和任小小闹翻了脸,嚷嚷着要任小小放她回家,任小小阴阳怪气地说:"回家?你的家在哪儿?我老实告诉你,你的家在我的腿上,我走到哪儿,哪儿就是咱俩的家,这就叫四海为家。等几年咱们有了真正的家,再把你妈接过来,让她沾沾女儿的光,坐享清福。"他拍着胸脯向张凤仙保证,说不出三年,他一定要让张凤仙住上豪华的小别墅,一定要让张凤仙成为贵妇人。

任小小不想让张凤仙参与他们的活动,又怕张凤仙坏他们的事,更舍不得让张凤仙离开他。十几年来,他见过的玩过的女人,没有一个能顶上张凤仙。张凤仙是他千挑万选相中的,他觉得张凤仙才真正是理想中的妻子,他不想也不敢让张凤仙和他一起去广州,便在附近一家私人旅社给张凤仙包了个房间,留下五百元生活费,他和虎牙女人一起,送那六位姑娘到广州"参加工作"去了。

任小小去广州之前,对张凤仙说他最多半个月就回来,可一个多月了,还没有见到人影,连个电话也没有。孤寂的长夜,躁动的心绪,难以抑制的春情和日见渺茫的企盼,使张凤仙白天茶饭无味,夜间辗转难眠。刚到西安时,张凤仙把母亲给她的两千元,连同她的梦想,她的身份证,她的身子和一颗心,全都交给了任小小。她根本没有想到,任小小竟会在和她疯狂的做爱过程中,神不知鬼不觉地拍了照,录了像。一盘录像带和二十多幅彩照,犹如几十条看不见的绳索,把她死死地拴在了任小小的手腕上,她只能像个木偶一样,任凭任小小操纵,她无颜再回张家坪,更无颜回凤凰坪。

在残酷的现实面前,张凤仙慢慢清醒了,她恨任小小卑鄙无耻,恨自己有眼无珠。她忽然想起了柴俊虎,想起了可爱的小宝,不断梦见她和柴俊虎以前那种和和美美的日子。事情发展到如此地步,张凤仙才真正感到,她是骑到了老虎背上,只能是破罐子破摔,只能把希望寄托在任小小身上。张凤仙一次又一次地下了决心,等任小小从广州回来后,她说什么也不让任小小再干这种伤天害理的缺德事了,她要让任小小和她厮守在一起,打工卖菜干啥都行,嫁鸡随鸡,嫁狗随狗,她认命了。理智上她认为任小小是靠不住的,感情上又觉得有些依恋,她总认为任小小是个神通广大的能人,她还幻想着住豪华别墅,当高人一头的贵妇人。就这样,张凤仙怀着十分矛盾、复杂的心情,度日如年地盼望着任小小尽快归来。

期待的日子漫长而又烦躁,张凤仙在熬煎愁闷中又挨了十多天,任小小还是杳无音信。五百元就要花光了,张凤仙几天来连小饭店也不敢进,只买一些面包和方便面聊以度日。一个偶然之机,张凤仙结识了一位名叫王萍的贵妇人,给穷困潦倒的张凤仙带来了生机。那天傍晚,张凤仙到旅社旁边的小商店去买方便面,一辆飞驰而过的摩托,把一位衣着华丽的年轻女人撞倒在地,眨眼就不见影了。当时正下着毛毛细雨,张凤仙急忙扶起倒在泥水中的贵妇人,问要不要送她去医院。贵夫人福大命大,没有一点地方受伤,只是浑身上下泥猪赖狗似的,满手满脸都是泥水。她冲着摩托远去的方向,用四川话骂了几句难听的话,随着张凤仙来到了张凤仙住的房间。张凤仙端来热水,帮着贵夫人换下那身脏衣裳,洗净了手脸,把她的衣服拿出来让贵夫人穿。这天夜里,贵夫人没有走,和张凤仙睡在一个床上,说了一夜知心话。

贵夫人名叫王萍,是一只被人包养的"金丝鸟"。王萍身材颀长,面庞白皙,明眸皓齿,艳若桃李,冰清玉洁般的犹如出水芙蓉,是个玉人般的天生尤物。她大学毕业后分配到县城一个很不景气的单位当文书,平淡无味的工作和俗不可耐的接来送往,使王萍产生了逆反心理。她十分厌倦本职工作,受到了外面世界的强烈吸引,不顾家人的反对,偷偷拿上父亲卖猪的一千元钱,从川东的穷乡僻壤来到了她久已向往的古都西安。王萍和张凤仙一样,也是来到西安不长时间,"淘金"的美梦很快就破灭了。王萍是一个名副其实的高才生,智商高,能力强,在学校时门门功课都是优秀,上大二时英语就过了四级,还参加过普通话大赛,一路过关斩将荣获第一名。川妹子生性好强,做事干脆利落,从不拖泥带水,事无巨细,均有章法,属于那种思维缜密的优秀女性。智者千虑,必有一失。王萍在离家出走时啥都想到了,唯独忘了带毕业证,高水平人犯了一个低级错误。在西安这个国际化的大都市,要找到一个称心如意的工作谈何容易,没有大学毕业证书,等于失去了应聘通行证,虽是川妹子才华出众,姿色过人,总不能扯着嗓门喊叫我是某某大学毕业的高才生啊。蓬蒿隐蔽灵芝草,黄土掩埋夜明珠,是光也发不了光。一些外资、合资和私人企业,招聘会管理会经营,或者能娴熟地驾驭几种外语的特殊人才,很多只有相貌俏丽这一优势的人,只能到舞厅、饭店去当服务员,去当舞女。王萍心高气傲,十分要强,不屑于当女招待赔笑迎送,更不愿在舞厅中被男人们搂着抱着取乐,但她的钱很快就花光了,正当穷途末路之际,她在电线杆上看到了一家饭店招聘礼仪小姐的广告,要求条件很高,月薪也很高,每月基本工资三千元,还有其他收入。王萍怀着稳操胜券的信心前去应聘,果然一试即中,而且在所有参加应聘的倩女中,她是首屈一指的佼佼者。

这家饭店的档次较高,一楼是餐厅,二楼东边是歌舞厅,西边一排全是包间,三楼东边是职工宿舍，西边是装潢华丽且带有卫生间的休息室。所谓礼仪小姐，就是不用端盘子收拾残汤剩饭的高级服务员。这种服务员是饭店的脸面子，是饭店的顶梁柱，从另外一种角度讲，是饭店的摇钱树。上班期间，礼仪小姐披着写有饭店名称的彩带，迎接每一位来到饭店的客人，并因人制宜，把客人引导到餐桌或者雅间。如果遇到有身份或者愿意出钱的客人发出邀请，还要陪客人吃饭，陪客人去包间，去休息室。有不少礼仪小姐，很快就沦为陪吃陪睡的三陪小姐，用媚笑和玉体为老板大把大把地挣钱，也为自己大把大把地捞"小费"。

王萍不是那种人，她工作认真，热情大方，尽心尽职地干着本职工作，但从不陪人吃饭，从不让任何男人占她半点便宜。对那些言语粗野或喜欢动手动脚的人，她就会后退一步，落落大方而又十分庄重地说一声"请放尊重些"，或者说"你喝多了，要不要给你家里打个电话来接你"。有一次，一个派头十足的款爷让经理给他拉皮条，说只要王萍愿意陪他，他一夜付给王萍两千元，陪一次付一次。王萍不动声色地说，请问你多少岁了？款爷嬉笑着说，四十八岁正当年。王萍问你女儿多大了？款爷说刚满二十，正上大学呢。王萍冷嘲热讽地说，那你何必舍近求远呢？说罢扭头走了。款爷是个大老粗，腰里有钱肚子里没墨水，他没有听懂王萍的话是啥意思，经别人一解释，当场就气了个半死。

月底结账的时候，工作最卖力最出色的王萍没有奖金，而别的服务员最少拿了五百元。同伴们为王萍抱不平，劝她去找经理讨个公道，王萍笑着摇了摇头，她不想在这家饭店干了，打算站好最后一班岗，次日一早走人。

人生在世，凑巧的机会太多了。就在王萍准备辞职的前一天，一位风度翩翩的年轻港商前来进餐，走时忘了拿在吃饭中间通过话的手机。在他刚钻进出租车时，王萍拿着手机追了过来，港商感激不尽，坚持要请王萍去到民生商场，买一件有纪念意义的礼物。一来二去，两人就熟识了。港商自称他是香港一家集团公司的业务经理，香港回归祖国了，总经理派他来西安，考察有发展前途的项目。港商说他今年二十八岁，尚未结婚，毫不掩饰地说王萍是十分理想的太太。港商把王萍请到一家星级宾馆，送给王萍一条24K金项链，一只蓝宝石钻戒，说这是定情礼物，说他有价值一千多万元的家产，结婚后全部交给王萍管理。当天晚上，王萍把她的玉体交给了港商，港商根本没有料到，如此可人的美人，竟然还是一个处女，他兴奋得激情难抑，把他在风月场练就的本事全都用上了。王萍在温柔乡中陶醉了，觉得自己终于找到了一个好归宿，她没有想到也不会想到，这是一场春梦，一场很短的春梦。

一天晚上，港商正在卫生间冲澡，放在床头的手机响了，王萍顺手拿起来贴近耳朵，手机里传来一个娇滴滴的女人声音，女人问你是服务员吗？王萍说她是港商的妻子，对方操着生硬的普通话，说她是港商的太太，把王萍好一顿臭骂。王萍像跌进了冰窖，浑身上下全凉透了，又哭又闹地拉着港商要去公安局。港商信誓旦旦地说，他是真心实意地爱王萍,说他香港的太太是个母夜叉,两人的感情早就破裂了,他保证近期和母夜叉离婚,娶王萍为妻。港商为了表示真心,以王萍的名义,在银行存了二十万元人民币,把存折交给王萍,并预交了全年房费。从此,王萍过起了"金丝鸟"富有而又悠闲的日子。这之后的期待是漫长而又烦躁的,港商时而回香港,时而去泰国,去马来西亚,去新加坡,回到西安小住几日又匆匆而去。王萍终于明白了,她成了一名地地道道的"二奶"。张凤仙和王萍的遭遇大同小异,同是天涯沦落人,说到伤心处,两人抱头痛哭。翌日上午,王萍把张凤仙领到她住的宾馆,取出一大叠衣服和化妆品,让张凤仙随便挑,张凤仙死活不要,王萍有些发急地说:"咱俩是同病相怜的好朋友,以后就当干姐妹来往,还见外啥子?"

张凤仙说她想找份工作,王萍想了想说:"咱俩相比,除去文化程度,哪一点你都不比我差,快三十岁的人了,还那么细皮嫩肉的,看上去最多不超过二十五岁,谁能相信你是结过婚而且有了孩子的人?像咱姐妹这号,除去当礼仪小姐,当服务员,其他工作还真不好找。"

张凤仙叹了口气说:"礼仪小姐也行,服务员也行,只要有份工作干就行,反正我是没脸回去了,那个男人也不是个能靠得住的人,不找点活干咋行?"

王萍满不在乎地说:"急啥子哟?现在城市下岗的人太多,活特别难找,急也没用,随后我再托人找找门路。"

没过几天,王萍托的熟人给张凤仙找到了工作,也是到一个名叫"夜莺美食娱乐厅"的饭店去当礼仪小姐。这家美食娱乐厅,比起王萍干过的那家饭店,是小巫见大巫,气派小多了,只有两层楼,一楼是餐厅,二楼是包间。这家美食娱乐厅的饭菜档次低,可顾客如云,不是为了吃饭,而是为了猎艳寻开心。老板是名副其实的奸商,所有员工实行效益工资,基本工资加奖金,小费归己。

按照流行的话说,男人有钱就变坏,女人变坏就有钱。来"夜莺美食娱乐厅"的男人都是大大小小的款爷,小姐们的"小费"多得惊人。一位绰号叫"杨贵妃"的漂亮小姐,一个月挣了八万多元"小费",知道内情的人不无赞叹地说,用不了几年,这位"杨贵妃"该改名为"杜十娘"了。

其实,"杨贵妃"还不如张凤仙漂亮,但张凤仙不会来事,她只想挣钱,不想卖身,她不愿意进包间,但不进包间挣不来小费,还要受老板的训斥,要受客人和其他小姐的冷嘲热讽。王萍给张凤仙传授了一套在包间里如何对付男人的良方妙计,就是多吃大蒜,多抹口红,戴紧胸罩,穿长袖衫,系月经带。她见张凤仙还不明白,就笑着解释说,男人们夏天普遍穿白衫子白短袖,而且大都是道貌岸然的假正经,或者是怕老婆的货色,谁敢在身上或脸上留下女人的唇印?男人大都轻浮好色,有几个进了包间正儿八经地跳舞唱卡拉OK?都是屁股还没坐稳,就要搂着小姐乱啃乱摸,不是摸奶头就是摸大腿,再就是得寸进尺地解裤腰带。遇到这样的男人,不能来硬的,来硬的要吃亏,包间里不犯强奸罪,你收了他的小费,就等于给了他一张通行证,周瑜打黄盖,一个愿打,一个愿挨。就是真的让人强奸了,也是有苦难言,进了包间的小姐,在人们的眼里,是人皆可夫的妓女,妓女的话有多大分量?男人要寻开心,你就给他来个恶心,对准他大口喷蒜味,就说来月经了。张凤仙"扑哧"一声笑了:"这倒真是个好办法,那我以后就天天来月经,顿顿饭不管稀稠,不管酸甜苦辣,都得吃大蒜。"

王萍说:"要得,就是吃冰糖葫芦也要就大蒜,这是革命工作的需要嘛!"

两人说着搂在一起哈哈大笑,笑着笑着又哭了。

就这样,张凤仙在"夜莺美食娱乐厅",顶着礼仪小姐的头衔,接二连三地被请进包间。王萍传给张凤仙的法宝真的很灵验,凡是张凤仙陪过的男人,没有一个人达到目的,最后还不得不撒下五十元的小费,悻悻然乘兴而来,败兴而去。但时间长了,难免有这样那样的麻烦,小姐们同行是冤家,趁机造谣,说张凤仙是狐臭,有性病,来客对张凤仙避而远之,老板也经常指桑骂槐翻白眼。张凤仙实在不愿干,也实在干不下去了,咬紧牙关挨了一个月,但任小小还是踪影皆无。

近来,张凤仙忽然感到身体怠倦,乏困无力,经常吐酸水,动不动就干呕,两个月没有来月经,显而易见是怀孕了。张凤仙好像挨了一闷棍,心情十分懊悔。西安正在大张旗鼓地整顿社会治安,整顿医疗卫生秩序,没有身份证,没有介绍信,打胎很困难,私人诊所不敢去,怕发生意外。张凤仙没有心思上班,请了几天假,回到了那家私人旅社。刚进门,老板娘就神色紧张地悄声对她说,居委会和派出所的人来了两次,打听她和任小小的去向,还查看了登记簿。张凤仙吃惊不小,神情慌乱地来到王萍住的房间,一五一十,毫无保留地向王萍说了她和任小小的事,介绍了娘家和婆家的详细情况,哭哭啼啼地要王萍给她出主意,想办法。

根据张凤仙的诉说,王萍断定任小小不会把张凤仙的身份证、录像带和那些照片随身携带,肯定放在任小小包租的那个农家小独院。张凤仙仔细想了想,认为王萍判断无误。

王萍是个善于动脑筋的人,她经过深思熟虑,一条妙计油然而生。上午9点多钟,正是主妇们采购蔬菜的时间,王萍和张凤仙来到郊区,买了一些新鲜蔬菜和水果,一人提着一袋,找到了一个修锁配钥匙的,说把大门和家里的钥匙全丢了,进不了门,请他去配钥匙。修锁匠是个留着小胡子的瘸子,他见过张凤仙来回从他的摊前经过,漂亮的女人总会在男人心中留下深刻的印象。张凤仙的漂亮又一次帮了她的忙,瘸子锁匠让邻摊给他招呼着摊位,乐不可支地随着王萍和张凤仙来到那个独院前,王萍笑吟吟地指着大铁锁问:"能么?"

瘸子当着两位美人的面,干活格外卖力,前后不到十分钟,几个门的大铁锁全打开了。王萍取出一张百元大票,瘸子为难地说找不开,王萍说找啥子哟,麻烦师傅再配几把钥匙,改天有啥子活,还要麻烦你么。瘸子乐得两眼放光,说钥匙配好我立即送来,王萍说急啥子嘛,反正我们今天不再出去了,明天上午我们来取好了。瘸子欢天喜地地离去了,两人对视了一下,不由得"扑哧"笑出了声。

搜查的重点自然是任小小的卧室,对这里的一切一切,张凤仙记忆犹新,她在这儿度过几天以前自认为是甜蜜、如今才感到是耻辱的日子。她熟悉这儿的一切,依次打开了桌屉和柜门,除过一些衣物和不显眼的零碎,别无他物。最后连席梦思床垫也翻了个过儿,除了几张裸体照片和避孕套外,还是没有重大发现,张凤仙泄气了,六神无主地在屋里转圈儿。

王萍详细观察了一阵,心中忽然一亮,和张凤仙奋力挪开衣柜,果不其然有个壁橱,壁橱不大,只放着一个棕箱,箱盖上放着两本影集。打开棕箱,里边是一架进口录像机,一个高级照相机和一个硬皮笔记本。翻开影集,全是不堪入目的黄色照片,除过张凤仙的,还有任小小和其他女人做爱的照片,粗略数了一下,竟有几十个不同面孔。笔记本的塑料皮中,夹着张凤仙的身份证,翻开扉页,上面记着一大串人名,全是女的,分别写着年龄和籍贯,显而易见,全是被任小小一伙拐卖了的受害者。

面对铁的事实,张凤仙这才真正清醒了,她用无知和幻想垒起的海市蜃楼彻底坍塌了,她的悔恨程度,无法用任何语言形容,如果此时身边有一把钢刀,她会毫不犹豫地砍断自己的脖子!张凤仙在王萍的协助下,毅然决然地拿上所有证据,直接去了公安局。

折翅雄鹰

八月十五中秋节的前两天,李云杰在田春山和田春燕的陪同下,回到了久别半年多的凤凰坪。来到青龙渡,已是暮色苍茫时分,田春燕用双手做喇叭,硬是用她那清脆悦耳的女高音,把正在下锚系缆绳的小艄公田柱儿喊得拧过身来。当他看清是田春燕三人时,高兴极了,手忙脚乱地解开刚刚系好的缆绳,挥动篙杆,飞快地把渡船划向对岸来。

田柱儿和田春燕是同学,小学中学都在一个班,田柱儿悟性太差,不是念书的料,初中没毕业,就卷起铺盖回了家,学木工,学打铁,学瓦工,结果是什么也没学成,空有一身蛮力气,他爹说他只配当艄公,就把篙杆传给了他。田柱儿矮矮胖胖,呆头呆脑的很不起眼,但心性很高。他家里的条件不错,说媒的人很多,几年来给田柱儿介绍了不少对象,可他一个也没看上,眼睛紧紧盯着同村同组同姓而又同过学的同龄人田春燕。他打心眼儿里喜欢田春燕,却总有一种自惭形秽的自卑感,老想着如何接近田春燕,可见了面又怯又虚地,不敢表明心迹。他恨那些说媒的,竟没一个人给他介绍田春燕,但他又不敢托人去田春燕家去保媒,田柱儿怀着这般心情,暗暗爱了田春燕好几年。田春燕丝毫没有觉察到这些,见了田柱儿该咋就咋,有啥事忙不过,就喊田柱儿帮忙,她总认为,挨门挨户的,谁还不用谁?

田春燕身轻体盈,船刚靠岸,她就纵身跳上船头,又伸过手来把李云杰拉上船。田柱儿没等三人站稳,就急着问道:"燕子,不是说你们去上海了么,咋恁快就回来咧?"

田春燕咯咯地笑着说:"你以为上海在月球上,一来回得好几个光年么?"

田柱儿不好意思地笑道:"不是那意思,我是说去一趟上海不容易,那么个好玩的花花世界,还能不多玩几天?"

田春燕说:"我们是去治病,又不是去游山玩水看西洋景,还能住上三年五载?快开船吧,我们可都是半天没吃饭咧!"

田柱儿这才想起,李云杰是去上海配做假肢的,连忙问:"云杰哥,假肢戴好咧?"

李云杰举起戴着白手套的右手,五个手指竟神奇地动了动,田柱儿惊喜地说:"乖乖,和真手一模一样,一点儿也看不出是假的!"他让三人坐好了,挥动篙杆,几个人说说笑笑地向对岸渡去。

李云杰回来的消息,很快就传开了,前来看望的人络绎不绝。柴二狗正在指挥人开挖塑料棚的地沟,听说李云杰回到了家,立即放下手中的家具,一阵风地赶来了。他一把抱住李云杰,就地旋了两个圈,扯起李云杰的假手,赞不绝口地嚷嚷着说:"娘希匹,现代化医学真神,跟真手一模一样么。云杰,你回来得正是时候,我们办苗木公司正缺人,一下子就增添了你和春山两员大将,这太,太盖帽咧!"柴二狗肚子里墨水不多,口里出不来词,不是娘希匹,就是太盖帽。他正在眉飞色舞地向李云杰介绍办苗木公司的事,柴俊虎和田根年也来到了云杰家。田二曼和田春燕不停地沏茶敬香烟,忙得团团转。柴俊虎有过李云杰的经历,笑着对李云杰说:"住了半年医院,收获咋样?"

李云杰笑了笑说:"我觉得好像是上了半年大学,认识了不少人,听了不少新鲜事,也见了大世面。要说真正的收获么,就是多看了一些书。"

柴二狗忙问:"是小人书么?带回来了没有?"他喜欢看小人书,而且有些上瘾。

大伙儿都被逗乐了,田春燕说:"让兰花叫我一声姐,我送给你两本小人书。"

柴二狗说:"这生意能成,叫一句姐两本小人书,我和她一起叫。"

大伙儿又笑,柴俊虎问云杰:"云杰,你都看了些啥书?"

李云杰说:"五花八门的多了,主要看了这么几种类型的书:一本是《钢铁是怎样炼成的》,另一本是《把一切献给党》,还有些书是关于农村改革方面的,特别受启发的是《中国三大村》,我也给你买了一本。"他从一个皮包里取出一本《中国三大村》,递给了柴俊虎。

白雪莲还没有和李金锁领取结婚证,也不愿意和李金锁相随,李云杰住院期间,她一直没有去探望过,就买了几样滋补品,让李金锁一个人来看望李云杰。李金锁和李云杰是本家,论辈分李云杰还长他一辈,他把李云杰叫小叔,听说李云杰看《钢铁是怎样炼成的》,十分诧异地说:"小叔,你咋看那书,得是想在咱这儿办炼钢厂?"

满屋的人全乐了,田春燕险些儿笑岔了气,田二曼疼爱地为她捶着背,田春山笑着给光棍解释说:"《钢铁是怎样炼成的》,是苏联大作家奥斯特洛夫斯基写的一本书,书中的主人公叫保尔·柯察金,是一位战斗英雄,多次光荣负伤,成了残疾人后,还干了很多对国家有益的事,人们说他跟钢铁一样。《把一切献给党》的主人公叫吴运铎,是一位有名的中国英雄,在解放战争中也是因伤致残,身体残废后仍然生命不息,战斗不止,白手起家办起了兵工厂,造枪支弹药,造大炮,造炮弹,把国民党反动派打得落花流水,是咱们国家的大功臣。"

李金锁闹了个大红脸,一个劲儿地傻笑着。柴俊虎是心有灵犀,他从李云杰的只言片语中,捕捉到了一丝信息,感到了一股无形的动力。他翻开封面,扉页上歪歪扭扭地写着一行字:"高举邓小平理论旗帜,建设具有中国特色的社会主义新农村。"看得出,这是李云杰用左手写的。翻过扉页,一行大字赫然在目:中国三大村。哪三大村?天津大邱庄,江苏华西村,河南刘庄。再随手翻了翻,有两行字被红笔圈住了,这是一句富有哲理的话:"失败与挫折,对弱者而言是万丈深渊,对强者来说不过是块垫脚石。"

柴俊虎心中涌起一股热浪,感受颇深。李云杰是个"敏于行,讷于言"的人,不善言辞,但善于思考,爱学习,肯钻研,他不像柴二狗和李金锁那样,毛手毛脚,咋咋呼呼地信口开河，无论干什么事，总是考虑成熟了再说，再干。柴俊虎对凤凰坪的所有青年做了排序，李云杰是青年中的佼佼者。李云杰受伤住进了县医院，柴俊虎曾十分惋惜地说，凤凰坪毁了一个少有的人才。李云杰恢复得这么快，假肢安得如此成功，使柴俊虎感到由衷的欣慰。更使他高兴的是李云杰没有因致残而气馁，精神没有萎靡，他之所以选读《钢铁是怎样炼成的》和《把一切献给党》，是表明他要向保尔·柯察金和吴运铎学习，要做一番对社会有贡献的事业。他之所以要送给柴俊虎一本《中国三大村》，不言而喻，是要柴俊虎带领全村人走共同富裕的金光大道。柴俊虎对李云杰的高度信任，感到欣慰也感到鞭策，同时，也感到李云杰对创办苗木公司之事，有独特的认识，有高人一筹的宏伟设想。他本来想和老支书一块来看看云杰，没打算久留，一看时间尚早，大伙儿兴致很高，便把创办苗木公司的事讲了一遍，问云杰有什么想法。

李云杰见柴俊虎当着大伙儿的面，郑重其事地征询他的意见，感到很意外，因而显得有些拘谨，笑着摇了摇头。田根年看出了柴俊虎的用意，就给云杰打着气说："你不是说把住院当成上学了么？学了些啥？看到了些啥？结合咱凤凰坪的实际情况，说说你的想法，就算是毕业考试么。"

田春燕和哥哥田春山，半年来一直轮流护理着李云杰，形影不离，对李云杰的一切都比较了解，见大家都很看重李云杰，心中也十分高兴。她见李云杰拘谨的样子，暗暗着急，不由自主地对李云杰说："男子汉大丈夫的，咋想咋说，扭捏啥呢？权当是写毕业论文，权当是毕业分配的求职演说么。"

李云杰推辞不过，便不紧不慢地说："咱们村创办苗木公司的事，我在医院就听说咧，对具体情况我不大了解，不敢班门弄斧。我反复看了《中国三大村》，觉得其中有些事例值得我们学习、借鉴。比如大邱庄、华西村和刘庄，他们是以搞企业迅速富起来的中国第一村，是用科学管理走活了一盘棋。他们在建厂前，总是先要瞄准市场信息，把信息化为财富，建厂前和建厂期间，要把原料供应和产品销售进行落实，要把供销渠道全给打通。这个道理很简单，如果要等车马炮全齐了再搞供销，那就迟了一大拍，供销市场就有可能被别人抢占。我和春山讨论过这个问题，春山有个很生动的比方。"

柴二狗忙问田春山："春山，你是咋个比方来着？让咱见识见识。"

田春山红着脸说："那是明摆着的事，好比跛子敲锣，踩空了一步，也就迟了一步。"

李云杰接着说："这三个富起来的典型，最重要的是发展乡镇企业，他们共同的特点是当年建厂，当年小赚，第二年稳赚，第三年大赚，第四年能赚就接着干，不能赚及早考虑转产。他们时时走在市场前面，牵住市场的牛鼻子，掌握了市场的主动权。联系到咱们村创办苗木公司的事，"他看了看柴俊虎和田根年，略略顿了一下又接着说，"也是一个了不起的飞跃，也是一种调整产业结构的大转折。发展商品田也和建工厂一样,先要打通销售渠道,在这方面,咱们占有绝对优势,绿化局和我们签订了供销合同,就解决了一大半问题,还有一小部分就靠我们自己咧,听说俊虎哥已做了具体安排。我认为创办苗木公司,关键是市场,完成了绿化局的合同后怎么办?只有两条路,一是千方百计占领市场,一是及早考虑转产。"

田根年好像不认识李云杰似的,目不转睛地紧紧盯着李云杰,他被李云杰的宏论折服了。没想到李云杰住了半年院,竟长了这么大的见识,他赞同李云杰的看法,连连点头说:"云杰说的都是一些实际问题,至于占领市场,得有一大批人才啊!"

李云杰说:"在用人上人家有个口诀,'人人是人才,人人不是才,用其所长是人才,用其所短是蠢材。人才一大片,就怕看不见,人才到处有,就怕没人给做主。用人对了头,一步一层楼。'他们用人的办法,就是拿着放大镜挖人的优点、长处,用其长而避其短,使调皮捣蛋的人,变成了生产上的骨干;鬼头鬼脑的人,变成了技术能手;油嘴滑舌的人,成了难得的业务员和供销员。变阻力为动力,化缺点为优点,使常人变成了人才,人才变成了大才。如果我们也能这样做,村里会涌现出很多人才,再说社会上下岗人员那么多,人才有的是。"

听了李云杰的话,柴俊虎受到了很大启迪。占领市场和用人问题,他以前也考虑过,但都很朦胧,经云杰这么一讲,他心里豁然开朗,比以前更踏实了。柴俊虎和田根年悄声交换了一下意见,转而对李云杰说:"云杰,你的身体如果可以,我想举办几期学习班,不管男女老少,谁都可以参加,由江苏来的两位技术员上技术课,你给大家系统地介绍一下三大村的成功之道,并结合咱们凤凰坪的实际情况,写一篇如何发展商品生产的设想材料,行么?"

李云杰毫不犹豫地说:"行么,科技兴人,科技兴教育,科技兴工农,咱们凤凰坪是得有支过硬的科技队伍,赶早不赶晚,人越多越好,越精越好。要我干啥尽管安排,我一定尽力而为。"

田根年关切地问云杰:"身体行么?"

李云杰挥动着双臂说:"没问题,这只假手能起一半作用,我已经习惯咧,和春山打了几场乒乓球,和春燕打了几场羽毛球,他兄妹俩一次也没赢过,不信你问春山和春燕。"

田春山嘿嘿笑着说:"我是不适应你那左撇子打法,以后不一定还会输。"

大伙儿又笑了,柴二狗更是兴奋不已,自然又是一阵"娘希匹"和"太盖帽咧"。面对此情此景,老支书田根年忽然萌发了一个念头:培养李云杰入党,重新调整村上的领导班子。他打算最近就给乡党委和乡政府写报告,推荐柴俊虎担任村主任,兼任党支部书记。推荐李云杰担任副主任,再物色几个有培养前途的优秀青年,重点培养,大胆使用,他坚信未来的凤凰坪,势必成为一个股份制的集团公司。作为有三十多年党龄,当了三十多年村干部的一名老党员,他决心拿着望远镜和放大镜寻找人才,为凤凰坪的腾飞打下一个良好的基础。

中秋节

八月十五中秋佳节这一天,青龙渡和凤凰坪一连串发生了三件事:张凤仙投进青龙渡自尽了!姚昆和高秀月在青龙渡吵架了!柳翠香从陕北来信了!一连串的事,构成了一连串的故事,一连串的故事,把凤凰坪发生的悲剧和喜剧,连续不断地推向一个又一个新高潮。

这三件事的顺序是这样的:上午10点多钟,邮递员给田根年送来了一封写给李云杰的挂号信,是柳翠香从陕北邮来的,说她过几天要来凤凰坪。下午两点多,正是青龙川家家户户吃饺子的时候,姚昆如约来到青龙渡,高秀月依实据理,痛斥了忘恩负义的姚昆,说像他这样灵魂肮脏、道德败坏的人,就该跳到青龙渡里去喂鱼鳖!晚上10点多钟,正当家家户户吃月饼赏月之际,张凤仙从西安回到了凤凰坪,她无颜见人,悔恨交加地投进了汹涌澎湃的青龙渡。

拉开这三件事的序幕,悲剧和喜剧人物,也就相继登台亮相了。

山村里鸡多,雄鸡的啼叫声也好像大得多。启明星还在灼灼发光的时候,此起彼伏的鸡叫声,撕开了沉沉夜幕,硬是把人们吵下了炕,吵出了门。一轮红日从东山上冉冉升起,整个山川大地,披上了一层艳红艳红的彩衣。碧空如洗,秋高气爽,金秋之季,也正是收获之季,苞谷熟了,谷子黄了,各种果子也红了,熟了,连松柏树上的松柏果,也变成了金黄色,满山遍野都散发着浓浓的芳香。农人们不习惯过诸如"五一""十一""元旦"洋(阳)节日,可有可无,最看重的是春节、正月十五元宵节和八月十五中秋节。这年的八月十五,是个难得的好天气,大清早,人们就纷纷奔向杀猪宰羊的地方。卖大葱的小贩也是一大早就进了村,大葱不长时间便被抢购一空,随之,家家户户都传出乒乒乓乓的剁肉馅声。

"丁零零⋯⋯"随着一阵车铃声,邮递员小郭来到田根年家门口,把一摞报刊和信件交给了老支书。村委会经常挂着大铁锁,村支书的家成了临时办公室,所有的报纸、杂志、信件和包裹什么的,都是直接送到这儿,随后让顺人捎走,或者通知收信人前来领取。拿着柳翠香写给李云杰的挂号信,田根年感到十分为难,直接交给李云杰吧,去陕北相亲的是田春山,信中不知道说的是啥事,交给云杰很可能露馅,那样就前功尽弃了。他想来想去,还是把信交给了儿子。

田春山当着他爹的面撕开信封,取出信飞快地看了一遍,站在那儿不言不语,感情十分复杂地直发愣。田根年连声询问信中是咋说的,田春山叹着气说:"翠香说她忙过秋收,要来凤凰坪看看,顺便把结婚的日子定下来。"

田春燕正在厨房和妈包饺子,闻声走出门来,从哥哥的手中接过信,仔仔细细地看了一遍说:"千万不能让柳翠香来凤凰坪,一来准露馅,不说别的,就凭云杰哥那牛脾气,非砸锅不可!"

老支书犯了难,他思来想去,拿不出什么好主意,这事儿又不能召集支委会和干部会进行讨论,是件端不到桌面但又非办不可的重要事。他实在想不出啥好办法,只好让田春山把丁贵从丁家坡请到了凤凰坪。丁贵是这件事的总导演,对这事儿最关心,最热心,他脑瓜好使心眼活,小眼睛眨巴眨巴,就会生出一个点子来。

田二曼被春燕请到她家,几个人围着饭桌,边吃饺子边商议,饺子吃过了,办法也定了下来,决定就按丁贵说的办,让田春山以李云杰的名义,给陕北的柳翠香回信,说李云杰要去江苏常州学习育苗技术,来回得一个多月时间,结婚的日子大致定在元旦前后,具体时间等他从江苏回来再说。并在信中告诉柳翠香,为了不耽误时间,让柳翠香把她的身份证复印件和村委会的介绍信邮来,以便办理结婚手续。末了,田根年再三强调,对这件事一定要严格保密,不能让云杰看出蛛丝马迹,更不能让二狗们知道了,咋咋呼呼地闹得满城风雨。

中秋节恰好是星期五,紧连着双休日,机关单位都放假了,俊虎妈不让高秀月回县城,要她留在凤凰坪过节。八月十四下午,她让柴二狗骑着摩托车,把高秀月从青龙乡卫生院接到她家里。高秀月本来就没打算进城,计划在俊虎家欢欢喜喜地过个中秋节,调整一下情绪。

她遇到了恶心事:姚昆回到韩塬县,连续几次去高秀月家,都吃了闭门羹,又接二连三地给高秀月打电话,死乞白赖地要和高秀月见面,高秀月冷笑着说可以,约定八月十五下午两点,在青龙渡河堤上见面。高秀月把这件事和她的打算和盘托出,全部告诉了柴俊虎和俊虎妈,柴俊虎没有表态,俊虎妈爽气地说:"闺女你去吧,狠狠地臭骂臭骂那个陈世美,骂完咧,气也出咧,心病也去咧,回家来吃饺子喝烧酒,高高兴兴地过个节。"

姚昆来到青龙渡的时候,还不到中午 12 点,他按捺不住狂喜的心情,在青龙渡的河堤上踱来踱去,等待着幸福的时刻。命运之神和这位春风得意的幸运儿开了一个大大的玩笑,走投无路之际,姚昆"好马吃起了回头草",他又想起了高秀月。高秀月约他中秋节见面,是个好兆头,八月十五是天上月圆,人间全家团圆的喜庆节日,那么,也就意味着高秀月同意重归旧好,同意破镜重圆。姚昆想入非非,越想越高兴,忽然觉得他以前那么多想法,那么多顾虑,全都是多余的。高秀月和他毕竟是此生此世的第一对恋人,每个人一生中可以忘记很多事,却永远也忘不了自己的初恋。他竟然一厢情愿,异想天开地想象着花前月下,想象着花好月圆,他甚至构思着一种幻景:高秀月一头扎进他的怀中,又哭又闹地撒着娇,要他承认错误,逼着他海誓山盟。想着想着,姚昆竟然动了感情,情不自禁地喃喃自语:"秀,我亲爱的秀,今生今世,我再也不离开你了……"

火辣辣的骄阳,把大地烤得热烘烘的,树叶中又高一声低一声响起了知了的吱叫声。姚昆受不了烈日的暴晒,又踱到大垂柳下,坐在那块大石头上,不一会儿又站起来踱上河堤,他按捺不住急迫的心情,不时地朝着东方仰首翘望。太阳偏西的时候,渡口拐弯处终于出现了高秀月的身影,姚昆顿觉心中撞鹿,浑身燥热,迫不及待地迎了上去。近了,又近了,慢慢地,两个人在只有一米之遥时停住了脚步。两年多没见面了,没想到高秀月竟出落得犹如一朵怒放的月季花,浑身上下都透露出一种成熟的美,自然的美,尤其是那双不同于其他姑娘的黑眼睛,水汪汪地闪耀着一种浅蓝色的光芒,风情万种,销魂摄魄。姚昆像是迎接月神那样,虔诚地伸出双臂,声音颤颤地喊道:"秀,小秀……"

高秀月面似秋水,冷若冰霜地:"姚大科长,你这是干什么?得是羊角风病发作咧?走吧,有话到河堤上去说!"说罢,扭头迈开大步,径直向河堤上走去。

姚昆当头挨了一闷棍,不觉乱了方寸,脑子里一片空白,几乎没有了思维,乖乖地随在高秀月身后,来到了河堤上的龙王庙前。

秋雨后的青龙渡,又恢复了往日的威风,一个浪花接着一个浪花,汹涌澎湃咆哮着奔流直下,震耳欲聋的瀑布声,犹如阵阵惊雷从上空滚过,撼人心弦。高秀月深深地吸了几口带着水雾的空气,强自控制着狂怒的心情,喷火的双目逼视着姚昆,恨不得把这个人面兽心的恶棍一脚踢入滚滚的青龙河。原来想好的满肚子话,一句也不愿说出口了,她觉得对姚昆这号人,用不着浪费唾沫。

姚昆不敢和高秀月对视,他心中有愧,底气不足,但他不肯放弃这个难得的机会。面对咄咄逼人的高秀月,他又不敢造次,只好可怜巴巴地摇尾乞怜:"秀月,你不要生气么,以前的事全都怪我,错误全是我造成的,可是,我有我的苦衷,我……"

"不要再演戏咧!"高秀月截断姚昆的话,从身上掏出姚昆半年前写给她的那封挂号信,"如果光凭这封信,我可以原谅你,尽管当时想不通,险些儿当了屈死鬼,可过后我想通了,人各有志,脚下有的是路,何必一棵树上吊死?你走你的阳关道,我过我的独木桥!可你到底是个啥货,你以为我不清楚?西安离韩塬多远?像你这号灵魂肮脏、道德败坏的人,只配跳到青龙渡去喂鳖!"说罢,她把那封信扔给姚昆,转身扬长而去。

青龙川有个风俗习惯,每逢正月初一和八月十五,村里人都要互相串门,正月初一叫拜年,八月十五叫拜节,平常有些疙疙瘩瘩的小过节儿,一声过年好或者一声过节好,哈哈一笑,就烟消云散了。中秋节这天,来柴俊虎家拜节的人很多,有和柴俊虎关系很好的,有来询问张凤仙下落的,也有借机要求入股的,更多的是了解苗木公司具体情况的人。农村人讲实在,没有空着手拜年拜节的。正月初一,都是拿着两个自己蒸的寿桃馍馍,晚辈的是馄饨馍,小孩子是压岁钱和糖果。八月十五,也都是拿着自家蒸的糖馍,如今日子富裕了,一般都是提着月饼和酒拜节。往年是张凤仙张罗着应酬,总是香烟、瓜子、水果、月饼什么的摆上一大堆,再摆放两张麻将桌,欢欢笑笑、热热闹闹地欢度中秋佳节。今年没有了张凤仙,柴俊虎心绪不佳,总是打不起精神来,俊虎妈也是忧心忡忡,碍着高秀月的面子,还得显出高兴的神情。只有小宝没有任何心事,端着他那支心爱的冲锋枪,天真无邪地满院子跑,见人就嘟嘟嘟来一阵猛射。

柴二狗鬼点子多,一大早就提着月饼和西凤酒去了张家坪,谎称俊虎妈病了,以让兰花招呼几天为由,又把张兰花接到了凤凰坪。他越来越离不开兰花,越干越想干那事,十天八天不见兰花的面,就会失魂落魄地没个人样。兰花和秀月已成了熟人,两人帮着俊虎妈忙前忙后招呼来客,二狗支起麻将桌,咋咋呼呼地招呼麻友们垒长城。

田春山和田春燕给田二曼拜过节,和李云杰一起来到了柴家大院,白雪莲和李国强的爱人菊菊也来了,欢声笑语和稀里哗啦的麻将声,制造成格外欢乐的节日气氛,柴俊虎的脸上渐渐显示出了笑意。柴二狗趁热打铁地建议说:"哥,今年的八月十五不同往年,放场电影热闹一下吧?"

俊虎妈用食指点着柴二狗的脑门说:"真是个憨货么,八月十五月儿圆,家家户户都要赏月拜月哩,谁有闲心去看电影?"

柴二狗挤眉弄眼地对兰花说:"好好收拾打扮一下,今天晚上咱俩的主要任务是赏月拜月,其他事不急办。"

张兰花红着脸啐了一口,骂柴二狗不要脸,大伙儿笑得直不起腰来。

一轮淡淡的红日刚刚坠入西山,一轮皎洁的月亮从东山上升起来了。这天晚上风清月明,又圆又大的月亮,犹似一个巨大的玉盘,把一道道银辉洒满了整个山川大地。青龙川的家家户户,都在院中的小桌上摆满了月饼和水果,全家人围坐在一起赏月。上了年纪的人,又是不厌其烦地讲起了嫦娥奔月,讲起了吴刚砍桂树。不少人都睁大眼睛,想看到吴刚砍桂树,想看到桂树下边的玉兔。老辈子人传下了再老辈子人的话,说谁能在八月十五晚上看到月亮上的吴刚砍桂树,看到桂树下的玉兔,谁就能成为大富大贵的人。于是,好多人都说他看到吴刚砍桂树,看到了桂树下的玉兔。

凤凰坪培育的第一批苗木出土了,第一批扦插的"桑叶梅"也长出了绿叶,四周还没有用花椒树围起来,为了防止牛羊和野物的糟害,村上选派了三名责任心强的老汉,成立了护苗小组,白天和夜间轮流值班。吃过晚饭,柴俊虎按照惯例拜过月,放了一串鞭炮,和高秀月拉了一阵家常,说他要去苗圃守夜,让两个值夜班的老汉回去和全家人拜月赏月。俊虎妈通情达理地说:"当干部的人,就是要为大伙儿着想,时候不早咧,你快去吧,你不在家,我和秀月说说话话的方便多了。"

村外很宁静,只有清风拂过山麓下的灌木丛发出的沙沙声,月色很纯美,静悄悄地泻在通往青龙渡的小道上,洒得满路银辉。在紧挨小道的苗圃北头,搭了一个简易竹庵,两个守夜的老头叼着烟袋,正在津津有味地聊三国,见柴俊虎来替他们值班,都乐呵呵地回家去了。

竹庵是用竹竿和松枝新搭的,散发着一股浓浓的芳香,一床一铺一杆猎枪,庵前放着两只小凳一个小桌,别无他物。柴俊虎坐在庵前,点燃一支烟,默默地想着心事。几个月来,他时时刻刻都在思念着张凤仙,时时刻刻都在为张凤仙牵肠挂肚。张凤仙为了区区几千块钱的事和他闹翻了脸,为了实现她那无知可笑的发财梦,逼迫柴俊虎跟着不明身份的人去办公司,无理取闹,百般羞辱,他不怪她,也没有往心里放。张凤仙丝毫不顾夫妻情义,撇下天真活泼的小宝,跟着不明身份的野男人私奔了,他感到是一种难以忍受的奇耻大辱,恨不得立时抓住这对狗男女撕个稀巴烂,恨不得把他们扔进青龙渡!他不止一次地发誓,永远不让张凤仙再踏进他家的门槛。可是,随着时间的推移,他心中的火气就消了许多。每当更深夜半,他面对两人以前共枕的枕头,合盖的绸被,就会思潮滚滚,就会情不自禁地怀念着不知流落在何方的张凤仙。知妻莫若夫,柴俊虎对张凤仙太了解了,她虚荣心极强,又特别任性,但又不谙人情世故,缺乏识别能力,他担心她上当受骗,害怕她误入歧途,毕竟同床共枕了好几年,毕竟曾经是一对恩爱的合法夫妻。

村里不断传来此起彼伏的鞭炮声,声声悦耳,欢乐的气氛挟裹着鞭炮的硝烟,飘向茫茫夜空。汹涌澎湃的青龙河,波涛声犹如遥遥天际传来的阵阵雷鸣,掺和着青龙山上的松涛声,组成了一支奇妙的夜曲,令人陶醉,催人入梦。皎洁如镜的明月升至正空,整个世界都融入了银光生辉的月色中。柴俊虎呆呆地仰望着那轮明月,忽然想起了嫦娥奔月的故事。嫦娥偷吃了丈夫后羿的灵丹,带着丈夫的一颗心飞上了月亮,躲进了沉寂的广寒宫。张凤仙飞走了,她带去了丈夫那颗滴血的心,留下了痛苦和思念。她飞向何处去了呢?柴俊虎目不转睛地望着又圆又大的月亮,眼前出现了幻影,好像是张凤仙正在飘飘荡荡地向他飘来,他好像看到了那张灿若朝霞的俏脸,恍然听到了那银铃般的笑声,他情不自禁地连声呼唤着"凤仙,凤仙"。柴俊虎怎么也不会想到,令他朝思暮念、魂牵梦萦的张凤仙,此时此刻就隐身于竹庵旁边的大垂柳树后,距他仅仅有十多米之遥!

张凤仙投河

张凤仙从西安回来了,回到了生她养她的青龙川。此时此刻,她才真正体会到了人是故乡好、月是故乡圆的含义。可惜晚了,一切都晚了。一失足成千古恨,她这一跤跌得太重了,从通往天堂的梦梯上跌入了地狱。

半年多来,张凤仙真正像做了一场梦,一场黄粱美梦。这场梦使她明白了很多人生哲理,也使她看到了自己的无知,清楚了人生的道路应该怎样走。这场黄粱美梦断送了她的青春,断送了她的一切。弄清了任小小的真实面目后,张凤仙经过一番激烈的思想斗争,听从了知心朋友王萍的劝告,怀着十分复杂痛苦的心情,离开了以前令她神往、如今令她战栗的古都西安。她无颜见人,晓宿夜行,不到二百五十几里的路程,用了两天两夜时间,终于按照她的计划,怀着一线希望,于八月十五月儿圆的时候,百感交集地回到了凤凰坪,来到了即将改变凤凰坪村民命运的苗圃。

那天,张凤仙和王萍直接来到公安局,坚持着要见局长。后来,一位值班的领导同志接待了张凤仙和王萍,他十分亲切地说:"不要紧张,有啥事尽管说。"张凤仙心中涌起一股热浪,像见到久别的亲人,不由得失声痛哭,把她如何上当受骗的前后经过,把她所知道的任小小的犯罪事实,原原本本、毫无保留地全说出来了。那位领导听着听着,脸色逐渐凝重了,听完了张凤仙的控诉,那位领导又询问了一些细节问题,还让王萍做了补充。随即,他按响电铃,叫来一位秘书模样的警官,要他马上通知刑侦处长,晚上8点钟召开会议。

第二天上午,张凤仙和王萍又被接到了那位领导的办公室,领导对张凤仙和王萍说,任小小拐卖妇女团伙的犯罪事实,已在公安机关的视线之中。他说根据张凤仙提供的线索,成立了追捕小组,已于昨天夜间南下广州了。他对张凤仙和王萍说:"任小小逾期不归,有两种可能,一种是继续搞犯罪活动,一种是被拐骗的那六位姑娘出手不顺利。据我分析,任小小有可能近期返回西安,我想让你们俩还住在那个小独院,守株待兔,随时都有人在配合你们。只要任小小一露面,他有天大的本事也无法逃出法网!"

王萍怔了一下,好像是听错了,和张凤仙对视了一下,有点不相信地问道:"让我们俩守株待兔,您真的放心么?"

那位领导很爽朗地笑道:"从你俩踏进公安局大门的时候,我们就取得了共同的信任。抓获犯罪分子和侦破案件是一个道理,光凭公安机关不行,还要有广大人民群众的支持,俗话说,群众的眼睛是雪亮的么,正义是处处存在的,我相信二位会很好地配合公安机关的。"

西安市公安机关没有判断错，任小小果然是在骗卖那六位姑娘期间，出了节外生枝的麻烦事。从后来审讯任小小的审讯笔录上看，任小小拐卖团伙的犯罪活动，和公安机关的分析判断，基本上吻合。

按照以往的惯例，这个犯罪团伙都是把拐骗到手的妇女，分别送往河南、山东以及江浙一带的偏远地区，以年龄、相貌和文化程度为标准，标价出售，价钱最高的卖到五万元，最低的卖到两千多元。这次骗来的六位姑娘，最大的二十三岁，最小的才十六岁，其中有两名高中毕业生，三名初中程度，一名初中只上了一学期，就因家中负担不起学杂费而辍学了。这六名姑娘是虎牙女人精心挑选的，长相都很漂亮，虎牙女人本想把这六名姑娘领到一个经济发达的地方，以办舞厅或者美容美发厅为名，发展一个新窝点，搞色情服务，操皮肉生意，趁机物色拐骗对象和出手渠道。任小小坚决不同意，说这样做风险太大，万一被公安机关查获，就会拔出萝卜带出泥，连根烂掉，后果不堪设想。

六名姑娘中有一位叫刘秋妹的，长相出众，艳丽动人，一颦一笑都显露出一种自然美，同行的姑娘们称她为"刘三姐"。任小小被这位"刘三姐"迷住了，很快就占有了"刘三姐"。拐卖妇女的歹徒们，都有一个好色的通病，也都有一个尝鲜的恶习。在拐卖过程中，稍有点姿色或有些气质的妇女，特别是处女，很少有人能逃过这伙歹徒先奸后卖的厄运，只有极少数面容娇美能卖上高价的，才会被当作摇钱树加以保护不受蹂躏。拐卖团伙有个不成文的行规，对被拐骗来的妇女，再美再俏，也只是奸污后卖掉，绝不能长期留在身边。任小小一直是这么做的，也不让同伙们贪色误事，不让他们在自己的枕头边放下定时炸弹。但任小小自己却色迷心窍，带头破坏了这个行规，犯了一个致命错误，加快了他走向断头台的速度。

任小小贪恋刘秋妹的美色，痴迷于刘秋妹的乖巧，他不顾虎牙女人和同伙的劝告，硬是把刘秋妹留在身边，日同行，夜同眠，形影不离。卖掉其他五名妙龄女郎后，任小小和虎牙女人又在郑州车站拐骗了一名两岁小男孩儿，随即便带着刘秋妹南下广州了。有不少长相出众的姑娘和小男孩，都是通过广州那几个窝点高价出手的。一些大款虽然广有财产，却是后继无人；也有一些外商大亨虽然妻妾成群，但却钟情于内地的美丽女子，就像有些中国人崇洋媚外那样，以能得到大陆美女为荣。因此，漂亮姑娘和小男孩儿，到了这儿就成了抢手货。一位从四川拐骗来的绝色姑娘，同时被三名大亨相中，最后竟以拍卖形式，以五万美元的高价，卖给了一个七十多岁的港商。

后经公安机关查明，任小小一伙是个有组织、有帮规、有分工的拐卖团伙，人数不多，危害极大，犯罪手段和后果令人发指。1995年，任小小第二次出狱后不久，在流窜作案期间，来到山城重庆，住在江边的一家私人旅社，女老板就是那个虎牙女人。正应了臭气相投那句俗话，两人一见如故，很快就狼狈为奸，开始了拐卖妇女儿童的罪恶行动。后来,他们又网罗了几个社会流氓,在重庆、成都、兰州、西安、郑州以及一些边远地区,设有窝点有眼线,有一张联络网。

这个以任小小为首的犯罪团伙,没有固定居住地点,都是打一枪换一个地方,团伙成员也无固定人数,一般都是单线联系,也没有固定路线,都是由任小小或者虎牙女人,把拐骗来的妇女,因人制宜送到各个窝点,再通过二道甚至三道人贩子出手,赃款就地分配,钱进腰包抬腿走人。

这伙歹徒心黑手辣,犯罪手段狡诈多端,拐骗方式灵活多样,他们印制有各种证件,刻有各种假公章,以招工、介绍对象和合伙做生意为名,拐骗对象主要是未婚女青年。在出货过程中,通过各窝点的眼线物色聪明活泼的小男孩儿,以利诱、绑架甚至用迷药的手段弄到手,以不同价钱交给任小小或虎牙女人,再由任小小和虎牙女人带走,通过其他渠道出手。

在拐卖妇女过程中,任小小控制一些女子的手段很简单,只要他能看上眼的,就千方百计地领进带星级的宾馆或就近的窝点,用金钱利诱或者使用迷药、春药和其上床做爱,并用事先准备好的录像机,录下全部过程,拍成照片,作为控制受害者的把柄。几年来,任小小一直使用这种下流手段,百试百应,竟没有一个妇女去向公安机关举报。一些被卖掉的妇女,受尽难以想象的折磨和蹂躏。一名被从甘肃拐骗的少女,还不满十六周岁,被任小小以一万元的高价,卖给了河南伏牛山区一个四十多岁的光棍。少女体小身弱,发育尚未成熟,光棍是个杀猪宰羊的屠夫,五大三粗,身强力壮,粗俗野蛮。他买到少女的当天,没等到天黑就关了门,把那个瑟瑟发抖的少女抱上炕,剥去全身衣裳,压在身下恣意而疯狂地发泄兽欲,不到次日天明,那名可怜的少女竟被活活地折腾死了!一位逃婚的女青年,被任小小和虎牙女人卖到安徽一个小山村,买主一家四口人,三条光棍一个老娘,三个光棍都成了女青年的丈夫,一人一夜轮着来,有时三个人同挤一炕,你下来他上去,女青年实在难以忍受这种野兽般的羞辱和折磨,瞅个机会悬梁自尽了!诸如此类骇人听闻的事例,举不胜举。

被任小小强行霸奸的刘秋妹,是个心眼活泛的姑娘,她耳闻目睹和亲身经受了任小小的罪恶行径,知道自己陷入了沼泽,稍有不慎,便有灭顶之灾。任小小对她看管得很紧,寸步不离,上厕所也跟着,晚上睡觉,干完那事,任小小就把她的衣服折叠起来,放在他的枕头下,然后紧紧搂着她入睡。任小小不止一次地警告刘秋妹说:"你敢有二心,我就把你也卖给一个杀猪宰羊的屠夫,卖给几个穷光棍!"

刘秋妹知道任小小是个什么事都能做得出的恶棍,装着调皮的样子说:"你敢有二心,我就把你卖给几个老寡妇!"她委曲求全地跟着任小小和虎牙女人东奔西跑,强颜欢笑地应付着任小小,努力寻求脱身之机。

任小小在广州有几个窝点,其中一个窝点是靠近农贸市场的一家歌舞厅,老板是个四十多岁的胖男人,他把任小小一行四人,领进了三楼一个带套间的房子里,色眯眯地盯着刘秋妹,借机摸摸她的大腿,挨挨她的乳房。胖老板对小男孩儿很感兴趣,断言能卖个好价钱。他安排任小小和刘秋妹住内间,虎牙女人带着小男孩儿睡外屋。

当天晚上午夜时分,胖老板又来了,悄悄地把任小小叫到外间,和虎牙女人商量着出售小男孩儿的价钱。刘秋妹装着酣睡的样子,不时发出几句含糊不清的梦呓,竖起双耳聆听外间的说话声。几天来,她和小男孩儿混熟了,十分疼爱这个不幸的小男孩儿,时刻为他的命运惴惴不安。价钱很快就商定了,胖老板问任小小,内间那个俊妞要什么价,只听任小小"嘘"了一声,几个人小声嘀咕了一阵,胖老板打着哈哈告辞了。任小小回到内间,摇摇刘秋妹,轻轻喊了两声,刘秋妹装着迷迷糊糊的样子,哼哼唧唧地应付了一下,又侧过身去发出了轻轻的鼾声。

第二天下午,小男孩儿突然生病了,上吐下泻,发了高烧,任小小害怕小男孩儿发生意外,害怕因此引起一些不必要的麻烦,急忙让胖老板叫了一辆出租车去医院。他担心刘秋妹趁机逃跑,要刘秋妹随同而去,胖老板说我陪着刘小姐聊聊天,你俩快去吧。任小小和虎牙女人刚抱着小男孩儿走下楼梯,胖老板就急不可待地关上门,死皮赖脸地抱住刘秋妹,要刘秋妹脱衣服上床。刘秋妹早就看穿了胖老板的用意,趁胖老板送任小小和虎牙女人下楼之机,迅疾地把一张卫生纸折叠成方块塞进裤头,谎称她来月经了。胖老板顺手在刘秋妹那个地方摸了一下,嘻嘻一笑说:"见红有喜,你先上床,我去取只避孕套,那玩意儿既避孕又避血。"

色迷心窍的胖老板给了刘秋妹一个脱身的好机会,她顺手抓起任小小放在床头的手提包,一溜风地跑出歌舞厅,拦了一辆出租车,说了声"去公安局",出租车很快就汇入了滚滚车流。

世上的事太奇妙了,无独有偶,张凤仙是拿着任小小的罪证去西安市公安机关的,刘秋妹也是拿着任小小的罪证,去了广州的公安局。那个手提包里装有任小小的通讯录,记有几个黑窝点的人名和电话号码,而且刘秋妹知道和她同时被拐骗的那五名姐妹,是从哪个窝点卖掉的。于是,西安和广州两家的公安机关都撒下了法网,任小小、虎牙女人以及其他团伙成员,都成了网中之鱼,那个小男孩儿得救了,随后不久,一大批被拐卖的妇女也逃离了狼巢虎穴。

初审任小小,张凤仙得知:任小小春季去韩塬县,一是躲避风头,二是物色拐卖对象,偏偏她被选中了;任小小趁柴俊虎下水救人之机,顺手牵羊偷走了柴俊虎的两万元;任小小犯有强奸罪、贩卖人口罪和盗窃等罪,将被判处极刑!

作为受害者和知情人,张凤仙给公安机关写了证言材料,市局那位领导表扬了张凤仙,并语重心长地劝告她,要以此为训,在漫长的人生道路上少跌跟头,劝张凤仙回家去向丈夫承认错误,重归于好,携手并肩,共同发家致富。

张凤仙投河

人往往就是这样,长期相处,觉得平平常常,一旦分离或者失去了,才会引发强烈的思念。悔恨万分的张凤仙,想起了柴俊虎的种种好处,想起了过去那种甜甜美美的日子,感到了撕心裂肺般的疼痛。她强烈地想念着柴俊虎,想念着从她身上掉下来的心头肉小宝,甚至也格外思念慈祥和善的婆母。在王萍的陪同下,张凤仙为丈夫、儿子和婆母各买了一套高档衣服,登上了开往韩塬县的夜班车。她实在无颜见人,天亮前在离韩塬县不远的一个小镇下了车,住进一家私人旅社,给柴俊虎写了一封长信,诉说了她的无知和委屈,诉说了她的悔恨和思念之苦,乞求柴俊虎看在夫妻的情分上,宽恕她一次,并表示了她以后的人生态度和决心。张凤仙打算先回张家坪,托人给柴俊虎去送信,她在娘家等待着丈夫前来接她回家。她了解丈夫的脾性和爱她的程度,深信丈夫看到她的信,一定会亲自到张家坪接她回家。到时她就跪在他面前,扑到他怀中,痛哭流涕地求得他的谅解,保证以后再也不离开他了,一定要尽心尽力,做一个名副其实的贤妻良母。

暮色苍茫之际,张凤仙赶到了青龙渡。因为过节,人们都在家里团圆赏月,张凤仙是最后一次渡船上的唯一乘客。小艄公田柱儿见张凤仙回来了,很是高兴,把半年多来发生的变化,一五一十地全都告诉了张凤仙。张凤仙给柴二狗介绍了好对象,使田柱儿感到很羡慕,他知道张凤仙能说会道,想让张凤仙替他到田春燕家去保媒,所以显得格外殷勤。

船到彼岸,田柱儿系好缆绳落了锚,自告奋勇地要送张凤仙回家,张凤仙自然是求之不得。两人走到村口,正好碰见从苗圃往回走的两个老汉,说柴俊虎在苗圃替他俩守夜,张凤仙向田柱儿道过谢,三步并作两步地来到了苗圃的竹庵前。皎洁的月光下,张凤仙一眼就认出那个熟悉的身影,一明一灭的烟火,使张凤仙感到无比亲切,她刚想奔过去扑进丈夫怀中,忽然感到肚子里一阵蠕动,她猛地想到了肚子里的胎儿。天哪,这是任小小的孽种啊!张凤仙浑身像触了电似的,软绵绵地顺着树身溜倒在树下,犹似跌入了万丈深渊,头脑里一片空白。

一阵夜风吹过,张凤仙不由自主地打了个寒噤,头脑清醒多了,她强打精神,抱着树身站起来,眼泪像泉水般地直往外涌。她想起了怀着小宝时,那是一种啥滋味啊,她成了全家的重点保护对象,啥活儿都不让她干,她无意间哼哼两声,丈夫都要搂着她,不住口地问她哪儿不舒服,不停地给她轻轻地捶背抚摸肚皮。她想起了那一次她口里无味,想吃酸石榴,柴俊虎几乎跑遍了青龙川几十个村子,后来竟专程搭车去了盛产石榴的临潼县,一下子为她买回来二十多斤又红又大的酸石榴,左邻右舍也不停地送吃送喝,嘘寒问暖,那时她多娇贵啊!

张凤仙隐身的大垂柳,距竹庵只有十多米远,柴俊虎喃喃呼唤凤仙凤仙的时候,她再也忍不住了,就在她刚要扑向丈夫身边时,俊虎妈忽然来到了苗圃,她是来给儿子送衣服,碰巧也听到了儿子呼喊凤仙的声音。她把外衣披在儿子身上,没好气地数落着儿子说:"你咋恁没出息？事情都闹到如此地步咧,你还惦念着凤仙。那个没良心不要脸的瞎瞎货,连亲生儿子都不顾,跟上野男人跑了,有人说她在西安的舞厅里当婊子,村里人都晓得,就瞒着你一个。秀月那么好个姑娘,哪点儿不如张凤仙？我问过秀月咧,她愿意嫁到咱家来。过两天你就去找律师写张状子,听乡上的司法员说,法院接到状子,凤仙如果三个月不到庭,就能缺席判决。妈今儿个把话给你说死咧,你要是让凤仙再进咱家的门,妈就跳到青龙渡去!"说罢,又匆匆回家去了。

俊虎妈的一席话,字字像铁锤,砸得张凤仙肝胆欲裂,砸得张凤仙魂飞魄散,她彻底失望了,万念俱灰了,自种苦果自己尝,这是报应啊!人到了绝望的地步,心情往往就会静下来。张凤仙拉开皮包上的拉链,取出她给柴俊虎挑来选去买的那套高档西服,紧紧抱在怀中,成串的泪水滴在上边,很快就湿了一大片。她把脸埋进衣服,无声地哭泣了一阵,又把衣服放进皮包,顺手把皮包挂在树杈上,深情地看了柴俊虎最后一眼,一步三回首地离开苗圃,踉踉跄跄来到了青龙渡河堤上。

月色照射下的青龙河,变成了一条披着银鳞的蛟龙。泛着银白色的浪花,后浪推前浪,万马奔腾般地向前奔去,奔腾得那么急。急什么呢？噢,对了,青龙河急着奔向它的归宿,青龙河的归宿是浩浩渺渺、无边无际的大海,自己的归宿在哪儿呢？张凤仙呆呆地望着汹涌澎湃的青龙河,心中涌起了阵阵波涛,涌起了无限悲哀。

悔恨本身就是一种思念,由于苦涩更显珍贵。经过大起大落的折腾和心灵上受到残酷灼炙的张凤仙,真正有了一种刻骨铭心断肠裂肝的悔恨,突然产生了十分强烈的求生欲。她本能地后退了两步,睁大那双泪眼,向苗圃方向望去,眼前出现了幻觉:柴俊虎扶着母亲牵着小宝,在金光灿灿的光环中冉冉升空,踩着五彩缤纷的祥云飘飘而来,不断向她招手欢笑。张凤仙热血喷涌,情不自禁地张开双臂疾声高呼:"俊虎!小宝!妈……"忽然间,俊虎妈脸色骤变,指着张凤仙破口大骂:"死不要脸的破烂货,你肚子里是哪个王八蛋的孽种!"张凤仙打了一个冷战,幻觉消失了,她又看见了奔腾咆哮的青龙河,耳边又响起了俊虎妈数落儿子的那些话,她觉得天塌了,地陷了,真真正正绝望了。往事不堪回首,眼前又逢绝路,世上的道路千条万条,张凤仙只能选择眼前这一条路,她咬紧牙关一横心,一头扎了下去,终于在青龙渡找到了她的归宿。

张凤仙的丧事

张凤仙挂在树杈上的那个红色皮包,是李云杰和柴二狗发现的。随之,刚刚欢度过中秋佳节的凤凰坪,顿时炸了锅,能走动的人全都出动了,全村乱成了一锅粥。

按照日程安排,柴俊虎过了中秋节,要带着李云杰写的那份如何发展商品田生产的材料,到县城去找高宁和成怡讨教,再去工商局,落实一下办理营业执照的事。李云杰送给他的那本《中国三大村》,他用了整整一个通宵,一口气从头看到尾,觉得很受启发,收获很大,更加增长了他的豪气,他决心抓住机遇,创建乡镇企业,发展农村经济,使凤凰坪成为一个具有中国特色的社会主义新农村。

李云杰没有睡懒觉的习惯,一大清早就起了床,打开鸡笼,扫过院子,冲了一杯奶粉喝,又拿着修改好的材料,顺路去叫柴二狗。柴二狗恋着兰花的热被窝,迟迟不肯起床,李云杰故意连续不断地敲着窗子,二狗拉开门,龇牙咧嘴地冲着云杰扮鬼脸,马马虎虎擦洗了一下,顺手拿起两块月饼,和云杰来到柴家大院。柴俊虎还没回家,两人又向苗圃走去。柴二狗眼尖,远远就发现了挂在树杈上的红皮包,他好奇地取下来,顺手拉开拉锁,衣服上放着一封信,一看是凤仙写给柴俊虎的,两人感到要出事,急忙奔进竹庵,摇醒了刚刚迷糊过去的柴俊虎。柴俊虎从二狗手中接过那封信,还没看完就跳了起来说:"快,快去青龙渡!"话音未落,便一头冲出了竹庵,没跑多远,就"扑通"一声栽倒在地,昏了过去。

柴二狗和李云杰把柴俊虎背回家,掐人中,灌开水,柴俊虎醒过来了,哭着喊着,发了疯似的要去青龙渡。闻讯赶来的田根年和田春山几个人,死死捺住柴俊虎,七嘴八舌地劝慰着。

柴二狗骑着摩托车去了青龙渡,随即又跑到村委会,打开扩音器,通过高音喇叭指名道姓地点将,要大伙儿立即跑步到青龙渡河堤上集合。不长时间,被点到名的人跑来了,没有被点到名的人也跑来了,河堤上挤满了凤凰坪的男女老少,人们自觉地分头搜寻着,吵吵嚷嚷地分析着、判断着,喊叫声压过了波涛声。

老艄公田有福,是让柴二狗用摩托带到河堤上来的,他当了四十多年艄公,对青龙渡的流速和河床情况了如指掌,是最有发言权的人。田有福一露面,犹如一鸟入林,百鸟哑声,人们都把目光投向老艄公。田有福顺着河堤仔仔细细观察了一阵,发现河水比前几天小了许多,几处平时浪花飞溅的漩涡,水势也比较平稳,他判断张凤仙的尸体没有被冲走。这时,有人在一个石岸下边的树丛中,发现了挂在树枝上的衫子,田有福指着石岸前边的一个河湾,果断地对柴二狗说:"赶快组织人下水吧!"

说罢,他向停船的码头走去,他要亲自驾船进行打捞。

青龙河边长大的人,不会水的很少,几十名小伙子和一些水性较好的中年人,都奋身跳进了激流,不到半个钟头,张凤仙的尸体就被打捞上来了。

田根年懂得一些法律知识,让柴二狗骑摩托去乡政府,给县公安局打电话报案,请他们派人前来验尸。他让人砍了一些树枝,就地搭了一个简易凉棚,用一条新床单盖住了张凤仙的遗体,并当场调兵遣将,把人们分成很多小组,按部就班地分头办理张凤仙的后事。

按照青龙川一带的乡俗,暴死者的遗体是不能被抬进家门的。无论男女老少,谁也不能逾越这个规矩。柴俊虎硬要把张凤仙的遗体抬回家,遭到了族人和左邻右舍的坚决反对,柴德贵作为柴氏家族的长辈,出头做主,在打麦场上搭起了灵棚,把张凤仙的遗体放在灵床上。虽然天气凉了,但柴俊虎仍担心张凤仙的遗体变质发臭,让二狗借了几台电扇,买来不少冰块,他要爱妻保持着栩栩如生的面容,酣睡般地长眠于地下。

当天下午,张凤仙的母亲马玉莲被接到了凤凰坪,面对女儿的遗体,马玉莲哭得死去活来,口口声声咒骂柴俊虎,挣扎着要和柴俊虎去拼命。柴德贵实在看不过眼,把张凤仙写给柴俊虎的信,一字不漏地给马玉莲念了一遍,没好气地说:"凤仙是你的女儿,可她是我们柴家的媳妇,她是从你家跑出去的,我们没有向你要人,算是给了你面子,你还要咋的?是想闹事还是想打官司?"

马玉莲毕竟理亏心虚,不敢再任着性儿胡搅蛮缠,又高一声低一声地号开了。田二曼和春燕妈几个人陪着马玉莲哭一阵,劝一阵,说已经给西安打了电话,她儿子兴泉和儿媳刘婷,最迟明天就能赶到凤凰坪。

农村的婚丧大事,习俗和程序十分复杂而烦琐,多得令人无所适从。就说丧事吧,从亡人被抬上灵床开始,就要分头通知所有亲戚和族人前来,为亡人烧安魂纸,并审视亡人的衣着和棺板是否合格,询问亡人的死因,商定出殡的日子和规模,然后跪在灵床前哭丧,叫作别灵。翌日清晨,由亡人的子女或族人,在大门前燃放一串鞭炮,竖起用蓝绸布做的招魂幡,随之请阴阳先生选墓址,定风水,开始挖墓穴。开挖墓穴也有严格的规定,多大年龄挖多深的墓穴,不能深也不能浅。第三天,按照阴阳先生掐算的时辰,主要亲属来到灵床前,把亡人的遗体放进棺板,封棺钉盖,再把棺板放到设好的灵堂里,叫作入殓。灵堂必须设在上房里,没有上房的也要设在院子的首位,要分别挂上写有"音容宛在""驾鹤西游"等内容的挽联和纸幡。从设好灵堂开始,亡人的子女都要一早一晚到灵前哭灵,并轮流跪坐在棺板两侧的干草上守灵。至于出殡前一天和出殡当天的繁文缛节,五花八门,形形色色,多得令人一时半刻根本无法说得清,道得明。

张凤仙投河自尽的第二天下午,她的胞兄张兴泉和嫂嫂刘婷,匆匆赶到了凤凰坪,他们没有回张家坪,直接去了柴家大院。

张凤仙的丧事

张凤仙出事的那天下午,柴二狗在乡政府给张兴泉去了电话,把张凤仙自尽的情况和那封信的内容,原原本本地告诉了张兴泉。关于妹妹随着任小小私奔的事,张兴泉从深圳一回到西安,刘婷就向他叙述了详细经过。接到柴二狗的电话后,张兴泉到西安市公安局,找到了那位接待过张凤仙的领导,又去宾馆见了王萍,弄清了张凤仙上当受骗的来龙去脉。

对于张凤仙的无知和轻率,张兴泉感到很气恼,亲妹妹在自己工作的都市沦为舞女,到包间去出卖色相,他感到有辱门风,太丢人现眼,如果张凤仙还在人世,他是不会轻易宽恕这个不争气的妹妹的。可是,张凤仙死了,死得那么悲惨,张兴泉又感到悲哀伤痛,得知了妹妹的死讯后,他一整夜哭着进入梦乡,又从梦中哭醒。他永远忘不了童年和少年时代的妹妹,整天像只灵巧秀美的花蝴蝶似的,围绕着他和父母亲欢腾雀跃,为全家人带来了难以言状的欢乐。张兴泉也生他母亲的气,母亲对女儿娇纵得太过分了,从某种角度上来讲,是母亲把妹妹导入了歧途,把妹妹推上了走向死亡的道路。张兴泉觉得他们家对不起柴俊虎,欠下了一笔永远也无法还清的人情债。提起造成这场悲剧的罪魁祸首任小小,张兴泉恨得咬牙切齿,恨得刻骨铭心,恨不得把那个死有余辜的恶棍剥皮抽筋,千刀万剐。张兴泉正在研究一个科研项目,且成功在望,他和刘婷说好了,以后有了钱,就全部捐赠给公安机关,大力支持人民警察打击形形色色的犯罪分子,为进一步净化社会环境,做出自己最大的努力。

有张兴泉和刘婷在场,张凤仙的后事顺当多了,很快就商定了出殡下葬的日子和规模。马玉莲听了儿子的劝告,头脑冷静了,她得知了事情的真相,又悔又恨,无地自容,也觉得对不起柴俊虎,自然也就没有提出任何条件。张兴泉和刘婷身为国家干部,且都是通情达理的人,要求一切从简办丧事,不要铺张浪费。但柴俊虎难舍夫妻义情,执意要按照当地的风俗习惯,该怎么办就怎么办,让张凤仙风风光光地入土为安,并坚持要把张凤仙葬入祖茔。

就情理而论,张凤仙是柴家的媳妇,生是柴家的人,死是柴家的鬼,葬入柴家是情通理顺、无可非议的事,但是张凤仙却身怀有孕,怀着罪魁祸首任小小的孽种,这就为张凤仙进入柴家祖坟亮起了一盏红灯。柴二狗出了个馊主意,说开刀把胎儿从张凤仙的肚子里取出来扔掉,一切就顺理成章了。这个建议没有人敢表态,也没有人敢去对柴俊虎和张凤仙的娘家人去说,柴二狗等于放了一个空屁。为这件事僵持了大半天,柴俊虎态度十分坚决,寸步不让,他肝肠寸断地哭着说:"凤仙是明媒正娶来到柴家的,她和我是合法夫妻,生是柴家的人,死了也是柴家的鬼,不让她进入柴家祖茔,能说过去吗?小宝长大了,问他妈埋到哪儿,我给孩子咋说呢!"

这件事如果放在别的地区,死人葬入公坟,啥都好办。因为凤凰坪是山区,凡是祖坟靠近山坡、荒沟不占耕地面积的,全都保留着,柴俊虎不忍心让张凤仙成为孤魂野鬼,说什么也要让张凤仙进入柴家祖茔。但张凤仙肚子里那个死婴,成了一件十分棘手的尴尬事。先不说那是谁的种,主要是关系到风俗习惯和人心。不止是在凤凰坪,在全县全省乃至全国各地可能都有这么个说法:如果让孕妇怀着孩子下葬,百日之后死婴就会变成小鬼,晚上轮流到各家各户去求奶求饭求花衣裳,就会闹得人心惶惶,四邻不安。通常的做法是用一根烧红的火柱,从棺板盖上钉进去直透死者的腹部,把死婴牢牢钉在棺材里,不让他作祟祸害人。但在柴家大院,这个办法根本行不通,不要说柴俊虎不会同意,张凤仙娘家人那一关就过不去。最后,由柴俊虎的大舅做主,瞒着柴俊虎,请医生剖腹取走张凤仙肚里的死婴,这样,张凤仙也就领到了进入柴家祖茔的通行证。

张凤仙活着的时候,俊虎妈对她特别恨,只是为了平平安安地过日子,总是逆来顺受,忍气吞声地对付着。张凤仙跟着野男人跑了,她对张凤仙深恶痛绝,发誓不再让张凤仙跨进她家的门槛。张凤仙死了,俊虎妈的火气消失得无踪无影,抚着张凤仙的遗体哭得昏天黑地,柴俊虎坚持着要把张凤仙葬入祖茔,她表示同意,并十分慷慨地把儿子为她准备好的棺板,让给了张凤仙。那副棺板是用柏木做的,连续刷了好几遍漆,黑油黑油的光可照人,价值八千多元,凤凰坪不少上了年纪的人,对俊虎妈那副棺板羡慕不已,都说自己死后能住上那么好的棺板,少活几年也心甘情愿。

张凤仙入殓时,按照习俗,穿了一身用家织布做的内衣,外面穿的两套衣服,是由高秀月和田春燕陪着刘婷,专程在县城商业大厦选购的。高秀月坚持自己出钱,为张凤仙选购了一件式样很好看的新潮风衣和一件新潮女式马甲。

张凤仙的丧事办得很热闹,也很排场。一大清早,人们就三三两两、络绎不绝地拥进了柴家大院。柴俊虎任村主任期间,对凤凰坪的婚丧大事进行了改革,成立了一个理事会,专门负责婚丧大事的操办和议程,由柴德贵担任会长,成员是两位退休教师和几名村民组长。无论哪家办理婚丧大事,事主就要把来客人数和规模告知理事会,由理事会按照主家的实际情况具体安排。这样,既避免了不必要的铺张浪费,又消解了很多矛盾,为主家省去了不少麻烦事,很受村民欢迎,也逐渐形成了一种习俗。来到柴家大院的人们,按照张贴在墙上的分工单,各执其事,该干啥就干啥,人多而不乱,丧事办得井井有条。

青龙川一带的乡俗,办丧事吃两顿饭,上午是抉面片,帮忙的村里人和来客,都是随到随吃,含有和亡人诀别的寓意。下午饭是亡人入土后,摆席设宴,由亡人的子女向所有前来帮工的人行跪拜大礼,说几句感谢话,帮工的人们就分别带上自己的用具相继回家,这场丧事就算完满地结束了。

柴二狗惦念着张凤仙的好处,他动员伙伴们凑集了五百多元,从城里请来了配有洋鼓洋号和音响设备的乐队,凤凰坪的自乐班也主动前来尽义务,要为活着的人和死去的人凑一份热闹。吃过抉面片后,从城里来的乐队,在院子西边吹起了洋号,敲起了洋鼓,女歌手亮开嗓门唱起了流行歌曲;村里的自乐班坐在院东边,也吹起了唢呐,唱开了折子戏。

中午12点准时起灵了。随着一阵噼噼啪啪的鞭炮声,一群精壮后生拥进灵堂,撤去灵桌,几十只手同时拍在棺盖上,齐刷刷地暴喝一声"起",把棺板抬出灵堂,放进八抬大轿,盖上垂着璎珞的轿顶,十六名年轻力壮的小伙子扛头上肩,随着前边引导的招魂幡和放有亡人照片的灵桌,缓慢地按照指定的路线向前行进。

张凤仙年轻而殁,小宝不满四岁,缺少披麻戴孝的哭灵人。柴德贵在本族中挑选了柴俊虎几个子侄辈的小孩儿,头顶麻冠,身着孝衣,手里拿着哭丧棒,在大人的招呼下,扶着灵柩两边的抬杆,奶声奶气地哭着丧。小宝头上也戴着一个小小麻冠,穿着一件又宽又大的孝袍,由柴二狗扛在肩上,跟在灵柩后边。他是个不懂事的幼童,睁大一双亮晶晶的眼睛,好奇地东张西望,左顾右盼,别人笑他也笑,别人哭他还笑,只有看到奶奶和爸爸哭的时候,他才手抡脚蹬地哭闹一阵子。他在柴二狗的身上一点也不安分,一会儿要撒尿,一会儿要喝水,瞅见卖冰糖葫芦的,就闹着要吃冰糖葫芦;瞅见小猫小兔的,他又闹着要下去追赶。小宝不知道妈妈去哪儿了,不知道灵柩里躺的是谁,他从来没闹着要妈妈,他跟着奶奶习惯了。人们看着憨态可掬的小宝,都感到揪心,人人眼里都噙满了泪水,一些妇女和上了年纪的人,情不自禁地失声痛哭。从打麦场到巷道,从村里到通往柴家祖坟的道路上,沿途都撒下了高一阵低一阵的哀哭声。

以往的出殡之日,乐队和自乐班都要吹奏一些流行歌曲,表演一些惹人发笑的节目,唱几折祭灵、哭灵之类的戏文,演几折带有喜剧色彩的小剧目,尽心尽意地凑着热闹。可在张凤仙出殡的这天,以前那种司空见惯的欢乐气氛荡然无存,乐队吹奏着悲怆的乐曲,自乐班的演唱者拖着颤颤的哭腔,长一声短一声地唱着催人泪下的悲剧戏文。从来不屑和自乐班同场演奏的"神吹"柴德贵,破例操起那把锈迹斑斑的铜杆铜碗唢呐,连续不断地吹奏了好几个唢呐曲牌,最后站在板凳上,以"唢呐咔戏"的形式,竭尽全力吹奏了一曲《祭灵》。那一阵又一阵呜呜咽咽、如泣如诉的唢呐声,犹如一曲又一曲催泪曲,吹得人们心头酸楚凄凉,吹得人们的眼泪像泉水一样,连续不断地往外流淌……

情 海 恨 波

夹杂在灌木丛中的柴家祖坟,又增添了一丘新冢。张凤仙含着满腔怨恨,从一个世界走向了另一个世界,在她那短暂的人生道路上,画上了一个令人酸楚的感叹号。

西边山头上空烧起晚霞的时候,张凤仙的丧事完满结束了,人们怀着各种心情离去了,喧闹了好几天的柴家大院,又恢复了往日的宁静。柴二狗没有走,田春山和李云杰也没走,他们主动留下来,清理残留下来的一些杂活。田春燕和张兰花也没离开,她俩陪着高秀月,操持一些内务事儿。俊虎妈身体不大好,又有小宝缠着,她借着这个机会,不显山不露水,把家务事推给高秀月,让她有个熟悉的过程。她朝思暮想着让高秀月当她的儿媳,也深信不疑,高秀月必然会成为柴家的女主人。

这天,在看热闹的人群中,有一位从西安远道而来的客人,目睹了出殡下葬的全过程,耳闻了围绕柴家大院发生的所有事情。看热闹的人很多,有本村的,有外村的,也有过路的,人群中多一个少一个看客,是没有人注意,没有人去过问的。这位客人就是王萍,是张凤仙在西安市结识的第一个朋友,也是唯一的朋友,两人同病相怜,也算是患难之交。那天,张兴泉找她询问张凤仙的事,她把自己所知道的,一句不漏地全部都告诉了张兴泉。张凤仙和王萍情同手足,无话不谈,张凤仙心中的委屈,只有她一个人清楚,她要不把张凤仙的遭遇告诉她的亲人,那么,张凤仙所遭受的一切委屈,只能和张凤仙一起,被永远湮没在地下。当她从张兴泉口中听到张凤仙惨死的噩耗时,就像当头挨了一闷棍,眼前一黑昏倒了。张兴泉急忙喊来服务员,手忙脚乱地捏弄了一阵子,王萍才醒了过来。她从张凤仙的惨死,联想到自己的处境,不由悲从中来,扑倒在床上放声大哭,惹得服务员也陪着她流了不少眼泪。

送走张兴泉,王萍觉得头昏脑涨,浑身骨头像散了架似的,软绵绵地没有一丝力气。她不吃不喝昏睡了两天两夜,在服务员的再三劝说下,才勉强吃了些食物。最近以来,王萍的日子很不好过,港商一走两个多月,再未露面,连个电话也没有,那位太太不断从香港打来电话,不是辱骂就是恐吓,说王萍再敢缠着她老公,她就出高价雇人毁了王萍的容。王萍也看透了,很多男人在女人面前,都是口蜜腹剑的伪君子,他们喜爱的是女人的色相,需要的是女人的胴体,兴头上来时,就会心肝宝贝地发一通山盟海誓,搂着抱着狂亲狂吻,趴在身上尽情地饱泄淫欲,变着花样寻欢作乐,玩腻了,也就像扔掉一件破衣裳,把心肝宝贝给甩到了脑后。

王萍醒悟了,没有哪个男人肯娶不贞节的女子为妻,自己只是凭着身材容貌,当了几个月的高级妓女,终究也会被那个港商当作破衣烂帽一样,甩到一边去。王萍暗自庆幸,她从被港商占有的那天开始,就采取了避孕措施,没有像张凤仙那样,怀上一个使她终生挺不起腰杆的孽种。王萍也想通了,人人都有一双手,只要肯吃苦,只要有志气,干什么都能闯出一条道儿来。世上无难事,只要肯攀登。没有翻不过去的山,也没有渡不过去的河。她打定了主意,立即去凤凰坪,送走张凤仙后,就到外地去打工,去谋求适合自己干的职业,用自己的心血和汗水去展示自我人生。于是,王萍换上一身普通衣裙,摘去金项链和钻戒,脸上架了一副茶色眼镜,默默无声地夹杂在看热闹的人群中,眼里流着泪,心中淌着血,以另外一种形式,为她的患难姐妹送了葬。

大半天来,王萍耳闻目睹了柴俊虎本人和凤凰坪的许多事,心头不断翻滚着阵阵波涛。当她远远望见有人在新堆起的坟墓上添完最后一铲土,插上粘满纸钱的摇钱树的那一刻,川妹子突然来了灵感,她的第六感观告知她,凤凰坪将是她寻求发展的一块风水宝地。也许是受到潜移默化的影响,王萍对柴俊虎产生了浓厚的兴趣。一天来,议论柴俊虎的话灌满了她的两耳,看到柴俊虎那悲痛欲绝的神情,王萍认准柴俊虎是个靠得住也能干大事的男人,倏然闪出一个念头:她的家乡有这样的风俗,姐姐过世了,妹妹顶上去,亲上加亲,人死情不断。自己和张凤仙情同姐妹,生死相依,代替张凤仙嫁给柴俊虎,不就是天作之合么?人生机遇就在眼前,何必舍近求远去到缥缈虚无的地方寻觅世外桃源呢?青蝇之能,仅飞数尺,附之马骥,可行千里。经过一番深思熟虑,她决计留下来,似青蝇附骥那样实现自己的抱负。当人们乱哄哄地从坟地往回走的时候,王萍在路旁拦了一辆农用三轮车,去了乡政府所在地青龙湾,那里有几家个体旅社和饭馆,吃住都很方便。

三天后,王萍以应聘者的身份来到凤凰坪,在老支书田根年家里,郑重其事地向田根年和柴俊虎递交了应聘书,原原本本叙述了张凤仙上当受骗的全过程。此后,凤凰坪的村民们也都了解了事实真相,人们在同情张凤仙之际,对罪魁祸首任小小恨得咬牙切齿。

繁星布满了天空,青龙山下又刮起了阵阵夜风。山村的夜晚万籁俱寂,山川草木也好像随着人们进入了梦乡,鸡不啼,犬不吠,没有任何喧嚣,只有风吹树动的摩挲声,在茫茫夜色中来回飘荡着。

柴家大院也静下来了。高秀月和田春燕忙忙碌碌了好几天,早已筋疲力尽,晚上收拾完毕,送走柴二狗和李云杰一些人,草草洗漱了一下,便早早入睡了。只有柴俊虎住的窑洞里还亮着灯,时不时传出一声沉沉的叹息声。人去室空,思绪难断,柴俊虎犹如泥塑木雕,痴呆呆地坐在沙发上,三个多小时没有挪动一下。他身边放着张凤仙为他买的那套毛料西服,手里捏着张凤仙的照片,一块方方正正的大手帕,湿得能拧出水来。失妻之痛把柴俊虎击垮了,他总是哭一阵,呆一阵,一阵明白,一阵恍惚,心里想着张凤仙,脑子里装着张凤仙,眼前总是飘荡着张凤仙的身影。

凤凰坪

柴俊虎是个有情有义的男子汉,是个感情专一的人,他深深地爱着张凤仙,把一个男子汉的感情全部倾注在张凤仙身上。如果张凤仙不死,他也许不会饶恕她,也许会做出失去理智的事来。可是,张凤仙死了,死得和常人不一样,死得那样悲惨,死得那么没有价值,使他感到撕心裂肺般的疼痛。张凤仙走了,走向另一世界去了,她带走了柴俊虎的感情,给柴俊虎的内心留下难以愈合的伤痕,留下了无穷无尽的思念。一日夫妻百日恩,近十年的恩爱缠绵,岂是一朝一夕能割舍得了的!

柴俊虎永远都忘不了那个令他刻骨铭心的新婚之夜。被人誉为青龙川的金凤凰张凤仙,嫁给了貌不出众、才不压人的柴俊虎,使人们颇感惊诧,看热闹和闹洞房的人特别多,有不少人是从十几里路以外赶来的。新媳妇三天无大小,不论辈分,不论亲疏,都可以闹洞房。乡下人闹洞房十分粗野,人们逼着新郎新娘争咬吊在空中的大红枣,逼着新郎新娘把手从对方的裤筒里伸进去,把手指上的印泥抹到对方那个部位上。洞房里的酸话、粗话和脏话不绝于耳,有些轻薄之徒趁着混乱,在新娘大腿上、屁股上或者胸前摸一把,捏一下,甚至在有人拉灭电灯的时候,几颗脑袋同时伸过来,抱着新娘乱啃乱咬,常常是新娘子没啃着,闹房的相互之间咬破了鼻子,咬破了耳朵,或者撞得鼻青眼肿。那天晚上,到柴俊虎家闹洞房的人特别多,酸话和脏话也格外难听,动作也更为粗野。一些人垂涎张凤仙的美色,想借此良机一饱眼福,一些人则是想趁机占占便宜,分享一点艳福,寻求一下刺激。柴俊虎清楚这些人的心理,时时处处护着张凤仙,电灯被拉灭了,他就把张凤仙紧紧搂在怀中,任从拳头和笤帚把雨点般地落在他头上,硬是没让张凤仙吃一点点亏。闹洞房的人们散去后,柴俊虎的头上冒起了几个大疙瘩,脸上也青一块紫一块的,头发也被揪掉不少。他顾不上这些,把张凤仙拉到电灯下,仔细查看她是不是受了伤害。张凤仙小鸟依人地偎在他怀中,仰起一张艳若桃李的俏脸,问他疼不疼,柴俊虎说只要张凤仙完好无缺,他再怎么着也心甘情愿。那一夜,张凤仙躺在柴俊虎怀中,娇声娇气对柴俊虎说,从今以后,我就是你的人咧。柴俊虎豪气冲天地说,凤仙你放心,只要有我在,绝不让你受到任何委屈。此后,柴俊虎发誓要保护好这只金凤凰,可是他到底还是没能保护住她,他觉得他没有尽到一个丈夫的责任,认为自己够不上一个真正的男子汉。

一阵鸡叫声,把柴俊虎从遐想中惊醒了,他忽然想起了一件事。父亲去世那年,他才十二岁,是个不懂事的少年。父亲出殡下葬的那天傍晚,他从坟地回来,在父亲的灵牌前烧过纸钱,就爬上炕睡着了。第二天天色未亮,母亲就把他从睡梦中叫醒,领着他去坟地给父亲烧安魂纸,去摇钱。老辈子流传下来的规矩,说是亡魂初到黄泉,难免受到其他孤魂野鬼的惊吓,入土下葬的第二天清早,亡人的子女和配偶,就要到新坟前烧纸钱,让亡魂用钱去结交游魂野鬼,去向山神和土地神上贡,以求平安。烧过安魂纸,再轮流去摇插在坟头上的"摇钱树"。所谓"摇钱树",是一枝比较粗的柳树枝,上面粘满带有方孔的圆纸钱和用黄纸做的金元宝,谁摇得多,就预兆着以后要发财,要做大事。父亲坟头上那棵摇钱树上的纸钱和金元宝,不知道是没有粘牢,还是预兆着柴俊虎以后要发大财,他抓住树枝一阵摇晃,粘在摇钱树上的纸钱和金元宝,一个不剩地全都掉下来了。母亲十分欣慰地对俊虎说,你爹显灵咧,你长大后一定能发大财,要做大事。想到这儿,本来不信鬼神的柴俊虎,忽然感到一阵心惊肉跳,张凤仙本来就胆小,她孤零零一个人躺在荒郊野外的地下,能不害怕么?那些游魂野鬼能不欺负么?

外边传来了头遍鸡叫声,离天亮还有三个多小时,柴俊虎不忍心让张凤仙的亡魂受到惊吓,决定立即去祖茔为张凤仙守坟,为张凤仙壮胆。他穿上张凤仙为他买的那件西服,悄无声息地拉开门闩,急匆匆地向祖茔走去。

柴家祖茔位于离村庄不远的山脚下,背靠青龙山,前面是一片马蹄形的草坪,草坪尽头有一孔清泉,柴德贵说全凤凰坪的祖茔,只有柴家祖茔的风水最好。柴俊虎来到祖茔,面对这丘新堆起来的坟墓,难以抑制的痛楚涌上心头,他又一次失控了,猛地扑在新坟上,放声大哭,那双有力的手掌,拍得新坟上的土屑四下飞溅。他声嘶力竭地哭喊道:"凤仙,凤仙,你好狠心呀,你咋能忍心撇下我和小宝啊!凤仙,凤仙,你咋就连一点夫妻情义也不顾啊……"

月亮渐渐西移了,山川草木都披上了一层朦胧灰纱,满山满岭的山林绵延起伏,莽莽苍苍,幽深莫测,无边无际,烘托出一种巨大的悲凉氛围。夜风拂动了插在坟头上的那棵"摇钱树",发出一阵沙沙声,柴俊虎觉得风也凄凄。他抬起头来,睁着一双泪眼看看天上的月亮,觉得月也冷冷。那一道道灿若银辉的月色,像一团团挟裹着冰块的冷雾,令人感到浑身上下都透着凉。

几片树叶飘飘荡荡地落在了张凤仙的坟头上,柴俊虎随手捡了起来,张凤仙爱干净,身上的衣着从来都是干干净净的,不能有半点污秽。那年,张凤仙穿着一件新买的真丝衫去河边洗衣裳,一只腾空而过的飞鸟屙了屎,不偏不倚地掉在张凤仙的左肩上,张凤仙脱下那件刚穿到身上的衣衫,一甩手就扔进了激流,那件真丝衫是韩国产的,价值一百二十多元。张凤仙入殓前,柴俊虎在柴二狗和田春山的搀扶下,摇摇晃晃地走进了设在打麦场上的灵棚,坚持着要亲自给张凤仙擦洗遗体,要亲手为张凤仙穿上新衣。

按照风俗习惯,亡人入殓前要洗净身子,要穿上四个季节的衣裳。阳世间分春夏秋冬,阴间也分春夏秋冬,亡人无论贫富,四季衣裳是不能少的。为亡人擦洗遗体和穿四季衣,无须亲属动手,通常是由巫婆或上了年纪的老寡妇,承担这项每个人都要经历的任务。这里边也有说法,亡魂乍到阴间,难免孤独害怕,要拉一个人做伴。巫婆不怕鬼,老寡妇不怕死,干这种事是责无旁贷。柴俊虎不忌讳这些,经过了生离死别的痛苦,连寻死的念头都有过,还怕鬼魂勾他么?要真的有鬼魂,他就能和张凤仙再见一面,对他来说是求之不得的事。

田二曼和春山妈见柴俊虎悲悲切切、泣不成声的样子,一边劝慰一边告诫,要他坚持住不能再哭了,说亡人的遗体上沾了活人的眼泪,世世代代都要变牛做马。柴俊虎不敢再哭了,他害怕张凤仙真的变为畜类。田二曼让柴二狗和田春山离开灵棚,把一条新买的毛巾递给了柴俊虎。柴俊虎走近灵床,双眼定定地瞅着爱妻的遗容,伸出手来在那张依然俏丽的脸上轻轻地抚摸着,俯下身在那张冰冷的脸上亲了又亲。他像怕惊醒梦中的爱妻似的,在春燕妈和田二曼的协助下,小心翼翼、轻手轻脚地褪下张凤仙身上的衣服,用手试了试那桶水的热凉,一丝不苟地为张凤仙擦洗着身子,连耳朵和鼻孔里也掏得干干净净,他不能让爱妻的遗体上有一点点泥沙和污垢。当张凤仙穿着四季衣和高秀月买的那件最新潮的风衣,酣睡般地躺进棺板时,柴俊虎感到一阵天旋地转,软溜溜地瘫倒在棺板前边。

东方露出了鱼肚白般的曙光,晨露又起来了,丛林草间,到处都是湿漉漉的。柴俊虎站起来,活动活动有些僵硬的身体,围着张凤仙的坟墓仔细观察着。作为丈夫,在亡妻出殡下葬之时,是不能去坟地的,只能现在好好地看一看。张凤仙的坟冢堆得很圆,周围用石块垒了一道护墓墙,坟冢前用石块垒了一个小小的门楼,里边放着嵌有张凤仙相片的相框。那张半身照是去年照的,因为效果很好,柴俊虎特地在县城放大了一张,没想到竟成了遗像!望着那张灿若花朵般的笑容,柴俊虎的眼泪又涌了出来。

远处传来小宝的欢笑声,柴俊虎闻声望去,见小宝骑在柴二狗的脖子上,到坟前烧安魂纸来了,摇金元宝来了。

光棍与寡妇

白雪莲和光棍李金锁的关系,是在迫于无奈的情形下确定下来的,在柴二狗变着花样地死缠硬磨下,白雪莲总算勉勉强强松了口,表示愿意入冬前办喜事,同意抽空去乡政府办理结婚手续。光棍高兴得直想翻跟头,把他那只最能产奶的大奶羊牵到柴二狗家里,死乞白赖地硬是拴在了院墙边的大树上。

忙完了张凤仙的丧事,光棍李金锁三番五次地来找柴二狗,要柴二狗给他从村委会开个证明,尽快领着他和白雪莲去乡政府。他说二狗人熟面子大,有他出面办这件事,会省去不少麻烦的。柴二狗听不得奉承话,经不起戴高帽,连声说这是小菜一碟,三两天抽空去乡政府,打个转就给办了。他当上了凤凰坪的"公安局长",成了台面上的人物,自信办这事是瓮中捉鳖,稳打稳拿的事。

正应了好事多磨那句老话,就在柴二狗准备三五天去乡政府的关键时刻,白雪莲出了一件意外事,引起了一场险些酿成刑事案件的风波。这场风波彻底粉碎了光棍李金锁的结婚美梦,还差点儿让他和柴二狗进了监狱。

张凤仙出殡下葬的第三天傍晚,白雪莲家里出乎意料地来了一位不速之客——白雪莲在娘家做姑娘时的初恋情人,那个曾几度分手,后来又断弦重续的牛建明。牛建明是和青龙川隔着一道山梁的野虎川牛王沟人,一直担任村干部,也是一个出名叫响的人物。他这次是头上缠着纱布,满身伤痕来找白雪莲的。

牛建明被敲门声吓得溜下白雪莲肚皮的那天,情急之下穿错了白雪莲那条沾满精斑的花裤头,回到家让他那个绰号叫"阿庆嫂"的妻子发现了,大发河东狮吼之威,和牛建明真刀实枪地干了一仗,领着孩子回了娘家。"阿庆嫂"的娘家在桑树湾,和牛王沟是连畔种地,鸡犬之声相闻的邻村。女跑贵,男跑贱,两口子吵了架干了仗,总是男的到岳父家去赔情道歉,吃一顿和好饭,又高高兴兴地夫妻双双把家还了。好夫妻没有隔夜仇,古今如此,可是牛建明连续三次登门认错,都让得理不让人的"阿庆嫂"狗血喷头地骂一顿,灰溜溜地扫兴而归。后来又传来了风言风语,说"阿庆嫂"另有新欢,和本村一个小白脸成双配对,达到了如胶似漆的程度。牛建明对这个消息半信半疑,他不相信"阿庆嫂"为了农村这种司空见惯了的生活小节,会不顾情面、不顾后果地和别人在他眼皮子底下明铺暗盖。可风言风语说得有鼻子有眼,成了牛王沟和桑树湾的公开秘密,令他不能不信。为了弄清事实真相,牛建明着手明察暗访,捉贼捉赃,捉奸捉双,他要眼见为实。

八月十五中秋节那天,牛建明以拜节为由,吃中午饭前,又一次迈进了岳父家的门槛。果不其然,"阿庆嫂"和一个小白脸正在包饺子,显得很亲热,牛建明认识那个小白脸,他叫苟民锋,是个名声很臭的二混子。苟民锋没有想到牛建明会突然出现,心虚理怯,讪讪笑着要往外溜,"阿庆嫂"乜斜了丈夫一眼,理直气壮地对苟民锋说:"咱包咱的饺子,不要理他!"牛建明冷笑一声,提着月饼和酒瓶又一次退出了岳父家的大门。

前天晚上,桑树湾放电影,牛建明借着朦朦胧胧的月色,神不知鬼不觉地跟踪着"阿庆嫂"。电影放了没多久,"阿庆嫂"和苟民锋一前一后离开人群,拉着一定距离,向山坳里的桑树林中走去。正当两人宽衣解带,赤条条地合二为一之际,牛建明突然出现了,朝着那对野鸳鸯一阵暴风骤雨般的拳打脚踢,直打得"阿庆嫂"和苟民锋鼻青脸肿,光着屁股躲进了灌木丛中。牛建明一不做,二不休,抱着"阿庆嫂"和苟民锋的衣服,径直来到放映场,说他在桑树林中捡到男女衣裳各一套,要放映员通过扩音器招人认领。

牛建明被偷袭成功的胜利冲昏了头脑,他没有及时离开放映场,还想看看电影结束后,人们是怎样继续观看如何认领衣裳的好戏。可是直到剧终人散,放映员收拾好放映机,落下了银幕,那两身衣裳照样放在桌子上,还是无人认领。牛建明对放映员说,由他自己去寻找失主,就拿上衣裳往回走。刚走出桑树湾不远,忽然几条黑影从树丛中跳出来,一拥而上,把牛建明打了个措手不及。混战中,牛建明咬破了苟民锋的耳朵。当天晚上,几个打架斗殴的全部进了派出所。牛建明当场捉了妻子的奸,打了那对野鸳鸯,是男子汉谁都会那样做的,火性大的保不准还要闹出人命,情有可原。加之他当了多年村干部,都是熟人,写了一份证言材料,就让他回家了。苟民锋本来就在派出所掌握的黑名单上挂了号,又恰巧碰到了国庆节前"严打"的风头上,第二天就被拘留了。其他几个由苟民锋雇请的打手,每人写了一份交代材料,交了二百元罚款,各自回家听候处理。

事情闹到了这一步,牛建明和"阿庆嫂"只剩下离婚这一条道,别无选择。牛建明来找白雪莲,说他写了离婚诉讼状,已去县法院办理了立案手续,说他离婚后立即和白雪莲结婚,说他再也不离开她了。

本来,白雪莲对牛建明不战而逃,满肚子都是气,下定决心再不来往,可当牛建明这副模样前来见她,她又心软了,情不自禁地抚摸着牛建明的伤痕,眼泪直往下淌。她软绵绵地躺在牛建明怀中,任凭他在她的脸上亲吻,任凭牛建明那双大手在她的身上到处抚摸着。对于牛建明要和她结婚的要求,令她十分为难,她用拳头捶打着牛建明的胸脯,呜呜咽咽地说:"冤家,你咋不早说呢?现在已经……已经晚咧!"

牛建明吃惊不小,忙扳过白雪莲的脸说:"咋,你另找到男人咧?是谁?"

白雪莲心头涌起一阵悲哀,潜留在心底的委屈全都冒了出来。对于和光棍李金锁结婚的事,她是哑巴吃黄连,有苦说不出口。那天夜里,她把光棍李金锁误作为柴二狗,搂到怀中,拉上了肚子。年近四十岁的光棍,做了十几年的美梦真的实现了,像个穷乞丐拾到了一块狗头金,过分的兴奋和激动,使他有些晕晕乎乎。一个是饱受性饥渴之苦的精壮光棍,一个是难熬的"风流寡妇",电光石火迸发了干柴烈焰,两人犹如被熔化了的锡铁,紧紧地黏结在一起了。白雪莲在光棍不要命的拼搏下,快活得死去活来,得到了极大的满足,情难自禁地娇喘着,呻吟着。一场暴风骤雨般的肉欲大战下来,光棍李金锁兴犹未尽,"风流寡妇"白雪莲却感到浑身酥软,呈大字形地仰睡在光棍身边,长一声短一声地喘息着。

朦朦胧胧的月色,透过窗扇上的玻璃,射进来一道微弱的夜光,白雪莲那白生生的身子格外显眼。光棍李金锁那颗狂跳的心脏,还没完全平静下来,感到又兴奋又紧张,连大气都不敢出,静静地躺在一边,盯着白雪莲那洁白的胴体直发愣。过了一阵子,白雪莲缓过劲儿来了,转身贴近李金锁,光棍那股积蓄太久太久的欲火又上来了,再次急不可耐地爬上了白雪莲的肚皮。双方又一次进入销魂荡魄的忘我境界。这一次,光棍李金锁和"风流寡妇"白雪莲,都觉得精疲力竭了,两人满身大汗地并躺着,大口大口地喘着气。不长时间,白雪莲发出了轻微的鼾声。

和白雪莲相反,光棍李金锁却毫无睡意,他侧身坐在白雪莲身边,目不转睛地盯着眼前的尤物,尽情地欣赏着异性躯体上的每一个部位。他正值龙精虎猛之年,有着过剩的精力,有着比其他人更加强烈的性欲。以前没有干过这种事儿,也没有看过黄色录像,但他在各种场所听过干这事儿的酸话、脏话,听得耳朵都快长出茧子来了,听一次受到一次刺激,也受到一次痛苦的折磨。长期以来,李金锁无论在路上还是田间地头,只要看见长相不错的女人从他身前路过,他就会触景生情,想入非非,那玩意儿就会坚硬地勃起,把裤子顶得高高的,使他不得不蹲下身来,等着那玩意儿慢慢软下来,再站起身继续干活或者继续赶路。十几年来,他每个月都要做一两次或更多干那事的美梦,被褥、床单和裤头上,到处都是大一片小一片的"地图"。这一两年来,李金锁在睡梦中,梦见白雪莲的次数最多,也常常突发奇想,企盼着有朝一日能爬上白雪莲的炕头,幻想着和白雪莲结为夫妻。他喜欢见到白雪莲,千方百计地寻找接近白雪莲的机会,可是见了白雪莲,他又自惭形秽,觉得他配不上她,知道自己是剃头担子一头热,是一种可望不可即的水中月、镜中花。光棍根本不会想到,幸运之神竟会突如其来地降临在他的头上,他竟然真的和白雪莲同床共枕,确确切切地和白雪莲干过那回事了。他有些恍然如梦的感觉,又一次把手指塞进嘴里咬了一下:妈的,生疼生疼的,是真的,不是在做梦!

两个多小时之前,光棍李金锁是怀着豁出去了的心情,壮着色胆爬上了白雪莲的炕头,牡丹花下死,做鬼也风流,只要能和白雪莲干一回那事,判个强奸罪也值!一番做爱,光棍的心情坦然多了,至于天明后将会如何,他懒得去想,先顾眼前要紧,人常说一日夫妻百日恩,何况还有柴二狗给他撑腰哩。光棍想着想着,浑身又觉得燥热燥热的,他躺下身来,轻轻地把白雪莲揽进怀中,亲吻着她那发烫的脸颊,抚摸着她那光滑柔软的肌肤。缺乏经验的光棍把握不住轻重,把白雪莲弄醒了,她伸出双臂抱住光棍的脖子,喃喃地说:"二狗,你没睡着?"光棍不敢吭声,紧紧抱住白雪莲,在炕上翻来滚去地癫狂了一阵,再次把白雪莲压在身下。

白雪莲自打结婚以来,何曾有过这样的快活,丈夫是个银样镴枪头的二混子,又不懂得怜香惜玉,她长年累月过着这种难熬难忍的日子,只有回娘家时,才能瞅个空子和牛建明做一回露水夫妻,弥补和缓解一下她的性饥渴。可是牛建明胆子小,干那事总是放不开手脚,双方都感到满足的机会不多,哪能像眼前这样,两个人在自己的炕上奋力大战,为所欲为。光棍李金锁把白雪莲弄得神魂颠倒,飘飘欲仙,情不自禁地抱着光棍的脖子说:"二狗,我再不寻男人咧,一辈子给你当情妇,我也不碍你和兰花的事,你一个月能来一两次,我也就心满意足咧!"

李金锁是哑巴吃饺子,心中有数,他不敢开口说话,每当白雪莲说话时,他就紧紧吻住她的嘴,紧紧地搂着她翻来滚去,一来劲儿就爬上她的肚皮。这一夜,光棍李金锁和"风流寡妇"白雪莲,真枪实弹地做了八次爱,很可能是凤凰坪所有夫妻干这事儿的最高纪录。

第二天清晨,当柴二狗敲着窗子,把白雪莲从梦中喊醒时,白雪莲才发觉自己是躺在光棍李金锁怀中,才明白她把光棍误当为柴二狗,颠鸾倒凤地折腾了一整夜。白雪莲先是惊得目瞪口呆,继而又羞得无地自容,她一把推开李金锁,甩手就是几个耳光,随之又抓起枕头向窗外的柴二狗砸去,又哭又骂地闹着。但为时已晚,她落下了一个无法启齿的把柄,在稀里糊涂又快活无穷的情况下失去了贞节,要是让人知道了,还有脸再活在世上么?婆家无人照应,娘家无人撑腰,白雪莲真正感到了一个寡居女人的难处。面对生米煮成熟饭的现实,再经过柴二狗软硬兼施的摇唇鼓舌,白雪莲只好打掉牙齿往肚里咽,歪倒在一旁嘤嘤哭泣。

经过一整夜的风流快活,"风流寡妇"白雪莲对光棍李金锁产生了一种难以名状的感情。自己不是黄花闺女,更非名门闺秀,让身强力壮的光棍成为丈夫,一切有了依靠,好歹总算有个家庭,自己再也不用在那苦夜难熬的孤寂中,过那种以泪洗面的日子了。白雪莲是个爱面子的人,她不想惹人说东道西,平常不让李金锁到她家里来,并明确告诉李金锁,在没有正式结婚之前,坚决不能再干那事。但对李金锁提出的结婚要求,她一直没有一个明确的答复,时不时地有一种吞了苍蝇和癞蛤蟆跳过脚面的感觉。

这件事的详细经过,白雪莲说不出口,更不能让牛建明知道,面对牛建明的连声催问,她只能眼泪汪汪地摇头不语。

夜幕慢慢降临了,白雪莲从牛建明的怀中起来,借着为牛建明做饭的机会,关上了大门,她怕李金锁突然闯进来,让她尴尬或者惹出啥意外。吃过晚饭,白雪莲草草收拾了一下,早早地关灯上炕,怀着一种异样的心情,被牛建明揽进怀中。尽管牛建明抱着立功赎罪的心态,尽心尽力地对白雪莲百般温存,可白雪莲的激情,总不如以前那样高昂。这一夜,她心事重重地伏在牛建明怀中,一直没有踏踏实实地进入梦乡。

牛王庙里一夜情

白天立了秋,晚上系肚兜。过了八月十五中秋节,天气一天比一天凉了,"白露"一过,又到了门里门外乱穿衣的季节,在外边干活穿单衣单裤,在家里就要加上线裤线衣,晚上还得添上一件外衣。山区的夜晚,气温往往会降到零摄氏度左右。鸡啼三遍的时候,蹲在白雪莲门前的光棍李金锁又一次被冻醒了,他用双手捂面打了几个喷嚏,站起来活动了一下身子,伸出双手再一次抓住墙头,想越墙而过,可他心怯腿软,又一次气馁地缩回了双手。

昨天傍晚时分,李金锁从柴二狗手里拿到了盖有村委会大红印章的介绍信,连家也没有顾上回,兴冲冲地去见白雪莲。他目前最大的愿望就是赶快去乡政府办理结婚手续,他自以为拿到了领结婚证的介绍信,就能重新爬上白雪莲的肚皮了,高兴得无法自抑,恨不得一步跨上白雪莲的炕头。李金锁快到白雪莲门前的时候,牛建明急匆匆地和李金锁擦身而过,早几步跨进了白雪莲的大门。

李金锁认识牛建明,也早就知道他和白雪莲是初恋情人。他看见牛建明头上缠着纱布,脸上也有几道抓痕,不知道牛建明找白雪莲有啥要紧事,不好意思跟在牛建明屁股后走进去。白雪莲虽然和他确定了关系,但还没有领取结婚证,还没有成为名正言顺的合法夫妻,他不敢过问白雪莲的私事,想等牛建明走了再进去,但牛建明再没出来,随后不久白雪莲就把大门给关上了。这下子,光棍知道是咋回事了,怒火和醋火烧得他眼冒火花,他顺手抓起一块石头,怒气冲冲地要去砸门。来到门前,他的心又莫名其妙地发了怯,脊背上升起了一股凉气,倏然间想到了砸门闹事的后果。光棍心中明白,这件事只要再向前发展半步,他和白雪莲那种本来就没有基础的感情,就会像肥皂泡那样,出现得快,消失得更快,他想和白雪莲结婚成家的美梦,也就会彻底破灭。石头脱手掉到了地上,险些儿砸了光棍的脚。

十几年来,光棍李金锁让那出门一把锁、进门一把火的日子过够了,让那种没有女人的痛苦折磨怕了。漂亮、聪明、能干、贞洁,是男人对心爱女人的共同要求,而在实际生活中,能达到这四条标准的女人是凤毛麟角,得之不易,能达到三条就心满意足,达到两条就令人称羡,有多少男人,跟一条也不具备的女人结合,照样不是稀里糊涂地过了一辈子么?那四条标准,白雪莲占了三条,光棍像穷乞丐拾到金元宝那样,实在舍不得丢手啊,过了这个村,还能有这个店么?

光棍李金锁不是傻蛋,他心里比谁都清楚,凤凰坪以及外村,有不少人倾心于风姿、风韵、风骚三风俱全的白雪莲,只要白雪莲发话,舍妻抛子以求一逞的大有人在。相比之下,他李金锁算老几?要不是柴二狗出了那么个馊主意,他连白雪莲的汗毛也沾不上。换一句话来说,白雪莲要不是身处困境,能相中他光棍李金锁么?

自那天晚上鱼目混珠得逞以来,李金锁整天提心吊胆的,只怕发生了什么节外生枝的意外事,只怕有了闪失。真他妈的是越怕越有鬼,怕发生意外事,意外事偏偏就发生了,恰恰在紧要关口,忽然从半路杀出个程咬金!光棍不敢惹白雪莲生气,更不敢闯进去闹事,但又不甘心离开,整整一夜,他就这么蹲一会儿、站一会儿,睡一阵儿,醒一阵儿,像条看门狗似的,在白雪莲的大门前苦熬苦撑着。天快亮了,光棍终于想出了一个自以为两全其美的好主意,扯来一节葛藤,把大门的两个铁环拴死了,飞快地向柴二狗家跑去。

一阵远一阵近的鸡叫声,把牛建明从睡梦中唤醒了,他顺劲儿搂紧白雪莲的脖子,把脸贴了过去,发觉白雪莲的脸颊上沾满了泪水,连忙问:"雪莲,你咋哭咧?"

白雪莲叹了一口气说:"没啥,我刚才做了个梦,梦见了我妈,说她没钱花咧,明天得给她老人家烧一些纸钱去。"

牛建明用手抹去白雪莲脸上的泪水,亲吻着她的脸,抚摸着她的身子,咬着她的耳朵说:"雪莲,再来一回吧。"

白雪莲没有吭气,有些机械地躺平了身子,牛建明爬了上去,不惜余力地像做俯卧撑那样,一起一伏地做着剧烈的运动,不长时间就累得气喘如牛,头上冒出了汗珠。忽然,他感到白雪莲没有激情,没有反应,犹如木头人似的躺在他身下应付着。牛建明觉得很扫兴,也很诧异,他兴味索然地泄了欲,从白雪莲身上翻下来,扳过她的身子说:"雪莲,你到底是咋回事?以前咱俩到了一块儿,总是如鱼得水地亲不够爱不够,满肚子话说不尽道不完,这次你咋老是无精打采的,得是让我提出结婚的事吓着你咧?你说这事晚了,是啥意思?你一定得说个清楚,让我心里有个底。"

白雪莲伏在牛建明的怀里,啜泣了一会儿说:"有人给我介绍了凤凰坪的李金锁,我和他已确定了关系,说好近几天就去乡政府领结婚证,你不是不晓得我的处境,我是迫不得已啊!"

牛建明像被蝎子蜇了似的,禁不住坐起来失声喊道:"天啊,你要嫁给那个臭光棍?你是发啥神经啊!"他一把抱过白雪莲,气急败坏地说:"和那个臭光棍结婚,不是你的本意,一定是有人强迫你了,是谁?是谁逼迫你了?我让他白刀子进去红刀子出来。咱俩要是结不成婚,我就跳到你们这儿的青龙渡里去!"

白雪莲的心快要碎了,面对咄咄发问的牛建明,她六神无主,心如油煎。她根本没有想到牛建明会发生婚变,会早不来,迟不来,偏巧在节骨眼上向她提出了结婚的要求,给她出了一道难题。实际上,白雪莲此生此世,心里真正爱的男人只有一个,就是牛建明。她和牛建明是第一对恋人,曾经有过一段不平常的恋情,她把她的贞洁给了牛建明,不是在洞房花烛之夜,也不是在花前月下,而是在关押牛建明的那座破庙里。

白雪莲的原籍在山东巨野,父亲是新中国成立前逃难来到野虎川的,先是给有钱人家当长工,新中国成立后在牛王沟安了家,分了地,是正儿八经的贫农。在那依靠贫下中农闹革命的年代,越穷越光荣,越穷越可靠,越穷革命性越强。到了"无产阶级文化大革命"期间,贫下中农成了一块耀目生辉的金字招牌,是一种很有分量的政治资本,无论走到哪里无论办啥事,只要响当当地说一句"我是贫下中农",就会通行无阻,办啥事都方便。

　　白雪莲十八岁那年,凭着父亲当过长工和家中是贫农成分的金字招牌,当上了村里的团支部书记,当上了武装基干民兵,领到了一支"七九"式步枪,还有三发"护枪弹"。那年夏收之前,公社抽调一批武装基干民兵集中训练,牛王沟选派了两个人,一个是十八岁的民兵班长白雪莲,一个是二十岁的民兵排长牛建明。

　　集训地点设在一个宽旷的山坳,那里有比较宽阔的训练场地,有曾经住过人家的几十孔窑洞,有清泉,有柴炭,还能就近捕获一些飞禽走兽,是个搞集中训练的好地方。集训共半个月的时间,完全是军事化的,清晨出操,上午练步法,练队形,下午练射击,练投弹,练一对一的持枪刺杀。牛建明和白雪莲是一结一的联手,滚、摸、跑、爬都在一起,半个月下来,两人建立了感情。

　　集训结束的那天,牛建明和白雪莲步行回家,来到村前,已是暮色苍茫,在村前那个白桦林里,他俩第一次拥抱在一起,进行了长长的热吻。牛建明和白雪莲都是学习毛主席著作的积极分子,都在尽最大努力争取加入中国共产党,不想也不敢急着办订婚和结婚的事。他俩约定,平时见面只打招呼不说话,每个星期六晚上在白桦林幽会一次,风雨无阻,雷打不动,万一谁有事不能来,时间顺延,不见不散。就这样,两人神不知鬼不觉地相爱了一年多,没有发生过任何意外事,不料就在两人决定公开关系的前几天,牛建明却在人生的道路上栽了个大跟头,把一出即将登台亮相的爱情喜剧,变成了一场爱情悲剧。

　　"九一三"事件发生后,在国内还没有公开的时候,牛建明在晚上听收音机时,无意之中收听了"美国之音"的报道,得知了这个骇人听闻的消息。在白桦林里,牛建明把这个消息告诉了白雪莲,白雪莲惊得花容失色,急忙捂住牛建明的嘴,用变了调的声音说:"天哪,你不要命咧? 这事咱俩知道就行咧,千万不敢再告诉任何人。"

　　牛建明本来心中就怯怯地,见白雪莲吓成如此模样,也觉得心惊胆战,不禁失声说道:"糟咧,这件事我已给旺田讲述咧!"牛旺田是牛建明的同学,也是一对关系很要好的朋友。

　　白雪莲怔了一下说:"那就快去找旺田,那是个嘴巴关不严实的人,如果让他说漏了嘴,可就要倒大霉咧!"

　　牛建明和白雪莲顾不上拥抱,也无心亲吻了,急急忙忙地去寻牛旺田,牛旺田拍着胸脯说:"建明你放心,我晓得这事的轻重,说出去我能有个好么?"

世上没有不透风的墙，不晓得是哪个关节出了毛病，副统帅林彪外逃摔死在温都尔汗的这个秘密到底还是被传开了，闹得满城风雨，人心惶惶。"文革"时期是中国有史以来最大的一次文字狱，无论是当官的和老百姓，只要说一句攻击领袖的话，就会锒铛入狱，闹得天昏地暗，人人自危；就是父子夫妻之间说话也很敏感，很少谈及有关政治的事。没过几天，公社的武装部长和公安特派员亲自来到牛王沟，用一条麻绳捆走了牛建明，关押在公社大院后边的牛王庙里，连夜向公安局打电话报了案，公安局觉得案情重大，说明天就派人来逮捕这个现行反革命分子。

白雪莲得知牛建明被抓的消息，惊得魂飞魄散。在那政治空气肃杀的年代，辱骂、攻击和诽谤党和国家领导人，就是铁定的现行反革命，轻则批判坐牢，重则杀头还要株连亲朋好友。那天夜间，秋风瑟瑟，阴雨霏霏，白雪莲顶风冒雨，来到了破败不堪的牛王庙。

看守牛建明的是一位基干民兵，和牛建明、白雪莲在一起搞过集训，关系很不错，他收下了白雪莲两包"红延安"香烟，把雪莲放进了庙门。昏暗的灯光下，牛建明垂头丧气地坐在一张草席上，正在低一声高一声地叹着气，见白雪莲来看他，不由得泪如泉涌。白雪莲把几个煮熟的鸡蛋和几张新烙的油旋饼放在桌子上，默默无语地脱去身上的衣裳，又脱光了牛建明的衣裳，搂着牛建明倒在草席上，把她的身子和一颗心全交给了牛建明。那天夜里，两个人总共说了两句话，牛建明说雪莲你忘了我吧，白雪莲说十年八年我等着你！

三个月以后，林彪事件以红头文件的形式，逐级往下传达，白雪莲怀着喜悦的心情，翘首盼望着牛建明归来。十天过去了，半个月过去了，一直等了一个多月，仍是不见人影也无任何消息。白雪莲忍耐不住，赶到县公安局，公安局一位负责同志接见了她，说牛建明在一次外出劳动中借机逃跑，在被追捕中跳河自杀了，并说这件事已通知了当地公社革委会，公社革委会答应处理好这件事。白雪莲经受不起这个沉重的打击，当场就昏倒了。

此后，白雪莲实在不愿意在牛王沟待下去了，她备办了不少祭品和纸钱，趁着月色，在白桦林前边的十字路口上，哭哭啼啼地祭奠了牛建明，第二天一早就随着父亲来到青龙川的姑母家，不长时间，就匆匆忙忙地嫁给了那位患有肺病的民办教师。后来，白雪莲得知牛建明投河未死跑到外边去了的消息，肠子都要悔青了，她连夜赶到野虎川，扑到牛建明怀中又打又啃，在牛建明身上留下了好几处伤痕。这一夜，牛建明和白雪莲没有合眼，搂抱在一起不要命地折腾着，把爱和恨全部融入了疯狂的做爱。分别时，两个人又是说了两句话，牛建明说雪莲我对不起你，白雪莲说我的心里永远只有你！

白雪莲成了寡妇后，一颗心又系在了牛建明身上，常常暗暗祈祷，盼望着能和牛建明破镜重圆。牛建明临阵脱逃，不敢再来，使她感到伤心，感到失望，光棍李金锁乘虚而入，令她蒙受了无法启齿、无颜见人的耻辱，把她推上了老虎背，令她骑虎难下。事已至此，下一步棋该如何走，白雪莲心乱如麻，千头万绪理不出个道道来。

牛建明见白雪莲不说话，只是一个劲儿地哭，心中又急又堵，使劲摇着白雪莲的肩膀说："雪莲，到底是咋回事？咱俩有啥不好说的！"

白雪莲抚摸着牛建明的脸颊说："建明你不要问咧，有些事三言两语说不清，得好好商量一下，天亮咧，咱俩起床吧。"

白雪莲的话音刚落，搭人梯从墙上翻进来的柴二狗和光棍李金锁，用力拍打着门扇。白雪莲吓了一跳，忙问："是谁呀？"

柴二狗粗声倔气地说："我是柴二狗，快开门！"

白雪莲下意识地往牛建明怀中靠紧，有些气恼地说："我还没起床呢，有啥事下午再说！"

柴二狗让李金锁撞门，光棍畏畏缩缩地鼓不起勇气，直往后退，柴二狗骂了声"窝囊废"，抬起脚一阵猛蹬踹开了门，拽着光棍李金锁的胳膊闯进屋里。白雪莲刚刚提上裤子，满面通红地厉声骂道："柴二狗，你们要干啥？"

柴二狗没有理睬白雪莲，双目紧盯着还未来得及穿衣服的牛建明，一副警察查夜的样子："你是干啥的？叫啥名字？"

牛建明先是被柴二狗的敲门声和踹门而入的举动搞蒙了，他不晓得柴二狗是什么人，要干什么，继而看见光棍李金锁紧随其后，就明白了这两人的来由，悬起来的心放下了，双目中冒起了火花。牛建明突然明白了白雪莲和光棍结婚的原因，不由得怒火攻心，要不是他还光着身子早就冲上去拼命了。事情到了这步田地，他已是无所顾忌，全都豁出来了，好坏都得有个结局。牛建明乜斜着柴二狗和光棍李金锁，显露出一副不屑一顾的神情，慢条斯理地取过了放在炕头上的衣服。

柴二狗被牛建明那种目中无人的样儿激怒了，抢前一步，指着牛建明骂道："娘希匹，从哪冒出来的野汉子，竟敢跑到我们凤凰坪吃野食，扁担上缠鸡毛，好大的胆（掸）子，给老子站起来！"

牛建明冷笑一声，漫不经心地问："人不咋样，口气倒不小，你是干啥的？"

光棍李金锁好不容易逮住了表现自己的机会，狐假虎威地说："放老实点，他是我们凤凰坪的治保主任，你……"他忽然见白雪莲横眉怒目地盯着他，吓得急忙闭住嘴。

牛建明心中有数了，冷嘲热讽地说："我还以为是公安局长呢！"

柴二狗闻言大怒，一把揭开牛建明身上的被子说："娘希匹，敢小看老子，起来，跟老子去派出所！"

牛建明冷笑了一声，不再理睬柴二狗，旁若无人地伸了个懒腰，随手抓起裤子，慢条斯理地往腿上蹬。柴二狗急眼了，不管不顾地跳上炕，一把扯掉牛建明的裤子，从身上取出一条麻绳,冷不防把牛建明压倒在炕上,抓住牛建明的胳膊往后扭。

牛建明赤身裸体,行动很不方便,加之未及提防,被柴二狗死死地压倒在炕上,无法反抗。白雪莲一边怒骂着,一边来夺柴二狗的绳子,柴二狗使劲一推,把白雪莲推倒在炕角,怒吼着把李金锁叫上炕,两个对付一个,很快就把牛建明捆了个结结实实。

白雪莲简直要气疯了,她顺手抓起扫炕笤帚,朝着柴二狗和李金锁没头没脑地乱打乱砸,柴二狗无法应付,把李金锁推到身前做挡箭牌。光棍见白雪莲真的急了眼,双手抓住白雪莲手中的笤帚把,连声央告着说:"雪莲,请你消消气,我们全是为你好啊!"

白雪莲气急败坏地嚷着说:"李金锁,你算个啥东西!你是我家的什么人?我家的事与你屁相干?谁要你狗逮老鼠多管闲事!"

白雪莲的几句话,犹如几声炸雷,惊得光棍魂飞魄散,全身都凉透了。他后悔不该管这件事,装着不知道不就啥事都没有了么?白雪莲说出了绝情话,他害怕的事真的要发生了,光棍只觉得气虚身软,痴呆呆地站在那儿直发愣。

白雪莲镇住了李金锁,又指着柴二狗破口大骂:"柴二狗,你人模狗样的充啥好汉!你个狗娘养的烂脏货,把老娘坑害到如此地步,你还不死心,你瞎搅和着要咋的?有本事你把老娘也捆上!老娘明着给你说,人是你捆的,想就这么着再解开,连门也没有!牢房大门敞开着,老娘不进你进去!"

白雪莲一顿臭骂,把柴二狗骂虚了,这个二百五这才知道事情闹大了,闹得不可收拾了,照这样闹下去,他没有什么好果子吃。要他低头认错,那太丢人现眼,传出去还有脸面么?三十六计走为上,为了脱身,柴二狗虚张声势地说要去派出所叫人,拉着光棍李金锁夺门而出,狼狈不堪地溜走了。

骗奸风波

　　一场破口大骂，骂得柴二狗和光棍李金锁狼狈不堪地溜走了，白雪莲这才觉得出了一口恶气，压抑在心底的怨气得到了发泄，有了一种如释重负的感觉。人往往会遇到这种现象，面对一件千方百计也难以决断的棘手事，会被偶尔发生的一件意外事作为动力，以快刀斩乱麻的方式给解决了，无须再处在那种"剪不断，理还乱"的窘境之中。白雪莲就是这样的心情，既然这样了，何必再遮掩呢？她决定把所发生过的事，毫无保留地讲给牛建明，能和牛建明结婚，就尽快办理结婚手续，不能和牛建明结婚，她就去外地打工，去另寻归宿，哪里黄土都埋人，何必在一棵树上吊死？这件事若传扬出去，她无颜也不愿意继续在凤凰坪待下去了。

　　柴二狗和李金锁刚溜走，白雪莲就急忙到牛建明身边去解绳子，牛建明倔强地说："雪莲，不要解开，借着这个机会去告柴二狗和光棍，给你出口恶气。"

　　白雪莲嗔怪地说："解开了不能再绑上？你得是有挨捆的瘾么！"说着，便三下五除二解开了麻绳，帮着牛建明穿上裤子。

　　柴二狗用劲大了些，牛建明手腕上留下了几道发紫的印痕，白雪莲抚摸着，不由得想起了二十年前牛建明被逮捕的事，心里酸酸的，眼泪又涌出了眼眶，哽咽着说："你的命运咋恁不济，那年咱俩快要办喜事了，让人家把你用绳子捆走咧，今儿个又这样，为了咱俩结婚的事，又不明不白地挨了绳捆，是不是我的属相犯克，总克着你？"

　　牛建明一边穿着衣服，一边漫不经心地说："你胡说啥呢，这事与属相有啥关系？人生在世，谁没个三灾六难的？男子汉大丈夫，挨两次绳子有啥关系，美国有好几个总统都蹲过监狱呢。人常说好事多磨，咱俩这事磨了二十多年，总算磨到头了！"

　　白雪莲娇嗔地说："你不要把话说死，保不准过会儿又变卦咧！"

　　牛建明一把搂过白雪莲，十分动情地说："雪莲，你尽管放心，以后就是雷击电打，我再也不会离开你咧。我在你面前当过逃兵，打过退堂鼓，是我对不起你，要打要骂随你便，要不，你用绳子把我吊起来！"

　　白雪莲笑骂道："核桃砸着吃，天生的贱货！"她为牛建明端来洗脸水照看着牛建明洗漱完毕，帮他换过了头上的纱布，手脚麻利地炖了一大碗荷包蛋，哄小孩儿似的，给牛建明喂鸡蛋汤，逼着牛建明把一大碗荷包蛋吃得干干净净。

　　吃过饭，白雪莲拉着牛建明坐在炕头，从柴二狗开枪打猎说起，把她和光棍李金锁发生的事，一五一十，毫无保留地全都告诉了牛建明，并郑重其事地说："不管咋说，反正我已失过身，我晓得一个不贞节的女人，在男人的心目中是一文不值的，也永远会被瞧不起。你心里是咋想的,就照直说,不要等以后结了婚,你总是捏着这么个把柄欺负我。今儿个咱俩都把话往明处说,行,咱就结婚,不行就拉倒,好和好散,以后各走各的路。"

听了白雪莲的一席话,牛建明心里又腾起了一团烈火,一个有血性的男人,是不能容忍他所心爱的女人有任何不贞洁的行为,这比他挨绳遭打要痛苦多了。他恨白雪莲没骨气,恨柴二狗和光棍李金锁卑鄙,恨不得扇白雪莲几个耳光,恨不得拿上刀子去找柴二狗和李金锁拼命。他用冒着火花的双目盯着白雪莲,看着白雪莲那副有些憔悴的面容和发青的眼圈,不觉得又心软了。他继而再想,这件事他也有不可推卸的责任,他要是不临阵而逃,要不打退堂鼓,能发生这样的事么?一个孤苦伶仃的寡居女人,面对那种局面,又能有多大能耐呢?自己没有保护好心爱的女人,能反过来去责怪她么?牛建明觉得这一切全都是他造成的,是他把自己的心上人推向了火坑,他感到愧对自己的初恋情人,感到无地自容。牛建明怀着十分复杂的心情,又一次把白雪莲揽进怀中,眼泪成串地滴在白雪莲的脸上,两人泪如泉涌地吻在一起,热烈的长吻和成串的眼泪,犹如一股汹涌澎湃的滚滚激流,把两人心中的芥蒂冲刷得一干二净,荡然无存,以前的恩恩怨怨也就一笔勾销了。热吻和眼泪也犹如黏合剂,把两颗若即若离的心,重新牢牢地粘在一起,两人下定决心,生死不渝,携手并肩,重温二十年前的美梦。

"咪呜""咪呜",大花猫忽然不知从何处冒了出来,趴在窗台上,瞪着蓝幽幽的眼睛,百思不解地朝着女主人鸣叫。白雪莲羞涩地笑了笑,站起身拧了一个湿毛巾,给她自己和牛建明拭去眼泪,问下一步该咋办。牛建明想了想说:"这事只能往大闹,既能表明咱俩的态度,也能出一口窝囊气,反正他柴二狗和李金锁干下了犯法事,看那两个狗东西咋个收场。你把我的双手重新捆好,马上去叫田支书。"

白雪莲也下了一不做,二不休的决心,她用那条麻绳重新虚绑住牛建明的双手,苦笑着说:"以后你敢欺负我,我就用麻绳把你捆起来。"她让牛建明耐心等着,转身去找田根年。

大门被光棍李金锁从外边拴死了,怎么也拉不开,白雪莲情急智生,搬来一个方凳,趴在墙头上呼救。柴德贵恰好从白雪莲门前路过,白雪莲叫住柴德贵说:"德贵哥,我家遭劫咧,让贼把大门从外边拴死咧,我看着现场,麻烦你赶快找一下老支书,请他赶快到我家来。"

柴德贵一看大门上的两个铁环果然让人拴死了,再看看白雪莲神色不对劲儿,觉得事情非同小可,说了声"你等着",便飞快地向田根年家跑去。白雪莲返回屋里,解开牛建明的头上的纱布,把她治屁股用剩下的红药水,在牛建明头上的伤痕处大涂大抹,再加缠了一层纱布,给人一种伤势很重的感觉。随后又抄起一条木棍,把热水瓶、玻璃镜和几件不值钱的旧摆设乒乒乓乓地打了个稀巴烂,并和牛建明统一了口径,商定了索赔数目和私下了结这件事的条件。不是图钱,只是为了出一口恶气,更是为了表明两个人的强硬态度。没用多长时间,村支书田根年就急匆匆地赶到了白雪莲的家里,同来的还有柴德贵。

白雪莲哭哭啼啼地诉说了事情的前后经过,添盐加醋地控诉了柴二狗和李金锁的暴行,要田根年为她做主。牛建明也靠在炕头上,长一声短一声地喘着气,一副要死不活的样子。

田根年瞠目结舌地目睹耳闻了这件暴力案,气得两眼冒火,他强压着怒火要解开牛建明手腕上的绳子,牛建明不让解,白雪莲也不让,一口咬定要到乡政府或者法院,把话说清楚了再解绳子。

连续数年被评为文明模范村和先进党支部的凤凰坪,竟出现了如此目无国法、大胆妄为的恶性事件,令这位青龙川党龄最长、任职时间最长的老支书感到无地自容,也感到了事态的严重性。他让柴德贵去通知柴二狗和李金锁,要他们立即来白雪莲家,他自己亲自去找柴俊虎。多年来,田根年和柴俊虎搭班子,合作得很好,他对柴俊虎是言听计从,大小事总喜欢和柴俊虎商量,就是柴俊虎不当村主任以后,仍然如此。他把打算让贤的意见,已分别给乡党委书记范孝勤和乡长贾景堂谈过了,范孝勤说他们也有这个意思,等他们向县委书记王志辉请示汇报后再说。由于近日来一直忙着张凤仙的丧事,这件事还没来得及给柴俊虎讲,谁料竟突然发生了这么个意外事件,事情如何结局,他得听听柴俊虎的意见。

柴俊虎随着田根年,先柴二狗一步来到白雪莲家。他和牛建明是熟人,以前在县上参加三干会,青龙川和野虎川总是编在一个小组,吃饭、住宿和学习讨论,都是在一块的。牛建明知道柴俊虎见义勇为只身斗歹徒的事迹,对柴俊虎很敬佩;柴俊虎知道牛建明祸从口出被错捕的冤案,也知道他和白雪莲被棒打鸳鸯的遭遇,对牛建明很同情,只要见了面,他总会向牛建明告知白雪莲的情况,并答应尽量照顾白雪莲。他万万没有想到,他和牛建明竟是在这种情况下再次见面的。而柴二狗是他的本家兄弟,也是他一手培养、提拔起来的治保主任。柴俊虎感到脸上发烧,心里的火苗子直往上蹿,他再三向牛建明赔情道歉,说他和老支书一定会处理好这件事,要求牛建明看在他的面子上,不要把这件事再往大的闹。牛建明答应私了此事,他让白雪莲把事情的来龙去脉,如实地告诉了田根年和柴俊虎。

柴俊虎遭受了丧妻之痛,情绪还没有完全恢复,听了白雪莲的哭诉,他又联想到张凤仙因上当受骗而引起的悲惨结局,心中涌起一股难以名状的痛楚,两腿发软地坐在沙发上,头上冒了一层汗珠。

正在此时,柴二狗和光棍李金锁,跟着柴德贵来到了白雪莲家里。柴德贵是个有眼色的人,晓得这是一场隐私官司,便知趣地告退了。柴二狗一看屋里的形势,心里就打鼓,两腿就发虚,他怯怯地看着满面怒气的柴俊虎和老支书,显得手足无措,平常那种大大咧咧的二百五劲头,也不晓得跑到哪儿去了。

最感糟心的莫过于光棍李金锁了,当他随着柴二狗翻墙溜走时,就后悔得直扇自己的耳光,蹲在墙根下不肯起来,眼看着即将成为现实的美梦要破灭,煮熟的鸭子要飞了,他能不痛心疾首么?他骂自己混蛋,怨二狗冒失,说如果他和白雪莲结不成婚,他就不活了,也跳进青龙渡去。柴二狗骂他没出息,大言不惭地说他有的是办法,白雪莲愿意也好,不愿意也罢,早晚得成为他李金锁的媳妇。光棍再次走进白雪莲的门,一看眼前这种阵势,就明白柴二狗是泥菩萨过河,自身难保,那句大话早被风刮走了。他像是被人抽去了筋骨似的,软溜溜地靠着墙蹲下来,双手抱着头,像个受了委屈的小孩儿,呜呜咽咽地哭了起来。他知道,一切都已无法挽回。

柴俊虎双目喷火,紧紧盯着柴二狗,嘶哑着声音说二狗你过来,柴二狗磨磨蹭蹭地走近柴俊虎,还没等他站稳,柴俊虎猛地站起来,抬手就给了柴二狗两个耳光,怒气冲冲地说:"柴二狗,你是吃了熊心虎胆,还是张狂得不知自己姓甚名谁了?竟敢私闯民宅,随便绑人,你知道你犯了什么罪么?"

柴二狗嗫嗫嚅嚅地强辩说:"雪莲嫂要和李金锁结婚了,牛建明破坏人家的婚姻,属于第三者插足……"

"放屁!"柴俊虎截断柴二狗的话,怒视着柴二狗说:"你老实说,你是怎样为他们保媒的?"

柴二狗知道白雪莲把一切都告诉了老支书和柴俊虎,再看看满屋一片狼藉,柴二狗心知肚明,白雪莲真的翻了脸,要嫁祸于人,他心中叫苦不迭,呆在那儿不敢吭声。

老支书田根年捏着柴二狗交给李金锁的那张介绍信,十分气恼地问道:"二狗,这个介绍信是谁开的?文书李存仓这几天一直不在家,公章是谁盖的?为村民开领取结婚证的介绍信,是谁给你的权力?"

老支书的话犹如一阵连珠炮,轰得柴二狗心慌神乱,大张着嘴巴说不出话来。柴俊虎指着柴二狗的鼻尖说:"老实告诉你,你犯了非法侵入民宅和非法拘禁罪,至于构成构不成强奸罪,让公安局和法院去依法认定吧,判你三年五年或者十年八年的,你是咎由自取,罪有应得。你给凤凰坪村丢了脸,白白糟蹋了二十几年五谷,你有什么脸再活在世上,不如自己跳……"他突然收住口,没有把"青龙渡"三个字说出口,张凤仙出事后,"青龙渡"成了他最为忌讳的名词,他不愿意听别人说出"青龙渡"三个字,他自己更不愿意说出那三个令他感到伤心的字。

田根年把柴俊虎按在沙发上,深深地叹了口气问柴二狗:"二狗,捅了这么大的娄子,你说该咋办?"

面对事实,柴二狗这才真正醒悟了。他当了半年多的治保主任,耳濡目染,也多多少少懂得了一些法律知识,此时此刻,他才知道自己的所作所为已经触犯了法律,非法侵入民宅和非法拘禁,他认为自己是为了成人之美,冒冒失失地捅下了娄子,并不十分丢人。要命的是强奸罪,那是个足以让一个男人终生抬不起头的罪名。凡是犯强奸罪的人,在人们的心目中不是人,是披着人皮的禽兽,是畜生!他知道凡是违背妇女意愿而强行发生的性行为,只要受害方举报,就成了铁定的强奸罪。光棍李金锁是在他的引诱和支持下,冒名顶替,以他柴二狗的名义骗奸了白雪莲。白雪莲翻了脸,光棍李金锁成了强奸犯,而他也成了同案犯,同案犯也得背着强奸犯的罪名,一旦传扬出去,凤凰坪的乡亲父老咋个看他?兰花知道了咋办?别人风流快活,自己操心劳神,这是件为别人背黑锅,跳到大江大海也无法洗清的丢人事。想着想着,平时天塌地陷也不知犯愁的二百五,也觉得羞愧难当,浑身上下都在冒着冷汗。柴二狗望着柴俊虎那张被痛苦噬咬得变了形的面容,心里也感到一阵刺疼,他认识到自己给柴俊虎脸上抹了黑,在柴俊虎心灵的伤口上撒了一把盐,特别是在张凤仙死后不久,在凤凰坪即将发生巨变的这个紧要关头。柴二狗双膝一软,"扑通"一声跪倒在地,抡开双掌使劲地扇着自己耳光。

田根年见柴二狗有了悔改之举,便走过去拉起柴二狗,让他坐在自己身边,循循善诱地说:"二狗,你能认识到自己的错误就好,知错改错不为过,知道错咧就改么。解铃还需系铃人,你向建明同志和你雪莲嫂子认个错,只要他两位消了气,啥事都好办。"

柴二狗点点头,满脸通红地走到牛建明跟前说:"建明哥,兄弟我是个屁事不懂的二百五,一时鬼迷心窍,让你老哥受了天大的委屈。你若能高抬贵手,放过兄弟一马,兄弟给你赔情道歉,要打要骂要绑要捆随你便。你要是饶不了兄弟这一回,兄弟我坐牢上吊甘心情愿,不怨任何人!"

柴二狗一番幡然悔悟的慷慨陈词,完全出乎牛建明的意料,加之碍于柴俊虎和田根年的情面,满腔怒气全都消失了,反而觉得有些过意不去。他扭头望望白雪莲,白雪莲也正瞅着他,嘴角显露出一丝笑意。田根年见此情形,连忙冲着柴二狗说:"二狗,还愣在那儿干啥?"

柴二狗心领神会,急忙蹲下身解了牛建明腕上的绳子。柴俊虎走过来扶起牛建明,转过头对白雪莲说:"雪莲嫂,麻烦你给我们炒几个菜,让二狗买两瓶好酒,给你和老牛同志赔情道歉。"

柴俊虎话音刚落,柴二狗就连声答应着,迫不及待地拉着李金锁,灰头土脸地向门外跑去。

时代的强音

伟大的时代,造就了伟大的事业,伟大的事业,造就了时代精英。一批又一批的弄潮儿,在翻天覆地的改革浪潮中搏风击浪,大显身手,创造了一个又一个人间奇迹。凤凰坪沸腾了,青龙川沸腾了,一个向新时代挺进的号角吹响了,凤凰坪又一次迎来了热火朝天的欢乐气氛。

四十天前,村支书田根年和柴俊虎被县委派来的桑塔纳小轿车接到了县委,同车前行的还有青龙乡党委书记范孝勤和乡长贾景堂。这是一次"开小灶"式的座谈会,只有一个内容,县委书记王志辉传达了中共中央办公厅、国务院办公厅有关稳定和完善农村土地承包的新精神,代表县委县政府表了态,同意凤凰坪集中使用土地,同时传送了西部大开发的有关精神和重大意义,鼓励凤凰坪一定要抓住这个百年难遇的大好机遇,把火再往旺里烧。

根据中央文件精神和乡政府决议,凤凰坪在积极筹办苗木公司的同时,抓紧秋播前的农闲时间,统一组织,统一行动,在全村范围内开展了大规模平整土地的战斗,三百多号男女劳力扛着镢头铁锨,推着架子车,精神抖擞地投入了战斗。山坡上,沟道里,红旗猎猎,声浪喧天,惊得飞禽走兽无踪无影。

李云杰和田春燕负责宣传鼓动工作,高音喇叭不时地播放着好人好事和慷慨激昂的歌曲。为了抢时间,赶进度,总指挥柴俊虎让各家各户筹集了米面,田根年又从村里的集体积累中拿出了一些钱,办了个临时食堂,集体上下工,集体就餐,整天热闹得跟上庙会似的,吸引得十里八村的人们前来看热闹。县委县政府批准了凤凰坪集体使用土地的申请,并以文件形式下发到有关部门和各乡镇,县报纸和电视台及时做了专题报道,在全县产生了强烈的新闻效应。与此同时,县工商局长孙健恩,亲自为苗木公司办好了营业执照。乡长贾景堂把县律师事务所的正副主任请到凤凰坪,按照合同法的有关规定,指导村民和公司签订了入股协议。柴俊虎被全体股东选为公司总经理,又一次成为凤凰坪的法人代表。

对于如何平均股权的事,村党支部又一次召开了扩大会,乡党委书记范孝勤和乡长贾景堂列席了会议。经过反复讨论,按照中央文件精神,结合凤凰坪的实际情况,制订了一套切实可行的方案,决定集中时间,集中劳力,开展一次大规模的土地整治,兴修农田水利设施,搞好土地连片工作,尽量扩大耕地面积,以便于大、中、小型机械化作业。有条件的土地种植苗木花卉和中药材,其他土地实行科学种田,努力大幅度提高粮食产量。在此基础上,把全村所有男女劳力,因人制宜,划分到各个厂组,各操其劳,各负其责,所有收入均为集体收入,年终按股进行分配。起步之初,他们本着先搭舞台后唱戏的原则,分别成立了苗木培育中心,陶瓷厂、工艺厂、木器厂、中药材加工厂、机砖厂、狩猎组、运输队、生产组、干鲜果品皮毛货栈销售部等十多个组,分别任命负责人,制订了各种规章制度和责任目标。王萍是第一个应聘者,川妹子出任厂长的工艺加工厂,也成了凤凰坪第一个有经济实力的小型企业。方向明确了,心中有数了,凤凰坪在柴俊虎带领下,乘着西部大开发的东风,大张旗鼓地开展了规模性的土地整治,打响了建设具有中国特色新农村的第一炮。

平整土地是由南到北,按照顺序逐片逐块进行的,投放劳力也是因地块大小而定,随时变动。生产组组长李国强,是整治土地的副总指挥,他每天早出晚归,亲临一线,哪儿有困难就去哪儿,随时调动劳力和验收质量,照柴二狗的说法,忙得连个放屁的机会都没有。

大兵团作战,自有大兵团作战的优势,整治土地的速度出乎人们的意料,原计划半个月结束战斗,仅用了十天时间,整治土地的工作已近尾声,只剩下龙爪沟总共不到五十亩的山坡地了,斗志方兴未艾的三百多名精壮劳力,只消一个冲锋战,凤凰坪这次大规模整治土地行动,就会完满地画上一个句号。也就在这个即将全面结束战斗的时候,又发生了一件带有喜剧色彩的意外事,在凤凰坪村的创业史上,留下了一段美妙的插曲。

这天清晨6点钟,夜幕还未完全退去,挂在高处的几只高音喇叭同时响了,三百多名男女劳力,争先恐后地奔向龙爪沟。李国强站在一块卧牛石上调兵遣将,不到五分钟,三百多号男女劳力,便被分成大小不同的十个小组,分别进入了工地。随之,高音喇叭响起了乐曲,整个龙爪沟里的号子声,喧闹声,汇成了一股热闹喧天的声浪。

龙爪沟尽头有块呈月牙形的地块,只有二亩多面积,两头小中间大,地正中凸出一个长满灌木杂草的大土丘,占去了整个地块的三分之一,耕作起来很不方便,划分责任田时,给谁谁不要,白给也无人愿意耕种。李国强用步子量了一下,如果取掉大土丘,再往后扩展二十多米,就是一块面积可达三亩多的好耕地。龙爪沟的地势低于青龙渡,引水灌溉比较容易,也在开渠引灌之列。解决了灌溉面积后,每亩地一年两料,每料平均按六百公斤计算,一年三千六百公斤,十年就是三万六千公斤。于是,他又从各小组抽调了五十多名精壮劳力,组成一支突击队,限定中午饭前去掉这个大土丘,晚上收工前完成向后开拓二十多米的任务。李国强带头劳动,抡起镢头,朝着这个不知荒芜了多少年的大土丘,落下了第一镢。很快,小山似的荒丘逐渐缩小了。

当荒丘被去掉一半的时候,忽然露出了一条穴道,人们发出一阵惊呼,原来这个大荒丘是个荒冢古墓!工作无法进展了,李国强让李云杰通过高音喇叭,请来了柴俊虎和田根年。田根年说他很小的时候,听老人说过龙爪沟里有古墓,沟口有过一座叫赔娃庙的小庙,新中国成立后很少有人再提起这件事,慢慢也就淡忘了。几个人商量了一下,决定挖开墓穴看个明白。

墓穴很快就被打开了,穴道尽头是个窑洞式的地宫,李云杰、田春山和李国强都懂得一些化学知识,为了防止中毒或遭到暗设机关的伤害,采取了暴露性的开挖,把地宫前的墓穴扩大成一个二十多米见方的斜坡,然后用绳子系在地宫的石门上,十几名小伙子同时用力拉倒石门,柴二狗虚张声势地喊了声"卧倒",一个饿狗扑食趴在地上,半天不敢抬起头来。

一片阳光射进地宫,地宫里边的一切暴露无遗。宽阔的地宫里只有一个没有刷过漆的普通棺板,早已腐朽不堪,棺盖的小头斜搭在几块破碎的木板上。清理了杂物,棺板里没有尸骨,只有一套袍褂和一支锈迹斑斑的令箭,令箭正面有一个"令"字,背面是一行蝌蚪形文字,再无别物。三百多号人把这个新发现的古墓围得水泄不通,纷纷议论、争执,古墓前汇成一股嘈杂的声浪。柴俊虎和田根年、李国强几个人商量了一下,让田春山去乡政府报告,并请乡上给县文化局及有关部门打个招呼,同时让柴二狗去请柴德贵,让这位秀才鉴别一下袍褂和令箭的价值。

柴德贵研究《周易》出了名,在青龙川一带享有盛誉,尤其是他用八卦爻出柴俊虎和田根年被县委派车接到县城,是"大吉大利,主有大喜之兆"的预言,经过添油加醋的传说,把柴德贵吹得神乎其神,真正成了诸葛亮和刘伯温式的人物,慢慢地无人再叫他"黑秀才"了,一般都称他为"柴先生"。

柴德贵来到地宫,仔细看过了那些物件,心中有了数,说话也有了底气。他爱看古典小说爱看戏,知道这套褂服是清朝官员的服饰,晓得令箭是用来发号施令的,便向大家解释说,这是清朝一位大官的衣冠冢,因为有这支令箭,可以断定他是皇帝身边的心腹大臣,至于为什么没有尸骨,柴先生说他得回去研究研究。柴二狗问这只令箭算不算文物古董,能值多少钱,柴德贵捧着这支分不清是铜是铁还是金的金黄色令箭,信口开河说很可能是件价值连城的文物。人口快如风,吃中午饭的时候,不少外村人前来看宝,李国强不得不派人轮流值班,保护现场。

下午3点多钟,一辆"北京"吉普开到了龙爪沟,乡党委书记范孝勤和乡长贾景堂,陪着县文化局局长和博物馆馆长,前来鉴别古墓和出土文物。县文化局局长叫冯仰山,是位才华横溢、学识渊博的饱学之士,古今中外,天文地理,无所不通,无所不晓,被人们誉为"县宝"。他反反复复察看了棺板里的物件,在那套袍褂的马蹄袖中发现了一片绸布,上面写着"五谷为养,五果为助,五畜为益,五菜为充"几句话。冯仰山站起身来,和博物馆馆长交换了一下意见,一边用手帕擦着手,一边和范孝勤、贾景堂、柴俊虎、田根年说了几句话。几个人商量了一下,把三百多名村民召集到墓前,冯仰山为大家讲述了一个美丽的传说。

公元960年,中国又一次改朝换代,成了宋朝。宋朝从立国开始,就一直和辽国争战不息,从北宋打到南宋,打了七十多年,直到公元1032年西夏取代了辽国,这场旷日持久的争战才慢慢平息了下来。宋朝初期,青龙川是宋辽两国交战的拉锯地带,有时驻扎宋朝军队,有时又是辽军的大本营。有一年春天,辽国的统帅萧太后骑马到青龙渡周围游春,她的马队途经龙爪沟口时,村里几个小孩儿正在玩耍,用泥土垒了一个半尺多高的小庙,又捏了一些泥人泥马,摆成了一副模拟的庙会。萧太后策马而过,把泥庙泥人泥马全给踩扁了,几个不知天高地厚的顽童,拥上前扯住萧太后的马缰绳,嚷嚷着要萧太后赔庙。萧太后很喜爱小孩儿,她被几个天真活泼的小孩儿逗乐了,挥手制止了要驱赶小孩儿的随从,笑容满面地问小孩儿,你们要我赔啥呀?几个顽童七嘴八舌地说,你的马把我们的神庙踩扁啊,得赔一个神庙。萧太后故意逗着几个顽童说,哟,原来是座神庙呀,我的马咋没看见?几个顽童说,那怪你的马眼睛不好,连神庙都看不清,你说庙大还是马大?萧太后被几个小孩儿问住了,哈哈大笑着说庙大么,让随从叫来乡约和里正,取出二十两白银,要乡约和里正找来工匠,在龙爪沟口建了一座小庙,萧太后亲手写了"赔娃庙"三个字,这就是赔娃庙的来历。

人们被这个精彩的故事吸引住了,不由自主地向沟口望去,仿佛那座赔娃庙还屹立在那儿。田根年恍然大悟地说:"原来是这么回事啊,小时候常听老人们讲赔娃庙,还以为那座庙里的神仙小名叫赔娃呢!"

冯仰山举着手中那支令箭说:"这支令箭是过去调兵遣将和传达命令的信物,就和戏剧中皇上的圣旨那样,是任何人也违抗不得的。这样的令箭,在韩源县已发现过两支了,证明当年辽国的大军确实在我们县驻扎过,也是一个历史的见证物。这支令箭是铜的,外边用金粉涂刷过,令箭本身没有很大价值。"

听冯局长这么一讲,人们都有一种失望的感觉,柴二狗去北京献宝的愿望成了狗咬尿脬,气得他冲着那支令箭直翻白眼。

柴俊虎摇手制止了人们的议论,冯仰山继续讲道:"这套服装叫褂子服,是辽国一种低级武官的官服,从这支令箭和这块绢布上来推断,这个古墓是辽国统帅麾下一名传令官的衣冠冢,很可能是萧太后的亲身侍从,这块从马蹄袖中发现的绢布,正面写着五谷为养,五果为助,五畜为益,五菜为充,这四句话出自《黄帝内经》,是人们日常生活中的饮食原则。用现在的话讲,就是要人们在日常生活中,以五谷杂粮为主,用蔬菜、水果和肉类相互调剂,相互补充。这块绢布是特制的,分为两层,背面开列着一些菜肴名目,很可能是萧太后的食谱,是一个很有研究价值的历史见证物。至于这个古墓为何是一个下级武官的衣冠冢,有待于和有关专家继续研究考证,今天无法向大家明确答复,请大家谅解。"

冯仰山有根有据、生动通俗地讲述了古墓的来龙去脉,使三百多名村民受益匪浅,增长了不少历史知识,觉得比看一场电影还过瘾。只有两个人是怀着不同心情,默然无声地离开了这座古墓。一个是柴德贵,他感到惭愧极了,和人家真正的文化人相比较,自己的历史知识少得可怜,当众丢了脸面。另一个是柴俊虎,他把冯仰山和柴德贵做了比较,真正认识到人才的重要性,加深了对"市场竞争实际上就是人才竞争"这句话的理解,中国三大村大邱庄、华西村和刘庄,如果不是引进了社会上那么多的各类人才,能成了大气候吗?凤凰坪如果没有一大批精英,苗木公司能有多大前程?科技兴农、科技兴田不只是口号,更重要的是要靠科技人员。科技人员在哪里?凤凰坪自改革开放以来,总共才出了五个大学生,其中两名女生远嫁他乡,另外三个男生毕业后全都安排了工作,都在城里安家立业了,平时很少回到凤凰坪。村里文化程度最高的,除过老三届高中生李国强,就是那几位退休老教师,都不是科技人才也算不上精英。俗话说得好,家有梧桐树,招得金凤凰。凤凰坪拉开了大干快上的架子,也算是栽了一棵梧桐树,可金凤凰在哪儿?截至目前,只有川妹子王萍一个人来凤凰坪应聘,倒也造成了不小影响,本身就是一个活广告。更多的人才在哪儿?怎样才能吸引各路精英?这次挖掘古墓,使年轻的领头人受到了强烈的震撼。柴俊虎暗暗下了决心,从眼前着手,一定要把发现人才和培养人才,当作头等大事去抓。

后来,一位来凤凰坪农工商贸总公司应聘的副教授,仔细研究了萧太后的食谱,发现食谱中选用了青龙川一些很普通的野菜、野果,他深受启发,经过化验分析,这些野菜野果的叶、茎、果中,含有丰富的淀粉、脂肪、氨基酸以及各种具有营养价值和药用价值的维生素。在此基础上,经过反复研究试验,研制了一种以绿色植物为主的系列食品,其中以青龙命名的五彩挂面、五彩方便面、五彩饼干、五彩面包以及各种五彩冲剂,很快就在全国各地占领了市场,并打出国门,畅销东南亚,成了凤凰坪农工商贸总公司的一个拳头产品,那位副教授成了凤凰坪"青龙食品公司"第一任厂长。

天遂人意,临近"白露"的前几天,接连下了三天连阴雨,刚平整过的土地显示了很大的优越性,过去那种大雨水冲地、小雨地跑水的现象没有了,雨水和山坡上流下来的水,全都渗入了那平展展的连片地层。就是一些小块田,也由于地畔坚固,畦面平整,没有一块地出现过跑水现象。天刚放晴,生产组组长李国强就按照他精心筹划的部署,带领生产组全套人马,抓紧时间播种小麦。他向柴俊虎立下了军令状,保证明年的小麦亩产平均达到八百斤以上。其他各厂、组也纷纷披挂上阵,按部就班开展了各自的工作。

白雪莲是个心灵手巧的刺绣能手,被安排到工艺厂担任副厂长,但工艺厂召开第一次职员大会时,她没有参加。川妹子王萍作为第一个应聘人员留在了凤凰坪,出任了工艺加工厂厂长,她向柴俊虎请了一个月假,返回西安考察市场和处理善后事宜去了。白雪莲拒不到任,工艺加工厂就真正成了一副空架子。牛建明和"阿庆嫂"已办理了离婚手续,不是法院判决的,是通过乡政府司法协议离婚的。白雪莲不想再在凤凰坪住下去了,牛建明也想离开野虎川,他俩计划领到结婚证后,一块到沿海地区去闯世界,去寻找一条发家致富的门道。

柴俊虎得知了这个消息后,感到很揪心,觉得自己的思想工作没赶上去。公司没有起步时,人们都担心自己没活干,一些村干部也担心人满为患,有很多关系无法处理。可是刚一拉开大干快上的序幕,就感到人力远远不够用,特别是有一技之长的人才,更是少得可怜。听说华西村近来又有了出巨资招聘人才的新举措,凤凰坪创业之初,岂有把人才放飞之理? 留不住人才的领导,是最笨最没本事的领导! 柴俊虎当机立断向柴二狗下了留客令,要柴二狗想方设法留住白雪莲和牛建明。他见柴二狗面显难色,磨磨蹭蹭地打哈哈,便郑重其事地说:"千军易得,一将难求,雪莲嫂是一位搞工艺的能员干将,以后肯定会成为工艺厂的台柱子。还有牛建明,当了十几年村干部,还在乡政府当过几年社筹干部,有一套丰富的管理经验。留住雪莲嫂,咱们保了个本,留住牛建明,咱们赚了一位人才,这样好的事,谁看不到谁就是货真价实的二百五! 还是那句话,解铃还须系铃人。这件事只许成功,不许失败,完不成任务不要来见我!"

白雪莲家屋后的猪圈墙被雨水泡塌了,她和牛建明正在忙着垒墙。牛建明是个干活认真的人,他精心地挑选着石块,用心地瞄着线,白雪莲漫不经心地说:"你费那劲儿干啥呢,将就能圈住猪就行咧,还打算在凤凰坪住一辈子么?"

牛建明垒好一块石头,风趣地说:"大小总算是个工程么,能结实尽量结实,以后咱们不用了,总还有人用么。"

白雪莲用手帕为牛建明拭去头上的汗水,亲昵地用手指点着牛建明的脑门子说:"天生的死牛筋,总是改不了!"

柴二狗躲在不远的一棵大树背后,看见白雪莲和牛建明的亲热劲儿,听着俩人的对话,心里直打鼓,他悔恨自己做了一件蠢事,成了猪八戒照镜子,内外不是人。他实在不愿也无颜去见白雪莲和牛建明,可他不敢违抗柴俊虎的命令,他也知道凤凰坪需要这样的人才。为了集体的利益,他豁出去了,该作揖就作揖,该叩头就叩头,谁让自己出了那么个馊点子!

柴二狗心里直骂"娘希匹",脑子里又蹦出一个新招。好不容易等到牛建明回屋吃饭去了,柴二狗来到垒了不到一半的猪圈前,重新搅拌了一堆泥,接着牛建明垒的半截茬儿,一个人吭吭哧哧地干了起来。不一会儿,头上就冒起了热汗,他索性脱去外衣,抹泥搬石头,咣里咣当地垒着猪圈墙,一身泥,一头水,弄得泥猪赖狗似的没了人样。

白雪莲和牛建明闻声走出来,一看柴二狗那副模样,感到十分可笑。白雪莲记恨着柴二狗坑害了她,又用绳子捆了牛建明,沉着脸一声不吭,像看耍猴似的看着热闹。牛建明觉得有些过意不去,也晓得柴二狗一定是有什么话要说,便要柴二狗进屋去吃饭,柴二狗借坡下驴,嬉皮笑脸地又一次走进了白雪莲的家。

梦寐以求

青龙川上下十八道弯,弯弯有沟,沟沟有岔,沟沟岔岔纵横交错,星罗棋布,有的沟里三三两两地住有人家,有的沟里荒无人烟,只有各种飞禽走兽出没。青龙川沟多,怪名也多,大都带着龙字,比如龙角沟、龙须沟、龙爪沟、龙屋沟什么的不一而足。

过了青龙渡,进川五六里,有一条曲径通幽的山沟,名叫龙角沟,沟底溪水潺潺,长流不断,两边山坡风光旖旎,色彩斑斓。北边山坡上长满青松翠柏和奇花异草,幽郁葱茏,映日生辉。南边山坡上却多是奇岩怪石,草木稀疏,千姿百态的石头,有的像卧虎,有的似盘龙,或像奔马,或如羊群,色彩斑斓,情趣盎然。南边山坡上,有一座庙宇,名叫"吕祖庙",提起吕祖庙,也有一个美丽的传说。传说很久以前,龙角沟全是沙石,水源枯竭,寸草不生。一天,八仙中的风流散仙吕洞宾四海云游,途经此处,爱其山势,怜其荒凉,便拔出宝剑一指,半山腰出现一处茅屋,他从怀中摸出一把松柏树籽,朝着北边山上撒去,顷刻之间,寸草不长的坡崖上,风吹树长,郁郁葱葱。吕祖又顺手在地上抓起一把石子,撒向南边山坡,眨眼之间,满山遍野都是飞禽走兽,奔腾跳跃,追逐嬉闹,声传数里之外。吕祖哈哈大笑,又用宝剑一指,飞禽走兽就地而卧,变成了千姿百态的石禽石兽。吕祖住进茅屋修行,七仙闻讯接踵而至,谈经论道,各显神通。

随后不久,青龙川瘟疫蔓延,死者众多,八仙各施法术,济人救难,很快就祛除了瘟疫。为了使老百姓不再受病痛之苦,八仙离开龙角沟之前,何仙姑从花篮中抓起一把莲花,撒向空中,莲花落处,便涌起数股泉水。张果老从葫芦中倒出一把药种,挥手撒向山坡,满山遍野长出各种药材,任人采挖。八仙去后,老百姓记着八仙的好处,便拆了茅屋,盖了一座神庙,塑了吕洞宾的神像,神庙名曰"吕祖庙",求神拜仙的善男信女络绎不绝,烟火非常旺盛。年深月久,"吕祖庙"变得破败不堪,在"文化大革命"期间,吕洞宾的塑像也被红卫兵毁掉了。体制改革以后,农民们富起来了,求神拜佛的人逐渐多了,有虔诚者重塑了吕洞宾神像,求神问卦、许愿还愿的人又多了起来。加之这儿风景秀丽,来青龙川的人总要到这儿观光游览。二狗们瞎编乱吹,说龙角沟是神仙沟,八仙经常来这里召开常委扩大会。

天色刚刚放亮,田二曼就起床了,她打开鸡笼喂过猪,手勤脚快地里里外外忙活了好一阵,院子扫得干干净净,屋里擦拭得一尘不染,又到厨房查看了鸡鸭鱼肉和各种蔬菜,看看啥都不缺了,才长长舒了口气,为自己冲了一个鸡蛋,但又没有一点胃口,觉得心里乱糟糟的,有一种说不出来的慌乱。

昨天上午,田根年收到了柳翠香从延安拍给李云杰的电报,说她第二天一早乘车来韩塬县,要李云杰到车站去接她。田根年捏着这封电报,心里直打鼓,感受到一股无形的压力。由于自八月十五中秋节过后,各种事情纷至沓来,忙得他晕头转向,把这件事给忘了,没想到柳翠香的身份证复印件和介绍信没邮来,本人却突然要来凤凰坪,不知是何用意?下一步棋该如何走,他心中无数,只好让田春山用摩托又请来了丁贵,几个人来到李云杰家中共同商议对策。

丁贵盯着电报上"明晨6时乘车来韩塬"一行字,像害牙疼似的直吸冷气,柳翠香一个突如其来的举措,完全打破了他的精心安排。其他还好说,主要是云杰至今还蒙在鼓里,现在和他沟通是来不及了,他要是犯了牛性子脾气,这事非砸锅不可。事情迫在眉睫,田根年和丁贵束手无策,两人一商量,便请来了柴俊虎,把事情的起根发苗,原原本本地告诉了柴俊虎,向他求教。柴俊虎沉思良久,想出了一个比较稳妥的办法,说这盘棋必须分两步走,第一步是搭桥引线,让田春山仍以李云杰的身份,把柳翠香接到李云杰家,随后由村上给田春山找个公出的机会回避一段时间,让柳翠香和田二曼相处一段日子,熟悉环境,建立感情,促使柳翠香从侧面对李云杰有所了解,在适当时间让两人见面。第二步是由丁贵出马,请柴德贵按照农村三、六、九办喜事的习惯,就近选择一个日子,为李云杰和柳翠香举办婚礼。

按丁贵的意思,是让田春山把这场戏唱到底,结婚这一天也由田春山代替李云杰,入洞房时再走马换将换成李云杰。柴俊虎说这样不妥,万一在洞房花烛之夜出了事,就触犯了法律,会把喜事办成祸事的,弄不好就是诈骗罪和强奸罪,后果不堪设想。他认为采取兵临城下促成此事的策略,成功把握较大,也比较稳妥。

让李云杰和柳翠香在洞房花烛之夜造成生米煮成熟饭的现实,太容易了,只要借故掐断电源,如今的年轻人,在黑灯瞎火的洞房花烛之夜,干柴遇烈火,如饥似渴的干那事是小菜一碟,可是天明以后呢?柴俊虎和田根年处理过白雪莲和李金锁那件事,是知道其中利害的。柳翠香和白雪莲不同,她要是翻了脸,那就成了一件骇人听闻的诈骗和强奸案。

几个人经过综合分析,认为柳翠香能相中田春山,也一定能相中李云杰,李云杰虽然失去了右手,但其他方面都比田春山强,何况已被团省委评为"十佳青年",上过电视登过报,柳翠香肯定会称心如意。让李云杰和柳翠香在结婚前一天见面,是最理想的时间,既有木已成舟的现实,又无造成木已成舟的后果,左右逢源,进退自如,起码不触犯法律,于情于理于法都说得过去。为了防患于未然,婚前先不领结婚证,婚后再去补办结婚手续。

这个方案刚定好,恰好接到县委通知,要李云杰参加县委组织的"英雄演讲团",到各乡镇和各厂矿巡回演讲,时间一个月。当天下午,李云杰就去县城报到。丁贵如释重负地说道:"害怕云杰和翠香过早见面,云杰就让县上调走咧,真是天遂人愿啊!"

几个人对如何应付柳翠香,做了详细安排和分工,田根年再三叮咛,此事一定要做得滴水不漏,万无一失,到时他让春燕前来配合。

家里一切都收拾好了,田二曼硬着头皮喝了几口蛋汤,越思越想心越乱,实在坐不住,就挎着装有香烛、纸钱和寿糕的竹篮,锁上大门,匆匆忙忙向龙角沟奔去。田二曼昨夜做了一个噩梦,梦见陕北的柳翠香披头散发,手提一把菜刀破门而入,说她骗婚坑人,要找她母子俩拼命。后来又梦见一辆警车闪着警灯,怪叫着开到门口,两个戴大盖帽的法警,提着两副寒光闪闪的手铐,铐住她和儿子云杰,不由分说,拉着就走,吓得她惊叫一声,翻身坐了起来。回想梦境,田二曼冷汗淋淋,心头撞鹿,许久许久都无法平静。田二曼信奉神灵,她要到龙角沟的"吕祖庙"去烧香叩头,去求神许愿,祈祷吕祖保佑她母子平安,保佑儿子和柳翠香吉星高照,喜结良缘。

吕祖庙只有一间瓦房那么大,但却飞檐斗拱的颇有气派,庙门两边有一副雕刻的对联,字体龙飞凤舞,苍劲潇洒。上联是:"丹炉吐雾方技妙重千金",下联是:"圣殿生云神圣灵通万古"。庙里有一个用石块砌垒的贡台,被烟火熏烤得乌黑发亮,看起来像是年深日久了。神坛上是一尊泥塑金身的吕洞宾神像,道冠道袍,三绺长须,身背宝剑,栩栩如生。两边的墙壁上,分别画着八仙过海和凤凰戏牡丹的壁画。只有贡台前的那个大香炉,是用水泥浇铸的,显示出一种现代气息。

由于久旱不雨,求神许愿的人很多,贡台前那个水泥大香炉里,已经积存了厚厚一层香灰,香灰中夹杂着许多没有燃尽的香头。贡台上残留着一些蒸食和果品,里边有不少鸟粪和老鼠屎。看来,田二曼是今天来吕祖庙的第一位香客,她怀着十分虔诚的心情,拿起放在贡台旁边的笤帚,把贡台和庙里打扫干净,点燃了三炷好香,依次插进香炉,跪下来重重叩了几个响头,双手合十,口中念念有词地祷告着说:"大慈大悲的吕祖啊,求您老人家大显神灵,降恩赐福,保佑我儿李云杰无灾无难,婚事早成,事成之后,我全家给您老人家贡献整猪整羊,每逢初一十五,都要给您老人家烧香叩头。"说罢,她又重重叩了一个响头,眼角溢出了两行泪水。

一缕青烟袅袅上升,阵阵山风吹进来,烟雾飘飘,吕祖神像幻若晃动,好像是点头应允了田二曼的祈祷。田二曼感到是个好兆头,她凝神敛气地端跪着,等到三炷香燃尽了,才又重重叩了三个响头,挎上空空如也的竹篮子,心满意足地回家去了。

柴德贵是个爱动脑筋的人,爱好十分广泛,年轻当教师时,因写诗画漫画被打成右派,弄得家破人散,至今还是个老光棍。近一两年来,一心一意地迷上了周易,诸如《周易浅析》《周公解梦》《四柱预测》以及《白鹤神术手相》之类的书籍,在他住的屋子里触目可见,走亲访友、赶集上会也要随身携带,真正是手不释卷。过去开口闭口总是之乎者也,如今是逢人便讲"太极生两仪,两仪生四象,四象生八卦"的玄学哲理,把周易上的一些要旨和名词,背得滚瓜烂熟,爱给别人看面相,看手相,看风水和推算流年,不为混饭,不是骗钱,只是爱好。李云杰的婚姻大事,不同于其他人,他爹打猎死于非命,他又因舍己救人失去右手,对封建迷信思想比较浓厚的农村人来说,这不能不算是提媒说亲的心理障碍。对于李云杰的婚事,不但田二曼和田根年、丁贵等人心焦如焚,凤凰坪有很多人都十分关注这件事,柴德贵也不例外,而且先一步把关心变成行动,三番五次地察看了李家的祖坟和宅院,还到县医院仔细看了李云杰的面相和手相。田二曼从"吕祖庙"往回走的时候,顺便请柴德贵给她圆梦和推算流年八字,柴德贵自然是满口答应,又约上田根年和丁贵一起来到云杰家,他要用自己的知识为李云杰的终身大事指点迷津。他反反复复地对村支书和丁贵说:"谋事在人,成事在天,天意不可违,而天命之数却完全可以预测,既然能预测,也就能寻个逢凶化吉的好办法么。"

田二曼信奉吕祖,也信柴先生,她详详细细地述说了梦境,怀着紧张的心情,像听法官宣读判词似的,聚精会神地听着柴先生为她解梦,为她指点迷津。

柴德贵听了田二曼的叙述,不假思索地说:"梦有两种解释,其一是日有所思,夜有所梦,也就是说,你白天总是想着什么事,晚上就会做什么梦,这就是人常说的梦是心头想。"他接过丁贵递过来的茶杯,饮了一口茶水又接着说,"其二么,梦是一种先兆,是一种预示,预示什么呢?这里边的学问可大着呢,一般人听不明白。打个比方吧,如果你梦见牛耕田,就有财来,为啥呢?这是一种寓意,土生万物么。如果梦见马或者飞鸟,准有人给你邮来信或啥东西,古时候没有汽车,送信送东西只有马和鸟么。如果梦见厨房失火,就要破财,你想,吃饭的家什都烧光了,能不破财?你昨夜做的梦很吉利,为啥呢?男为乾,女为坤,男为阳,女为阴,你家门道的位置,从八卦上讲为坤门,女进坤门,是为家庭增添女工之兆。而女人手持菜刀破门而入,菜刀乃为厨中之主,预示你家将要增添的女人是家庭主妇。另外,《周公解梦》上讲得很清楚,梦见镣铐加身,消灾解危。从梦境来看,乃大吉大利之兆啊!"

田二曼听柴德贵这么一说,如释重负,悬在半空中的心落到了实处,她高兴得心花怒放,不知道该说啥好,一个劲儿地为柴先生敬烟倒茶。丁贵也被柴德贵说热了,十分敬佩他:"柴先生,名不虚传,你真是现代活诸葛和活刘伯温啊!麻烦你再为云杰掐掐八字,推算一下流年运气,看云杰的婚姻到底如何?"

田根年也频频点头说:"县城商业大厦后头有个挂着周易协会牌牌的卦摊,我听过给别人算卦,还不如你柴先生说的顺理。有啥尽管说,君子问祸不问福么。"

柴德贵感到很得意,有些逞能地说:"世间的万物变化,都离不开金、木、水、火、土这五行,五行相生也相克,比如木生火,火生土,土生金,金生水,水生木。但反过来讲又相克,水克土,土克水,水克火,火克金,金克木。周易是一门科学,不是迷信,八卦和每个人有关系,包括人的姓名,也有一定的科学性。比如属羊的人,名字带上三滴水,这个人就会吃穿不愁,享一辈子福,你想,羊是吃草的,羊能吃上水源充足的青草,能不欢实吗?反过来讲,属羊的人名字如果带有刀字旁的,那就糟咧,刀能宰羊,有这样个名字,能有个好么?"他问过李云杰的生辰八字,眯着双眼掐算了一阵,又从他那从不离身的黄挎包里取出笔和纸,乾、坤、巽、兑、坎、金、木、水、火、土的又画又算。

屋里静极了,静得只能听见钢笔写字声,田根年、丁贵和田二曼屏声息气,三双眼睛紧紧盯着柴德贵手中的钢笔和那张纸,仿佛各自能听到自己的心脏跳动声。

柴德贵推算已毕,直起腰来,轻轻嘘了口气,抖着那张画满符号和杠杠叉叉的纸说:"田支书你们看,从云杰的流年运气上来看,是难星已退,福星将至。从卦象的动态上看,云杰今年前季命犯白虎,当有一难,但经五行相克相生,又动了卦象,青龙抬头,又逢凶化吉了,且有贵人相助,时来运转,名利双收。再看这儿。"他拧开笔帽,用钢笔在"巽"字上画了圈,"从卦象上看,青龙抬头,是个大吉之象,主有喜事临门,云杰很可能因祸得福,有出头之日,从卦象的方位来看,又有红鸾星当头,主婚配之喜。总而言之,梦是好梦,卦是好卦,是个大吉大利之兆。我说大妹子,从你的面相气色来看,你怕是要双喜临门呢,到时要请我喝喜酒啊!"

丁贵钦佩而好奇地问柴得贵:"柴先生,你还会相面啊?"柴德贵兴致勃勃地说:"相面也属于周易的一个内容,其中奥妙很深。看人看相,相由心生,一个人的脾气秉性如何,从面相上就可以看出来。我根据《麻衣相法》的说法,还编了几句观相识人的顺口溜呢。"

丁贵连忙问:"还有顺口溜啊?快说说是啥,让我和老支书也长长见识。"

柴德贵呵呵一笑,张口就来:"大眼聪明小眼灵,眨巴眼人是坏坯。十个麻子九个怪,一个不死都是害。独眼心黑瘸腿暴,斜眼之人不可交。大脚笨小脚懒,头大脖粗缺心眼。除此而外,世上还有四种现象是最为阴毒不过的。"

丁贵忙问:"哪四种?"

柴德贵喷了一个烟圈:"仰头婆娘低头汉,门缝贼风独头蒜!"

丁贵听迷了,连连点头称赞,心中惊诧不已。田根年受到了感染,眯着双眼,对号入座地想着所接触过的一些人。

田二曼像个小孩儿似的一个劲儿傻笑着,不知道该咋个感谢柴德贵。田根年亲自给柴德贵点了一支香烟,丁贵不住口地说着奉承话,柴德贵有些晕晕乎乎,拍着胸脯大包大揽地说:"我再画一道符贴在大门上,保证今后福星高照,吉祥如意!"

小艄公求婚

　　近期以来,小艄公田柱儿三番五次地去找田春燕,见了田春燕却又吭吭哈哈地说不出一句囫囵话。越是说不清道不明,他越是想往田春燕家里跑,惹得田春燕咯咯地笑着说:"我的老同学,有啥话你就直说么,吞吞吐吐地像个大姑娘似的,得是想让我给你保媒求亲?明白说吧,看上谁家姑娘咧,我一定想方设法周全。"

　　几句话说得田柱儿狼狈不堪,想要说的话就更说不出门了。

　　田柱儿有了心事:越来越想女人了。王萍要去西安联系原料和考察市场,离开凤凰坪那天,是田柱儿赶早撑着船,把这位令人称羡的川妹子单独送到彼岸。在船上,王萍向田柱儿询问柴俊虎跳水救人的事,拐弯抹角地打听柴俊虎的奇闻逸事和爱好,倾慕之心,溢于言表。田柱儿心里很有些不平。这么漂亮的大城市人,为啥要来凤凰坪安家落户?咋就看上柴俊虎了?下午,白雪莲和牛建明去县城,适逢渡口再无其他乘客,又是田柱儿专程送他俩过河的。白雪莲和牛建明那种亲昵的样子,惹得田柱儿浑身燥燥的,他望着他们俩渐渐远去的身影,脑子里只想着一个问题:今晚他俩住哪儿?会不会睡一个被窝?柳翠香来凤凰坪,也是田柱儿奉命把她和田春山接过河的,面对楚楚动人的陕北姑娘,田柱儿又是一阵愤愤不平:李云杰都成了没有右手的残疾人,咋就能找到这么漂亮的媳妇!

　　田柱儿是个大大咧咧的粗人,平常心里不装事,能吃能睡,每天晚上看完电视,爬上炕头,不用一分钟就进入梦乡了,可近来却一反往常习惯,白天吃饭没胃口,神思恍惚,双眼总爱往好看的女人身上盯,晚上失眠的次数越来越多了,总是翻来覆去地难以入睡,经常梦见和女人干那事,梦遗的次数也越来越勤,人明显地瘦多了。

　　柳翠香隔着好几百里路,自个儿跑到凤凰坪,要嫁给一个残疾人,这件事使田柱儿受到了很大的鼓舞。他孤芳自赏自鸣得意地觉得他比柴俊虎和李云杰都要强,觉得王萍和柳翠香都不如田春燕好看,觉得田春燕应该嫁给他,她和他才是天生的一对,地配的一双。田柱儿咬紧牙关下了决心,一定要和田春燕当面锣对面鼓地说明叫响,他要和她谈情说爱,他要和她尽快结婚!

　　近几天来,田春燕一直住在李云杰家,朝夕相处地陪着柳翠香,帮着柳翠香缝缝洗洗,干一些结婚前的准备工作。俩人年龄相仿,性格相仿,很快就成了一对无话不谈的好朋友。

　　柳翠香的心情好极了,来凤凰坪才五六天,她原来的满腔愤怨和疑虑,已消失得无踪无影。在陕北,她山盟海誓地把一颗心交给了"李云杰",分别时她把她心目中的白马王子一直送到延安汽车站,望着绝尘而去的公共汽车,她情难自禁地泪如雨下,痴呆呆地站在那儿站了很久很久。可是"李云杰"一走再无影踪,害得她整天心神不宁,坐卧不安,她常常对镜自怜:莫非真的是痴心女子负心郎么?

八月十五中秋佳节,是个天上月圆人间团圆的日子,柳翠香再也按捺不住急迫的心情,给"李云杰"写了一封信,说她想来凤凰坪看看,和亲友们见个面。她的本意是想让"李云杰"再次来陕北,和她共同度个团圆节,然后双方同去凤凰坪,把结婚的日子定下来。信邮走后,她掐着指头算时间,估摸着时间差不多了,天天翘首以待,望眼欲穿地等待着"李云杰",可是等来等去,只等来一封挂号信,说让她先把身份证复印件和村上的介绍信邮来,以便办理结婚手续。看过信后,柳翠香的火气不打一处来,心头升起团团疑虑,总感到这其中有什么奥秘。好不容易等到秋收秋播结束,柳翠香当机立断,采取突然袭击的方式,登上了开往韩塬县的长途汽车。

那天,她乘坐的那辆公共汽车,一路顺风,准时地开到了韩塬县。汽车徐徐开进客运总站时,柳翠香一眼就看见了挤在人群中的"李云杰",看着他那万分焦急的神情,柳翠香的火气全消了,她明显地看到,"李云杰"比上次来陕北时瘦多了,神情也有些忧郁,她知道他心里挂着她,眼泪不由得溢了出来。

来到凤凰坪后,柳翠香有了一个全新感受,云杰妈把她当亲闺女看待,拿她当宝贝似的亲不够,疼不够;田春燕把她当作亲姐妹,一口一个翠香姐,喊得她心里甜丝丝。老支书田根年和柴俊虎专程来看望她,夸她是个有眼光有作为的女中之杰,说凤凰坪正在用人之际,又从天上落下了一只金凤凰。柳翠香觉得凤凰坪山美水美人更美,她同意了丁贵要她近期结婚的意见,并给家里去了信,说她和李云杰结婚后,再一块儿回陕北。

清早起来,树上的喜鹊就喳喳喳地叫个不停,柳翠香不时地抬头往上看,脸上荡漾着灿灿的春色,田春燕打趣地说:"翠香姐,喜鹊向你报喜呢,云杰哥这次又露脸咧,像个大首长似的,到处给人做报告,说不定演讲团还要来咱们青龙川演讲,到时候你也上台,和云杰哥合唱一段夫妻双双把家还吧!"

田根年和丁贵几个人统一了口径,说是县委抽调李云杰参加了县上组织的演讲团,巡回到各处宣传和推广科学技术,柳翠香深信不疑,并引以为荣。听了田春燕的话,柳翠香脸上飞起一片红霞,她搂着田春燕的双肩说:"燕子,喜鹊说不定是给你报喜呢,你赶快找个对象,咱们选择个好日子,同一天结婚办喜事,以后有乐同享,有苦同尝!"

柳翠香有感而发的玩笑话,后来居然成真,她和田春燕同一天热热闹闹地办了婚事,轰动了整个青龙川,连日本友人也赶来参加了她们的婚礼,把整个欢庆场面录了像。

柳翠香和田春燕正说着知心话,田二曼手中捏着一个折叠着的字条走进来,说她去供销店买调料,在村口碰见田柱儿,要她把这个字条交给田春燕。田春燕打开字条,上边歪歪扭扭地写着几句话:"燕子,我今天不去度(渡)口了,再(在)家里等着你,有十分重要的话和你说,你一定要来,千万要来,我一个人再(在)家等后(候),请你一定大架(驾)光林(临)!"

田春燕看完田柱儿的信,忍不住咯咯咯地笑弯了腰,顺手把字条递给柳翠香,柳翠香看着看着也笑了,问田柱儿是什么人,田春燕笑喘着说:"是个半吊子二百五,你见过他,就是那天接你过河的艄公。他和我从小学到初一都是同班,是个错别字大王,老师让他朗读课文,他把割麦子念成害麦子,让他用汹涌澎湃造句,他想了大半天,说爸爸妈妈生气了,汹涌澎湃地来打我,把老师惹得笑岔了气。"

柳翠香笑得直冒泪花:"是他呀,看上去还蛮不错么,那天他一直目不转睛地看着你,神情怪怪的,八成是相中你咧!"

田春燕笑道:"我再不值钱,也不能掉价到让田柱儿相中的份儿上。我这就去他家,看那个半吊子有啥要紧话。"

田柱儿的家十分排场,一色瓷砖到顶的大门楼,在阳光照耀下发射出耀眼的光芒。院子很宽敞,三孔大窑洞,全是用清一色的青砖砌旋的。紧靠西边的院墙下,还盖有一座平板房,作为厨房和餐厅。院中间也有一架枝繁叶茂、果实累累的葡萄树,和一般家户不同的是,葡萄架下不是摆放着石桌石凳,而是放着一个十分精致的两用桌,盖上盖子能吃饭,取过盖子能打麻将,桌子周围放着四把靠背椅。看得出,这是一个家道殷实的人家。

田柱儿没有料到,田春燕这么快就来了,狂喜之情油然而生,手足失措地把田春燕往窑洞里让。田春燕大大方方地说:"进窑洞干吗,院子里多宽敞,空气多新鲜呀。哟,这副麻将牌真漂亮啊。"她坐在葡萄架下的靠背椅上,随手拨弄着桌上的麻将牌,发出一阵悦耳的哗哗声。

田柱儿在屋里谈情说爱的计划被打乱了,手忙脚乱地沏茶水,取饮料,把原来放在窑洞里的干鲜果品和月饼糕点什么的,一样又一样往外端,多得一张桌子放不下。田春燕咯咯咯地笑着说:"你是推销产品呢还是打算把我往死里撑?有啥要紧话照直说,得是要我给你保媒提亲?"

田柱儿傻乎乎地扭捏了一会儿,咬了咬牙,摆出一副豁出去的架势,坐在田春燕的对面说:"燕子,今儿个没有外人,我,我想和你结婚!"

"啥?"田春燕像被蝎子蜇了似的,猛地站起来,不认识田柱儿似的说:"你说啥?"

田柱儿呼哧呼哧地喘着粗气,瞪着一双充满血丝的牛眼,紧紧盯着田春燕,直通通地说:"我要娶你!"

田春燕心中一阵恶心,十分气恼地脱口说道:"娶我?你也配?"

田柱儿应声答道:"我觉得咱俩最搭配,不管是西安的王萍,不管是高秀月和那个从陕北来的柳翠香,都不如你好看。我呢,你说说看,哪一点儿不如他柴俊虎?他以前娶了青龙川最最漂亮的张凤仙,现在王萍和高秀月都相中了他,他不就是当过几年村主任,不就是有个柴家大院么?还有李云杰,平常蔫不溜溜的,三脚踢不出一个响屁,又是一个少了一只手的残废,陕北那么个漂亮的姑娘都跑到凤凰坪,寻着要嫁给他,我就不能寻个漂亮的媳妇么?我谁都看不上,就要你!"

田柱儿发了半吊子脾气,把憋在肚子里好长时间的话,一下子全都倒出来了。他见田春燕没有发脾气,又紧盯着田春燕补了两句话:"今儿个咱俩把话说明叫响,你说咱俩啥时办喜事?"

田春燕先是好气又好笑,望着田柱儿一副不要命的神情,她慢慢冷静了,忽然想起了小和尚和老虎的故事。从前,一位外出化缘的老和尚,在河边捡到一个出生不到十天的小男孩儿,就把他抱回寺院。老和尚想把这个弃婴培养成一个与世隔绝而一心悟道的真和尚,在小男孩刚满五岁的时候,就为他削发戒顶,小男孩儿成了小和尚。小和尚每天晨钟暮鼓,除过烧香念经,就是念经烧香,一直到十八岁,还未走出深山老林一步。有一天,老和尚领着小和尚进城去化缘,刚出山口,一只斑斓吊睛猛虎卷着狂风,张着血盆大口向老和尚和小和尚扑来,吓得小和尚失魂落魄,幸亏老和尚武功不错,三拳两脚打跑了老虎。小和尚心有余悸地问那是啥东西,老和尚说那野兽叫女人,是专门吃人的大虫。进了县城,小和尚被那繁华热闹的花花世界迷住了,东张西望地看稀罕。忽然,一个十分美貌的女人迎面而来,小和尚目瞪口呆地紧紧盯着美貌女人,双脚挪不动了。那个女人和小和尚擦身而过,小和尚转过身要追赶女人,老和尚一把拽住小和尚的胳膊继续往前走。每碰到一位比较好看的女人,小和尚痴迷迷的目光总会随着女人转,好像把身边的一切都忘了。老和尚警告小和尚说,那些和男人不一样的人叫老虎,也是专门吃人的。回到寺院后,小和尚整天神思恍惚,闷闷不乐地茶不思饭不想,不几天就病倒了,吃啥药都不济事。老和尚问是咋回事,小和尚说他想老虎。老和尚长叹一声说:"男女之情天设地造,人力是无法改变的。"于是,老和尚让小和尚还俗,重新回到了人间。

小和尚想老虎想病了的故事,田春燕以前听得多了,从来没往心里放,现在回想起来,这个故事包含着一定的人生哲理。古人有言,食、色性也,性是每个人与生俱来的本性,能遏制得了么?世上万物同一理,只要是动物,都有雌雄之分,都有性的本能,何况青春年华之际的男人?田柱儿成了五大三粗的小伙子,发育已成熟了,早就到了谈情说爱的时候,他能不心猿意马么?自己这两三年来,不也是喜欢偷偷看男人么?不也是常常在睡梦中苦苦寻觅心中的白马王子么?田春燕心平气和多了,她了解这个从小一起长大的伙伴,是个四肢发达、头脑简单的半吊子,是个大大咧咧的二百五,弄不好他会不顾一切地干出傻事蠢事来的。田春燕决心从正面开导,让这个二百五正确对待终身大事,正确认识自我价值。她顺手抓起两个鸭梨,张口就啃,同时把另一个鸭梨扔给田柱儿,紧张的空气一下子变缓和了。

田柱儿见田春燕不言不语地呆坐着,心中像放了一只刺猬,刺痒得难受,田春燕忽然扔给他一个鸭梨,使他受宠若惊,继而心花怒放,以为田春燕同意给他做媳妇了,高兴得直想翻跟头,就想象着像电视上那样,两个人紧紧搂抱在一起乱啃乱咬。

田春燕扔掉梨核,和颜悦色地对田柱儿说:"这次我们去上海,听到这么一件事:上海郊区有一个叫阿财的人,炒股票发了大财,把一张一百万元的存折拿回家,他母亲和他爱人为了争夺这张存折,揪头发扯衣裳地打了起来,拉拉扯扯地去居委会评理。路过一个公共厕所时,阿财爱人发了狠心,一掌把握着存折不松手的婆婆推进了臭气熏天的粪池,自己跳进了小道另一边的河塘。正在这时,阿财闻讯赶来了,他站在粪池和河塘中间的路上,不知该去救谁。柱子,要是你的话,先去救谁?"

田柱儿脱口说道:"先救婆婆!"

田春燕问:"为啥呢?"

田柱儿说:"明摆着么,那张一百万元的存折在婆婆手中呢。"

田春燕问:"如果跳到河塘的是我呢?"

田柱儿愣住了,过了好一阵子,才结结巴巴地说:"那,那就先……先救你么。"

田春燕不置可否地笑了笑说:"高秀月投河自尽,俊虎哥是偶尔碰到的,他奋不顾身地跳进水急浪大的青龙渡去救人,当时他是想得钱呢还是想当英雄? 如果那天是你遇到高秀月跳河的事,你会咋个想?"

田柱儿被问住了,不好意思地咧着嘴巴傻笑。田春燕见田柱儿的情绪稳定下来了,趁热打铁继续开导着这个二百五:"俊虎哥在当村主任期间,由于没管好凤仙嫂,是做了些以权谋私的事,可是后来的一切,你是一清二楚的。为了让凤凰坪所有的人发家致富,他把自己发大财的机会让给了全村人。他到江苏考察学习了半个多月,没花大伙儿一分钱,为了创办苗木公司,他遭受到凤仙嫂跳河自尽的沉重打击,还是咬紧牙硬挺着跑前跑后,费心劳神,把自己的一切都交给了凤凰坪的事业,你说这样的人,值不值得人敬? 值不值得人爱? 你在哪方面比他强?"

直肠子人的弯子转得快,田柱儿被田春燕说服了,说了一句不知轻重的话:"值得爱,我要是个大姑娘,也会爱上他。"

田春燕又接着说:"再说云杰哥吧,在那即将炮响人亡的危险时刻,他把生的机会让给了别人,把死亡的危险留给了自己,那天要不是他,我和我哥还能活么? 你说,要不是为了救人,他能失去右手么? 他图个啥? 你说他蔫儿不溜溜的,百人百性嘛。他不爱说话,但肯动脑筋,为啥别人培育不出新品种水果,他就能? 你倒是个火性子,欢实得像匹野马,可你干过几件一般人办不到的事? 你说你除过比他多一只手外,还有哪点比他强? 一只手咋? 少了一只手就没人爱他咧?"

田春燕的话合情合理,讲的都是一些能看得见听得清的实在事,田柱儿眼不瞎耳不聋,哪件事不知道不清楚?田柱儿很惭愧地低下了头。

　　田春燕语重心长地说:"柱子,咱俩是从小一起长大的好伙伴,又同级同班上了七年学,谁对谁都了解得清清楚楚,不论从哪方面讲,咱俩只能成为朋友,而不可能成为夫妻。你是个好小伙儿,家道也比一般人强,何愁找不到个好对象?还是那句话,你要是相中了谁家的姑娘,就照直对我说,我一定会尽心尽力为你大力周旋,我不行还有我哥他们呢。以后家里有啥活儿需要我帮忙,请打个招呼,我保证随叫随到。"说罢,她站起身来,大大方方地向田柱儿伸出了右手。

血案即将发生

三个多月之前,李军强从部队转业回到了韩塬县,他在部队上是搞保卫工作的正营级干部,被分配到县公安局任刑侦队指导员。李军强热衷于凤凰坪正在兴起的事业,加之母亲不愿意去县城,他经常回家,节假日基本上都是在凤凰坪度过的。他毛遂自荐,向柴俊虎要了一个"顾问"的头衔,并成了凤凰坪"公安局长"柴二狗的老师和业余辅导员。农历九月十六日,是他母亲七十岁生日,李军强在回家给母亲过寿期间,以他特有的机敏和勇敢,和柴俊虎及时制止了一场即将发生的血案。

那天,田春燕婉转地拒绝了田柱儿的求婚,并给他讲了那么多的道理,小伙子当时是心服口服,可是过后又懵懂,一阵清楚,一阵迷糊,心里总是想着田春燕。太阳爬上东山梁的时候,渡船上坐满了人,光棍李金锁要去县城,快开船时才匆匆忙忙地赶到渡口。他见田柱儿没精打采地不来劲,便接过田柱儿的木篙,把船飞快地撑向对岸。乘客们都争先恐后地乘车去了,李金锁帮着田柱儿系好船,盯着闷闷不乐的田柱儿问道:"柱子,得是让鬼把魂勾去咧,咋那副熊样子?"

田柱儿坐在船头上,狠狠地吸了几口烟,愤愤不平地骂道:"女人他妈的都是狐狸精!"

李金锁忙问:"你也让哪个女人给耍咧?"

田柱儿把剩下的半根香烟扔进水里说:"女人全他妈的是贱货,你实心实意爱她,可她倒成了太监的鸡巴公鸡的尿,以为自己是世上最缺少的稀罕宝贝。就说白雪莲吧,你对她那么好,可没几天就让她一脚把你给踹掉咧,又和她原先那个相好的勾上咧。你没见他俩在船上的熊样儿,亲热得恨不得粘到一块去。我算是看透咧,女人全他妈的是骚狐狸,没有一个好东西!"

李金锁窝在肚子里的火气,又被田柱儿煽起来了,烧得他毛发耸立,双目发灼,牙齿咬得咯咯吱吱。打了十几年光棍,好不容易才尝到了女人的滋味,不料被窝还没有焐热,就让人家像扔一件臭脚布似的给扔掉了,一场短暂的美梦破灭了,他又重新过起了出门一把锁、进门一把火的生活。尝过甜头的光棍,更觉得光棍的日子难熬难耐,一夜风流在他脑海里刻下了抹不去的记忆,更加扇旺了他那本来就炽烈的欲火,每当深更半夜从睡梦中醒来时,就再也难以入睡。白雪莲那俊秀的面容,那丰腴白皙的胴体,那圆润光滑的大腿,连续不断地在他脑海闪现,撩逗,让光棍欲火难禁,那玩意儿像亢奋的公鸡似的,直挺挺地竖立着,摁下来又竖起,不争气地总是昂首而立。他极力回味着和白雪莲做爱的每一个细节,常常把枕头当作白雪莲,紧紧地搂抱在怀中,连声喊着她的名字,疯狂地重复着性交的动作,精液流到床单上,黏到被褥上,弄得满炕一片狼藉,屋子里充满了腥臭味。自从和白雪莲断绝了来往后,光棍有两大怕,一是害怕黑夜,长夜难熬啊;二是害怕碰见白雪莲,更害怕碰见她和牛建明结伴而行,他怕欲火和妒火烧毁了他的理智。在那最难熬的时间里,光棍好几次产生了出家当和尚的念头。

听田柱儿绘声绘色地描述了白雪莲和牛建明的亲热劲儿,光棍妒火攻心。当他得知白雪莲和牛建明要在凤凰坪安家立业的消息后,不由火自心头起,恶向胆边生,理智真的被烧毁了,一个恶毒的报复念头油然而生。他从身上摸出两张百元大票,连同一盒"红塔山"香烟递给田柱儿,要田柱儿给他办两件事:一是及时向他报告白雪莲和牛建明从县城回到凤凰坪的消息,二是让田柱儿给他寻半公斤黄色炸药和一节导火索。田柱儿是个大大咧咧的粗人,也没有问光棍要炸药和导火索干什么,就拍着胸膛满口答应了。

太阳落进了西山,田柱儿把最后一船乘客送到彼岸,在掉头返回之际,县公安局刑侦队指导员李军强匆匆赶到了渡口,爱人带着女儿两天前就回到了凤凰坪,他工作太忙,直到母亲过寿诞的前一天下午才往回赶。田柱儿爱听破案故事,特爱和李军强聊天,他伸出手把李军强拉上船,让他坐稳了,一边撑船一边说:"军强哥,今儿个照例讲个破案故事,船钱免掏。"

李军强同时点燃了两支香烟,递给田柱儿一支:"我们正在侦破几个刑事案件,下次回来,我把案件的侦破经过全都讲给你,这可是实实在在的案例,不像那些侦破小说和电视剧胡编乱造。照例,你得给我讲些当地发生的奇闻逸事。"

田柱儿扬扬得意地说:"进山出山的人,大都要坐船过河,陈芝麻烂糜子的事,哪天不把耳朵装得满满的。军强哥,咱们凤凰坪又要添人进口咧,那个川妹子成了咱凤凰坪工艺厂的厂长。陕北一个叫柳翠香的大姑娘,隔着好几百里路来到咱们村,过几天要和李云杰办喜事呢。还有那个牛建明,也他妈的热闹处卖母猪凑热闹,堂堂一个男子汉,不把白雪莲娶到野虎川去,反而要来咱们村倒插门。"李军强说:"人多好办事么,咱们村正是用人之际,添人进口是件大好事,你也赶快娶个媳妇,咱村不就又多了一员女将么?"

田柱儿摇了摇头:"下辈子吧,我才不稀罕呢。"他把吸剩下的烟头吐进水里,神秘兮兮地对李军强说:"不要看白雪莲和牛建明臭美,没准儿要招祸呢。"

李军强笑着说:"人家要办喜事咧,高兴还来不及,能招啥祸?"

田柱儿有些幸灾乐祸地说:"能招啥祸?光棍李金锁让我给他搞了半公斤黄色炸药,还有一节导火索,不瞅个机会把白雪莲的猪圈或者门楼炸塌才怪呢!"

李军强闻言大吃一惊,连忙询问了详细过程,预感到将要发生一桩血案。他以公安局刑侦队指导员的身份,十分严肃地说:"柱子,不是别人要招祸,而是你要招祸咧!炸药和导火索是你送给李金锁的,要是真的出了人命,你就是同案犯,不枪毙也得判无期!"

几句话把半吊子田柱儿脸都吓白了,惊慌失措地连声问怎么办?李军强斩钉截铁地说:"从现在起,你早晚得守在渡口,雪莲嫂和牛建明不管啥时候回村,你得立即告知我,而且要绝对保密,不能再让任何人知道这件事!"

李军强回到家放下东西,连水都没顾上喝一口,就抽身去了李金锁家,见门上挂着大铁锁,便又去了白雪莲家,围着白雪莲家的院墙转了一圈,详细观察了地形。白雪莲的门楼不太高,但全是用石块垒的,大门是用杠木做的,既厚又结实,半公斤黄色炸药构不成很大威胁。院墙虽然也是用石块垒的,但不够高,靠近道路那节墙是后来补修的,高不过两米,比较容易翻越。根据李金锁的心理状态和实际情况来推测,李金锁很可能铤而走险,选择一条同归于尽的死亡之路。李军强经历过类似的惨案,时间虽然过了十几年,但他仍然记忆犹新。

1985年正月初十,李军强来到距西安市不远的周至县一位战友家,约定过了正月十五返回部队。他和战友是出来外调的,借此机会在家里过了个春节。正月十三日晚,他和战友一家人正在津津有味地看电视连续剧《上海滩》,忽然传来一声惊天动地的爆炸声,震得房子直摇晃,随后不长时间,几辆警车鸣着警笛呼啸而过。第二天上午,大街小巷到处都是叽叽喳喳的议论声,说是发生了特大爆炸案,一下子炸倒了五六十个人,越说越离谱,听得人心惊胆战。

当天下午,李军强和战友便弄清了这件特大爆炸案的前因后果——省地质矿产局驻周至县物探队,有个叫阎建刚的炊事员,是个因受过枪伤而留下残疾的临时工,但他却和如花似玉的正式工郭涛结了婚,婚后第二年就有了小孩儿。郭涛是顶着她哥哥的名字顶替接班的,也在物探队的职工灶上当炊事员。她和阎建刚的婚事引起了全家人的极大反感,大哥郭峰更是横加干涉,粗暴地把妹妹和小孩儿送回老家临潼县,逼着妹妹和阎建刚离婚。阎建刚三番五次地找到郭峰,苦苦哀求妻兄高抬贵手,成全他的小家庭,甚至下跪叩头,但郭峰不是冷嘲热讽的挖苦,就是恶声恶气的臭骂。阎建刚在绝望的情况下,自制了炸药包,于正月十三日晚10点15分,在电视室的人群中找到郭峰,要求郭峰到外边和他最后再谈一次。郭峰不但不予理睬,反而举拳便打,阎建刚心凉了,死死抱住郭峰,引爆了捆在腰间的炸药包,一桩骇人听闻的特大爆炸案发生了,当场炸伤三十四人,死亡八人,凶手阎建刚和郭峰血肉横飞,尸骨无存。

光棍李金锁的心理和阎建刚有相同之处,自古以来,因情变引起的惨案和悲剧太多了,举不胜举。李军强觉得事关重大,连夜请来了柴俊虎和田根年,向他俩通报了这个紧急情况,随后又叫来柴二狗,四个人做了严密分工,制订了防范措施。对于李军强的分析判断,柴俊虎和田根年觉得是应该防患于未然,但并没有引起他们的高度重视。柴二狗更是不以为然,他不相信李金锁能有如此毒气,他自信光棍是个只能看他眼色行事的无能之辈。而实际上,李军强的担心并非多余,事后证实,李军强的分析判断完全正确。

李军强母亲的七十大寿,过得很热闹。山村人重情义,送蛋糕和各种寿礼的人很多,就是平常不走动的,也要打发小孩儿送来几个鸡蛋或者几串葡萄。从早到晚,前来拜寿的人络绎不绝,李军强和堂兄李国强忙得不亦乐乎。白雪莲和牛建明从县城回来,没有回家就直接来李军强家拜寿,两家相距不远,白雪莲也想借拜寿之机,让牛建明和村里人见见面,也算是公开亮个相。他们不打算再举行什么仪式,挑个日子请村干部吃顿大肉馄饨,就算成了名正言顺的夫妻了,牛建明也就算正式入了凤凰坪的村籍。柴俊虎打算让牛建明协助李国强负责生产组的工作,先当一段时间副组长,等以后有了机会再另行调整。

李军强十分热情地接待了牛建明,不断地把他向村里的人们做着介绍。李军强是第一次见牛建明,经过一阵闲聊,他觉得牛建明人很不错,是个很有能耐的村干部。望着满面喜色的白雪莲和牛建明,李军强暗自为他们捏着一把汗。这天,光棍李金锁没有露面,李军强让柴二狗找遍了李金锁常去的地方,未见踪影。晚上忙完后,李军强又去了光棍家,还是铁将军把门。李军强的第六感官告诉他,今天夜间可能要发生什么事。

李军强的母亲和一般上了年纪的人一样,都有个瞌睡少的习惯,她晚上睡不着觉,喜欢看电视,常常是从新闻开始一直看到播音员说再见。这天晚上,陕西卫视台播放一部电视连续剧,老太太看得津津有味。军强爱人的娘家在距凤凰坪不到十里路的牡丹坪,下午带着女儿回娘家去了。李军强看不惯那些哥哥妹妹的爱情戏,强打精神陪着母亲,老太太知道儿子忙了一整天,硬是把他撵走了。李军强确实累了,回到他住的屋里,草草洗漱了一下,爬上炕倒头便睡。他迎来送往,跑前跑后,忙忙碌碌地劳累了一整天,感到十分乏困,要是放在往常,用不了多大一会儿就酣然入梦了,可他心中有事,翻来覆去地总是睡不着,一个劲儿地想着李金锁去了何处?今天晚上会不会去白雪莲家?是晚上去还是白天去?田柱儿的话是否可信?会不会是一场虚惊?想着想着,他怀着一丝侥幸心理,慢慢进入了梦乡。

"砰砰砰……"随着一阵急剧的拍门声,小花狗汪汪地嘶鸣着扑向门道,"有情况!"睡得迷迷糊糊的李军强一个鲤鱼打挺一跃而起,顺手从枕头下边取出手枪,跑出去拉开大门,田柱儿喘着气说:"军强哥,要出事咧,光棍提着炸药包到白雪莲家去了……"

预感中的事真的发生了,李军强吓得头发乍起,来不及细问,让田柱儿去找柴俊虎和田根年,他飞快地向白雪莲家跑去。

田柱儿看上去是个大大咧咧的莽汉,胆子却很小,那天他听了李军强的警告,联系到李金锁的反常行动,越思越想越害怕。这天晚上他从渡口回到家,刚端起饭碗,柴二狗就找上门来了,详细询问了他为李金锁提供炸药和导火索的经过,气恼地说:"傻柱,不怪杀人的,只怪递刀的,炸药和导火索都是你卖给李金锁的,你要是不想坐班房的话,今天晚上一定得找到光棍!"说罢就离开了田柱儿家。

田柱儿听柴二狗这么一咋呼,更坐不住了,扔下饭碗就往李金锁家跑,跑了好几次都是铁将军把门,在村里找了一大圈,还是不见人影。他干脆蹲在光棍门口不走了,决心来个守株待兔,粗人来了细心眼,我就不信你李光棍能提着炸药包满村满巷地去转悠?月亮升至正空的时候,李金锁突然从他的院墙上跳了下来,田柱儿闻声走过去,见光棍正在重新系紧缠在腰间的炸药包,田柱儿向光棍要炸药,李金锁拍了拍腰部说:"傻柱,滚远点,光棍认得你,炸药可没长眼睛!"说罢扭头扬长而去。田柱儿吓得腿肚子直抽筋,不要命地跑到柴二狗家里,向柴二狗做了报告,柴二狗蹬上鞋就往外跑,田柱儿愣了一下,又飞快地去找李军强。李军强赶到白雪莲家门前时,柴二狗正骑在那节修补过的墙头上,高一声低一声地劝诫着李金锁。李军强跃上墙头,见李金锁已脱去外衣,一手按着缠在腰间的炸药包,一手举着打火机,背靠白雪莲卧室的门站在那儿,明亮的月光下,能看清光棍那副扭曲了的面孔。柴二狗悄声对李军强说,光棍不让靠近他,说只要二狗跳下墙,他就点响炸药包。李金锁见李军强也上了墙头,冷笑着说:"真他妈的热闹,连警官也给老子送行来咧!"

李军强说:"金锁哥,有啥事不好商量,何必如此,划得来么?"

李金锁说:"咋划不来?老子一条命换狗日的两条命,还赚一个呢!"正在相持之中,柴俊虎和田根年也赶来了,李军强和柴二狗把他俩拉上墙头,几个人你一言我一语的劝光棍冷静一些。李金锁见人越来越多,歇斯底里大发作地厉声喊道:"屋里的墙上的都听着,我从一喊到十,屋里的把门打开,墙上的跳下去,要不咱们一块儿见阎王!一、二、三……"

情况万分紧急,李军强来不及多想,本能地双手一撑墙头,想以迅雷不及掩耳之势扑过去强行制服李金锁。柴俊虎眼明手快,一把拉住李军强,冲着院中的李金锁喝道:"李金锁,你不要穷喊叫,等会儿由我来喊数!我下午去了坟场,你爹和你妈的坟墓让洪水涮了两个深坑,我用石块和土垫好咧,你家的奶羊和奶牛我也给添上草料了,你可以毫无牵挂地去见阎王爷。不过,为了让你不感到孤单,我陪你一块去阴曹地府吧,凤仙跳了青龙渡,我也不想再活下去咧,把打火机交给我,让我来喊数点燃,咱们俩同归于尽吧!"说罢一跃而下跳下墙头,十分沉着冷静地向光棍走去。

一步,两步……在距离光棍一步之遥时柴俊虎停住了脚步,双目炯炯地盯着光棍那张有些变形了的面孔。面对这双明亮的眼睛,光棍气馁了,他慢慢垂下头,双手一松,"啪嗒"一声,打火机掉在脚下。墙上的几个人都松了一口气,相扶着溜下墙头走了过来。正在此时,白雪莲的房门被拉开,牛建明气势汹汹地提着菜刀走出来,白雪莲手执一条木棍,也是一副拼命的架势。

光棍李金锁刚压下去的火气又上来了,他一弯腰捡起打火机,要向牛建明和白雪莲扑去。柴俊虎拽住李金锁的胳膊,把金锁拉在他的身后,双目紧盯着牛建明一声不吭,随即微微摇了摇头,长长地叹了一口气。牛建明愣怔了一会儿,扔掉菜刀,夺下白雪莲手中的木棍,把她推回屋里。

一场即将发生的血案,在柴俊虎几句入情在理的话和一声长叹声中化险为夷了。

鹰愁崖

猎手田金生是个很特殊的结巴子,一句话半天说不清,越急越结巴,总是开口第一个字结巴一大串,第二个字急忙连不上来。但他有个奇怪的特点,唱歌唱戏嗓音洪亮,吐字清晰流畅,且有出口成曲、闭口成词的本领,遇到要紧事,就用唱山歌或者唱秦腔的形式现编现唱,把事情说清楚。比如有一次他上山去打猎,看见李国强家的大犍牛滚了坡,急忙跑到李国强家里,唱了一段秦腔戏:

> 打猎路过东山沟,
> 看见你家大犍牛,
> 失蹄滚到山坡下,
> 赶快叫人去抬牛。

别看田金生是个结巴子,却是青龙川数一数二的好猎手,也是个无所不通的大能人。他从小就随着父亲穿山钻林,一把弹弓从不离身,达到了百发百中的程度,落在树上和从空中飞过的鸟雀,很少能逃过他的弹子。田金生十八岁十八中毕了业,一回村就子承父业,成了林区的护林员和专业猎户,常年四季都是在深山密林中度过的。他熟悉各种飞禽走兽的习性,亲眼见过雄猴争夺王位的激烈争斗,知道猴子交配和喂养小猴,和人做爱以及喂养小孩儿的方式基本上是一样的。说豺狗通人性,是猎人的好朋友,如果发现猎人或行人睡着了,就会围绕着人睡的地方撒一圈尿,其他野兽闻到这种尿味,就会远远避开。田金生仔细观察总结过一些野兽自寻药草治伤治病的规律,认识了几种治疗跌打损伤有特效的药草,无师自通地成了一名专治跌打损伤的民间名医,每隔月把天进一次城,卖野味卖兽皮卖药材,收入相当可观。

青龙山地处吕梁山脉,东临黄河西靠群山,地理位置比较特殊。重峦叠嶂,谷涧青幽,林木蓊郁,草茂花繁,风雨剥蚀的洞穴遍布悬崖绝壁,是一个天然的动物世界,除没有发现过老虎和大象外,各种飞禽走兽应有尽有。尤其是每年的春秋两季,青龙山就成了鸟的世界,9至11月间,栖息繁衍在东北大兴安岭和西伯利亚等地的候鸟,都要成群结队途经青龙山飞往温暖的云贵高原、两广老林、南海诸岛或大洋洲避寒越冬,翌年3月至5月间,又成群结队经过青龙山飞回北方。韩塬县野生动物保护协会做过统计,每年途经青龙山的候鸟有十目二十五科一百二十多种,占全国鸟类的百分之十。受国家一级保护的珍禽有丹顶鹤、白鹤、白肩雕、白鹳、黑鹳、金雕等六种;属国家二级保护的有苍鹰、峰鹰、大天鹅、鹰鸲、燕隼、土豹、鸳鸯等二十多种。以前,青龙川有不少人经常上山下涧捕鸟打鸟,发"飞来之财"。田金生有一套娴熟的猎鸟技巧,能根据鸟的飞行、觅食、栖落和啼叫等生息习性,采取网套、笼诱、石击和枪打等方法,捕打想得到的飞禽,凤凰坪差不多家家户户都吃过他打的鸟肉,村内村外有不少人是他的徒弟。后来,随着体制改革的深入发展,人们各都忙着自己的事,加之有了野生动物保护法,随意捕鸟打鸟的人少多了,一般家庭的筵席上也很少见到野味。

李军强母亲过七十大寿,田金生也去给老太太拜寿和帮忙,那种热闹的气氛很惹他羡慕,更加增强了他那本来就好强的心理。农历九月二十二日,是田金生母亲的寿诞之日,结巴是个出了名的孝子,他也要像李军强那样,排排场场、体体面面地为母亲过寿,让母亲也风光风光。李军强母亲过寿那天,是李国强和柴德贵主持操办的,李国强熟人多,专门从青龙渡对岸的一家水泥厂里,请来了一位名厨,冷拼热烹的山珍海味、鸡鸭鱼肉上了一样又一样,博得了人们一阵又一阵的啧啧称赞声。

那天下午,胖厨师临走之前,田金生通过李国强,把一条"红塔山"香烟塞给胖厨师,约请他为母亲的寿诞主厨,胖厨师笑眯眯地满口答应。田金生留心观察过了,李军强家的筵席丰盛是丰盛,美中不足的是缺少野味,而缺少野味的筵席,是算不上十全十美筵席标准的。他很自信,不要说凤凰坪,就是整个青龙川,能把珍禽异兽摆上筵席的,除过他田金生,是没有人再能赶上和超过他的。田金生决计捕打一些珍禽异兽,大摆一场以鲜美野味为特色的庆寿筵席。他不是出于嫉妒,只是想让父老乡亲们开开眼界,听听大伙儿的称赞声。

这天清早,田金生披挂齐整,带上猎具和猎枪,提前一个小时上山了,硕大雄壮的猎犬"黑熊"和"花豹"撒着欢,一前一后地跳跃着钻入丛林。田金生为了多捕一些飞禽走兽,穿山林越谷涧,来到了平时很少有人敢涉足的鹰愁崖。这儿虽是远离山林边缘的险恶地带,但结巴仗着那杆百发百中的双筒猎枪和两条机警凶猛的猎犬,艺高人胆大,决心去闯一闯无人问津的鹰愁崖林区。

鹰愁崖崖矗壁陡,仰头望不到顶,盘旋在半山腰的山鹰,忽上忽下地飞翔着,好像因头晕目眩时刻有可能掉下来的样子。一阵阵云雾从山头飘过,披绿戴翠的山峰朦朦胧胧,显得更是十分神秘。崖下山涧水急浪大,哗哗有声。那一道道的溪流瀑布像卷帘飞飘,似白纱细舞,从山花烂漫的千仞山崖上飞流直下,历经千百年的击打冲刷,形成了一个又一个清澈透明的小水潭。这种云雾缭绕,花木吐翠,类似仙境的茫茫山林腹地,成了飞禽走兽栖居的中心地带,野生动物在这里休养生息,繁衍子孙。但这里也是一个弱肉强食的动物王国,野猪、羚羊、猞鹿、獐子、山羊、狐狸、豺狼及至野兔、野鸡,在互相残杀之中,又都成了一些大牲口的"山珍海味"。

山涧岸边的草丛中,大小不同、新旧不一的兽骨到处可见。石滩上留有不同于一般野兽的足迹,是老虎是狮子还是什么别的大野兽留下的,谁也说不清楚,也无人敢去跟踪觅迹地弄个明白,看个究竟。动物王国就是动物王国,对一些弄不清看不明的东西,再高明的猎人也是望林兴叹,无能为力。

在远离鹰愁崖一个林木稀疏之处,田金生分别在树枝和草丛中张网下套,设置了两个很简单的陷阱,随后来到一个避风向阳的山崖下闭目养神,以逸待劳。他不打算在这儿猎获走兽,害怕惊动大野兽,也怕路远扛不动,今儿个是要精而不要多,他一心想让凤凰坪的父老乡亲们大开眼界,大享口福。

田金生正在迷迷糊糊地打着盹,忽然被"黑熊"和"花豹"的低声嘶鸣声惊醒了。"黑熊"和"花豹"是两条训练有素和久经实战的优等猎犬,善解人意,无论在任何情况下,没有主人的指令,是不会随意狂吠和出击的。田金生举目望去,不由大吃一惊,只见一头硕大肥胖的黑瞎子(狗熊),正蹲在河涧边,憨态可掬地拍打着水面嬉闹着,把它那颗肥大的脑袋伸进水中,摇拨浪鼓似的摇晃着,摇几下,甩几下,一副扬扬得意的样子,洗好了,喝足了,站起来摇摇晃晃地走了几步,又趴在地上打了个滚,慢腾腾地走进了山林。

大黑熊走了没多久,一大一小两头金钱豹又跳跃着来到了河涧边,饮过水后嬉闹了一阵子,又一前一后蹿进了林中。田金生是个讲迷信的人,他的猎犬分别叫"黑熊"和"花豹",偏巧今天又接连见到了猎人们轻易不敢招惹的大黑熊和金钱豹,认为不是好兆头,他没有心思再等下去了,决定立即收网走人。

鹰愁崖果然是个狩猎的好地方,尽管时间不长,收获却不小,岩鸡、石鸡、野雀、野鸡和鸽子等十多种飞禽捕了二十多只。宁吃飞禽四两,不吃走兽半斤,明天再在附近林中捕打一些飞禽,筵席上的"飞来之食"足够了。捕获走兽是比较容易的事,不用跑得太远,也用不了多少时间,野兔、野羊、狍子、野獾之类的野物,随便打几只就够了。田金生想捕到一头梅花鹿,让大伙儿尝尝鹿肉是啥味道,把鹿茸分给村里六十岁以上的老人泡药酒,做一件别人做不到的好事。田金生被分配到狩猎组当副组长,以后不会再有单干的日子了,他要趁着给母亲过寿的机会,再显一次身手,为人们留下一个永久的念叨。

田金生凯旋而归,经过林间小道时,一只小猴忽然从树上跳下来,抢走了挂在挑担头上的一只野鸽,眨眼之间又蹿到树上去了,还有几只猴子吱吱乱叫着也蠢蠢欲动。田金生气不打一处来,举起双筒猎枪朝树上空放了一枪,想吓唬吓唬这些林中小丑。猴子吓跑了,随着枪响从空中掉下一只长着白尾巴的灰色大鸟,拍打着翅膀在挣扎着。田金生没见过这种鸟,抓起来查看了一下,只是翅膀受了点伤,他顺手扯来一节细细的葛藤,绑住大灰鸟的双爪,挂在挑担前边,领着"黑熊"和"花豹"离开了鹰愁崖。

田金生走出山林时,太阳正当空,还不到吃午饭的时候,结巴后悔不该这么早就收套,他想起了树上那些猴子,又改变了主意,决计吃过中午饭后重返鹰愁崖,下套捕捉两只活猴,为母亲的寿筵增加一道绝无仅有的美味佳肴。凤凰坪上了岁数的人,恐怕有好多年没吃过猴肉了,那种别具一格的风味,才叫兽中之最呢。还有活猴的脑浆,滋补性赛过人参和灵芝,能尝到那玩意儿的人,不要说青龙川,整个韩塬县也不一定能找出几个人来。新中国成立前,青龙川的一个保长过六十大寿,曾摆过一次猴肉筵,被当作神话一样在青龙川流传了几十年。说是说,传是传,谁亲眼见过?没有我田金生,想吃猴肉?想品尝活猴脑汁?下下辈子吧!结巴越想越高兴,越想越来劲,脚下生风,大步流星地向前走去。他兴冲冲地转过沟口那丛灌木时,几乎和迎面而来的柴二狗撞了头。

  柴二狗也是进山去打猎的,他是个未入流的等外猎手,不敢深入到深山老林去,只能在林区边缘打一些兔子野鸡的小东西,换换口味,过过打枪的瘾。柴二狗见结巴挑着那么多飞禽,冲着结巴直竖大拇指,忽然,他发现了那只白尾巴大灰鸟,十分好奇地说:"巴哥,这是啥鸟?娘希匹,咋从来没见过!"

  田金山怔了一下,涨红着脸说:"我、我……"他想说"我也不认得",可结结巴巴地说不出口,想唱几句,却有些心慌意乱地编不来现成词。凤凰坪的"公安局长"经过磨炼,耳濡目染增长了不少法律知识,还兼着县"野生动物保护协会青龙乡分会"副会长的职,盯着那只叫不上名的大灰鸟,自然而然地想起了《野生动物保护法》。他让田金生放下挑子,抱起那只受了伤的大灰鸟,反反复复地查看着,端详着,越看心里越发毛,声音有些变调地说:"我说巴哥耶,我咋越看越不对劲儿,这只大灰鸟不要说咱俩没见过,就是我爷爷打了一辈子猎也不一定见过。我估摸这可能是国家重点保护的珍禽,要真的是保护动物,我的巴哥,你可要吃不了兜着走。我明白告诉你,捕杀受国家保护的一二级野生动物,要追究法律责任,最重的要判十几年甚至死刑,轻的也要判二三年有期徒刑呢!"

  听了柴二狗的话,结巴的脸都吓白了,他整天钻在深山野林捕禽打兽,寻觅草药,很少开会学习,也从不读书看报,只是偶尔听几句有关打猎的政策,可很少放在心上。他不善言语,心里有话:不让打老虎,老虎要吃人咋办?放下枪以身饲虎么?他不管政策不政策,照打不误,直到从电视上看到几个猎人因捕杀大熊猫被处以极刑的实况后,才逐渐有所收敛。田金生打了二十多年猎,是头一回看到这样的飞禽,这十有八九是重点保护的珍禽,偏偏又让柴二狗撞见了,不由心惊胆战,下意识地撕开毛巾,抖索着双手为大灰鸟包扎受了伤的翅膀。柴二狗一个劲儿追问:"巴哥,这只灰鸟到底是咋回事?你说不出就唱么。"

  田金生被逼不过,只好稳了稳神,清了清嗓门,现编现唱地来了一段秦腔:

    人活七十古来稀,
    打来野味摆筵席。
    赶早去到鹰愁崖,
    捕鸽套雀打野鸡。

> 树上猴子太淘气,
> 开枪吓唬小东西。
> 枪响灰鸟落下地,
> 我真不是故意的。

柴二狗总算听明白了,这只大灰鸟是田金生在鹰愁崖误伤的,鹰愁崖是个鹰愁人更愁的鬼地方,他只去过一次,还是七八个人结伙同去的。那儿是飞禽走兽栖居的集结地带,是天然的动物王国,自然也有不少珍禽异兽,幸亏这只大灰鸟不是田金生有意击落的,凭着结巴那百发百中的枪头,会一枪击穿大灰鸟的心脏或者打断它的脖子。

柴二狗无心再上山了,他抱着那只大灰鸟,和田金生径直来到医疗站,让开诊所的平娃用酒精洗净大灰鸟的伤口,敷上消炎药,又把几种止痛消炎的药片研成粉面拌上水,用细细的塑料管给大灰鸟灌了药。不大一会儿,大灰鸟睁开了微闭着的圆眼睛,显得安静多了。柴二狗和田金生这才松了口气,柴二狗抱起大灰鸟再仔细检查了一遍,把大灰鸟交给平娃,要他小心在意精心护理,便匆匆跑到乡上去打电话,要县上派人来鉴定这只长着白尾巴的大灰鸟。

平娃大名叫李友平,是青龙川唯一有行医执照的赤脚医生。李家世代为医,平娃的父亲叫李继业,在省城西安一家医院当主治医生。爷爷叫李永轩,绰号"活神仙",善用针灸治病救人,一根小小银针,往往比药物和手术刀更见效更神奇,竟然能起死回生。改革开放实行联产承包责任制那年,李永轩去青龙镇购买药品,路上遇见一个中年人拉着架子车,边走边抹眼泪,一副悲哀伤痛的样子。车厢里躺着一个用床单盖着的人,看不清是男是女是死是活。李永轩古道热肠,很有职业操守,直觉告诉他,这是一位患者,而且病得不轻,拦住中年人一问,果然是中年人的妻子,因为突然患病,昏迷不醒三天了,卫生院束手无策,劝他去大医院诊断治疗。中年人说他家徒四壁,根本没能力去山外的大医院,打算和妻子同生共死。李永轩给患者号过脉,翻开眼皮看了看,取出银针在患者身上几个穴位扎了一阵,奇迹发生了,患者很快就醒过来了。李永轩开了几样草药,连同五十元人民币递给中年人,说吃过这几味草药保证康复。两口子绝望之际遇到救命恩人,感动得号啕大哭,跪在地上连呼活神仙。由于得到了父亲和爷爷的真传,平娃的医术也非同一般,小小银针和不起眼不值钱的草药,救治了很多病人,是凤凰坪村民心目中的神医,大灰鸟遇到神医,也算是有福之鸟。

批评与自我批评

田金生如愿以偿为母亲过了七十二岁寿诞,从鹰愁崖和山林中猎来的各种飞禽走兽,经过胖厨师的精心烹调,摆了一场别开生面的寿筵,光是那贴在厨房门口的菜谱,就足以让人食欲大振,馋涎欲滴:

四喜麻雀(麻雀)

红烧鸡丁(野鸡)

孜然鸡块(石鸡)

蒜泥鸡丝(岩鸡)

野韭鸽块(鸽子)

红烧兔肉(野兔)

爆炒羊肉(野羊)

辣椒肥肠(野猪)

爆炒羊肝(野羊)

清炖肉块(野獾)

胖厨师果然名不虚传,把各种飞禽走兽相互调配,凉拌热烹的上了十三道菜六个汤,色是色,味是味,形是形,真正是色味形俱佳。特别是他用鸽子和岩鸡拼了个名曰"丹凤朝阳"的凉拼盘和一个名曰"蛟龙闹海"的热汤,形象逼真,香味四溢,令人只顾饱了眼福却不忍心动筷子,菜汤刚一入口,赞扬声不绝于耳。人们吃得津津有味,吧唧有声,无论是男的女的老的少的,都嚷嚷着开了眼界享了口福。李国强的小儿子李小兵刚满二十岁,在乡上当通讯员,这天刚好休假,让他撞着了,他一边吃一边赞不绝口地说,长了这么大,今天才第一次享到这么个口福。八十岁高龄的平娃爷笑骂道:"你个小兔崽子才多大?回去问你爷爷,他今年八十三咧,吃过几回野味全席?我才吃第二次呢。"

田金生听到了父老乡亲们的夸赞声,也看到了这种欢乐热烈的气氛,无论从哪方面讲,都不比李军强母亲过寿的场面逊色,但他快活不起来,总觉得心上沉甸甸地,像压了一块石头似的。经过鉴定,那只长着白尾巴的大灰鸟,叫白尾鹞,属于世界濒危、国家二级保护珍禽,在韩塬县境内还是首次发现。幸亏是误伤,幸亏抢救及时,结巴免去了一场灾难。如果寿筵上出现了白尾鹞、猴子肉和鹿肉,那么等待田金生的只能是手铐,只能是牢房,后果不堪设想。结巴不管啥时候想起这个后果,脊梁骨都会透出一股凉气。柴二狗通知他晚上8点钟到村委会参加会议,说乡上也有人参加,他不晓得要开啥会,让他参加是吉是凶。柴俊虎和田根年也提着寿礼给他母亲拜了寿,但都借口忙没有吃寿面,他觉得不是好兆头。整整一天,结巴强颜欢笑地接待来宾,心里却一直在打鼓。

光棍李金锁是个嘴上不存话、心里不搁事的炮筒子,一点就着,一扑就灭,火气上来得快也消得快,是个服软不服硬、服理不服吓的人。柴俊虎没有骂他,没有训他,甚至连一句重话都没有说过,但他怕柴俊虎,也服柴俊虎。柴俊虎把他领到县城,让高宁要来一辆桑塔纳小轿车,在三十多公里以外的一个国营煤矿撵上了英模演讲团。听到英模们的演讲,光棍有生以来第一次有了全新的感受,第一次懂得了什么是人格。

英模演讲团是县委书记王志辉和常务副书记潘建安的杰作——从近年来涌现出的风云人物中挑选了十名典型,组成了"英雄模范演讲团",其中就有李云杰。演讲团每个成员都有令人可歌可颂的壮举,都有一个十分生动的故事。失去双腿的残疾人段忠民,坐着手摇轮椅接送一位盲女上学,连续五年风雨无阻。下岗女工苏玲,用擦皮鞋和钉鞋挣来的血汗钱,包揽了三名失学儿童的全部费用,而自己常常啃干馍就咸菜。卫英阁是一位很普通的农村妇女,和丈夫种着两亩地,家里养着一头牛两只奶羊,此外再没有任何经济来源,可她连续收养了五名残疾儿童,全都是被父母亲遗弃的。卫英阁把五个残疾儿童当作自己的亲骨肉,吃的是一锅饭,住的是一间房,不弃不离,白天拼命干活,晚上教残疾儿童学文化,人们称她为"英雄母亲"。年仅十六岁的陈红芳刚报到上高中,就被担任村支书兼村主任的爸爸接回村里,当了一名不领工资的民办教师。她所居住的村庄地处深山老林,交通闭塞,水电不通,教育局派来的教师受不了野猪的惊吓和原始社会般的孤寂,来一个跑一个,最后没有一个人愿意来这里任教。面对爸爸的满脸泪水和二十多名小学生,陈红芳心软了,用她那副娇嫩的肩膀挑起了千斤重担,硬是把一个破烂不堪的山区小学,办成了全县文明的模范学校……听了"英雄母亲"卫英阁和"天使小教师"陈红芳的动人事迹,光棍感动极了,像个小孩儿似的咧着大嘴直哭。相比之下,他觉得自己真不是个东西,回想起他的所作所为,他后悔得自己扇了自己好几个耳光。两三天以来,光棍三番五次讪讪地检讨他的过错,柴俊虎总是不置可否地不吭声,闹得光棍心里直发毛。一直到返回凤凰坪途经青龙渡时,柴俊虎才在船上问李金锁:"你是先去我家住几天呢还是回家去?"

光棍红着脸说:"好兄弟,你尽管放心,你这二尿哥从今往后再也不会做二尿事咧,人心都是肉长的,我要是再做对不起你的事,我自己跳到青龙渡去!"一句话戳到了柴俊虎的疼处,他气恼地瞪了光棍一眼,脸色变得惨白,有些变形的脸上落下了一片泪渍。光棍知道自己说走了嘴,勾起了柴俊虎的伤心事,他抡起手掌,"啪啪"扇了自己两个嘴巴。

一直看着柴俊虎和李金锁的背影消失了,田柱儿才回过神来,痴呆呆地站在船头回想着近来发生的一连串事情。田柱儿虽然是个半吊子二百五,但他不傻也不痴,也具有那种粗中有细的特点,细起心来,能察言观色揣摸到一个人的心理活动。刚才光棍说漏嘴的刹那间,柴俊虎像触了电似的脸色骤变,眼泪不断往外涌,田柱儿知道柴俊虎深深怀念着张凤仙,他由衷地钦佩这个有情有义的男子汉。光棍李金锁出了那么大的事,柴俊虎没有落井下石,而是千方百计地把光棍拽出了泥坑,把他硬往正道上推,田柱儿认为柴俊虎有大将风度,不由自主地喃喃自语:"好人,大好人!"

　　渡船犹如一个信息中转库,山里山外发生的大小事情,都逃不过田柱儿的耳朵。半年多来,柴俊虎创办苗木公司的事,成了青龙川人的议论中心,在渡口和船上,天天都有人津津乐道地谈论柴俊虎的各种逸事。以前,田柱儿出于嫉妒和偏见,不愿意听到赞扬柴俊虎的话,也就从另外一种角度去评价柴俊虎。田春燕给他上了一堂政治课,使他那发热的头脑冷静下来了,对柴俊虎有了新的认识,特别是最近发生的一些事,使他对柴俊虎佩服得五体投地,坚信柴俊虎终究会成为一颗从山沟里升起来的新星,下定决心把柴俊虎作为楷模,在适当时候把船桨交给他爹或别人,他要鞍前马后地追随柴俊虎,加入创业行列,使自己在凤凰坪的创业史上也留下一段美好的篇章。

　　自从凤凰坪创办股份集团公司以来,老支书田根年总有一种落伍和被人拖着往前跑的感觉。在整个青龙川,田根年是一位党龄最长、任职最久的村干部,他那连选连任十八年党支部书记的辉煌历程,在韩塬县也是绝无仅有的。和一些年轻的农村干部相比较,田根年觉得自己过的桥比他们走的路还要长,吃的盐比他们吃的米还要多。近年来,他总抱着一种老牛拉车稳步前进的态度,好歹让凤凰坪这辆大车向前慢慢滚动着,不求有功,但求无过。可是时代不饶人,体制改革和西部大开发的潮流,以不可阻挡之势蓬勃发展,滚滚向前,不敢弄潮也得随波逐流,断无袖手旁观之理。田根年逐渐认清了形势,有了压力,他不敢当弄潮儿,也不甘心袖手旁观,就有了让贤退位的思想,想尽快把凤凰坪这艘扬帆远航的快艇交给柴俊虎掌舵,他自己能当好一个普通的水手就不错了。

　　早在田根年极力把柴俊虎推向村主任位置上时,就有人给田根年讲了老虎拜猫为师的故事,说很久以前,老虎虽然是个庞然大物却很蠢很笨,只会声如雷吼般的咆哮,而不会捕食,只能以病死或者被吼声吓死的小动物充饥,勉强活命。实在活不下去了,它就拜猫为师,让猫师傅为它传授觅食之道。猫很可怜老虎,尽心尽意地把闪、跃、腾、扑等本领传授给老虎,很快,老虎就成了兽中之王。成了兽中之王的老虎,自然不想让其他动物知道,一个庞然大物竟会拜小小的猫为师,决心吃掉它的师傅。老虎找到猫,虚情假意地说它万分感激猫师傅为它传授了觅食之道,问猫师傅还有什么本领,猫说没有了,全都传授给你老虎了。老虎露出凶恶的样子说,那我就把你吞进肚子,让你有个好去处,也算报答了你,说罢便向猫扑去,猫哧溜一下上了树,居高临下地对老虎说,我早看出你是个忘恩负义的家伙,留着这一手没教给你,要不我迟早都是你的一顿美餐。所以,老虎什么本领都有,唯独不会上树。

田根年听了这个故事,只是哈哈一笑,根本没往心里放。他是看着柴俊虎长大的,从柴俊虎过早地挑起家庭生活重担时,他就断言柴俊虎将来是个大有作为的人,必定能干出一番大事业。田根年没有看错,柴俊虎当村长期间,大事小事都没有瞒着他,对他一直很尊重。从创办股份集团公司以来,柴俊虎事无大小,都要找他商量,啥事都要听听他的意见,还常常把在外边的所见所闻告知他,为他出谋划策。近来,柴俊虎一有空就向他讲中国三大村,讲加强精神文明建设的重要性和必要性。村里接二连三发生的事,说明抓精神文明建设是到了非抓不可的时候。咋个抓? 柴俊虎又想出一个绝招:开展批评与自我批评,从思想上解决问题,治标先治本,治标治本同步进行。田根年感慨万分,几十年前那种司空见惯了的形式,在体制改革深入发展的今天还能派上用场。柴俊虎说这样的会以后要经常开,定期开,再三强调,这个方法是发展凤凰坪事业的一项重要措施,说要搞好这项工作非田根年莫属。田根年像注射了强心剂似的,精神为之焕发,觉得自己宝刀未老,又有了用武之地。他对那位给他讲过老虎和猫的故事的人说:"你讲的那个故事不合情理,要讲就讲伯乐和千里马的故事吧。"

晚上8点整,凤凰坪第一次批评与自我批评会,准时在村委会的会议室召开了。参加会议的领导人,除了柴俊虎和田根年,还有乡政府司法办公室主任解向军,有关当事人柴二狗、李金锁、田柱儿、田金生以及列席的牛建明,个个正襟危坐,各自心里都在打着鼓。这个批评与自我批评会,在座的人除了柴二狗和田柱儿以外,其他人都有过经历,都是心有余悸,那个年月的"斗私批修会",在人们的心中留下的烙印太深。

李云杰送给柴俊虎的那本《中国三大村》,柴俊虎如获至宝,不厌其烦地反复阅读了好多遍,从中揣摸、回味中国三大村的腾飞之道,结合凤凰坪的实际情况,全面构思发展宏图。熟读中国第一村大邱庄的创业史,使他深受启发,感到应该吸取应该借鉴的东西太多了。他由衷地钦佩禹作敏在创业之初喝河水、吃煎饼,蹬着自行车就跑,铺着麦秸倒头就睡的艰苦奋斗精神。对于禹作敏的一些观点和提法,柴俊虎联系到当地的实际,反反复复揣摸研究,从中提炼精华,剔除糟粕,他不管报纸上怎么说,书中咋个讲,他有他的认识,他去过好几个在全国也很有名气的村子,他有他的想法有他的见解。在对待用人和方向路线的问题上,禹作敏有些观点含有一定的哲理,是正确的,有些是带有片面性甚至是错误的。比如禹作敏那四句"抬头向前看,低头向钱看,只有向钱看,才能向前看"的所谓名言,就有很大的片面性,他只着重强调了金钱的作用,而忽视了思想教育,忽视了中国国情和传统观念。

金钱是天使,也是魔鬼,他能让人上天堂,也能使人下地狱。金钱是推动社会发展的动力,也是罪恶的发酵池,关键在于由谁用,怎样用。正因为禹作敏过分地看重了金钱,也有了太多的金钱,他才敢私设公堂,草菅人命,才敢公开和政法机关对抗,才敢肆无忌惮地践踏法律。正因为禹作敏有了太多的金钱,他才能挥金如土,才能住带有总统套间的别墅,乘坐豪华的奔驰600轿车,系外镶黄金和宝石的犀牛皮带,一早一晚冰糖燕窝粥,没有保健医生按摩不能入睡。也正是在金钱的驱使下,禹作敏才狂妄到了极点,致使天下第一村走了一段令人扼腕叹息的弯路。罪恶和狂妄携手并肩,耻辱和骄奢形影不离,追逐邪恶的,终究要祸患临头,福祸无门,唯人自招,天堂和地狱只有一步之遥,天下道路千条万条,关键是选择哪一条。柴俊虎从大邱庄和大寨的兴衰史上,看到了精神文明建设的重要性,如果大邱庄从创业之初就能加强精神文明建设,现在的大邱庄会是什么样子?如果凤凰坪不从创业之初就加大精神文明建设的力度,将来会出现什么样的局面?近期来发生的许多违法乱纪现象,一次又一次给柴俊虎敲响了警钟,他决心要从今天这个"批评与自我批评"的座谈会抓起,坚持不懈地抓下去,抓出成效,抓出一个全新的新风貌,新天地。

在几个参加座谈会的当事人中,感到最为尴尬的莫过于柴二狗了。凤凰坪的"公安局长"失去了往日的威风,提心吊胆地坐在不起眼的墙角下,默诵他的检讨词,揣测着别人会如何批评他。为了开好这个非同寻常的批评与自我批评会,柴俊虎摆事实,讲道理,谈危害,苦口婆心地做通了柴二狗的思想工作,要他从灵魂深处深挖导致违法乱纪的思想根源,勇于解剖自己,带头进行自我批评,为其他人起个表率作用,吃一堑,长一智,总结经验教训,使自己的思想境界有一个新的提高。

柴二狗做梦也没有想到,光棍李金锁竟敢铤而走险,选择了那么一条道路。在光棍闭着双目大声喊数的那一刻,柴二狗被惊呆了,李军强和柴俊虎奋不顾身地制止了即将发生的爆炸案,但柴二狗的心脏爆炸了,他过高地估计了自己的能量和威望,过于轻率地玩了那么一场恶作剧,险些酿成了一场后果不堪设想的惨案。李军强和柴俊虎制止了爆炸案,挽救了李金锁,也挽救了他柴二狗,让他在座谈会形式的气氛中作批评与自我批评,对他来说是一种最轻的"处罚",他能不心服口服么?柴二狗毕竟没有参加过这样的会,他请教过柴德贵,柴德贵向他详细讲述了"文革"中的"斗私批修"会,听得柴二狗浑身起疙瘩。

田根年戴上老花镜,习惯性地吭吭了两声,开门见山地说:"今儿个,咱们开个批评与自我批评会,大家都要畅所欲言。啥叫批评与自我批评?嗯?就是自己寻找自己的毛病,把自己做错的事如实说出来,并要说出犯错误的思想根源是啥,也就是说,你为啥能犯错误?吭吭,你自己说不清,道不明,让别人帮你说,让别人批评你的所作所为。吭,按照以前的习惯讲,这就叫'斗私批修',就是要狠斗私字一闪念,吭,至于今后有啥想法,嗯?我和俊虎揣摸揣摸,反正这样的会要经常开,要定期开。吭,不论我们的公司办到啥程度,都要把精神文明放在首要位置。"他用手扶着老花镜,目光在几个人脸上扫了一遍,最后盯着柴二狗说:"二狗,你先说吧。"

柴二狗显得有些慌乱,想好了的发言词不知跑哪儿去了,田根年以提问的方式助了二狗一臂之力,柴二狗的心情慢慢平静下来了,深刻地检查了他私闯民宅和非法拘禁的错误,按照柴俊虎的指点,他隐去了唆使光棍骗奸"风流寡妇"的事,承认了自己滥用职权的违法乱纪行为,认识到由于自己平时不认真看书学习,私心杂念恶性膨胀,狂妄自大,目无法纪,险些儿成了罪犯,为凤凰坪的父老乡亲们脸上抹了黑。他真心实意地说:"我是个半吊子二百五,平时吊儿郎当惯了,满身都是毛病,但自己看不到自己脸上的黑,请大家批评帮助。"

针对柴二狗的自我批评,柴俊虎和田根年先后发言,狠狠批评了柴二狗的错误行为,揭露了他没有讲出来的一些坏习气和种种过错,并抓住柴二狗那句经常挂在口边的"娘希匹",谈现象,挖根源,把个柴二狗批得心跳腿颤,无地自容,头上的汗水不断地向外冒。其他几个当事人身临其境,看看柴二狗的狼狈相,精神都非常紧张,互相能听到对方的心脏跳动声。田根年点名要李金锁、田柱儿和田金生批评柴二狗,三个人都抱着泥菩萨过河的心情,各自准备着自己的发言词,等待着挨批,没有一个人吭声。

在田根年和柴俊虎的再三敦请下,牛建明发言了,他谈了他和白雪莲以前的血泪恋情,谈了他和"阿庆嫂"的婚变,也检讨了他和白雪莲商定结婚,没有及时找当地组织联系的错误。牛建明对召开批评与自我批评这个座谈会很满意,他十分动情地说:"咱们农民讲实在,随大理,常言说村看村,户看户,群众看的是干部。凤凰坪有老支书和柴村长这样的好领导,才能有这么好的村风。我和雪莲的事,要是放在别的村,能有这么个好结局么?我们俩苦苦恋了近二十年,好不容易才有了个出头之日,却受到了这么大的委屈,搁到谁身上谁都咽不下这口气。人都有个血性,豁出去了谁怕谁?火气上来了,我也敢白刀子进红刀子出,可造成的后果是什么呢?我要在凤凰坪安家落户了,我决心在两位领导的带领下,积极投入到创办股份集团公司的行列,倾尽全力,为振兴凤凰坪贡献出自己的一切!"

牛建明一番热情洋溢的话,使光棍李金锁再也坐不住了,他"扑通"一声跪在地上说:"我李金锁是个不明事理的粗人,鬼迷心窍做下了那样的缺德事,我对不起俊虎兄弟,对不起老支书,更对不起建明兄弟,你要是能宽容二尿哥这一次,你就照你二尿哥的脸上打吧,打得越狠越好……"

丁贵赶庙会

丁贵是个闲不住的人,整天东奔西跑地搞牛生意,忙得屁打脚后跟。丁贵从小放牛,骑过牛,训过牛,在牛的肚子下避过狂风暴雨,避过恶狼的袭击,也在饿得头昏眼花之时吸食过牛的乳汁。长大成人后,他当过牛医,当过宰牛屠夫,当过牛贩子,最后成了很有权威的牛经纪。丁贵大半辈子都是在和牛打交道,他靠牛发了家,靠牛扬了名,对牛的一切都了如指掌。有一次,他在一位老兽医家看到了一幅"斗牛图",老兽医挺神秘地对丁贵说,这幅"斗牛图"是唐朝名画师戴嵩画的,真迹珍藏在国家博物馆,是件价值连城的国宝,他这幅"斗牛图"是拓印图,是花了大价钱托了好多人才弄到手的。丁贵不屑一顾地嘲笑着说:"狗屁!这张'斗牛图'画错咧,咋还那么值钱?"

老兽医像看外星人似的,紧紧盯着丁贵说道:"你咋知道画错咧?"

丁贵笑呵呵地说:"我一辈子和牛打交道,对牛啥不了解?牛抵架都是尾巴紧紧地夹在胯下,哪有像画上那样尾巴扬得老高,那是牛斗架呀?那是人斗牛!"

丁贵五岁那年,家里的大母牛生了一头牛犊,小公牛虎头虎脑,格外壮实,十分威武,丁贵爹给小公牛起了个名,叫"赛虎"。"赛虎"逐渐长大以后,做出了许多令人不可思议的事:不饮脏水,不吃不干净的草料,善解人意。一年以后,"赛虎"成了一头硕壮的大公牛,放牧时从来不用人看守,绝不偷吃庄稼和蔬菜,也不啃树皮不吃树叶。在山坡或者沟里吃饱了,在山泉饮足了,就自己跑回来,经常驮着小丁贵到处玩,非常温顺。大母牛耕田犁地,"赛虎"总是形影不离地跟着大母牛。在一次春耕时,丁贵爹正要给大母牛上套,"赛虎"抢先站在大母牛的位置上,昂首摆尾,明显是要替大母牛拉犁。由于还没有给"赛虎"穿鼻牵绳,无法用鼻绳控制,也就是说,"赛虎"还没有正式成为耕牛。丁贵爹赶"赛虎"走开,但不管是用皮鞭还是木棍,"赛虎"就是不走,纹丝不动地站在地头。丁贵爹没办法,只好给"赛虎"套上犁套,没想到,"赛虎"拉犁根本就不用人吆喝不用人指挥,该停就停该转弯就转弯,拉犁的速度比骡马还快。春耕大忙过后,是个放牧的好季节。一个天气晴朗、风和日丽的下午,"赛虎"驮着六岁的丁贵去山坡啃青,悠悠荡荡,不知不觉来到了龙爪沟。龙爪沟草旺林密,比较荒僻。丁贵骑在牛背上,拿着小弹弓打飞鸟,"赛虎"一边吃草,一边甩着尾巴逗丁贵玩。突然之间,丛林里卷起一阵狂风,吹得树枝摇晃,枯叶乱飞,一头肥硕的金钱豹跃过山涧,张开血盆大口迎面扑来。丁贵吓傻了,浑身发软滚下牛背,金钱豹纵身一跃落在丁贵身边,张口便咬。说时迟那时快,正当生死存亡的关头,"赛虎"狂吼一声,径直向金钱豹冲去,坚硬锋利的双角一下子就刺进金钱豹的肚子,随之用力一挑,将金钱豹甩出一丈多远。凶豹身上被戳了两个血洞,更加凶狂,就地一滚,腾空而起,狂啸着扑向"赛虎"。"赛虎"也发怒了,瞪着铜铃般的眼睛,挺起双角向金钱豹连连攻击,经过一番生死搏杀,最后竟然把金钱豹抵在一棵十分粗壮的松树上,金钱豹吼声如雷,嘴咬爪抓用尾巴抽,都是无济于事,根本无法逃脱。丁贵爹和邻居们听到金钱豹的狂啸声,拿着棍棒、铁锹赶过来,很快就打死了奄奄一息的金钱豹。"赛虎"走到丁贵身边,看见丁贵平安无恙,才静静地站在一旁,伸出舌头舔自己身上的伤口。从此以后,龙爪沟和附近山林再也没有发现过金钱豹和野狼,村里人都把"赛虎"叫"神牛"。也就是从那天起,丁贵和牛结下了不解之缘。

每年秋收秋播结束后,是牲畜交易的最佳季节,也是牛贩子和牛经纪的黄金季节。往年这个时候,丁贵早就在陕北和韩塬两头忙得不亦乐乎了,近来由于李云杰和柳翠香的婚事,他不敢远离,但也没闲着,就近在青龙川和野虎川跟集赶会,零敲碎打地搞着牛生意。

农历九月二十六日,传说是青龙渡青龙大王的生日,一年一次庙会,是祭祀青龙大王的节日盛会,会期三天,代代相传,年年如此。自古到今,只要是太平年间,无论是风调雨顺的丰收之年,还是旱涝虫灾的歉收之年,古会的热闹是不能少的,再穷也不能穷了龙王爷,再忙也不能误了上庙会。每年到了农历九月二十六日这一天,村村社社敲锣打鼓,抬着刮干剥净的整猪整羊,争先恐后地往庙院中挤,年年都有一场群殴,年年都有头破血流甚或腰坏腿折的伤号,被各自抬回各村。据说在清朝末年的一次群殴中,参加斗殴的没有一个人不挂花带彩,精壮后生整整死了三十八名,把前来弹压的县太爷吓得尿湿了裤裆。老辈子传下来的"火药捻子"——每年庙会第一天的卯时三刻,哪个村早早把祭品摆上贡台,哪个村来年就会五谷丰登,村泰民安。青龙川好几十个村庄,庙门宽不过五尺,庙院大不过十丈见方,不要说村村社社倾村出动,就是一个村社派五名代表,也无法同时挤进那座小小的龙王庙,百猴抢一桃,能不引起群体性的打架斗殴么?

卯时三刻祭祀,午时整开台唱戏,一东一西两台戏同时开锣,从各地请来的名角粉墨登台,八仙过海,各显神通,东台唱《铡美案》,西台唱《铡包勉》,西台唱《定军山》,东台唱《金沙滩》,鼓对鼓,锣对锣,各路名角对名角,你是"满台彩",他是"震破天",唱戏的使出吃奶的劲儿,大有唱死方休的英雄气概。累死在舞台上的事倒没听说过,台前耀武扬威台后趴在地上苟延残喘的事经常有。

台上的人疯了,台下的人呆了,戏迷们忍着饥渴憋着屎尿,东边看一阵,西边听几段,脖子上的青筋冒得老高;哭一阵,笑一阵,拍着巴掌喊一阵,鼓的劲儿不比台上的少多少。

台上唱戏的和台下看戏的都忙着使劲儿,卖饭的也没歇着,凉粉、油饼烧饼接连不断地往愿意掏腰包者的手上送,个个累得汗流浃背,气喘吁吁,态度好得足以让人掉泪花子。于是,从老辈子又流传下来句俗话:"唱戏的是疯子,看戏的是呆子,卖饭的是孝子。"这是白天的热闹,晚上还有另外的热闹,是不好说,也说不清,反正是三天庙会过后,庙院周边的崖畔下,丛林中,一片又一片的杂草被压得七倒八歪,到处都是破布头。破纸片,自然还会有一些脏裤头什么的。

上午10点多钟的时候,青龙湾一年一度的古庙会就熙熙攘攘地热闹起来了,人们怀着不同的目的,分别从川道、沟岔和山岭上走出来,络绎不绝地奔向同一目的地。一些山外的小商贩和要买山货的人们,也纷纷乘车、坐船从四面八方赶往青龙湾。本来就不大的小山村,满村满巷摆满了形形色色的货物,耍猴的,卖艺的,夹着二胡唱摊戏的,早在三五天前就画圈占了地盘,夹杂在人群中凑热闹。满村满巷挤满了拥拥挤挤的人流,用一句形容词来说,真个是摩肩接踵,水泄不通,下一阵急雨保证淋不湿地皮。平常不起眼的山村陡然间膨胀起来了,显得异常臃肿,虽然没有祭祀活动,但敲锣打鼓唱大戏的规矩是不能少的,人欢马叫,热闹喧嚣,嘈杂之声汇成一股声浪,数里可闻。

丁贵赶集跟会,从来不到街面上去游转,从早到晚都泡在牲畜交易市场,无论是骡子是马,是牛还是驴,只要是四条腿的,他都要逐个儿看个遍。尤其是对所有的牛,都要逐一掰开嘴巴看牙口,抚着牛背看毛色,翻翻牛眼看是否有毛病。要是看到怀着牛崽子的母牛,他只要摸摸牛肚皮,就能断定怀的是公牛是母牛,一摸一个准,很少有失误。这天,因为和田二曼商量该在古会中给云杰和翠香添置些什么东西,又和田根年安排了让田春燕陪柳翠香赶会的事,耽搁了好长时间,快到中午12点时,才匆匆忙忙地赶到了青龙湾。他没有进大街,从一个打麦场上围着演杂技的大围棚旁边斜穿过去,抄近径来到了离青龙河不远的牲畜交易市场。丁贵姗姗来迟引起经纪们的一片嚷嚷声,有嗔骂的有开玩笑的,还有人伸手从他口袋里掏钱,要以迟到为由罚他买一盒"红塔山"。丁贵是牲畜交易市场的权威人士,对每头牲畜特别是牛,具有一锤定音的威力。

按照惯例,牲畜交易都是在午后陆续成交,午前的大半天时间,无论是买卖牲口的或者是看热闹的,都要围着每头牲畜转来转去,评头品足,各抒己见,而经纪们多是叼着香烟,端着茶杯,跷起二郎腿悠悠哉哉地等待着买主和卖主前来论价。搞牲畜交易不同于其他商品那样,面对面公开地讨价还价,他们从来不开口讲价钱,卖主找到他信得过的经纪人,叫来买主,照旧把手塞进袖口,用手指讨价还价。别小看那五个手指头,变化之奥妙,赛过算盘和电脑,个、十、百、千、万,零零整整的全有了,真可谓是"交易市场小,袖里乾坤大"。无论是集市还是庙会,只要丁贵在场,他的面前总会围着不少买主和卖主,自然也有牛贩子和一些看热闹的。每当此时,丁贵就会习惯地蹲在地上,眯着双眼叼着香烟,和买主或者卖主,用手指头在袖里乾坤中进行着无声而很激烈的讨价还价。他从来都是果断利索,速战速决,用不了多长时间,就会轻而易举地成交一笔生意。遇到难缠的主儿,他总会猛地抽回手,斩钉截铁地说:"就那个价,开票交钱去吧,不管你找到谁,如能再多十块钱,抠了我老丁的眼珠当球踩!"

不到三个小时,丁贵成交了二十多头牲畜,还给几头牛诊病开了药方。丁贵感到又饿又困,站起身来活动了一下有些麻木的腿,向前边不远处的饭摊走去。丁贵和田春山一样,有爱吃羊肉饸饹的瘾。他打算吃一碗热饸饹一碗凉饸饹,喝一瓶啤酒,吃饱了,喝足了,再去成交几笔生意。白天看不成戏,晚上是万万不能耽搁的,丁贵是个老戏迷。

卖饸饹的马师和丁贵是熟人,没等丁贵坐稳屁股,就把一大碗红得瘆人加了米醋和葱花的热饸饹递给丁贵说:"估摸着你早该喂肚子咧,咋才来?得是脱不开身?成交了多少?有这个数吧?"他伸出两根指头。

丁贵接过一次性卫生筷子说:"马师,你真是个鬼精灵,能隔山看见兔子出气呢,成交了二十三头。"

马师啧啧称赞地说:"啧啧,才屁大一会儿,就成交了二十三头,一天下来,少说也赚二百多块,摊啥本钱呢,比我们卖饭强多咧,起早贪黑,看尽人的眉高眼低,本钱大,见利小,还得应付五花八门各种各样的税费呢。"

丁贵说:"都一样,我们这一行也不容易,也得费心劳神,也得上税,一月能有几个集会?哪能跟你们比,人是铁,饭是钢,一顿不吃害心慌,你这是天天有收入细水长流的事么。我们这一行是三天打鱼,两天晒网,瞅个空子叼着吃,跟你马师不能比,比不得呀。"

丁贵狼吞虎咽地吃完饭,马师用他的大茶缸沏了满满一缸子茶水,递给丁贵说:"老丁哪,你是个牛魔王,咋就没想到在牛身上发大财?"

丁贵不解地问:"牛身上能发啥大财?"

马师有些卖弄地说:"啧啧啧,连这都不晓得,还称啥牛魔王呢!上午有几个从西安来的人来咱这儿吃饸饹,一个劲儿地打听青龙川哪个村子牛最多,说他们来这儿有两个目的,一是收购几张长三点六米、宽三点二米的特号牛皮,二是要给牛身上种殖啥牛黄,说牛黄那玩意儿可值钱呢。"

丁贵"噢"了一声,挺内行地说:"牛身全是宝,不抵牛黄好,一个牛黄千多块,不比黄金贵?牛黄并不是每头牛身上都能有,百头中难遇三两头,能在牛身上种殖牛黄,我听说过,但不晓得是真是假。如今骗人坑人害人的事多如牛毛,把人哄怕咧,也哄精咧,是真是假,眼见为实,耳听为虚。马师,你听说没有,他们要那么大的牛皮有啥用?"

马师给来吃饸饹的顾客递过去碗筷,又对丁贵说:"问过,他们说国家要搞个啥大活动,要制作百面特大号牛皮鼓,出重金在全国范围内收购,只要合乎要求,一张牛皮五千元，一手交钱一手交货，当面两清。"

丁贵双眼一亮："五千块？"

马师说："没错，他们就是这么说的。"他扭过头问正在忙着洗碗刷盆的儿媳，"春莲，他们是这么说的么？"

被叫作春莲的女人笑着说："丁叔，那几个人都这么说的，一张牛皮五千块，再三叮咛让我们打听哪儿有特别肥大的牛。丁叔，这事只有你能办得到，他们住在乡政府的招待所，你和他们当面谈谈不就啥都明白了么。"

丁贵忽然心血来潮，萌发了一个想大事办大事的大念头。半年多来，他和柴俊虎、田根年常在一起，对凤凰坪创办股份集团公司的事耳濡目染地知道了不少内幕，也常常萌动着要助一臂之力的念头，苦于没有机会，这不，机会不是来了么？自去年以来，韩源县流传着几句歌谣，说是三两年后，要形成"猪上千，牛上万，小麦卖到三块半，苹果多得倒猪圈"的局面，六畜和粮食的价格势头很好。丁贵近年来注重看牛的牙口，发现存栏牛大都是两三岁口的青壮牛，稍上一点牙口的牛都被送进了屠宰场，牛的存栏数急剧下降。以前，青龙渡差不多家家户户都养牛，最多的家户可养到十多头，起码平均每户两头牛，现在呢？五户还平均不到一头牛呢。奶奶的，照这样长期下去，黄牛不就要绝种了么！

由于有田二曼这层朦朦胧胧的关系，丁贵爱屋及乌，对凤凰坪很有感情，对凤凰坪的山山水水都比较了解，因牛而致，他又想到了青龙山。青龙山草旺水美地盘大，是养牛的天然牧场。如果在青龙山附近创办一个养牛基地，大量繁殖黄牛和奶牛，并在此基础上办个屠宰加工厂、牛奶加工厂和皮革加工厂，凤凰坪的股份集团公司不就又多了一个实体了么？至于那几张价值很高的特大号牛皮，跑遍青龙川、野虎川以及陕北，搞不到十张八张还搞不到三五张？这个便宜不捡白不捡，钱咬手么？至于种殖牛黄的事，如果真的能行，老丁这个养牛基地的经理是当定咧，反正是光杆司令，能借此机会落户到凤凰坪，定会好事成双，热闹的日子在后头呢。他和田二曼那种若即若离的关系，一直维持了近二十年，虽然是隔着一层纸的事，可谁也说不出口也无法开口，主要是没有机会说，这不是有了难得一遇的好机会了么？丁贵越想越高兴，他掏出一张大团结放在饭桌上说："马师，不用找咧，晚上还来吃，一块儿算，我这就去乡政府招待所。"

一轮明月入室来

青龙湾一年一度的古庙会期间,乡政府机关和其他所在单位的正常工作秩序全都被打乱了。政府大院里,上至党委书记和乡长的办公室,下至收发室、会议室、灶房以及工作人员的宿舍,都让亲朋好友和借上会之机办事的人们挤满了,整天人来人往,川流不息,到处都洋溢着一种忙乱而欢乐的节日气氛。

青龙乡卫生院和乡政府只隔着一条马路,地处古庙会的中心地带,寻亲访友的、买药看病和探望伤病员的络绎不绝,格外热闹。高秀月原来是护士,调到青龙乡卫生院以后,跟着一位老中医学内科,她对干医疗卫生这一行本来就不大热心,之所以从城市来到山区,主要是为了永远不离开青龙渡,为了永远记着她的屈辱,青龙渡没有吞噬了她,却改变了她的命运。至于如何永远不离开青龙渡,她只有一种朦朦胧胧的意识,以前没有认真考虑过,她牢记着爸爸"车到山前必有路"的话,随遇而安。张凤仙死了,凤凰坪在西部大开发的浪潮中有了新的举措,无形中把高秀月推上了凤凰坪这艘正在张帆远航的航船,也把她推向了柴家大院。高秀月敬慕柴俊虎的为人,同情柴俊虎的处境,铭记着柴俊虎的救命之恩,如果有张凤仙在,她只能把柴俊虎当作恩人看待,只能以各种方式去报答他的再生之德。张凤仙不在了,她只能义无反顾地取而代之,成为柴俊虎的妻子,为柴俊虎孝敬母亲抚养儿子,为柴俊虎的事业贡献出她的一切,命都是柴俊虎给的,还有什么舍不得的呢?高秀月逐渐明白,她离开青龙乡卫生院及至辞去公职是早晚的事,也就有了思想准备,所以对望、闻、问、切那一套中医诊病要旨不感兴趣,连一些简单的中草药汤头歌都记不住,而是醉心于研究苗木花卉的培植和修剪,醉心于翻阅各种报刊,坚持不懈地搜集着各种有关实行股份制企业的资料。老中医打趣地说她是未进柴家门,已成了凤凰坪的人,同伴们笑骂她是身在曹营心在汉,二狗们则高兴地说,凤凰坪又要落下一只金凤凰了。

古庙会的前一天,高秀月请假来到了凤凰坪,一进门就搬出洗衣机,把能洗的衣裳、床单全都洗得干干净净,熨得平平展展,又烧了一大锅热水,把小宝哄进浴盆,一边嬉闹一边给小宝洗洗搓搓。

俊虎妈无论何时见到高秀月,总是高兴得不知该如何才好,简直有些手足无措。她乐不可支地端着饮料、蜂蜜水、糕点和各种水果,紧紧围着高秀月转,张罗着又是要去割肉买豆腐,又是要到结巴田金生家去讨野味,不断声地问高秀月想吃什么饭。高秀月咯咯咯地笑着说:"您老歇着吧,我来咧,家里的啥活都有我呢,咋能让您一个人没完没了地忙?"

俊虎妈笑嗔道:"秀月,你咋总是您老您老的,你就不能叫我一声妈么?"

高秀月脸上飞起了一片红霞,羞赧地低下头,借着为小宝搓洗掩饰着窘态。她有她的难处,柴俊虎一直没有个明确态度,至今还未正式确定关系,虽然只隔着一层窗户纸,可毕竟还没有捅破,每个人都有自尊心,何况一个经历过生死磨难的大姑娘。小宝用手拍打着水花,稚声稚气地说:"我替姑姑叫!"说着,便调皮地扬起小脸,冲着奶奶喊了声"妈!"

俊虎妈和高秀月都被逗乐了,高秀月爱怜地拍了一下小宝的屁股说:"调皮鬼,跟奶奶咋能没大没小的?小孩子要懂礼貌,要听话。"

小宝问:"听谁的话?"

高秀月说:"听奶奶的话,听爸爸的话。"

小宝用两只手扯着两个耳朵,调皮地问:"哪个耳朵听奶奶的,哪个耳朵听爸爸的?"

高秀月答不上来了,用食指点着小宝的脑门说:"调皮精!"

小宝站起来,猛地搂着高秀月的脖子说:"小宝听姑姑的话,不听是小狗。"

看着高秀月和小宝的亲昵劲儿,俊虎妈心里不住地翻腾着热浪,眼角上就又溢出了几滴泪水。她看过电视剧《后妈》和《继母》,为剧中的人物伤过心,流过眼泪。那是戏剧,眼前的高秀月,无论从哪方面讲,都会远远胜过电视剧中的那两位后妈,对于这一点,她是深信不疑。小宝是个聪明的孩子,也是个淘气精,他是张凤仙亲生的,但很少得到过张凤仙的母爱,刚刚满月就跟着奶奶睡,他不懂得"妈妈"是什么,但他却和高秀月有一种自然的母子情缘,只要高秀月来家,他总像个小影子似的缠着高秀月恋着高秀月,要高秀月给他洗脸,给他喂饭,连他裤带上的小纽扣掉了,也非得让高秀月亲手给他钉好,要不坚决不穿。这份情、这份爱哪找去?俊虎妈能不动情,能不热泪盈眶么?

高秀月请了假来接俊虎妈和小宝去上古庙会,俊虎妈真的感到有些受宠若惊了。在她的心目中,高秀月是一轮明月,照到哪儿都是一片银辉。往年过古会,张凤仙总是提前准备她自个儿的事,向俊虎要钱买新衣买胭脂梳妆打扮,白天逛会,晚上看戏,不领孩子,也不随家里人,天马行空,独来独往。青龙湾距凤凰坪不到十里路,张凤仙从来没有为她和俊虎带回来一点吃的或是用的。没有高山显不出平地,没有比较分不出好坏,俊虎妈让张凤仙坑苦了,让张凤仙欺负够了,越发觉得高秀月格外贴心,要高秀月过门的心情越发迫切,她常和高秀月开玩笑:"你本来是我的闺女,咋就错投到城里去咧?"

赶集逛会,历来是夸富亮宝的风光时节,俊虎妈坚持着要再吃一顿象征吉祥如意的大肉馄饨,要在饭桌上把俊虎和秀月的亲事说明叫响,然后全家人一起去逛会,当着青龙川父老乡亲们的面露个脸。高秀月说张凤仙还没过百日,这样做对俊虎的声誉有影响,会引起不必要的麻烦。她说服了俊虎妈,等张凤仙过完七个忌期之后,请她爸爸和老支书吃顿订婚的吉祥饭大肉馄饨,这事就算确定了,结婚的事好说,以后随便挑选个日子就行。

　　韩塬县的风俗,人死后从第一天算起,七日为一个忌期,也叫忌七,每个忌七都要烧纸焚香接魂、送魂,七七四十九天期满,家里的一切事情便可照常进行。过了一周年,亡人的配偶就可以另行婚配。高秀月是个懂道理的姑娘,她不愿意违背风俗习惯办事,不愿意让人们说三道四。俊虎妈自然比秀月要懂得更多,她是迫不及待,她才不管别人怎么说怎么看。

　　中午的古庙会,正是热闹的高峰期,会上人山人海,万头攒动,拥挤得水泄不通,要寻找一个人,如果没有提前约好时间和地点,是很难见到人影的。高秀月挽着俊虎妈,牵着小宝,好不容易挤到饮食摊前,为俊虎妈和小宝买了羊肉饸饹,买了芝麻烧饼和热腾腾的油糕,还特地为小宝买了一大把冰糖葫芦,用一个塑料包提着。

　　赶集逛会吃饭,不是为了饱肚子,是一种享受,是一种取得心态平衡的正常心理。小宝没有这种心态和感觉,他吃一口羊肉,连声喊着辣,挺起小嘴让高秀月给他用手帕擦,口对着口吹;他吃一口油糕,又连声喊着烫,高秀月就把油糕掰成小块块,一块一块地往小宝嘴里喂。小宝不辣了,不烫了,又站起来给高秀月喂一口羊肉饸饹,喂一小块油糕。吃饱了,他又嚷着要喝水,高秀月擦净小宝的小嘴小手,抱起小宝,把俊虎妈领到卫生院她住的房间,冲了一大碗白糖水,哄着让小宝睡了一个觉,硬拽着俊虎妈让老中医号脉开药方。

　　小宝睡醒时,已是下午两点多钟,戏台子下边和电影院分流了不少人,会上的人稀疏多了。高秀月在服装摊前选来挑去,想为未来的婆婆和小宝各自买几件时兴衣服,小宝耐不住性儿,东跑西窜,一会儿不见了踪影,一会儿又不知从哪儿冒了出来,弄得高秀月提心吊胆,生怕把孩子跑丢了。问他喜欢啥样的衣服,他说不要衣服,要一杆能连着突突突响的枪。玩具冲锋枪挂在了小宝的脖子上,他对准一只小狗突突突了一阵子,一转身又挤进了看耍猴的人圈里,瞪着圆溜溜的眼睛看小猴子翻跟头,看小猴子戴上小花帽骑着山羊转着圈儿跑。小猴表演完了,在主人的指令下,双手端着一个空盘子沿圈儿逐人讨钱,小宝还没等到小猴来到他面前,就把那包冰糖葫芦一股脑儿全扔进了小猴端的盘子里。

　　看耍猴看腻了,小宝又闹着要高秀月抱着他,他把小嘴贴着高秀月的耳朵说:"姑姑,给咱们家买只小猴吧。"

　　高秀月吓唬小宝:"猴子专门咬小孩的小牛牛,把小宝的小牛牛咬掉了咋办?"

　　小宝不要小猴子了,他从高秀月的身上溜下来,一眨眼的工夫,就从卖猪崽的小摊上抱起一只小猪崽跑过来,说养大了给姑姑吃肉,惹得高秀月哭笑不得。俊虎妈扬起巴掌要打小宝,高秀月急忙抱起小宝,紧紧地护着他,用脸蹭着小宝的小脸说:"小宝,再淘气,姑姑就不和小宝好咧。"

　　小宝天不怕地不怕,就怕姑姑不和他好,急忙说:"小宝不淘气咧,小宝和姑姑好。"他还郑重其事地伸出小指,和高秀月拉着钩,稚声稚气地喊道:"拉钩上吊,不许哭不许笑!"

面对天真无邪活泼可爱的小宝,高秀月再也无法抑制自己的感情了,她不便在稠人广众中失声痛哭,紧紧抱着可亲可爱的小宝,眼泪像喷泉一样直往外涌。自从下定决心要成为柴俊虎的妻子后,什么事都想过了,什么样的后果也都想过了。人常说人言可畏,有什么可畏的?不就是一个如花似玉的大姑娘,心甘情愿地嫁给了一个名不见经传的后婚男人了吗?不就是一进门就当母亲吗?按照计划生育政策的有关规定,她如果和柴俊虎结婚后不能再生育,她将永远不会有自己的亲生骨肉。一个身体健康、功能齐全的女人,一辈子不能生育,在心灵上精神上该有多大的压力?在社会上将会造成什么样的影响?人生在世,百事难料,备粮防饥,养儿防老,谁都有年老力衰的那一天,人到老年,不靠儿女靠谁去?

半年多以来,高秀月想的事多了,想来想去没有想出个头绪,慢慢就不想了。她认为爱本身就是一种奉献,奉献就包含着一种牺牲,既然自己爱慕柴俊虎,就应该把自己的一切无私地奉献给他,把自己的命运和他的命运紧紧拴在一起,风雨同舟,甘苦与共,携手并肩地迎接人生,何苦想得那么多呢?小宝这么缠她,这么恋她,又这么天真无邪,这么活泼可爱,她也刻骨铭心地惦记着小宝,心疼着小宝,和自己的亲生骨肉又有多大区别呢?人常说生育之恩浅,养育恩情深,她有决心有信心视小宝如同亲生,竭尽全力把小宝抚育成人,让他成为一个有用的栋梁之材,自己是会老有所靠的。高秀月用袖口擦去满脸泪水,喃喃地对小宝说:"小宝,从现在起,不许你再叫我姑姑咧。"

小宝稚声稚气地问:"那叫啥?"

高秀月说:"叫妈妈!"

小宝连想都没有想,拍着小手脆生生地连声喊着:"妈妈!妈妈……"

高秀月激动极了,紧紧搂着小宝连声答应着,在小宝的脸上雨点般的亲吻着。

俊虎妈长长地吐了口气,一颗心差点儿蹦出胸腔,她高兴得不知该说啥好,词不达意地说:"秀月,你不要哭。"

高秀月破涕为笑,飞快地擦了一把脸:"这么大的人咧咋能哭鼻子,不知把啥东西掉眼里咧。"

小宝用双手捧着高秀月的脸说:"妈妈骗人,妈妈就是哭咧!"

高秀月虚张声势地扬起巴掌,轻轻地在小宝的屁股上拍了两下,小宝大声嚷嚷道:"不疼,一点都不疼……"

青龙湾的古庙会一共三天,俊虎妈和小宝在青龙乡卫生院住了三天,直到古庙会结束后,高秀月才又亲自把俊虎妈和小宝送回凤凰坪。在这短短的三天内,三个人相互之间的称呼都变了,小宝喊高秀月为"妈妈",高秀月把俊虎妈叫"妈"。俊虎妈高兴得忘乎所以,一进门就一刀宰了她那视为命根子的芦花鸡,她说这趟古庙会逛得太值了。

凤凰坪没有去青龙湾逛古庙会的人很少,都是些有特殊原因的。柴俊虎没有去逛会,他除了忙股份集团公司的事,就是为了去陪一个人,去陪他那投河自尽的爱妻张凤仙。按照乡俗,亡人的每个忌期,前一天晚上都要由亡人的子女或其他晚辈披麻戴孝地从坟地哭回家,叫接灵,第二天在灵牌前烧纸祭奠,晚上再披麻戴孝地哭着去坟地,叫送灵。张凤仙年轻而亡,小宝太小,又没个直系晚辈,自然无人接灵送灵。柴俊虎是个有情有义的汉子,他不忍心让张凤仙的孤魂受屈,每逢忌期,他就担负起了接灵送灵的义务。当然,他不能像其他人那样,披麻戴孝地哭号去接灵送灵,他有他的接送方法:每逢张凤仙忌期的前一天黄昏,他就一个人来到张凤仙的坟前,默默地坐上一阵子,无声地哭几鼻子,哽咽着说一声"凤仙,咱俩回去吧。"回到家里,他就在张凤仙的灵位前点燃几炷香,摆上几样水果糕点和张凤仙生前爱吃的东西,第二天一早一晚烧纸祭奠,傍晚又独自前往张凤仙的坟墓,照旧默默地坐一阵子,哭几鼻子,再说一句"凤仙我回去咧,过几天再来陪你",然后一步三回头地离开张凤仙的坟墓。

那天,高秀月专程来凤凰坪,接母亲和小宝去青龙湾逛庙会,一进门就如同主妇一样,啥活都干,里里外外忙个不停,母亲见了她眉开眼笑,喜形于色。小宝见了她好似见了久别的亲娘,小影子般地缠着高秀月,两个人亲热得和亲娘亲儿一般无二。人非草木,孰能无情。对于高秀月的一片痴情爱意,柴俊虎是心知肚明,但不能有所表示,他也有他的难处,他不愿意让别人说他是施恩图报,也不愿因他而耽误了高秀月的前程,但他也深深地爱着高秀月,也害怕失去了这位百里挑一的好姑娘。他在心里把张凤仙和高秀月相比较,比来比去,张凤仙自然是不能和高秀月相提并论,可毕竟夫妻一场,恩爱难割啊!他心中清楚,他和高秀月的婚事已是水到渠成,只是迟早而已,越是这样,他越是眷恋着张凤仙,只要和高秀月结了婚,他就得把感情把爱心逐渐转移到高秀月身上去,张凤仙的情影就成了他心中的记忆,过去的夫妻恩爱也自然就一江春水向东流了,为此,他要在未和高秀月结婚之前,再为张凤仙尽尽做丈夫的义务,再为张凤仙抛去一份爱心。青龙湾古庙会之时,正是张凤仙的第六个忌期,柴俊虎说他要留下来处理随时可能发生的事,让秀月和母亲领着小宝去了青龙湾。

青龙湾的古庙会热闹了三天,柴俊虎在张凤仙的坟前守了三天。上午,他到苗圃转上一圈,到村委会去看一下,然后拿上一些食物和饮料,来到张凤仙坟前,哭一阵,说一阵。两双筷子两个碗,自己吃一口,为张凤仙的碗里添一口,自己吃完了,再把那只碗放在坟前,烧几张纸钱,说"凤仙你吃吧,我陪着你呢。"秋风乍起,树叶落了一层又一层,张凤仙的坟墓上落满了形形色色的树叶,柴俊虎说:"凤仙,你是个爱干净的人,我不会让树叶落在你的头上。"他把树叶一片片地捡起来,先是捡一片扔一片,捡得多了,就扯过一条丝草,把各色树叶编成一个小花圈,端端正正地放在坟前。望着自己编织的花圈,望着张凤仙那张月容花貌的照片,柴俊虎情难自禁地放声大哭,哭得撕肝裂肺,哭得天昏地暗……

麻子老三

"咯咯咯……"架上那只大红公鸡的一阵长啼,把"麻子老三"吵醒了,他睁开睡意蒙眬的双眼,看见窗外一片曙色,迷迷糊糊地分不清东西南北。紧接着,伴随着此起彼伏的鸡鸣犬吠声,"麻子老三"的头脑清醒了,他悄悄地把胳膊从兰香的脖子下抽出来,伸手抓起枕旁的衬衫。兰香被惊醒了,她一把扳过"麻子老三"的身子,双手紧紧搂住"麻子老三"娇嗔地说:"咋?又要回到你那破屋去假正经!"

"麻子老三"亲着兰香:"昨夜做了个怪梦,我想到爹妈坟上去看看,给老人家烧些纸钱。"

兰香仰起俏脸不解地问:"不逢年不过节烧啥纸钱呀?"

"麻子老三"嘘了口气说:"真他妈的邪门,头一次梦见爹妈在村里沿街讨饭,让一条恶狗咬得浑身淌血,把我给惊醒了。再睡着后又梦见爹妈站在青龙渡堤坝上,争着要往河里跳。哎,也许清明节纸钱烧得太少了,老人没钱花咧。"

兰花打了个呵欠说:"鸡叫三遍天才亮呢,再睡一会儿吧,搂紧我,听你这么一说,我心里怪怕的。"

"麻子老三"说:"早去早回,今儿个是青龙湾第一天庙会,你不是前两天就嚷嚷着要逛庙会么?"

兰香惊喜地问:"你和我一起去逛庙会?"

"麻子老三"叹了口气,一声不吭地望着窗外出神。兰香赌气地转过身去,又暗暗气恼伤神了。这对名为阿兄弟媳实为夫妻的苦命人,各有各的心事,各有各的苦衷。

"麻子老三"名叫李有贵,也是凤凰坪的一位"星级"人物。审判"四人帮"那年,弟弟李有泉呱呱坠地的第四天,父亲上山伐木被大树砸死了。母亲是个很要强的女人,说啥也不让李有贵辍学,那年李有贵刚满十岁,正上四年级。母亲为了拉扯有贵兄弟,从未提过再婚,咬紧牙关撑持着穷家破舍。李有贵上高一时候,要强的母亲终因积劳成疾病倒了,她舍不得花钱请医生更舍不得花钱买药,在鞭炮声声辞旧岁的除夕之夜,话落临终前紧紧抓住李有贵的手留下一句话:"沿街讨饭也要把弟弟拉扯成人!"话落,痛苦万分地咽下了最后一口气。

那年,李有贵十六岁,刚念高中,他毅然决然辍学回家,给一位小有名气的瓦匠当小工,闲时进山挖药材烧木炭,尽其全力拉扯着比他小十岁的弟弟。李有泉从小学到高中毕业,没有穿过破衣服,也没有饿过一天肚子,从来不缺零花钱,是同班男生中第一个吸香烟和第一个追女孩子的学生。李有泉没有考上大学,灰头土脸地闷在家里足不出户,李有贵生怕弟弟闷出病来,提着好烟好酒三番五次地拉着老支书田根年,乡里县里来回跑,费尽九牛二虎之力让李有泉成为县纺织厂的一名正式工。李有泉满二十岁那年,自己还是光棍汉的李有贵,倾其所有,左挑右选地让柳家湾的俊姑娘柳兰香和弟弟成了亲。新婚燕尔不久,李有泉就很少回家了,后来有了风言风语,说李有泉嫌兰香是农村户口,且只有小学文化程度,又移情别恋了。兰香开始不相信,后来见丈夫两个多月没回家,便觍着脸进城去找丈夫,上午进城中午回家,一进门就趴在炕头上放声大哭。李有贵心知肚明是咋回事,也没安慰兰香一声,风风火火赶到纺织厂,一见面就左右开弓平生头一回扇了弟弟几个耳光。李有泉捂着发烧的脸说:"哥,你打吧,打死我我也不要兰香了,我和一位城里的姑娘同居了,我要离婚!"

李有贵回到家中,无脸见左邻右舍,更无颜见兰香,一口气喝了一瓶西凤酒,捂着被子蒙头大睡,两天两夜不出屋。兰香害怕了,掀开李有贵的被子说:"哥,你千万不要这样,快起来吃晚饭吧,我求你了!"

李有贵坐起身来,满脸愧色说:"兰香,哥对不起你,老李家对不起你,你,你改嫁吧!"

兰香泪如泉涌,面对这位恩重如山的好兄长,她那颗受到创伤的心快要碎了。为了拉扯弟弟长大成人,大哥从来没穿过一身像样的衣服,没进过餐厅也很少进过电影院和剧院,他像一头老黄牛,只知道干活,只知道拉扯弟弟。弟弟刚满二十就结婚了,可他三十多岁了还是光棍一条。大哥英俊勤劳,不愁找不到媳妇,他是舍不得花钱。为了弟弟,大哥十六岁就撑起了这个家,风风雨雨十八年,付出多少心血流了多少汗,左邻右舍亲朋好友谁人不知,哪个不晓?好心无好报,忘恩负义的白眼狼李有泉可以对不起她柳兰香,但不能对不起恩重如山的大哥啊!此时此刻,如果李有泉被车撞死让水淹死,她柳兰香不会伤心更不会掉一滴眼泪。可面对这位慈父般的大哥,兰香悲从中来,情不自禁地趴在李有贵的腿上痛哭。

男儿有泪不轻弹,只因未到伤心处。望着被弟弟抛弃了的兰香,李有贵肝肠裂断,头一回在一个女人面前号啕大哭,边哭边捶打着自己的头,撕扯着自己的头发。兰香一把抓住李有贵的手,哽咽着说:"大哥,我哪儿也不去,咱俩一块过!"

"啊……"李有贵犹闻惊雷,目瞪口呆地盯着兰香,浑身一阵痉挛。

兰香拭去满脸泪水,斩钉截铁地说:"忘掉忘恩负义的那个白眼狼吧,为他流泪哭丧,不值!我再说一遍,我生是李家的人,死是李家的鬼,我就是要和你过!"说罢,她端来一大碗漂着油花的酸汤面,逼着李有贵连汤带面吃个精光。然后关门拴狗,死拉硬拽地把李有贵拉进她那还散发着洞房花烛气味的新房,亲手脱掉李有贵的衣裳,把她的心把她的身子全部交给了李有贵。这一夜,李有贵有生以来头一回享受了男欢女爱,头一回感到自己已成了一个真正的男人。但李有贵是个很要面子的人,他生怕外人知道了他和兰香的事,常常是天亮前就跑回自己房间,惹得兰香常常娇嗔着挖苦他,说他不敢爱不敢恨,不是个男子汉大丈夫。

世上没有不透风的墙,但这股风是李有贵自己透出去的。八月十五中秋节,李有贵和绰号叫"蜂王"的田拴牢到退休老教师柴选江家中赏月。酒逢知己千杯少,三人推杯换盏,开怀畅饮。李有贵心里装着兰香,想着弟弟有泉,千丝万缕,愁肠百结,真个是抽刀断水水更流,借酒消愁愁更愁。素有海量的李有贵喝了不到半斤酒,便醉得一塌糊涂,听柴选江讲嫦娥奔月的故事,李有贵忽然"哇"的一声失声痛哭,边哭边说:"兰香啊兰香,你可不敢学嫦娥往月、月亮上跑,你跑、跑了哥咋办?你不是说你就爱、爱哥一个么?哥、哥也就爱你、爱你一个,咱就、就这么过、过着,结婚、结婚证算个尿,没那玩意儿咱、咱照样过……"

李有贵一番醉话,惊得柴选江和田拴牢瞠目结舌,半晌缓不过气来。柴选江根本不相信李有贵和弟媳妇同床共枕,他拽着李有贵的胳膊连声问:"有贵,几两猫尿就把你喝成这熊样,满口喷粪,胡说啥呢!"

李有贵瞪着血红的眼睛说:"你才胡说八道呢,不信让兰香和我、我亲、亲嘴!兰香,兰香,过来,和哥亲、亲一个!"

田拴牢骂李有贵:"亲你娘的腿!你喝多咧,我送你回去,别丢人现眼咧!"

李有贵甩开田拴牢的手说:"谁说我喝、喝多咧?你才喝多、多咧。来,倒酒,喝!"他随手抓起酒盅又灌下去一口烈酒,双手抱头哭喊着:"兰香,兰香,咱俩好、好命苦……"

这夜,李有贵在柴选江的书房酣然大睡,睡梦中还不住地呼唤着兰香。柴选江是个精细人,他隔着玻璃窗注意观察,看到兰香一直在门前树下徘徊,不时地朝院中张望,直到明月偏西鸡叫头遍,才一步三回头地走了。柴选江心中升起一片恼意,暗骂李有贵丧德乱伦,不是正人君子。柴选江出自名门望族,"文革"中父母避祸远走他乡,定居新加坡。柴选江当时正上高中,被造反派作为黑五类子弟严加管束,没能随父母外逃,后来在凤凰坪安家立业。柴选江是个书呆子般的语文教师,为人正直却有些呆板,崇尚孔孟之道,崇尚"三纲""五常"。由于李有贵爱看小说爱看杂志爱看报,经常向柴选江请教,一来二去成了志同道合的忘年交。柴选江不能容忍李有贵欺弟霸妹的乱伦行为,又拉不下脸当面指责李有贵,想来想去,翻出一本杂志,用红笔圈了一段话,放在李有贵枕边,天刚亮就避出门外去了。

日上三竿,李有贵才醒过来,他捋了捋有些发疼的额头,发现枕边有本打开的杂志,顺手拿起一看,有一段用红笔圈画的文字格外醒目,他仔细一看,是一段典故:清乾隆年间,江西翰林院沈仲仁和胞弟户部给事沈仲义,为争家产对簿公堂,上宪朱批贴于辕门,兄弟二人看过痛哭而回。批曰:"鹁鸪呼雏,乌鸦反哺,仁也;鹿得草鸣其群,蜂见花聚其众,义也;羊羔跪乳,马不欺母,礼也;蜘蛛网罗为食,蝼蚁塞穴避水,智也;鸡非晓而不鸣,雁非社而不至,信也。禽兽尚有五常,人为万物之灵,岂可乱纲常争祖业而伤手足之大情?兄通万卷,全无教弟之才;弟掌天科,岂有伤兄之理?沈仲义,义而不仁;沈仲仁,仁而不义。知过必改,再思可矣!"

李有贵看罢这段文字,"轰"的一声头大了,不由得一阵心跳腿战,隐隐约约想起了昨夜酒后失言之事。他一溜烟跑到田拴牢家,问清了酒后所言,羞得他无地自容,悔恨交加自打嘴巴。田拴牢对他说:"那有啥呢?有泉抛弃了兰香,兰香爱上了你,是件水到渠成的好事么,有啥悔恨的?明人不做暗事,既然把话挑明咧,就干脆和兰香登记结婚,做一对名正言顺的好夫妻。"

李有贵踉踉跄跄地回到家,等了一夜的兰香正在酣睡,娇媚的面孔上挂着几颗泪珠,如梨花带雨,楚楚动人。李有贵本来就爱面子,加之又潜移默化受到了柴选江的影响,对于酒后失言之事耿耿于怀,觉得对不起兰香,对不起弟弟,更对不起父母在天之灵。柴选江圈画的那段文字就如一把钢刀,刺得他痛彻心肺,他觉得自己是个不仁不义更是个不孝的大罪人。悔恨交加之下,李有贵抓起一把炒得焦黄的黄豆,一咬牙全部扣在自己的面孔上。

听到李有贵的惨叫,被惊醒的兰香闻声跑过来,见状大惊失色,手忙脚乱地从李有贵手中夺过黄豆扔出老远,心疼万分地抚着李有贵那张起了水泡的脸,哭喊着说:"你疯咧?你得是让恶魔缠身让阎王勾魂咧!"

李有贵双手捂面说:"兰香,昨夜我酒后失言,把咱俩的事说漏咧。哥对不起你,哥实在无脸见人咧!"

兰香一头扎进李有贵怀中,双手紧紧搂住李有贵哭着说:"我愿意!我愿意!让满世界的人都晓得了我更高兴!你咋恁笨,我爹我娘喜欢你,说咱俩才是真正的好夫妻!"

李有贵怔了一下:"真的?"

兰香说:"我啥时说过谎?我爹说只要你点头,啥时候办喜事都成,快,赶紧去医院!"

凤凰坪距青龙湾十多里路,兰香和李有贵满头大汗地赶到了卫生院,医生当即进行治疗,可还是晚了一步。经过几天住院治疗,李有贵那张白净英俊的面孔上留下来许多深浅不一的麻子坑。由于他在叔伯兄弟中排行老三,二狗们就给他起了个"麻子老三"的绰号。

又是一阵鸡鸣犬吠,天色渐亮。兰香坐起身来,有些气恼地说:"又犯啥傻呢,你到底敢不敢和我一起去上庙会?"

李有贵讪笑着说:"想啊,咋不想?可咱俩还没领结婚证,庙会上人山人海,脸往哪搁?"

兰香"扑哧"一声笑了,伸手抚着李有贵的麻子脸说:"都满脸星咧,还顾啥脸面呢!"

李有贵正儿八经地说:"我没啥,我是为你着想哩。"

兰香逗"麻子老三":"再炒把黄豆,给我也弄个满天星,麻子老公麻子老婆多惹眼!"

李有贵搂过兰香说:"别调皮咧,我到坟地给爹妈烧过纸钱就回来,家里活你别管,打扮打扮找几个伙伴去逛庙会,晚上我来青龙湾陪你看戏。"

李有贵家的院落很大,满院都是用木桩和篱笆围起来的猪圈、羊舍、鸡棚,六畜俱全,还养了一群肉鸽,飞禽走兽样样有,简直是个动物园,要侍弄好这群张口货,没有小半天忙不完。兰香说:"你赶早去给爹妈烧纸钱,家中的活有我呢,你尽管放心,误不了上庙会。"

李有贵的祖坟和柴家祖坟只隔着一条沟岔,他烧完纸钱途经张凤仙的坟墓时,亲眼看到了柴俊虎哭悼张凤仙的情景,不由得脸红心跳。面对这位有情有义更有奉献精神的领头人,李有贵懊悔得直想扇自己耳光——因为举报柴俊虎的信件就是以他为主的"四人帮"精心炮制的。李有贵是个文武双全的小能人,平时爱看书,古今中外的一些名著,他基本上都浏览过,家里有一个小书柜,放满了各种书籍报刊,诸如《三国演义》《红楼梦》《水浒》《西游记》等名著,他都在上边写有眉批和自己的见解,平时也喜欢作诗写文章,不图发表,只是一种爱好一种修养。李有贵脑瓜灵活有见识,敢为人先。那年竞选村民组长失败,他一气之下外出游逛,在县城待了几天,回来后第一件事就是铲麦苗,把三亩多地的青苗全部犁掉,随即种了苞谷。全村人都感到万分惊讶,不明白三麻子哪根神经搭错了。这年天旱少雨,浇不上水的麦苗像个病秧子,叶枯苗衰,就算下一场透雨,也不会有多少收成。李有贵和兰香算了一笔账,算得兰香心花怒放,抱着麻子老三狠狠地亲了好几口。五个月后,三亩多地的苞谷穗长得像棒槌,李有贵在县城广场旁边支起一口大铁锅煮苞谷穗,一穗苞谷棒卖五角钱,现煮现卖,两口子忙得不亦乐乎,不到半个月,三亩地的苞谷卖得精光,刨去各种税费,纯落五千多元。秋季,当人们忙着播种小麦的时候,李有贵在三亩空地搭上塑料棚,全部种了草莓。第二年清明节时草莓上市了,每斤批发价一块钱,每亩地平均纯收入超过三千元,是种庄稼的五倍收入。这下子村里人才明白了,李有贵真的不是等闲之辈。一亩地的小麦最高产量是六百斤,每斤收购价是八角六分钱;苞谷亩产最高是八百斤,每斤收购价是七角五分钱。全年毛收入是一千一百多元,刨去化肥、籽种、农业税和人工费,每亩地的纯收入不会超过六百元。此后,凤凰坪很多人都学李有贵种商品田,普遍改变了以粮为纲的传统观念。李有贵心高气傲,觉得自己无论哪方面都比柴俊虎强,认为自己当了村主任,能为父老乡亲们带来更大的收益。可是今年以来村里所发生的一切,使他的心态有了很大变化,眼前看到的这一幕,更令李有贵脸红心跳。

经过一番激烈的思想斗争,李有贵用十分敬佩的目光看了看柴俊虎,拔腿就向田拴牢家奔去。

"四人帮"的"斗私纠风会"

"蜂王"田拴牢是凤凰坪的一个特殊人物,杀猪宰羊贩木料,种田养蜂看风水,五行八作,无所不通,是个名副其实的"十二能"。田拴牢长得人高马大,面貌凶恶,却是一副菩萨心肠,急公好义,乐善好施。改革开放的第二年,一位外地老头在青龙渡口突然发病,蜷缩在码头前抱着肚子剧烈咳嗽,大口吐血,一副危在旦夕的样子。围观的人很多,说同情话的人不少,但无人伸手救援。田拴牢毫不犹豫地把病人背上一辆农用三轮车,直接送到青龙湾卫生院,衣不解带地护理了三天,为老头付清了全部医疗费,又把老头接到家中疗养,为此引起两个儿媳的反感,差点闹出分家风波。老头临别时,当着两个媳妇的面说:"年轻人,咋能嫌贫爱富见死不救呢?你爹是位面恶心善的活菩萨,他救了我的老命,我要报答他,你们也要沾你爹的光呢。"

老头是从安徽沿途设点辗转来到韩塬的放蜂人,正在青龙渡的田边阡陌小道上放蜂,因进城购买生活用品,中途淋了雨,旧病复发,要不是田拴牢见义勇为抢救及时,恐怕早就没命了。老头把一百二十箱蜜蜂全都送给了田拴牢,并反反复复传授了放蜂、养蜂、训蜂和采蜜、制蜜的方法和秘诀。田拴牢靠养蜂发了家,成了青龙川有名的"蜂王"。

田拴牢也是凤凰坪的一位名人,且名声很大,他的成名赖于一段笑料:田拴牢养蜜蜂赚了钱,动了逛西安的念头。别人是饱暖思淫欲,他是饱暖动游兴。山里人常年四季忙忙碌碌,没有几个人能到省城去风光去开眼界,说山里人到了大城市寸步难行活不成。倔人田拴牢不信这个邪,在儿子媳妇的支持下,一咬牙走进青龙镇邮政储蓄所,怀揣一千多元新崭崭的人民币,直奔西安。一斤猪肉三块钱,三块钱买豆腐能吃三天,一千多元不是小数,能买一头大黄牛或者两头大肥猪。田拴牢说天天吃大肉天天吃山珍海味又能咋样,还不是早上吃晚上屙?一辈子没去过西安那才叫死不瞑目呢!韩塬到西安每天有两班列车,快车票价高发车早,两头都不合算。慢车站站停,时间宽余票价低,田拴牢说不快不慢刚合适,沿途可以观赏田园风光,眼宽心宽又少掏银子,何乐而不为?火车是下午5点进站的,田拴牢夹杂在熙熙攘攘的人群中走出车站,顿时感到眼花缭乱,呼吸都紧促了,心中暗暗惊呼:"我的妈耶,西安咋这么热闹啊?哪来这么多的人这么多的车?咋这么多高楼大厦?西安的天也太大太大了,阴起来怕得半个多月呢!"田拴牢生平头一回坐火车,一路上只顾贴在窗口浏览沿途风光,不晓得车上有厕所,七个多小时愣是憋着没撒尿,这会儿才觉得尿急,抬头东张西望,啥热闹景都能看到,就是看不见厕所在哪儿,心想人多处没厕所,人少处肯定有,没听说过西安市有人是让尿憋死的。他慌不择路地跑到一个小巷道里,看看没人,连忙溜到靠墙的一棵大树下,迫不及待地解开裤带。"喂喂喂,老汉你干啥呢干啥呢?不能随地尿尿!"突然一声大喝,吓得田拴牢差点提不住裤子,抬头一看,是一个警察冲着他直喊叫。田拴牢怯怯地说:"我、我没、没尿尿啊。"警察说把尿尿的家伙都掏出来咧,还说没尿尿,没尿尿掏家伙干啥?田拴牢情急智生,脸红脖子粗倔声倔气地说:"我自己的家伙掏出来看看还不行,犯啥法咧?"警察先是一愣,随即哈哈大笑着直抹眼泪,继而把这个乡下倔人领到附近一个公共厕所。这件事经过李有贵几个人添油加醋的传播,很快就在青龙川乃至韩塬县传得沸沸扬扬,几乎是家喻户晓妇孺皆知,无论在何时何地,只要有人说一句"我自己的家伙掏出来看看还不行",准笑翻所有在场的人。

田拴牢的家地处龙角沟口,是距村庄不远的一个独门独院,院子很大,三孔窑洞和两排瓦房,全是青砖到顶瓷砖贴面。围墙不高,是用石头叠成的,上面铺着一层面积相同的石板,显得十分齐整,与众不同。大门外就是通往林区的道路,道路两旁一排溜放着一百二十个蜂箱,满天飞舞的蜜蜂传出一阵嗡嗡声,伴随着叽叽喳喳的鸟叫声非常悦耳。紧挨院墙是一片不到半亩的地块,五颜六色的种有十多种瓜果蔬菜,随用随摘,十分方便。田拴牢刚揭完苫在蜂箱上的油布,"麻子老三"李有贵拉着柴选江风风火火地奔了过来,大老远就嚷嚷着说:"拴叔,忙完了没有?"

田拴牢瞅瞅刚升起的太阳说:"这么早就叫我去上庙会?"

李有贵站在大门口说:"逛啥庙会,有紧要事得好好商量一下。"

田拴牢把油布卷起放好,顺手摘了几条鲜黄瓜走过来,打趣说:"又要召开政治局会议?江青呢?她咋没来?""江青"是指妇女主任刘凤珍。

由于趣味相投又是近邻,李有贵和柴选江、田拴牢以及刘凤珍经常在一起玩牌聊天,古今中外、天南地北无所不谈,而更多的是议论凤凰坪发生的每件事。妇女主任刘凤珍是田拴牢大儿媳妇的二姨,自称是凤凰坪的半边天,常把村委会的会议内容透露给李有贵、柴选江、田拴牢,商量着如何能有惊人之举,让父老乡亲们刮目相看。柴二狗怀疑举报信是李有贵他们几个干的,跟踪盯梢地把四个人堵在屋子里臭骂了一顿,说他们是祸国殃民的"四人帮",差点动武抡刀子。其实,接二连三的举报信就是"四人帮"写的。刘凤珍主管妇女工作和计划生育,没有任何职务的张凤仙处处插手,基本上把刘凤珍给架空了。刘凤珍恨张凤仙恨得牙痒痒,误以为张凤仙的所作所为都是柴俊虎幕后操纵,便动员李有贵和田拴牢搜集证据,由柴选江执笔写了好几封举报信。"四人帮"也有他们的共同目标,就是想方设法让李有贵当村主任,以便实现他们兴村富民的抱负。

"四人帮"根本不是什么帮派组织,充其量只是一个有共同语言的小团伙,除过评头品足议论他人,也互相帮忙出点子,比如田拴牢就是由于李有贵和刘凤珍献计献策,才很巧妙地解决了家庭矛盾。

田拴牢中年丧妻,既当爹又当妈的把两个儿子拉扯大,先后都娶了媳妇。大儿媳妇过门第二年就生了个胖小子,喜得田拴牢辨不清东南西北,一天不见小孙儿就坐卧不宁,抱孙子洗尿布成了一大乐趣。小家伙越长越可爱,田拴牢特别爱逗小孙儿。半岁多的小孙儿急着要爷爷抱他到外边去玩,抢手蹬脚地不好好吃奶,田拴牢逗小孙孙:"快吃快吃,你不吃爷爷就要吃咧……"

一句话未了,大儿媳妇忽地变了脸,掩上衣襟,扭身进了屋。田拴牢恍然大悟,羞得直想往地缝里钻。由于两个儿子都在城里上班,平时就他和两个儿媳妇一起生活,出了这档子事,能不闹心能不尴尬吗?从此以后,两个儿媳远不如从前那么孝顺了,时不时地给他脸色看。李有贵和刘凤珍知道了这事,笑得前仰后合,李有贵逗田拴牢说:"没事,你儿子要是和你急,你就说你吃了俺媳妇三年奶,俺吃你媳妇一口奶还不行?"说是说,笑是笑,李有贵和刘凤珍商量了一下,给田拴牢出了一个点子,让他依计而行。

又是一个周末,田拴牢的两个儿子相随着回家了,两个儿媳妇擀面条炒鸡蛋,各自给丈夫盛了满满一大碗鸡蛋捞面,最后给田拴牢剩下一碗漂着几片菜叶的酸汤面。一家人围着饭桌吃饭,两个儿子喜欢吃面条也跑饿了,端起饭碗狼吞虎咽,很快就风卷残云吃了个底朝天。大儿子忽然看见爹没有端碗,连忙问:"爹,你咋不吃饭?得是哪儿不舒服?"

田拴牢摇摇头,用筷子敲敲碗,叹了口气吟道:"若要饱,家常饭,若要暖,粗布衣,家常饭呀粗布衣,知热知冷自己的妻,假如你妈她还在,爹的碗里咋会稀!"

两个儿子仔细一看,才发现爹的碗里是汤多面少的稀汤面,不由得勃然大怒,连声问两个媳妇是怎么回事,两个媳妇低下头不吭声,田拴牢很坦然地讲了他逗孙子讲错话的事,两个儿子都不以为然,说谁家没有小孩,哪个老人不爱孙儿?老大顺手拿起小板凳就要往媳妇头上砸,田拴牢喝住大儿子,讲了一番家和万事兴的大道理,儿子也向媳妇讲了爹是如何含辛茹苦把他们拉扯大。一家人抱头痛哭,前嫌顿释,全家和睦相处,两兄弟一直没有闹分家。

田拴牢的两个儿媳妇急着逛庙会,一大早就把该干的活全部都干完了,向李有贵和柴选江打过招呼,大儿媳问田拴牢:"爹,俺俩去上庙会,要不要带上孩子?"

田拴牢说:"上庙会带孩子多不方便,留在家里让我照看着,你俩早点回来,不要误了我晚上看戏。"

两个儿媳妇高高兴兴地向门外走去,田拴牢问李有贵和柴选江:"今儿个是喝蜂蜜还是喝蜂王浆?"李有贵说:"有龙血也不喝,我有要紧话说,不说出来会憋死人!"说着,便把柴俊虎哭坟的事绘声绘色地讲了一遍。

柴选江吸了一口香烟,满脸歉意地说:"我近来心中也憋得慌,那些举报信有许多失实,让柴俊虎稀里糊涂地背了黑锅。我说不要写了,凤珍还和我急,说是为了凤凰坪父老乡亲的利益。这下倒好,俊虎免了职,凤仙跳了河,咱们做了些啥事么,弄得我不敢见俊虎,见了俊虎妈和小宝也脸红!"李有贵说:"谁都不怪,全怪我。我一直不服气俊虎,总觉得我要是当村主任肯定比他强。现在心平气和地想一想,比一比,简直是草鸡和凤凰,不能比呀!"

田拴牢倔声倔气地说:"咋不能比?你比他柴俊虎少鼻子少眼睛?你要是当了村长,不照样也能干几件大事?你咋就这么窝囊,真是狗屎上不了墙!"

李有贵抓起一根嫩黄瓜,"咔嚓"咬了一口,心悦诚服地说:"我以前也这么想,可真的一比较,是骡子是马一清二楚。别的不说,如果让我得到种植花草树木发家致富的好事,我根本不可能产生让全村人共同致富的想法,最多也就是给咱们几家谋利。还有,在处理光棍那件风流案的问题上,俊虎是真正的高水平。世上有两种人最可怕,一种是不要脸的女人,一种是不怕死的男人。李金锁就属于那种不怕死的男人,他一直都是无人敢惹的刺儿头,天不怕地不怕,却让柴俊虎调教得服服帖帖,经常拍着胸脯对人说,俊虎就是让他上刀山下火海,他连眼睛都不眨一下。我经常想,这事如果让我遇上了,我能处理好么?凭我的脾性,只能是火上浇油闹出大乱子。"

柴选江点点头:"人常说歪的怕横的,横的怕愣的,愣的怕不要命的,金锁就是那种不要命的货,但他服俊虎,俊虎是用怀柔政策感化金锁的。换句话说,金锁是服了俊虎的德性。"

田拴牢取出一大堆玩具安顿好了小孙儿,接过李有贵的话说:"凤珍也是好意,她是想让你当村主任,把咱们的理想变为现实,尽力为父老乡亲谋些福利么。"

说曹操曹操到,妇女主任刘凤珍一进门就直嚷嚷:"人家急着要去逛庙会,有啥紧要事要商量?得是又有人驾飞机撞白宫咧!"这是一个浓眉大眼白白净净的中年妇女,丈夫在西安经商,女儿大学毕业后在西安结婚成家,快生小孩儿了,一再催刘凤珍去西安。刘凤珍是凤凰坪领导班子的"元老"级人物,性格开朗,泼辣能干,十八岁嫁到凤凰坪,第二年就当上了妇女主任,二十多年没挪位,因为她力能胜任很优秀,没有哪个女人敢和她比,也没有哪个女人更比她强。不要说在凤凰坪,即便是整个青龙川也是佼佼者。可是凤凰坪的"第一夫人"张凤仙逐渐显山露水,啥事都想插手,成了没有头衔的妇女主任,基本上把刘凤珍架空了。性格刚烈的刘凤珍气得一佛出世、二佛升天,恨得牙痒痒,把张凤仙的八代祖宗都骂遍了,连柴俊虎也成了眼中钉肉中刺,必欲除之而后快。听说野虎川有位神婆会巫术能咒人,刘凤珍翻山越岭,步行往返三十多公里拜见神婆,求神婆诅咒张凤仙和柴俊虎。为了扳倒柴俊虎极力鼓动写举报信,她认为只要李有贵当了村主任,她才能心安理得地离开凤凰坪。柴俊虎为凤凰坪办了几件大事,"四人帮"也不甘落后。田拴牢有一手养蜂绝活,他认为青龙川草茂花盛,常年四季都是放蜂采蜜的黄金季节,别人能制作"枣花蜜"、

"槐花蜜"啥蜂王浆的,凤凰坪就不能办个蜂蜜系列的啥工厂?李有贵去年从杭州引进了一批茶树苗,悄悄地栽在他那块地处山峦的责任田里,并就近栽植了一片竹子。他听杭州的茶农说,竹子和茶园相邻,两味相串茶叶的味道会更加醇香。他打算当了村主任后大力发展茶业,在凤凰坪种植一种名为"青龙茶"的茶叶。北方人没有见过茶树,李有贵说他育了一批冬青,竟无一人识得庐山真面目。柴选江倒是没有什么抱负,只是抱着伸张正义为民请命的态度,充当了写举报信的执笔者。

对于写举报信的后果,刘凤珍也是始料不及,后悔得直骂自己混账。在办理张凤仙后事期间,她抱着忏悔的心情跑前跑后,出的力不比任何人少,并接二连三地给小宝买玩具买新衣,也尽量不和柴俊虎见面,她愧得慌。听了李有贵的话,刘凤珍叹了口气说:"世上没有卖后悔药的,反正我是无脸再当妇女主任咧,也不想再在凤凰坪住了,你们说咋办就咋办。今儿个咱们也算开一次斗私纠风会,谁要咋个骂我都行。"

柴选江说:"没有平地显不出高山,俊虎的所作所为,我算是心服口服五体投地咧。要说斗私纠风,咱们真的要斗斗私真的要纠正不正之风咧。咋个纠?我觉得应该采取亡羊补牢和将功补过的办法,一是借着这次上青龙湾庙会的机会,向所有认识的人宣传俊虎的劳苦功高和凤凰坪正在兴起的事业;二是把咱们的设想写成书面材料,让俊虎作个参考,看能不能实施;三是瞅个机会,再写个联名信交给乡党委和县委,请求恢复俊虎的村主任职务。等俊虎重新当了村主任,咱们来个负荆请罪,不就皆大欢喜咧?"

李有贵颇有同感:"柴老师的意见我举双手赞同,我提议咱们共同唱一首歌,表达一下咱们的感情。"

刘凤珍被李有贵的提议逗乐了,笑嘻嘻地说:"斗私纠风倒斗出歌兴来咧,是唱妹妹你坐船头,哥哥我岸上走,还是唱树上的鸟儿成双对?"

柴选江和田拴牢也乐了,咧着嘴巴直发笑。"麻子老三"正儿八经地说:"笑啥呢?我说的是掏心窝的话呀。电视连续剧《宰相刘罗锅》不是都看过么?那首《天地之间有杆秤》的插曲多好听,大小是一个理儿,大清朝有个宰相刘罗锅,凤凰坪有个好领导柴俊虎,我认为俊虎就是咱们凤凰坪的定盘星!"

刘凤珍不笑了,说:"那你领个头,大家一起唱。"

田拴牢又是摇头又是摆手:"要我唱歌呀,准和二狗他爷一样,不吓得人掩耳朵驴趴下才怪呢。你们几位唱吧,我听着呢。"他嘴上是这么说,其实心里有话"咋说变就变,柴俊虎真的就那么好?"田拴牢是个爱钻牛角的人,要他转弯子挺难。

李有贵清了清嗓门,轻声唱了起来,刘凤珍和柴选江也跟着唱:"天地之间有杆秤,那秤砣是老百姓,秤砣子挑江山咿呀咿儿哟,你就是那定盘的星……"

古庙会上的精彩镜头

凤凰坪所有上古庙会的人,恐怕就数田柱儿最高兴了,小伙子终于找了个好对象,刚刚确定了关系。姑娘名叫王水英,是距凤凰坪只有五里路的上王沟人,祖祖辈辈也都是在青龙河畔刨地为生。王水英经常坐船出山进山,田柱儿自然是认识的。介绍人说水英姑娘心灵手巧,长得也很水灵,柱儿妈喜笑颜开地说:"青龙河边长大的姑娘么,有几个丑的?老辈子人不是说了么,青龙河畔自古出美女,连山外城里人都晓得在咱青龙川寻媳妇呢。"

田柱儿是个大大咧咧的二百五,粗心大意出了名,老艄公田有福总骂他没肠子。可是谁也没有料到,粗人田柱儿细上心来,比婆婆妈妈的细心人还要心细。田柱儿和王水英在介绍人家中谈了不到一个钟头的话,就察言观色地揣摸透了王水英的性格和爱好,心里就打起了小九九。田春燕拒绝了他的求爱,断了他的念头,正当他垂头丧气之际,介绍人给他递过了红线头,古庙会为他提供了一个表现的好机会,他能轻易放过这百年难遇的好时机么?二十三岁的小伙子,求偶是压倒一切的头等大事。"关关雎鸠,在河之洲,窈窕淑女,君子好逑。"求偶配对,古来如此,有了王水英这样的"窈窕淑女",发育成熟了的田柱儿,能不"君子好逑"么?

田柱儿只有一个心事,朝思暮想着如何凭借古庙会的良机,和王水英双双对对逛会购物,如何取得未来的岳父母的青睐,如何猎取王水英的欢心,如何才能达到速战速决的目的,田柱儿平生第一次苦心孤诣地费开了心思,白天吃饭在想,走路在想,撑船摆渡在想,晚上躺在炕上还是翻过来覆过去地苦思冥想。功夫不负有心人,这么着想来想去,田柱儿还真的想出高招来了。

长辈人赶集上会,最大的乐趣和享受就是进进馆子看看戏,让儿女们簇拥着逛来逛去的风光风光。韩塬县的乡下人,把吃羊肉饸饹和热油糕,当作一项说起来轻,看起来也轻,但意义上很重的乐趣和满足。古庙会的前一天下午,田柱儿骑着摩托车来到青龙湾,把两盒"红塔山"香烟递给有饸饹世家之称的马师手中,说他要在古庙会上请未来的岳父母吃羊肉饸饹,要马师给他个面子。卖了几十年羊肉饸饹的马师啥事没经过,啥理不懂得?他明白年轻人的用意,笑呵呵地说:"小伙子你尽管放心,只要你领岳父岳母来吃饸饹,无论人多人少,我都会重新开汤重新压面,先请你岳父和岳母吃头份。"

田柱儿连声称谢,同样也给卖油糕的年轻夫妇扔去一盒"红塔山",又马不停蹄地去到乡政府,找到了分管文化、宣传的副书记,以五盒"红塔山"和来回坐船免费的代价,为岳父岳母在剧院的头排坐椅定了一号和三号两个特殊座席,他早打听清楚,未来的岳父岳母是一对老戏迷。至于王水英,田柱儿早已胸有成竹,年轻人不爱看古装戏,他要投其所好,陪着她去逛会买东西,陪着她去电影院看电影看录像,电影院放映室里黑灯瞎火的,拉拉手甚至搂一下亲一下,也不是不可能的。

俗话说:"智者千虑,必有一失。"但往往是"愚者千虑,即有一得。"事实证明,田柱儿的这种"愚者之虑"是一举中的,青龙湾古庙会结束后的第三天,他就和王水英欢欢喜喜地举行了订婚仪式。乡下人重情重礼不重法,男女双方订了婚,比领取结婚证还保险,无论哪一方要中途提出退亲,其复杂程度不亚于打一场离婚官司。

结巴田金生赶集上会,从来不在人多热闹处摆摊子,他的经营品种是独自一家,别无分店,没有人和他竞争,想找他的人不嫌路远,不怕麻烦,他躲在麦秸垛后边也能找到他。他把摊点设在牲畜交易市场后边,各种野味和中草药全都明码标价,从不和人争高论低。买野味和求药的人知道田金生是个结巴子,大都是按价付款,有些想逗乐子的,总要千方百计地和他讨价还价,田金生总是笑嘻嘻地光摇头不说话,实在逼急了,他就会脸红脖子粗地憋出很不连贯的两个字:"不……卖!"有求他治疗跌打损伤的,他用特殊药草当面治疗包扎,也照旧不讨价还价,给几个算几个,没钱不付也可以,他认为打猎是一种杀生的缺德行为,给人治病医伤是积福行善,一恶一善相抵,取得个心理平衡。

上会的很多人都注意到了,"结巴猎神"的摊位旁边,比往年多了一块写有"野生动物保护法"主要内容的白布,引起了人们的好奇。属于国家保护的珍禽异兽,在田金生的摊位上销声匿迹了,只有一些山鸡、野兔、野鸽和黄羊等等普通的动物。出人意料的是摊旁拴着一只毛色黄亮的大公猴,大公猴的脖子上挂着一片白布,上面写着两句话:"这只公猴太捣蛋,判它徒刑两天半。"这只猴子连续几次把田金生的帽子抓跑了,躲在树上和他捉迷藏,结巴一气之下捉住了这个调皮的家伙,让它在古会上看几天热闹,然后再放了它。

田金生的摊位很小,围观的人却很多。说是摊位,其实只是一块塑料布,上面摆满了各种中草药,以前那面写着"生猛海鲜,珍禽异兽"的小锦旗不见了,田金生成了"坐摊良医"。他采撷的中草药疗效奇特,自己也有一些祖传秘方,不但能治好一些常见病,而且对于一些疑难杂症也有药到病除的特殊功效,所以他的摊位前总是人满为患。"结巴猎神"人缘好,名气也大,很多不买药材不看病的人,也总喜欢逗他和他开玩笑,图个热闹。时间长了,给田金生杜撰的笑话也就口碑相传,不胫而走,自然是越传越神奇越搞笑,柴二狗到处咋呼,说已经笑死了好几个人。其中最令人津津乐道的有两个:其一是说有个叫二赖的赶集人,看见田金生的眼镜不错,毫不客气地摘下来说:"你一个结巴戴这么好的眼镜干吗?干脆卖给我吧,多少钱?"田金生连头也没抬,伸出拇指和食指,结结巴巴地说:"八、八、八——"一句话没说完,"啪"的一声,二赖失手把眼镜掉在地上摔破了,田金生后边的话脱口而出:"八百块!"二赖急眼了,大喊大叫:"结巴你要吃人呀,连二十块都不值的破眼镜,就敢狮子大张口要八百,要讹人咋的?"田金生不愠不恼:"八、八百,就、就八、八百块!"第二个笑话更有趣,说田金生有次去县城最大的饭店黄河大酒店吃饭,问有啥好酒,服务员拿来一瓶二十年窖藏红西凤,田金生问什么价,服务员报价一千元,田金生涨红着脸说:"开、开——"手脚麻利的女服务员"砰"的一声启开瓶盖,田金生后半句话也蹦出来了:"开、开啥玩笑!"围绕这些话题,杜撰的笑话成了集体创作,有多个版本,都由传播者添油加醋任意发挥,图个高兴图个乐和,反正笑死人不偿命。

经过那次批评与自我批评会,田金生害怕了,真正弄清了自己的行为距失去自由只有一步之遥。开过会的第二天,田金生带着"黑熊"和"花豹",来到了一处名叫牡丹峰的山坳,目睹了一场惊心动魄的弱肉强食的野兽相残。上到山头,田金生感到有些困乏,就坐在一棵大松树下闭目养神。忽然,"黑熊"和"花豹"发出了低低的嘶鸣声,田金生睁眼向下望去,蓦地惊出了一头冷汗,只见距他不过五十多米的山坳里,一头牛犊般大小的金钱豹从灌木丛中蹿了出来,蹲在一片杂草丛中,虎视眈眈地东张西望,血盆大口里的舌头吐得老长。田金生下意识地一个就地卧倒,居高临下地把枪口对准了那头猛兽。过了不大一会儿,又从那片灌木丛中钻出一头大灰狼,大灰狼冒冒失失地撞到金钱豹身边,突然吓瘫了,连逃窜的力气也没有了。它卧在草丛中喘了一阵气,又站起来围着金钱豹,一边用嘴巴摩挲着金钱豹的皮毛和尾巴,一边哀哀鸣叫着转圈儿。金钱豹大大咧咧地蹲在那儿,对大献殷勤的大灰狼毫不理睬,只是不时地伸出右爪,在自己的嘴巴上抹来抹去。当大灰狼再一次转到金钱豹的身前时,金钱豹突然一跃而起,一口咬住了大灰狼的脖子往灌木丛中拖,大灰狼拼命地挣扎,也伸出双爪乱刨乱抓,显出一副困兽犹斗的拼命架势,由于大灰狼也很硕壮,金钱豹急忙不能如愿以偿。这个时候,田金生要是一开枪,再让"黑熊"和"花豹"一个冲击,那头金钱豹和大灰狼无疑都会成为他的猎物,几万块钱就会揣进腰包。可是田金生有了教训,他不愿意也不敢为了几万块钱而去坐大牢,硬是眼睁睁看着金钱豹把大灰狼咬死后拖进了灌木丛。当天晚上,结巴把这段奇遇"唱"给了柴俊虎,柴俊虎动了感情,一把抱起结巴抡了好几圈,说一定要在村民大会上表扬"结巴猎神"。

光棍李金锁本来不想上会,可待在家中没事干,太烦太闷,他来到青龙湾,没有地方可去,就坐在戏台下看戏,县剧团唱了三天四夜,他看了四夜三天。人说唱戏是高台教化,李金锁这次看戏,把自己当成受教育启发的小学生,他一边看着戏,一边借古喻今,回想着两个多月来发生的那些事,百感交集,五味俱全。看了大型古典戏《假婿乘龙》,光棍感到羞愧不堪,孙玫庭抱打不平,打死了吏部天官的恶少吴独,救下了相府的千金小姐,在丫鬟春草的极力周旋下,英雄美女,佳偶天成。自己呢?在柴二狗的教唆下骗奸了"风流寡妇",又失去理智干下了那件丢人现眼的事,险些成了罪不容赦的强奸犯或者是死有余辜的杀人犯。看了《狮子楼》,光棍更是如坐针毡。西门庆经过王婆牵线拉皮条,和潘金莲勾搭成奸,合谋毒害了老实善良的武大郎,最后落了个臭名永传的下场,都先后死在了武松的刀下。按说,"风流寡妇"和牛建明,有过刻骨铭心的生死恋情,自己骗奸了"风流寡妇",要闹事要拼命的应该是牛建明,自己犯得着发邪火么?那天夜间,要不是李军强和柴俊虎奋不顾身制服了自己,落得个粉身碎骨、臭名远扬值得么?

　　台上的演员越演越来劲儿,台下的光棍越看越汗颜,悔恨交加的泪水涌了一次又一次。他看了二十多年戏,这次才真正受到了教育和启发。柴俊虎要他担任陶瓷厂的副厂长,他受宠若惊,也感恩戴德。光棍有一身蛮力气,也舍得出力,他有信心有决心干好这个差事,他要以实际行动报答柴俊虎的知遇之恩,他盘算好了,古庙会一结束,他就卖掉家里那些活物,把铺盖搬到陶瓷厂去,以厂为家,不干出样儿永不出沟!

　　白雪莲有好几年没有正儿八经地赶集上会了,今年有牛建明陪着她上庙会,她兴高采烈,像个十八岁的少女和恋人相携似的,觉得天是纯蓝的,太阳是明艳的,庙会上的一切一切都是那么新鲜,都那么令人赏心悦目。庙会上人如潮涌,白雪莲紧紧挎着牛建明的胳膊,牛建明紧紧搂着白雪莲的腰,相依相拥着在人群中挤来挤去,跑遍了古庙会的每个角落,浏览了大大小小形形色色的摊位,尝遍了所有的小吃,看电影看录像看杂技看耍猴,还用竹圈儿玩套香烟的游戏。为了给牛建明买身合适的新潮衣服,白雪莲把庙会上陈列的服装摸遍了,竟没有一件能看上眼的,气得她像个小姑娘似的噘着嘴直嘟囔,牛建明开玩笑说:"不要寻咧,咱俩合穿一身衣裳吧。"

　　按照白雪莲和牛建明的计划,他俩趁着上庙会之机,到乡政府办理结婚证和迁移户口手续,估计不会太顺利,所以一大早就赶到了乡政府。由于柴俊虎向乡长贾景堂打了招呼,事情办得相当顺利相当快,领取结婚证和迁移户口,前后总共不到一个钟头,能说政府机关的办事效率不高么?省下的那么多时间,不逛庙会不去风光去干啥?

　　人的感情是相当复杂相当微妙的,世界上最伟大的科学家也无法解剖其中的奥秘,世界上最天才的文学巨匠,也无法恰如其分地描写和探索其中的真谛。白雪莲和牛建明曾经有过一段生死恋情,爱情被时代扼杀了,有情人未成眷属,可他们心里都铭刻着彼此的影子。白雪莲的婚后生活不幸福,不美满,本来应该成为恩爱夫妻的两个人,却不能终日相聚,不得不偷偷摸摸地做了野鸳鸯,两人的心态都不能得到平衡,见了面不是相对而泣,就是争争吵吵,最后又恋恋不舍,牵肠挂肚地一步三回头分了手。这次是那次的翻版,那次又是这次的重复,都在牛郎织女般的企盼中,各自和名为夫妻的人同床异梦,各自为对方在心灵上守护着一片神圣的土地。

　　两个多月前,白雪莲根本没有想到牛建明会发生婚变,她在春情难熬的情况下,让柴二狗和光棍李金锁钻了空子,她觉得太对不起牛建明了,她发誓要用真挚的爱用无微不至的关怀用自己的生命去对待牛建明,以实际行动弥补她的过失。快四十岁的人了,竟又恢复了初恋时的心态,一天不见牛建明就发慌。前几天,牛建明回野虎川去处理离婚后的遗留问题,连来带去只有五天时间,白雪莲觉得好像过了五年,天天下午都要站在屋后那块石岩上,目不转睛地翘首以待。那天下午,牛建明的身影刚刚在山坡上出现,白雪莲就情不自禁地跑过去,一头扎进牛建明的怀中,撒娇地捶打着牛建明的胸脯说:"你还知道回来?我以为你让人给拐卖咧!"

牛建明说他把孩子送给了"阿庆嫂",把家产变卖了,全部顶了孩子的抚育费和学杂医疗费,并说苟民锋因强奸一个上门化缘的假尼姑,连同以前的恶行数罪并罚,被法院判了十三年有期徒刑,说他把野虎川的事情全部处理完了,从今往后再不离开白雪莲。白雪莲心满意足地说:"钱财是身外之物,都让'阿庆嫂'拿去吧,孩子的事亏不了你,我保证一年之内给咱们生个双胞胎,一男一女,男孩坐在你的右腿上,女孩坐在你的左腿上,一男一女活神仙,你不感到美气么?"

牛建明笑了:"那你坐哪儿?"

白雪莲仰头吻住牛建明的耳朵娇笑说:"我坐在你的怀里!"

这年的青龙湾古庙会,好似一个具有超光波的巨型磁场,把三百多公里外的姚昆也从西安吸过来了。为了赶这一年只有一次的古庙会,姚昆智者千虑,精心筹划,找了个冠冕堂皇的借口,向他重新就职不久的单位请了一周假,风尘仆仆地赶到了青龙湾。他跋山涉水地来到这儿,自然不是为了赶集上会看热闹,他是醉翁之意不在酒,他要借着这个机会来缠高秀月,他对她仍不死心,还抱着一线希望。

在来到青龙湾之前,姚昆设想了一套又一套见面方案,重温了他自认为能打动高秀月心弦的说辞,并为高秀月带来了一条24K的金项链和一套法式新潮秋裙。姚昆原计划直奔卫生院去见高秀月,可一挤进上庙会的人流,他的信心又动摇了,他有过青龙渡的那场教训,他很了解高秀月的性格,这个有藏民血统的姑娘,要是翻脸使开了小性儿,她才不管是何时何地也不管你受了受不了,想咋说就咋说。他知道他在她心上戳了一刀子,极大地伤害了她的自尊心,他对她是有罪的。

半年多来,姚昆的处境也发生了很大变化,在几位同窗好友的周旋下,他进了一家中外合资企业,当了一名能发挥专长的技术员,还享有技术股权,待遇也比较优厚。他的妻子韩水琴被投入省女监劳改,随着时间的推移,心态也逐渐平静下来了,认识到她在毁灭了自己的同时,也毁灭了这个家,有负于姚昆,她同意了姚昆的离婚要求,很痛快地在离婚协议上签了字。姚昆的同学相继为姚昆介绍了几个对象,但姚昆在婚姻问题上有了沉痛的教训,也突然有了一种自卑感,觉得自己是从穷山僻壤走出来的农民的儿子,和城市姑娘存在着一条不可逾越的鸿沟,即便成为夫妻也难快乐。他深深体会到,人的意识观念和生活方式,是不会轻易改变的。相比之下,他觉得高秀月才是他真正向往中的妻子,三年之久的朝夕相处,心心相印,有过山盟海誓的初恋,已铭刻在心头,今生今世是无法抹掉的。姚昆一念之差,失去了对他一片痴情的高秀月,使他悔恨得肠子青,他千思万想,再一次下定了和高秀月重归于好的决心。

姚昆不敢贸然和高秀月直接见面,就采取了一个迂回接触的办法,稍稍化了装,嘴唇上贴了一撇小胡子,鼻梁上多了一副茶色镜,竖起了风衣领子,在人群中不远不近地跟踪着高秀月。秀月和俊虎妈以及小宝的行动,都没有逃过姚昆的眼睛,而高秀月有小宝缠着,还要招呼俊虎妈,根本没有认出夹杂在人群中并化了装的姚昆。

凤凰坪是青龙川最大的村庄,十个上会的人中就有三个以上是凤凰坪村的人,人们议论的话题无边无沿,包罗万象,但议论最多的还是凤凰坪正在兴办的股份集团公司,议论的是凤凰坪近期发生的一系列带有传奇色彩的人和事,柴俊虎自然是议论的中心人物。凤凰坪的事业,在整个韩塬县和周围地区都引起了新闻效应,在青龙川自然是家喻户晓的新鲜事,柴俊虎成了众口一词的谈论对象,随时随地都会被人们以各种口吻,加上他们的想象和创作,津津乐道地谈论着。加上"四人帮"一伙人的推波助澜,有不少说法把柴俊虎拔高了,甚至神话了,姚昆是未见其人,已闻其名,对柴俊虎的性格和为人了解得八九不离十,也促使他产生了新的设想。

两个多月没见面,高秀月出落得更加美艳,秀丽的瓜子脸显得棱角清晰,高直的鼻梁配上那张微微上翘的嘴角,显露出一种更加成熟了的高雅气质,真正的花容月貌,真正的风姿绰约。姚昆看得目瞪口呆,看得心驰神往,他经过一番思索,彻底放弃了正面接触高秀月的打算,决计再来个借风驶船,给柴俊虎写了一封情真意切的信,请柴俊虎为他和高秀月从中撮合,根据柴俊虎的品格和处境,姚昆认为他这样做是走了一着绝棋更是一着妙棋。

可怜天下父母心

　　老支书田根年也没有去青龙湾上庙会,他有要事缠身。柳翠香从陕北来到凤凰坪转眼之间快二十天了,结婚的日子总是无法定下来,他得到消息,英模演讲团三五天里要结束,赶李云杰回到家再定日子,好比诸葛亮设空城计,是没有把握的险事情。李云杰的终身大事,成了田根年的一块心病,李云杰的婚事办不好,田春山能办喜事么?他老田家从来不做对不起人的事,好在有女儿春燕陪着柳翠香,老支书感到肩上的担子轻了不少。

　　柳翠香来到凤凰坪后,田春燕推开了身边的一切事,整天形影不离地陪着柳翠香,小心翼翼地应付着周围的环境,竭尽全力为李云杰创造结婚的条件,她清楚她肩上的担子有多重,清楚自己扮演的是啥角色。

　　柳翠香虽然有田春燕陪着,有田二曼宠着,有做不完的婚前准备工作和家务活,可她思念"李云杰"之情溢于言表,三天两头地追问"李云杰"何时回家,想方设法打听"李云杰"小时候调皮捣蛋的奇闻趣事。田春燕有好几次偷偷地看到,柳翠香把她为"李云杰"缝制的羊皮背心拿出来紧紧地抱在怀中,贴在脸上,满面春色地遐想着心事,有时在酣睡中,也会发出呼叫李云杰的梦呓。

　　由丁贵一手导演的这场冒名顶替爱情剧,随着故事情节的发展,把几位当事人都扮成了马戏丑角,十分尴尬地扮演着颇为滑稽的角色。田春山以去江苏学习为由,躲在县城不敢回家,长这么大破天荒没有去青龙湾上庙会。他住在县政府招待所,为凤凰坪创办集团公司做些准备工作,全面考察了解周围几个邻县的苗木花卉市场,他一天从早到晚不要命地奔波着,借以冲淡他的孤寞和烦躁。

　　李云杰参加了英模演讲团,巡回到各地去演讲,抽不开身回家看望母亲,倒省去了不少麻烦。演讲团原定于古庙会的最后一天,在青龙乡政府作最后一场演讲,由于省上有关领导突然来韩塬县观摩演讲,推迟了来青龙湾演讲的日期,又一次给田根年和丁贵赢得了时间,使他们能够比较主动地选择李云杰的结婚日期,但无形中也给田根年和丁贵带来了压力:柳翠香咋办?

　　春燕妈年轻时得下了月子病,一直病病歪歪的,常年四季不离药,将就着干家务,对云杰和翠香的事帮不上忙,只是担心,也有些伤心。春燕妈的娘家也在陕北,从她记事起,全家人就随着父亲从定边来到宜川寄居,她十岁时死了母亲,父亲在悦来客栈当伙计,专职喂养马匹。驮运货物的骡马毛驴一走进客栈,客人把缰绳递到了她父亲手中,就算是万事大吉了,洗刷、喂水、铡草、添料全是她父亲一个人的事,直到客人离开为止。

田根年随着他爹赶脚,来回都在悦来客栈住宿,一来二去的和春燕妈的父亲成了熟人,也认识了春燕妈。春燕妈十九岁那年,她父亲撒手西归了,临终前把春燕妈托给了田根年父子,那年田根年二十一岁,两个人都到了男大当婚、女大当嫁的年龄,田根年的父亲给悦来客栈老板留下了二斗小麦,把春燕妈驮到了凤凰坪。春燕妈从小就是个发育不良的黄毛丫头,结婚时体重不到九十斤,婚后好几年不开怀,直到三十多岁才生下了田春山,后又有了田春燕,她的月子病是生春燕时得下的。春燕妈性格温和,心肠良善,是个典型的贤妻良母。她关心儿女,把心全部操在了丈夫和儿女身上,宁可自己受苦受累,也不让儿女受半点委屈。春燕学放炮险些丧命的事,她是过后才听到的,当时就后怕得晕倒了。李云杰见义勇为,舍生忘死救了儿子和女儿的命,春燕妈感激涕零,三天两头往县医院跑,恨不能把自己的右手剁下来给云杰换上。丁贵要田春山冒名顶替成全李云杰的婚事,春燕妈满口答应,发誓说李云杰娶不到媳妇春山永不结婚。柳翠香不停地来她家串门,声音甜甜地喊婶,她心中又甜又涩,翠香和春山,多好的一对啊,她不敢想象,如果翠香喊她一声妈,她会不会再晕过去?可是现实是残酷的,柳翠香是李云杰的媳妇,是儿子冒名顶替从陕北引来的一只金凤凰,她相中的是儿子田春山。人世间的深仇大恨,莫过杀父之仇、夺妻之恨。可儿子和李云杰谁跟谁呀?没有云杰的舍命相救,儿子和女儿能活命么?救命之恩是能报答得了的么?何况云杰是在她眼皮下长大的,小时候吮过她的乳汁,吃过她做的饭菜,穿过她缝补的衣服,她对云杰也有一份母爱。对于云杰和翠香的婚事,春燕妈尽管百感交集,但她还是诚心实意地盼望两人尽快结婚办喜事,她常常自我宽慰:不管是云杰还是春山和翠香结婚,生下孩子都把她叫奶奶呢,权当多了一个儿子。春燕和翠香进县城学电脑去了,她天天牵肠挂肚,害怕春山和翠香不期而遇,又希望他俩能在一起谈谈心,云杰、春山、翠香和春燕的影子,整天走马灯似的在她眼前晃动,弄得她茶饭无味,忧心忡忡。

"咯咯咯……"一串银铃般的欢笑声,打断了春燕妈的遐思苦想,田春燕和柳翠香嘻嘻哈哈地走进家门,连声嚷嚷着说:"妈,快做饭,我俩快饿死咧!"

春燕妈笑嗔道:"县城啥好吃的没有?渡口那边也有卖饭的,咋空着肚皮往回跑,傻得连个气泡儿也不冒。"

田春燕撒娇地说:"啥饭也没有妈做的饭好吃,我就爱吃妈做的饭么。"

柳翠香把从县城买的橘子和香蕉放在桌子上说:"婶,您老歇着,我去做饭。"

春燕妈爱怜地拉着柳翠香的手说:"跑了这么远的路,你就不觉得累?快躺在炕上歇着,我给你姐妹俩做一顿猫耳朵,听燕子说你爱吃那饭。吃过饭快回家去,你妈一天能来五六趟,一个劲儿问你和燕子啥时候能回来,今儿个已经来过两回咧,刚走不大会儿。"

田春燕装着嫉妒的样儿说:"翠香姐,你多幸运啊,三婶把你这个儿媳当成了女儿，宠得跟个心肝宝贝似的，捧在手上怕摔咧，含在嘴里怕化咧，等你以后生个十斤重的胖娃娃，她准要把你顶在头上呢！"

柳翠香害羞了，扑过去抱着春燕，要咬掉春燕的舌头，两个姑娘嘻嘻哈哈地在炕上翻来滚去，比唱大戏还热闹。春燕妈怀着又喜又涩的心情，苦笑着走进厨房。

柳翠香从陕北来到凤凰坪后，压力最大的就数田春燕了，她整天提心吊胆地陪着柳翠香，既要想方设法应付柳翠香，还要应付前来看望柳翠香的村里人，生怕稍有不慎会露出马脚。山里人重情义，好奇心也强，李云杰在陕北找下对象的事，凤凰坪差不多是家喻户晓，人人皆知，但对田春山冒名顶替的内幕，却无人清楚。柳翠香来到凤凰坪的第二天，大多数人都知道李云杰的媳妇是个千娇百媚、如花似玉的美人儿，三三两两的结伴来李云杰家中看稀罕，向田二曼道喜祝福。凤凰坪的父老乡亲，诚心实意地为李云杰着想，以各种方式热情欢迎柳翠香的到来，核桃、红枣、鸡蛋以及各种干鲜果品摆了一摊又一摊，多得一架子车拉不完。军强妈把她做姑娘时绣的一个肚兜从箱子底下翻出来，郑重其事地交给了柳翠香，拉着柳翠香的双手左看右瞧，不住声地赞叹："啧啧啧，多俊的姑娘啊，鼻子是鼻子，眼睛是眼睛，跟个貂蝉似的，云杰这娃真是有福气，他虽然……"

田春燕一看要露馅，急忙截住军强妈的话头调皮地说："您老真是偏心眼儿，把我翠香姐夸得天上没有地上缺，我不也是鼻子是鼻子，眼睛是眼睛么？"

满屋子的人全都被逗笑了，军强妈笑道："燕子也是个美人儿呢，我们村自古出美女，个个都是金凤凰，要不咋叫凤凰坪呢。"

诸如此类的险情，时时刻刻都可能发生，田春燕脑子里的弦始终是绷得紧紧的，一夕数惊，还得不显山不露水地巧妙应付。女人们尤其是上了岁数的老太太，爱拉家常喜唠叨，拉起话来像拉开了线头，没完没了，油盐米醋，马路新闻，天上地下的无所不谈，要了解一个人的底细，用不着跑腿，也用不着求人，只需坐下来听几个婆娘拉一阵闲话，就啥都明白了。村里那么多人前来看柳翠香，围在炕头上拉闲话，没准儿会说出春燕学放炮、云杰截掉右手的话题，田春燕肩上的担子有多重，思想上的压力有多大，是可想而知的。

半个多月来，田春燕使尽浑身解数，费了九牛二虎之力，在她妈和田二曼的配合下，总算闯过了一道又一道的险关，柳翠香整天都是喜气洋洋的，欢声笑语不绝于耳，她怀着甜蜜的心情和美好的愿望，朝思暮想等待着"李云杰"。临近青龙湾古庙会的时候，田春燕刚刚松弛下来的心情又紧张起来了。古庙会上人多嘴杂，难免会碰见一些同学和亲友，难免有人问起李云杰为救她兄妹而截去右手之事，能总不透风不漏雨地瞒着柳翠香么？万般无奈之下，她去向柴俊虎求救，柴俊虎沉思良久，想出了一个两全其美的办法。柴俊虎让田春燕先走一步，他向田根年谈了他的想法，田根年如释重负地说："这真是个好办法，于公于私都有好处。"

柴俊虎来到李云杰家，见柳翠香正在飞针走线地刺绣着游龙戏凤，连声夸赞："翠香，你的手可真巧啊，青龙和金凤栩栩如生，龙凤呈祥，是个好兆头。"

柳翠香笑道："俊虎哥，你也信这一套？"

柴俊虎说："设计图案和作诗写文章一样，都是表达意态么。你刺龙绣凤，表示你胸怀大志，有积极向上的信念和追求幸福的愿望，咱们凤凰坪创业之初，正需要胸怀大志的各种人才，你来的可正是时候啊。"

柳翠香把沏好的茶水递给柴俊虎："我啥特长都没有，算个啥人才啊。"

柴俊虎说："你心灵手巧，又有高中文化程度，只要有决心，啥事干不来？我和老支书商量了一下，决定派你和春燕去县城学电脑，回来后在凤凰坪办个学习班，重点培养一批操作电脑的技术人才，搞企业离不开电脑。"

听了柴俊虎的话，柳翠香像服了兴奋剂似的，感到浑身上下充满了活力。凤凰坪正在兴起的事业感召着她，凤凰坪父老乡亲们的热诚感动了她，她庆幸月下老人为她和"李云杰"系了红线，庆幸丘比特为她和"李云杰"射出的爱情之箭，她感到自己是最幸福的人，当即向柴俊虎做了保证："学习电脑我还有点基础，保证一个月内学会。"

田春燕为柴俊虎的举措暗自叫好，十分高兴地说："凤凰坪有几十名初中生和高中生，可以全部培养成为操作电脑的技术人才。"

柴俊虎摇摇头说："并非人人都能成为操作电脑的技术人才，这里边包含着许多人生之道，我在江苏考察学习期间，听到过这么一个故事：广州有一家跨国电脑公司，要招聘一批高级管理人才，月薪五千元。报名的有好几百人，经过层层筛选，最后只剩下十个人，总经理把十名应聘者召集到他的办公室，说我们这次招聘的高级管理人才，具体工作是对公司的管理情况做出客观评价，确保公司决断的正确性。现在我给诸位每人一台电脑，请诸位用电脑对公司的发展进行一次整体策划，三天后拿软件在这儿集中，公司将择优录用。

"应聘人员中有个叫金明的大学毕业生，忠厚老实，事业心很强，他抱着电脑回到旅社，连饭也顾不上吃就忙开了，他从事过电脑工作，操作起来得心应手，运用自如，想怎么操作就怎么操作，被人誉为'活电脑'。可那台电脑不晓得啥地方发生了故障，无论怎样摆弄，指令就是输不进去，能检查的地方全检查过了，还是毫无办法。公司招聘管理人员的唯一条件，就是要精通电脑，既要会操作，也要会排除故障，会修理，金明不好意思要求另换电脑，只好望机兴叹。三天以后，十名应聘者按时来到总经理办公室，其他九人都满面春色地交上了他们设计的软件，只有金明一个人心灰意冷地坐在一边，等待着交机走人。女秘书把九份软件依次推进放在写字台上的电脑中，总经理看着大屏幕上显示的内容，连连点头称好。轮到金明了，金明红着脸说他那台电脑出了故障，他无能为力，心甘情愿认输走人。

"总经理和女秘书悄声交换了意见,对十名应聘人员说:这十台电脑我都做过特殊处理,是无法使用也无法排除故障的,也就是说,那九份软件是诸位借用其他电脑完成的。诸位都是有才华的管理人才,可连一句真话都不敢说,以后咋能严格监督公司的工作呢?最后,就金明一个人被录用了。"

田春燕和柳翠香听了这个故事,会意地相视一笑,柴俊虎说:"这个故事很有意义,说明了电脑在工作中的重要性,也说明了人的因素第一。电脑再先进,也是人创造的,也得靠人操作掌握,电脑能否发挥主要作用,关键在于使用者的人格和事业心。具体到咱们凤凰坪的事业,能否培养一批德才兼备的电脑操作人才,全靠你二位女将咧。"

柳翠香十分庄重地连连点着头,田春燕忽然"扑哧"一声笑了:"我也听到一个故事,陕北有一位老汉的儿子去沿海地区打工,走时忘了带上他妈为他赶做的新鞋,老汉把写有儿子地址的信皮塞进鞋里,把那双新鞋挂在村口的电线杆上。隔壁放羊的小伙子和老汉开玩笑,爬到电线杆上取下了那双新鞋,把他穿过的一双旧鞋挂在电线杆上。第二天一早,老汉赶到村口一看,那双新鞋变成了旧鞋,十分高兴地对老伴说,电那玩意儿的脑子就是灵,也快得出奇,一夜之间就把新鞋送到了几千里路外,又把咱娃的旧鞋电回来咧。"

故事没讲完,田春燕忍耐不住,自个儿趴在炕头上笑得直不起腰,柳翠香悄悄在田春燕的大腿上掐了一把,田春燕尖叫一声跳了起来,连声嚷嚷着肉被掐掉了,柳翠香咯咯地笑着说:"这叫点穴发电,是我们陕北的一大发明,比那电线杆上的电快多了吧!"

笑过了,闹过了,田春燕和柳翠香愉快地接受了任务,在古庙会上只逛了一圈,就乘车去了县城。田春燕有不少同学住在县城或在县城工作,她通过一位在工商局工作的同学,跑遍了县城里所有的电脑门市部,最后和一家电脑培训中心签订了培训协议。

在县城,田春燕抽空去了招待所,发现田春山一谈起柳翠香,就会流露出不自然的神色,显得语无伦次,田春燕心里打了个沉,害怕哥哥做下对不起云杰的事。晚上两个人挤在一个被窝睡觉,田春燕旁敲侧击地贴着柳翠香的耳朵问"你俩亲嘴了没有",柳翠香拧了田春燕一把说:"啥话些,云杰才不是那种人呢,他把话说死咧,不到结婚那一天,连手都不能碰一下,这样的男人哪找去?我也向他表了态,除过李云杰,亿万富翁和外国总统我也不稀罕!"

田春燕心中一热,情不自禁地抱住柳翠香亲了一口。柳翠香咬着田春燕的耳根说:"我搜集整理了一段陕北情歌,一直想亲手交给云杰,可总是没机会,今天让你先睹为快。"

田春燕怔了一下:"陕北情歌,在哪儿?"

柳翠香翻身坐起,从小布包里取出笔记本,翻开扉页说:"你看看,挺长的,可感人咧。"

田春燕接过笔记本,先是自个儿轻声念,随即柳翠香也跟着念,客房里响起了一曲美人小合唱:

> 蓝蓝的天上出星星,小妹妹心上长虫虫。
> 日日夜夜做梦梦,一心想着情人人。
> 白天想得吭吭吭,晚上想得咚咚咚。
> 手端着面碗数根根,心里头悄悄叫亲亲。
> 想你想得不行行,趴在地上画人人。
> 抽签打卦问神神,爬到树上摇铃铃。
> 柳条条敲着窗棂棂,穿衣寻不着扣门门。
> 睡觉找不着灯绳绳,走路看不见圪塄塄。
> 干活没有心情情,两眼哭成泪人人。
> 远瞭不见人影影,只能给你飞吻吻。
> 如果你是木人人,就是对牛弹琴琴。
> 喝水总是走神神,吃饭咬了嘴唇唇。
> 眼里有你身影影,炒菜打翻醋瓶瓶。
> 凉拌黄瓜煮锅里,烧肉切成小丁丁。
> 总把味精当盐用,分不清韭菜认不得葱。
> 拉开窗帘瞭星星,心烦意乱盼天明。
> 吃一根豆角抽一次筋,想一回情人伤一回心。
> 石头上栽葱扎不下根,隔玻璃亲嘴急死个人。
> 捎书写信不见人,害得咱落下个人想人。

田春燕这一头的心放下来了,另一头的心又悬起来了:柳翠香这么钟爱着哥哥,她能再接受另一个男人的爱么?

春燕妈操持了几十年家务,练就了一套巧做家常饭的本事,五谷杂粮经过她的手,就会成为各种各样色味形俱佳的美餐。春燕好几天没有吃妈做的饭了,心里总有一种空空的感觉。春燕妈为了让女儿和翠香换换口味,精心地捏了一锅形象逼真的"猫耳朵",配上木耳、黄花和青菜,浇上了大半勺菜籽油,看起来惹眼,闻起来喷香,惹得田春燕和柳翠香馋涎欲滴,食欲大振,端起碗来吃了个风卷残云。春燕妈怀着又甜又酸的心情,慈爱地瞅着柳翠香,眼角又溢出一层泪花。她为两人添上第二碗饭,亲手加好辣椒和米醋,嗔爱地说:"男人吃饭狼吞虎咽,女人吃饭细嚼慢咽,急啥呢,慢点儿吃么。"

龙泉沟

丁贵这几天像是服了大量兴奋剂，精神亢奋得难以自抑，浑身上下充满了无穷无尽的力量，抬脚动步，虎虎生威，连吐出唾沫也有一种枪弹出膛的喷射力。那天他从青龙湾直奔柴家大院，把他的计划和盘托出，柴俊虎甚感意外地盯着丁贵看了好一阵，双手紧紧握着丁贵的手，只说了一句话："丁叔，你啥时候把户口往凤凰坪迁，我亲自给你办理手续！"

柴俊虎一句话把丁贵的眼圈说红了，他觉得人生第二个春天之旅，将从此由脚下开始。凤凰坪的兴衰，与他息息相关，他期盼凤凰坪的股份集团蓬勃发展，蒸蒸日上，他憧憬着姗姗来迟的黄昏之恋，渴望着美好的明天，他也认准了，看清了，他苦苦追求了二十多年的愿望，将会凭借凤凰坪大展宏图的东风而得以实现。他用了多半天时间，几乎踏遍了龙泉沟的每一块地方，跑遍了每个沟沟岔岔，凭着他一生积累的经验和直觉，丁贵暗自庆幸自己为凤凰坪发展畜牧业寻到了一块风水宝地。

龙泉沟紧濒青龙渡，因多泉而得名，泉多水多，水多草旺，一条犹如龙飞凤舞曲折蜿蜒的山沟，幽深十多里，满山遍野郁郁葱葱，鸟语花香，风光旖旎，茂盛绿茵的草地上，放眼皆是大大小小连绵不断的灌木丛，泉水汇成的一条小溪，依崖而流，潺潺有声。由于距离人烟较近，除偶然发现过几只野狼和野猪外，再没有发现过其他猛兽，是个天设地造十分理想的天然牧场。以前大集体的时候，凤凰坪大队的羊群最多时超过千只，可一赶进龙泉沟，便像细水流入沙土似的，眨眼间就消失得无影无踪，只能听见此起彼伏的咩咩叫声。百多头大黄牛走进茂密繁盛的草丛中，也只能隐隐望见其背。西部大开发以来，大羊群不存在了，村民们养十只二十只的，每天下地干活时，捎带着在附近山坡下小河边放牧就行，根本用不着去龙泉沟，久而久之，龙泉沟竟成了很少有人涉足的神秘地带。

龙泉沟北边的半山腰，有一圈长满杂草野蔓的墙基，遗留着一些破败不堪的堞垛和残垣断壁，依然保留着古堡旧寨的风貌。由于荒野偏僻，平常很少有人去过那里。丁贵肩负重任，自然是要进去看个明白的，为了以防万一，他请"结巴猎神"和他做伴，领着"黑熊"和"花豹"，闯进了那个荒芜神秘的古山寨。

这个古山寨依山傍水，面积很大，盘根交错着许多土台和坪地，虽然让杂木野草覆盖得严严实实，但还能从中发现不少砖头瓦块，还能依稀辨认出一些建筑物的残迹。在一排丛林杂木后边，呈弧形排列着几十孔窑洞，绝大部分都坍塌了，洞口披挂着荒草野藤，弄不清是虎穴还是狼巢。结巴田金生明白丁贵的意图，他轻轻打了个呼哨，顺手指了指，"黑熊"和"花豹"跃身而起，分别蹿入了两孔窑洞，不长时间又蹿了出来,没等主人再下指令,又分别蹿入了另外两个洞口,把一些野兔、野狐和野羊撵得四处逃窜,一群又一群的各种鸟雀拍打着双翅穿云而去。田金生顺手一枪,两只野兔乱蹬了两下就倒在了草丛中,田金生把野兔扔给"黑熊"和"花豹",他和丁贵挨个儿钻进了那些人能进得去的窑洞。

一番勘察下来,丁贵弄清了个大概,这个山寨以前住过人,是村庄还是猎户,是什么时候住过的,他和田金生是无法知道的,也没听到过这方面的传说。结巴田金生是个聪明人,想方设法为丁贵出谋划策,丁贵费了九牛二虎之力,才明白了结巴费尽九牛二虎之力连说带比画的指点,当下就急匆匆地去见柴德贵和刚退休不久的老教师李民贤,他要尽快弄清古山寨的来龙去脉。

柴德贵毕竟是位半吊子秀才,他小时候只上过六年小学,平常靠看古典小说看戏看电视,比别人多认识了一些字,也懂得了不少历史,自然是小说和戏剧里说的事,对真正的历史知识,他仅仅是知道一点皮毛,所以对龙泉沟那个古山寨的来历,是说不出个子丑寅卯来的。出于三句话不离本行的习惯,柴德贵听了丁贵创办养牛基地的设想,积极主动地为丁贵演绎、推算了一番八卦,金木水火土的预测在龙泉沟办养牛基地的兴衰。

退休教师李民贤,刚刚年过花甲,两个多月前光荣地离开站了整整四十年的讲台,抱着一大堆奖状以及各种荣誉证书,被几十名教师和学生敲锣打鼓地送回了凤凰坪。村上也十分热情地欢迎了这位教书匠,柴俊虎和田根年亲自领着几名小伙子,把李民贤的旧居进行了修缮,粉刷一新,送去了足够半年用的生活用品,还放了一场电影。

李民贤是一位语文老师,一本《新华字典》背得滚瓜烂熟,肚子里的墨水委实不少。他那一米七五的个头,好像承受不起过多学识的压力似的,背驼得令人感到心酸,棱角分明的国字脸上,布满了纵横交错的沟壑,每条沟壑里都像藏满了学识,映衬得他那双垂悬着眼袋的大眼睛,明亮清幽,总是闪烁着睿智的光芒。李民贤在教育战线上耕耘了大半辈子,热爱事业,淡泊名利,是个闲不住的人,他回到凤凰坪没几天,就在村口办了一个图书室,自费订了十多种报刊,义务为村民们收发信件并代写回信,还成立了一个老年娱乐活动中心,设身处地地为加强凤凰坪的精神文明建设,起着增砖添瓦的作用。李民贤十分钦佩柴俊虎的创业精神和超人的胆识,也对凤凰坪的事业充满了信心,说他桃李满天下,无论用得着哪一位他以前的学生,只要柴俊虎发个话,他就会把他的学生请到凤凰坪来听候调遣。丁贵前来请教龙泉沟古寨的来历,李民贤弄清了丁贵的意图,二话没说就动身去了县城。尽管他对龙泉沟的古寨知道得不少,但关系到凤凰坪股份集团的利益,也不敢贸然而言,他要追根寻源,找到一份正确的答案。这样的事,县志上不可能没有记载,他还想去见一下从事畜牧业工作的一位学生,让他牵头运用现代科学和行业经验,对龙泉沟的水质和土质进行一次系统化验。

　　《韩塬县志》第六卷五十八页，比较详细地记载了青龙川龙泉沟古寨的起源：北宋雍熙三年（公元986年），辽军占据了青龙川，在龙泉沟建造了"青龙寨"，屯兵养马，仗着地理优势和宋军长期对峙。由于战争需要，马匹在当时的争夺政权斗争中，具有举足轻重的地位，无论宋朝还是辽国，对马匹相当重视。北宋王朝设有管理马的机构"天驷监"，隶属太仆寺管辖，专职饲养、管理马匹。民间广设"户马"，当地官府按农户财产标准，规定养马数量，家产达到三千贯，养马一匹，家产增倍，马亦增倍，至三匹止。作为北方游牧民族的大辽国，更是视马如命，曾三令五申地严禁屠马，明文规定有私下宰杀马匹者，杀无赦。青龙川山清水秀，草茂林密，青龙渡又是一夫当关、万夫莫开的兵家险要关口，辽军自然把龙泉沟作为大本营，休养生息，以逸待劳，伺机袭击宋军。而驻在山外的宋朝军队，自然在地利上是失了一招，处于以劳待逸的被动地位，不说别的，仅想方设法筹集马匹草料这一项，就会耗去大量兵力和时间，还会影响将士的斗志。辽军之所以能在青龙川和宋军拉锯式地抗衡了三百年之久，完全是依托于龙泉沟得天独厚的自然条件。

　　李民贤在查阅了《韩塬县志》后，通过他那位当副县长的得意门生司马兆奇，把文化局局长冯仰山和林牧局局长秦川请到了龙泉沟，还带来了两位顶着博士头衔的技术员。副县长司马兆奇向两位技术员下了死命令，一周之内必须拿出龙泉沟的水质和土质化验报告单。柴俊虎自然是喜出望外，精神大振，他感激丁贵和李民贤的奉献精神，亲自领着柴二狗和田金生，扛枪引路背食品袋，陪着县上来的几位客人考察龙泉沟。

　　文化局局长冯仰山的考古渊学，在全省范围内也算一流的，在考古方面有着很深的造诣。他手执一柄高倍放大镜，穿树林，钻窑洞，时不时抓起一把土看一看，闻一闻，或者是趴在一个土丘前半天不抬头。冯仰山一身土一身汗地查来看去，有了重大发现，从一孔破窑洞里捡到了分别写有"应运元宝"和"康熙通宝"字样的两枚制钱，并在一个石香炉旁边刨出了一个长六寸、宽三寸的木牌，冯仰山如获至宝，掏出手帕小心翼翼地拭去木牌上的土锈，用高倍放大镜看了又看，爱不释手。

　　经过大半天的详细勘察，冯仰山以不容置疑的口吻做出了结论：青龙寨确实始建于北宋初年，也确为辽军所建，先后存在了四百多年，毁没于清朝乾隆至嘉庆年间，已荒芜三百多年了。他断言，在宋辽两军对垒作战期间，龙泉沟是辽军的大本营，也驻扎过宋朝的军队，最多时龙泉沟养过五千匹以上的战马。

　　外行看热闹，内行看门道，听冯仰山这么一说，李民贤就完全弄清了这个古寨的来龙去脉。那一个接着一个的圆土丘，是辽国建筑风格的遗址，他们是按照游牧期间的蒙古包形式而建房造屋的，后来元朝沿袭并发展了这种风格，以致后来在全国形成了一种建筑格局，元代建筑至今仍到处可见。至于在龙泉沟驻扎过宋军，那是显而易见的,因为有那枚制钱和木牌为证。对于木牌的用途,李民贤不知究竟,虚心地向冯仰山求教,冯仰山解释说,这块木板叫"传信牌",是北宋初年宋真宗时用以传令、通信的令牌,以漆木为主,前后刻字,分为两半,分别保管,主将传令时,书纸插入木牌槽中合契,复信时照此而行。并告诉柴俊虎和李民贤,县博物馆保存着宋朝时的一本"年甲簿",以指挥为单位,开具军官和士兵的乡贯、姓名、年龄、入伍时间以及迁补调动情况,总管、领辖等主兵官员点检后,盖印画押。簿有两本,一本由指挥掌管,一本由驻营处主兵官掌管。冯仰山说他回城后好好研究一下,看那本"年甲簿"与龙泉沟山寨有无关联,他会将具体情况随时告知柴俊虎。

  林牧局局长秦川和那两名技术员,被山清水秀、鸟语花香的龙泉沟迷住了,他们在丛林和齐胸高的茅草中串来串去,尽情享受着大自然的恩赐,感到龙泉沟的一草一木和山泉溪水,都散发着一种不可抗拒的诱惑。秦川是位科班出身的领导干部,牧过马,放过羊,去过蒙古大草原,当过奶牛场的场长,系统地学习过畜牧业知识,深谙畜牧之道,也热衷于畜牧事业。站在古山寨的墙垛上,放眼眺望龙泉沟,大有心旷神怡、回肠荡气之感,浮想联翩,心潮澎湃,他十分亢奋地对站在身边的柴俊虎说:"俊虎呀,我敢打赌,三年之内,龙泉沟一定会成为全省首屈一指的养牛基地,'青龙牛'将会风靡全中国! 再有两年,老哥我就该退休啰,到时候我要来龙泉沟,承包你们一个牛什么厂的,你要我么?"

  两位技术员受到了局长的感染,也争先恐后地问柴俊虎,他们以后来龙泉沟养牛基地求职行不行? 柴俊虎为情所动,心头上翻卷着一个又一个热浪,他没有料到,丁贵赶庙会赶出了这么一个大有发展前途的好项目,为凤凰坪的股份集团公司增加了一个主体企业。他更没有料到,凤凰坪的事业刚起步,就有人来到或将要来到凤凰坪,加入创业行业。王萍来了,牛建明来了,柳翠香和高秀月也来了,丁贵快要来了,连在职的林牧局局长和大学毕业的技术人员,也要放弃"皇粮"来凤凰坪。无论干什么事,人的因素第一。天上无云不下雨,世上无人事不成,现代化的市场竞争,说来说去就是人才竞争。有了人才,就有了一切;有了第一个人来凤凰坪,就会有第二个第三个。有了第一批,就会有第二批第三批。啥时候凤凰坪能容纳三五千各种人才,那将会是一种什么样的局面? 什么样的气候? 中国有九百六十万平方公里疆土,就只能有大邱庄、华西村和刘庄那三大村么? 论起自然条件,凤凰坪的起步条件比中国三大村都要好得多。以前是睡虎未醒,如今卧虎成了立虎,有社会上各种人才来凤凰坪,如虎插翅,立虎成了飞虎,凤凰坪的腾飞是指日可待。柴俊虎十分动情而自信地对秦川和两位技术员说:"凤凰坪的事业,也是社会上一切有识之士的共同事业,大家拾柴火焰高,等养牛基地初具规模,我用轿子去请你们,一定会让你们几位住进带有花园的小别墅,会让所有来到凤凰坪的有识之士有用武之地!"

  李民贤很幽默地用马克思的话,为柴俊虎的话作了注脚,"房子会有的,面包会有的!"

文化局长冯仰山有些眼热,笑呵呵地对柴俊虎说:"有缘千里来相会,无缘对面不相识,我两次来凤凰坪,都是偶然之机,两次前来都和凤凰坪的股份集团公司有关,看来我和凤凰坪有着不解之缘,没有功劳,也有苦劳,没有苦劳,也有疲劳,看在这三劳的分上,能不能给我一顶顾问的帽子?"

柴二狗插嘴说:"顾问顾问,顾上了问一下,顾不上咋办?"

在场的人都乐了,爆发出一阵欢笑声,惊得"黑熊"和"花豹"猛地从灌木丛中蹿了出来。正在此时,柴德贵和丁贵气喘吁吁地赶来了,他破例没有带那套《周易》,只带了罗盘和皮尺。柴先生听了柴俊虎的话,很少再给人算卦看相了,但他坚信《周易》是一门科学,他坚持着要用这门科学为凤凰坪的事业尽一些义务。柴德贵带着罗盘前来选择牛舍和办公场地,遇到了知音,得到了冯仰山的赞许和支持。冯仰山对《周易》也颇有研究,他深入浅出地讲解了五行相生相克的哲理,比了个例子:"巽代表东方,兑代表西方,艮代表北方,坎代表南方,东边的金和西边的土能用竹篮或布包带走,北边的火和南边的水却不能装进竹篮和布包,所以人们习惯说拿东西,而不能说拿南北。搞建筑也是同一个道理,哪面朝阳,哪面属阴,门面的方向和建筑物的走向、款式,都有一定的说法和要求,是不能随心所欲的。"

柴德贵听了冯仰山的话,佩服得五体投地,连连打躬作揖地说,听君一席话,胜读十年书,今天才算真正弄懂了《周易》的科学性。两名技术员来了兴致,帮着柴德贵定方位,划界线,测量地址,并按照丁贵的初步设想,绘制了一张示意图。秦川在这方面是行家里手,他独自一人穿山林,爬山坡,苦心孤诣地为未来的养牛基地构思着蓝图,在他的心目中,这里已是一个成龙配套,功能齐全,具有现代化规模的养牛基地。

人忙时光快,不知不觉,已过了吃中午饭的时间,柴二狗连声嚷着肚子饿了,柴俊虎很抱歉地取过装有糕点罐头和水果的食品袋,招呼大伙儿围过来进餐。"结巴猎神"想在客人面前显显手段,神采飞扬地朝着柴二狗比画了几下,柴二狗心领神会地对柴俊虎说,结巴想用城里人百年难遇的野味野餐款待客人,柴俊虎征求两位局长和两位技术员的意见,四位城里客自然是求之不得,但都是饥肠辘辘,不知要等多长时间,柴二狗说从捕到吃不用一个小时,四位城里客不可思议地半信半疑,田金生冲着大伙儿笑了笑,打了一声呼哨,和柴二狗随着"黑熊"和"花豹"钻进丛林,眨眼间就踪影皆无了。不过一支烟的工夫,随着一声沉闷的枪声,"黑熊"和"花豹"又蹿回来了,田金生和柴二狗也随后钻出丛林,把几只野兔、野鸡和野鸽放在众人面前,出乎意料的还有一只半死不活的半大黄羊。

野餐的地点放在山溪旁边一个避风向阳的小草坪上,小草坪没有大树,只有灌木丛,灌木丛后边的崖畔下,显露着几个山泉。"结巴猎神"确实是收拾野味的行家,随身携带的"百宝袋"中有刀具也有调料,动作快得出奇,前后不到十分钟,几样野物便被剥剐得干干净净,皮毛晾在树丛上,内脏自然是"黑熊"和"花豹"的午餐。柴二狗用木棍扎起了木架,捡来一些枯树枝,把野味吊在空中烘烤。田金生把几只野鸽用黄泥包好,放进火堆。不长时间,吊烤和放在火堆中的野味全熟了,香味随风飘荡,令人食欲大振,几位城里客吃得津津有味,边吃边啧啧称赞。

  两位技术员吃饱了,推开面前的啤酒和饮料,跑到山泉前,一阵牛饮,感到畅快极了。他俩抚摸着滚瓜圆的肚皮说,凭他们的直觉和经验,可以断定龙泉沟的水质十分独特,肯定有各种特殊的矿物质,说不定还具有异常的营养价值,表示明天一早就去西安,用最先进的仪器和方法,对龙泉沟的水质和土质做一次过细化验,三天之内报告化验结果。

"老板"和"东家"

>日落西山红霞飞,
>战士打靶把营归,把营归,
>胸前的红花映彩霞,
>愉快的歌声满天飞。
>米索拉米索,
>拉索米哆来,
>愉快的歌声满天飞,
>一二三——四……

县委书记王志辉唱着打靶歌,迈着不紧不慢的步子往回走。他不走正街,总是从靠着围墙的林荫道打道回府,他不愿意和人在半路上打招呼,不想让人打搅他唱歌唱戏。忙忙碌碌地劳累了一整天,借着步行回家的机会唱几句歌曲,吼一段秦腔,松弛一下精神,也算是潇洒走一回咧。文武之道,一张一弛嘛。由于常常会碰见熟人,县委书记的秦腔乱弹和自以为悦耳动听的歌曲,很少有从头唱到尾的时候,还出过几回笑话。有一次他拐进林荫道,刚唱了一句"杨延景勒住马回头观看",忽然觉得身后有响动,他回头一看,原来是一条在树丛中啃骨头的饿狗被他给惊动了,正朝着他嘶鸣咆哮,露出一副张牙舞爪的凶相,吓得县委书记急忙跑出了林荫道。还有一次,他刚唱了半句"我把你……"县长刘存义忽然从树后闪出来嘲讽他:"你把我要咋的?"气得县委书记抓住县长的双肩,连唱带说:"我把你含在嘴里怕化了,吞进肚里怕你不出来了!"

后来,县委书记不唱秦腔戏了,改唱歌曲,流行歌曲他不会,也不感兴趣,翻来覆去的总是那几首以前的老歌,不是"洪湖水呀浪呀么浪打浪",就是"九九哪个艳阳天呀来"。近来他总爱唱打靶歌,百唱不厌。他唱戏唱歌没市场,在办公室不能唱,怕下属们笑话,县委书记得有县委书记的威严。回到家老婆和女儿不让唱,说听他唱戏唱歌会得心脏病。没办法,他只好在林荫道上自我陶醉一回。

王志辉的心情从来没有这么好过,这段时间里,总是捷报频传,好戏连台,振奋人心的好消息一个接一个地往他耳朵里灌,在县上几个重点国有厂矿推行的股份制,一炮打响,全部平稳地转为非国有制企业,还招来了一些想投资想买厂矿的外商。与此同时,凤凰坪在没有依赖任何一级组织的情况下,自力更生,发奋图强,让农民以土地入股的形式,创办了以苗木公司为龙头的股份集团公司,短短的半年多时间,苗木基地初具规模,一些因地制宜的小型企业也应运而生,纷纷上马,还有几个很有前景的项目已经列入创业规划。这种在体制改革中涌现的新生事物,在全省还无先例,很快就引起了市委市政府和省委省政府的重视,一个电话接着一个电话,询问凤凰坪股份集团公司的进展情况,并要求韩塬县委尽快写出调查报告,派专人报送省委省政府。英模演讲团的巡回演讲,产生了强烈的新闻效应,也惊动了市委和省委,前几天省委分管宣传的副书记和省委宣传部长亲临韩塬,先后三次以普通听众的身份听了演讲,在韩塬县委的常委会上,省委副书记动了感情,滔滔不绝地大谈自己的感受,对韩塬县委这个举措夸了又夸,说他们回去立即向省委汇报,计划成立一个省级英模演讲团,到全省范围内的各地区巡回演讲,借此在全省掀起一个加强精神文明建设的新高潮。他当面向王志辉说,计划抽调韩塬县英模演讲团到省上作一次汇报演讲,要韩塬县委做好准备工作。

王志辉怀着亢奋的心情,在林荫道上反反复复地唱着打靶歌,一连唱了两遍,破天荒的没有任何人打扰,他感到十分惬意,唱秦腔的瘾头又发作了,他"吭吭"两声,清了清嗓门,刚打算吼几句秦腔,发觉已走到林荫道的尽头,来到了设有交警岗台的十字街口,他不好意思再唱了,把刚想好的戏词咽进了肚子。

交警台前亮起了红灯,县委书记自觉地停住了脚步,他抬起手腕看了看手表,已经是晚上 7 点整了,这才觉得饥肠辘辘。这儿离他家远,还有一千多米的路要走,他爱人在县医院当副院长,正点上下班,有时还得加班加点,他俩是谁下班早谁做饭。王志辉是陕西省西府人,爱吃面食,从当教师时就学会了擀面条,有一套扯面的好手艺,那年《法制周报》的记者撵到他家里采访他,正巧碰见他在做扯面,就送了王志辉一个"火头军"的绰号,他爱人逮住理了:"火头军就得有火头军的样子,今后你做饭吧!"

这儿离县长刘存义的家很近,穿过十字街口拐个弯就到。县长刘存义的爱人是中学教师,只带着一个班级的历史课,比较自由,有一套很不错的烹调手艺,今天是周末,她一定会做几样美味佳肴改善生活。刘存义和他一样,只要不外出,也是最后一个下班,这个时候很可能还没有开饭,是个打秋风的好时机,何况他还要找县长商量工作呢。县委书记摸了摸脸,见交警台前又亮起了绿灯,便扬扬得意地向刘存义家走去。

县长刘存义是个传奇人物,在韩塬县的人民群众中享有盛誉,他有两件惊人之举,曾被人们沸沸扬扬地传颂了好长时间。刘存义毕业于矿业学院,是从一家国营煤矿矿长的位子上转到县长位子上来的。这个从西安郊县农村走出来的农家子弟,保持着农家子弟的本色,憨厚爽快,敢说敢干,事业心极强,办事干练果断,从不拖泥带水。他在韩塬县走马上任的第二年,盘河乡的白庄村和连畔种地的马家村,因为冬灌的先后和用水量发生了争执,最后引起了群众性的持械斗殴,两个村的村民在各自的支书和村长带领下,倾村出动,以渠为界,两军对垒,楚汉分明。处于下游的马家村人把水渠扒了个一米多宽的口子,任由渠水流向公路,流向荒沟,我浇不成,你也甭想浇!马家村人扒,白庄人堵,先是扒渠的和堵渠的对打,继而是村干部上阵,马家村的村长吃了亏,跑回村委会开起高音喇叭,下了一道死命令,家家户户只要是能走动的人,都得拿着家伙上阵,去者奖,临阵脱逃者罚!白庄的高音喇叭也没闲着,与此同时也宣布着同样的命令,两村的村民闻令而动,纷纷拿着铁锨、斧头、菜刀拥向水渠豁口,双方都红了眼睛,亲戚朋友全不顾了,甚至女婿连岳父都不认了,混战刚开始就有不少人受了伤。当地派出所干警全体出动,随后公安局的局长汪豪强也带着五十多名干警赶到现场,根本无法劝阻,局长一声令下,几十杆冲锋枪朝着天空一阵扫射,震耳欲聋的枪声镇住了失去理智的人们,但这只是暂时的,沉寂了不长时间,就有人在人群中高声喊叫:"法不治众,公安局是吓唬人,谁也没胆量向老百姓开枪,打啊……"

正在千钧一发的紧要关头,一辆红色桑塔纳轿车风驰电掣般地开到现场,车还没有停稳,身材魁伟的县长刘存义就钻出了车门,大踏步地跨到决口的高台上,十分威严地说:"谁刚才在人群中煽风点火?有胆量给我站出来,你不敢站出来,说明你不是堂堂正正的男子汉是小人!"他扭头对公安局长汪豪强说:"把所有的公安干警全撤回去,当务之急是灌溉小麦。不要管他们,谁喜欢打架放开让他打,这里打不过瘾,让他们到县城里的广场上去打!"说罢,他脱掉身上的呢子大衣,抱着大衣"扑通"一声跳进水渠用身体去堵那个越来越大的豁口,正在此时,县委书记王志辉也闻讯赶来了,他见刘存义下了水,二话没说,也"扑通"一声跳进水渠,公安局长汪豪强自然不甘落后,也扑通到了渠水中。盘河乡的党委书记和乡长发了急,也要往下跳,刘存义厉声喊道:"你们跳下来顶屎用,快寻东西堵口子呀!"

马家村和白庄村的支书、村主任目睹此情此景,惊得目瞪口呆,好半天醒不过神来。乡党委书记和乡长顾不上动员其他人,眼下又没有可堵之物,情急生智,忙把自己的大衣脱下来扔进水渠,一些公安干警也纷纷脱下了大衣。

被扒开的口子很快就被堵上了,人们七手八脚地把县委书记、县长和公安局长从水渠中拉上来的时候,三个人都快冻僵了。他们被干警们用大衣裹起来往车里送,刘存义把乡党委书记、乡长和两个村的村干部招到车前,哆哆嗦嗦地说:"赶快、快组织人浇、浇地,没浇完前,谁、谁也不、不准离开,煽动群众闹、闹事的坏、坏家伙,一、一个也不准跑、跑掉!"

事后,人们把这场群众性的斗殴事件称为"白马战役","白马战役"没有被大批干警和枪声镇住,而是被县长刘存义跳水以身堵渠的豪气制止了。人身是肉长的,三九严寒零下十几摄氏度,跳进水中是啥滋味?人心也是肉长的,马家村和白庄村的男女老少目睹此情此景,谁能无动于衷?望着绝尘远去的几辆小轿车,不少人都流下了泪水,再也无人争水抢水了,这次冬灌比以往任何时候的灌溉都顺利。那些在人群中有意煽动闹事的,没等公安机关传讯,便背着铺盖卷主动去投案自首。很快,这件事就在全县传开了,韩塬县人民第一次认识了自己的县长。

还有一件事,发生在刘存义连选连任第二届县长的那一年。由于种种原因,韩塬县也和其他各地一样,精神文明建设没有跟上去,一些农村的黑恶势力曾一度抬头,歪风邪气盛行,社会秩序比较混乱,形形色色的违法犯罪案件屡屡发生。一场狂风暴雨,青龙河暴涨,汹涌澎湃的激流犹如脱缰野马,一泻而下,把距离青龙川口不远的108国道冲刷了一条两米多宽的豁口,交通中断了,南来北往的车辆被阻在豁口两边,越堵越多,一天一夜之间,竟拉起了一条长达十多公里的长蛇阵。

这节国道紧临龙门乡吴家村,吴家村有一个无恶不作的犯罪团伙,为首的歹徒名叫吴二龙。吴二龙一伙欺男霸女,胡作非为,打得无人敢当村干部。在这一伙歹徒的操纵下,吴二龙被"选举"为村主任,把一个好端端的村庄搞得乌烟瘴气,怨声载道,村民们敢怒不敢言,也不敢写举报材料,都晓得吴二龙一伙手眼通天,举报信发出去不几天,就会落到吴二龙手中。洪水冲垮了国道,自有公路管理站和交通部门抢修,但道管站派出的施工队被吴二龙一伙打跑了,吴二龙让手下人从村里寻来十多块木板,铺在豁口上,在路旁摆放了一张桌子,由他的团伙轮流把关收费,途经此处大车一辆收二十元,小车十元,摩托车五元,自行车两元,雁过拔毛,骨头里榨油。收费一律不开票,也不能讨价还价,稍有不服,轻则加倍罚款,重则拳打脚踢或扣押驾驶证。很快就有了爆炸性新闻:青龙川有了明火执仗抢劫的土匪!

过往车辆大都是长途运输途经此地,强龙不压地头蛇,忍忍气也就过去了,权当多交了一次养路费。当地司机咽不下这口气,接连不断地向有关部门反映,派出所推到道管站,道管站推给交通局,一个皮球大家踢,踢来踢去没着落。消息传到了县长刘存义耳中,他给公安局长汪豪强打了个电话,让汪豪强亲自带人去处理此事。县长的电话打下去没多久,吴二龙就知道了,汪豪强带人来到现场时,除过二十多位老头老太太轮流收费外,吴二龙一伙连个鬼影也见不着。汪豪强只好掉转车头,直奔县政府,向刘存义做了汇报,刘存义气恼地说:"老头老太太咋?再老也是公民,公民犯了法还论老少?你立即回去抽调五十名干警,半个小时后我随你们一块去现场。"紧接着,他给县委书记王志辉汇报了这件事,王志辉说他正忙着,让刘存义代表县委和县政府全权处理这件事,并建议让法院院长和检察院的检察长也随车同往,提前介入,以便从严、从重、从快地处理好这个影响十分恶劣的案件。

下午4时许,县长刘存义率领公、检、法三位领导和五十名干警赶到了青龙川口,兵贵神速,这一次吴二龙没来得及得知消息,那些老头老太太还没有接到撤退的命令。刘存义让公安干警就近借来几张桌子,召来了龙门乡的党委书记和乡长,组成了一个临时审查组。他让那些老头老太太站成一行,向他们交代了政策和有关法律知识,指出他们这种做法是违法行为,后果是很严重的,如不立即撤退和说出幕后策划人,就要按治安处罚条例惩处。老头老太太们一看政府、公安来真的,全都吓蒙了,异口同声喊冤叫屈。刘存义向干警们摆了摆手说:"既然喊冤叫屈,说明你们是受人指使的,只要能说出是谁指使你们干的,就没你们的事了。"

老头老太太们害怕吴二龙一伙,谁也不敢率先开口说话,刘存义指着五十多名全副武装的警察说:"有这么多的警察保护你们,你们还有啥顾虑?尽管说,我是一县之长,连敢说真话的老人都保护不了,我还有脸面再当县长么?"

县长明确表了态,老头老太太们的顾虑全打消了,争先恐后地检举揭发了吴二龙一伙的罪行。刘存义让乡长把吴家村近千名村民召集到公路旁的草滩上,简明扼要地讲了他的来意,随后厉声喝问道:"谁叫吴二龙?给我滚出来!"面对突如其来的阵势,外强中干的吴二龙早吓得腿肚子抽筋,随着县长的一声暴喝,他灰溜溜地走出人群,像条癞皮狗似的站在群众面前,脸上灰白得没有一丝血色,平时那种飞扬跋扈的嚣张气焰荡然无存。刘存义一挥手,一名武警亮出手铐走近吴二龙,刘存义喊了声,"慢着!"扭回头问刑侦队队长:"光带着铐子吗?"刑侦队长会意地点了点头,从腰带上抽出一条麻绳,一把揪住吴二龙,像捆猪般的来了个五花大绑,捆得像个粽子似的,又提起来往地上一蹾,把个为害一方的罪魁祸首蹾得灵魂出窍,把那伙歹徒吓得心惊肉跳。

吴二龙乖乖地俯首就擒了,刘存义又大声喝令:"凡是吴二龙流氓团伙的歹徒和跟随吴二龙干过坏事的,都给我站出来!"

随着刘存义的命令,凡是和吴二龙沾过边的人,都一个接着一个走出人群,心惊胆战地站成一行,经过乡长和原村干部的指认,刘存义大手一挥,公安干警一拥而上,该捆的捆,该铐的铐,一车拉走了十八名有违法犯罪行为的歹徒,还有几名有轻微违法现象的人当众受到批评,限期改正并写出揭发吴二龙罪行的材料。临走前,刘存义给龙门乡的党委书记和乡长下了一道死命令:立即按照法定程序,组织吴家村村民选举村民委员会主任,明天中午12点以前修复国道。在这次十分特殊的现场处理大会上,有不少南来北往的司机目睹了全过程,当歹徒们被押进囚车时,全场爆发出雷鸣般的掌声,一些深受其害的村民和司机买来了大量鞭炮,追赶着为刘存义送行。

本着中央"从快、从严、从重"打击违法犯罪分子的政策,韩塬县公检法联合办案,经过十多天的审讯、取证,对以吴二龙为首的流氓团伙做出一审判决,吴二龙被依法判处有期徒刑十三年,团伙成员最轻的也判了三年有期徒刑。在此基础上,韩塬县开展了一场声势浩大的打击农村黑恶势力和一切违法犯罪的行动,一大批犯罪分子纷纷落网,歪风邪气销声匿迹,社会秩序逐渐恢复正常。县长刘存义成了全县人民心目中的偶像,言必称"咱们的刘县长"。

县委书记王志辉敲开刘存义家的门,果然不出所料,县长夫人朱莉烹调了六凉六热的美味佳肴,正在一样一样地往餐桌上端。出乎意料的是,他的夫人冯兰和女儿王倩,也都正在忙着端菜斟酒,刘存义一见他就哈哈大笑:"老板,是来寻嫂夫人呢还是闻香而来混口饭吃?"

王志辉毫不客气地一屁股坐在上首的椅子上,抓起筷子就往菜盘里伸,他那宝贝女儿王倩一把夺过筷子说:"洗手了吗?老毛病咋总也改不了!"她嘴里这么说,是撒娇,心里也明白爸爸是又累又饿,急忙跑到卫生间,拧了一个热毛巾递给爸爸。刘存义嫉妒地说:"看王倩这孩子多孝顺,咋就不是我的女儿,老天不公啊!"

一句话惹恼了他的千金小姐刘锦,刘锦拽着刘存义的胳膊往外推:"鸡肠鼠肚,整个儿一个傻老帽,去去去,商店有卖带电脑的布娃娃,多买几个给你当女儿!"

县委书记幸灾乐祸地推波助澜:"东家,这叫病从口入,祸从口出,自个儿惹下麻烦怪谁去?刘锦,使点劲儿往外推,要不咱这顿饭不够吃!"

屋里响起一片欢声笑语,县委书记和县长都感到开心极了。类似这样的聚会,一年也就元旦、春节那么几次,难得今天欢聚一堂。王志辉和刘存义的关系,无论从公从私讲,在全国所有的县委书记和县长中恐怕为数不多,两个人年龄相仿,志同道合,都发过誓要把韩塬县推入十强县市之列。王志辉当过教师,善于动脑筋,遇事沉着冷静,以稳健而著称。刘存义是个炮筒子,敢说敢干,富有开拓精神,两人团结互爱,扬长避短,刚柔并济,可谓是珠联璧合,无论什么工作都干得有声有色。党政一把手同心协力干工作,县委县政府的领导成员自然也就船顺舵转,相互之间很少有钩心斗角的现象。县委书记和县长都很风趣幽默,王志辉称刘存义为东家,说他的工资是政府给发的,不是东家是啥?刘存义称王志辉为老板,说韩塬县就你官大,不叫老板叫啥?后来,王志辉当了市委书记,刘存义成了市长,俩人仍然如此,成为人口皆碑的一段佳话。

这个周末聚餐的气氛相当欢快,一顿饭拖拖拉拉地吃了一个小时。酒足饭饱,王志辉接过女儿王倩递给他的牙签,一边剔着牙缝一边说:"东家,加个班商量商量工作吧。"

刘存义点点头:"老板说咋办就咋办,外甥打灯笼——照旧(舅)。就按你的 ABC 依次进行,先说哪件事?"

王志辉讲话有个习惯,无论大小事,都要第一第二的按部就班往下讲,他刚刚伸出一个指头,还未来得及说"第一",王倩和刘锦就十分气恼地说:"烦人不烦人,有事到办公室说去,不要影响我们看电视!"

王志辉无可奈何地摊开双手,刘存义哈哈大笑着说:"没办法,人家人多势众,少数服从多数,咱俩到我卧室谈吧。"

微服私访

县长刘存义的卧室里摆设很简单,一张席梦思床两个单人沙发,除过两个床头柜和一个书柜外,再无其他上档次的家具。墙上的东西倒是不少,正中挂着一副全国地图和一副韩塬县地图,地图两边是两幅字画,一幅是郑板桥画的竹子,配有一首七绝古诗:

咬定青山不放松,

立根原在破岩中,

千磨万击还坚劲,

任尔东西南北风!

一幅是拿破仑的一段名言:"我有时像绵羊,有时像猛虎,我之所以成功,是因为我知道什么时候应该像绵羊,什么时候应该像猛虎。"字体银钩铁划,力透纸背,是刘存义在省文化厅工作的同学请一位著名书法家写的。

和墙上的名人字画形成强烈对比的,是床头上写着"制怒"两个字的一张方块纸,字体歪歪扭扭像站不稳脚跟的小孩儿,那是县长夫人朱莉的杰作。王志辉一见那两个字就发笑,刘存义也总是那句话:"笑啥呢?那是夫人用心血给我写的座右铭,是无价之宝,你要是想买,八折优惠,给两万元就出手。"

王志辉走进县长夫妇的卧室,破例没有再冲着那两个字发笑,顺手拉开床头柜的抽屉,从里边摸出一个烟盒,一看是个空盒子,拉开另一个抽屉,连个空烟盒也没有。刘存义笑嘻嘻地说:"我大白天都寻不着,你黑灯瞎火的白费啥劲儿呢。"朱莉和冯兰都反对丈夫抽烟,王倩和刘锦旗帜鲜明地站在母亲那边。王倩和刘锦都是独生女,两个人毕业于同一大学,又同在电厂工作,好得跟个亲姐妹似的,两人经常协同作战,给王志辉和刘存义制定了许多清规戒律,不准吸烟就是其中一条。望着王志辉颇为失望的神色,刘存义诡秘地笑了笑,挤了一下眼睛,王志辉一看就知道有戏。果不其然,王倩和刘锦分别端着水果瓜子和茶水进来了,她俩把盘子放在茶几上,皱起鼻子闻了闻,用目光在两位老爸的身上扫来扫去,没有发现任何异常现象,说了声"不要吸烟",就拉上门退出去了。刘存义蹑手蹑脚地走到门后,屏声静气地听了听,拉下门闩,变戏法似的从沙发下边摸出一盒"红塔山"和一个简易打火机,抽出两支香烟,两人大口大口地吞云吐雾,总算如愿以偿地过了一次烟瘾。

王志辉续上第二支香烟,从口袋里摸出一个袖珍笔记本说:"咱们县的形势越来越好,咱俩也就越来越忙,有很多事情亟待解决,咱俩得好好商量研究一下,第一……"

"你先别第一第二咧,今天其他事一概不谈,只说凤凰坪的事,我晓得你近来一直是想着这件事。"刘存义截断王志辉的话,他清楚县委书记和他是同一心思。

王志辉笑了笑,把那本袖珍笔记扔在床头柜上说:"看来你是胸有良谋咧,听听你的高见。"

刘存义吸了一大口香烟说:"我高见个屁呀!人家凤凰坪不等谁不靠谁,自力更生创办了股份集团公司,据说在全省乡镇也是绝无仅有的第一家,地区和省上都知道了,咱俩还不清楚人家是咋个搞的。搞到了啥程度?这是一种真真正正的失职行为,主要责任应该由我这个当县长的承担,我正想着如何在常委会上检讨呢。"

王志辉说:"这件事咱俩是工作没有做到家,谈不上失职不失职。要说有责任,主要在我,咋能让你一个人承担。"王志辉和刘存义还有这么个优点:有了成绩和荣誉互相推让,出了问题争着承担责任。

刘存义不同意王志辉的观点:"领导应该成为群众的领头人,而不能成为群众的尾巴,咋能说不是失职?"

王志辉了解刘存义的性格,在失职与否的问题上做了让步,反客为主地递给刘存义一支香烟说:"就算失职吧,你说咋办?"

刘存义说:"你是老板么,方针大计得你定,我是上了套的牛,听吆喝就是了。"

王志辉哈哈笑着说:"既然如此,山人自有妙计,你赶快上套听吆喝吧。"

刘存义弹了弹自己的耳朵:"有啥高招快点说,我是洗耳恭听。"

王志辉眯着双眼,摇头晃脑地说:"亡羊补牢,犹未晚矣!"

刘存义问:"咋个补?"

王志辉吐着烟圈说:"你是赶着鸭子上架,我是背着儿媳朝华山,你是早就成竹在胸,装模作样的糊弄谁?你眉毛动一下,我也晓得你要打啥喷嚏!"

刘存义自我解嘲地笑着说:"其实我也没啥高招,听司马副县长说,凤凰坪又有了新项目,要在龙泉沟创办一个成龙配套的现代化养牛基地,水质和土质都在省上化验过了,要是办成了,在全省范围内又是个独一无二,我想这是个雪中送炭的好机会,咱们俩得赶快下去表现表现。"

王志辉幽幽地叹了口气说:"绕来绕去,上套听吆喝的还是我,是不是明天就去?我晓得你把车都安排好咧。"

刘存义扬扬得意地哈哈大笑,王倩和刘锦敲开门说:"两位老爸积点德好不好?你俩不看电视,打扰得别人也看不成!"刘锦眼尖,一眼就看见了两位老爸手中藏着还未吸尽的烟头,大惊小怪地嚷嚷着:"你俩抽烟咧?"

县委书记和县长被女儿人赃俱获,无法抵赖,只好被王倩和刘锦押俘虏似的拉到客厅,费了好大口舌才算蒙混过了关。

翌日一大早,还没到上班时间,县委书记王志辉和县长刘存义便同车出发,直奔凤凰坪。

小车司机雷明这几年开"桑塔纳"开惯了，对早已过时的吉普车了无兴致，嘟嘟囔囔地发了一路牢骚，刘存义听烦了："你嘟囔个屁！北京吉普咋？倒回去二十年，你爷你爸不一定见过这玩意儿！"

小车司机雷明跟着刘存义好几年了，尽心尽职，技术过硬手脚勤快，深得刘存义喜爱，两人的感情很好，雷明对县长的脾性了如指掌，火气来得快也息得快，而且心肠软得和他那高大伟岸的身躯极不相称，常常是电闪雷鸣刚过去，就成了和风细雨，雷明根本不怕他，继续嘟囔着说："县委书记和县长坐吉普车，你俩不嫌掉价，我还觉丢人呢！"

刘存义正要开口，王志辉抢先说："年轻娃懂个啥些，我俩这次出去是微服私访，能鸣锣开道前呼后拥么？微服私访你懂不懂？"

雷明说："给县长开了好几年车，连微服私访都不懂像话么？电视剧里的包青天和海瑞都是穿着普通衣服，骑着小毛驴，有时候还装扮成算命先生或者讨饭的叫花子呢。"

刘存义没好气地说："懂得微服私访是咋回事，你还嘟囔？"

雷明冲着反光镜中的两位领导做了个鬼脸，从工具箱里取出一盒"阿诗玛"，扔向坐在后边的县委书记和县长，算是表示歉意。朱莉和刘锦三番五次地叮咛过他，让他监督着不要让刘存义抽烟，他又把打火机扔向身后，说了声"下不为例"，便脚下用劲，加大了油门，北京吉普像一匹奔腾的野马，高速向前飞驰，不到一个小时，便来到了青龙山前的三岔路口。雷明减速问道："朝左走要在青龙渡坐船过河，只能坐人不能过车，从右边绕得多绕二十多公里，咋个走？"

刘存义征求王志辉的意见，王志辉说："既然是微服私访，还是坐船过青龙渡吧，好在青龙渡到凤凰坪也就一公里的路，安步当车，也可借机来个游山玩水。"

雷明扮着鬼脸说了声："哈依，左边的开路！"便扭转方向盘，直向青龙渡驰去。

紧挨青龙渡的龙泉沟口，有一块一亩多的梯田，由于地势较高，和苗木基地无法连片，暂时闲着。李民贤相中了这块地，产生了种四季蔬菜瓜果的想法，想为凤凰坪的集团公司增添一个项目。他向柴俊虎说了他的打算，柴俊虎二话没说，就把那块地交给了李民贤，支持他搞个样板田。李民贤成立了一个种菜小组，自任组长，稍加动员，就有十多位上了些岁数的老人加入了种菜小组，连七十多岁的军强妈和结巴田金生的母亲也参加了。他们修整了地垄，把一亩多地划分为十几个小畦块，施肥灌水，分别种了豆角、南瓜、冬瓜、茄子、辣椒、白菜、甘蓝、西红柿以及黄瓜等十几种蔬菜，并开挖了火沟，盘好了火坑，柴二狗自告奋勇地承担了架设塑料棚的任务。李民贤设想很大，明年要种十亩蔬菜瓜果，以大棚为主，保证满年四季有蔬菜，并在青龙渡口成立批发市场。这个设想后来果真实现了，凤凰坪的大棚蔬菜成为韩塬第一棚。

李民贤办的图书室位于村口，是进村出村的必经之处。李民贤白天忙于修整菜地，就让他那刚满六岁的小孙女看着门，他给自己订有规章制度，每天上午 10 点开门,晚上10点休息,以便人们随时都可以走进图书室。这天,李民贤扛着铁锨刚回到图书室门口,正好碰见王志辉和刘存义走进村口,他不认识县委书记和县长,更想不到县委书记和县长会结伴前来微服私访。尽管是生人,来者都是客,李民贤十分热情地接待了韩塬县两巨头。

从李民贤嘴里,县委书记和县长了解到凤凰坪不少情况,并饶有兴致地像听传奇故事一样,听到了凤凰坪半年多来发生的一些逸闻趣事,对柴俊虎有了更深刻更全面的了解。

告别了李民贤,王志辉和刘存义按照李民贤的指点,来到了青龙渡前的苗木基地。经过修整连片的一百多亩土地,培植和扦插的第一批苗木已经长了一尺多高,那片桑叶梅经过几次施肥浇水,不到两个月时间就蹿到了一米多高了。平展展的大片土地上,青苗吐翠,枝叶成荫,山风吹过,翻起一阵阵绿浪,盎然着一种勃勃向上的生机,令人有一种赏心悦目的清新感受。县委书记是个精于计算的人,他默不作声地来了一阵心算,对刘存义说:"柴俊虎这人有眼光,有胆识,选准了一条集体致富的金光大道,光凭这第一批苗木和那几万株桑叶梅,就可以为凤凰坪拿回几十万元,把苗木公司作为股份集团公司的龙头,这一步棋算是走对了,但发展的路子好像窄了点。"

刘存义比王志辉晚到韩塬县几年,没有接触过柴俊虎,脑子里没印象。王志辉给柴俊虎戴过大红花,在各种会议上表扬过柴俊虎见义勇为、只身斗歹徒救人的光荣事迹,那时他是分管宣传的副书记。今年前季,派出调查组和撤换柴俊虎村主任职务的事,也是他亲自批准的,他对柴俊虎当村主任以前的情况比较了解,恰恰忽视了柴俊虎后来这一段不平凡的经历,县委书记很觉后悔。刘存义对柴俊虎产生了极大的兴趣:"咱俩今天还得看两个地方,一是龙泉沟,二是柴家大院……"

"三是休息吃饭!"县委书记打断了县长的话头,"你不是嘲讽我的ABC么,怎么也第一第二起来咧?"

刘存义反唇相讥:"你不是常说,跟着好人学好人,跟着巫婆学跳神么。"

两人说说笑笑地来到柴家大院,适逢高秀月休周日,正在和俊虎妈拆洗被褥。小花狗长成了大花狗,被一条铁链拴在大桐树后边的狗棚下,听见脚步声一边"汪汪汪"地狂吠,一边一前一后地向前扑闹着。俊虎妈见来了客人,急忙喝住大花狗,小宝举起冲锋枪,对准县委书记和县长大喝一声:"站住!什么的干活,举起手来,死啦死啦的有!"他昨天晚上刚看过电影《地道战》,把学下的几句台词全用上了。

高秀月急忙把小宝拉进怀中,轻声地嗔怪着说:"小宝,对大人要有礼貌,讲过多少遍咧,咋老是记不住?"

小宝最怕高秀月生气,连忙抱住高秀月的脖子悄声说:"妈妈,小宝错咧,小宝再不调皮咧!"说罢就转过身来说:"叔叔好!"

高秀月笑着纠正:"叫伯伯呢。"

刘存义是个特别喜欢小孩儿的人,他一把抱起小宝:"好孩子,快叫伯伯,伯伯给……"他往身上一摸,几个包包兜兜都是空空如也,把个堂堂一县之长闹了个大红脸。王志辉幸灾乐祸地煽动小宝:"小家伙,快叫伯伯呀,你那伯伯好吃的大大的有!"

王志辉的火没有煽到点子上,小宝摇着小脑袋说:"小宝不要别人的东西!"

县委书记和县长互相挤眉弄眼,院里响起了一片笑声。俊虎妈和高秀月把客人招呼到葡萄架下,手忙脚乱地沏茶取烟端水果。来者都是客,她习惯了,只晓得热情招待客人,从来不问客人是干啥的。

王志辉和刘存义沉浸在欢乐的家庭气氛之中,分享着民间的天伦之乐。他俩早就饿了,毫不客气地抽烟喝茶,大口大口地啃苹果,十分亲切地和俊虎妈拉着家常。刘存义四下望了望说:"大娘,你家这院子挺大的,该有半亩多地吧?"

俊虎妈叹着气说:"唉,院子大有啥好处呀?小家小户的要恁大地方也没啥用。不怕客人笑话,都是我以前那个儿媳逞能好强,打着我儿子的旗号跑到乡上跑到县上,硬是让上面给批了一块庄基地,批的是三分半,盖房时往外赶了三丈多,算下来可不就半亩地呢。为了这块庄基地,让我儿受了多大委屈啊,气得他要扒掉房子,把这块地还给公家。"

王志辉用目光测量了一下,这个院落实占面积也就四分多地的样子,往外赶的那三丈多,是从崖面上削下来的,既非可耕地,也不是荒边地。县委书记记得清,那封署名为"凤凰坪村大部分群众"的举报信,说柴俊虎以权谋私,非法侵占耕地八分多,建筑了五百多平方米的豪华住宅,全青龙川都知道有个"柴家大院"。一间门楼,一排平房,再加上三孔窑洞,算得上豪华住宅么?建筑面积总共没有三百平米,仅这一条就不符合实际么。调查组是如何调查落实的?调查报告上的那些数字,为何和举报信上的数字基本相符?县委书记的心猛地紧了一下:该不是调查组误解了自己的批示,按照长官意志走了个过场?他清楚地记着他的批示是:"相信群众,依靠群众,迅速查明,严肃处理!"刘存义忽然发现王志辉脸色不大正常,弄不清他忽然发了啥神经,莫名其妙地瞅着县委书记的脸色,揣摸着县委书记的心思。

高秀月端着两大碗荷包蛋放在石桌上,俊虎妈又端来一盘油饼,十分抱歉地说:"山沟沟里没啥好东西,将就着压个饥。"

高秀月把调料盒放在客人面前,忽然觉得两位客人有些面熟,她仔细辨认了一会儿,不由喊道:"王书记,刘县长!"

刘存义被高秀月猛地喊愣了,下意识地摸了摸脸,怔呵呵地盯着高秀月。县委书记稍稍怔了一下,盯着高秀月看了看,很风趣地说:"你叫高秀月,是青龙乡卫生院的医务人员,要是猜错了,我认罚。"

俊虎妈听说两位来客竟然是县委书记和县长,目瞪口呆地站在那儿挪不开步,心里咚咚咚地直打鼓。

伟大的人格

柴二狗像个杂技演员似的,玩命般地骑着被他誉为"火焰驹"的铃木125摩托,飞驰过田间地头的阡陌小道,跑遍了青龙渡周围的沟沟岔岔,心急火燎地到处寻找柴俊虎。韩塬县最大的官微服私访来到凤凰坪,比头上掉下来原子弹的威力能少多少?

在山区那种崎岖坎坷的小道上,摩托速度超过了一百码,不要说是柴二狗,就是在整个青龙川,恐怕也是绝无仅有的第一次。柯受良敢驾汽车飞越黄河,不一定敢如此驾驶摩托,途中自然有不少惊险镜头,过后柴二狗害怕得直放冷屁。县委书记和县长微服便装,结伴来到柴家大院,十有八九是冲着凤凰坪的股份集团公司来的,来意不明,吉凶难料,紧要关头却寻不见挂帅印的柴俊虎,凤凰坪的"公安局长"能不心急上火么?每有一个惊险动作,柴二狗都要骂一声"娘希匹",算下来,至少骂了二十回。

其实,柴俊虎并未远离,他和丁贵、李国强、牛建明几个人,一大早就来了龙泉沟,按照李国强和牛建明绘制的图纸,对养牛基地的旧址和房舍进行画线钉桩。龙泉沟水旺草密,是个百里难寻的天然牧场,但沟径幽深,丛林盘错,山泉溪水杂间,地形十分复杂,要寻找一处比较理想的营地,除了那个古老的"青龙寨",还真的难以如愿以偿。但要恢复"青龙寨"的原貌,按照凤凰坪的实际情况,只能是望寨兴叹,一是物力财力相当困难,二是架设电线和拓宽道路的难度都很大。按照柴俊虎的既定方针,凤凰坪股份集团公司的所有企业,起步之初都要因陋就简,在发展过程中根据经济效益和发展前途,再决定扩大经营范围和基本建设的规模,养牛基地自然不能例外。经过几个人两天多时间反复勘察,才定下了把中心营地放在"青龙寨"崖下大草坪的方案,并决定由生产组负责,组织劳力割草伐木,破土动工,争取在入冬前搞好基础设施。但人们心中都明白,要办一个功能齐全的大型养牛基地,恢复"青龙寨"只是时间问题。

对于县委书记和县长结伴来访的消息,不仅是李国强、牛建明和丁贵目瞪口呆,柴俊虎也甚感意外,吃惊不小,怔怔地站在那儿,揣摸着县委书记和县长的来意。他别的什么都不担心,就怕政策突然有了什么变化,使凤凰坪的事业刚起步就夭折。老三届高中毕业的生产组组长李国强,是个"慎思笃行"的人,遇事沉着冷静,善于分析推理,凡是他拿定了的主意,十头牛也拉不回来。凤凰坪创办股份集团公司的事,在社会上引起了强烈反响,众说纷纭,见仁见智,毁誉不一。李国强有他的看法,他认为柴俊虎走了一步险棋,也是一步活棋,他坚信不疑,凤凰坪的股份集团公司,在不久的将来,定会成为一颗璀璨耀目的新星,定能跻身于中国大村的行列。他十分钦佩柴俊虎的创业精神和人格,认为柴俊虎有大将风度,是一位比较成熟比较理想的领头人。他自己也不想放弃作为"开国元勋"的机会,以出任凤凰坪股份集团公司生产组组长为荣,积极工作,不断地为柴俊虎出谋献策,二狗们戏称他为军师,是当朝一品的宰相。李国强经过一番冷静思考,认为县委书记和县长轻装简从,挑了一个周休的日子来凤凰坪,又去了柴家大院,说明县委县政府十分重视凤凰坪正在兴办的事业,也十分看重柴俊虎,是个吉祥如意的好兆头。李国强抬起头,刚想开口说出他的看法,见柴俊虎的脸上露出了笑意,知道他们俩又想到一块去了,会意地笑了笑,取出烟盒给每人扔去一支香烟。

丁贵很少和政府官员打交道,对官场上的事知之甚少。但他爱看戏,知道县委书记和县长是一县之主,是全县老百姓的父母官,手中握有生杀大权,自古就有"灭门知县"的说法。一县之主突然来到凤凰坪私访,八成是又有人告了黑状,丁贵为柴俊虎捏着一把汗,也为他即将出任"牛经理"的事提心吊胆。他盯着李国强怡然自得的神色,忧心忡忡地连声道:"这该咋办?这该咋办呀?"

牛建明毕竟当过多年农村干部,这种事耳闻目睹见得多了,心里比较泰然。他和白雪莲已经领取了结婚证,户口也迁入了凤凰坪,并担任了生产组的副组长,自然是把他的命运和凤凰坪的事业紧紧地拴在一起,很快就成了柴俊虎的得力干将。牛建明详细地向柴二狗询问了县委书记和县长的言谈举止,便是哑巴吃饺子,心中有了数。他吸了一口香烟对柴俊虎说:"官入民宅,非祸即福,依我看咱们凤凰坪准要有一番热闹,让二狗用摩托带着你先回去招呼客人,我们随后就到。"

柴俊虎走进大门时,小宝和县长已成了一对好朋友,两人玩意正浓。小宝和刘存义玩猜单猜双,刘存义输了,小宝要刘存义当个大洋马让他骑,刘存义嫌爬在地下不体面,但又拗不过小宝,就哄小宝说爬在地上的马跑不快,早过时了,要骑就骑带有电脑的现代马,说现代马站起来能跑快,还能转圈儿。小宝瞪着圆溜溜的大眼睛想了想,说那就骑现代马吧。刘存义把小宝架到脖子上,围绕着葡萄架转着圈子,小宝连声喊着"驾!驾!"说伯伯快叫呀,现代马咋叫唤?刘存义不会学现代马叫,向县委书记求教,县委书记笑得前仰后合,说发明现代马的人自然会学现代马叫,并煽动小宝说,你伯伯学现代马叫可好听了,快让他叫啊!高秀月和俊虎妈实在过意不去,几次要把小宝抱下来,都被王志辉摇手制止了,他知道刘存义特别喜爱小孩儿,想让常常忙得晕头转向的县长借着这个难得的机会当个老顽童,尽情尽意地开开心。小宝看见柴俊虎回家来了,兴高采烈地喊道:"爸爸爸爸快听,伯伯会学现代马叫!"

柴俊虎目睹此情,又急又恼,连忙大声喝道:"小宝快下来,不准淘气!"

刘存义冲着柴俊虎说:"轻点声,不要吓着孩子,这是我俩的内政,谁也不准干涉。"

刘存义愿意当现代马,小宝喜欢骑现代马,小宝不想下来,刘存义不让小宝下来,两个人玩得痛快淋漓,开心极了。李国强和牛建明也赶来了,一圈人急得干瞪眼,谁也无法制止这个令人感动的"骑现代马"游戏。还是高秀月棋高一着,她穿好风衣,推起那辆红色的轻便自行车,装出一副要走的架势,小宝果然急眼了,连声嚷嚷着说:"伯伯快停下,小宝不玩咧!"说着不管不顾地就要从刘存义那高大的身上往下溜,刘存义抱着小宝再抢了一圈才把他放在地上,兴犹未尽地笑着对柴俊虎说:"半路上杀出了个程咬金,一台热闹戏全让你给搅黄咧!"

王志辉对刘存义说:"这就是柴俊虎。"柴俊虎抢前几步,紧紧握住王志辉和刘存义的手说:"根本没想到王书记和刘县长会来凤凰坪,让两位领导久等,实在对不起。"

刘存义一挥大手说:"我们俩今天可不是以书记和县长的身份,来搞什么视察呀,什么报告的,权当是朋友串门吧,一切客套都免咧!"他忽然认出了柴二狗,握着柴二狗的手说:"一回生二回熟,今天咱俩算是老朋友了!"他扭过头对王志辉介绍说,"就是这位小伙子在县政府楼上骂娘希匹,把我骂到医院的,我们是不打不成交,不打不相识么!"那天,柴二狗和田春山一伙人急如救火似的把李云杰送到县医院急救室,医生嫌钱不够,和几个女护士袖手旁观闲聊天,柴二狗急了,一直从县医院骂到县政府,把刘存义骂火了,在医院待了三天,硬是让韩塬县医院旧貌换了新颜。

柴二狗脸红得跟猴屁股似的,手足无措地说:"我这张臭嘴净惹麻烦,经过'斗私会'我现在改多了。"他这话一半是真,一半是假,光今天就骂了二十多回娘希匹,那是在路上骂的,无人听见,全被风吹跑了。

王志辉颇为诧异地问:"啥斗私会?"

柴二狗脸又红了,望了柴俊虎一眼,吭吭哧哧地说不出句囫囵话来。柴俊虎很坦然地说:"为了搞好精神文明建设,我们借鉴了以前那种'斗私批修会'的形式,对犯有比较严重错误的干部和村民,召集有关人员开展批评与自我批评,让犯错误的人深挖自己犯错误的思想根源,由其他人批评,帮助他进一步提高认识,随后再由犯错误的人写出书面检查和保证,我们把这种形式的会叫作'斗私纠错会'。"

县委书记沉思片刻,若有所思地说:"人之所以犯这样那样的错误,全是私心杂念在作怪。人都有私心,干啥事都是先为自己,'人不为己,天诛地灭',这是孔夫子的观点,但他只说对了一半,或者说是对了一部分。人是一种高级动物,和其他动物有所区别的,就是人有思维能力,有感情,有创造力。人活在世上,就是要在群体中展示自我人生,也就是要有一种开拓进取的精神,要有奉献精神。人常说的'好狗护三邻,好汉护三村',也包含着这个道理。如果都按照孔子的观点,人人都为了自己而活着,早就亡国亡族亡种了,人类也早就不存在了。办批评纠错会是个好形式,可以使人改弦易辙,弃旧图新,不断增添活力。人们在生活中,在工作中所犯的一些错误,都带有一定的普遍性,也是一种不正之风,我觉得'批评纠错会'不如改为'斗私纠风会'更确切些。你说呢?俊虎。"

柴俊虎没想到,一个批评与自我批评的形式,竟会引起县委书记的重视,旁征博引地端出了一篇宏论,县委书记毕竟是县委书记,看问题讲道理自然比一般人高一个层次。柴俊虎没有想这么多,只是想实打实地解决实际问题,从来没有想过这其中还有这么深奥的哲理。柴俊虎深有感触地说:"王书记,我以前在会场听过您的报告,在您的办公室听过您的教导,可从来没有像今天这样深受启发。'斗私纠风会'这个叫法切实,我们以后一定要把这种形式列入议事日程,从上到下形成一种制度,长期坚持下去。"

柴二狗听了县委书记和柴俊虎的话,心中感到发紧,感到有了一种压力,他让那次"斗私会"搞怕了,听说要长期搞下去,不由暗自叫苦不迭:孙猴子头上套上了紧箍咒,野马套上了带有嚼口的笼头,以后还敢信口开河随心所欲么?自己大小也算个村干部,凤凰坪的事业腾飞了,说不定会当上经理主任什么的,这个紧箍咒肯定是戴定了,处处都得注意言行举止,就是和兰花干那事儿,在正式结婚前也得刹刹车咧。那天他以逛庙会买结婚用品为借口,又一次把兰花接到凤凰坪,偏巧又让田金生看到了,结巴用手指刮着他的鼻子说:"你、你、小、小、小子搞、搞、流……"下边的话干结巴讲不出来,柴二狗接口说:"搞流氓鬼混!"虽然结巴是和他开玩笑,可细论起来,未婚同居也算是一种不正之风,要是为了这件事再去上"斗私纠风会",那才真正娘希匹的丢人现眼呢。柴二狗暗自下了个颇为滑稽的决心:最近和兰花再干一回那事儿,向兰花说明叫响,就一回,最多两回或者三四回,下不为例,等结婚以后再由着性儿干。

县委书记还要说什么,丁贵领着田根年走进了柴俊虎家的大门,他担心柴俊虎一个人应付不了两位父母官,专程去请田根年。田根年认识王志辉和刘存义,他十分动情地说:"做梦也没有想到,两位领导能在百忙中放弃礼拜天的休息日,亲自来我们山沟沟视察工作,我代表……"

刘存义挥挥大手说:"行啦行啦。我刚才说过咧,我俩今天是以朋友的身份来串门的,那一套外交辞令全免了,今儿个谈天说地,畅所欲言,说啥都行,骂我俩官僚主义也可以!"

王志辉和众人一一握过手,招呼着让大家坐下来,为每人送了一支"阿诗玛",笑容可掬地说:"俊虎刚才说他根本没想到我和刘县长会来凤凰坪,现在老支书又说做梦也没有想到我们俩会来,这也是一种提意见和批评的方式么,是说我们有官僚主义。你二位不要解释,尽管你们的本意不是这样,可我和刘县长已经统一了认识,在对待凤凰坪创办股份集团公司这件事上,我俩的确存在着严重的官僚主义,虽然没有成为群众的尾巴,但也没有起到领导带头作用。昨天晚上我们已经做过自我批评了,以后有机会的话,让我俩也参加一回你们的'斗私纠风会'"。

刘存义接过王志辉的话说:"古人说过,人非圣贤,孰能无过?知过能改,善莫大焉。在对待凤凰坪自力更生创大业的问题上,我和王书记确实存在着官僚主义,严格说来,是一种失职行为。刚才王书记讲过了,以后如果有机会,我俩也参加一次凤凰坪的'斗私纠风会',虚心听取群众意见,也来一次实打实的批评与自我批评。我们这次来凤凰坪,就是要深入地调查了解具体情况,为振兴凤凰坪的事业助一臂之力,以功补过!"

柴俊虎十分感动地说:"两位领导言重咧,韩塬县总面积两千多平方公里,三十多个乡镇,好几百个行政村和自然村,六十多万人口,县领导就是有三头六臂,也不能啥事都顾得上。县委书记和县长能在百忙中,放弃了星期天的休息来凤凰坪,这是对我们最大的支持,最大的关怀。不晓得其他同志是咋想的,我是感到了一种极大的鼓舞和鞭策。入党时的誓言,我现在仍记忆犹新,既然是誓言,就得身体力行地实现自己的承诺,我不敢说为党为国做贡献的大话,但我敢保证,为了凤凰坪的腾飞,为了家乡父老乡亲们走共同致富的道路,我柴俊虎一定会鞠躬尽瘁,死而后已!"

柴俊虎一番铿锵有力的慷慨陈词,发自肺腑,震撼人心,在场的人都默无声息地注视着柴俊虎,全场一片沉寂,只有小宝依偎在高秀月身边的撒娇声。

县委书记动了感情,他站起身来,习惯地背着手,就地转了几圈,把他坐的那把凳子挪近柴俊虎:"俊虎,我问你几个问题,你咋想就咋说。有人举报你以权谋私,非法侵占耕地八分多,建造了五百多平米的豪华住宅,调查组的调查材料上也是这个数,可我用步子量过咧,不算往崖后扩展的,占地面积也就是四分多一点,住宅也很一般,显然与事实不符,你为何没有申诉?"

柴俊虎说:"我的宅基地实际是四分二厘,比审批的多占了七厘,无论是七厘还是八分,总而言之是多占了。在乡下,人们把盖房看成人生中的一件大事,许多人为了建造房屋,在几年甚至十多年的时间里,不得不勒紧裤腰带节衣缩食,房子盖好后,还要咬着牙想尽千方百计还债。由于农村建房无规划,情况比较复杂,宅基地的纷争成为各种矛盾的焦点,不少人常常为此争吵骂仗,甚至闹出人命,严重地影响了农村的安定团结。同时,不少人只盖房不留路,能多占就多占,尽量往外赶,各自为政,互相效仿,也造成了村里的交通不畅。我当村长的多占了七厘地,如果不严肃处理,其他人就可以多占一分二分,这样下去,势必引起混乱。人常说杀鸡儆猴,对干部多占了几厘地被调查,受处分,群众自然就无人敢轻举妄动随意侵占耕地咧。"

王志辉点点头说:"多经办高主任出于报恩,为你搭桥引线,让你种植苗木发家致富,你却把这个发财致富的机会奉献给了凤凰坪的群众,当时你是如何想的?"

柴俊虎说:"王书记,说实话,我被免职以后,思想上很痛苦,觉得委屈、窝囊、无颜见人,想远走高飞,到沿海一带去闯荡,但放心不下母亲,舍不得妻儿,老支书也不让我走,说男子汉要经得起摔打,哪里跌倒哪里爬起来,说经不起风吹浪打的人永远都成不了气候。我就待在屋里看书看报看电视,借以解愁和自我反省。偶尔从报上看到一个动人的事例,使我的心灵上受到了极大的震动。山东沂蒙山区有一个沈泉庄村,村上有个连自己姓名也写不好的农民,名叫王廷江,从二十岁时开始拉板车卖苦力,靠慢慢积攒下的血汗钱办了一个白瓷厂。到1989年时,白瓷厂已发展到年产值一千二百万元,利税三百多万元,固定资产四百多万元。王廷江成了沂蒙山区的首富,但他是位真正的男子汉,他认为自己一人富不算富,大家富了才算富,便把白瓷厂以及六百万元全部奉献给沈泉庄村。从1990年起,沈泉庄村的十几个企业四年跨了四大步,产值利税翻四番,企业从一个发展到十四个,到1993年底,实现工农业总产值四点二亿元,成功地闯出了一条超常规、跳跃式发展经济的路子,村里人都激动地说他们是上有党中央,下靠王廷江。王书记、刘县长,我把这张报纸翻来覆去看了两天,牢牢记住了王廷江这个响亮的名字,牢牢记住了那些闪着光的数字。我没有想到让凤凰坪的群众说感激我的话,我只想我是凤凰坪一千多口人中的一名共产党员,受过父老乡亲的恩泽,我不忍心看着大多数人贫穷,而自己富得流油。不瞒王书记和刘县长,我们村还有不少家户没有解决温饱问题,有的人买不起菜籽油,吃饭只放盐而没有菜!王书记刚才说过'好狗护三邻,好汉护三村'的话,含意很深。我当时也这样想过,一条狗都能保护左邻右舍的安全,我连凤凰坪的事都办不好,还算个什么男子汉,算个什么样的共产党员!"

  沉寂,又是一次沉寂。县委书记和县长相互交换着眼神,心领神会地连连点头。李国强、牛建明、柴二狗、丁贵和田根年几个人也是你看看我,我瞅瞅你,最后都把目光对准了柴俊虎。柴俊虎低着头,看不见他的面部表情,但从他那微微发抖的双肩可以看出,这个刚毅的汉子落泪了。

  这天下午,县委书记和县长商量了一下,做出了一项出乎寻常的决定。

常委扩大会

一辆又一辆小轿车和新式吉普,首尾相接地驰到了青龙渡旁的龙泉沟口,依次停放在龙泉沟口的一片草坪上。二十多名县委常委和有关部局的头头脑脑们,纷纷跨出车门,一边互相寒暄着询问此行的目的,一边东张西望地浏览着青龙渡的山光水色。

县委常务副书记潘建安也是莫名其妙,王志辉和刘存义是发啥神经,突然要在青龙渡附近的龙泉沟召开县常委扩大会。副县长司马兆奇也在通知之列,他是个乐天派,笑嘻嘻地问潘建安说:"出了啥天大的事,咋把常委扩大会弄到山沟沟里来开?"

潘建安回答了一句等于没有回答的话:"到时候你就啥都明白咧!"他抬起手腕看看手表,又忙着清点人数。昨天傍晚时分,刘存义的小车司机雷明,火烧屁股般地来到他家里,把王志辉和刘存义共同签名的信交给他,信很简单,只有几句话,要他务必通知有关人员,由他带队于翌日上午10时赶到龙泉沟,参加紧急常委扩大会,并指定了参加扩大会的常委和有关部局长名单,但没有谈及到会议内容。雷明自然是一问三不知,只知道县委书记和县长去凤凰坪微服私访,临时决定在龙泉沟召开常委扩大会,两个人都留在了凤凰坪。

牛建明和柴二狗奉命在龙泉沟口迎候县里的客人们,青龙乡党委书记范孝勤一早就陪着王志辉和刘存义进了龙泉沟,乡长贾景堂留了下来,和牛建明、柴二狗共同安排车辆的停放,负责临时接待工作。潘建安清点了人数,见所通知到的人都来了,便让牛建明和柴二狗带路,一行人怀着各种心情,穿行在林密草盛的幽深山沟。

柴二狗感到格外神气,身后跟着的这些人,全是韩塬县的头面人物,人人手中都掌握着一定的实权,一个唾沫一个坑,一声咳嗽一声雷,在各自的领域里呼风唤雨,威风八面,可今天都得像小学生上操一样,跟在他屁股后头,随着他的口令转,说东不敢朝西,愿意让他们绕几个圈子,他们就得乖乖地转着圈。

柴二狗心里有气,不住地向这伙头头脑脑们翻白眼,用不屑一顾的眼色乜斜这些官们。县委书记一次又一次给他递烟,县长一口一个老朋友,亲热得跟一家人一样,没有一点架子。可屁股后边这些韩塬县的"文臣武将"们,一个个高傲得跟个国王似的,把他这个凤凰坪的"公安局长"根本就没往眼里放,除过县委副书记潘建安和他握了个手外,再无一个人搭理他。对了,还有那位前几天刚来过的林牧局局长秦川,是最后一个赶到沟口的,一下车就朝着他和牛建明举起手,远远打了个招呼,他觉得这个人还不错,够朋友。柴二狗是个自尊心很强的人,平时最恨瞧不起他的人,要是一般人瞧不起他倒还罢了,你瞧不起我,我还瞧不起你呢。可屁股后边这些人都是当官的呀,你们是官,我柴二狗也是个官,都是未入流的官,谁瞧不起谁呀?人无远虑,必有近忧,你们要是被免了职或是退了休,还敢和我比么?我柴二狗要是当了经理总经理,你们想给我看大门我还不要呢!再说这里是凤凰坪,不是在你们的办公室,傲啥呢?柴二狗越想越有气,就挖空心思想着歪点子。

牛建明认识县委副书记潘建安,他一边走一边向潘建安介绍着凤凰坪的情况,时不时地伸出手来拉潘建安一把,扶他一下。这条羊肠小道太难走了,山高林密,遮天蔽日,灌木丛中夹杂着荆棘,一不小心就会挂破衣衫,钩破皮肉。人迹罕至的小道上,泉水和积水随时可见,稍有不慎就会踏进水洼,踩得泥浆四溅,弄得满身都是泥水。牛建明来过龙泉沟好几次了,都是顺着溪水旁边的那条路走的,比这条山林小道宽阔平坦多了,可柴二狗说为了赶时间,走小路是捷径,比走大路近一半。牛建明信以为真,他毕竟来凤凰坪时间不长,对周围的环境都很陌生。可走着走着,他就觉得不大对劲,这哪是抄捷径,简直是折腾人,这位凤凰坪出了名的活宝,又在搞啥鬼!

10点过一刻,这帮"文武大臣"衣衫不整、汗流浃背地来到了"青龙寨"前的大草坪。县委书记王志辉抬起手腕看了看,脸上现出一片愠色,他的时间观念特别强,从来不允许参加会议的人迟到半分钟。县长刘存义望着这些下属们的狼狈相,又好气又好笑,语带讥讽地说:"你们平时领老婆孩子逛公园,出去旅游,也是这副样子?"

潘建安看了看手表说:"我们9点钟就来到了沟口,没想到这条路这么难走,急赶慢赶地走了一个多小时。"

柴俊虎情知有鬼,把牛建明拉到一旁悄声问了几句,便心知肚明晓得是怎么回事了,他狠狠剜了柴二狗几眼,脸上升起一股冷气。柴二狗知道又闯了祸,说不定还得上一次"斗私纠风会",那种报复成功的快感消失殆尽,继而又心悬了起来,他不敢抬头去望柴俊虎。

李国强也猜着了几分,他当了个和事佬,热情地和田根年、牛建明几个人招呼着客人,让大家坐在临时准备好的石凳上,把水果、瓜子、香烟和饮料一股脑儿地往客人手里塞。田金生和医疗站的李平娃,正在忙着挖坑垒灶架木炭,为又一次野餐做准备工作。柴俊虎心细,他怕这些贵宾们突然有个小伤小病或遭到蜂蜇蛇咬的,让平娃前来随时照应护理。

这个别开生面的县委常委扩大会,在韩源县是绝无仅有的头一回。这是个难得的好天气,阳光灿烂,碧空如洗,没有浮云,没有山风,天更蓝了,山更青了,满山遍野的青松翠柏,沐浴着明艳的阳光,更加显得生机勃勃,偶尔一阵清风徐来,山谷里便会飘荡着一种令人回肠荡气的花草芳香。临时摆放的石板、石条上,铺了一层厚厚的"索索草",这种草青翠欲滴,又不染衣,坐上去比沙发还要柔软。用石板拼成的石桌上,摆满了苹果、石榴、鸭梨、葡萄和野山楂,还有各种糕点、饮料、香烟以及刚刚采撷的松柏子。久居城市的常委和部局长们,都被这种山野风光迷住了,人人都有一种回归大自然的感觉,在林间小道受到的折腾和疲劳一扫而光。大多数人都是席地而坐,盖蓝天,卧青草,大口大口地呼吸着带有芳香的新鲜空气,尽情地享受着大自然赐予的无限乐趣。

县委书记王志辉好像也受到了大伙儿的感染,脸上浮起了一片春色,破例没有追究和批评迟到者。他和刘存义、潘建安、司马兆奇低声交换了一下意见,便宣布开会。王志辉开门见山地说:"今天在青龙川的龙泉沟召开常委扩大会,具有很重要的现实意义,会议只有一个内容,就是结合凤凰坪创办股份集团公司的实际,总结我县进行股份制改革和宣传西部大开发的经验和教训,研究讨论下一步的改革路子。会议分两步进行,先请刘县长谈一下县属企业的改制情况。"

与会者纷纷取出笔记本,拧开了笔帽,刘存义摆摆手说:"不要记录了,打印材料最迟星期二就会送到各位手中,我今天就国有企业过渡为非国有企业的改制情况,宣布一些具体数字,作为今天扩大会的序曲。"

与会者心中有了数,不约而同地吐了一口气,刘存义打开笔记本看了看,随手放在身旁的石头上说:"我县县属工业企业共有三十四户,其中国有企业十六户。这三十四户企业全部为小亏企业,到去年上半年,三分之二处于停产和半停产状态。特别是县属国有企业,平均资产负债率高达百分之一百二十一,百分之八十的企业已成为没有净资产的'空壳企业',搭起台子没戏唱,多数企业连工资也发不了。去年四季度,企业实行股份制改造后,县政府和企业分别进行了政府职能和企业运行机制的转变,逐步撤销了企业主管局,由过去插手企业的人、财、物、供、销,变为搞好规划,制订策略,协调服务,严格管理,为企业轻装进入市场创造条件。这样,婆婆少了,媳妇的精神枷锁没有了,啥饭做不来?啥衣服缝不好?大家想一想,如果你是个有好多婆婆管着的媳妇,高婆婆要打狗,矮婆婆要撵鸡,胖婆婆要吃稠,瘦婆婆要喝稀,你该咋办?"

会场上爆发出一阵大笑,惊得树上的鸟儿拍翅乱飞,气氛活跃多了。柴二狗是第一回参加这样的会议,感到异常兴奋和神秘,他为县长的气派和讲话水平所折服,弄懂了人上有人、天上有天的道理,深深感到自己是井底之蛙,是个夜郎自大的可怜虫。丁贵做梦也不会想到,他这辈子能和县上这么多大大小小的领导们,平起平坐一块儿参加县常委扩大会,真正体会到了做人的尊严,他决心立即和过去那个牛贩子丁贵彻底告别,让一个新的丁贵跻身于凤凰坪创业队伍,脱胎换骨,重塑人生形象。

刘存义继续说道:"按照企业章程,改制后的企业全部实行了股东会、监事会和总经理负责制的'三会一制',领导成员由全体股东选举产生,企业法人代表不得由政府任命。由于与自身利益息息相关,职工们都有了主人翁意识,精神振作干劲大,众志成城,没有干不好的事情。截至目前,我县完成改制的十七户企业运行情况良好,平均资产负债率由过去的百分之八十五下降到百分之八十二,下降了三四个百分点,其他数字,将在下周下发的材料和文件中具体显示。"

会场上响起一阵掌声,常委和部局长们窃窃私议,人人脸上都洋溢着一片喜悦之色。王志辉亮了亮嗓门说:"刘县长刚开始就讲了,他的讲话是今天这个扩大会的序曲,那么主旋律是什么呢?各位可能是张飞吃元宵,心中无数。"他简明扼要地讲了他和刘存义的打算和微服私访的经过,十分动情地说:"古人曾云:'贫居闹市无人问,富在深山有远亲',今天为何要把常委扩大会放在这里开,是我和刘县长反复商量后临时决定的。意思么,也很简单,就是要在场的各位开阔开阔眼界,开阔开阔胸怀,接受一次教育。目的呢,是要大家和地处山区僻壤的凤凰坪结一门亲。凤凰坪不富,还很贫穷,但他们自力更生创大业,办起了我省头一个农村股份集团公司,成了股份制改造的急先锋,把我们这些高高在上的老爷们撇在了后边,我和刘县长不想当群众运动的尾巴,也不想让大家袖手旁观落得个四不像的下场。中国有九亿多农民,农村、农业、农民这三农问题,关系到整个国民经济的发展和社会稳定,党中央、国务院一贯重视农业问题,几乎每年的'一号文件'都是有关农村的。几十年前,毛泽东主席就充满感情地强调:'不要忘记农民,忘记了农民,读一百万册马克思主义的书,在中国也没有用'。邓小平同志也早就说过:'不解决农村问题,中国的一切问题都解决不了'。我们韩塬是个农业县,农村的工作搞不好,其他工作就会受到直接影响,兴韩富民只能永远是一句空话。农村工作如何搞?农村的体制改革如何再上新台阶,我们坐在办公室苦思冥想,高谈阔论,也只能永远是纸上谈兵。但凤凰坪以实际行动跨了一个新台阶,当了新时代的弄潮儿。当然啰,凤凰坪没有发生过风起云涌、硝烟弥漫的战役,也没有错综复杂、惊心动魄的阶级斗争,更没有创造出什么惊天动地的丰功伟业。但他们自力更生创大业,迈出了集体致富共奔小康的第一步,为全县乃至全省的农村体制改革,起到了一个很好的表率作用。今天,凤凰坪没有人在这个会上做报告介绍经验,我和刘县长也无话可说,我们想请大家当一次记者,这个扩大会以答记者问的形式进行,答问者是凤凰坪股份公司的发起人柴俊虎,昨天我已向他问过两个问题,内容已向大家讲过了,现在我再问第三个问题,问完后大家接着问,想到什么问什么,没人抓把柄,也无人计较。"

常委和部局长们颇感新奇,对县委书记的讲话高度重视了,人人正襟危坐,把目光射向柴俊虎。潘建安向大家做了介绍:"柴俊虎同志从学校毕业后,一直担任村干部,当过五年多村主任,十年前曾因见义勇为,只身斗歹徒救人,身负重伤而闻名全县,大多数同志可能是知道的。县上成立的英模演讲团,大家都听过演讲,那位因舍己救人而失去右手的李云杰,也是凤凰坪的人。"

会场上响起了一阵热烈的掌声,把柴俊虎闹了个大红脸,他没有料到这次扩大会是冲着他和凤凰坪来的,更没想到县常委扩大会是以如此形式进行,不由感到慌乱,显得有些手足失措。王志辉为柴俊虎打开一罐饮料,递给柴俊虎说:"俊虎,昨天我问了你两个问题,你回答得很客观,很实在,使我和刘县长都受到了很大启发。今天也和昨天那样,你是怎么想的,怎么干的,如实说,放开说,说错了也没关系。搞股份制,是摸着石头过河,目前毕竟是创业之初,还不是总结经验的时候。现在,我再问你第三个问题:你开始筹办苗木公司,范围很小,是怎样想起搞股份公司的?想没想到过让农民以责任田入股,是否合乎政策?"

柴俊虎说:"当时没有想那么多,也不可能想那么多。由于有多经办高主任和绿化局成局长指点,加之县上用苗木花卉的缺口很大,我家只有三亩多地,虽然全是靠近青龙渡的水浇地,旱涝保收,可三亩多地产不了多少苗木花卉,远远不能满足绿化需要,大量苗木花卉还得到外地去采购。如果我把自家的责任田全部种植苗木,再承揽一部分外购任务,肯定是能迅速暴富的。那样的话,我的收入增加了,人格却低下了,我吃了碗里的,还要占锅里的,一个萝卜两头切,啥理么?我不忍心自己富得流油,让父老乡亲们穷得揭不开锅。再说那三亩好地是大伙儿照顾我的面子划给我的,我也不愿意让乡亲们指着我的脊背骂娘骂先人。因此,我和高主任算了细账,才有了新的打算,把靠近青龙渡的一百多亩土地联成大片,统一使用,集中管理。

"这样搞,少数人满意啊,但是在青龙渡没有责任田的大多数人有意见,说都是凤凰坪的百姓,少数人吃稠的,多数人喝稀的,心理能平衡么?不平则鸣,天天有人找我找老支书,嚷嚷着要入股。面对这种情况,我确实感到左右为难,苦思苦想了好几天,才想出了个两全其美的好办法。中央明文规定,土地承包制长期不变,既然长期归农民使用,那么就成了农民的生产资料,作为生产资料,自然就可以作为入股的资本,再说这是发展商品田,不是弃农退耕搞建筑。我和老支书以及几位村干部反复商量,就走上了办股份集团公司的道路,这也是逼上梁山,是对是错还真的没有多想,但我们坚信党的政策,是让人民群众走共同富裕的道路。

"我生在农村,长在农村,深深感觉到农村光凭刨地种粮,就是亩产达千斤又能咋样?农村不发展工贸根本没有出路,只有大幅度调整产业结构,农林工商贸同时并举,才能创出一条集体致富的金光大道。什么是有中国特色的社会主义?我们认为这样做,基本符合这个精神,所以我们提出了一个口号,就是'一定要把凤凰坪建设成为具有中国特色的社会主义新农村'。至于为什么没有及时向上面请示报告,不怕在场的各位领导见怪,如果我们写申请报告逐级上报,能有结果吗?要等多长时间呢?这几年干啥事都是事难办,脸难看,嘴皮磨破腿跑断,我们没有闲工夫跑,也不想傻等,加之搞苗木的事很急迫,也不能等。出于以上原因,我们就匆匆忙忙地干起来啊,其他什么都没有多想,真的是没有多想!"

昨天出现的局面又出现了——又是一片沉寂,在场的三十多个人没有一个人吭声,静得能听到远处溪水流动的潺潺之声。

县委书记不动声色地巡睃着每个人的表情,不时地和县长交换着眼神,他们的预期目的达到了,他们要的就是这种效果。昨天听了柴俊虎的回答,王志辉和刘存义都受到了震动,受到了一定的启迪。百闻不如一见,百见不如一干,让这些平时养尊处优惯了的领导们亲眼看一看,亲耳听一听,比做十次二十次动员报告更见效。县委书记和县长都清楚,听了柴俊虎这一番掷地有声的话,有些部局长已是脸红心跳,如坐针毡。过了抽半支烟的时间,王志辉打破了令人感到窒息的沉寂,王志辉用目光扫视了一下所有与会者,语重心长地说:"人都是被逼出来的,因为每个人都有潜能。生于安乐,死于忧患。所以,当面对压力的时候,不要焦躁,更不要失望,也许这就是生活对你的一次考验。人要自信,面对任何困难,都要相信自己一切都能处理好,逼急了,好汉可以上梁山,世上没有渡不过去的河,没有翻不过去的山,有志者事竟成,所以说时势造英雄。穷则思变,压力对于好汉而言,是动力,对于庸人懦夫而言,就是一道迈不过去的绊脚石。俊虎,听说你们遇到了不少具体困难?"

柴俊虎习惯地挠了挠头皮,笑着说:"创业哪有不作难的?创大业作大难,创小业作小难,不创业穷也难。光喊困难不想法克服,啥事也干不成。我们牢记毛主席说过的一句话:'下定决心,不怕牺牲,排除万难,去争取胜利。'困难后边就是胜利,这是事物发展的规律。"

刘存义点点头,问柴俊虎:"俊虎,凤凰坪创办实体半年多了,你从实践中认为应该先抓什么?"

柴俊虎回答说:"我认为应该抓住三个重心,一是抓领导班子的建设。搞好一个村,班子是关键,中央有个好政策,村上有个好班子,富起来就快多咧。火车跑得快,全凭车头带,我认为这个口号永远不会过时。二是抓科技,实践证明,科学种田,产量翻番,搞企业更要依靠科学,全面实行科学管理,靠科技出成果,靠科技占领市场。时代不同了,无论是种田还是搞企业,不依靠科技和高新科技,只能像盲人骑瞎马,夜半临深池那样,不会有啥好的结果。三是抓人才,事情办好办不好,抓住人才是前导,市场竞争,实际上就是人才竞争。中国人多,相对来讲人才太少咧,有人说拿着放大镜找人才,人人都是才,这句话只说对了一部分。人才不是天生的,如果不通过学习钻研和磨炼,就会成为啥都不懂的废人。人才哪去找?就要像古人千金买马那样,抱着一颗真心实意去找,下岗人员中有的是人才,就看是怎样找,如何用。再就是打好基础,创造条件,筑巢引凤,吸引人才。"他顺手指着林牧局局长秦川说,"比如秦局长吧,他协助、指导我们在这里搞养牛规划,就以行家的眼光,相中了龙泉沟的自然条件,自告奋勇地要来我们这里发展畜牧事业,这也算是有巢引凤吧。"

秦川坐不住了,站起来十分激动地说:"士为知己者死,就凭俊虎这句话,我当着王书记和刘县长的面再表个态,无论我退休不退休,只要俊虎同志一句话,我立马写辞职报告,背着铺盖来凤凰坪报到。"

又是一阵热烈而持久的掌声,柴二狗和牛建明几个人把手掌都拍红了。

摆了满满一石板的水果和各色食品下去了一大半,一个小时不知不觉地过去了。在休息期间,王志辉和刘存义、潘建安、司马兆奇开了个小会,对如何安排落实这次扩大会的精神交换了意见,统一了认识。常委扩大会继续进行,王志辉问柴俊虎:"目前,凤凰坪以苗木公司为主,分别创办了十几个小型企业,都搭起舞台,拉开了架子,你认为把苗木公司作为龙头,前景如何?"

柴俊虎摇了摇头说:"不理想。不管咋说咋干,苗木花卉毕竟是一种季节性很强的短期行为,只能瞅准缺口捞一把。同时,各种档次的花卉也只能进入少数人家,不可能成为人们生活中的必需品,也无法创造出什么名牌来,难以形成拳头产品。以苗木公司为龙头只是权宜之计,充其量只能把农田发展为商品田,成倍的提高经济效益。搞好了,只能让群众达到小康水平,不可能像中国三大村那样大有作为。这个问题困扰了我一个多月,我是最近才有了新的设想,但不成熟,也就没有说出口。"

刘存义动员柴俊虎:"我们之所以要召开这次常委扩大会,就是要助你们一臂之力,想法不成熟不要紧,说出来抛砖引玉,让大家八仙过海,各显其能,把你的设想绘成蓝图。群策群力,众人拾柴火焰高么。"

柴俊虎略显局促地说:"我是这样想的,凤凰坪应该创办一个大型骨干企业,作为经济腾飞的龙头和突破口,苗木公司显然不具备这个条件,可龙头和突破口在哪里?我以前去过大寨,去过大邱庄,今年前些天又去过江苏几个比较有名气的村庄,受到不少启发。凤凰坪的自然条件和大寨、大邱庄截然不同,产业结构也不能和他们雷同。我们村一共三百一十八户,连同在外人员共一千一百六十六口人,男女整半劳力六百二十名,耕地一千八百六十亩,已全部经过整修,百分之六十以上是水浇地和可灌地。我们这儿四面环山,紧临青龙渡,山林面积八万四千六百多公顷,林果品种居全省之首,自然条件相当优越。如果能把工业、林业和土地结合在一起,围绕农林牧做文章,让农业和林牧业跨上千里马,跃出青龙川,把凤凰坪驶入中国名村之列。具体咋干,我只有个朦胧意识,心中无数。"

王志辉若有所思地点点头,侧身和刘存义小声谈论着什么。常委和部局长们也都纷纷交头接耳议论着,争执着。林牧局长秦川往后挪了挪,背靠一块巨石,取出笔记本,聚精会神地在写着什么。青龙乡党委书记范孝勤和乡长贾景堂,从会议一开始,就感到十分尴尬,感到有一种巨大的压力,总觉得县委书记和县长用另外一种目光看着他俩,浑身上下都不自在。凤凰坪是青龙乡的中心村,距乡政府所在地青龙湾不到十里路,从凤凰坪创办股份集团公司以来,乡上没有引起高度重视,没有采取任何具体措施,他俩根本没有想到,凤凰坪是墙内开花墙外香,近在咫尺的乡政府没有什么举措,县委书记和县长却突如其来地在龙泉沟召开了常委扩大会,他俩好像挨了一个响亮的耳光,这才真正醒悟过来了,才知道他们犯了一个本不该出现的失误。范孝勤和贾景堂很觉懊丧,脸色讪讪地退到一边,悄声商讨着弥补措施。

刘存义仔细观察着人们的神态,心中有了数,他习惯地一挥大手说:"王书记给大家讲清楚了,今天的扩大会是以答记者问的形式进行,木不钻不透,话不说不明,大家有啥要问的,有啥要说的,有啥好主意,可以畅所欲言么,八仙不过海,咋个显神通?诸位要通过这次扩大会,进一步认识党中央、国务院有关农村政策和西部大开发的重大意义,明确自己的职责所在,免得在新形势面前束手无策,成了落伍者。"

秦川发言了,他经过一番深思熟虑,已是成竹在胸,志在必得:"前几天,我受司马兆奇副县长的委托,来龙泉沟进行勘察,和俊虎同志讨论研究过发展畜牧业的问题。今天听了王书记和刘县长同俊虎的对话,我深受鼓舞和启发。我仔细想过了,觉得俊虎同志的思路很好,凤凰坪要腾飞,就一定要围绕一个龙头企业,开拓一批起点高、产品尖、效益好、竞争力强的大项目,因地制宜,形成一个以农业和林牧业为中心的环状结构。我认为凤凰坪应该以种植为基础,以畜牧业为龙头,打开突破口。"

刘存义击掌称好:"你老秦是三句话不离本行,这个因地制宜发展畜牧业的思路很正确,我看你又是写又是算的,必有成竹在胸,请你把你的想法和盘托出,集思广益么。"

秦川用手指着古寨址说:"据县志记载,宋朝年间,辽国军队在这儿修建了青龙寨,作为大本营,马匹最多时超过五千匹。我们经过勘察,就龙泉沟的自然条件,养千条牛万只羊完全有把握。我初步算了这么一笔账,创办养牛基地之初,按一百头奶牛、三百头黄牛、二百头菜牛和两千只羊计算,一百头奶牛每天产奶三百斤,除供应本村老人小孩儿食用外,其余经过初加工卖给各个食品厂,一年可收入五十多万元。如果以牛奶为原料建奶粉厂,冰糕厂和食品加工厂,变原料为商品,收入可增值两倍,一年下来可收入一百多万元。耕牛和奶牛的发展比较快,五百头牛三年以后就可达到一千多头,菜牛每年出栏率按二百头计算,每年收入二十万元。羊的繁殖更快,两千只羊三年后就是六千多只,每年出栏率按一千只计算,年收入三十万元。以上只是畜牧业的基本收入,如果形成环状结构呢,更有潜力可挖。俊虎通过各种关系,和西安几家大药厂联系过,药厂基本上同意凤凰坪的股份集团公司为他们供应制造药物的基本原料淀粉。俊虎决心办一个淀粉厂,生产淀粉、淀白粉、固体葡萄糖等初级产品。我和俊虎算过一笔账,一个年产值一万吨的淀粉厂,一年就要吞进两万吨生粮,吐出一万多吨淀粉渣,粉渣是饲养牛羊的精饲料。大家可以想象,牛羊肉全部进入市场,鲜奶全部进入奶粉厂,加工成奶粉、蛋糕和高级饮料等各类食品,年产值该如何计算?还有,牛羊一年可生产几千吨上万吨优质肥料,凤凰坪有一千五百多亩可灌地,水肥充足,粮食作物可以保证稳产高产,粮食也可以进入工厂成为商品嘛。植物秸秆呢,又是造纸的基本原料,凤凰坪的排污条件很好,如果再办一个造纸厂,又是一种什么情况呢?"

副县长司马兆奇来了兴致,向秦川问道:"秦局长,龙泉沟的水质和土质化验过了吗?"

秦川拍了一下脑袋说:"哎呀,我险些忘咧,这儿的水质经过化验,含有几种能制造高新保健品的矿物质,省上最近要派专人前来考察,重新采样化验。"

工商局长孙健恩是个思维敏捷、见多识广的人,他当过生产队长、党支部书记,在粮食局干过政工,跑过采购,任过两届镇长,在工商局长的位子上已干了五年多,对搞企业的内情了如指掌。他接着秦川的话说:"我今年春季去河南的刘庄参观过,觉得刘庄有很多地方可以学习借鉴。刘庄创建了一个华星药厂,主要生产尖端科学的微生物产品肌苷,他们生产的肌苷占全国总产量的百分之六十以上,结束了我国肌苷主要靠进口的历史,每年还可以为国家节约几千万美元的外汇呢。"

与会者议论纷纷,好像是听天方夜谭,孙健恩是耳闻目睹者,心中有数,他翻着他那从不离身的笔记本侃侃而谈:"刘庄是以种植为基础,以药品工业为龙头,兴办了几十个大中型企业,仅造纸工业的年产值就高达五亿元以上。如果讲自然条件,刘庄远远不如凤凰坪,不相信的话,大家可以去看看,眼见为实么。我以前没有来过凤凰坪,今天初步了解了一下,别的不说,就养牛基地这一个项目,凤凰坪迟早都会跨入中国名村的行列。"

王志辉满意地说:"孙健恩同志算是为我们取了一次经,找了一条路。农民搞生物工程,搞生化生产,不仅中国上下五千年来绝无仅有,可能在全世界也不多见。同样是农民,刘庄能办到的事,我相信凤凰坪也能办到。俊虎,你有学刘庄、赶刘庄、超刘庄的决心么?"

"有!"柴俊虎响亮地应声回答。他十分激动地说:"县委县政府如此重视和关怀我们,有关部局的领导如此支持我们,还有许多中国名村的经验可以学习借鉴,天时、地利、人和我们全占,不敢干或者干不好,就是地地道道的懦夫,算不得男子汉!我敢向各位领导起誓,三年内干不出个样儿来,我自己投进青龙渡!"

县长刘存义大喝一声:"好!柴俊虎,就冲你这句话,我以后是招之即来,有求必应!"

随之,有关部局长都发表了意见,表示了决心,最后决定:凤凰坪正式成立"凤凰坪农工商贸总公司",元旦挂牌剪彩,孙健恩说工商局上门服务,三天内办好一切手续。范孝勤和贾景堂要求检讨,刘存义大手一挥说:"我不听你们的高谈阔论,我要你们用事实说话!我再奉劝各位,当官不为民做主,干脆回家卖红薯!新形势就是优者存,劣者汰,能者上,庸者下,不吃凉粉的赶紧腾板凳!"

扩大会要结束了,柴俊虎和田根年悄声谈了几句话,站起来说:"各位领导放弃了休息时间,不辞劳苦来到山沟支持我们的事业,我代表全村父老乡亲,向各位领导致以衷心的感谢!"他和田根年向大家深深地鞠了躬。"可是,我们却干出了对不起各位领导的事。从龙泉沟口到这儿,最多只用半个小时,由于我们村的治保主任柴二狗,仅仅由于各位领导没有和他握手打招呼,认为看不起他,产生了狭隘的报复心理,让各位领导舍近求远越沟穿林,吃了不少苦头,做了对不起各位领导的事,也丢了我们凤凰坪的脸,我和老支书向各位领导表示道歉,并要严肃处理柴二狗!"

王志辉摆摆手说:"俊虎,不能孤立地看待这件事。近年来,我们有些领导干部有一种高高在上的优越感,瞧不起下面的同志,严重地脱离了群众。前不久,我们一位局长下乡检查工作,小轿车开到一个三岔路口,不晓得该走哪条道,正好路旁有一位老大爷蹲在地头抽旱烟,那位局长摇下车窗玻璃,傲气十足地问道,'喂,老头,去××村走哪条路?'老大爷看了看小轿车又看看那位局长,顺手往右边一指,司机骂了声'哑巴',就开车拐上了右边的道路,跑了不多远,闯入了一个茫茫无边的芦苇荡,车轮子陷进了淤泥,越陷越深,前不着村后不着店,干瞪眼没办法。正当局长和司机束手无策之际,那位老大爷和几个青年牵着一头大犍牛赶来了,费了很大劲儿才把小轿车拖出淤泥。那位局长和司机羞愧难当,连声向老大爷赔情道歉,老大爷和那几个年轻人未吭一声,又牵着牛离去了。还有少数领导干部腐化堕落,以权谋私,索贿受贿,侵吞公款,一颗老鼠屎,坏了一锅汤,严重地损害了干部形象,为党抹了黑,引起了人民群众的强烈不满,编了很多歌谣和顺口溜,讽刺这种腐败现象。例如咱们县就有这样的顺口溜:进了县委政府院,满楼都是贪污犯,先枪毙后立案,保证没有冤假案。"

会场上响起了一片议论声,王志辉摆了摆手继续说:"事实上呢?根本不是这样,绝大部分领导干部都是尽职尽心,奉公守法,扎扎实实地干工作。据我所知,县委县政府很多领导干部,都是靠工资吃饭的工薪阶层,存款很少有过万的,有不少人还有外债。去过刘县长家的人都知道,他住的单元房没暖气,没有豪华家具,连地板砖都没有铺。腐败分子数量虽然很少,但危害极大,影响相当恶劣,中央下了决心,迟早要收拾这些害群之马。群众说了些过头话,情有可原。但在我们不少领导干部身上,确实存在着一种官气,忘记了自己是人民的公仆,骄傲自大,目中无人,群众能不反感能没意见么?今天让大家吃了苦头,不怪二狗,是各位咎由自取,要是换成我,不领着你们脱鞋过河、脱衣爬山才怪呢!"

县委书记一番话,感动得柴二狗直淌泪花子。通过今天这次扩大会,他受益匪浅,觉得自己成熟了不少,他为自己的行为感到悔恨不已,恨不得自己扇自己耳光。他走前几步,挨个儿给常委和部局长们鞠躬谢罪,随后走到王志辉和刘存义跟前说:"王书记,刘县长,你们都是有大学问的人,给我改个名字吧,人人见我都是二狗二狗的,叫霉咧,让我尽做些总也改不了的狗事儿,改成虎呀豹呀的,兴许能成为英雄好汉。"

柴二狗的话,惹得常委和部局长们笑弯了腰,连王志辉也忍不住哈哈大笑。部局长们为柴二狗的真诚和那种活宝劲儿所感动,纷纷和他握手,要和他交朋友。

麻将之道

夕阳西下,暮色苍茫。

山区的黄昏,充满了诗情画意。金乌西坠,玉兔东升,牛羊出山,百鸟归巢,家家户户的烟筒冒出股股炊烟,袅袅上升,很快就和夜雾融为一体,混混沌沌地分不清哪是炊烟,哪是夜雾。叮叮当当的牛铃声和咩咩的羊叫声此起彼伏,遥相呼应,伴随着吱吱嘎嘎的闭门声和偶尔传来的鸡啼犬吠,奏响了一支十分神奇而美妙的山乡黄昏曲。

县常委扩大会议结束后,王志辉让秦川和孙健恩留了下来,协助柴俊虎规划养牛基地的蓝图,落实一些具体问题。在柴俊虎家吃过晚饭,县委书记借口要看看青龙山的夜景,和县长刘存义走出村庄,沿着青龙河岸旁边的小道边走边谈。家庭是社会的细胞,农村是社会的缩影,关系到兴韩富民的重大举措,县委书记和县长能掉以轻心么?

一轮明月从东山头慢慢爬向正空,青龙河在月光照耀下,犹如一条熠熠生辉的银龙,翻卷着银光闪闪的浪花,左盘右绕,逶迤而行,连同那犹如蛟龙打鼾的河水的吼声,也使人感到那么神奇,那么慰心。刘存义举臂伸了个懒腰,感到舒心极了,他取出两支香烟一并点燃,递给王志辉一支:"老板,原说好咱俩今天下午回城,咋又临时变卦不走了,得是让那顿野味野餐给迷住咧?"

王志辉吐着烟圈说:"我说东家,你得是患了健忘症咧?你不是说要对柴俊虎做一番全面了解么?不是要和凤凰坪结亲么?我老爸是位'三八'式干部,以前常给我讲他们打蒋匪和闹土改的故事,说那个时期和老百姓相处得跟一家人似的,进门一声大伯大娘大哥大嫂,热水热饭一个劲儿地往手上塞,暖心窝的话一句一句往外掏,吃的是一锅饭,熬的是一灯油,真真正正的军民鱼水情。可现在呢?干部和老百姓成了水和油的关系,心灵和感情上都有了严重的隔阂,群众对政府官员产生了强烈的反感情绪,这不是哪一个人的问题,而是一种社会现象。喂,东家,通过两天来的接触,你能对柴俊虎做个全面而正确的评价么?"

刘存义说:"不能,没有调查就没有发言权,更不能对一个人下结论,我和他毕竟是刚刚接触么。我认为柴俊虎是个难得的人才,忠厚直爽,思维敏捷,具有超前意识,讲话很有逻辑,和咱们一些常委、部局长们比,也算是高水平呢。对于他的其他方面,我是知之甚少。"

王志辉说:"俊虎是个具有侠肝义胆的汉子,有关他的故事多着呢,咱们只知道他见义勇为斗歹徒、舍生忘死跳水救人的事,对他的内心世界了解得不多。要深入全面了解一个人，得通过各种方式，从各个方面去考察，去认识。"

凤凰坪的几个高音喇叭准时响了，令人心潮澎湃，回肠荡气的陕北民歌响彻四面八方，震荡着沉沉夜幕。从第一次"斗私纠错会"以后，老支书接受了柴俊虎的建议，把曾经风靡一时的陕北五首民歌，作为凤凰坪的村歌，每天早晨6点和晚上8点准时播放，坚持不懈。半个多月来，凤凰坪的男女老少听惯了陕北民歌，学唱着陕北民歌，喇叭响了随着喇叭唱，走路干活自个唱，七十多岁的军强妈总爱盘着腿坐在炕头上，一边铰窗花一边唱"绣金匾"，唱"花篮的花儿香"。连八十多岁的平娃爷也张着缺牙齿的嘴巴，漏着风唱"蟠龙卧虎高山顶"。

王志辉摇头摆手地止住了刚要张口的刘存义，俩人伫立在路边，凝神敛气地听着震撼人心的陕北民歌。

　　山丹丹的那个开花哟红艳艳，
　　毛主席领导咱打江山。
　　一杆杆的那个红旗哟一杆杆枪，
　　咱们的队伍势力壮。
　　千家万户哎嗨哎嗨哟，
　　把门开哎哟哎嗨哟，
　　快把咱亲人迎进来，
　　依儿呀儿来吧哟。
　　热腾腾的油糕哎嗨哎嗨哟，
　　摆上桌哎嗨哎嗨哟，
　　滚滚的米酒捧给亲人喝，
　　依儿呀儿来吧哟。

王志辉聚精会神地听着陕北民歌，烟头快烫着手了也不知道，明亮的月光下，刘存义分明看到县委书记的眼眶里闪烁着泪花。"山丹丹开花"唱完了，又是一曲"大生产"，刘存义把烟头一甩，情难自禁地随着大喇叭引吭高歌：

　　解放区呀么呼嗨，
　　大生产那么呼嗨。
　　军队和人民希哩哩嚓啦啦嗦罗罗嗨，
　　齐动员呀么呼嗨……

王志辉用胳膊肘捣捣刘存义说："积点阴德吧，听你唱歌会得心脏病的。"

刘存义反唇相讥："总比你唱秦腔好听吧？"

王志辉把手伸进刘存义的口袋里，取出烟盒一看，已是空空如也。他扔掉烟盒说："粮草断了，还唱个啥呀？"

刘存义笑嘻嘻地说："走，回柴俊虎家里去，'热腾腾的油糕端上桌，滚滚的米酒捧给亲人喝'么,还能没烟抽?"

王志辉深有感触地说:"让柴俊虎和凤凰坪的群众把咱当作亲人,还差着一把火呢。东家,这把火能否烧旺,全看你了。"

刘存义十分自信地说:"人心换人心,八两换半斤,咱们真心实意地关心他们,全力以赴支持他们,还能建立不起深厚的感情?精诚所至,金石为开么!"

王志辉和刘存义走近柴俊虎家的大门时,听见小宝稚声稚气地嚷嚷着:"爸爸快走找伯伯去,伯伯不认得路,跑丢了咋办呀。"接着就是柴俊虎的声音:"这就走,小宝,听爸爸的话,伯伯回来咧,可再不许缠着伯伯闹啊。"

刘存义心里发热,紧走几步跨进大门,一把抱起小宝说:"好小宝,伯伯要是让野狼叼跑了咋办?"

小宝认真地说:"小宝有枪,还有手电,不让野狼把伯伯叼走,奶奶说野狼怕枪也怕手电!"

刘存义又一次成了"现代马",架着小宝在院子里转着圈子,刚转了两圈,田根年领着秦川和孙健恩走进来,柴俊虎要抱小宝下来,小宝不愿下,刘存义也不让下,高秀月故技重演,刚推起自行车,小宝就要从刘存义的脖肩上往下溜。几个人乐呵呵地走进柴俊虎住的窑洞,王志辉不坐沙发上了炕,盘着双腿坐在炕头。刘存义趴在桌子上,饶有兴趣地看着小宝的几张彩照。孙健恩和秦川被田根年和柴俊虎推到沙发上,接过俊虎妈和高秀月端来的香烟瓜子和各种干鲜果品,连声称谢,然后默不作声地坐在沙发上吸着烟。

柴俊虎心中明白,两位局长在县委书记和县长面前有些拘束,他和田根年耳语了几句,笑着对王志辉说:"王书记,今天是周休日,让你们忙碌了一整天,咱们玩两圈麻将换换脑子吧?"

王志辉没料到柴俊虎会提出玩麻将,稍稍怔了一下说:"行,玩就玩。"

孙健恩和秦川不好意思和顶头上司打麻将,连连摇头摆手说不太会玩麻将,经常不打手生,刘存义笑着说:"甭装蒜咧,你二位谁不是麻将桌上的老手?麻将是一种娱乐工具,就是供人玩的,只要不把它当作赌具赌博就行。要说赌,啥都能成为赌具,没听说过么?两个个体户钱多得没处花,拿着两颗芝麻猜单双赌输赢,一次五百元,不到两个小时,输赢额就高达十几万,打得头破血流,上了法庭住了医院,被人骂得比狗屎还要臭!"他离开桌子,问柴俊虎:"家伙现成吗?"

柴俊虎笑着点点头,和田根年抬过一个方桌,铺好被单,取出一副半新不旧的麻将。孙健恩和秦川死活不上场,刘存义说别让咧,姜太公钓鱼,愿者上钩,率先坐到桌旁。柴俊虎请王志辉坐在刘存义对面,他和田根年相对,洗牌、起垛、扔点定庄,刘存义当庄起牌,王志辉自言自语地说:"今天要把眼睛睁大些,麻将牌有时会长腿呢!"

连心眼很实在的田根年都听明白了,县委书记是说县长会偷牌,不由得咧开嘴巴笑了。刘存义佯装不知,动作很麻利地抓牌、出牌,他打麻将和柴俊虎有相似之处,只是为了调剂神经,从不考虑盯牌、放和,只凭手气不讲技巧,输急了就偷,偷技也不高,常常让人人赃俱获,女儿刘锦给他起了个"笨偷"的绰号。县长这天的手气不好,两圈未和一把牌,柴俊虎发给他作为筹码的三十张扑克牌输了个精光,还欠着外债。刘存义又动了偷兴,他最后一个摸牌上垛报停,他和的是夹八万,桌面上已经三张八万了,他突然自摸了个八万,炸了县委书记的庄,一下子还清了外债,还赢回了几张扑克牌。他这次偷牌水平很高,连旁观的孙健恩和秦川都没有看清楚,仅剩的一张八万是如何到了县长手中的。王志辉明知刘存义偷了牌,可又抓不住把柄,拨拉着麻将牌,寻找柴俊虎和田根年手中再有没有八万。刘存义哗啦啦啦把牌搅乱说:"输就输了么,看啥呢?"

小宝不知啥时候跑进来,悄悄地趴在刘存义的椅子上看热闹,满屋的人只有他一个看见刘存义那张牌,是从口袋里掏出来的。他十分好奇地问刘存义:"伯伯,你咋从自己的口袋里拿牌,口袋里有好多好多的牌么?"

小宝一语道破天机,王志辉摁住刘存义的双手说:"小宝,把你伯伯口袋里的牌全部掏出来!"

小宝伸手从刘存义左边口袋里掏出一张六筒,从右边口袋里掏出一张六条和一张红中,惹得满屋子人哈哈大笑,刘存义一把抱起小宝,用长着胡茬的下巴去蹭小宝的脸蛋,小宝手抡脚蹬地尖声笑着嚷着,刘存义笑着说:"后院起火了,内部出了个小奸细,今天这麻将是玩不成咧!"

高秀月和俊虎妈端来一大盘煮熟了的大红枣和苹果,好歹把小宝哄走了,田根年连声招呼着说:"山里的果子多,吃法也和城里人不一样,一般人都喜欢把大红枣和苹果煮熟蒸熟吃,据一位老中医说,这种吃法很科学,能发挥大枣和苹果的药理作用,说是暖胃健胃和补血的滋补品。"

王志辉点头称是:"有道理,俗话说一日三个枣,永远活不老,确实是经验之谈。世界上很多事物的存在和发展,都包含着很深刻的哲理,都有它的发展之道。"他扭过头问柴俊虎,"俊虎,听说你对玩麻将还有一套理论,是真的么?说出来让我们见识见识。"

柴俊虎不好意思地笑着说:"我对不少人讲过,麻将桌是个观测台,是个考察和鉴别人的最佳场面。其实,这个道理很简单,两圈麻将下来,就可以看出打牌者的性格、气质、风度、肚量、智商、品德和私心轻重等等特点,就能辨别出此人是否可交,能否重用,适合于干啥工作。"

王志辉开了个玩笑:"有道理,还能看出一个人是如何偷牌。"

大伙儿都笑了,柴俊虎接着说:"今年前季,我在江苏考察学习期间,花木公司的严经理给我讲了两个真实的故事,一个是电脑的故事,一个是打麻将的故事,都很有典型意义。 一位从西北大学中文系毕业的女大学生杨柳,毕业后被分到一个小县城的广播站当采编。这个小县城地僻人稀,经济落后,杨柳待了一年多的时间,实在待不下去了,便申办了停薪留职手续,到广州去自谋职业。广州有个中外合资企业,总经理是港方派来的一位女强人,到广州后事事都顺心,就是寻不到一个好秘书,一连试用了好几个,皆不称心,便发广告高薪聘用人才。杨柳经人介绍前往应聘,女经理在她那宽大豪华的办公室接见了杨柳,她接过杨柳的简介,只溜了一眼随手放在一旁,东拉西扯地和杨柳谈古论今。末了,女经理说今天是礼拜日,想玩玩麻将,问杨柳会不会玩,杨柳说水平一般。女经理打电话叫来几位牌友,就在她的办公室垒起了'长城'。玩麻将缺两个人,一下子来了三个,女经理对杨柳说,咱俩算一个人,轮流着玩吧。"在女经理打麻将期间,杨柳落落大方地递烟点火,为每个人打开一瓶饮料,替女经理接电话,坐在女经理面前看打牌。玩了两圈后,女经理说她有些累了,让杨柳接着玩,杨柳数了数女经理剩下的筹码,不慌不忙地扔点、抓牌、出牌。两个小时过去了,牌友们在欢笑声中收了牌,杨柳十分得体地送走了客人,清理了办公室后向女经理告辞,问什么时候考试,女经理笑着说,已经考过了,你被录取了。杨柳甚感意外,说这就录用了?女经理说,麻将桌是考察鉴别一个人的最佳考场,一场麻将下来,良莠立辨,泾渭分明。你看别人打牌,只看不吭声,说明你有修养,不爱人前逞能不喜欢出风头,观牌不语真君子么。你在看牌时主动待客,主动替我接电话,十分恰当地处理了那些无关紧要的事,说明你懂礼貌有应变能力。在打牌过程中,你赢不骄,输不馁,始终平心静气,举止文雅,就是自摸了炸弹也是轻轻翻起亮牌,并不时说些很风趣很幽默的话,使大家玩得很愉快,很轻松。最后虽然只有你一个人赢了牌,可牌友们都很高兴,说明你善解人意,有着很好的修养,思维能力和判断力也很强。总之,你是个很理想的秘书,今天就算正式上班了。"

柴俊虎讲的一番麻将之道,听得县委书记、县长和两位局长不住点头,田根年更是叹服不已,拿着大红枣忘了往嘴里塞。王志辉风趣地问柴俊虎:"俊虎,要是让你当组织部长,你就在麻将桌上考察干部么?"

柴俊虎笑了:"那倒不至于,考察干部有一定的考察程序,但在麻将桌上观察人的办法我是不会放弃的。"

田根年补充说:"打麻将的地方人多口杂,能听到一些平时听不到的话,了解到平时了解不到的事。"

刘存义说:"这话有道理,言者无意,听者有心么。今天晚上要不是打麻将,我们还听不到俊虎的麻将之道呢。"他将目光转向柴俊虎:"俊虎,你在打麻将中听到群众有些啥想法?啥议论?要有典型意义的。"

柴俊虎沉思有顷说:"群众中的能人很多,把一些腐败现象和不合民意的事编成民谣,编成笑话,口碑相传,很快就家喻户晓了。比如对一些领导干部的生活作风和农民负担过重的现象,就有这样的说法:'一盒香烟三斤油,一顿便餐一头牛,屁股下边一座楼,老爷高兴百姓愁''这达标,那达标,都叫农民掏腰包,你集款,他集款,集得农民干瞪眼'。这些话虽然不中听,但确实表达了一种民意,言者无罪,闻者足戒,关键是看有关领导咋个看待这些民谣。"

王志辉对刘存义和两位局长说:"俊虎说的这些民谣,是人人皆知的马路旧闻,还有很多难听的,俊虎是不好意思往外说,这些民谣所反映的现象,绝大部分是事实。俊虎说得很有道理,言者无罪,闻者足戒,关键是我们这些领导者如何看待这个问题。俗话说,良药苦口利于病,忠言逆耳利于行。既然是批评,哪能像唱歌唱戏那样悦耳动听?温水洗澡不出汗,棉籽不榨不出油!刺耳的话多听几遍,刺疼了才会有感觉,才会醒悟,才会改进。我有个想法,咱们在适当时候再开一次常委会,专门讨论这些民谣和笑话的真实性和意义,对号入座,像凤凰坪的'斗私纠风会'那样,人人参加,对照检查,开展一次批评与自我批评,理论联系实际,寻找差距,制定措施,下一番苦功夫,彻底把干部队伍中的不正之风扭转过来,在新形势下向党向人民交出一份满意的答卷来!"

刘存义一挥大手说:"我完全同意!咱们韩塬县不是在真空之中,干部队伍中存在着很多不正之风,也有少数蜕化变质的腐败分子,巧取豪夺,贪得无厌,是到了该清除的时候了。庆父不死,鲁难未已,这些害群之马不除,韩塬永无宁日!"

秦川不便于在县委书记和县长面前谈论此事,他向柴俊虎说:"俊虎,我决定了,凤凰坪买回来第一批牛,我就辞职前来报到,从现在起,我就正式申请加入凤凰坪的创业行列!"

刘存义大声说:"好!是条汉子,你为凤凰坪招聘人才起了个带头作用,到时候我和王书记亲自敲锣打鼓,为你以壮行色!"

秦川更正说:"刘县长,我是正月十五贴门神,晚了一步,川妹子王萍捷足先登,是头一个来凤凰坪的应聘者。"

刘存义忙问:"啥川妹子?"

柴俊虎向两位领导介绍了王萍的情况,王志辉颇感兴趣地说:"这个川妹子还颇有点先见之明呢,她啥时候能从西安回来?找个机会让我和刘县长认识一下这位川妹子。"

山本太郎

在龙泉沟召开的县常委扩大会,很快就引起了强烈的社会效应,凤凰坪空前地热闹了,小轿车和北京吉普一辆接着一辆地往凤凰坪村里跑,没有参加扩大会的常委、部局长和有关职能部门的负责人,接二连三地来到凤凰坪,参观苗木基地和刚刚起步的那些企业。他们不愿意当体制改革的落伍者,要补上这一课。

青龙渡也空前热闹起来了,一些好奇心强和在双休日闲着没事干的人们,也借着到青龙渡游山玩水或者去龙角沟求神还愿之机,来到凤凰坪看稀罕。人们一批接着一批来,一批接着一批走,小艄公田柱儿学着柴二狗的样子,把未婚妻王水英接来给他帮忙,他向柴二狗讨教过,千方百计地寻找着和王水英亲嘴和干那事儿的好机会。

来凤凰坪的人多了,发生在凤凰坪的一些逸事趣闻越传越远,越传越神,连正在县城洽谈投资办实体的日本客人山本太郎,也抽身来到凤凰坪,在村里串来串去转了好几圈,又跑进龙泉沟,穿林涉水上古寨,看个没完没了。受命带路的柴二狗跑烦了,不晓得这个小日本到底要干啥,语言不通无法对话,气得他心里直骂"八格呀路。"

青龙乡党委书记范孝勤和乡长贾景堂,在扩大会上像被赶上架的鸭子,狼狈不堪,素有"霹雷神"之称的县长刘存义的几句话,更使他俩心中发毛。霹雷县长是个雷厉风行、说一不二的人,行政措施相当严厉,去年夏季,野虎乡的乡长先是没有及时完成公购粮任务,又无任何正当理由,后来又没有完成计划生育指标,县长大发雷霆,当众撤了他的职,随后通过人大另外补选了乡长。范孝勤和贾景堂记住了县长那两句振聋发聩的话:"我不听你们的高谈阔论,我要你们用事实说话!"

县长那两句话有多重的分量,范孝勤和贾景堂比谁都清楚。既然要用事实说话,就不能再待在办公室指手画脚地纸上谈兵了,就得真枪实弹来真格的。于是,乡党委书记和乡长做了分工,贾景堂在甘肃当过兵,那儿的牛羊多而价格低,他立即去甘肃联系买牛之事;范孝勤把办公室搬到了凤凰坪的村委会,直接参战,乡上那摊子全都扔给了副书记和副乡长。

范孝勤来到凤凰坪的第一件事,就是给村委会装了一部电话,柴俊虎把这部电话命名为"凤凰坪1号电话",他说用不了多久,凤凰坪一定会有总机房和微机房。当天下午接到县委书记王志辉的电话,说演讲团已暂告一段落,他和刘县长今天晚上要请李云杰吃顿便饭,明天上午送李云杰回村,要范孝勤和柴俊虎、田根年在乡上或村里举行个欢迎仪式,并告知柴俊虎,凤凰坪农工商贸总公司养牛基地的蓝图绘好了,让柴俊虎顺便坐送李云杰的车来县城,具体研究安排下一步工作。丁贵来寻柴俊虎,正碰见范孝勤和柴俊虎接电话,他十分高兴地说:"看这多方便,隔山隔水近百里路,几分钟就把事办了,省了多少时间啊!"

范孝勤鼓励丁贵说:"老丁,好好干,用不了多长时间,就会给你配上手机和传呼机,躺在被窝或走在路上都能随时通话,看那啥劲儿?"

丁贵刚要开口,柴二狗咋咋呼呼地走进办公室说:"哥,日本鬼子要见'领导大大的',我把他领来咧。"

柴俊虎瞪了柴二狗一眼:"啥日本鬼子,你咋总是狗改不了吃屎!"

柴二狗不好意思地笑了笑,弯腰伸手向外作了个请进的动作,样子滑稽可笑,他是在模仿银幕上的汉奸。矮胖的山本太郎鼻梁上架着琇琅眼镜,手臂上挂着古色古香的描漆手杖,一副文质彬彬的绅士派头。他笑容可掬地卸下大檐帽,朝范孝勤、柴俊虎、田根年和丁贵鞠了一躬,用半生不熟的中国话问道:"领导,谁的大大的?"

柴二狗跟着山本太郎转了大半天,多多少少懂了一些山本太郎的中国话,自作聪明地翻译着说:"他问谁是最大的领导?"

其实,这句话谁也能听明白,柴二狗完全是画蛇添足,多此一举。范孝勤和山本太郎握了握手,请他坐在那张陈旧的太师椅上,用手势比画着问山本太郎有什么事,山本太郎听不懂,傻笑着直摇头,他后悔走得太急,忘了带上秘书兼翻译羽田杏子。柴二狗爱看电影爱看小人书,学了不少"日本中国话",今天全用上了,他冲着山本太郎说:"你的,什么的干活?"歪打正着,这句话居然让山本太郎听明白了,指手画脚地呜里哇啦地说:"沟的,大大的好,牛的大大的有,大大的……"

几句没头没脑的话,几个人都不明白是啥意思,大眼瞪小眼地干着急,柴二狗也没咒念了,恨不得大骂一通"八格呀路",他看抗日战争电影、电视和小人书太多了,对日本人有一种强烈的反抗情绪。山本太郎也着急了,一个劲儿"大大的,多多的",把他也绕糊涂了。还是柴俊虎有办法,他压下电话机上的免提键,拨通了县委办公室的电话,报告了这件事,王志辉说:"这位日本朋友叫山本太郎,对中国一直抱着友好态度,是经省政协一位韩籍负责同志介绍,来韩塬投资办实体的,已来过好几次了,并已将一百多万元人民币存入了银行账户。山本先生咋跑到凤凰坪去了?我马上问个明白,你们好好招待山本先生,等会儿我来电话。"

县委书记的话,在场人全听清了,柴二狗跑到隔壁的商店,抱来一大堆烟酒罐头和饼干糕点,十分热情地为山本太郎点烟敬茶,态度来了个一百八十度的大转弯。他信服王志辉和刘存义,县委书记都说山本太郎是朋友,他小小的柴二狗还敢怠慢么?不大一会儿,王志辉的电话打过来了,说山本太郎从秘书羽田杏子口中,得知了凤凰坪创业的一系列消息,感到很惊讶,对羽田杏子说一定要去凤凰坪看一看,不晓得他为何一个人迫不及待地去了凤凰坪,让山本太郎和羽田杏子通话。柴俊虎把耳机递给山本,山本太郎接过电话听了听,高兴地哈哈大笑,叽里乌啦地讲着日本话,随后又把耳机递给柴俊虎。

从电话中听得出,羽田杏子是位活泼开朗的女子,一口流利而标准的普通话,嗓音清脆,悦耳动听。她说山本太郎在国内就从事过畜牧业,也是内行,羽田杏子听人们议论县委书记和县长微服私访后,在龙泉沟召开县常委扩大会的事和凤凰坪的一些逸闻,当作新闻告知了山本太郎,山本太郎很感兴趣,说一定要去凤凰坪看看,今天她忙着用电脑打印文件,宾馆有几位外地来客要去青龙川游览,山本太郎搭便车去了凤凰坪。羽田杏子告诉柴俊虎,山本要了解一下养牛基地的具体情况:打算养多少头牛?按龙泉沟的自然环境,充其量可养多少头牛多少只羊?从青龙寨到沟口有多少里路?能不能很快架起电线和安装变压器?龙泉沟两边山坡上的山林是否承包给个人了?承包期是多少年?以上几个数据有没有文字资料?有没有有关部门的批示?有无可行性报告?柴俊虎连忙问道:"请问小姐,山本先生有何打算?"稍稍停了一下,耳机里又传来县委书记王志辉的声音:"俊虎,山本先生有投资联办养牛基地的意向,我马上派车来接山本先生,你和范孝勤一块陪同山本先生来县城,我和刘县长在宾馆108房间等候。"

白雪莲有些烹调手艺,牛建明让她在柴俊虎家搞了热凉十多个菜,盛情款待山本太郎。山本太郎很赏识白雪莲烹调的中国菜,吃得津津有味,他也很喜爱天真活泼的小宝,两人用"日本中国话"开玩笑,逗得人们笑破了肚皮。山本太郎拿出一张百元大票对小宝说:"我的,你的,朋友大大的,见面礼,小小的,意思的!"小宝连连摇着头说:"八路军不拿群众一针一线!"山本太郎乐坏了,抱起小宝嘎嘎大笑着转圈子。

陪山本吃饭期间,范孝勤对在座的几个人说,"麻子老三"李有贵和柴选江牵头,向县委递交了有一百多人签名盖手印的联名信,要求恢复柴俊虎的职务,县委办已批转到乡上了,乡党委同意调整凤凰坪的领导班子,由柴俊虎担任村党支部书记兼任村委会主任,田根年做副支书,过几天就召开党员会和村民大会宣布。柴俊虎说先不急,让他和老支书仔细商量一下,再增补两名副村长,是否再在党员会和村民大会上,以无记名投票方式进行选举?范孝勤想了想说:"因为不到换届选举的时间,乡党委考虑到凤凰坪的实际情况和老支书的多次建议,才这么决定的。俊虎的意见很好,通过选举可以一步到位,有利于全局工作。我看这样吧,这次进城再向王书记汇报一下,最近召开一次村民大会进行选举,王书记兼任人大常委会主任,对俊虎和凤凰坪的情况了如指掌,他肯定是胸有成竹。还有一件事,王书记说明天上午送云杰回凤凰坪,让咱们举行个欢迎仪式,俊虎,老支书,你二位说咋办?"

田根年说:"王书记说乡上或村里举行欢迎仪式都行,云杰是我们凤凰坪的人,就不麻烦乡上咧,我们迎接一下就行咧。"

范孝勤笑着说:"乡上的干部都下去咧,只剩下三五个人应付门面,也无法举行欢迎仪式,总不能三五个人手摇旗旗,排队站在乡政府门口喊:'热烈欢迎吧'?"

白雪莲端着一盆莲子羹走进门,听了范孝勤的话,忍俊不禁"扑哧"一声笑了,热汤洒出来烫了她的手,牛建明急忙接过汤盆,连声问白雪莲疼不疼,满屋乐不可支地大笑着,山本太郎也莫名其妙地跟着笑,所有的人都感到开心极了。

柴俊虎说:"县上很尊重那些英模,分别用县委书记和县长的小车送他们回家,都是让当地乡政府组织群众热烈欢迎。云杰是我们凤凰坪的骄傲,也是青龙乡的骄傲,根据咱们的实际情况,干脆来个乡村合一吧,我们在村上组织群众和学生敲锣打鼓放鞭炮,范书记讲几句话助兴就行咧。"

范孝勤高兴地说:"好,这是个两全其美的好办法。咱俩今天陪同山本先生进城,明天陪同云杰回村,风光又气派,是一举两得呢。"

吃完饭不久,县委派来的桑塔纳小轿车开进凤凰坪,停在了柴俊虎的家门口,屋里的人们听到喇叭声,全都跑出大门。车门开处,风姿绰约、光彩照人的羽田杏子走下车,要不是她那种日本发式和衣着,谁也不敢相信她是位日本姑娘。羽田杏子迈着碎步走过来,向众人弯弯腰,声音柔柔地说:"山本先生没有打招呼来到凤凰坪,让诸位费心了,实在对不起,请原谅。"她又弯了弯腰问:"那位是柴俊虎先生?"

柴俊虎向前跨了一步说:"我是柴俊虎,小姐你好!"

羽田杏子又来了个鞠躬礼:"县委王书记阁下关照,请柴先生和范先生同车进城,请上车吧。"

范孝勤说:"客人到了门口,那有不进门的道理,请小姐进屋里坐一会儿。"

羽田杏子和山本太郎用日语交谈了几句,随着众人走进柴俊虎家里。俊虎妈是第一次见日本女人,又好奇又紧张,不知该如何招呼。羽田杏子很随和,也很大方,她反客为主地为大家敬烟、点火,一口一个"多关照""请谅解",礼节多得令人感到不自在,她也十分喜欢小宝,很快就成了熟人。按照山本太郎的指点,羽田杏子尝了几道中国菜,她一边赞不绝口,一边向白雪莲请教中国菜的烹调方法,末了羽田杏子给大家拍了个合影照,让小宝做着各种姿势,照了好几张相,还抱着小宝让山本太郎拍下了这个令人难忘的镜头。

这天,柴二狗学会了一句日语"阿里卡多",知道了这是说"谢谢"。此后,柴二狗不管见了谁不管在什么场合,都要装模作样地说一句"阿里卡多"。

柴俊虎和范孝勤陪同山本太郎和羽田杏子,走进韩塬县宾馆108房间,县委书记和县长早已等候多时。刘存义和山本太郎显然很熟,一见面就哈哈大笑着说:"你的,凤凰坪的干活?米西米西的有?"

山本太郎比比画画地说道:"中国菜,好吃大大的,我的喜欢,你的米西米西的有?"

一场大笑,气氛相当热烈,羽田杏子在卫生间兑好热水,服侍山本太郎洗过脸,又请柴俊虎和范孝勤洗过了,十分殷勤地沏了茶水,端来一盘水果,刘存义惦念着小宝,听说羽田杏子给小宝拍了不少照片,一连声地催羽田杏子尽快把照片扩印出来,每样送给他一张。

山本太郎解开那条红艳的领带,眉飞色舞地呜里哇啦着,显得很激动。羽田杏子翻译着说:"山本先生说龙泉沟的自然环境和地理位置好极了,是发展畜牧业十分理想的好地方,他打算投资和凤凰坪联办养牛基地,并可动员日本国一位制作皮货的株式会社大老板,来凤凰坪创办一个皮革厂。他想了解一下各种准确数据,并想先修通龙泉沟的道路。"

范孝勤向王志辉和刘存义汇报说:"我们和柴俊虎同志商量了一下,根据孙健恩和秦川两位局长的意见,计划打破以往那种从小到大、滚雪球式的发展套数,一次性投进三百头牛和五千只羊,一开始就来个高起步,快发展。"

刘存义说:"王书记让我看过规划图了,能行么?"

柴俊虎回答说:"能行。贾乡长已经去甘肃联系买牛的事咧,我们村目前私人养牛共有二百六十二头,羊八百六十只,也可以让村民以入股形式把牛羊归集体喂养,水草和饲料、牛舍都不成问题。为了防止从外地买来的牛羊水土不服和发生什么毛病,我们和秦局长说好了,让县畜牧站为我们培训一批饲养员和兽医。"

刘存义满意地点点头:"有困难么?"

柴俊虎说:"就是电的问题不好办,从青龙寨到村里六千多米,用多少电杆,多少电线不清楚,也无人懂得如何架线,变电器的增容问题也不好解决。"

刘存义习惯地一挥大手说:"我下午就去电力局,这些事由他们解决。山本先生有投资联营的意向,咱们得把他提出的那些数据提供给他。从现阶段讲,咱们的技术还不如人家先进,咱们是资源丰富,技术落后,有很多东西在这儿是废品,到了日本是宝物,咱们要争取外商投资,引进技术,变废为宝。"

山本太郎见柴俊虎和刘存义谈得热闹,又见柴俊虎和范孝勤取出小本本,记录着刘存义的话,便问刘存义:"你的,凤凰坪的,大大的熟悉?"

刘存义笑着说:"我只去过一次,而且是走马观花,根本谈不上熟悉。"

羽田杏子翻译了刘存义的话,山本太郎不解地问:"观花?那里花园大大的有?"

刘存义说:"那是一句成语。"

山本太郎说了一句日本话,羽田杏子说:"山本先生问养牛基地和走马观花有何关系?"

刘存义呵呵笑着:"关系大着呢,请王书记讲吧,他是我的老师。"

山本太郎双手放在膝盖上,坐得端端正正,一副洗耳恭听的样子,他对中国的很多方面都感到新奇和神秘,很想从各个方面加深对中国的了解。王志辉说:"中国的成语很多,大都有一个典故,'走马观花'是指工作不深入实际,只看表面现象,有这么个故事:从前,有个富家公子长相英俊,但是个瘸子腿,找不到漂亮媳妇;有一个富家姑娘,长得如花似玉,但是个豁唇,嫁不出去。一个能说会道的媒婆想出了个两全其美的好办法,她对瘸腿公子说有一位富家姑娘十分漂亮,问瘸腿公子愿不愿意娶她为妻?富家公子连声说愿意,送给媒婆十两银子,央求她大力周旋。媒婆又去找豁嘴姑娘,说有一位富家公子长相英俊,能说会写,问豁嘴姑娘愿不愿意嫁给他?豁嘴姑娘自然是喜出望外,也送给媒婆十两银子,求媒婆想个好办法让她见一下那位富家公子。媒婆挑选了一个日子通知瘸腿公子和豁嘴姑娘见面,她让瘸腿公子骑着一匹高头大马,从豁嘴姑娘门口经过,让豁嘴姑娘口中噙着一朵鲜花站在大门口,瘸腿公子见姑娘果然美若天仙,高兴得差点掉下马来;豁嘴姑娘见富家公子英俊潇洒,恨不得跳到马背上去,双方都催着快点办喜事。洞房花烛之夜,真相大白,瘸子腿娶个豁豁嘴,豁豁嘴嫁了个瘸子腿,两个人都大叫上当,后悔不迭。这就是走马观花的典故。"

羽田杏子娇笑着给山本太郎做了翻译,山本太郎眼泪都笑出来了,笑喘着说:"走马观花的不要,深入实际的干活!"他要县上选派几名技术人员和有关专家,陪同他到凤凰坪做一番全面考察。

酒不醉人人自醉

丁贵刚刚踌躇满志地得意了没几天,却又成了热锅上的蚂蚁,为了李云杰和柳翠香的婚事,忙得团团转,挖空心思筹办安排着这场前景难卜的男婚女嫁。昨天傍晚,田春燕匆匆忙忙地从县城赶回来,说县上的英模演讲团已从省城回到了韩塬县,正在县宾馆开总结会,会后解散待命,李云杰一两天就回凤凰坪,她借口为她妈送药,一个人回来通风报信。

丁贵没想到他一个偶尔萌发的念头,竟会惊动了县委书记和县长,在未来的养牛基地龙泉沟,召开了史无前例的县常委扩大会议,并要把畜牧业作为"凤凰坪农工商贸总公司"的龙头企业。丁贵更没料到,他一个名不见经传的草民百姓,竟能和县委书记、县长以及那些手握大权的部局长们,平起平坐地参加常委扩大会,这可是开天辟地头一回光宗耀祖的大事情。丁贵暗自庆幸自己在年过半百之际,还能鱼龙变化地踏上一条铺满鲜花的金光大道,从而彻底改变他的命运。环境可以净化人的心灵,一次别开生面的县常委扩大会,胜读几年百科全书,使丁贵在精神上有了脱胎换骨的变化,促使他决心以一个崭新的精神面貌加入凤凰坪的创业队伍,拼搏奋斗,重新塑造人生。

丁贵是个没有妻室没有儿女的单身汉,自从久病的妻子亡故以后,没有续弦另娶,一切事说推便推,没有任何牵挂,唯有李云杰和柳翠香的婚事,成了他的一块心病。为李云杰和柳翠香搭桥引线,让田春山冒名顶替去陕北相亲的所有行动,都是他一手精心策划和导演的,要是真的捅出了娄子,后果将不堪设想,何况还牵扯到他和田二曼的黄昏之恋。由于环境的净化,丁贵的思想境界已大不同从前,他才真正认识到,柴俊虎看待问题的确比一般人高了一个档次。丁贵不想也不敢做违法乱纪的事,又不想让李云杰和柳翠香的婚姻有任何闪失,思来想去只有一条路可走:按他们几个人合伙商定的既定方针办,用感情和各种关系去感化柳翠香,让她心甘情愿地成为李云杰的媳妇。李云杰一两天就要回家,这件事不能再拖下去了,车到山前必有路,得先把结婚的日子定下来。于是,丁贵一大早就把田根年和柴德贵请到了田二曼家中。

自打柳翠香和田春燕去县城学习电脑以来,田二曼总有种怅然若失的感觉,心里虚虚地打不起精神,云杰出门二十多天了,田二曼倒不十分牵挂,儿子有出息,到处给人做报告,是件光宗耀祖的大好事,当妈的自然是引以为荣。令她牵肠挂肚的是柳翠香,是云杰和翠香的终身大事。柳翠香在她家住了半个多月,心灵手巧人勤快,一口一个妈,叫得她心里甜丝丝的,两人的关系很融洽,跟亲母女俩似的,柳翠香乍一离开,她倒有些不习惯,有一种浓浓的失落感。田二曼这几天老感到眼皮跳,忽左忽右,时断时续。左眼跳福,右眼跳灾,到底是跳福呢还是跳灾?她心里直犯嘀咕,就感到六神无主,就感到忧心忡忡。这天,她和往常一样,天没大亮就起了床,里里外外地忙了两个多小时。洗漱过了,刚捅开炉子,忽然听见丁贵和田根年、柴德贵的说话声,急忙擦着手迎了出去。

几个人相互打过招呼,田根年开门见山地对田二曼说:"大妹子,县上的英模演讲结束咧,云杰一两天就回来。"

田二曼忙问:"真的?"

田根年说:"燕子昨天傍晚专程赶回来报信,她一大早又去县城了,让我跟你说一声,到时候她准时陪着柳翠香回来。"

田二曼说:"家里啥都准备好咧,咱们今天说啥也要把日子定下来,赶快把两个娃的喜事办了,别叫人老是提心吊胆的不踏实,这事不能再拖咧。"

丁贵给田根年和柴德贵各递过去一支香烟说:"老支书,我看今天咱就把这个事敲定说妥,请柴先生择个黄道吉日,立马就办。"

田根年点点头对柴德贵说:"德贵,今天又该你露一手咧,请你给云杰和翠香择个结婚的好日子,他俩的属相和生辰八字你是晓得的。"

柴德贵点点头,翻开他那本从不离身的"万年历",架上老花镜,一边翻着书,一边捏着指头左掐右算。良久,他抬起头说:"结婚择日子,不离三六九,逢三六九一般来讲可以婚嫁迎娶,不犯凶煞。云杰和翠香是同一属相,出生日期只相差半年,既不犯月又不犯时,互不相克。今天是农历十月初九,大后天就是个宜婚嫁的吉日良辰,能来得及么?"

田根年沉思了一会儿说:"十月十三,连今天算上,剩下不到四天时间,是紧了些。"

丁贵紧接着田根年的话头说:"我看有四天时间足够了,东西全都现成,后天办也来得及。这事儿宜早不宜迟,再不敢往后拖咧,云杰明天不回来后天准回,能一直瞒着他,不让他和翠香见面么?"

田二曼随声附和:"就是哩,他大舅说得有道理,这事说办就办,夜长梦多么。"

柴德贵已晓得了这件事的来龙去脉,自然是赞同丁贵和田二曼的意见。他再次翻了翻那本"万年历"对田根年说:"老支书,云杰和翠香的婚事不比其他人,宜快不宜慢,十月十三日是个婚嫁迎娶的黄道吉日,中午12点是起轿的良辰吉时,就定在这天吧。"

田根年掐灭手中的烟头说:"行,喜期就定在十月十三日,咱们立马分头准备,德贵去和其他理事商量一下,对办喜事的议程和宴席的档次、数量做个详细的安排。杀猪宰羊和买菜买烟的事,有我和老丁呢,回头列个清单,让你们理事会看一下。"

田二曼松了一口气,想了想又对田根年说:"翠香娘家远在陕北,结婚从哪儿起轿呢?再说还得有娘家人送亲,咱们是瘦牛不瘦角,规矩得在着,就算是摆样儿吧,也得有个过场,不能让翠香心里受屈。"

田根年说:"十里乡俗不同,不晓得翠香娘家兴不兴这样?"

田二曼说:"我问过翠香咧,她说陕北也兴这个套数,起轿时要跪拜天地父母,要放鞭炮要喝上轿酒,娘家的舅父叔父和兄弟姐妹要随轿送亲,礼数跟咱这儿差不了多少。"

丁贵笑了笑说:"老支书,就让翠香从你家起轿吧,不管咋个说,翠香是春山从陕北引到咱凤凰坪的一只凤凰,也算一种缘分,他俩不能成为夫妻,就以兄妹相称,权当你多生了一个女儿,以后相互走动也就方便多咧。"

柴德贵也笑着说:"这一切都是天意,是上天的巧安排,云杰和春山是一对光着屁股一起长大的好朋友,他舍生忘死救了春山和春燕,春山替他相来了个聪明漂亮的好媳妇,再让翠香成为你的干女儿,你两家是喜上加喜,还套着亲呢。"

田根年憨厚地笑着说:"那就让翠香从我家起轿吧,我不会让她受屈的,我回去和燕子她妈商量一下,十月十三结婚,十月十二我们认翠香做干女儿。"

田二曼眉开眼笑地说:"那咱们以后就成了儿女亲家了,不能再没高没低地开玩笑咧。"

大事已定,田二曼一定要留几个人吃顿喜庆饭,她手脚麻利地烙了几张油层饼,炖了一锅粉条荷包蛋,拿出几瓶保存已久的老牌"红西凤"。凤凰坪的男人一般都有两会,一是会水,从小在青龙河边长大,不经常下水的能有几个!除过冬天和春季,不是下河捕鱼捉鳖,就是洗澡游泳和打捞东西,很多人是几天不下水浑身就燥得慌。二是会喝酒,经常围着酒瓶子转,哪年不醉倒几回?很早以前,凤凰坪就有自酿烧酒的习惯,不说逢年过节,就是平常相互串门也要对饮几杯,以酒代茶,从小就练出了酒量。田根年和柴德贵自是豪饮,丁贵走南闯北,也喜爱杯中之物。几个人难得坐在一起,又是个喜事,便围坐在饭桌前,推杯换盏,边喝边聊,越喝越高兴,越喝话越多。言多必失,三个人都有些醉意蒙眬,都多多少少地掏出了心窝子话,丁贵半斤酒下肚之后,慢慢就有些把持不住了,总是冲着田二曼说些无咸无味的淡话,不停地指使着田二曼点烟续火,取这取那,摆出了一家之长的派头。

田二曼不会喝酒,一边招呼着客人,一边仔细听着三个男人的谈话。丁贵早就钟情于她,她是心知肚明,只是碍于各自的苦衷,双方都无法开口,只好以兄妹相称,来来往往,互相帮助。田二曼年轻时也是个俊俏女子,如今奔小五十了,看上去仍然很顺眼,按照文化人的说法是徐娘半老,风韵犹存。李三林惨死那年,她还不满三十岁,是个韵味十足的少妇。年轻守寡,二十多年来不婚不嫁不和男人来往,谈何容易。人非草木,谁没有七情六欲?丈夫丧命之初,田二曼处于悲伤哀痛之中,经常以泪洗面,还没什么,时间长了,各种具体困难接踵而至,想钻空子采花吃野食的也是大有人在,没有男人的家,缺了顶梁柱,孤儿寡母真是度日如年。其他的事好说,车到山前必有路,老天饿不死瞎眼雀,啥困难咬咬牙也就过去了。可天久日长,苦夜难熬啊。一个正当春情炽烈的年轻妇女,孤床冷衾,无比的孤寂和难耐的性饥渴,强烈地折磨着她,刺激着她,使她有了生不如死的念头。但田二曼是个正经女人,她不想也不敢让人们指着脊背骂"破鞋",她清楚一个不贞节的女人,在人前一辈子也无法抬头挺胸,连娘家人也会被人瞧不起。寡妇门前是非多,她决心要扎紧藩篱,不让任何人越雷池半步,做个堂堂正正、清清白白的女人,把儿子抚养大,为李家保一代香火,自己图个老有所依。儿子云杰聪明秀气,有苗不愁长,眨眼就是一个男子汉,自己再难再苦,也不能让儿子站在人前矮三分。就这样,她竟然硬挺着熬过来了,受到了凤凰坪父老乡亲们的赞誉。可是,随着时代的发展,人们的观念也有了很大的转变,对寡妇再婚和有相好的事,也就不觉为奇了。相反,对苦行僧般的寡妇倒百思不解,怀疑是不是有啥毛病。丁贵以前是想吃野食,但在死了老婆后一直没有续娶,也不让别人给他说媒拉纤。田二曼晓得丁贵是在暗中苦苦地恋着她,天长日久,能不动心么?她也不止三番五次地想过,儿子的婚事办了以后,用啥方法和丁贵搬到一块去住。

屈指算来,丁贵倾心于田二曼已近二十年了,他不敢公开表示,只能在心里悄悄地爱,只能诚心诚意地为李家办一些力所能及的事。他牢牢记着那个响亮的耳光,也铭记着李三林的救命之恩。那年,丁贵狼口得生,第一天到凤凰坪感谢李三林的恩情,初见田二曼,就被她那超人的风姿惊呆了,心上刻下了田二曼的音容举止,但他不敢有非分之想。李三林亡故的第二年,丁贵帮田二曼割小麦,虽然劳累了一整天,但他心猿意马地睡不着觉,田二曼那丰盈的身躯,鼓鼓的乳房,时时刻刻都在撩逗着他,趁着夜深人静,丁贵悄悄推开虚掩的窗扇钻进田二曼的卧室,急不可耐地压到了田二曼的身上。田二曼被惊醒了,很快就明白是怎么回事,她用力推开丁贵,狠狠地扇了丁贵一个耳光。一记响亮的耳光,把性欲高亢的丁贵打灵醒了,他跪在田二曼面前,求得了田二曼的谅解,两人以灯为誓,认了兄妹,并叫醒酣睡的小云杰,认了大舅。从此,丁贵以德报恩,两家像直系亲属那样,来来往往走动了近二十年,丁贵在田二曼和李云杰的心目中,占有一定的地位,大小事都要丁贵拿主意。本来,两家的关系也就这么着继续下去了,因为他要在凤凰坪安身立业了,丁贵不能不考虑他和田二曼的结合之事。由于多喝了一点儿,也由于有了这么个气氛,丁贵多年来第一次面对田根年和柴德贵,吐露了心中的秘密。

柴德贵也有些过量,但他是眼睛迷蒙心里清楚,丁贵所讲的心里话,一字不漏地听进了耳朵,记在了心里。他年轻时也打过田二曼的主意,自然也吃过冷雹子,他不服气,和几个都吃过冷雹子的人联合起来,轮流值班盯着李家的前门后院,盯着田二曼的行踪。几个月下来,他们全都打了退堂鼓,彻底打消了吃野食尝新鲜的念头。年轻寡妇行得端,走得正,篱笆扎得紧,野狗钻不进,时间长了,人们认识了年轻寡妇的人品,也就没有人再想占她的便宜了。备棍防野狗,肉烂招苍蝇,山里人懂这个理。如果年轻寡妇打熬不过开了禁,男人们就会一个接着一个地前去采花调情,也会彼此大谈体会,那么,年轻寡妇就成了被人唾弃的破鞋,其下场自然是很悲惨的。可要是有人胆敢强行欺负了作风正派的寡妇,就会成为人人喊打的过街老鼠,为村里人所不容。

　　对丁贵和田二曼的关系,柴德贵今天才算彻底搞清了,他很佩服这两个人的熬劲和韧劲,也很同情他们的处境。他喜欢给人推算流年看风水,也喜欢说媒拉纤。又一口酒下了肚,柴德贵借酒装傻,眯着双眼靠墙而坐,心中盘算着,该用什么样的好办法,把这对老牛郎织女推上鹊桥。

　　田根年生得牛高马大,酒量也大,大得惊人,他年轻时曾一次喝过一斤半二锅头,吓跑了两个和他较酒劲的东北老客。他今天喝得不算多,却很反常地感到不胜酒力,竟有些醉意蒙眬了,含糊不清地咕哝着说了句:"翠香和云杰结了婚,春山咋办?"他一边夹着菜喝着酒,一边想着如何向春燕妈说认翠香做干女儿的事,说让翠香从他家起轿的事。田根年清楚老婆的心病,他也潜移默化地受到感染,对柳翠香有了一种十分复杂的感情。云杰和翠香的喜期定好了,他心中忽然有了一股又酸又涩的味儿,云杰、春山和翠香的影子交替在他脑海里闪现,挥之不去,赶之不走。田根年重重地叹了口气:"妈的,我这是咋咧!"

"牛魔王"杀鸡

上午 10 点多钟,县委书记王志辉那辆红色桑塔纳小轿车,又一次来到凤凰坪,李云杰饮誉而归,乡党委书记范孝勤和柴俊虎同车返回。按照事先的安排,田根年和李国强、牛建明、柴二狗等人组织了一个简单而又十分热烈的欢迎仪式。小轿车刚驰到村口,柴二狗一声令下,十几名小伙子敲起了震撼人心的威风锣鼓,凤凰坪学校的洋鼓队也出动了,学生们挥舞着小旗帜,喊着口号夹道欢迎。牛建明和柴二狗点燃了长串鞭炮,锣鼓声、鞭炮声和口号声,汇成一股热闹喧天的声浪,凤凰坪洋溢着一种热烈欢迎的气氛。

李云杰被这种场面惊呆了,感到脸红心跳手足无措,瞠目结舌地说不出话来。他根本没有料到,自己情急之中做了一件应该做的事,竟会引起这么强烈的反响,受到了这么高的待遇。英模演讲团在省上汇报演讲,省委书记和省长亲临会场,并设宴招待了英模团的全体人员,省电视台现场录像,各新闻媒体也纷纷跟踪采访报道。省委书记当场表态,说省上也要在近一两个月内组织一个英模演讲团,在全省范围巡回演讲,采取强硬措施加强精神文明建设,进一步搞好综合治理。会后,省委宣传部的一位副部长告知带队的潘建安,说省委组织英模演讲团,打算从韩塬英模演讲团抽调几名英模,名单审定后让潘建安及时把人送到省上来。在县宾馆的总结会上,县委书记为每名英模颁发了荣誉证书,县长刘存义为每名英模发了一万元奖金。会议结束后,王志辉和刘存义用自己的小轿车,分别送英模们回家回单位。由于凤凰坪有培养李云杰入党和担任村委会副主任的打算,县委书记和县长设家宴款待了李云杰,从各方面询问了凤凰坪的具体情况,对李云杰进行了热情洋溢的指导和鼓励。当桑塔纳轿车驶出县城的时候,李云杰倏然间感到归心似箭,浑身上下增添了无限斗志,满脑子都想着如何全力以赴地献身于凤凰坪正在兴起的伟大事业。心急只嫌车速慢,可面对这种出乎意料的欢迎场面,李云杰却感到浑身发热、两腿发软,失去了走出小轿车的勇气。

小轿车在锣鼓队和人们的前呼后拥下,缓缓驶进了凤凰坪村委会门前,柴二狗高举双臂,猛地往下一挥,威风锣鼓和小学生的洋鼓洋号,又急风暴雨般地达到了高潮。范孝勤拉开车门,硬是把面红耳赤的李云杰从小轿车里拉出来,掌声、口号声和欢呼笑语声,使李云杰窘得连步子都不会迈了。范孝勤站在大门前的台阶上,挥动着双手说:"静一静!静一静!乡亲们,云杰参加了县上的英模演讲团,得到了全县人民的爱戴,受到了县委、县政府以及省委领导的接见,为我们凤凰坪赢得了很大的荣誉,今天光荣回到了凤凰坪,请他给乡亲们讲几句话!"

全场响起了一阵热烈的掌声和欢呼声,李云杰感到有些晕晕乎乎,他经过锻炼,在成百上千人面前镇静自若地侃侃而谈,毫不怯场,可当着为数不多的父老乡亲们,他无法控制自己的状态,脑海里一片空白,张口结舌地无话可说。在柴俊虎的再三鼓励下,李云杰调整了一下情绪,面对他所熟悉的乡亲们大声说:"我做了一件我应该做的事,受到了各级组织和广大群众如此看重,我确实感到受之有愧。我个人没有啥能耐,但我有一颗火热的心,为了凤凰坪的事业,别说一只手,要命我也舍得!"

从村委会那儿传来的锣鼓声和鞭炮声,把田二曼震得心慌意乱,坐立不安,她犹如热锅上的蚂蚁,来来回回地走出大门又踅进去,脖子酸了,腿发软了,连日来的劳累全都涌上来了,唯有心劲忒足,硬是用一颗活跃的心支撑着疲惫的身躯。娶儿媳是她目前最焦心的事,操心劳神、提心吊胆了这么长时间,立马就见分晓了,她能不心焦如焚么?丁贵在酒桌上暴露了他近二十年的心事,像个害羞的男孩子似的,有事没事总爱围着她转,眼睛里老是闪烁着一种复杂的光彩,她呢,封闭了二十多年的心扉渐渐启开了,有时竟也春心荡漾,在有意无意之间,对丁贵产生了越来越明显的柔情蜜意。儿子的事办不好,她和丁贵的事不也总是水中月镜中花么?锣鼓响了一遍又一遍,田二曼往门外跑了一次又一次。

丁贵正在忙着杀鸡,也被隐隐传来的锣鼓声震得心里慌慌的,手一松,一只被放了血的大公鸡"起死回生",展开翅膀"扑噜噜"乱飞乱撞,鸡血鸡毛撒了满院子。丁贵一边手忙脚乱地追捕大公鸡,一边连声喊叫着:"喂,快抓鸡呀!"近来,他不再喊田二曼"三妹"了,总是"喂呀""哎呀"地打招呼。

被割断了半个脖子的大公鸡,拍打着双翅拼命挣扎,犹如没头苍蝇似的乱飞乱撞,撞翻了桌上的盆盆罐罐和各种玻璃瓶子,油盐酱醋顺着桌面四溢流淌,锅碗瓢盆也相继乒乒乓乓地响起了交响曲。田二曼顾不得再站在门外东张西望了。顺手闭上大门,扎着围裙前堵后截,帮着丁贵满院子抓鸡。

大公鸡瞎飞瞎闯地撞在果树上,卡在树杈中飞不动了,人站在树下又够不着,田二曼要去找梯子,丁贵说搭人梯吧,他往下一蹲,让田二曼站在他的肩膀上,他用双手抓住田二曼的脚脖子,慢慢站了起来。田二曼好多年没有和男人有过这种亲昵的举动,心跳气喘,浑身像过电似的,感到麻麻的,酥酥的,说啥也鼓不起劲儿来。她用左手搂住树身,伸出右手去抓鸡,胳膊酸酸的总是举不直,就差那么一点点,心越急腿越颤,头上的汗水直往下淌。丁贵晓得田二曼的心思,心里涌起一阵热浪,情难自禁地有些心辕意马,双手暗暗用力,顺着田二曼的脚脖子向上滑去,不失时机地紧紧攥住田二曼的小腿肚,呼吸也变得粗重起来了。他愿意就这么相持着,生怕田二曼很快就抓住了那只大公鸡,一边仰头观望,一边悄悄往下缩缩身子。

"哐当"一声,大门被人推开了,随即传来一阵脚步声。丁贵以为是李云杰回来了,刚弯曲的双腿一软,一屁股蹾在地上,田二曼不及提防,双手搂着树身悬在空中,上不能上,下不能下。丁贵定睛一看,原来是柴德贵,柴德贵扶起丁贵,又把田二曼放下来,十分诧异地问:"你们这是唱哪出戏啊?"

田二曼满面通红,支支吾吾说不出一句囫囵话来,只好抓起围裙拍打着身上的土尘,借以掩饰窘态。丁贵毕竟是见过世面的,很快就冷静下来了,指手画脚地向柴德贵讲述了杀鸡抓鸡的经过。柴德贵仰头看了看夹在树杈中的大公鸡,十分好笑地说:"笨蛋挑了笨筐子,笨到一块去咧!两个大活人么,咋就想出了个死法子,拿根长点儿的木棍一挑不就下来咧,何必人撂人的大动干戈!"说罢,从墙脚的木柴中挑出一根较长的木棍,轻而易举地把夹在树杈中的血公鸡挑下来,使劲往地上一摔,奄奄一息的大公鸡彻底"呜呼哀哉了"。

丁贵脸上讪讪地笑着,心中笑嗔柴德贵:"你小子才笨熊进窝笨到家咧!"他给柴德贵递上一支香烟,弯下腰拾起断了气的大公鸡,顺手塞进了盛满热水的大铝盆。丁贵是一把宰牛的好手,杀鸡是捎带事,不长时间把几十只活蹦乱跳的公鸡和母鸡,全都变成了剥洗干净的白条鸡。

田二曼忽然看见果树杈上有一股鸡血,顺着树身直往下流,感到很不吉利,脸色骤变,不由得失声说道:"倒霉事咋全让我给遇上咧,杀鸡也和别人不一样!"

柴德贵忙问:"又咋咧?"

田二曼用手指着树身的鲜血,唉声叹气地直摇头,柴德贵拍着手笑道:"你真浑,这是件大喜事呀,你发哪门子愁呢。"

田二曼忙问:"喜事?"

柴德贵说:"抬头见红,喜从天降,鸡血顺着树身往下流,是大吉大利之兆,凤凰坪好几百户,见过谁家的鸡血顺着树身往下流?鸡者吉也,这么好的喜兆头,喜都喜不过来呢,你反倒发起愁来咧!"

田二曼怔了一下,不明就里地盯着柴德贵,满脸迷茫。丁贵连忙问道:"到底是咋回事啊?请柴先生指点指点。"

柴德贵摇头晃脑地说:"鸡上树乃是吉星高照,树上有血是抬头见喜,这和做梦是一个道理,都是一种预兆,但是一般人没这份能耐,悟不出这个理儿。比如,过去有个秀才,上京赶考前做了一个梦,梦见自己跨着一匹高头大马,一直跑上了城墙,他觉得这不是个好兆头,就找他姑母为他解梦,他姑母精通《周公解梦》,在方圆几十里很有名气。秀才刚走出大门,他的邻居抱着两棵大白菜从菜地走回来,顺手把一棵白菜放到秀才的墙头上说,这棵白菜送给你了,拿回家去吧。望着邻人走进家门,秀才猛地打了个冷战,连叫不好,他认为白菜上墙乃是不祥之兆。秀才来到他姑母家,他姑母被邻村的人请去解梦了,只有表妹一个人在家。秀才的表妹跟着母亲耳濡目染,也学会了解梦,她听了秀才的梦和邻人往墙头上放白菜的事,叹了口气说,表哥呀,这不是好梦,墙上骑马,有去无回呀!邻人迟不送早不送偏偏在你赶考前送白菜,而且放在墙头上,墙头上能长白菜吗?去了也是白种!秀才听了表妹的话,犹如腊月初八喝凉水,浑身上下全凉了。他告别了表妹,垂头丧气地往回走去,走到半道,正巧碰见他姑母往回返,姑母看他愁眉苦脸的,问他遇见了啥发愁事,秀才讲述了他的梦和表妹解梦的事,他姑母哈哈笑着说,死丫头八字还没见一撇呢,就敢给人解梦,她懂个啥些,其实呢,你是做了个好梦,又遇到了好兆头,骑马上城,马到成功之兆,墙头上出白菜,是高中之兆,明天上路吧,肯定能高中!秀才听了他姑母的话,只觉心花怒放,精神百倍。第二天一大早就兴冲冲地上路了,到京城果然是金榜题名,高中状元。你俩说,这梦和今天鸡上树的事,要是不懂行的人,能说出个子丑寅卯来么?"

丁贵点头哈腰地说:"是这么个理,除过你柴先生见多识广,满肚子学问,其他人还不是瞎掺和,谁能说得清道得明地为人指点迷津?"

田二曼很信服柴先生的话,她眉开眼笑地系好围裙,为柴先生炒了一盘鸡蛋,煮了一大碗手工挂面。柴德贵为人解梦算命看风水,最不济的人家也得倾其所有,买一盒好烟做一顿好饭盛情款待。柴德贵四海为家,走到哪儿吃到哪儿,早已习以为常了。他接过田二曼递过来的筷子,稍稍让了一下,便狼吞虎咽,不大一会儿,就风卷残云把一盘鸡蛋和一大碗挂面送入了肠胃。他抹抹嘴巴,接过丁贵递过来的香烟,狠狠地吸了一口说:"明天就是喜日子,云杰和翠香的事马上要见分晓咧,我估摸着问题不大,咱们得把明天的礼仪和宴席安排好。我和理事会的几个人商量了一下,按六十席准备,所需要的烟酒和肉菜,我列了一个单子,老丁你对照一下,看还缺啥?"

丁贵接过单子看了看说:"东西基本上就这样了,缺些零三八五的,二狗准备了几辆摩托,现用现买也来得及。别的啥都好说,我就担心云杰那个牛脾气……"

"绝对不会!"柴德贵截住了丁贵的话说,"人家翠香那么个水灵的姑娘,云杰能不动心么?自古以来都是英雄难过美人关呢!"

田二曼说:"云杰有我呢,只要翠香能愿意,我就谢天谢地咧。"

柴德贵大包大揽地说:"翠香那头你大放宽心,老支书和俊虎会安排好的。"

田二曼还想说什么,门外传来一片欢声笑语,"风流寡妇"白雪莲和结巴田金生的媳妇爱花、李国强的媳妇菊菊、麻子老三李有贵的新媳妇兰香结伴而来,为李云杰布置新房,田二曼满面春色地把几个人让进屋里,张罗着要做饭,"风流寡妇"拦住田二曼说:"三婶,都是自家人,客气啥呢。云杰娶了这么俊个好媳妇,你总算熬到头咧,就等着抱孙子吧。"

爱花和她丈夫田金生相反,是个能说会道爱开玩笑的女人。她和丈夫感情很深,是家里的一把手,田金生对她既爱又怕。爱花最喜欢和田金生吵架,村里流传着不少有关他俩吵架的笑话,能把人笑晕。爱花也特别爱和白雪莲开玩笑,冲着"风流寡妇"道："你悠着点劲儿，等着和翠香一起生吧！"几个人嘻嘻哈哈打了一阵嘴仗。爱花又对田二曼说："三婶你等着瞧，明天非让你穿红着绿骑牛游村不可，还要给你搽脂抹粉涂口红呢。"

田二曼喜气洋洋地说："行啊，只要大家瞧着热闹，骑羊骑狗骑猫骑鸡骑啥都行！"

兰香在柴俊虎的大力支持和帮助下，名正言顺地和李有贵领取了结婚证，风风光光地举办了婚礼，柴俊虎是主婚人，老支书是婚礼总管，村上的锣鼓队、秧歌队欢腾热闹了大半天，村里和邻村前来贺喜的人络绎不绝，林森、石磊来了，王萍来了，连山本太郎和羽田杏子也来了，凤凰坪到处都是欢声笑语，比过大年还热闹。兰香激动得热泪滚滚，泣不成声，从这天起，她感到自己和别的女人一样了，能在人前抬头挺胸了，地下夫妻的日子终于熬到头了，压抑了很长时间的郁闷和委屈，一下子得到了全面释放，大有一种翻身得解放的感觉。兰香十分感谢柴俊虎，格外钦佩这位年轻的领头人，不止一次地给李有贵吹枕头风，要丈夫死心塌地地跟着柴俊虎，不能有半点私心杂念，说你要是敢不听俊虎的，我一脚把你踹到青龙渡里去。对于李云杰的婚事，兰香也是由衷的高兴，连忙接过田二曼的话头说："三婶，我们家鸡猫羊犬样样齐全，明天我把它们全都赶过来，你爱骑谁骑谁。"

随后，李国强、田金生、田柱儿和一些青壮后生都来了，按照柴德贵和李国强的安排，所有前来帮忙的人是敲鼓打锣，各干各活，切肉择菜，盘炉砌灶搭帐篷，一个男婚女嫁的喜剧正式拉开了序幕。

扰人的新洞房

　　县医院护士张丽快活得像只小燕子似的,飞到东,飞到西,叽叽喳喳地没完没了。她根本没想到她能有机会来凤凰坪住上几天,能有幸成为柳翠香的伴娘。从一过了青龙渡,她的嘴就没闲着,又是唱歌又是朗诵诗词,一路上洒下了一串串悦耳动听的银铃声。

　　张丽从小到大没在农村生活过,对农村的山草树木、田园风光、河流庄舍以及鸡啼狗吠,都感到十分新鲜,特别是青龙川特有的旖旎风光,更使她恍若置身于诗情画意之中,使她心旷神怡,兴致勃勃。柳翠香和李云杰结婚的热闹场面吸引着她,凤凰坪的事业更使她心驰神往。二十多岁的大姑娘,已到了安家立身之年。中小型国有企业要逐渐向非国有化过渡,县医院迟早要成为股份制民营单位,据可靠消息,她已被列入下岗职工的名单。凤凰坪的事业是一个大展宏图的新天地,是个可以施展抱负的用武之地,她在凤凰坪的人际关系又这么好,张丽能不打她的小九九么?何况还有重任在肩:田春燕要她协助做柳翠香的思想工作,随时应付可能发生的变化,说她是半个媒人呢。

　　柳翠香的心里像灌了一大桶蜂蜜,甜得浑身发酥,明天就要当新娘了,一个大姑娘将要变成一个小媳妇,人生的转折和变化,竟在一天一夜之间。二十四岁的大姑娘,发育成熟了,思想也成熟了,青春的人生本能,常常冲击着姑娘的心扉,时而令她心头撞鹿,时而令她神魂颠倒。自打进入青春期以来,柳翠香从未和异性有过实质性的接触,要说有,也就那么一次,不,不能说一次,充其量也只能算是半次。那天在酸枣沟,当她情难自禁地扑进田春山的怀抱时,田春山只是出于本能紧紧搂抱了她一下,很快就把她推开了,没有接吻,没有肌肤相亲,连一句亲昵的话也没有。柳翠香渴望着她心目中的白马王子亲她,吻她,爱抚她,渴望着他和她偷食禁果。田春山那种出自本能的搂抱,更加激起了柳翠香的激情,几个月来,这种激情折腾得她茶饭无味,坐卧不宁,千奇百怪的梦一个接着一个,永远做不完。有情人终成眷属,终于盼到这一天了,明天夜里,他们就要相拥相依地在爱河中任意流淌,尽情鱼欢水乐。柳翠香是个细心而有文化的姑娘,她不懂得男欢女爱,对性生活充满了好奇和向往,她晓得"李云杰"和她一样,对性生活也是一无所知,所以偷偷买了一本《新婚必读》,撕去封皮,把书页夹在电脑的有关资料中,看了一遍又一遍,看一遍脸红心跳,看一遍心驰神往。她不止一次地想象着,自己在洞房花烛之夜该怎么做,云杰该怎么做,也不止一次揣想着,睡觉时是铺一床铺盖呢还是两床?是把自己身上的衣裳全部脱光,还是留下裤头和胸罩?云杰会主动亲她、吻她、爱抚她么?还会像在酸枣沟那样傻里傻气的么？怎样才能把《新婚必读》送给那个憨蛋呢？凤凰坪越来越近了，柳翠香心头长了小草，脸上飞起了红霞。

田春燕的一张俏脸上，始终荡漾着甜甜的笑意，但心里总是忽上忽下地忐忑不安，时不时会涌起一种说不清道不明的怅然。一个多月的朝夕相处，她对柳翠香的人品脾性了若指掌。柳翠香聪明伶俐，具有陕北人的淳厚本性，性格比较爽朗，但个性很强，有时爱使个小性子。柳翠香是个很重感情的姑娘，感情也很专一，以前去陕北相亲的是田春山，柳翠香相中的是顶着李云杰之名的田春山，她朝思暮想的是冒名顶替的田春山，洞房花烛之夜却成了李云杰，而且是一个失去了右手的残疾人，柳翠香能接受这个残酷的事实么？她要是翻了脸怎么办？即便是经过大家做思想工作，柳翠香认可了这桩别无选择的婚姻，李云杰弄清是田春山冒名顶替欺骗了柳翠香，他能将错就错和柳翠香拜堂成亲么？她和云杰也是朝夕相处了好几个月，深知他的脾性和为人。田春燕全家人出于报恩思想，众人出于一片好心，都倾其全力设法撮合李云杰的婚姻，很少有人仔细推敲过这件事的可靠性以及具体问题，事到临头，田春燕才渐渐明白了，除了李云杰和柳翠香，其他人全都是盲人骑瞎马，都是凭着良好的意愿，在做着也许是徒劳也许是成功的不懈努力。但也有有利因素，李云杰成了闻名遐迩的英雄模范人物，还有柴俊虎、她爹和乡上的范书记那么多人做工作，木已成舟，李云杰和柳翠香也许会借坡骑驴，风风光光地办了这场成之不易的亲事。死马当作活马医吧，上帝总是庇佑好人的。田春燕自己给自己吃了颗定心丸，不由得长长地叹了口气。

"喂，你叹啥气呀？蜜斯田。"张丽耳灵眼尖，又向田春燕开了一炮。

田春燕又叹了一口气："唉，我想给张小姐在我们凤凰坪寻个好婆家，可是除了一位八十多岁的老光棍，再想不出个好主儿来，能不发愁么？"

张丽笑骂了一声"小妖精"，出手如电在田春燕屁股上拧了一把，转身就跑，春燕拔脚就追，三个人你追我赶，一阵欢声，一阵笑语，不觉已到了村口，几个人站住脚稍稍收拾整理了一下，穿过沟前那片树林，抄捷径向李云杰家走去。

新洞房刚刚布置好，新媳妇就回来了，院里屋里都响起了欢笑声，人们拥挤在新洞房门口，嘻嘻哈哈地凑热闹。军强妈虽然上了岁数，但手仍然很巧，锃明的小剪刀在她手里运用自如，相当灵活，什么"喜鹊登枝"呀，什么"凤凰戏牡丹"和大大小小的"喜"字，在她面前摆了一大堆。三个姑娘相携着走进门，军强妈顿觉眼前一亮，情不自禁地拍着大腿啧啧称赞："天神神也，凤凰坪真是落凤凰的好地方，啧啧啧，你看看，三个姑娘一个比一个俊，啥影星歌星的，敢和咱凤凰坪的美人儿比一比么？愧死她咧！啧啧啧……"

白雪莲学着军强妈的口气说："啧啧啧，姑娘娃一个比一个美，老媳妇一个比一个丑！"

军强妈被白雪莲逗乐了,咧着缺了不少牙齿的嘴呵呵大笑,用手指点着白雪莲说:"谁不晓得你雪莲是个美人坯子,你永远当姑娘多好呀!别以为你们都长得美,我十八九岁的时候,也是一朵鲜花呢,要是倒回去五十年,不是吹牛,看你们谁敢和我比一比!"

老太太的话引得屋内屋外的人全笑了,柳翠香捧着军强妈剪裁的"喜鹊登枝",正看反看,左看右看,越看越爱,不忍释手,她像个小女孩儿似的,依偎在军强妈的身边说:"老奶奶,您老的手咋恁巧?剪啥像啥,看得出,您老年轻时,是个心灵手巧的大美人呢!"

军强妈疼爱地抚摸着柳翠香的秀发说:"看这张小嘴多甜,把人都要听醉咧,凭着俺闺女这句话,我再给你剪个大'喜'字!"说着,她顺手取过一张大红纸,很熟练地折叠了几下,操起剪刀"咔嚓""咔嚓"一阵响,三下五除二便剪好了。她放下剪刀,把红纸往起一提,一个又红又大的"喜"字展现在人们眼前,屋内屋外响起了一片由衷的赞美声。

田二曼到商店去买东西,听说柳翠香回来了,急忙回家来到新房,柳翠香一把抓住田二曼的胳膊,甜甜地叫了声:"妈你忙啥呢,身体不大好,总不晓得多休息,你看看,比我去县城前瘦多咧!"

张丽提起桌子上的塑料包说:"大婶,看你媳妇多孝顺,给您买了这么多滋补品!"

田二曼只觉心里热乎乎的,她冲着张丽和田春燕笑了笑,拉着柳翠香的手说:"到妈屋里去,妈有件事要和你说。"说罢,向众人打了个招呼,便拉着柳翠香的手走出了新房。

到了吃晚饭的时候,柴德贵和李国强招呼所有前来帮忙的人用餐。田春燕趁机把张丽拉到一边悄声说:"锣鼓敲响了,大幕拉开了,马上就要开戏咧,我咋老觉得心里不实在,万一翠香和云杰哥谈崩了,可就全看你咧。"

张丽大包大揽地说:"放你一百二十五条心吧,凭俺老张这三寸不烂之舌,保证万无一失。肚子快饿扁咧,米西米西的干活!"她没见过农村过红白喜事吃大锅饭的场面,感到很稀奇。

田二曼把柳翠香拉进她的住室,从柜子里取出几大堆核桃、杏干、酒枣、柿饼、苹果、酥梨和柳翠香爱吃的几样果脯,一个劲儿地往柳翠香手上塞,柳翠香娇笑着说:"妈,你得是想让我一口吃成个大胖子呀!"

田二曼也觉得有些好笑,她把一个酥梨递给柳翠香说:"明天是你和云杰的大喜日子,咱这儿离陕北太远,不能从娘家起轿,妈不让你受委屈,和春燕她爸说好咧,今儿个他们认你做干女儿,明天就从他们家起轿,三天后你和云杰去陕北,啥事都安排好咧,你今晚就住在春燕家,明天妈骑牛来接你。"

柳翠香十分感激婆母的良苦用心,动情地对田二曼说:"妈,我和云杰都没在家,啥事都让你一个人干,我们做儿女的心里实在过意不去。以后日子长着呢,我们一定会好好孝敬你的。妈,让我给你梳梳头吧。"

田二曼像个小孩儿似的低下头,顺从地让柳翠香为她梳头,两行热泪从眼眶里涌了出来,她也不去擦拭,任凭成串的泪水连续不断地往下滴。她早年守寡,只有云杰一个儿子,要是再有一个女儿,她那苦涩的心灵上会得到多少抚慰啊!她很喜爱柳翠香,把柳翠香当作亲生闺女看待,但对这桩婚事一直是心中没底,忐忑不安。从眼下的情景来看,是不会有啥意外的。梳子把她的乱发理顺了,她的心也慢慢安定下来了。头刚梳好,张丽拽着田春燕闯进来,大惊小怪地说:"哟,大婶真好福气,新媳妇还没过门就给你梳头,过几天我让我嫂子来你家参观学习,让她受受教育。"

田二曼不好意思地笑着,顺手把大红枣和喜糖往张丽和田春燕手中塞。几个人正在亲亲热热地拉着家常话,柴二狗咋咋呼呼地揭开门帘说:"燕子,你妈的心脏病又犯咧,你还在这儿高谈阔论啥呢,快回去看看吧。"他边说边给春燕使着眼色。

在场的人,除过柳翠香蒙在鼓里,其他人都明白二狗的意思,晓得李云杰要回家来了,让柳翠香回避。田二曼趁机催田春燕回去,田春燕转脸对柳翠香说:"走吧,我妈见了你这个干女儿,一高兴啥病就全没有咧。"

张丽爱开玩笑,一本正经地对田二曼说:"大婶,我明天给翠香当伴娘,咱们是人熟礼不熟,到时候红包可要大大地给!"

田二曼莫名其妙地问:"啥红包?"

田春燕笑道:"就是用一块红纸包几颗羊粪蛋蛋……"

张丽冷不防又在田春燕的大腿上拧了一把,扭头就跑,田春燕尖叫一声,拔腿就追,三个姑娘嬉闹着跑出去了。

吃过晚饭,帮忙的人们都纷纷回家去了,柴德贵和丁贵来到田二曼的屋里,商量如何安排明天的诸多杂事。田二曼说了柳翠香给她梳头的经过,丁贵的心里也轻松多了,三个人正在商量如何待客的事,李云杰提着皮包进了门,他甜甜地喊了声妈,恭而敬之地向丁贵和柴德贵问好敬烟。柴德贵对李云杰说:"云杰,新房收拾好咧,你去看看吧,觉得啥不合适,咱们重整。"

柴俊虎和范孝勤已给李云杰把结婚的事挑明了,给他讲了很多大道理,李云杰感到盛情难却,很难为情地点头答应了,但坚持要和柳翠香当面锣对面鼓地谈一次话,要亲耳听听柳翠香的态度。柴俊虎说可以,你先回去吧,过会儿让春燕陪翠香来见你。听柴德贵这么一说,李云杰红着脸说这事儿太急了,丁贵瞪着布满血丝的眼睛说:"你说急咧,我和你妈都觉得太慢咧。男大当婚,女大当嫁,你不为你自己着想,也得为你妈考虑考虑啊!"

提起儿子的婚事,田二曼的眼泪又下来了,李云杰啥都不怕,就怕他母亲流眼泪,急忙赔着笑脸说:"妈,你咋又来咧,儿子听你的话,明天给你娶儿媳妇就是了么。"云杰吐了口,丁贵不失时机地把李云杰推进了新房。

李云杰轻轻地闭上门扇,静了静心,十分好奇地打量着刚布置好的新洞房。原来的单人床不见了,取而代之的是非常豪华的席梦思床,两个宽大的枕头并放在一起,桃红色的枕上绣着一对相依相偎的鸳鸯鸟和一枝并蒂莲。一套乳白色的新式组合家具靠墙而放,在灯光照射下闪烁着熠熠银光。紧靠内墙摆放着一个梳妆台,梳妆台前放着一个多棱型的化妆盒,紧临梳妆台的电视柜上,摆放着一个29寸的彩电和一台带着音箱的收录机。顶棚也重新裱糊过了,顶棚下面还悬吊着几串小彩灯,云杰摁了一下开关,小彩灯放出了五颜六色的光彩,使洞房恍若仙境。

置身于焕然一新的新洞房,李云杰大有恍若隔世之感,他长长地嘘了一口气,小心翼翼地坐在席梦思床沿上,轻轻晃动了两下,试了试席梦思床的弹性。忽然,他发现席梦思床对面的茶几上有一个红皮本本,拿起来一看,原来是一个学员证,他顺手翻开塑料封皮,不觉双眼发亮,呼吸也变粗了。这是电脑培训中心的学员证,上面贴着一张明眸皓齿的玉照,姓名一栏里醒目地写着"柳翠香"三个字。李云杰身上涌起一股热流,双目紧紧盯着学员证上的彩照,禁不住说道:"这么漂亮!"随之,他思绪滚滚,心驰神往地憧憬着幸福的未来。

"嗒"的一声轻响,挂在墙上的语音报时钟,响起了悦耳的报时女声:"现在是晚上9点整,现在是晚上9点整。"李云杰猛地打了个寒噤,下意识地抬起戴着白手套的右手,心头又涌起一阵悲哀,不知想了多少遍的想法,又牢牢盘踞心里。自己成了终身残疾,虽然安装了假肢,没有多大妨碍,可毕竟不是健全之躯了。人家那么漂亮的姑娘,正值妙龄青春,前程无限美好,连累这么一个好姑娘于心何忍?从情从理上都说不过去,何况至今还未见过柳翠香本人,根本无法了解她的想法。可是,事情到了这一步,新洞房布置得富丽堂皇,办喜事的一切全部准备好了,给柳翠香做思想工作的人无疑很多,如果放弃了这个难得的机遇,是会后悔终生的。一阵烦乱涌上心头,他顺手拉灭电灯,一片月色透进玻璃,照射得屋里如梦如幻,李云杰甚感惆怅、迷惘。他沉沉叹了口气,拉开门扇,信步走出门去,他要在月光下散散步,他要调整一下自己的心态。

洞房惊变

　　明亮的月色下,身着银灰色西服裙装的柳翠香,披玉戴银,宛若刚从月宫走下来的嫦娥仙子。山村的夜景美极了,山川草木全都沐浴在水银般的月色之中,显得多姿而神秘。路旁草丛蛐蛐的啾啾声和山林中的夜莺啼叫,伴随着和煦的夜风和青龙河的波涛声,奏响了一曲令人陶醉的月夜之曲。

　　随着一阵鞋钉碰地的脚步声,柳翠香的倩影从沟口闪过来,踏着铺满月光的小道,急匆匆地向李云杰家走来,她格外想念分别了好几个月的"李云杰",瞅了个机会,没有惊动田春燕,一个人溜出了田家大门。此时此刻,柳翠香觉得自己是世界上最幸福的人,感到太幸运了。刚才,老支书田根年正式认她为干女儿,春燕妈拿出一套银灰色的西服套裙,亲手穿在她的身上,然后把她紧紧搂在怀里,一串又一串热泪滴在她的头上,那含着母爱的热泪,把柳翠香的身心全都融化了。女大不离娘,人世间的感情,莫过于女儿和娘最亲了。柳翠香爱她那远在陕北的亲娘,也爱凤凰坪的两位母亲,在三位母亲身上,都在不同程度上体现了伟大的母爱,柳翠香在心中一次又一次发誓,她要在以后漫长的岁月中,尽最大努力,以实际行动回报三位母亲的深情厚爱。

　　小巷深处传来几声狗叫声,柳翠香放慢脚步,倏然间感到心跳腿颤,她把那本电脑讲义举到胸前,感到好羞又好笑,她在想着该采取什么方式方法,把夹在讲义里的《新婚必读》交给"李云杰",并让他理解自己的用意。洞房花烛的新婚之夜,是人生中最重要的一关,是心灵和心灵相碰撞、肉体和肉体相融合的美妙时刻,她能不感到神秘,能不感到紧张和惶恐么?直至来到李云杰的家门口,柳翠香还没有想出一个两全其美的好办法,她站在大门口迟疑了一会儿,咬咬牙走了进去。

　　丁贵和田二曼一边陪着柴德贵拉家常,一边聆听和注视着外边的动静,云杰不声不响地出了大门,好长时间没有回来,田二曼刚要出去寻找,见柳翠香一个人走进了院子,急忙把她拉进了屋里。柳翠香为几位长辈续了茶水,开门见山地问田二曼:"妈,听说云杰回来咧,咋不见人呢?"

　　田二曼怔了一下,丁贵急忙接口说:"他刚回来不大会儿,在新房待了没多久就出去了,大概是找你去咧。"

　　柴德贵也见风使舵地对柳翠香说:"云杰可能是找你去咧,也可能是买东西去咧,他在你俩的新房里停了一阵子,可能还想添置点什么,你也去检查一下,看还缺些啥?"

　　田二曼紧接着柴德贵的话音说:"翠香,你和云杰不在家,妈和你大舅不懂个啥,只是想比别人家强一点,免得让你受委屈,不一定如你们的意,你去看看,还缺些啥,你对妈说一声,要啥都好说。"

柳翠香咯咯地笑着说:"妈,你干脆把月宫给我们搬来吧,咱家也不是啥高级干部啥大款的,能过得去就行咧,讲啥排场呢。"她话是这么说,心里想着去新洞房等候云杰,便顺水推舟地离开了田二曼的窑洞。

对新洞房的布置,柳翠香感到满意极了。韩塬县是全国一个很有名气的煤炭基地,经济比较发达,各方面比陕北要强多了,像这样富丽堂皇的新洞房,在陕北是很少有的。柳翠香忽然发现她的学员证放在枕头上,证书上的彩照灿若花朵,笑容可掬地凝视着前方。柳翠香芳心乱跳,一把抓起学员证,紧紧贴在自己的脸颊上,心潮起伏,浮想联翩:云杰这个呆货,在酸枣沟不敢亲她吻她,会不会亲了她的照片?明天晚上他还会像在酸枣沟那样傻么?想着想着,柳翠香调皮地笑了,把《新婚必读》的内页从电脑讲义中取出来,放在枕头上,用学员证压在上边:让这个傻货好好看看,让他学习学习,临阵磨刀快三分呢!

"现在是晚上10点钟,现在是晚上10点钟。"语音报时钟结束了当天最后的一次报时。初冬的晚上10点钟,已是山区里的小半夜时分了,还不见云杰回来,柳翠香感到很焦急,准备到外边去找云杰,正在此时,大门响了一下,有人走进院子,径直向新房走来。柳翠香知道是李云杰回来了,禁不住一阵心慌意乱,手忙脚乱地整整衣衫,理理头发。

李云杰经过一番深思熟虑,下决心和柳翠香当面锣对面鼓,开诚布公地谈一谈,如果柳翠香有一丝半点的忧虑,他就要当机立断,立即中止这桩完全属于包办性质的畸形婚姻,毫不留恋,永不后悔!决心定了,浑身上下也感到轻松多了,李云杰长长地做了个深呼吸,踢飞脚下一个小石子,大步流星地走回家来。他径直来到新洞房,刚和柳翠香打了个照面,就猛地愣住了。尽管他已坚定了信念,心中仍然"咯噔"了一下,沉沉地有些涩有些酸。柳翠香和照片一模一样,所不同的是鲜活鲜活的真人,那双明如秋水的大眼睛,发射出道道柔光,夺魂摄魄,令人无法抵御。李云杰强自镇静下来,和颜悦色地喊了声:"翠香……"

柳翠香爱屋及乌,觉得凤凰坪每个人都是可亲可敬的,她见来人仪表堂堂,端正的面孔上笑中含悲,显得有些忧郁。从年龄上看,和"李云杰"不相上下,个头胖瘦也差不多,右手戴着白手套,不是电工就是司机。不管是谁,来者都是客,柳翠香十分热情地说:"这位大哥请坐,我去给你端杯茶水,真不好意思,暖瓶和茶水都在我妈屋里放着呢。"

李云杰的心中像被针刺了一下,浑身上下一阵痉挛,他苦笑了一下,伸手拦住柳翠香说:"翠香,你坐下,我有话要和你说。"

柳翠香颇感意外地问:"你是……"

"我是李云杰!"李云杰直截了当地说。柳翠香"扑哧"一声发笑了,她以为是李云杰的伙伴提前来闹房,笑嘻嘻地说:"你这位大哥真会开玩笑。"

李云杰感到狼狈极了,他正襟危坐,一本正经地说:"翠香,我真是李云杰啊!"

柳翠香有些不高兴了,又不便耍态度,仍然不动声色,很巧妙地下了逐客令:"这位大哥,咱们村的柴先生和我大舅,在我妈屋里拉家常,咱们过去喝杯茶水吧。"

李云杰有些吃不住了,略略提高了嗓门说:"翠香,我真的是李云杰啊!方圆几十里再没有和我同名同姓的了,我因为放炮受伤,截去右手,住了半年多医院,又参加了县上的演讲团,一直没在家。咱们的事,全是我妈和我大舅一手包办的,我根本不知道他们是咋个对你说的,也不知道你是咋个来凤凰坪的。"

柳翠香犹如冷水浇头,浑身全凉透了,她愣了好一阵,强打精神刨根问底:"既然你是李云杰,那么去陕北相亲,到韩塬县客运总站接我的人是谁?"

李云杰吸了一口冷气,对这桩婚事的内幕猜到了几分,他拉开大提包上的拉锁,取出他在出院前和田春山、田春燕以及张丽的合影照递给柳翠香:"请你看看,这几个人你认识么?"

柳翠香接过合影照,浑身一阵战栗,她指着照片上的田春山问:"他是谁?"

李云杰全都明白了,一股无名火直冲脑门,他强自压制着感情,面色凝重地告诉柳翠香:"他叫田春山,是我的同学、好朋友!"

天塌了,地陷了,明白了,全都明白了,柳翠香做梦也不会想到,她视为父母的田根年、田二曼、春燕妈、丁贵和她的知己朋友田春燕、张丽伙同一起,精心为她编织了一个绚丽夺目的圈套,变着法儿让她一步一步往进钻。她痛恨骗取了她的感情的田春山,一个堂堂男子汉,竟能心甘情愿地冒名顶替为他人骗婚,简直下作、无耻到极点!她更悔恨自己愚昧无知,可怜巴巴地被人戏弄,眼睁睁地一步一步滑入火坑。她瞥了一眼李云杰戴着白色手套的右手,一股不可抑制的怒火油然而生,烧得她头昏脑涨,烧得她七窍生烟。她猛地站起来,声嘶力竭地骂道:"骗子!一群骗子,如此设圈套坑骗一个弱女子,你们有没有人性!"她一边骂着,一边脱掉刚穿到身上不到两个小时的西服,狠狠地甩在李云杰脚下,扭身夺门而出。

不知什么时候,田春山、田春燕、张丽和田二曼、丁贵、柴德贵等人都站在了院中,柳翠香的怒骂声,每句都听得清清楚楚,各自的脸上都觉得火辣辣的,面对怒火冲天的柳翠香,竟无一人敢上前拦挡。柳翠香愤怒的目光从每个人的脸上扫过,最后停留在田春山的脸上定格了。田春山百感交集,羞愧难当,他鼓起勇气向前迈了一步,声音颤颤地说:"翠香,你,你冷静些!"

"啪"的一声,柳翠香狠狠地扇了田春山一个耳光,不管不顾地冲出了大门。李云杰从新房中赶出来,见状不由得心中发急,连声喊道:"春山,快,快追人!"

田春山蹲在地上,一边用手捶着头,一边骂自己"混账"。"咕咚"一声,田二曼晕倒了,丁贵一把抱起田二曼,又是摇晃,又是喊叫,张丽急忙掐虎口,掐人中,在田二曼的背上轻轻捶了几下,田二曼"哇"地哭出了声。柴德贵大声说:"云杰妈有我和老丁,不用你们管,都快去追翠香,一定要把人追回来!"

李云杰帮着丁贵把他母亲扶进窑洞,向丁贵打了个招呼,又走出来,见几个人都像木雕泥塑似的,呆呆地站在院子里不知所措,气呼呼地骂了声"一群笨蛋",便拔腿向外追去。柴德贵冲着田春山吼道:"春山,还不快点去追人,等着出了事进监狱呀!"

田春燕把田春山拉了起来,和张丽一块儿奔出大门,正好碰见柴二狗风风火火地赶来,听说柳翠香跑了,二话没说,扭头就跑,田春山、田春燕和张丽也急忙尾随而去。

柳翠香一口气跑出村口,昏头昏脑地连方向也辨认不清了,抬头四望,天空是一轮明亮的月亮,山上是黑黝黝的茫茫山林,眼前是一条弯弯曲曲的山村小道。事情发展到如此地步,下一步该如何办呢?如果是白天,她自然会跑进县城,登上开往延安的公共汽车,可面对着这朦朦胧胧的山村月夜,她该投奔何处呢?沟口传来李云杰的呼叫声,柳翠香的怒火又上来了,毫无目的地向前跑了几十米,拐向通往青龙渡的小道,不要命地向前奔去。青龙渡的上游地区下了大雨,青龙河骤然间暴涨了一尺多,泛着白色泡沫的激流,吼声如雷地奔腾翻滚,观之令人头晕目眩,听则令人胆战心惊。月色照射下的青龙渡,也失去了往日的温顺,好像有几条蛟龙闹水似的,一个连着一个的大漩涡,翻起白色的浪花,砰然有声。柳翠香跟跟跄跄地来到河坝上的龙王庙前,紧紧靠在石墙上,胸脯急速地起伏着,大口大口地喘着气。她自己也弄不清,她为何要跑到青龙渡来?她不敢俯视奔腾咆哮的青龙河水,不敢听青龙河惊心动魄的吼声,但又觉得这儿是她今天晚上的最好落脚之处。她急需一席僻静之地,平息情绪,调整心态,同时又企盼着一场夹雷闪电的狂风暴雨倾盆而下,使她那狂躁如焚的心情得到冲刷,得到荡涤。她欲哭无泪,欲喊无声。

李云杰低一脚,高一脚,失急慌忙地赶到了青龙渡堤坝下边,仰头盯着紧靠在龙王庙石壁上的柳翠香,感到脊背上的冷气直往上冒。堤坝上是失去理智的柳翠香,堤坝下是汹涌澎湃的滚滚波涛,眼前的状况,以往的惨剧,使李云杰心惊肉跳,要是柳翠香真的往下一跳,那么后果将不堪设想,步柳翠香后尘的,绝不会只是他李云杰一个人。他想喊柳翠香,却怕惊吓了她,只好怔怔地盯着月光下的情影,任凭冷汗顺着脸颊往下流。

随即,田春山、田春燕、张丽和柴二狗也赶来了,他们也不敢惊动柳翠香,一个个屏气敛声地隐蔽在柳荫下,静观着事态的发展。柴二狗脑子活泛胆量大,也经历了不少惊心动魄的场面,他和田春山耳语了几句,猫着腰溜到堤坝下,借着堤坝下边的阴影,悄无声息地向前运动,一直来到龙王庙脚下,距上边的柳翠香只有两米之距。

如果柳翠香真的要往青龙渡里跳,他只消两秒钟的时间就能冲上去死死拽住柳翠香。与此同时,田春山也悄悄解开了衣扣,随时准备着跳入青龙渡去救柳翠香,万一发生了意外,他也要殉情以报柳翠香。

夜风一阵比一阵大,惊涛骇浪的怒吼声和林涛声也越来越大,堤坝上寒气袭人,柳翠香浑身打着哆嗦,不由自主地向前跨出一步。神经特别紧张的李云杰心惊肉跳,不由自主地脱口而出喊了声:"翠香!"

柳翠香猝不及防,吓了一跳,她定睛一看是李云杰,火苗子又直往上蹿,见李云杰向前走了两步,便厉声喝道:"站住!你再敢往前走一步,我就跳进青龙渡!"

李云杰十分恳切地说:"翠香,你千万要冷静,事有事在,咱们回去商量个解决问题的办法……"

柳翠香毫不客气地打断李云杰的话:"骗子,全是骗子!你们使尽手腕,花言巧语地把我从陕北骗到凤凰坪,让我嫁给一个残废……"

"柳翠香,你……"李云杰只觉怒火攻心,双目喷火地大喊了一声。

柳翠香怔了一下,又怒气冲冲地说:"咋咧?我说错咧?我就要说,我还要去告你们这伙骗子!"

李云杰心头一阵哆嗦,他强压心中怒火,义正词严地说:"翠香同志,你受了天大的委屈,咋个骂我都可以,但我必须把话说清,咱们的事完全是几位长辈一手包办的,我一点都不知道,咱俩都一直被蒙在鼓里。尽管我是个残废,但我有自知之明,我绝不会拖累任何人的。不管咋说,这件事是因我而起,我应负大部分责任,我愿意在一定范围内向你赔情道歉,为你恢复名誉。至于如何结局,我想了一个两全其美的办法,同意不同意由你自己决定!"

柳翠香是个通情达理的明白人,李云杰的话使她受到了震动,她清楚李云杰在这件事中没有任何责任,火气也就消了大半。她听李云杰说有一个两全其美的好办法,不觉怦然心动,她毕竟在凤凰坪生活了一个多月,凤凰坪有许多值得留恋的人。她退回一步,无声地点了点头。

李云杰见柳翠香的态度有了转变,暗暗松了一口气,推心置腹地说:"说句实在话,你之所以来凤凰坪,完全是奔着春山来的,春山的为人你不一定全面了解:我和他从小一块长大,从小学到高中一直都是同学,我对他比任何人都了解。春山为人直爽厚道,心肠良善,上进心很强,是十村八里难挑的好青年,你俩从各方面都很般配。再说,你来凤凰坪一个多月了,村里人对你咋样,你也清楚,如果你愿意,我这个媒人算当定咧。我们家里人骗了你,我将新洞房和明天的喜期让给你和春山,也算立功赎罪……"

"云杰哥,你……"精诚所至,金石为开,柳翠香被李云杰的真情实意打动了,心潮起伏,百感交集。

柴二狗激动极了,抢前几步一把抱起李云杰,抡了好几圈,连声赞叹着说:"好兄弟,你真是个了不起的男子汉大丈夫,在咱凤凰坪,除过俊虎哥,我就最服你咧!"

　　田春山、田春燕和张丽全都跑到李云杰面前,分别抓住李云杰的手和胳膊,一个劲儿地摇晃着,不知该说啥好。李云杰轻轻地吐了口气,笑着说:"咋都成哑巴咧!咱们回去吧,让春山去和翠香好好谈谈。"

　　柴二狗和田春燕、张丽随李云杰往回走去,走了没几步,觉得有些气不平,又转过身来,冲着柳翠香大声说:"柳翠香,你刚才不是骂云杰残废吗?他是咋个残废的,让春山仔细给你说吧……"他还想说什么,李云杰硬是把他拽走了。

　　田春山一阵风似的奔向河堤,紧紧抓住柳翠香的双手说:"翠香,你打我的耳光吧,我对不起你,我是迫于无奈呀!"

　　柳翠香的身心全都松弛了,浑身酸软无力,软绵绵地倒在田春山怀中,用拳头捶打着田春山,放声大哭。田春山捧起柳翠香那张梨花带雨的俏脸,千般恩情万般爱怜一齐涌上心头,他俯下头去,用舌头舔去了柳翠香的满脸泪水,紧紧地把柳翠香抱在怀里,在她的脸颊上雨点般地狂吻着。柳翠香经过惊涛骇浪的冲击,骤然间躺在了风平浪静的沙滩上,她紧紧偎在田春山的怀中,用双手紧紧搂住了田春山的脖子,一对历经波折的恋人不要命地狂吻着,吻得月亮躲进了云层,吻得一切都沉入了夜色……

奇缘巧配

月儿渐渐偏西了,月光把人的影子拉得很长很长。李云杰一行人各自想着心事,默不作声地向凤凰坪走去。田春燕一不留神,被一块碗口大的石头绊了一个趔趄,李云杰眼明手快,伸出左手一把扶住田春燕,田春燕感到一阵心跳,双腿也有些发软。

柳翠香婚变出走的消息,像一阵飓风,很快就刮到了凤凰坪的每个角落,开门声、脚步声、说话声以及犬吠声此起彼伏,打破了山村月夜的宁静。本来就十分关注李云杰婚事的人们,在将要喝喜酒的前夜听到这个消息,不啻于从空中掉下了一颗原子弹,怀着各种想法的人们纷纷走出大门,交头接耳相互询问和发表议论。有的人跑到李云杰家中去看究竟,有的人去田根年家探听情由,而更多的人则是拥向柴家大院。

柴俊虎听说柳翠香去了青龙渡,惊得目瞪口呆,他来不及多想,推开写了一大半的贷款申请,拔腿就往外冲。高秀月也是赶来参加云杰婚礼的,她正陪着俊虎妈拉家常,听说此事后也觉心惊肉跳,急忙把已睡熟的小宝放到炕上,撵上已迈出大门的柴俊虎,两人一起匆匆向村外奔去。刚出了村口,就碰见了李云杰和柴二狗几个人迎面而来,柴俊虎问明了情况,松了一口气,他紧紧搂着云杰的肩膀,对田春燕说:"燕子,你和小张赶快去照应三婶,云杰今晚就住我家咧。只要翠香没出事,啥问题都好解决,让三婶想开点,明天一早我们就去看望她。"

田春燕点点头,想给云杰说什么,话到口边却未出口,她深情地望了望满脸凝霜的李云杰,轻轻叹了口气,领着张丽去了李云杰家。望着田春燕远去的身影,柴俊虎对二狗说:"你去见一下范书记和老支书,请他们赶快来家里,顺便通知国强哥和老牛,请他们也过来。"柴俊虎心中明白,凤凰坪遇到了不眠之夜。

李云杰家里操办喜事的祥和气氛,被突如其来的变故荡涤得一干二净,田二曼从兴高采烈的高峰,突然间跌入了愁云惨雾的荒沟,她受不了这么重的打击,哭晕了好几次,她哭一阵,数叨一阵,心头犹如被刀子捅过又洒了五味调料似的,支离破碎,五味俱全。娶儿媳抱孙子的美梦彻底破灭了,李家的香火将会在她手中断绝,她活在世上,有何面目去见左邻右舍,死后有何面目去见列祖列宗,她实在想不通,她积福行善,拜神敬佛几十年,咋就尽遇着大灾大难?田二曼心如灯灭,万念俱灰,任凭丁贵和众人苦口婆心地反复劝慰,她连一句也听不进去。

丁贵感到窝心透了,他挖空心思,费尽九牛二虎之力,导演和操办了这场闹剧,虚凤配假凰,错点鸳鸯谱,最终落了个鸡飞蛋打,自己成了猪八戒照镜子,里外不是人。不要说他和田二曼的结合成了泡影,就是来凤凰坪大展宏图的愿望,怕也是成了镜中花,水中月。他见田二曼在众人的劝慰下,渐渐平静下来了,就退到一旁,双手抱头蹲在灯光照不到的墙角下,唉声叹气地想着心事。

白雪莲和李国强的媳妇菊菊,陪着田二曼流了不少泪水,也劝说得口干舌燥,白雪莲想给大伙儿冲些蜂蜜水,却寻不见蜂蜜罐放在什么地方,又不好意思问丁贵。正在此时,田春燕和张丽走进门来,她简单地询问了一下情况,熟手熟脚地从桌柜里取出蜂蜜,冲了几大碗,让张丽分送给众人。她坐在炕头上,一手搂着田二曼的脖子,一手端着蜜水,送到田二曼嘴边,甜甜地说道:"妈,您醒醒,喝口水吧。"

田春燕一声"妈",把满屋的人全都喊愣了,田二曼猛地打了个激灵,睁开眼睛,一把抓住田春燕的手说:"翠香,你……"

田春燕笑着说:"妈,您这是咋咧?就翠香能叫妈,我就没这个资格么?"见田二曼瞪着迷惘不解的眼睛直勾勾地盯着她,便落落大方地说:"翠香以后还得把您叫妈,但她只能做您的干女儿,从现在起,我天天和您在一起,天天把您叫妈!"

田二曼苦笑着摇了摇头说:"燕子,好心的燕子,你是哄婶高兴呢。"

田春燕瞅见了蹲在墙角下的丁贵,大声说道:"大舅,劳您驾到俊虎哥家把云杰叫回来,就说我要嫁给他!"

屋里的人全都愣住了,没有一个人吭声,屋里刹那间静下来了,静得能听见青龙河的隐隐吼声。停了好一阵子,张丽冲过来一把抱住田春燕大喊大叫:"燕子,你真棒!你太伟大咧!你……"

田二曼犹如打了一针强心剂,一挺身坐了起来,紧紧抓住田春燕的双手:"燕子,这么大的事,你就不和你爹你妈商量一下?"

田春燕说:"商量啥呢?云杰是在我爹我妈眼皮下长大的,对他哪点不了解?再说,我们家从来讲民主,我和我哥的事,我爹和我妈早就说过咧,让我们自己做主。"

丁贵也像打了强心剂,又精神焕发了,他手忙脚乱地从糖袋里抓出水果糖,挨个儿往每个人的手里塞,还一个劲儿地问有没有人喝酒。柴德贵也又神气起来了,接过丁贵递来的香烟,来不及点燃,就比比画画地卖弄起来了:"大妹子,我不是早就说过了么,云杰是难星已退,福星将至,青龙抬头,是个大吉之像,主有喜事临门,后半年红鸾星当头,主婚配之喜。我没有说错吧?云杰参加了英模演讲团,游韩塬,上西安,连省委书记和省长都见咧,你说这不是大喜之事?就说这场婚姻吧,翠香看中的是春山,春燕喜爱的是云杰,咱们把鸳鸯谱给点错咧,命运是错不了的,谁该配谁,早就注定咧。我再给大伙儿说一遍,周易是一门科学,不是迷信,每个人的生死祸福都和八卦有关联,不信不行。"

白雪莲揭柴德贵的短:"柴先生,你刚才劝三婶想开点,说让云杰先立业后成家,找媳妇的事以后再说,现在咋又青龙抬头,啥红鸾星高照咧?"

在座的人一阵大笑,屋里的气氛又全变过来了。柴德贵和白雪莲是一个辈分,平时开玩笑惯了,他反戈一击地对白雪莲说:"雪莲,你报个生辰八字,我马上可以推算出你和建明啥时候生娃,生男娃还是生女娃……"

白雪莲脸上飞起了红霞,顺手拿起桌子上的抹布,就要去堵柴德贵的嘴巴,丁贵笑着说:"不敢堵不敢堵,还得求他给我算一卦呢。"众人又是一阵大笑,丁贵正儿八经地问柴德贵:"我这就去找云杰?"

柴德贵想了想说:"咱俩一块去吧,好多事得重新安排呢。"

丁贵和柴德贵刚走不久,田春山和柳翠香又来到李家门前,柳翠香思前想后,实在鼓不起踏进李家大门的勇气。田春山轻声说:"翠香,咱们进去吧。"柳翠香白了田春山一眼,移步走到房前的一棵大枣树下,背靠枣树,心头好像悬了十五个吊桶,七上八下地忐忑不安。在青龙渡前的大垂柳下,田春山把柳翠香紧紧搂在怀中,一边不时地亲吻着,一边把这件事的来龙去脉原原本本地告诉了她。柳翠香惊呆了,又是感动,又是悔恨,她根本没有想到,李云杰竟是一位舍生忘死救人的活雷锋、大英雄,更没有想到李云杰受了那么大的委屈后,还能为她和田春山反牵红线,极力成全她和田春山的婚姻。慈祥和善,待她如亲生女儿的云杰妈,能经受起这么沉重的打击吗?她在云杰家住了近一个月,云杰妈为她端过洗脸水,为她梳过头,为她喂过饭,她在睡梦中蹬开了被子,云杰妈及时为她盖好捂严,像守婴儿似的守在她身边,渴了、饥了、热了、冷了,无微不至地想着她,关心着她。人心似铁,真情如炉,就是铁打的心肠,也被李家母子的真情实意熔化了。要不是有田春山,要是她在没有认识田春山之前来到李云杰家,她一定会受到感化,一定会甘心情愿地嫁给李云杰……

一阵夜风吹过,柳翠香打了个寒噤,不由自主地缩了缩身子,田春山急忙把柳翠香搂进怀中,为她遮风送暖。柳翠香依偎在田春山的怀抱里,两行热泪滚滚而下,田春山贴着柳翠香的耳朵说:"翠香,别想那么多咧,刚才不是说了么,咱俩今生今世不忘云杰的大恩大德,他的母亲也是咱俩的母亲,他们家的重活累活我全包咧,再别磨蹭咧,快进去吧。"他用手揩去柳翠香的满脸泪水,连哄带劝地把柳翠香推进了大门。

刚走到院中,田春山和柳翠香便被窑洞里飞出的一片欢声笑语给笑愣了,他俩不晓得发生了什么事,身不由己地紧走几步,伸手揭开门帘,一眼就望见田春燕依偎在云杰妈身边,正和"风流寡妇"一伙人说笑聊天。看见田春山和柳翠香的神情,满屋子又发出一阵欢声笑语,田二曼忙从箱子盖上拿起柳翠香甩掉的西服,走过来给柳翠香穿在身上,十分疼爱地说:"霜降早都过咧,夜晚的天气这么凉,你咋只穿着线衣往外跑,冻感冒了咋办?你不嫌头疼脑热,我还心疼呢!"

柳翠香泪如泉涌,"咕咚"一声跪倒在地,抱着田二曼的双腿泣不成声:"妈,从今以后,你就是我的亲妈……"

田二曼泪花纷飞却面含笑意地拉起柳翠香:"瓜娃些,谁说我不是你的亲妈?以后春山敢欺负你,看妈不剥了他的皮!"

张丽笑嘻嘻地说:"对,剥了他的皮做个人皮鼓,逢年过节咱们咚咚咚敲着玩!"

田春山弄清了妹妹的心意,才真真正正放下了心,他觉得田春燕当机立断,采取一种非常明智、非常正确的措施,把一幕本来不可逆转的悲剧,一举之间变成了一幕花好月圆、皆大欢喜的喜剧。田春山从心底敬佩妹妹的卓识远见,深情地冲着田春燕点头微笑。

田二曼兑了一盆热水,要亲手给柳翠香洗脸,柳翠香破涕为笑:"妈,您看您,我是个三岁两岁的小孩儿么?"

张丽嘴不饶人:"一阵哭,一阵笑,一会儿跑,一会儿闹,最多不过三公岁!"

柳翠香佯装置若罔闻的样子,从田二曼手里接过毛巾,走到脸盆架前去洗脸,趁机悄悄抓了几颗瓜子,冷不防从张丽的领口处放了进去,张丽感到刺痒难耐,虚张声势地大喊大叫,田春燕见有了报复的好机会,把冰凉的手伸进张丽的胳肢窝,一阵急挠,张丽笑得喘不过气来,尖着嗓门向田二曼和"风流寡妇"求援。三个女人一台戏,这么多兴高采烈的女人在一起纵情欢笑,比唱大戏热闹多了。

李云杰随着丁贵和柴德贵回到家里,已是午夜时分,随同他一起和尾随而来的共有十多个人,除过参与决策的柴俊虎、范孝勤、李国强和牛建明外,柴二狗和几个年轻人也来了,他们是奉柴俊虎之命,随时听候调遣跑腿打杂的。作为老丈人的田根年,自然不能前来,为了配合明天的喜事,他特别授权柴德贵和丁贵作为他和春燕妈的全权代表,配合柴俊虎处理好这场儿女婚事。春燕妈再三叮咛,要柳翠香早点回来,她要和儿媳妇说说知心话。

还没等大伙儿坐好,李云杰直截了当地向田春燕说:"燕子,你的深情厚意我心领啊,但这件事不能这么做……"

"云杰,你……"田二曼脸色骤变,感到一阵眩晕,田春燕急忙扶住田二曼,在场的人全都愣住了。田春燕含怨带嗔地盯着李云杰,李云杰也觉过于唐突,却急忙转不过弯儿,嗫嗫嚅嚅地说:"我,我是说,要,要……"

"要我向你写求婚申请么?"田春燕十分气恼地刺了李云杰一句。

李云杰面红耳赤地说:"燕子,你是个好姑娘,无论从哪头讲都比我强得多,我已经成了残废,咋忍心连累你一辈子!"

田春燕递给田二曼一杯蜂蜜水,落落大方地说:"云杰,你别总是开口残废,闭口残废的,我不爱听!受苦受累我心甘情愿,你要是对我本人有意见,可以当面说!"

田二曼恼火地说:"他有狗屁意见!真是狗咬吕洞宾,不识好人心,燕子,你甭理他,啥事都由你说了算!"

丁贵气得嘴唇发青,他猛地站起来,手指着李云杰,舌头硬得绕不过弯,半天憋不出一句话来。柴俊虎把丁贵扶到炕沿上,给丁贵点了一支香烟,看了看屋里每个人的神色,随后把目光对准李云杰:"云杰,你是个真正的男子汉,也是经过风雨见过世面的人,我不想给你讲啥大道理。对于婚姻大事,没有人强迫你,春燕的态度很明朗,如果你觉得她配不上你,可以直言相告!"

李云杰经不住柴俊虎这么一激,感到如芒在背,窘得说不出话来。柴俊虎显然生气了,一番话把他逼到了死角,毫无回旋之地。田春燕的态度令他太意外,令他不敢相信,可事实摆在眼前,他不能不信,他既怕连累了这位百里挑一的好姑娘,又怕失去了这个人生难遇的良机。出于男子汉的豪气,他脱口说出了那句话,细想起来,又感到十分后悔,过了这个村,再无这个店,好事哪能处处有?柴俊虎当众激了他一下,把他逼到了死角,但也给了他一个台阶。李云杰的心踏实了,所担心的只有一个问题:春燕爹和春燕妈愿意么?谁能做通两位老人的思想工作呢?他用求助的目光,从每个人的脸上扫过,最后盯在乡党委书记范孝勤的面孔上。

乡党委书记范孝勤是个很睿智的人,他以多年的从政经验,已看到了凤凰坪大展宏图的美好前景,也明白他自己该怎么办。李云杰的婚事很特殊,既是一件政策性很强的民事行为,也是一桩人情味很浓的婚姻大事,这件事的前因后果,他已了如指掌,他佩服俊虎处理这件事的灵活性,也佩服凤凰坪这么多人的真情厚爱,他决心尽最大努力促成这桩颇有传奇色彩的男婚女嫁。

乡党委书记自有乡党委书记的水平,他采取了迂回战术,为柴德贵递去一支香烟:"柴先生,明天的喜宴一切都准备好了么?"

柴德贵连忙应声说:"好咧,全好咧,可以说是万事俱备,只欠东风!"

范孝勤很满意地点了点头,转向田春山说:"春山,东风能不能刮起来,就看你爹和你妈的态度咧。"

范孝勤话音刚落,柴德贵和丁贵同时站起来,争先恐后地说明了田根年和春燕妈的态度,范孝勤笑呵呵地说:"那我就再扇一把火,明天上午10点钟前,我让乡政府陈秘书来凤凰坪,现场办公办理结婚手续。"

白雪莲笑嘻嘻地说:"范书记,给谁和谁办理结婚手续呀?人家云杰还没表态呢。"

田二曼明白了白雪莲的好意,手忙脚乱地从箱子底下拿出一个云杰小时候戴过的银项圈和一条原本是为柳翠香准备的金项链,塞到云杰手中:"快,送给燕子!"

李云杰捧起母亲为他准备好的定情礼物,心里一阵狂跳,十分抱歉地冲着田春燕笑了笑,面红耳赤地走到田春燕面前,把这份不同寻常的礼物庄重地交给了田春燕。

双凤归巢

  青龙川自古以来流传着这么一条农谚:霜降霜降,夜夜降霜,清晨霜冻,午晒衣裳。青龙川由于地理环境所致,川道与山外的气候大相径庭,上下五十里的川道冬暖夏凉,白天和晚上的温差悬殊很大,从秋末的"霜降"到翌年初春的"雨水"之前,一直都是下霜季节。为了保护农作物不受霜冻,田间地头都挖有"防霜坑",坑里填满松枝柴草,每当下霜之际同时点燃,用遮天蔽日的滚滚浓烟,抵御寒霜的侵害。而到了中午时分,气温又会骤然升高,能晒干当日洗过的衣物。

  田二曼又一次走出窑洞时,霜气正浓,满院子覆盖着一层薄薄的白霜,空气清新而冷冽。一阵寒风吹过,田二曼打了个寒噤,她没穿外衣,但感觉不到冷,她的心是热的,血是热的,浑身上下都充满了热气。一连串的变故,使她从峰巅上跌到谷底,又从谷底飘上峰巅,美梦成真了,田二曼要是不热那才叫怪呢。送走客人,她草草洗漱了一下,上炕关灯,拉过被子和衣而眠,却一直不能入睡,这两天发生的事像放电影一样,在脑海里连续闪现,大脑兴奋过度,她又一次失眠了。"喔喔喔……"架上那只大红公鸡发出了第一遍啼鸣,田二曼不由自主地翻身起来,隔着玻璃窗向丁贵住的屋里望去,心中升起一股又甜又辣也酸的味道,她一把掀开被子,顺手拉开灯绳,来不及穿上外衣,毫无目的地走出窑洞。田二曼抬头望望天空,满天星斗,万缕银辉,又是一阵心花怒放:今天是个艳阳高照、风和日丽的好日子,事遂人愿,老天也来助兴。

  "啪嗒"一声,丁贵屋里的电灯也亮了,不大一会儿,丁贵就披着外衣从屋里走出来,看见田二曼只穿着一件内衣,连忙取下外衣披在田二曼身上:"咋这么早就起床了?啥都顺心咧,还折腾个啥,得是高兴得睡不着?"

  田二曼温情脉脉地瞅着丁贵,声音柔柔地嗔笑:"你咋光说我,你睡下才多大时辰?"

  丁贵不禁哑然失笑,送走所有客人的时候,已经凌晨2点了,上炕还不到三个小时呢。两人心照不宣,信手把一些认为没放好的物件重新摆放。李云杰屋里的电灯也亮了,他推开窗子说:"妈,大舅,离天亮还有一个多小时呢,你俩又在忙啥呀?"

  田二曼喜滋滋地说:"你也别睡咧,赶快去请人吧,前湾后沟的,够你跑一阵子呢。"

  青龙川的风俗习惯,在过红白喜事的当天清晨,主家要挨家挨户打招呼,请父老乡亲们前来帮忙照应。凤凰坪的住户比较分散,没有两个小时跑不完。李云杰不敢再睡了,草草洗了脸,就匆匆到村里例行公事去了。

田二曼关好大门,轻声对丁贵说:"咱俩先把那缸酒滤出来吧,酒瓶酒罐我全都洗干净咧。"说罢,便领着丁贵向那孔贮藏杂物的窑洞走去。

青龙川自古以来就盛行酿酒之风,差不多家家户户都会酿酒,家中都有一套档次不同的酿酒器具。青龙川泉多水美,苞谷生长期长,用泉水和苞谷酿造的烧酒色如琥珀,味道甘醇,物美价廉,因之闻名遐迩。传说清朝末年,韩塬县令曾把这种苞谷酒作为贡品送进皇宫,慈禧太后饮用后赞不绝口,韩塬县令升了官,青龙烧酒出了名。青龙川的酿酒之风盛行不衰,直到"文化大革命"期间,个体酿酒业被当作"资本主义尾巴"给割掉了,青龙川的酿酒业遭到毁灭性的打击,从此一蹶不振。改革开放以后,由于各种原因,不少家户又开始酿酒,有的是为了赚钱,更多的是为了自用。田二曼和丁贵都有一手酿酒绝技,为了李云杰的婚事,田二曼早在半年之前就酿了一缸苞谷酒,打算除喜宴招待以外,主要亲朋好友每家一瓶,这种味道鲜美毫不掺假的苞谷酒,毕竟是多年不见的稀罕物了。窑洞里没有安装电灯,黑咕隆咚的啥也看不见,又堆放着不少杂物,田二曼刚进窑洞,就被什么东西绊了个趔趄,丁贵眼明手快,一把拽住田二曼的胳膊,他自己没提防,也被绊了一下,田二曼又去拉丁贵,两个人不知道咋的就贴在一起了。丁贵来不及多想,猛地伸出双臂抱住田二曼,不管不顾地在田二曼脸上一阵狂吻。田二曼忽然把持不住自己了,浑身瘫痪无力,软绵绵地躺在丁贵的怀里,两个人同时倒在了那堆装过苞谷的麻袋上,田二曼二十多年来头一回开禁了,任从丁贵解开她的衣扣,任从丁贵脱掉她的裤子,两个苦恋苦熬了二十多年的牛郎织女,像初涉爱河的新婚夫妻那样,有些生涩,有些机械继而又十分癫狂地重涉爱河。田二曼不住地呻吟着,双手紧紧搂着丁贵竭力配合,她任意放纵自己,尽情享受着突如其来的爱潮。儿子的终身大事花好月圆,她和丁贵的长期苦恋也该是水到渠成了。

当蜡烛点亮的时候,丁贵和田二曼都像是喝了过量的烧酒,感到脸红心跳,感到虚脱无力。酒不醉人人自醉,二十多年重温旧梦,其中的美妙是无法用语言形容的。田二曼羞涩地瞅了瞅满脸憨态的丁贵,穿好衣服,以手做梳理了理十分凌乱的头发,和丁贵站起来,慢慢地去挪动酒缸上的石板。平常轻而易举的事,这会儿却感到力不从心,胳膊酸酸的软软的,怎么也搬不动那块石板。比起田二曼来,丁贵更是多了几分醉意,他做梦也不会想到,苦苦追求了二十多年的爱,就在这么个环境这么个地点,就这么突如其来地美梦成真了。回想起二十多年前那个耳光,二十多年的苦苦追求,丁贵百感交集,不由自主地涌上了一汪眼泪。看见田二曼娇怯无力的样子,丁贵豪气顿生,暗暗发誓永远要善待田二曼,要她做一个备受宠爱的女人。丁贵顺手揭起石板放在一边,一股酒香冲天而起,整个窑洞顿时飘满了浓烈的酒香,丁贵双手抓住酒缸晃了晃:"最少能滤出五十斤好酒,除过今天用的,以后咱俩办喜事也足够了。"

田二曼含羞带嗔地瞪了丁贵一眼,脸上又是一阵发烧,心里暗暗嘀咕:五十多岁的人了,咋仍和年轻小伙儿似的,竟然有那么一股牛劲儿。二十多年没干这事了,田二曼还沉浸在一种夹杂着慌乱的亢奋之中,儿子未入洞房,她和丁贵却在这种状况下先走一步,这叫啥事呀? 亢奋之余,心里涌起一股甜甜的又带着几缕酸酸的味道。田二曼哂笑了一下,把一个大木盆放在酒缸前,拔掉酒缸底端的槽塞,丁贵心领神会,连忙把蒙着纱网的漏斗塞进酒槽,琥珀色的苞谷酒,犹如涓涓泉水流入木盆。为了保证酒的纯度,接酒的木盆只能用香椿木或者榆木制作,木料香和酒香混为一体,更是香气诱人。

滤酒也有一定的工序和技巧,原酒汇入大木盆后,就是勾兑,勾兑是一门技术活,技巧有高低之分,也有秘诀。丁贵是勾兑高手,勾兑绝技不轻易传人也不轻易显露,今天当着田二曼的面,丁贵大显身手,手把手地给田二曼传授技巧。酒勾兑好了,丁贵用小木勺盛了一勺,送在嘴里品尝了一下,又给田二曼喂了一勺说:"你尝尝,味道美极咧,最少也有五十五度,比窖藏西凤差不了多少。"

田二曼很惬意地饮下这勺酒,不无得意地说:"还不是因为酒曲好? 从小我爹就教我配酒曲,时间长了,我也摸索出了不少门道,在麦芽中掺上少许香精,晾干晒透,挂在房梁下保存,用的时候碾碎泡透,把握好发酵时间,随时掌控温度,花费的心机和生儿育女差不了多少。"

丁贵用手挠挠头皮,苦笑着说:"可惜年岁不饶人,今生今世,咱俩不会有爱情结晶咧。"他心里还有话:"要是二十年前就在一起了,早就儿女满堂了。"这话他不敢说不能说也只是闪念之间。

田二曼的心直往下沉,有些同情地望着丁贵说:"你又不是七老八十的,想那么多干吗? 你尽管放心,这辈子亏待不了你。"

山里人不习惯睡懒觉,大都是黎明即起。天刚麻麻亮,开门声、鸡啼犬吠牛羊欢叫声此起彼伏,遥相呼应,奏响了天籁般的山村晨曲,新的一天又拉开了帷幕。柴德贵一大早就收拾好了,顶着浓浓的寒霜,第一个走进李云杰家的大门,他是理事会的实际负责人,是今天两桩喜事的总调度,责任重大,是丝毫马虎不得的。田二曼把柴先生迎进作为指挥中心的"礼房",炒了两个菜,热了一壶刚刚勾兑好的苞谷酒,请柴先生品尝鉴定。柴先生赞不绝口地吃饱了,喝足了,趁兴挥毫泼墨写了一张"执事单",把前来帮忙的人编成拉水、烧水、大灶、洗碗、待客、迎亲、花炮、斟茶等若干小组,贴在墙上,所有帮忙的人看过"执事单"上的分工,就会自觉地去各司其职,没有人挑肥拣瘦,更不会有人消极怠工。道理很简单:太阳从家家门前过,谁家过事不求人?

柴俊虎也是一早来到李云杰家,凤凰坪两家同日办喜事,而且是两桩富有传奇色彩的奇缘巧配,作为凤凰坪的领头人,他义不容辞举起了指挥棒。柴俊虎和柴先生交换过意见,给李云杰叮咛了一些话,又急着要去老支书家,田二曼硬拽着要他吃了饭再走,柴俊虎调侃:"三婶,今天我还愁没饭吃没酒喝么?说实话,我把胃舒平都准备好咧。"

刚跨进大门的白雪莲和牛建明,听了柴俊虎的俏皮话,笑得直喘气,柴俊虎连忙对牛建明说:"老牛,这边有德贵叔和柴老师几个人照应,我还要去乡政府请范书记和贾乡长,麻烦你去老支书家,那边只有国强大哥一个人指挥,忙不过来。"说罢又对白雪莲说:"雪莲嫂,让你两口子暂时分开半天行么?"

白雪莲故作一本正经:"那咋行?妇唱夫随么,我走哪儿他跟到哪儿,寸步不离。"她和牛建明已经办理了结婚手续,没有大张旗鼓地举办婚礼,而是到外地旅游了十多天,两个苦恋了二十多年的恋人,正儿八经地度着蜜月。

柴德贵和丁贵贴好对联走进来,刚好听到这句话,笑呵呵地说:"雪莲,你俩可不能总在一起啊,那样会误事的,让建明去春山家吧,你帮我在礼房登记收礼物,得空我给你算一卦,看你哪天……"

白雪莲脸红了,顺手拿起一块抹布要去塞柴德贵的嘴巴,院子里响起一片欢声笑语,喜事正式拉开了帷幕。

按照常规,从上午8点开始,宾客就会陆陆续续前来贺喜,喜棚和屋里的餐桌周围,都坐满了男女老少宾客,熙熙攘攘,格外热闹。青龙川的习俗,上午吃大肉馄饨,是流水席,客人随到随吃。中午是宴席,宴席的名称很好听,叫作"十三花"。"十三花"讲究荤素搭配,水陆俱备,汤汤水水的总共十三道菜,每个菜都有名堂都有典故,地地道道的饮食文化。这天,田春山和李云杰两家的烟酒糖茶同样,饭菜同样,没有优劣之分没有档次之别。

中午12点,田春燕和柳翠香同时起轿,两队人马同时出发。田二曼不惜物力财力,像出嫁闺女一样,头上戴的,脖子上挂的,身上穿的,包括内衣鞋袜,一样不缺,按照惯例,欢欢喜喜地打发柳翠香上了花轿。田春山以新女婿的身份,向田二曼行了跪拜大礼,田二曼则履行丈母娘的礼数,亲手把一条中间系成大红花的红绸被面,端端正正地披在田春山身上,再三叮嘱:"春山,我把翠香交给你了,你一定要好好待她,不能让她受半点委屈。你要是敢欺负翠香,我和你没完!"说着说着,两行泪水夺眶而出,泣不成声。柳翠香也情不自禁地扑在田二曼怀中放声大哭,一幕母女惜别的真情实意,令所有宾客心热眼酸,屋里一片哭泣声。

这天,是凤凰坪近年来少有的热闹日子,村里人全都出动了,李云杰和田春山的家里都是人满为患,街头巷尾到处都是人。农村富有了,一些早就被淘汰了的婚庆古礼,非但逐渐得到了恢复,而且得到了发扬光大,花样不断翻新。温饱问题解决了,人们就图个吉祥图个热闹。在二狗们的建议下,李云杰和田春山的婚礼是土洋结合,新旧并举:两位新郎官各自骑着两匹大红马,身披彩带,光亮的头发上撒满金色纸屑,在阳光照耀下闪闪发光。新娘子田春燕和柳翠香在伴娘的陪伴下,各自被塞进了由八个小伙子抬的大花轿,她俩衣饰一样,发型相同,享受也是一般无二。两个花轿,放在十六个龙精虎猛的壮小伙儿肩膀上,犹如大海上荡起的两叶轻舟,自然是狂风巨浪。柴二狗是田春燕花轿的头牌轿夫,他和柳翠香花轿的头牌轿夫田柱儿"串通一气",抬着两个大花轿一路上下颠簸,左右摇晃,两位新娘子被颠得七荤八素,浑身骨架都要被摇散了。柳翠香人生地不熟,只好咬紧牙关忍受。田春燕一边尖笑着,一边指名道姓地嗔骂八位"轿夫"。村头巷尾,到处都是欢笑的浪潮。

田二曼被白雪莲化装成小花旦,头戴大红花,红袄红裤大红鞋,让白雪莲、菊菊、兰香一伙妇女架在一头大黄牛背上,后边紧跟着田春燕的花轿,花轿后边是锣鼓队和亲属们组成的秧歌队。在柴俊虎和李有贵的授意下,丁贵作为家长也披挂上阵了,被化装成舞台小丑,肩膀两头悬吊着一个茄子一个黄瓜,一手牵着大黄牛,一手举着小红旗,套用韩塬秧歌"绣金匾"的曲子,唱着柴德贵为他编写的歌词:

娃他妈呀十七八,骑着黄牛干啥呀?

他大舅呀卖黄瓜,牵着黄牛去哪搭?

咦哎呀,咦哎呀,要把儿媳迎回家……

春燕妈被化装得更为可笑,抹了口红描了眉,头发梳成很多小辫子,插满各式花朵,两个耳垂悬吊着红辣椒,也是骑着一头大黄牛。老支书田根年头戴大毡帽,鼻梁上架着一副没有镜片的眼镜框,嘴唇两边画着八字胡须,一手牵着牛缰绳,一手举着小红旗,小红旗一面写着"热烈欢迎儿媳妇",一面写着"服从儿媳妇的命令"。他一边机械地挥舞着小红旗,一边憨笑着扭秧歌,人粗身子笨,脚步总是踩不到鼓点上,惹得不少人笑岔了气。

中午时分,两支迎亲队伍在村中央的十字路口会合了,两个锣鼓队交叉着变换队形,秧歌队翩翩起舞,周围全是看热闹的人群,摩肩接踵,挤得水泄不通,人们交口称赞,说凤凰坪是落凤凰的地方,盛赞今天是双凤归巢。路边的打麦场上搭了喜棚,桌子上放着麦克风,喜棚两边挂着两个音箱,两对新人要在那儿举行婚庆仪式。

凤凰坪两桩非同寻常的婚事,惊动了县委、县政府,县委书记王志辉和县长刘存义颇为重视,派专人送来了两面风景牌和贺信。喜爱热闹而又醉心于中国民间风俗的山本太郎和羽田杏子,自然不会放过这个难得的好机会,也搭乘县委的桑塔纳小轿车,来到凤凰坪参加婚礼进行采风。羽田杏子被热闹红火的民俗迷住了,扛着录像机不停地拍摄。山本太郎在人群中找到了小宝,他格外喜爱这个活泼可爱的小家伙,把小宝架在脖子上,来到刚布置好的喜棚下,用生涩的中国话和小宝一问一答地"高谈阔论"。山本太郎问小宝:"你的,花姑娘的,媳妇的要?"

小宝能听懂山本太郎的话,摇头晃脑地说:"小宝是八路军,八路军不要花姑娘不要媳妇。"

山本太郎用手捏捏小宝的裤裆,吓唬小宝:"新媳妇的不要,小牛牛的割掉!"

小宝急忙用手捂住裤裆,稚声稚气地嚷嚷:"小牛牛不能割掉,没有小牛牛,咋当八路军?"

婚庆仪式热烈而简单,柴俊虎以主婚人的身份宣读了证婚词,乡党委书记范孝勤宣读了县委书记和县长的贺信,李有贵挥动小红旗,鞭炮和锣鼓声同时响起,婚礼掀起了阵阵高潮。柴俊虎忽然看见高秀月拿着一封信,有些迟疑地站在人群外边,急忙跑过去笑嘻嘻地说:"你咋临阵脱逃咧?谁的信?"

高秀月不愠不恼,一双明亮的眼睛紧紧盯着柴俊虎,把一封挂号信递过去。柴俊虎接过挂号信,看到寄信人的署名是王萍,随手拆开信封取出信笺,飞快地浏览了一遍。王萍用热情洋溢和火辣辣的语言,向柴俊虎汇报了她的西安之行,毫不隐晦地向柴俊虎表达了她的爱意。柴俊虎脸红心跳,刚要开口,高秀月摆摆手:"啥都别说了,晚上8点钟,我在小柳林等你。"说罢转身而去,她是田春燕的伴娘,不能擅离职守。

沟口刮过一阵山风,柴俊虎心头泛起一片涟漪,他抬头寻找高秀月,忽然看到了神情郁郁的母亲,又是一阵莫名其妙的脸红心跳。

十三的月亮

十五月儿圆,十三的月儿也圆,圆得像一个玉盘,亮得如同白昼,一只夜莺当空飞过,能一眼辨别出身上的颜色。踏着皎洁的月光,柴俊虎好像是踩在白生生的棉花堆上,双腿感到虚软无力。自从八月十五中秋节以来,他对月光有了另外一种感受,感到月光里面有一股凉气,月光越明,凉气越大,凉得令人感到寒气袭身。在明亮的月光下,张凤仙投进了青龙渡,在银光翻滚的浪涛中寻到了她的归宿。在明亮的月光下,他坐在张凤仙的墓冢前,撕心裂肺地哭祭爱妻。仰望着那轮明月,他常常会情不自禁地喃喃自语:"凤仙,你也在月宫么?"

月儿弯弯照九州,有人欢笑有人愁。触景生情,此情此景,能不愁上心头么?柴俊虎长长叹了口气,苦笑着摇了摇头,拖着沉重的步子,忐忑不安地向山脚下的小柳林走去。在那儿,有一位真心实意爱着他的姑娘在等着他,她有很多话要和他说,怎样说,说什么,他心知肚明;他也有很多话要和她说,怎么说,说什么,他心中无数。小柳林越来越近,柴俊虎也越来越愁,愁什么呢?他身上装着两封沉甸甸的挂号信,两封信都给他提出了难题,能不愁么?

两封信一封是姚昆的,一封是王萍的,两封信既不同工也不同曲,各有各的力道,各有各的目标。姚昆在青龙湾的古庙会上,目睹了高秀月和俊虎妈以及小宝的一举一动,耳闻了柴俊虎的奇闻逸事,苦心孤诣地想出了一个借力使力的高招:写信向柴俊虎求援,央求柴俊虎为他和高秀月当个和事佬。

姚昆是毕业于名牌大学的高才生,肚子里装满了掺杂着鄙俗的墨水,一封信写得如泣如诉,写得情真意切,柴俊虎怀着复杂的心情,反复看了好几遍,背熟了信中的每句话。

姚昆的信是这样写的:

尊敬的俊虎哥:

您好!您的大名如雷贯耳,虽然无缘拜识,但您的光辉形象无时无刻不在我心头闪着金色的光芒,我和您神交已久。我叫姚昆,是高秀月的未婚夫,衷心感谢您以一个共产党员的大无畏精神,奋不顾身,舍生忘死地跳进激流滚滚、惊涛骇浪的青龙渡里,救出了因误会而投河的高秀月,我那可爱而又任性的心上人,您救的不是一条命,而是两条,如果我那生死相依的秀月妹妹真的遇了难,我也会毫不犹豫地投入青龙渡,绝不会一个人苟且偷生于人世!

尊敬的俊虎哥,我衷心感谢您的大恩大德,此生此世愿意肝脑涂地为您鞍前马后效劳,来生来世结草衔环世世代代不忘您的大恩大德。我向我的老师、同学、朋友以及同事们，介绍了您毫不利己、专门利人的高风亮节，大家无不感动得热泪滚滚，众口一词地称赞您是一位活着的雷锋，是一位无与伦比的大英雄，是一位货真价实的共产党员，一致同意在适当的时候，共同联名向党中央写信，要求在全国范围内，开展一个向您学习的群众运动！

尊敬的俊虎哥，我和秀月同学三载，形影不离，耳鬓厮磨，她把身心毫无保留地全给了我，我也把全部心血倾注在她的身上，我们曾经三番五次地海誓山盟，海枯石烂不变心，天摇地动志不移，在天愿作比翼鸟，在地愿为连理枝，发誓要相亲相爱，白头到老。可是，正当快要实现我们的愿望之际，有人冒充我的名义，模仿我的笔迹，给秀月写了一封绝交信，而秀月不辨真伪不分皂白，一气之下竟采取了那样的办法，险些葬身于鱼腹。后来，我曾三番五次地去见秀月，向她赔情道歉，向她再三解释，可她竟然翻脸绝情，表示要和我一刀两断，使我肝肠寸断，痛不欲生。近来，社会上有一种风言风语，说您仗着救命之恩，要秀月嫁给您，我根本不相信这是真的，大伙儿也不相信您会乘人之危。像你这样品德高尚、光明磊落的人，能做出惹人唾骂的蠢事吗？

尊敬的俊虎哥，您是我心中的太阳，是正人君子，您已经救了我和秀月一次命，恳求您再救我一次命吧，如果没有秀月，我活在世上还有啥意思呢？而秀月只听您一个人的话，我们能否重归于好，能否破镜重圆，全在您一句话。尊敬的俊虎哥，再救兄弟一次吧！

姚昆的用意，再也明白不过了，他把柴俊虎捧得天上没有地上少见，却紧紧抓住"乘人之危"这个主题大做文章，给柴俊虎施加着巨大的压力，字里行间都透露着他的险恶用心，给柴俊虎设置了一个又一个心灵障碍。很明显，柴俊虎如果成全了姚昆的婚事，柴俊虎就不愧是"毫不利己、专门利人"的活雷锋、真英雄。要是柴俊虎和高秀月结为夫妻，那么就成了"乘人之危"的伪君子，姚昆将会以此为题，大兴风浪，使柴俊虎的名声一落千丈。柴俊虎不是傻子，岂能识不破姚昆的险恶用心？可姚昆是有的放矢，柴俊虎不能没有投鼠忌器的顾虑，这毕竟不仅仅是他个人的声誉问题，而是和凤凰坪的事业有着内在联系，他感到骑虎难下，十分为难。

王萍的信是从另外一个角度写的，她同样给柴俊虎出了一道难题。

俊虎哥：

您好！近来一定很忙吧？

光阴似箭，屈指算来，我来西安不知不觉已快两个月了。告诉您一个好消息，我在西安的收获真是太大太大了，基本上弄清了市场行情，深受启发，因为事关重大，不得不紧急汇报。花木市场出现了萎缩局面，主要表现在三个方面，一是供过于求，二是有场无市，三是出口不旺，具体情况很复杂，三言两语说不清，等我回来当面详谈。但有一点可以肯定，以苗木花卉作为龙头企业肯定不对路，请你三思而行，这不是一件小事。至于今年苗木花卉的销售渠道,已经有了眉目,我一定会尽心尽力,请放心。

另外,我郑重地告诉您,我把我存在西安的二十万元,已转汇到我在韩塬新立的账户上了,我拿出十万元,作为承包加工厂的风险抵押金,十万元交给您安排,不知您愿意不愿意接受这笔您可能认为是不干净的钱!对自己所敬爱的人不能说假话,我可以坦率地告诉您,这二十万元人民币,是我用处贞和耻辱换来的,我曾在一个港商的利诱下失了身,走错了人生道路上最重要的一步。通过比较,我认为您才是我心目中的偶像,是完全可以委以终身的人。我也知道,一个失去贞节的女人,在男人的心目中是什么地位,可我还是抱着侥幸心理,向您发出了这封信,我不知道我心灵上的创伤是得到愈合呢? 还是重新滴血……

信未写完,言犹未尽,可意思全明白了。柴俊虎根本没有考虑他是否接受王萍的爱,而是考虑如何才能不使王萍的心灵重新淌血,如何才能留住这个难得的人才。他想遍了凤凰坪、青龙乡乃至韩塬县每个认识的未婚男人,没有想出一个合适的人选来,眼看王萍的归期已近,他能不发愁能不着急么?

高秀月没有先一步来到柳林中等待柴俊虎,她来到山区时间不长,对夜色笼罩下的山林,有一种莫名其妙的恐惧感,不敢一个人到这深山密林的边缘来,她是提前出门,隐身在一棵大树后,尾随柴俊虎而来的。

望着在月光下踽踽而行的柴俊虎,高秀月也是心潮起伏,百感交集。张凤仙投河自尽已两个月了,可柴俊虎一直是不热不凉,对她敬而远之,尽管她早就和小宝改变了称呼,但柴俊虎还是老样子。高秀月晓得柴俊虎以前是恋着张凤仙,后来又让姚昆的信搞乱了心绪,她就觉得可气可笑,像姚昆那号人,一副花花肠子,狗嘴里能吐出象牙来么? 柴俊虎又不是不懂事的小孩儿,能识不破姚昆的阴谋诡计么? 大丈夫敢恨敢爱,何必如此自己折磨自己呢? 高秀月经过深思熟虑,决心和柴俊虎开诚布公地畅谈一次,当面锣对面鼓地决定是去是留,苦于没有机会。正巧,在李云杰和田春山的大喜日子里,王萍的信从西安飞到了凤凰坪,高秀月觉得不能再拖延下去了。

小宝和俊虎妈是高秀月的同盟军,柴俊虎的一举一动都在高秀月的掌握之中。柴俊虎接到姚昆来信的那天,恰好是星期五,下午高秀月刚进门,小宝就贴在高秀月的耳边说:"妈妈,有人给爸爸来了一封信,奶奶说让你看一下。"说着,他不等高秀月说话,就一溜风地跑进柴俊虎的住室,拿来一封沉甸甸的挂号信,非让高秀月看不可。

高秀月一眼就认出了姚昆的笔迹,不由得心中一沉,像吞了一只活苍蝇似的,感到十分恶心。她摸着小宝的脸说:"小宝,不能随便看别人的信,谁偷看别人的信谁就是坏人,快给爸爸送回去,从哪儿拿来的仍放在哪儿!"

王萍的信,则是俊虎妈亲手交给秀月的。田根年家办喜事,邮递员把信件报纸全都送到柴家大院来了。俊虎妈上过小学,认得一些字,她见信封上写有王萍的名字,就觉得气不打一处来,一刻也没停就跑到春燕家,把信交给了高秀月。

小柳林说小也不小,上千棵柳树组成了一个墨绿色的幽幽世界,占去了村北头山脚和山坡相连的大块面积,之所以称为小柳林,是对比无边无际的深山老林而言。柴俊虎在林边没有看到高秀月的身影,就到了林子里去找,找来找去不见人影,不由得神色大变,用变了调的声音喊道:"秀月!秀月……"

高秀月听到柴俊虎变了调的呼叫声,心头一热,急忙应声:"我在这儿呢!"

柴俊虎闻声从柳林中跑出来,如释重负地嘘了一口气:"你咋才来?吓得我满头大汗。"

高秀月不置可否地笑了笑,走到一块光溜溜的大石头前坐下来,双手抱膝,仰起头来,呆呆地望着正在爬向正空的月亮,一言不发。柴俊虎愣怔了片刻,有些发窘地挨着高秀月坐在石头上,嗫嚅着说:"秀月,有啥紧要话不能在家里说,何必来到这荒郊野外?"

高秀月冷冷地说:"没享受过深山老林的夜景,抓紧机会享受一下。"

柴俊虎听到高秀月话里有话,心中打了个沉,赔着笑脸说:"青龙川的美景很多很多,只要你愿意,我陪你看个够。"

高秀月还是冷冷地说:"谢谢,以后有机会的话,我可能还会来的!"

柴俊虎有些尴尬地挠着头皮,不好再说什么,他生怕说错了话惹秀月生气,只是一个劲儿地傻笑着。高秀月瞅了瞅俊虎:"我想好了,明天就回县城……"

柴俊虎吓了一跳:"秀月,你、你开啥玩笑啊!"

高秀月苦笑着摇了摇头:"我留在凤凰坪还有必要么?"

柴俊虎诚心实意地说:"秀月,你千万别胡思乱想,我有好多话要和你说,一直没有机会,心里也堵得慌啊!"他从口袋里取出两封信,"你看,这是姚昆和王萍写给我的信,即便是你今天不约我,我也要约你出来,把我心里的话全倒出来。"

高秀月有些气恼:"姚昆和王萍的信与我有啥关系?姚昆说我是妖精,你就怕我吃了你?王萍说她爱你,你就不理我了?"

柴俊虎有些发急地说:"秀月,你胡说些啥么!你看看信吧,我带着手电呢。"

高秀月推开柴俊虎递过来的信和手电筒:"我只知道自己应该咋做,别人的事与我无关,我懒得去听,懒得管,自己的脑袋长在自己的肩膀上,何必由别人去摆布呢?"

面对纯情而有个性的姑娘,柴俊虎的心中忽然涌起了无限歉意,觉得自己不该考虑那么多,高秀月的话很有道理,自己的脑袋长在自己的肩膀上,何必由别人摆布呢?谁人背后不说人,谁人背后无人说,只要自己行得端,走得正,何必那么斤斤计较、那么患得患失呢？他忽然醒悟过来了，觉得自己在婚姻问题上犯了一个大错误，过多地考虑了自己的声誉，辜负了高秀月的一片深情厚意，在高秀月面前，他显得过于自私了。既然有了这么个谈心的好机会，既然自己也真心实意地爱着高秀月，何不趁机一吐为快呢？柴俊虎顺手把那两封信扔在一边，十分动情地对高秀月说："秀月，说实话，我在对待咱俩的婚姻大事上，想得太多了，自己把自己推到了老虎背上，先是怕别人说我是施恩图报，也怕你是怀着报恩和出于同情的思想和我结婚，后来又受了姚昆的影响，患得患失，自己和自己过不去。现在我想通咧，自己走自己的路，别人愿意咋说就咋说去吧！秀月，我对不起你，你能原谅我吗？"

高秀月第一次听到柴俊虎的心里话，心里既甜也酸，两行热泪从眼角溢了出来。

小柳林依山傍水，周围是一扇呈马蹄形的山林，避风向阳，虽然已是初冬，柳叶仍然没有落尽，还是那样郁郁葱葱。明亮的月光下，摇摆不定的柳枝，不停地在柴俊虎和高秀月的脸上拂来拂去，惹逗得人心里直发热。一只野兔忽然从草丛中蹿出来，一头闯到高秀月的脚下，把高秀月吓了一大跳，柴俊虎急忙拉住高秀月的手："不要怕，那是一只野兔。"

高秀月松了一口气，明亮的双眼盯着柴俊虎，有些愤然地说："来凤凰坪半年多咧，咱俩还是第一回握手啊，还会有第二次握么？"

柴俊虎无声地笑了笑，把高秀月的纤手紧紧握在他那双有力的大手中，轻轻地抚摸着。高秀月很坦然地说："姚昆在信上说了些啥，我不想知道，那种人的话不如放屁！我实话实说，我和他真的没有啥见不得人的丑事……"

柴俊虎截断高秀月的话头说："你不要说咧，我知道你是位好姑娘，我相信你的人格，我也不是那种鸡肠鼠肚的人，以前那些不愉快的事，何必再提起呢，一切从头开始吧。至于王萍，我只是把她当作一位难得的人才，考虑着用啥方法把她留下来，如何帮助她解决好安家立业的问题。我把这件事向范书记做了汇报，请乡上协助我们做好川妹子的思想工作，贾乡长去草原给咱们村联系购买牛羊，范书记说等贾乡长一回来，他俩立马去见王萍。"高秀月暗暗吐了一口气，轻轻地点了点头。柴俊虎满怀深情地说："秀月，人非草木，孰能无情，你的真情厚意，我早就心领咧，我也实话实说，除过你，就是嫦娥下凡我也毫不动心！"

高秀月浑身颤抖了一下，柴俊虎情难自禁地伸开双臂，把高秀月紧紧地搂在怀中……

草原风情

　　青龙乡乡长贾景堂下汽车上火车，星夜兼程赶到了甘肃酒泉，他不愿意惊动老战友，也耽搁不起时间，一下火车就径直奔向他以前的房东马大爹家。

　　马大爹是回民，和贾景堂是忘年之交。那年，骑兵连连长贾景堂率领一个骑兵排夜间巡逻，偶遇羊倌马蛋被五名盗窃羊群的歹徒打得遍体鳞伤，奄奄一息，一场短兵相接，骑兵们生擒了五名歹徒，连夜把马蛋送到部队医院，多亏抢救及时，马蛋摸了一回阎王爷的鼻子。马蛋是马大爹的独子，时年十八岁，没念完高中就辍学回家当了羊倌，牧放着他和乡亲们的两百多只羊。马大爹十分感激贾景堂的救命之恩，说大恩不言谢，却时刻寻找着报答的机会。贾景堂的爱人来部队探亲，马大爹死拉硬拽地把贾景堂夫妇请到他家里，天天好酒好菜热情款待，相处得跟一家人似的。一晃八年过去了，马大爹原来住的地方面目皆非，几座崛地而起的高楼代替了原来的小平房，周围全是大大小小的货摊。打听了大半天，才得了一个准信：马大爹一家三年前就迁回老家红柳河那边了。贾景堂二话没说，扭头就往火车站跑，他带有列车时刻表，半个小时后有一趟西去的列车，他顾不上进餐馆饱餐一顿，急匆匆赶到车站买了一张火车票，登上了西去的列车。

　　这是一个很小很小的边陲小镇，位于一座南北走向的大山脚下，由于地理和气候的原因，这儿自古以来就是高原牧区与农业区的分界线。小镇小得实在可怜，点燃一支香烟，从南头走到北头，烟头还剩三分之二。钉鞋钉马掌的老师傅调侃，说站在街北头放个屁，街南头也能听得一清二楚。小镇荒凉破败，一条公路从街中穿过，除了临街有几幢刚盖起来不久的三层楼房外，全是零散的平房，几乎家家都有一个占地很大的院落，更加衬托出小镇的空旷清冷。没费多少口舌，两个热心的当地人把贾景堂领到一座平房前说："这就是马蛋家，三年前从酒泉迁回来的。"

　　年过七旬的马大爹耳不聋眼不花，身板很硬朗，他一眼就认出了阔别八年多的原骑兵连长，抢前几步一把搂住贾景堂的双肩："贾连长，你是从天上掉下来的还是从地下冒出来的？可想死俺爷儿俩咧！"他不容贾景堂开口，扭头朝屋里喊道："春草，春草，快炒几个菜，把柜子里那瓶陈年老酒拿出来！"

　　门帘一动，从屋里走出来一个胖胖的年轻女人，冲着贾景堂笑嘻嘻地点了点头，马大爹对贾景堂说："这是马蛋媳妇，名叫春草，自小定的娃娃亲。"他侧过面对春草说："这位就是我常常提起的那个贾连长，要不是他，马蛋早就没命了！"

　　春草是个很实在的女人，黑红的脸上绽开了花："贾叔叔，我爹和马蛋常念叨你哩，我爹不说我也认得你，你的照片我们走到哪儿带到哪儿，一天要看好几遍呢。"

贾景堂好不容易才有了说话的机会："大爷,我也想你们啊,去过好几封信,都是石沉大海,就是这次到了酒泉,也是费了很多周折才打听到你们搬回老家了。"

马大爷笑呵呵地说："马蛋也给你去过好几封信,那憨货把地址写错了,去的信都是原封退回,信封后面贴了个小纸条,说是查无此人。为这,我没少骂过那浑小子!"

屋里的摆设比较华丽,和外表简陋的平房极不相称,真皮沙发大彩电,还有一套高级音响和放像机,墙上挂着两把镶有铜柄的马鞭,看来,马大爷的家道颇为殷实。贾景堂把两瓶西凤酒和一套小孩儿衣裳放在茶几上,马大爷笑道："我喜欢喝西凤酒的老毛病你还记得?今天可要一醉方休啊!"

贾景堂抱着五岁的小马蛋逗了一会儿,问马大爷："马蛋呢?他现在干啥?"

马大爷颇为得意地说："还当羊倌,现在咱们家有五百多只羊,五十多头牛,还有十多头奶牛哩。"

贾景堂有些意外："十多头奶牛?满街满镇就那么几户人家,能用了那么多牛奶?"

马大爷解释说："离咱这儿不远的照东是个大镇,喝牛奶的人很多,马蛋雇人放牧牛羊,他和春草挤奶送奶,天天都是一大早就挨门挨户上门送奶,风雨无阻,早晨他去照东送奶,估摸着也该回来咧。"

饭菜摆上桌的时候,马蛋骑着摩托回来了,他乍见贾景堂,一时间竟激动得不知该说啥好,一个劲儿地喊"贾叔"。这小子模样和笑星陈佩斯有些相像,言谈举止都惹人发笑惹人喜爱,进餐之中,就数他的话多,陈芝麻烂谷子啥都说。贾景堂介绍了凤凰坪的情况,讲明了来意,马大爷满口应承："这事儿让马蛋去办,你甭操心,咱这儿离草原近,买牛买羊跟喝凉水似的,太好办咧。"

马蛋高兴地说："贾叔,你来得正是时候,草原上正办秋季交流大会呢,明天我就陪你去草原集上看看行情。"

天刚蒙蒙亮,熟睡了一夜的大草原又欢腾了,咴儿咴儿的马嘶声,此起彼伏的鸡鸣犬吠以及长空鸟啼,奏响了一曲优美豪旷的草原晨曲。马大爷亲手把马缰绳递给贾景堂,一再叮咛要马蛋照顾好贵客。

秋天的草原美极了,天是蓝的,山顶是白的,山腰是绿的,五颜六色的,到处是青草,到处是野花。秋高气爽,四野飘香,令人大有心旷神怡、回肠荡气之感。

贾景堂和马蛋纵马驰入草原,一种久违的冲动使他感到无比惬意,他曾经当了十年多骑兵,有一套娴熟的驭马技巧,虽然好几年没有骑马了,但一跨上马背,那种纵马驰骋豪情奔放的激情便油然而生。他两腿轻磕马肚,抖抖手中缰绳,胯下骏马"咴咴"一阵嘶鸣,扬鬃奋蹄,风驰电掣般地向前冲去。这是一匹浑身通红黑鬃黑尾的骅骝马,身形高大,背宽蹄窄,竹削般的双耳,铜铃似的眼睛,浓浓的鬃毛修剪得整整齐齐,如板刷一般挺立在颀长的脖颈上。长长的尾巴十分粗壮,配上镶有银片的鞍鞯,显得威风凛凛,神骏非凡。这匹骏马从马驹直到长大都是马蛋一手调教的,马蛋特别喜爱这匹骅骝马,常说硬舍媳妇也不舍这匹马中之龙。

纵马驰骋了三个多小时,贾景堂和马蛋来到了草原集市,时近中午12点,正是欢腾喧哗的热闹时分。草原集市很大,坐落在一处平坦、宽阔的盆地里,两根木杆高高悬挂着写有"草原秋季物资交流大会"字样的横幅,盆地到处都是星罗棋布的帐篷,约有五六百顶。集市上的人很多,大多是藏民和蒙民,汉人很少,都是做服装布匹、百货食品的生意人,很少有汉人在集市上转悠。草原集市比起内地的集市,别有一番情趣,除各种货摊和饮食摊比较集中外,周围到处都是马群、牛群、羊群和驼群,骏马"咴咴"牛羊"哞咩",此起彼伏,伴随着人群的嘈杂声汇成一股喧浪,声传四野,真真正正的人欢马叫,气氛相当浓烈。

马蛋显然经常来这儿,熟人特别多,走不到几步,就得停下来和熟人打招呼或者应付别人的问候,一会儿用藏语,一会儿用蒙语,间或开一些带有酸味的玩笑,不时迸发出一阵哄然大笑。贾景堂略懂一些藏语,对蒙语一窍不通,他不无称羡地说:"马蛋,你小子出息得不错哇,会讲藏语还会讲蒙语,在草原上能有这么多熟人,证明你经常来这儿。"

马蛋诡秘地眨了眨眼睛,嘻嘻哈哈地说:"也不经常来,一个月就那么三两次。"

贾景堂十分诧异:"一个月来三两次还不算经常来?你不停地来草原有啥要紧事?"

马蛋咧着嘴笑了笑没有回答,策马向前走去,刚走出集市,一位中年藏民拦住马蛋的马头说:"马蛋兄弟,又是去看尕珍?光顾情人不顾朋友,咱哥儿俩有两个多月没在一起喝酒了。"

马蛋手抚胸口,弯下腰说:"旺扎大哥,这阵子确实忙,下次我一定给你带几瓶好酒,咱哥儿俩猜拳行令喝个痛快!"

被称为旺扎的藏民问马蛋:"马蛋兄弟,这次来草原是看尕珍还是赶集会?"

马蛋指着贾景堂对旺扎说:"我和叔叔来集市上看看牛羊行情,想买些牛羊。"

旺扎忙说:"这事好办,我那沟羊正想出手喀,要几沟?"

贾景堂听懂了旺扎的意思,双手抚胸刚想弯腰搭话,马蛋急忙插话说:"旺扎大哥,谢谢你了,我和叔叔还有其他事要办,回头再去你那儿看看。"说着,他向旺扎弯弯腰,抖抖缰绳继续向前走去。

穿过熙熙攘攘的闹市,市场边沿的人群稀疏多了,三三两两的牧民席地而坐,叽里咕噜地在高谈阔论;一些年轻妇女围在一起翩翩起舞,忽高忽低的民歌和如歌如泣的马头琴悠扬悦耳,欢声笑语四处飘荡。马蛋领着贾景堂来到集市外,又碰上一位藏民朋友,马蛋和他闲聊了几句问道:"你看见洛桑大哥了么?帐篷没移动吧?"

藏族牧民嘻嘻地说："见着了,还在老地方,没有和你商量,他能随意移动帐篷么？快去吧,美丽多情的尕珍早打好了酥油茶,煮好了手抓羊肉等着你哩。"

马蛋顺手把一盒"红塔山"香烟扔给牧人,道过谢,两腿轻磕马腹,胯下黑马昂头弓腰,骤然加快了速度。骅骝马不等贾景堂策动,也奋蹄飞奔,很快就赶上了大黑马,贾景堂问马蛋："去哪儿？"

马蛋笑道："贾叔,跑了大半天,估摸着你早就饿咧,咱们现在去一个能吃饭能休息也能谈生意的好地方,不远,半个多小时就到。"

草原上飞马驰骋,真是一件十分快意的特殊享受,贾景堂激情汹涌,意气风发,情难自禁地引吭高歌：

蓝蓝的天上白云飘,

白云下面马儿跑,

挥动鞭儿响四方,

百鸟齐飞翔……

不知不觉,两匹马已跑出了草原集市十多公里,来到盆地边缘,绕过一个绿茸茸的小山包,眼前出现了一座颜色有些发黄的帐篷,帐篷外边拴着两匹骏马,停放着一辆胶轮大车。马蛋勒住坐骑,大黑马直起前蹄,"咴咴"一阵嘶鸣,一头牛犊般大小的藏獒闻声从帐篷后面一阵风地扑过来。贾景堂猝不及防,不由得大吃一惊,心中一阵狂跳,他认得这种体大凶猛的藏獒,也晓得这家伙的厉害。獒是犬的同类,是犬中的精英,十犬出一獒,由野狼配种的狗生下的狗崽,无论多少,从一生下来就被放在地窖里,不喂任何食物,让它们自相残杀,弱肉强食,留下最后一只经过严格训练,便成了獒。獒凶于虎,听到它的咆哮声,各种野兽无不夹着尾巴纷纷逃窜,连凶猛的虎豹也要退避三舍。训练有素的藏獒凶猛而机警,能在枪林弹雨中腾挪闪跃扑过去将敌人置于死地。眨眼之间,贾景堂突然紧缩的心情又松弛下来了,这头凶猛硕壮的藏獒显然和马蛋很熟,它跑到大黑马前,直起身来将两爪搭在马鞍上,伸出血红的舌头舔马蛋的手,马蛋轻轻地拍了拍藏獒的大脑袋说："傻熊,主人在吗？"

藏獒"汪"地叫了一声,像似回答说在,接着又转过脑袋,朝着帐篷"汪汪汪"叫了几声。

贾景堂不觉有些好笑："马蛋,这么精灵的牧羊犬,你咋叫它傻熊？"

马蛋嘿嘿一笑："这家伙忠实可靠,凶猛得很,就是脑袋瓜太死板,你甭看它和我这么亲热,可主人不答话,它是不会让我走进帐篷半步的,傻笨得要命！"

随着一阵粗犷的笑声,帐篷上厚厚的门帘被掀开了,一个五大三粗、脸色黑紫的藏族大汉大步走出来,粗喉大嗓地喊道："马蛋兄弟,估摸你早该来了,我可是等急了喀！"他没等马蛋跳下马背,就一把抱住马蛋抡了一圈。

黑铁塔般的大汉双臂如椽,孔武有力,马蛋被箍得喘不过气来,旁观的贾景堂颇为咋舌:藏族大汉比在汉民中也算健壮的马蛋整整高出一头,粗过一围,两人相比较犹如大人和小孩儿。

马蛋挣脱大汉的双臂说:"洛桑大哥,你猜我这回给你带来啥好酒?"

洛桑满面笑容地说:"啥酒都能醉人。"说着,他扭回头冲着帐篷里喊道:"尕珍,快出来,马蛋来咧!"

一个娇小、美丽的藏族少妇走出帐篷,笑吟吟地望了望马蛋和贾景堂,又返回去捧出一条洁白的哈达,满面春风地走到马蛋跟前,马蛋向洛桑和尕珍介绍了贾景堂,洛桑乐呵呵地接过尕珍手中的哈达,躬身献给贾景堂,马蛋把贾景堂扶下马,几个人拥着贾景堂走进帐篷。

帐篷比较宽大,由于摆满了家具物件,显得有些拥挤,一进帐篷就闻到一股淡淡的异味儿,贾景堂以前进过藏民的帐篷,知道炉子里烧的是干牛粪。草原上的牛羊吃的全是干净草,牛粪也很干净,藏民不但习惯用干牛粪煮酥油茶煮牛羊肉,还用干牛粪擦拭碗筷酒具。

尕珍是个手脚麻利的女人,很快就煮好了酥油茶,从橱柜中取出几个瓷碗,用一小块干牛粪擦了擦,又撩起袍角擦拭了一遍,倒满酥油茶,跪行到贾景堂面前,恭恭敬敬地双手举碗过头说:"喜鹊从门前飞过,吉祥鸟从天上降落,尊敬的客人啊,请喝一碗酥油茶!"

贾景堂晓得这是藏民最隆重的待客礼节,只有最受欢迎最受尊敬的客人才能享有如此殊荣,他心中一热,毫不迟疑地双手接过尕珍手中的瓷碗,弯弯腰说了声"谢谢",便大口大口地喝着酥油茶。

洛桑高兴极了,冲着贾景堂直竖大拇指,也端起一碗酥油茶大口吞饮。马蛋帮着尕珍端来了一盆手抓羊肉,热情地请贾景堂品尝。这种手抓羊肉虽然还带有血丝,却味道鲜美异常,贾景堂和马蛋吃得津津有味,洛桑和尕珍乐得手舞足蹈。洛桑从马蛋的帆布包中取出一瓶酒一看,双目发亮,眉飞色舞地说:"嗬,是墨瓶西凤!"他用牙齿咬掉瓶盖,递给贾景堂,又取出两瓶咬掉瓶盖,递给马蛋一瓶,自己举起一瓶说:"我最爱喝这种酒,比青稞酒的劲儿还要大,难得有贵客来到,我先喝为敬!"说罢双手举了举酒瓶,仰起头咕咚咚一口气灌下去大半瓶。

贾景堂当过骑兵,颇有酒量,马蛋自不待说,他俩也举起瓶子碰了一下,仰起头一口气灌下去一大半。三人大块吃肉,大口喝酒,天南海北谈天说地,气氛很融合很热烈。酒酣耳热之际,马蛋向洛桑讲明了贾景堂的来意,贾景堂向洛桑介绍了凤凰坪创办养牛基地的情况,洛桑拍着胸脯大包大揽:"草原上没有别的,牛马羊和骆驼有的是,要多少有多少,这事儿包在我身上!"

酒足饭饱,又喝了几碗浓浓的奶茶,洛桑舌头有些发硬地站起来说:"我、我、有些过量,要、要去睡觉了,马蛋兄弟,你可、可要替我我招待好客人啊!"他向贾景堂躬了躬身,顺手提起一副精巧的马鞍,晃晃荡荡地出了帐篷。尕珍深情地盯着马蛋说:"他喝多了,我扶他上马,一会儿就回来。"说罢,站起来向贾景堂弯了弯腰,也走出帐篷去了。

贾景堂抬起手腕看了一下时间,已是晚上10点多钟了,沉沉的夜幕把整个草原捂盖得严严实实。他打量了一下有些拥挤的帐篷,不由得暗自嘀咕:这么小的地方,三男一女咋个睡?马蛋看出了贾景堂的心思,讪笑着说:"贾叔,有件事一直没告诉你,前年草原春季赛马会决赛时,我骑着那匹枣红马跑了个第一,在返回途中,遇见患了急性盲肠炎的尕珍,正在疼得满地打滚,我快马加鞭把她送到牧区医院,她出院后把一条红头绳系在了我的脚脖子上。按照藏族的风俗,算是以身相许定了亲,可我已经结了婚,孩子都三岁多了,最后她,她就成了我的情人。"

贾景堂怔了一下,随即又替马蛋担心:"洛桑知道了,能饶过你们么?"

马蛋笑嘻嘻地说:"洛桑大哥同意我和尕珍这样做,他也有他的情人,离这儿只有二十多里路,他今晚去情人那儿睡觉去了。"

贾景堂不由得吸了一口冷气,感到脸上有些发烧,尽管他知道有些藏民保留了这样的风俗习惯,身临其境还是感到无法接受,他正要说什么,尕珍走了进来,大大方方地紧挨着马蛋坐下,喜笑颜开地问马蛋:"这次来又给我讲啥故事?"

马蛋挠着头皮想了想:"讲一个我自己的故事吧。"他向尕珍讲述了那年贾景堂擒贼救命的详细经过,听得尕珍花容失色,瞠目结舌地出了一口长气,双手抚胸躬身向贾景堂致谢,贾景堂摆摆手说:"过去的事提那干啥!"

尕珍认真地说:"喝青稞酒不忘种青稞的人,吃水不忘打井人,救命之恩是天大的恩,咋能不提呢?"她回头对马蛋说:"洛桑是个粗心人,又爱喝酒,办不了啥事情,让我阿爸给贾叔买牛羊吧。"

马蛋亲热地拉着尕珍的手对贾景堂说:"贾叔,草原买羊不论头数,论沟,要买就是一沟羊多少钱。一沟羊多则几百只,少则几十只,究竟有多少,买家不能走进羊群一只一只的去数,只能用眼力估数论价。尕珍的阿爸索嘎大爷是位草原通,他站在羊群边上看一阵,就能判断出这沟羊有多少只,其中有多少小羊多少羯子羊多少母羊,还能估算出这沟羊的出肉率,八九不离十,简直神透了,只要他出马,肯定能捡个大便宜!"

贾景堂双眼一亮:"有这么多门道?"

马蛋诚心实意地说:"贾叔,你的事就是我的事,牛羊的事全交给我了,你尽管放心,千把只羊用不了多少钱。关于买牛的事,就不要在草原上买咧,草原上的牛性野,运回去不好饲养调教,干脆和我爹说一声,把我们家那群牛运走吧,一共五十六头,其中有四十头肉牛,十六头奶牛,十头种牛是刚满两周岁的青年牛。"

贾景堂甚感意外:"把你家的牛全买走?"

马蛋坐端了身子,郑重其事地说:"贾叔,来得早不如来得巧,你来的正是时候,有几位香港老板要长期经销草原上的牛羊肉,在我们那儿设立了办事处,说定了让我爹和我做代办,合同都公证了,下个月就开展业务,那群牛非出手不可。至于价格,贾叔你甭开口,我爹会以最低价卖给凤凰坪的,车站上都是熟人,从买到运都不用你操心,难得来一次,你就尽情地玩几天吧。"贾景堂暗自庆幸,这次主动请缨出征是旗开得胜,马到成功,没费啥力气就给凤凰坪办了一件大事。他想起了他和范孝勤在县常委扩大会上的尴尬,想起了柴俊虎的重托,自然也想起了凤凰坪正在腾飞的事业,不由得暗暗松了口气,感到格外欢悦。

尕珍端来一盆热水,让贾景堂洗过脸洗过脚,抱出一条狼皮褥子和一条毛毯,要为贾景堂铺床。贾景堂瞅瞅窄小的帐篷,红着脸说:"我去帐篷外边露宿吧,以前当兵时经常在野外露宿呢。"

马蛋笑嘻嘻地说:"贾叔,你甭见外,草原上都是这样的。再说,草原上的气候不比内地,夜间凉得很,你安心在这儿睡吧。"贾景堂不好再推托,把铺位移到帐篷里靠边的角落,连衣服也没脱就蒙头睡下了。马蛋和尕珍相视一笑,吹灭蜡烛,三下五除二脱光衣裳,两人相拥着倒在铺上,钻进了被窝。两铺相隔只有三米多远,马蛋紧紧搂着尕珍,咬着尕珍的耳朵悄声说:"尕珍,忍着点,不能发出一点声音,贾叔是国家干部,他看不惯这号事,下次你咋个喊叫咋个折腾都行……"

牛狼犬喋血

五十多头黄牛悠悠哉哉地走进了野狼沟,空旷沉寂的荒沟顿时充满了生机。野狼沟有一片狭长的草坪,绿草如茵,泉水淙淙,一堆又一堆的灌木丛周围,长满了许多叫不上名的野花,也同龙泉沟一样,是个天生的好牧场。这些家伙从几千里外的草原边缘初来乍到,不喜欢吃其他青草,尽管龙泉沟水多草旺,却吊不起它们的胃口,只爱啃野狼沟的茅草和一种叶宽茎粗的野菠菜,一进沟就各自为战,很快就分散开了,狭长的草地陡然响起了飒飒飒的啃草声。

过午时分,这些贪婪美食的黄牛毫无离开之意。开头几天,都是丁贵和"瘸八"几个人送来赶回,几天后,它们熟悉了环境熟悉了路,不用人赶,一大早来到野狼沟,夕阳西下之际在那头直角公牛的带领下,又悠悠哉哉地回到龙泉沟。忽然,一头母牛跪卧在地,扬起头哞哞鸣叫,声音十分悲怆。这是一头怀着牛犊的母牛,要分娩了。那头直角公牛一直在沟口啃青,听到母牛的哀叫,昂起头来看了看,和鸣一声,奋起四蹄向母牛直奔而来,随即,分散在四处的公牛和一些雌牛也都跑过来了,很快就围住了那头母牛。几头公牛在直角公牛的带领下,挺着坚利的双角,瞪着威冷的双眼,在外围来回游动。随着哀哀的哞哞叫声,那头母牛正在痛苦地分娩着。

人们常说狡猾莫过于狐狸,其实不然,狼才真正是兽类中最狡猾的动物,智商高于所有禽兽近乎于人类。夜阑更深之际,独狼会经常蹲在村口的大树下或者土丘上,高一声、低一声呜呜咽咽地学小孩儿啼哭,惟妙惟肖,真假难辨,呜咽声会令人浑身起鸡皮疙瘩,会让人心惊肉跳地难以入梦,其他野狼就会借机跑进村中,叼走鸡鸭或者猪羊。野狼偷猪更是一绝,趁着夜色跳进猪圈,扒开圈门,一边用嘴咬住大肥猪的耳朵,一边用尾巴抽打猪的屁股,很快就会把个头比自己还要大的大肥猪赶到荒郊野外,狼群们就会一拥而上,美美享受一顿美食。

浓密的灌木丛中,五六只嗜血成性的野狼不知何时窜过来了,隐藏在灌木丛中,瞪着蓝幽幽的眼睛,紧紧盯着刚刚落地的幼牛,不停地伸出血红的舌头舔着嘴唇,锋利的牙齿在树荫下闪着寒光,看样子已经守候多时。人说野狼的嗅觉可嗅到十里以外的血腥气味,看来一点不假。由于十多头公牛在母牛周围护卫,野狼不敢轻举妄动。

不远处的崖坡下,几头雌牛忽然竖起尾巴仰天长叫,一声比一声激奋,这是渴望交媾的求偶声。饱暖思淫欲,动物和人有许多相同之处,这些远道而来的黄牛刚刚适应了环境,有了可口的食物和舒适的牛舍,情欲就不可抑制地提前迸发了。听到雌牛的呼唤,几头公牛也昂起头,甩着尾巴长鸣几声,相继撒开四蹄向求媾的雌牛奔去。只有那头直角公牛抬起头来朝求偶的雌牛那边望了望,甩了甩粗壮的尾巴,又俯下头围着刚分娩的母牛转了两圈,悄然无声地站在一边,呆呆地望着爬起来又跌倒、跌倒又爬起来的幼牛。

这是动物世界捕杀食物的最佳时机,隐藏在灌木丛中的野狼一哄而起,一阵风地扑向正在舔舐幼牛的母子,血淋淋的撕咬,血淋淋的挣扎,血淋淋的惨状,狼的世界就是血淋淋的世界。很快,那头出生不到一个小时的幼牛,被野狼们撕扯得支离破碎,母牛也是遍体伤痕,肠子都被扒出来了,躺卧在草地上痛苦地惨叫着:"哞!哞……"

直角公牛发怒了,它昂首长吼一声,奋起四蹄,挺着尖利的双角冲向狼群,对准那只领头的苍背老狼猛刺。狡猾的苍背狼见势不妙,就地一滚躲过了直角公牛的攻击,而正在大口撕噬幼牛的野狼猝不及防,被牛角穿透肚皮,直角公牛用力一甩,竟把那只野狼甩出去好几米远。其他野狼稍稍愣了一下,又张牙舞爪地扑向母牛,直角公牛的双眼发红了,不要命地在狼群中横冲直撞,角刺蹄蹬,勇不可当,很快就有野狼受了伤。不甘离去的野狼们一扑一退地躲闪着,攻击着,捕捉着撕噬受伤母牛的最佳时机。

远处那头正趴在雌牛背上交媾的公牛,突然令人不可思议地中断了交媾,不约而同地向野狼们冲过来,其他雌牛也纷纷尾随其后,群牛很快就围在一起,团团围住了那头奄奄一息的母牛。

牛的交配形式不同于其他动物。在农村,作为配种的公牛很少,十村八村也就那么一两头。种公牛都是腰肥体壮个头大,性欲极强,一般体形较小的雌牛根本承受不起种公牛的压力,因而配种站都专设有配种架。这种配种架像双杠似的,杠头中间加上铁棍,护住雌牛,以免种公牛直接趴在雌牛背上而把雌牛压趴。种公牛只要望见被牵在配种架下的母牛便会挣脱主人手中的缰绳,发疯般地冲向配种架,急不可耐地爬上雌牛背。种公牛的牛鞭不易插入雌牛的阴户,需要主人用手抓住那条坚硬似棍的牛鞭,插入雌牛的阴道,正在交媾中的种公牛,是任何力量也无法把它从雌牛背上拉下来的。可是从草原边缘购来的这批甘肃牛,在觅食和交媾方面和内地牛有所不同,野性大也很有灵性,公牛能和发情的雌牛自由交媾,都有强烈的恋群意识,所以能在野狼的攻击下主动停止交媾而迅速聚拢。兽类和畜类的习性和意识,人们是无法想象也无法理解的。

面对聚拢的牛群,野狼暂时退却了,但它们不肯离去,齐刷刷地站成一排,虎视眈眈地盯着牛群,血红的舌头一伸一吐,不时从喉咙发出沉闷的嘶鸣。狼是兽类中的强者,总是饥肠辘辘,渴望生存,生性贪婪,充满冒险精神,无时无刻不处在弱肉强食和你死我活的大自然搏杀之中,即使在雄狮和猛虎面前也永远属于攻击型动物。狼残暴而性狡猾,不会放弃任何捕食的机会,攻击方法也灵活多样,常常为了捕食农舍的一只鸡,会冒着被狗攻击和遭到人类伤害的危险,隐藏在不远处久久不肯离开。

狼在饿急了的时候，也会出其不意地向人发起攻击，蹿到人的身后直立起来，双爪搭在人的肩膀上，趁人扭头观看之机，一口咬住人的喉头，使人失去反抗能力而成为狼的一顿美餐。

　　嗜血，是狼的天性。母牛分娩的血腥和幼牛被撕噬成肉饼的血腥气味，更加刺激了野狼们的胃口。狼牛对峙了一阵，双方都不敢贸然发动攻击，空旷的野狼沟里忽然一片寂静，只能听到受伤母牛微弱而哀痛的叫声。忽然，野狼们变换了队形，几只狼像搭人梯那样叠起来，把苍背老狼高高架起，苍背老狼仰起头来，朝着山林深处发出一阵有节奏的嚎叫。不长时间，随着一阵飒飒的响动声，十多只野狼从丛林和崖头蹿了过来，很快就聚在一起，互相挨挤着发出沉沉的咆哮。苍背老狼忽然抡起扫帚般的大尾巴就地扫了几下，嘴里发出一声长啸，野狼们迅速散开，从四面八方向牛群扑去。牛群有些凌乱，十多头公牛分别站在牛群的外围，昂首挺角，奋起应战。野狼们一勒一扑，很快就冲进了牛群，一场惊心动魄的牛狼大战开始了。

　　牛狼大战开始不长时间，丁贵气喘吁吁地来到了野狼沟，乍一看到如此场景，惊得差点背过气，心里惊骇万分。近年来很少见到野狼了，从哪儿一下子冒出来这么多野狼啊？密林中还有多少只野狼？丁贵对狼是心有余悸：二十多年前，他在这儿被三只恶狼围攻过，险些命丧狼口。一日被蛇咬，十年怕井绳，丁贵胆子很大，什么都不怕，就怕野狼。他紧紧靠在沟口那棵大松树上，痴呆呆地望着这场残酷荒蛮的牛狼大战，脑子里一片空白。

　　血肉横飞的混战中，又有几头雌牛受伤，不断发出哞哞的哀叫声，丁贵猛地惊醒了，他想起了龙泉沟的养牛基地，想起了凤凰坪正在腾飞的事业，想起了柴俊虎的重托，心中陡然升起一股豪气，浑身上下增添了无限力量，头脑也冷静多了。丁贵常年四季在山里奔波，深谙狼的习性，知道狼有敏感多疑的弱点。他小眼睛眨巴眨巴，一条良方妙计油然而生。丁贵飞快地聚拢了三堆野草枯柴，点燃了三堆篝火——青龙川自古留传下来的报警信号，随即又折下两节松树枝，塞进火堆燃旺了，毫不犹豫地挥舞着熊熊燃烧着的火把，奋不顾身地向狼群冲了过去，此时此刻，他忘记了自己的安危，心中只有牛，只有龙泉沟的养牛基地。

　　野狼怕人更怕火，丁贵突如其来的举动，吓得野狼们纷纷夹着尾巴逃离了牛群，又退到原来的地方，龇牙咧嘴地盯着丁贵手中的火炬。丁贵很快来到了直角公牛身边，其他公牛也颇通人性地围在丁贵身后，人、牛、狼又形成了对峙局面。

　　随着手中松枝的渐渐缩短，丁贵的心越来越虚，松枝最多再能燃烧十多分钟，十多分钟以后又会形成什么局面呢？丁贵一边紧张地思考对策，一边用目光搜寻着附近有无可以续燃的松柏枝。

　　狡猾凶残而又敏感多疑的野狼，被丁贵和他手中的火炬镇住了，那只苍背老狼望望沟口几堆熊熊篝火和滚滚浓烟，又望望挺身而立的丁贵，嘴中不住地发出沉沉嘶鸣,狼群显得有些不安有些骚动。

太阳慢慢落向西山,那几堆篝火由强到弱渐渐熄灭了,垂直的烟柱由黑变白,渐渐散向田野。丁贵手中的松明子已快燃尽,但还未瞅见可以续燃的松柏枝。丁贵有些绝望了,无意晃动了一下身子,感到腰肋间被什么东西顶了一下,生疼生疼的。他忽然想起了别在腰间的那把军用匕首,那是柴俊虎向李军强要来送给他的,说他每天翻山越林过荒沟,没有防身的家伙不行。丁贵心里一阵发烫,暗暗下了与牛群共存亡的决心。人生总有一死,能在捍卫凤凰坪的集体财产中轰轰烈烈死去,比将来窝窝囊囊老死在炕头上光彩多了。士为知己者死,女为悦己者容,古来如此。但他也舍不得凤凰坪刚刚腾飞的事业,舍不得年轻有为的领头人柴俊虎,更舍不得让他时刻牵肠挂肚的田二曼。丁贵在豪迈冲动之余,不免平添一丝惆怅。狡猾的苍背狼终于又一次捕捉到了攻击的最佳时机,随着丁贵扔掉残余松枝的同时,苍背老狼一声长鸣,狼群又迅速分散,张牙舞爪地扑向牛群。丁贵从裤带上拔出那把锋利无比的军用匕首,竟突然产生了一股冲锋陷阵斩将夺关的冲动。十多头公牛也自动散开,挺着双角迎接群狼的攻击。

正在紧要关头,"结巴猎神"田金生的爱犬"黑熊"和"花豹"突然一前一后冲进野狼沟,咆哮着冲向狼群。丁贵精神大振,一边挥舞着匕首冲向那头苍背老狼,一边高声喊道:"'黑熊''花豹',咬死那只老狼!"

"黑熊"和"花豹"凶猛而通人性,飞快地冲到苍背老狼身边,围着苍背老狼狂撕乱咬,苍背老狼无力招架,很快就被咬掉了一只耳朵,背上也冒起了血花,它不敢恋战,嗥叫着拼命突围。野狼顿时炸群了,有的迅速逃向一边,有的仍然在跳跃闪扑撕噬着受伤的雌牛。

"结巴猎神"田金生和柴二狗随后也赶来了。柴俊虎担心未归的牛群发生意外,让丁贵亲自去把牛群赶回来,丁贵去了不久,野狼沟升起了三股烟柱,柴俊虎晓得牛群遇到了险情,并料准是遭到了狼群的攻击,急让田金生和柴二狗前去增援。他知道田金生枪头的利害,知道"黑熊"和"花豹"的凶猛,冲着田金生和柴二狗的背影喊道:"如果是狼群,把它们吓跑就行了,尽量不要伤害!"

田金生跑进野狼沟口,一眼就望见了倒在地上的母牛和幼牛那具血淋淋的残骸,不由得心头冒火,牙齿咬得吱吱发响。柴二狗早就气红了眼,恶狠狠地骂道:"娘希匹,这群野狼全该杀!巴哥,快开枪呀!"

田金生抬手一枪,正在撕咬着受伤雌牛的一只野狼应声而倒。柴二狗对准狼群开了一枪,连根狼毛也没打着,只是把野狼们吓了一跳。田金生弹无虚发,一口气打伤三只野狼,那只苍背老狼也让"黑熊"和"花豹"撕扯得支离破碎,狼群一哄而散,夹着尾巴拼命逃窜,眨眼间就钻入丛林无踪无影了。要不是有野生动物保护法和柴俊虎的再三叮咛,那些野狼早就倒在"结巴猎神"的枪口下了,一只也逃不掉。柴二狗不依不饶地穷追不舍,冲着野狼逃窜的方向接二连三地开着枪,他不是图热闹,也不单纯是为了解恨,他要把这些贪婪嗜血的恶狼驱逐出境,让它们不敢再卷土重来,他要为凤凰坪的羊群和牛群保留一方乐土。

腊月二十三

腊月二十三过小年,是灶王爷上天述职的日子,家家户户都要给灶王爷供上一盘年糕,糊住灶王爷的嘴巴,让他老人家上天言好事,下界保平安。吃了人家的嘴软,何况嘴巴都让年糕糊住了,灶王爷能不上天言好事么?

老祖宗留下来的风俗习惯,腊月里要吃两次稀罕饭:腊月初八喝腊八粥,腊月二十三吃年糕。乡下人重习俗,山里人更是如此,诸如大年初一吃馄饨,正月十五煮元宵,三月清明做凉粉,五月端午包粽子,七月初七送砚饼,八月十五羊肉饺,九月初九炒糊卜等等约定俗成的规矩,家家户户都得遵规而行,很少有人标新立异另变花样。年糕也算是韩塬县的一道风味小吃,做法比较简便而味道十分甜美。在铝盆、瓷盆或者瓦盆里铺上一层黏小米,再铺一层大红枣,层层铺盖,然后上笼加火。通常是先天晚上上算,用旺火蒸一个多小时往锅里加添一次水,将火封住,只留两个小孔,用文火继续蒸焖,翌日一早揭开笼盖,就成了一笼香甜软黏鲜美可口的年糕。

俊虎妈一大清早就起床了,她轻手轻脚扫过院子,擦拭过桌椅,走进厨房捅开火炉,往锅里添了半瓢水,又返回屋里给小宝掖了掖被角,抬起头来看看那挂石英钟,自言自语地说了声:"快9点咧。"便走出去拉开大门,抻长脖子向村口张望。高秀月说好了一大早就来家,她等高秀月来了全家团圆过小年,她要高秀月以柴家主妇的身份,为灶王爷供上第一碗年糕。

"叮铃铃……"随着一阵悦耳的铃铛声,高秀月的身影终于出现了,她骑着自行车紧蹬几步,远远喊了声"妈",俊虎妈高兴得心头直打战,不等高秀月站稳脚,就迎上去笑嗔道:"看看看,脸都冻红咧,让你晚上住下你偏要走,得是练腿功呢!"

高秀月笑了笑没有吱声,她有她的想法:一有空就来,晚上返回卫生院,没结婚前尽量不在柴家过夜,免得别人说长道短。高秀月支好自行车,随着俊虎妈走进屋里,把手暖热后塞进小宝的被窝。小家伙早就醒了,他知道高秀月今天一早要来家,故意赖在被窝里不起床,等着让高秀月给他穿衣裳。高秀月把手伸到小宝的胳肢窝一阵胳肢,小宝嘎嘎嘎尖笑着蹦出被窝,光着屁股一头扎进高秀月的怀中撒娇欢闹。

柴俊虎闻声走进母亲的窑洞,一边洗脸一边问高秀月:"卫生院啥时放假?"

高秀月一边给小宝穿衣裳一边说:"说是除夕放假,可过了腊月二十人心就乱了,都忙着洗洗涮涮和购置年货,近来病人很少,没啥事可干,放假和不放假有啥区别?"

俊虎妈端着洗脸盆到外边倒水去了,柴俊虎轻声问高秀月:"你能不能请几天假?"

高秀月娇嗔道："一个月三十天,我最少有十五天来你家,卫生院知道我在那儿待不了多少时间了,没人管我,我实际上成了自由人,除了在卫生院应付应付,剩下的时间全都贡献给你们家咧。"

小宝稚声稚气地喊道："妈妈说错咧,不是你们家,是咱们家!"

高秀月拍了拍小宝的屁股问柴俊虎："又有啥任务?"

柴俊虎说："董事会经过研究讨论,决定搞一次全民性的社火,先在村上和乡上搞,正月十五元宵节进城去红红火火地闹一番,让咱们凤凰坪亮亮相,借着宣传西部大开发的势头,大张旗鼓地进行一次广告宣传活动。这么大的事,你不帮忙,我一个人忙得过来么?"

高秀月有些哀怨地说："我还不是凤凰坪的正式村民,凤凰坪的事我瞎掺和啥呢!"

柴俊虎笑着说："我和贾乡长说好咧,腊月二十六咱俩去办结婚证,领取了结婚证不就名正言顺了么?我的夫人同志!"高秀月脸上飞起两片红霞,含娇带嗔地瞟了柴俊虎一眼:"贫嘴……"

小宝嚷嚷着说："我要结婚证,我也要结婚证!"

柴俊虎和高秀月都被小宝逗乐了,忍不住笑出了声,俊虎妈端着脸盆走进来,听见了儿子的话,不由得心花怒放,迫不及待地说："为啥非得等到腊月二十六,骑上摩托也就一眨眼的工夫!"按照风俗习惯,张凤仙过了一周年,柴俊虎才能另行迎娶新人。可俊虎妈坚决不同意,非得要儿子和秀月新春佳节办喜事,她有她的道理,一口咬定,说张凤仙是农历三月十五走出柴家大门的,到腊月十五,满打满算八个月了。说张凤仙伤风败俗,随野男人跑了还怀了野种,那个周年要大打折扣的,最少打半年折扣。她振振有词地掐着手指头细算,张凤仙是八月十五投河的,三月十五到八月十五是五个月,八月十五到腊月十五是四个月,五个月加四个月是九个月,减去打过折的半年时间,早就超过一周年的时限了。从一进入腊月,她就不停地催着儿子,要儿子和高秀月去领结婚证。柴俊虎和高秀月自然不会认同妈的观点,但终究没有拗过母亲,只好答应尽快去乡政府登记。

柴俊虎笑了笑没吭声,高秀月引开话题："妈,年糕蒸好了吧?"

俊虎妈说："早好咧,就等你给灶神爷供第一碗呢。"

热腾腾的年糕摆上饭桌,俊虎妈又做了一锅漂着油花的鸡蛋拌汤,一家人欢欢喜喜地围在一起过小年。高秀月一边照看着小宝吃饭,一边问柴俊虎："搞那么大的社火,该花费多少人力财力呀?"

柴俊虎解释说："这是个抛砖引玉的好事情,花不了多少钱,王书记和刘县长也同意我们这样搞,和我们的想法不谋而合,目的是把闹社火和展销苗木花卉结合起来,让全县人民对我们凤凰坪有个初步认识初步了解,这个点子是王萍想出来的。"

俊虎妈是位心肠良善的人,她知道王萍留在凤凰坪过春节,觉得王萍孤身一人出门在外很不容易,便对柴俊虎说:"一个姑娘家,孤孤单单的一个人在外过春节真不容易啊,难为她还能操心凤凰坪的事,按情理,咱得给人家送一碗年糕去。还有,大年初一让她到谁家过节呢?你这个当领导的该给人家安排安排。"

柴俊虎刚要应声,忽然看见高秀月正瞅着他,把到嘴边的话又咽了回去,只顾自个儿大口大口吃年糕,他不敢回答母亲的话,生怕一不留意伤了高秀月的自尊心。王萍曾向他写过求爱信,并和高秀月当面锣对面鼓地进行过竞争谈话,后来范孝勤和田根年共同出面做王萍的思想工作,他自己也开诚布公地和川妹子谈了话,王萍最后接受了这个现实,放弃了和高秀月竞争的念头。尽管王萍直爽豁达,可她毕竟是心灵受过创伤的女性,对柴俊虎是一片痴心一片真情,就像她说的那样,还未结痂的伤口上又受到了新的创伤。高秀月是个很要强的姑娘,虽然她不是那种鸡肠鼠肚的人,可对这种事能不计较能不耿耿于怀么?从大道理上讲,柴俊虎完全是出于公心才想方设法留住了王萍,没有一丝一毫私心杂念,作为凤凰坪农工商贸总公司的董事长和村长,他应该从各方面无微不至地关怀第一个来凤凰坪应聘的人才,何况为了凤凰坪的事业,王萍毅然放弃了回家过年,也谢绝了山本太郎要她去日本过春节的邀请,留下来设身处地地为凤凰坪的事业出谋划策,竭力而为,柴俊虎能不设身处地地为王萍着想?能不尽善尽美地安排好王萍的春节生活么?可是他不清楚高秀月咋个想,当着母亲的面又不能和高秀月讲大道理,只好装聋作哑,不时地瞅着高秀月察言观色。

高秀月是个很要强很庄重的人,从来不在俊虎妈面前和柴俊虎开玩笑,更不用说打情骂俏了,虽然还未和柴俊虎结婚,但她已和小宝建立了深厚的母子情缘,小宝是个聪明的孩子,她的一举一动都会在孩子幼稚的心灵上留下影响。高秀月不苟言笑,端庄娴淑,虽然只有二十五岁,可她时时处处注意控制自己的情绪,下决心要做一个具有中国传统的贤妻良母。俊虎妈无意中说出给王萍送年糕的话,高秀月心中着实翻起一片微澜。她永远忘不了王萍面对面的挑战和咄咄逼人的气势,尽管她从一开始就清楚王萍是做着徒劳的努力,可仍然觉得自尊心受到了伤害,尽管她向范孝勤和田根年表了态,说她不会把此事往心里放,不会因此而影响她和王萍的关系,可每每想起来心中总是有些不快。高秀月心中明白,俊虎之所以不响应母亲的提议,完全是为了尊重自己的感情,心里感到热热的很欣慰。柴俊虎不时地瞅着高秀月,高秀月也不时地瞅着柴俊虎,她读懂了他目光中的意思,心中很难平静。忽然,高秀月发觉柴俊虎瘦了,脸色有些发白,不由得心里感到一阵发酸,凤凰坪农工商贸总公司刚刚起步,有多少事情要他干啊!万事开头难,操不完的心,劳不完的神,她还能为他增加精神负担么?她记得以前母亲常对人说,当领导干部难,做领导干部的妻子更难,她现在开始领会到这句话的含意了。人都说一个成功的男人后面有一个坚强的女性,柴俊虎是凤凰坪这艘张帆远航船上的掌舵人,自己理所当然的应该当好大副,为他扫除一切后顾之忧,为他做出最大的牺牲。高秀月咽下最后一口年糕,给柴俊虎找了个下台阶的机会,微笑着问柴俊虎:"王萍对闹社火的事有啥具体设想?"

柴俊虎如释重负地吐了口气说:"王萍有一个同学在省电视台工作,说搞广告宣传按秒计费,一分钟得好几万块呢,花费太大,再说目前也不必要那样搞,咱们的事业刚刚起步,还不是在报刊和电视上搞广告宣传的时候,只能用全民性社火扩大影响。"

高秀月有些不解:"啥叫全民性社火?"

柴俊虎说:"就是让村里能行动的老人小孩我都参加闹社火活动。"

高秀月"扑哧"一声笑了:"老人小孩儿都闹社火,让妈也去敲锣打鼓扭秧歌?"

俊虎妈也乐了:"妈年轻时还踩过高跷呢,现在老咧,高跷是踩不成了,扭捏两下总行么。秀月,到时候你给妈搽上胭脂抹点口红,再弄朵大红花别在头上,让妈扭两下给你们看。"

小宝嚷嚷着说:"我也要扭秧歌!"

全家人乐了好一阵子,柴俊虎说:"秀月你别笑,我真准备让妈扭秧歌呢。"

高秀月说:"行啊,到时候咱俩搀着妈扭秧歌,多新鲜多热闹!"

柴俊虎郑重其事地说:"秀月,你没见过咱们村闹社火,那场面可壮观呢。庆祝十五大胜利召开那年,咱们村闹了一次社火,五十副锣鼓二十副高跷,还有一个近百人的秧歌队,在村上闹了一天,又在乡上闹了一天,轰动了整个青龙川,山外的人也成群结队赶来看热闹。"

高秀月不取笑了,正儿八经地问道:"这次要搞多么大的规模?"

柴俊虎说:"董事会研究了一下,初步决定搞百面锣鼓百人秧歌队,三十副绕旗和二十幅横额,百名舞狮队五十副高跷,再搞一个由五十人组成的宣传队散发宣传材料,并设立几个点展销苗木花卉和现有的几个产品。"

高秀月颇感意外:"正月十五能有花卉?"

柴俊虎说:"这也是王萍的点子,建议动员全村妇女赶制一批人工花卉,苗圃有什么花卉就制作什么,作为样品销出去,等到五一节时在县城设点销售各种花卉,让购到花卉的人到时以假换真,补足差价,那批人工花卉就算是订货的样品。"

高秀月连连点头:"这真是个好办法,以销定产,既能广泛宣传样品,又能巩固一批用户,掏一样的钱、买两样货,谁不干才叫犯傻呢。你算过没有,闹这么大的社火得用多少人?"

柴俊虎说:"算过了,连后勤服务人员,总共得用五百多人,还需用十多辆汽车。"

高秀月问:"凤凰坪有那么多人么?"

柴俊虎说:"算上初中和高中的学生,绰绰有余。至于车辆和服装,工商局孙局长说他负责解决,公安局汪局长说维持秩序的事包在他身上,并一再说无论啥事只要他和李军强能办到的,他们一定会全力以赴。其他细节,得召开两委会仔细研究讨论呢。"

高秀月拧了一个热毛巾,给小宝擦净手和小嘴巴,满面春风地对俊虎妈说:"妈,我去给王萍送年糕,大年初一请她来咱们家过节。"

两个新女婿

农村人很讲究过春节,该咋着就咋着,一年三百六十五天,就这么几天的欢庆日子,能不讲究能不尽兴么?所以,老早老早就有了宁穷一年不穷一节和宁忙一年不忙一节的说法。

青龙川的乡俗,正月初一阖家团聚吃年饭,互相串门拜年;初二走丈人;初三走舅家;初四初五走姑姨姐妹;初六吃"收心馄饨",顾名思义,把心从欢度春节的气氛中收回来,又该从事农桑以食为天了。随着体制改革的深入发展,人们的传统观念也在不知不觉中逐渐改变,欢度春节的时间延长了,一般都是过了正月十五才算过完了春节,正月初六的"收心馄饨"移到正月十六吃,老年人聚在一起时总爱唠叨,说真是宁做太平犬,不做战乱人啊,太平盛世多好,活得多滋润!

这年春早,腊月十九"立春",正月初四"雨水",春节期间已是"七九、八九,沿河洗手"冰消雪化、草长莺飞的初春时分了。凤凰坪的春节不比往年,天天锣鼓喧天,欢声笑语不绝于耳,人人忙得团团转,锣鼓队、秧歌队、舞狮队以及高跷队天天排练,制作人工花卉和花灯的妇女们整天剪刀不离手,八仙过海,各显神通。与此同时,为闹社火闹花灯搞后勤工作的人马也兵分八路,四处奔忙,人们把走亲戚拜年当成了捎带事,一大早匆匆而去,吃一顿饭又匆匆而归,年也拜了,消息也传递了,青龙川上下五十多个村庄基本上是家喻户晓,人人皆知。

与此同时,凤凰坪几乎所有订了亲的青年都仿效柴二狗,把未婚妻接到凤凰坪参加闹社火,提前介入凤凰坪的创业活动。平常不多走动的亲友,也生着法儿找借口来到凤凰坪,还没到正经闹社火的日子,大街小巷已是人来人往的熙熙攘攘了。

正月初二天刚麻麻亮,柴二狗就出了门,急匆匆地向张家岭奔去,他是凤凰坪第一个出门给丈人拜年的。心急腿快,8点刚过,柴二狗就跨进了张兰花家的大门,也不管春节拜年女婿是娇客,放下礼物,就挑起水桶去月亮泉挑水,一口气挑了两大缸,足够人畜五六天的用水。柴二狗对月亮泉有一种特殊感情,月亮泉是他和兰花谈情说爱的第一个地点,兰花在那儿度完了她的处女生涯,像个初次登台的演员,按照他所导演的戏路,躺在他怀中说了那句令他一想起就浑身发热的话,他能忘得了月亮泉么?挑水是重活,可柴二狗特爱去月亮泉挑水,丈人丈母娘和邻居都夸二狗勤快,二狗说年轻人应该多干活,只有兰花心知肚明是咋回事。水缸挑满了,柴二狗还咋咋呼呼的要找活干,丈母娘笑道:"二狗,歇着吧,大年大节的能有多少活?"

柴二狗鬼点子多,每次来都能找到和兰花在一起亲热的机会。他从包包里拿出两瓶西凤酒对老丈人说:"爹,这酒劲儿大,您老尝尝看到底咋向,要是爱喝,我以后专买这种酒。"说着,把罐头、糕点、寿桃馍和香烟一样一样取出来,摆了满满一桌子,随后取出一个花菱形的化妆盒对丈母娘说:"妈,这是我托人从西安给兰花买的化妆品,五颜六色啥都有,还有眉笔和口红呢,您老看看。"

兰花妈忍俊不禁,知女莫若母,她晓得兰花早躲在自己的屋里等候二狗,便对二狗说:"我一辈子都没用过那玩意儿,也不懂得啥好,拿去让兰花看吧。"

柴二狗一进兰花的卧室,就迫不及待地抱住兰花狂吻乱啃,右手伸进兰花的衣襟,摸着兰花的肚皮悄声问道:"有货没货?"

兰花打开二狗的手娇嗔:"尽想好事!"

柴二狗装出一副痛心疾首的样儿悄声呼道:"天哪,我这是只种不收啊,白白让我花费了那么多精力!"

张兰花轻轻地在柴二狗的嘴巴上打了一下,顺手关了门。一个多月没干那事儿了,两个人都憋得慌,三下五除二脱光衣裳,相拥相搂着钻进了兰花早就铺好了的被窝,两人心中都清楚,一个小时之内爹妈是不会惊动他们的,干这事儿驾轻道熟,一个小时足够了。

小艄公田柱儿去丈人家拜年,是提前找柴二狗求过教的,心劲儿像打足了气的皮球,足着呢。感情上的冲动和生理上的需求,折腾得小伙子一夜没睡好觉,脑子里尽是和王水英打情骂俏干那事儿的奇情美景,直到鸡叫头遍腹有良谋之后才心安理得地酣然入梦。傻柱不傻,在如何猎取王水英欢心的问题上,他比任何人都精,甚至比柴二狗的鬼点子还要多。春节前,田柱儿削价处理了他那辆并不很旧的80型雅马哈摩托,又买了一辆同型号的新车,加上了车套,在车头两端系上了红绸结。80型摩托好驾驶,一般妇女都能骑,傻柱儿的小算盘精着呢:这辆新摩托是为王水英买的,教王水英学骑摩托还不得三五天?有这三五天的时间啥事干不成?

田柱儿一觉醒来,已是上午9点多钟了,他是被母亲高喉咙大嗓门吼起来的。柱儿妈矮矮胖胖圆脸,和儿子一样,也是个丢三落四大大咧咧的人,但在儿子的婚事上,她比儿子还精细,啥事儿都想得特别周到,天没大亮她就下炕为儿子走丈人的事忙个不停,该拿的礼物全都齐了还不见儿子起床,便使劲敲打着窗棂大声吼叫:"柱子,柱子,快起来,天都啥时光咧,还睡,你是猪呀?光懂得睡睡睡,小心睡……"她差点儿骂出了"睡死你"的话,急忙用手捂住嘴,新年新节最忌不吉利的话。

田柱儿一个鲤鱼打挺蹦了起来,一边手忙脚乱地穿衣服蹬裤子,一边嘟囔着说:"急啥呀,上王庄有多远?十来分钟就到咧!"他嘴上不急心里急,连上厕所到洗完脸,前后用了不到十分钟。

田柱儿的拜年礼品太丰盛了:两条"红塔山"香烟,两瓶墨瓶西凤酒,两瓶罐头两盒糕点,两盒包装精美的保健食品,十个精面粉蒸的寿桃馍,二十个带花形的馄饨馍,新鲜蔬菜每样六斤。好事成双,未婚女婿给岳父母拜年,讲究的是个礼数,图的是个吉利。头一回去丈人家拜年该拿啥礼品,母子俩是动了一番脑筋的,不是有一鸣惊人一炮打响的说法么?头一回给岳父母拜年,礼品丰厚了既体面又能夸富,何况今年有凤凰坪的大棚蔬菜呢。几千几百年了,青龙川有哪个村子寒冬腊月能种出新鲜蔬菜?凤凰坪是落凤凰的地方,丈人丈母娘能不兴高采烈?王水英能不心满意足?

果不其然,王水英的爹妈见田柱儿拿这么多礼品来拜年,感到格外高兴,王水英感到脸上很有光彩,笑容满面地从田柱儿手中接过礼品,有些显摆地一样一样往桌上摆。水英妈拿起嫩绿的黄瓜和艳红的西红柿,啧啧称赞地对水英爹说:"你看看,多嫩多鲜呀,现如今的人就是能,寒冬腊月天也能种出新鲜菜,城里人能吃到的,咱山里人也能吃到咧。"

王水英的两个哥嫂和父母分开另过,水英妈心里高兴,喊他们过来陪田柱儿吃饭。水英的哥嫂都是常年很少出山的老实人,他们望着桌上的一大堆礼品和蔬菜,眼睛都发直了。王水英顺手拿起两根黄瓜和两个西红柿,用毛巾擦拭了一下,塞到两个小侄儿手里。田柱儿从身上掏出两张百元钞票,递给王水英:"这是给两个娃的压岁钱。"

王水英捏着两张新版人民币稍稍怔了一下,给两个侄儿每人发了一张,两位哥嫂高兴得不知该说啥好,只是一个劲儿地让小孩儿快叫姑父。在心上人面前,平时不起眼的傻柱变得口齿伶俐,能说会道,绘声绘色地讲述了凤凰坪创办集团公司的事,讲述了凤凰坪闹社火闹花灯的事,听得水英爹和水英妈眉开眼笑,赞不绝口。一顿饭下来,老两口一致同意女儿去凤凰坪参加闹社火活动,水英妈再三叮咛女儿说:"水英,你终究是凤凰坪的人,到了凤凰坪大方些,多长点眼色,不要让人家小瞧。"

摩托驶出村口,来到村边一个打麦场前,田柱儿瞅瞅四下无人,便停下来对王水英说:"水英,天气还早,我教你学骑摩托吧,这玩意儿可方便呢,以后回娘家一眨眼的事儿。"

王水英有些胆怯:"我从来连摸都没有摸过这玩意儿,能学会吗?"

田柱儿鼓动说:"80摩托最好骑咧,和骑自行车差不多,你只要掌稳车头,右手控制好油门就行了。这辆车是专门给你新买的,你不骑谁骑?这样吧,你坐在前边,我坐在后边手把手地教你。"

王水英略显迟疑地点点头,田柱儿心花怒放浑身燥热,苦心没白费,朝思暮想的幻想即将成真,小伙子能不心猿意马么?不由分说,半推半抱地让王水英骑在摩托的车座前边,他趴在王水英身后,右手紧紧按着王水英的右手,加油门,换挡,摩托由慢变快,快一阵慢一阵地在打麦场上转圈圈。听到王水英银铃般的笑声,田柱儿快活极了,订婚将近一百天,头一回把心上人这么着搂抱在怀中,这么着腮贴腮地转着圈子兜风,比携手搂腰遛马路惬意多了。他觉得王水英的身躯好柔软,脸颊好光洁,呼出的气好香。当王水英学会驾驶摩托的时候,傻柱春情勃发,情难自禁地搂住王水英狂亲乱吻,王水英半推半就地呻吟:"不、不要……轻点……"

欢度春节,凤凰坪除过柴俊虎,川妹子王萍是最忙乎的人了。赶制人工花卉和花灯,是工艺加工厂的本职工作,作为一厂之长,面对时间紧迫工作量大的局面,她能轻松么?何况还是闹社火活动的负责人之一,又是骨干,除过排练、绘图样、选样品、定规格、分任务啥事都得操心,整天忙得像走马灯似的团团转,连吃饭也跟抢食似的,不是忘了调盐就是忘了放醋,有好几次把味精当成食盐,一勺接着一勺往碗里放,惹得白雪莲泪花子笑掉了一大串。王萍毕竟是王萍,川妹子是一位难得的人才,忙乱了没几天,便很快理顺了头绪,她把高秀月、田春燕和柳翠香请到白雪莲家,经过一番座谈研究,很快就制定出一个"分头负责,各把一关,密切配合,分工不分家"的行动方案,一人包一项,项项有着落,随后又选定十个重点家庭,作为各组村民活动中心,就近指导和检查验收。办啥事都要有个章法,有了这么个总体规划,凤凰坪闹社火闹花灯的准备工作,按部就班紧张而有序地展开了。

军强妈心灵手巧,一辈子爱剪窗花爱做纸扎活儿,附近三村五里过红白喜事,都要请她去剪窗花剪喜字或者做纸幡、纸人、纸马什么的,她制作的转灯也就是走马灯特有情趣,灯笼四面分别绘着"三英战吕布""八仙过海"和"吕洞宾戏牡丹"等故事情节,挂在灵堂前或大门口,无风自转,人马首尾相衔,紧追不舍,形象逼真,栩栩如生。谁家过红白喜事,人们相约时总会说一句"看军强妈的走马灯去"或者说一句"看军强妈的喜字去"。

军强妈所在的第四村民小组原名叫李家峁,是个由十多户人家发展到眼下六十多户人家的自然村。李国强是第四村民小组的常任组长,从当生产队长起,一当就是二十多年。他是个治队有方的能人,群众不让他卸任,他也不想卸任,所以他家就成了第四村民小组的首脑机关,常常是"家中客常满,杯中茶不干"。李国强的父亲和李军强的父亲是同胞兄弟,俩人是有血缘关系的叔伯兄弟,李军强带着爱人和女儿在城里住,军强妈的一切均由李国强照料,除过分灶吃饭,和一家人没有两样。凤凰坪闹社火闹花灯,李国强是负责人之一,制作花卉和花灯的任务那么紧,老太太又是个爱热闹闲不住的人,她跑到柴俊虎家主动请缨,说她一个人能在正月十五前制作五十盆人工花卉和五十个花灯。柴俊虎怕累着老人,婉言谢绝,军强妈着急了:"累啥?干这活儿跟玩一样,军强常给我说生命在于啥……对,在于运动,剪剪贴贴跑来跑去取这取那,手动腿动眼动脑子也动这不就是运动么?运动多了就能长生不老,我还要拉上你妈去运动呢。"一番话说得柴俊虎哈哈大笑,答应把军强家作为第四村民小组的活动中心,再三叮咛王萍和白雪莲千万要照料好老人。

除夕之夜,田二曼儿几乎也是一夜没有正式入睡,翻过来覆过去一个劲儿地穷折腾。尽管云杰和春燕争着抢着做完了春节前的一切杂活,并陪着她在电视机前度过了一个十分快乐祥和的除夕之夜,但她的心情总是快活不起来,她有她的心事。丁贵正式来凤凰坪定居了,但不是住在她家,而是住在龙泉沟,他俩的事没有挑明,没有领取结婚证,能名正言顺地住在一块么?大年三十,家家户户都是全家人围在一起,高高兴兴捏馄饨,欢欢喜喜度新春,丁贵单枪匹马地住在龙泉沟与牛为伍,田二曼心中能好受么?

关好的门忽然被推开了,丁贵闪身走进来,飞快地脱光衣裳钻进田二曼的被窝,紧紧抱着田二曼说他好冷好冷,田二曼惊呼道:"天哪,你是咋进来的?快把电灯拉灭,千万不要让云杰和春燕瞧见。"她和丁贵争着去拉开关绳,可怎么着也拉不动,电灯就是灭不了,丁贵说咱俩还是去放杂物的屋里吧,那儿没有电灯。丁贵和田二曼刚刚下了炕,李云杰和田春燕双双站在门口拦住去路,田二曼惊叫一声翻身坐起……天哪,刚刚迷糊过去咋就做了这么个梦!她抬头看了看,不禁哑然失笑,睡前忘了关灯,电灯泡明晃晃地十分刺眼。田二曼回想起刚才的梦境,只觉得脸上发烧,暗暗自嘲:"快五十岁的人咧,咋做那样的酸梦!"

鸡架上的大红公鸡引颈长啼,引动得左邻右舍的公鸡争相啼叫,很快,四面八方都是此起彼伏的鸡叫声。田二曼索性不睡了,穿好衣裳下了炕,用抹布把能擦到的地方擦拭得干干净净,她是个爱干净的人,平常就把屋里擦拭得一尘不染,何况今天是大年初一。

该做的活都做好了,田二曼依在炕前,盯着墙上的年画,怔怔地想着心事。儿子的婚事如愿以偿,她十分喜爱的田春燕成了儿媳,做梦都想不到的好事成为事实,看着小两口形影相随,恩恩爱爱的样子,她心里比灌了蜜汁还要甜。事事如意,就等着抱孙子了,左邻右舍都说田二曼先苦后甜,是个有福之人。儿子很孝顺也很懂事,常常附在她耳边悄声说妈你不要急,明年一定让你抱个跨世纪的小孙孙。春燕也是个好媳妇,一口一个妈,整天生着法儿逗她乐,婆媳俩亲热得像母女俩。昨天晚上看完春节晚会,春燕为她铺好被窝,笑嘻嘻地说妈你明儿个多睡会儿,等我过来给你梳头,给你拜年,还调皮地问田二曼给她发不发压岁钱。想罢儿子媳妇想自己,田二曼又想起了丁贵,她走出屋门,抬头向龙泉沟方向望去,心头涌上来一种说不清道不明的滋味,口中喃喃自语:"唉,这个年该咋过呢!"

"啪嗒"一声,李云杰和田春燕屋里的语音报时钟开始报时:"现在时刻上午6点,现在时刻上午6点。"连续两遍的女音报时声并没有把小两口惊醒,一粗一细的鼾声仍是隐约可闻,田二曼不由自主地贴近窗户,屏气敛声地竖耳聆听。云杰和春燕结婚两个多月了,春燕没有任何妊娠反应,田二曼盼孙心切,总担心小两口不谐房事,担心他们只图玩耍嬉闹而误了传宗接代的大事,这号事当妈的既没法儿教也没法儿问,只好干着急。她把心事悄悄向丁贵讲过,丁贵笑她蠢,说如今的年轻人啥不懂？要你瞎操心！田二曼也觉得自己心急得有些可笑，但她把持不住自己，常常半夜醒来上茅房时，总要贴近窗户听听小两口的动静。

"哐当"一声，田二曼不小心踢翻了塑料花盆，惊动了屋里的小两口，田春燕迷迷糊糊地问："云杰，是啥响声呀？"李云杰也是含含糊糊地说："好像是起风咧，哎，你的肩膀咋恁凉？来，我搂紧你再睡一觉……"

田二曼感到一阵脸热心跳，急忙离开窗前，放轻脚步向堆放杂物的窑洞走去，她想起了刚才的梦，想起了她和丁贵在那儿灵肉相撞的春风一度。窑洞的板柜里放着一小坛好酒，是她上次和丁贵滤酒时藏起来的，大年初一，她决意把酒取出来送到龙泉沟，让丁贵喝个痛快。

田春燕起床了，屋里院里到处都是银铃般的笑声，她咯咯咯地笑着帮助云杰放鞭炮，咯咯咯地笑着为婆母端洗脸水，咯咯咯地笑着向婆母讨压岁钱，屋里屋外充满生气充满欢乐。一家人高高兴兴吃过年饭，田春燕问田二曼："妈，是让云杰一个人去各家拜年呢，还是让我俩一起去？"

田二曼说："让云杰一个人去吧，按照常礼新媳妇头一回拜年，到谁家谁就得给一份礼物，你就不要去咧，免得大家为难。"

田春燕笑道："我生在凤凰坪，长在凤凰坪，大家还能把我当新媳妇看？"

田二曼说："人熟礼不熟么，老一辈留下来的规矩，谁能例外？你留在家里招呼前来拜年的人，让妈也到村里拜拜年。"

田春燕调皮地说："行啊，你和云杰都去拜年，山中无老虎，猴子称大王，我今儿个就是咱家里的一家之主咧。"

田二曼笑道："你本来就是一家之主么，妈是给你俩打工呢。"

田春燕咯咯咯笑着把李云杰拽回屋里更换新衣去了，田二曼连忙把酒和几样下酒菜放进皮包，瞅了个机会匆匆忙忙地向龙泉沟奔去。

临近"雨水"时节的龙泉沟，已是春意盎然，避风向阳的山坡开始泛青，满山遍野皆是绒嘟嘟一片嫩绿，漂浮在溪水河面上的冰层不见了，清可见底的溪水传出十分悦耳的潺潺声，只有在背坡的阴凹处才能看到一些残留的冰雪和冰凌。很少见到的燕雀和叫不上名的飞鸟，好似踏青游春，或在空中飞翔，或在枝头啼叫，叽叽喳喳之声随风飘荡；五颜六色的野鸡，成群结队在溪水旁的草丛中觅食，一副目中无人的样子。风和日丽，春光明媚，与山外相比，这儿另是一个世界。

田二曼为了避人耳目，出门后多绕了一段路，穿过村北头那片小树林，从青龙渡堤坝尽头的小沟岔走捷径来到龙泉沟。心急脚步快，加上天气比较暖和，来到小溪旁时，田二曼已是额头冒汗，有些气喘吁吁了。远远望见龙泉寨下那排平房，田二曼忽然感到心中有几丝慌乱，快五十岁的人了，却像个初恋少女似的，以这种方式来到荒山野沟看望情人。唉，都快抱孙孙的人咧，这算是咋回事嘛！田二曼觉得脸上热热的,手心捏满了汗水。望着清凌凌的溪水,田二曼仿佛又回到了少女少妇年代:挎着竹篮,提着棒槌,把白生生的双脚伸进清凉透心的溪水中,洗衣裳,唱山歌,嘻嘻哈哈地说些带点酸味的笑话,多快活多自在呀!可光阴不饶人啊,时光再倒回去该多好!

　　田二曼蹲在一个小小的水潭前,把手伸进清澈的溪水里搓洗,真怪,水不凉而且好像有些热气。田二曼出神地望着水中的影子,口中轻轻喊道:"妈耶,这是我么?"水明如镜,连田二曼眼角上的鱼尾纹也看得清清楚楚,白皙的面容红红的脸颊,眼睛还是那么黑还是那么亮,略略显形的眼袋掩饰不了未逝去的韶华,美中不足的是浓密的头发中有了不少银丝。那天,田春燕给她梳头,说妈的头发好密啊,染一染吧,染黑了就更好看咧。田二曼说妈都老咧还图啥好看呢?田春燕笑嘻嘻地说不老不老,如今人的平均寿命大大增长了,妈你才四十八岁,放到中央一级还算青年干部呢。田二曼想着想着不由得"扑哧"笑出了声,她甩去手上的水珠,情不自禁地哼起了一首二十多年前常唱的情歌:

　　　　树梢梢落叶满沟沟飘,
　　　　哥和妹妹藏猫猫。
　　　　山藤藤蔓蔓长茅草草高,
　　　　哥哥搂住了妹妹腰。
　　　　要抱你就可劲儿地抱,
　　　　小妹妹解开小袄袄……

　　"咪溜溜"一阵响动,把田二曼吓了一大跳,她循声望去,原来是两只野兔一前一后从她身边蹿过,蹦蹦跳跳地很快就隐入灌木丛中踪影皆无了。田二曼像是被人窥破了心中秘密似的,不由脸红心跳。她有些羞怯地向四下望了望,提起皮包向青龙寨走去,脑子里忽然产生了一个念头:过几天去焗油染发!

　　龙泉沟养牛基地虽然地处荒沟野外,但春节气氛很浓。丁贵是个手脚勤快脑瓜活泛的人,他和羊倌"瘸八"在大门前搭了个松枝牌楼,牌楼下面悬吊着九个大红纱灯,两边是两个龙凤灯,名曰龙凤呈祥;中间的纱灯上都缀着一个字,组成"龙泉沟养牛基地"七个大字。牌楼两边的木柱上贴着金字春联,上联是:"政策好五谷丰登山川披锦绣",下联是"人心喜六畜兴旺大地换新装"。对联是老教师李民贤编写的,李民贤在义务为村民写春联期间,想起了新建的养牛基地,特地编写了这副对联送到龙泉沟。牌楼前的草地上铺了厚厚一层五颜六色的纸屑,空气中还飘浮着淡淡的硫黄味,看来丁贵和"瘸八"放了不少鞭炮。

　　田二曼来到养牛基地的大门口,略略整了整衣衫,捋了捋头发,刚要进去,忽然从院里传来一阵欢声笑语,她不觉一怔:大年初一谁来这儿?丁贵那个收音机的音量很大,正在播放流行歌曲《常回家看看》,一个粗喉咙大嗓门的人正在天南海北地说俏皮话，惹得丁贵不时哈哈大笑。田二曼听出来了，是有名的俏皮话大王"瘸八"在胡吹冒侃。咋是这个活宝？进不进去呢？田二曼心里直打鼓。

"瘸八"真名叫胡有来，是外来户，新中国成立那年，他爷爷从山东逃难来到青龙川，靠吹糖人卖冰糖葫芦为生，后来在凤凰坪安家落户。胡有来的爷爷叫胡成金，人们都叫他胡成精。胡成精家穷人丁旺，在凤凰坪娶妻成家后，扑扑通通一连生下三个男丁，长大成家后各自不断添丁进口，男男女女总共生了十二个，胡有来按照排行列为第八，从小就被老八老八的喊惯了。提起胡有来，也算是凤凰坪一位"名人"，自然有一段赖以成名的故事。胡有来只上过小学，没有多少墨水，可有一套出口成章、闭口成词的特殊本领，俏皮话一串一串的张口就来，是凤凰坪有名的"干板嘴"。胡有来二十二岁那年，他的叔伯哥哥胡有财娶了个十分漂亮的新媳妇，胡有来听墙根听出了邪火，不听墙根睡不着觉，他被新嫂子迷住了，明里暗里总看不够。一天夜间，胡有来又去听墙根，听见屋里哗啦哗啦直响，他好奇地舔破窗户纸偷眼望去，顿觉心跳加速，小腹发胀，差点儿破窗而入，新嫂子正在洗澡，白生生的胴体，圆鼓鼓的乳房，尤其是那神秘而诱人的部位，刺激得胡有来浑身冒火，用手抓住铁棍似的阳具直喘粗气。新嫂子受了惊吓，双手掩住害羞处失声尖叫，胡有财攥着木棒往出闯，胡有来一看大事不好，扭头就跑，在翻墙时从一丈多高的墙头上掉下来，摔折了右腿，从此有了"瘸八"的绰号。久而久之，人们叫顺了口，"瘸八"就成了胡有来的名字，真名反倒很少有人叫。出了那档子事，"瘸八"在家里待不下去了，跑到野虎川当了羊倌，不久前才应召回到凤凰坪，整天领着他的牧羊犬"虎子"放羊，成了龙泉沟养牛基地第一任羊倌，也是丁贵第一个部下。逢年过节人放假牛羊不能放假，"瘸八"吃过大年馄饨，一早就和几名放牧员把牛羊赶到野狼沟，让几名放牧员和"虎子"代劳，他自己跑回大院和丁贵闲聊逗乐。

丁贵提着暖瓶去为"瘸八"续茶水，一眼望见了站在门外的田二曼，惊喜万分，急忙跑出来接过田二曼手中的皮包："我估摸着你要来，一直在等着哩。"

田二曼深情地望望丁贵，刚要开口，"瘸八"走过来说："是三婶呀，你是咋个来的？"

田二曼定了定神说："一步一步走来的么，我还能坐飞机来？"

"瘸八"开口又来了一句俏皮话："我以为你是王母娘娘走亲戚——腾云驾雾呢！"

丁贵的住室收拾得干净利落，钢丝床上的铺盖叠得整整齐齐，宽大的办公桌上文房四宝齐全，沙发旁的床头柜上放着电话机，是柴俊虎前不久刚安装的"凤凰坪2号电话"。墙上挂着一面锦旗和奖牌，丁贵奋不顾身勇斗群狼保护集体财产的精神可贵，忠勇可嘉，县报和电视台相继做了报道，丁贵名噪一时，成了家喻户晓的英雄人物，丁贵激动万分，发誓说养牛基地办不出个样儿决不出沟！

田二曼刚把几样下酒菜摆好,柴俊虎和柴二狗、李国强、牛建明几个人骑摩托来到了养牛基地,丁贵有些意外:"俊虎,你们咋来这儿咧?"

柴俊虎把一大包礼品放到床上:"丁叔,你也是咱凤凰坪农工商贸总公司的一位功臣啊,我们几个是代表全村父老乡亲给您拜年,祝丁叔新年快乐,健康长寿!"

丁贵心头发热,两行热泪夺眶而出。柴二狗见田二曼也来了,不知轻重地咋呼着说:"三婶咋也来咧?你要来龙泉沟咋不打个招呼,让我用摩托带你来。"

"瘸八"最爱和柴二狗打嘴仗:"二狗,像你那屎壳郎出国臭名远扬的货,三婶能坐你的摩托?"

柴二狗笑道:"瘸八,你的狗嘴里能吐出象牙来?今天过大年,我不和你斗嘴,以后有机会好好管教管教你。"

"瘸八"嘻嘻哈哈:"行啊,改日咱俩萤火虫斗架,明对明斗一场。"他看看墙上的石英钟:"哟,快10点咧,羊粪蛋下山我该滚蛋了,柴主任你们在,我去看看羊群。"说罢提着他那把特制的皮鞭走出大门去了。

柴俊虎见田二曼神色有些尴尬,心中感到十分内疚:真该死,咋把这对老牛郎织女的事给忘咧!得尽快把他俩推上鹊桥……

小宝打电话

柴德贵习惯成自然,把《周易》当作他的行动指南,干啥都离不开《易经》,一本新买的《万年历》代替了旧历书随身携带,手不释卷。他从报纸上看到东北一位企业家要办民用机场,从南方聘请高级风水先生选择地址的事,如获至宝,拿着报纸去找柴俊虎,去找田根年、李国强,借题发挥,大讲特讲《周易》的科学性和重要性。他挑了又挑,选了又选,认为正月初十和十五是闹社火的好日子,说正月初十巳时三刻和戌时一刻是闹社火闹花灯的吉日良辰。

柴俊虎受柴德贵的影响,也看过一些有关《周易》的书籍,但没有时间去深入钻研,仅知皮毛。他晓得《周易》是一门十分深奥的科学,古人用之行兵布阵,治理社稷,外国人是利用《周易》的原理,才把人造卫星和宇宙飞船送上太空。他也曾对人讲过,《周易》是中国的一门国粹。柴俊虎不是"以其昏昏,使人昭昭"的人,他对《周易》的态度是没有学通弄懂之前,仅作为参考。柴德贵的建议符合惯例,自古以来就有正月十五闹花灯的习俗。他和田根年、李国强等人商量了一下,决定正月初十在凤凰坪闹花灯,作为正月十五进城的一次预演,毕竟是破天荒的头一回,是万万马虎不得的大事情。

青龙乡党委书记范孝勤和乡长贾景堂,正月初一和初二在乡政府值班,初三岳父舅父一天走,正月初四一大早就来到凤凰坪。在闹社火闹花灯的大事上,他俩晓得事关重大,谁也不敢掉以轻心。那次在龙泉沟参加县常委扩大会议后,范孝勤把办公室设在了凤凰坪的村委会,贾景堂去甘肃买牛羊有功,柴俊虎也为他在村委会腾出一间房子作为乡长临时办公室,书记和乡长每月最少有三分之一的时间在凤凰坪工作,自称为凤凰坪的半个村民。他俩刚走进村口,就碰见川妹子王萍,王萍和两位乡领导混熟了,一见面就打趣:"哎唷,书记乡长一大早就光临我们凤凰坪,是走亲戚呢还是拜年?"

贾景堂会讲几句四川话,亮着他那特有的大嗓门说:"啥子你们凤凰坪,硬是不对嘛,是咱们凤凰坪嘛。"

王萍咯咯咯地笑了:"啥子咱们凤凰坪,你二位是凤凰坪的村民么?"

范孝勤说:"咋不是?我俩在凤凰坪不是有办公室嘛。"

王萍说:"那是办公室,不是家嘛。"

范孝勤模仿山本太郎的口吻:"家的好办,老婆孩子的,明天统统的带来,你的,老公的什么时候的干活?"

几个人说说笑笑来到了柴俊虎家门口,小宝听到"日本中国话",以为是山本太郎来了,急忙跑出大门,他爱和山本太郎玩铁道游击队,玩地雷战和地道战的游戏,一见是范孝勤、贾景堂和王萍,蓦然愣住了,没有山本太郎,八路军是当不成了,小家伙儿能不失望能不泄气么?他习惯地把手指伸进嘴里,瞪着圆溜溜的眼睛望着来人不吱声,范孝勤和贾景堂争着去抱小宝,小家伙泥鳅般地跑来跑去,怎么着也抓不住,柴俊虎和高秀月闻声走出来,十分热情地把客人往家里请。当天晚上,凤凰坪召开了两委扩大会,范孝勤和贾景堂列席会议,一个配合西部大开发,大闹社火的行动紧锣密鼓地展开了。

正月初十一大早,两辆小轿车驶进凤凰坪,径直停在柴俊虎家门口,县委常委、宣传部长郭强、文化局长秦川以及县电视台的记者周虹和牛祺,在公安局刑侦队指导员李军强的陪同下,来到了凤凰坪,他们是应柴俊虎的邀请,前来参观指导。听柴俊虎介绍了闹社火和闹花灯的具体方案,带队的宣传部长郭强对同来的人说:"今天的社火是正月十五进城前的预演,也算作一次彩排,为了整个活动完美完善,咱们分头自由活动,从各个角度参观,闹完社火到村委会集中汇总意见。"

高秀月和几位客人都很熟,她以朋友和女主人的双重身份说:"郭部长,还是到我们家集中吧,村委会没有锅灶,谁管你们饭呀?"

客人们被高秀月逗乐了,七嘴八舌地说:"新春正月来凤凰坪,还能没饭吃没酒喝?"

凤凰坪从来没有如此热闹过,上午9点多钟,满街满巷都是摩肩接踵的人群,还有成群结队的人们络绎不绝地向村里拥来,青龙川上下五十里三十多个村庄,好像是全都倾家而出了,铳声、鞭炮声、锣鼓声以及欢声笑语喧哗声,汇成一阵又一阵铺天盖地的声浪,连平时吼声如雷的青龙渡瀑布也偃旗息鼓了,站在岸边不远处也听不见吼声。从上午10点到下午5点,闹社火的队伍犹如逆流而上的青龙,艰难而缓慢地向前蠕动,从靠近青龙渡堤坝的草滩出发,绕村一周回到草滩,整整用了七个小时,而平常用散步的速度如此走一圈,用不了五十分钟。

下午6点多钟,宣传部长郭强一伙人坐在柴俊虎家的饭桌前,一阵狼吞虎咽刚吃了个半饱,便兴致勃勃地议论开了,屋里响起一片啧啧称赞声。秦川神情亢奋地对柴俊虎说:"俊虎啊,今天多热闹呀,上午就应该请王书记和刘县长来凤凰坪看热闹,让他们也开开眼界高兴高兴。"

郭强不以为然:"正月十五马上就到,让王书记和刘县长在县城看热闹多好,何必舍近求远来凤凰坪呢!"

文化局局长冯仰山赞同秦川的意见:"在城里看和在凤凰坪看大不一样,闹社火就图个乡土气息图个自然景观么,来凤凰坪观看热闹能使人置身于惊心动魄的锣鼓声中,能在群山共鸣的大自然中感到回肠荡气,心旷神怡。王书记和刘县长在凤凰坪的人缘极好,不知诸位听到了没有?到处都有人议论,说王书记刘县长咋没来看热闹?"

几位来客都说听到了这样的议论,秦川鼓动柴俊虎:"给王书记和刘县长打个电话,请他们立马来凤凰坪,白天的社火没看上,晚上的灯谜不能不看啊!"

郭强有些好笑:"一个电话就能把王书记和刘县长请到凤凰坪闹花灯?"

秦川是局里人,自然清楚县委书记和县长对凤凰坪的感情,他逗郭强:"不要说俊虎,就是小宝一个电话,王书记和刘县长准来!不信?咱俩打个赌!"

郭强也特爱开玩笑:"赌啥?"

秦川顺手摘下他戴的眼镜:"这是先父留下的一副石头镜,据说曾在冰块里埋了好几十年,戴在眼上有一股凉气,包治各种眼病,虽非价值连城,却也千金难买。要是我输咧,这副眼镜归你,你是舞文弄墨的文人,这么好的眼镜对你来说是物尽其用。可是,要是你输了呢?"

郭强也不假思索地指着放在板柜上的录像机说:"秦局长,看好咧,那架录像机可是进口货啊,是我那位在日本经商的内弟给我的礼物,小巧精美,功能齐全,我输了它归你!"

秦川对小宝说:"给伯伯打电话,请他来凤凰坪看热闹。"

小宝没有吭声,歪着小脑袋想了想,噔噔噔地跑到奶奶屋里,拿来一个玩具手机,递给秦川:"你给我伯伯打电话!"

满屋子人都笑了,郭强一心要赢秦川那副宝贝眼镜,要过李国强的手机递给柴俊虎:"柴主任,你拨通电话,让小宝讲吧。"

秦川逗郭强:"你拨号就对了么。"

郭强笑道:"我才不自讨没趣呢,惹得刘县长发了火,没准非轰炸我一顿不可!"

柴俊虎笑嘻嘻地拨通了电话:"喂,刘县长吗?是我,今天的社火么?热闹得很,嗯?没有认真统计,估摸最少有八千多人,都在,小宝要和你讲话。"说罢,忙把小宝拉过来,把手机贴在小宝嘴上。

小宝常见别人用手机讲话,显得很老练,他双手紧紧抓住手机稚声稚气地说:"伯伯!伯伯……"

柴俊虎把手机往上举了举,刘存义的大嗓门人人都听得清清楚楚:"喂,小宝,小宝,我的好小宝,想伯伯么?"

柴俊虎又把手机贴近小宝的嘴,小宝说:"小宝想伯伯,伯伯你快来,快来看热闹!"

刘存义一阵哈哈大笑:"小鬼头,雨后送伞,社火都闹过了,让伯伯看啥呀?"

柴俊虎接过手机说:"刘县长,是这么回事,我们晚上要闹花灯,而且是全民性的,有大灯市,家家户户门口也都有花灯都有灯谜,小宝闹得不行,非要让你来!"

刘存义毫不迟疑:"好,我和王书记十分钟内动身!"

县长的话人人都听清了,郭强由于外出没有参加那次常委扩大会,也不知道刘存义和小宝玩骑现代马游戏的事,想不到小宝一个电话,竟有那么大的威力,县长要来,还要拉上县委书记,娘呀,这是哪门子和哪门子事嘛!

秦川双手举起小宝转了两圈,哈哈大笑着说:"好小子,一个电话给秦伯伯赢了一架录像机,秦伯明天给小宝买一支冲锋枪!"

郭强一看要输,眨巴着眼睛想出了反悔的花招,一本正经地对女记者周虹说:"这架录像机可是电视台的看家宝啊,由你负责使用和保管,你一定要做到人不离机,机不离人!"

郭强曾是冯仰山的学生,冯仰山为秦川抱打不平,仍用老师教训学生的口吻,教训这位已是县委常委的宣传部长:"郭强,大丈夫一言既出,驷马难追,焉能出尔反尔?"

郭强不敢和从前的严师抬杠,挤眉弄眼地对秦川说:"秦局长,咱俩言和吧?你的眼镜我不要咧,借给我戴几天总可以吧?我这几天正闹眼病呢。嘻嘻,那架录像机你也不要想了,因为咱俩谁也没赢,谁也没输,一比一,打了个平手。"

女记者周虹是个伶牙俐齿的角儿,她也来了个路见不平,拔刀相助:"郭部长,明明是你输咧,咋能当众赖账呢?"

郭强双手一摊:"没人赖账呀,我没赖账,秦局长也没赖账,秦局长,你说呢?"

秦川忍住笑,故意绷着大黑脸说:"人都说你郭强能说会道赛过苏秦张仪,我看你今天能把白的说成黑的?"

郭强像演戏似的踱着方步,故弄玄虚:"在座的各位可都听清楚了,柴主任刚才是咋个说的呢?"他模仿柴俊虎的姿势和口气说:"喂,刘县长吗?小宝闹得不行么,非要让你来……"

周虹嚷嚷着说:"不对不对,柴主任不是那么讲的,你不能断章取义!"

大伙儿都凑热闹:"不能断章取义!"

郭强当了好几年宣传部长,有相当强的应变能力,毫不怯阵:"不要吵,不要嚷,有位伟人曾经说过,真理往往在少数人手里,今天这句话就又灵验咧,真理不是在我这个少数人手里吗?试问,柴主任如果没有按照秦局长的意思那么讲,我们的小宝同志能那样讲么?大家请注意,小宝同志说的'小宝想伯伯'在前,柴主任说的'小宝闹得不行,非要让你来'在后,这么一比较,大家凭理而断,是秦局长输了还是我赢了?"

郭强鬼头鬼脑一番话,惹得大家笑弯了腰,秦川笑喘着说:"你小子今天要是不认输,今后再来我们凤凰坪,凉水也不给喝!"

郭强嘻嘻一笑:"非也,非也!秦局长言之大谬也,你来凤凰坪应聘,只是比本人早走一步,你先走,本人随后来,爱国不分先后,创业不分迟早,咱俩迟早要同舟共济，何分彼此呢？"

冯仰山也被郭强的强词夺理惹笑了，摆摆手劝秦川："算了吧老秦，吃一堑，长一智，以后要和郭强打赌，先要录音做公证。"秦川笑道："郭大部长，这次可以放你一马，但有一个条件，这次闹社火闹花灯的录像带，要给我们凤凰坪多留两盘。"

郭强爽快地说："行啊，要几盘给几盘！"他扭回头对周虹说："周虹，回去告诉你们刘台长，多复制一些录像带，每位常委一盘，电视台连续播放一周，把凤凰坪这堆火往旺里烧！"

村上的高音大喇叭响了，传来了李国强的声音："全体村民请注意，全体村民请注意！各家各户门前的彩灯6点半同时点亮，7点钟闹花灯活动准时开始，各负责同志和工作人员，6点半钟到指挥部集中！全体村民请注意……"

周虹爱热闹，高音喇叭刚关闭，她就急不可耐地问俊虎妈："大娘，你们家的灯谜是啥呀？能不能让我先猜猜？"

俊虎妈笑道："不行啊，村上有规定，6点半钟才能点灯呢。"

小宝扬扬得意地说："我也有花灯呢，是妈妈给我做的。"

郭强逗小宝："小宝，你的灯呢？让叔叔阿姨先猜一猜。"

小宝摇头晃脑："谁都不让猜，只让我伯伯一个人猜！"他缠着柴俊虎问："爸爸，伯伯咋还不来？"

柴俊虎说："小宝别闹，你去大门口等着，伯伯马上就到！"

凤凰坪家家户户的大门口，都悬挂着一个灯笼，有圆的，有扁的，有方的，也有上方下扁中间圆的。每个灯笼下面都写有灯谜，奖品也是各式各样的，无论何人猜中都可以到设在灯市的指挥部去领取奖品。

柴二狗是锣鼓队的总指挥，一天下来，累得腰酸腿疼四肢发胀，一回家就呈大字形躺在炕上，虚张声势地哼哼唧唧："哎哟喂，困极咧，花儿花儿快给本丈夫按摩按摩！"

兰花是秧歌队的主力队员，扭呀跳呀地欢腾了一整天，也感到浑身乏困腰腿发酸。她是生平头一回参加这么热闹的活动，刘姥姥进大观园，增长了见识开了眼界，高兴得走路都想唱几句跳几下，从回到家吃过饭洗过碗筷喂过鸡喂过猪直到现在，高兴劲儿还没完全消失。她瞪了柴二狗一眼，娇声娇气地说："鬼哭狼嚎啥呢？你光知道自己累，人家扭呀跳呀地闹腾了一整天就不累？哎哼，腰也酸腿也疼浑身骨头快要散架咧！"说着，她也学着柴二狗的样子，爬上炕呈大字形躺在二狗身边。

柴二狗怪模怪样地说："唉，时代不同了，男的不行了，你不给本丈夫按摩，让本丈夫给你按摩吧！"说着一翻身趴在兰花身上，搂着兰花乱扑腾。张兰花娇喘着骂二狗："你真是条癞皮狗，世上有这号按摩的么？"

柴二狗咬着兰花的耳朵说："还有一种更来劲的按摩法，得把裤子扒掉衣服脱光,摩擦生电,包除百病!"

张兰花推开二狗:"已经5点多钟咧,咱家的灯谜还没制好呢,快起去写灯谜吧,要不6点半就来不及了。"

柴二狗大大咧咧地说:"急啥？不就是一条灯谜么,咱肚子里有的是货,要多少有多少,不是吹牛,前天我一口气就给李老师报了十八条!"

张兰花说:"瞎子趴在牛屁股上咧,尽瞎吹!咱们家的灯谜是啥？"

柴二狗说:"小菜一碟,张口就来,你听好了:远看一座山,近看似牡丹,揭开竹帘子,女子压男子!"

张兰花呸了一口:"流氓话!"

柴二狗说:"咋是流氓话？那是磨呀,从远处看石磨,像不像一座山？推动石磨,从石磨缝中磨出的面粉像不像竹帘？揭开磨盘,上面是锥孔,下面是铁锥,是不是女子压男子？"

张兰花听听也觉有点道理,摇摇头说:"这话太酸,写不到纸上去,另出!"

柴二狗连想也没想,张口就来:"人在人上,肉在肉中。上下抽动,其乐无穷!"

张兰花口中连念了两遍还没猜中谜底,天真地问柴二狗:"怪好听也好记,是啥呀？"

柴二狗今天神气得不可一世,左手执旗,右手捏哨,口哨一响,全场鸦雀无声,红旗一挥,锣鼓声犹如春雷滚动,排山倒海,鼓点的缓急轻重和队形的排列变化,全靠柴二狗手中的小红旗和口中的小银哨决定,令行禁止,严似行军打仗,那么多看热闹的人,谁没有亲眼目睹"柴二官人"的风采？柴二狗出尽了风头露足了脸,直到趴在兰花的肚皮上,那股亢奋劲头仍未减弱,精神饱满斗志昂扬,兰花讨教谜底,柴二狗是正中下怀。他关上门,嬉皮笑脸地说:"花儿,这条谜语不用动脑猜,只要咱俩玩一阵你就明白咧。"说着就动手解张兰花的衣扣。

张兰花推开二狗的手:"你疯啥呀,人家快要累死咧,你还有心穷折腾,晚上吧!"

柴二狗边脱衣服边说:"花儿,这是猜谜活动么,再说夜里闹完花灯我得值夜,咱这革命工作要持之以恒不能间断呀。咱俩少说也有二十多次咧,撒下的种子总不见发芽,我能不着急么？常言说功夫不负有心人,谷子不收年年种,我就不信鼓捣不出个小二狗来!"

张兰花正是怀春年华,又遇上柴二狗这么个货,对那事儿也上了瘾,干柴遇烈火,能扛住如此撩逗么？半哑半聋的婆母早就困得睁不开眼,没有两个小时醒不了,家家户户都忙着制灯谜挂灯笼,根本不会有人前来打扰,干那事儿是个好机会。张兰花很快脱光衣裳,钻进被窝:"谜底是啥？"

柴二狗嬉皮笑脸地趴在兰花身上,一边重复着性交动作,一边喘着气问:"花儿,现在知道谜底了吧？"

张兰花恍然大悟，没等二狗泄欲，猛地把二狗推下肚皮，翻起身用双手摁住二狗："老实说，你以前和哪个臭女人干过坏事？"

柴二狗连声叫屈："没有，真的没有，谁骗你谁是王八蛋生的小王八蛋！"

张兰花还是不相信："没干过坏事，咋能晓得这么个酸谜？"

柴二狗说："那年去城里打工，公共厕所写的到处都是，还有比这更酸的呢，狗蛋和刚娃他们都见过，不信你问问他们。"

张兰花知道二狗说的是真话，松开手嗔骂了句"下流"。柴二狗重新趴上兰花的肚皮，俩人正玩到高潮处，高音喇叭响了，传来了李国强的通知："各位村民请注意，各位村民请注意，县委王书记和刘县长要亲临凤凰坪，参加咱们的闹花灯活动，各家各户一定要统一行动，6点半听到命令同时点灯。柴二狗、李有贵、王萍、白雪莲听到广播，马上组织锣鼓队和秧歌队，7点钟前在柴主任家门前集中，热烈欢迎我们最敬爱的王书记和刘县长！再广播一遍……"

柴二狗一骨碌从兰花身上溜下来，随手抓过张兰花的裤头胡乱擦了几下，一边手忙脚乱地蹬裤子，一边对未婚妻说："花儿，这次不算，明天再补，我先去大妈家，你把灯笼挂好随后就来，灯谜我已请李老师写好咧，在抽屉里放着哩。"说罢便拿起放在炕头上的小红旗和哨子，失急慌忙地一头闯出门去了。

张兰花手脚麻利地收拾了一下，拉开抽屉取出灯谜一看，写着一首诗："莺莺红娘去上香，香头插在案几上，远看好似张秀才，近看却是一和尚"，注明打一字。

张兰花文化水平低，她也懒得动脑筋猜，反正谜底统一放在指挥部，猜中者到李民贤那儿去领奖。兰花不想领奖爱热闹，好容易等到6点半，她把贴好灯谜的红灯点燃挂在门前，拿上扭秧歌用的披带和花束，一溜风似的向柴家大院奔去。

下午6点半刚过，县委书记王志辉和县长刘存义就赶到了凤凰坪。家家户户的红灯同时点亮了，从青龙渡堤坝向下望去，满街满巷和满山遍野到处灯光闪烁，宛若星辰。车从街道驰过，家家门口都聚有三三两两的猜谜者，而更多的人一批又一批向设在草滩的灯市拥去，到处都是人群，到处都是欢声笑语。轿车刚拐进村口，刘存义一眼就望见小宝提着一盏花灯，站在门口仰着小脑袋朝村口张望，县长感到心里热乎乎的，没等车停稳，推开车门跳下去，一把抱起小宝明知故问："小宝，站在门口干啥呢？"

小宝说："小宝等伯伯呢，你咋才来？"

刘存义得意地向王志辉挤挤眼，随着柴俊虎、高秀月、李国强和郭强等人走进柴俊虎住的窑洞，俊虎妈和高秀月张罗着要做饭，王志辉拦住她俩说："大婶过年好！我和刘县长给您老和乡亲们拜年来咧，拜年还能不吃饭？不过我们来前刚吃过，您老别忙活了，等闹完花灯，再让我们尝尝秀月的手艺。"

小宝不管其他，缠住刘存义说："伯伯伯伯快猜灯谜，猜着了有奖呢。"

刘存义接过小宝的小红灯,左看右看赞不绝口。这是高秀月精心为小宝制作的童子灯,灯的形状像个大闹天宫的孙悟空,底座安着小转轴,灯肚中固定着一根蜡烛,点燃蜡烛,灯面随气转动,拿着金箍棒的孙悟空一手搭凉棚,一手挥棒,腾云驾雾追打妖精。小红灯小巧玲珑,灯座上有一块纸片,写着一首儿童灯谜:"麻屋子,红帐子,里边睡个白胖子,猜中奖品一筐子。"

小宝嚷嚷着要刘存义猜,刘存义装模作样地想了想:"小宝,伯伯猜不着啊。"

小宝扬扬得意地说:"伯伯使劲猜,小宝知道是啥,就不给别人说。"

郭强逗小宝:"我猜着咧,是……"

小宝着急了,小脑袋摇得像个拨浪鼓:"不让别人猜,不让别人猜,伯伯伯伯你快猜,不要让别人把奖品拿走了!"

刘存义一拍脑袋:"小宝,伯伯猜着咧,是麻袋。"

小宝嚷嚷着说:"不对不对,不是麻袋,是麻屋子,可好吃了。"

刘存义唉声叹气地说猜不着,大伙儿凑热闹,装腔作势地争着要猜,小宝招架不住了,急忙用手抱着刘存义的头,嘴巴贴着刘存义的耳朵说:"伯伯,是花生!"

刘存义哈哈一笑:"猜中了,猜中了,小宝说是花生!"

小宝大声说:"是伯伯猜着的,是伯伯猜着的!"他扭头跑出窑门,一眨眼的工夫就抱着一小筐花生跑过来:"伯伯,你猜中咧,奖品归你,小宝早就给伯伯藏好了,谁也找不着!"

说是筐子,其实是个玩具,是高秀月用竹片给小宝编织的玩具小竹筐,只能装一斤花生。刘存义好激动,他双手举起小宝,把小宝架在脖子上说:"小宝,咱爷儿俩今天还玩现代马,伯伯架着你闹闹花灯!"

柴俊虎和高秀月要抱小宝下来,小宝不愿下,刘存义不让下,县委书记体谅县长的心情,打着哈哈对柴俊虎和高秀月说:"刘县长有当现代马的瘾呢,好长时间没当现代马咧,不让他过把瘾咋行。小宝抱紧啰,吁驾,开道!"

在一片欢声笑语中,刘存义架着小宝,在大伙儿的簇拥下出了大门,柴二狗、李有贵和王萍早就领着锣鼓队和秧歌队列阵以待,一见县委书记和县长走出大门,柴二狗挥动小旗,锣鼓声暴风骤雨般地响了起来,与此同时,王萍也吹响了哨子,秧歌队踩着鼓点扭起了秧歌,凤凰坪闹花灯的序幕正式拉开了。

闹社火

　　正月十五这天,是个难得的好天气,红日高照,晴空如洗,徐徐清风没有一丝寒意,风和日丽,春意融融,田间地头和满山遍野初绽枝叶的树木草丛,显出一层翠绿。一蓬蓬含苞欲放的野花柳絮,摆首弄姿,把万物复苏的山川大地点缀得妖妖娆娆,斑斑斓斓,到处都飘浮弥漫着淡淡芳香,放眼皆是勃勃生机。

　　三辆大轿车、十多辆中巴轿车和三辆"东风"大卡车,载着凤凰坪六百多名男女老少和一应服装道具,驶出青龙山口,首尾相接,一字长蛇阵浩浩荡荡地沿着108国道,向县城驶去。前导宣传车是用木板包装起来的"东风"大卡车,前面的木牌上打着"西部大开发,韩塬要腾飞,凤凰坪要巨变"和"凤凰坪农工商贸总公司向韩塬人民致敬"两块横幅,车身两边依次挂满凤凰坪养牛基地、大棚蔬菜、苗圃、生产部、狩猎组、瓷器厂以及工艺品加工厂等初创企业的大幅照片和文字说明。四面彩旗迎风飘扬,高音喇叭反复播放录音宣传词,一路鞭炮一路锣鼓一路欢声笑语,招引得四面八方的人群争先恐后地拥往县城。

　　上午9点多钟,车队徐徐驶进县政府前的大广场,依次排放,全体演职人员被安排到县人大的大礼堂。拥有八百多个座位的大礼堂被装扮得焕然一新,开放了暖气,烟茶水果摆满了好几张长桌。舞台上悬挂着写有"热烈欢迎凤凰坪社火演出队进城表演"的横标,从县剧团和韩塬矿务局工人俱乐部借调的五十多名演职人员,协助秧歌队和舞狮队化妆着装,一些从各乡村请来的闹社火老把式,协助扎束上高跷上背跷的儿童。由于在凤凰坪进行了预演,演职人员们驾轻道熟,不长时间便全部装扮就绪。10点钟前,县委书记王志辉和县长刘存义来到大礼堂,大礼堂立即沸腾了,掌声、笑声、寒暄声形成一股热浪。刘存义最关心的是小宝,他挤到被捆扎好的高跷前,一连声地问:"小宝,带子捆紧了没有?疼不疼啊?"

　　小宝可神气了,头戴一顶插着野鸡尾的将军盔,身披锁子连环甲,背上插着四面小靠旗,腰悬宝剑,足蹬战靴,被牢牢地捆扎在高跷上。他一见刘存义就伸开双手,连声喊着:"伯伯,伯伯。"刘存义反复检查了绑带,问谁是小宝的护跷人。

　　凤凰坪共出动了二十台高跷和十副背跷,上跷的演员全是四到六岁的男女儿童,每副高跷都有两个人手持撑杆护跷,小孩子事多,吃喝拉撒打瞌睡没个规律,不但有专职护跷者,还得有家里人跟着,拿着自己孩子爱吃的各种食物随时供应。小宝的护跷人是柴德贵和老教师李民贤,柴德贵理解刘存义的心情,大包大揽地说:"刘县长,你尽管放心,保证万无一失。小宝很聪明,能按大人的意思表演,今天只要你在场,小家伙的心劲儿就更足咧。"

刘存义正在和柴德贵说话,眼睛忽然被人从背后用双手捂住了,他顺手一摸,脱口而出:"山本先生?"

山本太郎松开手嘎嘎大笑:"你的想到的没有?我的闹社火的干活。"

刘存义抓住山本太郎的手说:"哟西!哟西!凤凰坪的贵客,大大的欢迎!"

山本太郎摇头摆手:"说法的不对,我的,凤凰坪主人的有!"

王志辉也挤过来,和山本握手寒暄,柴俊虎对县委书记和县长说:"山本先生去年腊月才回了日本,他晓得闹社火闹花灯的计划,临走时再三叮咛,啥时候进城闹社火,得及时给他发加急电报。我们是正月初五给山本先生发的急电,他昨天就赶到县城,还带来两位日本客商,我把他们安排在宾馆,还没来得及向二位领导报告。"

羽田杏子提着她那台微型录像机走过来,对王志辉和刘存义说:"山本先生把上次介绍的那位佐藤先生和他的秘书铃木小姐请来了,佐藤先生是制作皮货的株式会社大老板,看了我们带回去的录像,对在龙泉沟办养牛基地的事很感兴趣,是受株式会社董事会委托,专程前来考察的。"

王志辉说:"闹社火的时间到了,来不及和佐藤先生见面,晚上我和刘县长在宾馆为日本客人接风洗尘,羽田小姐领着他们看热闹,随便走走,熟悉一下环境。"

羽田杏子点头应诺,又跑到秧歌队里凑热闹,她来不及跟着王萍学秧歌,成了热心观众和特别服务员,跑前跑后帮着化妆、穿衣裳、递道具,啥活都干。她对白雪莲和兰香几个人的"旱船"特别感兴趣,围着小巧玲珑的彩船看不够,问不完。白雪莲握着船杆扭了几下,让羽田杏子跟着扭,羽田杏子高兴得咯咯直笑:"这船咋如此轻巧,好玩极了!"县委常务副书记潘建安,是这次闹社火闹花灯的总指挥,一大早就把常务副县长司马兆奇、宣传部部长郭强、工商局局长孙健恩、公安局局长汪豪强、民政局局长周丙庚以及交警大队长师凯等人,召集到人大二楼的小会议室,按照行政管理划分责任。汪豪强对凤凰坪进城闹社火闹花灯的事格外热心,亲自开着车到处为秧歌队和舞狮队借服装,请教练,自诩为社火队的艺术顾问,潘建安划分了责任,他头一个响应:"公安局共出动警力一百二十人,借调了一百五十名武警维持秩序,已按照地理位置划分了责任区,保证万无一失。"

汪豪强话音未落,王志辉和刘存义、柴俊虎相随着走进会议室,刘存义大声说:"汪豪强,你可别大意失荆州啊!县城从未举行过这么大的群众性活动,天气又这么暖和,你预料今天能来多少人?"

王志辉也郑重其事地说:"刘县长讲得很有道理,万万不可粗心大意,正月初十在凤凰坪闹社火,看热闹的近万人,今天进城闹社火发了通知,贴了海报,又正值春暖花开的踏青游春之际,看热闹的人肯定不会少,绝对不能有任何闪失。"他扭头问潘建安:"老潘,都安排好了吗?"

潘建安回答说:"全都安排好了,10点整准时响铳,从人大门前开始,沿途共设了五处表演场地和休息站:邮电大楼一处,商业大厦一处,黄河大酒店一处,矿务局大楼一处,客运总站一处,最后在体育场集中表演和展销花卉,估计得用五个多小时。"

刘存义问柴俊虎:"俊虎,你再想想,还有啥没有安排到的?"

柴俊虎诚心实意地说:"安排得很周到,衷心感谢县委县政府和各位领导的厚爱和全力支持,我代表凤凰坪全体村民,向各位领导表示衷心感谢!"

汪豪强说:"都是熟人客套啥呢,说几十句谢谢不如请大家再品尝一次野餐!"

潘建安问柴俊虎:"俊虎,准备好了么?"

柴俊虎说:"一切就绪,您下令吧。"

上午10点钟,随着一阵惊天动地的铳声,凤凰坪进城大闹社火的活动正式开始了,噼里啪啦的鞭炮声和咚咚锵锵的锣鼓声骤然间平地而起,春雷滚动,气势磅礴。社火队依序排列,在前导车引导下徐徐拥向街道。

县城街道两旁挤满了密密麻麻的人群,成千上万双目光齐刷刷地射向社火队,跐足跷胫,拥来挤去,平时宽阔的街道忽然显得窄小了。

柴二狗神气得不得了,他把指挥旗交给了李有贵,自己充当了报马的角色。农村闹社火,都继承了传统习俗,所有演员一律身着古装,彩衣快靴,犹如战时临阵交兵之状态。担任报马的人就像马戏丑角那样,骑着高头大马来回奔跑,开道清场察看地形,随时传递各种信息,报马是社火队所有演职人员中,唯一可以自由行动的角儿。柴二狗头戴一顶尖形毡帽,身穿缀有护心镜的青色战袍,画成小丑模样,跨着马蛋送给贾景堂的那匹骓骝马,在街道上跑来跑去,出尽了风头。尽管柴二狗跟着贾景堂掌握了一定的驭马之技,尽管维持秩序的武警竭力拦阻着人群,留下了一条空荡荡的街道,但柴二狗不敢有丝毫大意,他表面上咋咋呼呼地吆五喝六,虚张声势地做着各种动作,但左手却死死扣住缰绳,马鞭高高举起轻轻落下,连给马屁股挠痒痒的力度都达不到。骓骝马是一匹训练有素善解人意的马中之龙,昂首扬鬃,迈着碎步,随着主人的指令时而疾驰,时而漫步,时而昂首"咴咴咴"一阵嘶鸣,好像也在尽心竭力尽到一名演员的职责。

"咚咚锵锵锵,咚咚锵锵锵,咚锵咚锵咚咚锵……"排列为前阵的威风锣鼓队过来了,由百名精壮汉子组成的锣鼓队,龙精虎猛,先声夺人,十杆花铳为前导,十名彪形大汉轮流点燃引信,"轰隆"之声惊天动地;六十面旌旗猎猎飘扬,龙飞凤舞;一面大鼓居中,四面小鼓环列,四十面大鼓,五十副铙钹,二十面铜锣,二十根绕旗,节奏分明,鼓乐喧天,声势雄壮宏伟,观者无不惊心动魄,心动神摇。锣鼓队在人群的夹峙下,踩着鼓点漫步前进,每到一个表演点,便按照方位排定,列阵以待,随着李有贵手中的令旗摆动,百多名壮汉不时变换队形表演《打五元》《庆丰收》《将军令》以及《得胜鼓》等鼓点。百多名精壮汉子人人头戴英雄巾,身着短战裙,足蹬黑面雪底快靴,个个挥臂扭腰,生龙活虎,鼓槌如雨点飞溅,金铙似龙蛇翻腾,势若排山倒海,声浪可传数里之外。

尾随锣鼓队的是包装成花轿形式的宣传车,身披写有"凤凰坪农工商贸总公司"彩带的高秀月、田春燕、柳翠香、田桂芳分站两边,仙女散花似的向人群散发宣传材料。两位大姑娘两位少妇淡扫蛾眉,薄施脂粉,明眸皓齿,面若桃李,满街赞叹之声不绝于耳,人们争先恐后地伸出手,争抢从四名美人手中散发出的宣传材料。

比起气势磅礴的威风锣鼓,秧歌队别有一番风姿:百余名大姑娘小媳妇,人人头插红花,身着红袄绿裤,足蹬白色旅游鞋;个个描眉涂脂,左手执扇,右手执花,随着王萍的哨音,踩着鼓点,甩臂摆臀,不时地变换队形,踩脚、踢腿、扭步、亮势,翩翩起舞。韩塬秧歌融合了一些舞蹈步法和动作,步态潇洒,动作娇媚,刚柔相济,婀娜多姿,比起群体操来更加令人赏心悦目。王萍感到格外自豪,浑身上下有一股使不完的劲儿,在众目睽睽之下,她觉得自己犹如踩着鼓点冲锋陷阵的战士,正在奋勇地向制高点冲去。川妹子坚信不疑,在不久的将来,她一定会在凤凰坪大展宏图的改天换地期间,乘风破浪,再塑辉煌!

白雪莲参加过多次闹社火活动,跑旱船是她的拿手好戏。旱船是用塑料和彩绸制作的花轿式花船,形象逼真而极为轻巧,白雪莲架着花船扭秧歌,李国强的爱人菊菊扮饰划船的老艄公,一顶毡帽三绺白须,双手握桨,踩着鼓点围绕花船扭扭跳跳,不时做些滑稽动作,惹逗得观众不断爆发出一阵笑声。

秧歌队后边是芯子,芯子是闹社火的一项主要内容,分为"抬芯"和"背芯",也称"背高跷"和"抬高跷"。抬芯是一个用木板制作成台面的小舞台,每个抬芯上都是一组为人们所熟悉的戏剧故事,装扮各种戏剧人物的男女儿童,被牢牢系在包装得很巧妙的铁棍上,凌空而立,随着抬芯的向前移动,小演员们衣袖随风飘荡,犹似腾云驾雾空中行走。背芯是一项难度很高的民间艺术,身强力壮的艺人将一根铁棍捆在腰背,铁棍从衣领中伸出,高于头顶一米之多,棍头上系着一名身着剧装的儿童,艺人边走边扭,且舞且唱,并不时故弄玄虚做一些令人一惊一乍的危险动作。抬芯和背芯两边都有手持撑竿的护跷人,此外还有几十名踩高跷的男女青年围着芯子表演,随时随地保护背跷上儿童的安全。

小宝被安排在第一架抬芯上,芯面的故事是三国戏中的《长坂坡》,小宝扮饰赵云,小家伙左顾右盼,毫无怯意,左手叉腰,右手按剑,显得十分神气,惹得县委书记的女儿王倩、县长的女儿刘锦和高宁寸步不离地跟着抬芯转。王倩和刘锦受了两位老爸的感染,也特别喜爱天真活泼的小宝,两人三番五次地央求刘存义,在闹完社火后把小宝留在城里住几天。

舞狮队也是由百狮组成,一百头雄狮欢腾跳跃,搔首弄姿,追逐嬉闹,气氛格外热烈。群狮闹春,头狮闹技。扮演狮子的演员只要腿脚灵活有力气,套上行头,随意欢腾跳跃就行了。而作为头狮的演员，则必需有一定的武功基础，要具备杂技演员的条件。农村闹社火，通常是出高薪聘请县剧团的武功演员，或者有经验的民间艺人扮演头狮和耍狮人。李国强的儿子李小兵上过武术学校，他请来几位武校同学，县剧团派来几名武功演员，加上李小兵共是十人舞狮，耍狮人是凤凰坪学校的体育教师田刚。田刚头戴英雄巾，身扎黄色短靠排纽练功服，足蹬快靴，手捧彩球，周旋于两头大狮和八头小狮之间，闪展腾挪劈叉虎跃翻筋斗，身子异常矫健。李小兵和他的同学陈军合扮一头雄狮，李小兵手撑狮头吐舌摆首，陈军弯腰躬背双手抓住李小兵的双肩紧密配合，时而翻滚，时而跳跃，并不时地挺身直立，把写有"向全县人民致敬"大字的横幅，从狮嘴里吐出来。

比起锣鼓队、秧歌队、芯子和舞狮队来，更引人注目的就数寿星腰鼓队五十多名七十岁以上的老人，无论男女，一律红西服红领带，挎着红色腰鼓，不紧不慢地敲着鼓点缓步慢行，不时按照指挥者的口令，变换队形，变换鼓点。年过古稀的老人经过化妆打扮，人人都显得格外年轻，神采奕奕。俊虎妈也参加了腰鼓队，她硬缠着闹着让高秀月给她买了一面腰鼓，说凤凰坪闹社火是件大事，儿子媳妇孙子全都上阵了，她能落后吗？寿星队的腰鼓敲得不算好，表演也谈不上精彩，但反响最为强烈，人群中不断爆发出热烈持久的掌声欢呼声，人们不住地喊叫："凤凰坪！凤凰坪……"

威风锣鼓

喧嚣热闹的韩塬县城,犹如一座巨大的磁场,吸引着人们从四面八方,一批又一批的拥向县城,宽阔的国道和乡村道路上行人如蚁,车水马龙,公共汽车以前那种争相拉客的现象荡然无存,无论大小客车只要停站,人们就一窝蜂地向里挤,挤得连车门都无法关闭,欢度春节的气氛再度热烈。城里热热闹闹,城外熙熙攘攘,韩塬沸腾了。

下午3点,社火队进入了灯光球场,能容纳三万多人的体育场让捷足先登者抢占了,早已是人满为患,大批观众仍然摩肩接踵地往里挤,公安局局长汪豪强不得不下令"闭门谢客"。展销花卉的计划取消了,改为猜谜有奖,晚上在灯光球场闹花灯,猜中谜底者现场领取一盆花卉。宣传部长郭强和文化局局长冯仰山助了凤凰坪一臂之力,想方设法搜集了六百多盏灯笼和六百多条谜语,凑成了一个整数——一千盏红灯一千条谜语。

闹社火指挥部设在体育场的会议室,潘建安坐镇指挥,有关部局的头头脑脑们川流不息地出出进进,社火活动按照既定方案进行。汪豪强下令关闭大门后,指挥部的电话和几部手机一直没闲着。3点半,秦川打通了刘存义的手机,说他领着两位去凤凰坪参观考察的教授一步来迟,被关在门外。紧接着山本太郎的电话也追过来了,说他和同来的两位日本客人挤不进来,要刘存义为他开路的干活。刘存义忙问潘建安:"老潘,日本客人咋被关在门外?还有秦局长领来的教授也进不来。"

潘建安诧异地说:"日本客人没进来?我让宾馆接待处处长陈敏和县委办公室副主任苏宏陪着他们,场子里设有贵宾席,咋能没进场?秦局长提前没打招呼,我不晓得他那儿还有两位重要客人。"

王志辉说:"热闹处翻了油糕锅,热闹上加热闹,亡羊补牢吧,让汪豪强想方设法赶快把客人请进来!"汪豪强很快来到指挥部,听说还有几位重要客人没有进场,不由得叫苦不迭:"我的娘耶,外面那么多人敢开门么?再说人海茫茫到哪儿去找秦局长和山本先生呀?"

刘存义没好气地说:"这比大海捞针般的侦破案件还难?再有十几分钟就开始表演,十分钟里几位客人进不来,别怪我挥泪斩马谡!"

重压出油,情急智生,汪豪强被县长这么一激,倒激出办法来了,他冲着几位上司嘿嘿一笑,扭头走出指挥部。潘建安松了口气,取笑刘存义:"你的徒弟一定能出奇制胜!"

汪豪强下令打开大门,让二十多名武警战士分两行把住门口,他手提一架音频很大的电喇叭大声喊道:"紧急通知,为了保证安全,凡是没来得及进场的乡亲们赶快回家,公共汽车数量有限,不要误了时间!各位值勤干警立即分头疏散群众,全力保证群众安全,林牧局秦局长和接待处陈处长,赶快进场参加会议!"

汪豪强这一招果然见效,人们互相呼唤着开始疏散,秦川领着两位客人就在人群中,随即被送进大门。不大一会儿,山本太郎、左滕义雄和铃木芳子,也随着汪豪强来到指挥部。汪豪强十分得意地对县长说:"全面完成任务,总共用了六分钟!"

秦川领来的两位客人,一位叫林森,是西北农学院的教授,一位叫石磊,原为省林业厅设计处处长,都是刚退下来不久的老干部。为了请林森和石磊出山,秦川使出了浑身解数,刘备三请诸葛亮,他是六请林森和石磊,正月十四一大早就驱车再奔西安,死磨硬缠地把林森和石磊拉到韩塬。刘备三顾茅庐请诸葛亮出山,诸葛亮呕心沥血辅佐刘备建基四川,和曹操、孙权形成了三足鼎立之势。秦川六请林森和石磊,林森和石磊发挥余热,竭心尽力辅佐柴俊虎创业,用满腔热情和实际行动,为凤凰坪农工商贸总公司的蓬勃发展,起到了"一言兴邦"的巨大作用。

佐滕义雄是日本国奈良市一个名为"义协皮革株式会社"的总裁,是一个事业有成的企业家,在日本小有名气。他在山本太郎和羽田杏子的鼓动下,抱着半信半疑的态度来凤凰坪参观考察,没出三天便萌动了在凤凰坪投资办企业的念头。后来,他和山本太郎投资联营的服装公司,成了凤凰坪农工商贸总公司的一个骨干企业,在凤凰坪的发展史上留下了光辉的一页。

秦川把林森和石磊向几位领导和柴俊虎做了介绍,刘存义拉着林森和石磊的手笑道:"两位远道而来共谋创业大计,没有受到热诚欢迎,却吃了闭门羹,真是罪莫大焉!"

林森风趣而健谈,笑吟吟地说:"吕蒙正赶考屡屡空手而归,后来不是中了状元成了一代名相么?我们是来应聘赶考的,赶考哪能一路绿灯一帆风顺,不历经磨难取不来真经,我们俩是有备而来,不怕吃闭门羹。"

山本太郎一头撞进指挥部,刚好听到了林森的话,莫名其妙地问:"羹的有?米西米西的干活?"

刘存义哈哈大笑:"闭门羹,你的不是米西米西过了么?"

山本太郎听不明白,连珠炮似的说:"社火的干活,热闹的看,羹的不要!"

山本太郎的话大伙儿都听明白了,他要看热闹不要吃羹,潘建安笑得直冒泪花,问接待处处长陈敏为啥没有提前进场,初通日语的陈敏说:"羽田小姐爬上宣传车散发材料去了,山本先生领着佐滕先生和铃木小姐,追逐着社火队看热闹,拦都拦不住。社火队进场时,他一定要请佐滕先生和铃木小姐品尝羊肉饸饹和凉皮,所以耽搁了进场时间。"

山本太郎操着半生不熟的中国话直嚷嚷,王志辉拉着山本的手说:"你的,中国话的不行,我的,日本话的不行,羽田离开的不行。"

陈敏充当翻译,结结巴巴比画着向山本太郎、佐滕义雄和铃木芳子翻译了王志辉的话,乐得几位日本客人哈哈大笑。柴俊虎把羽田杏子请到指挥部,一切都迎刃而解了。柴俊虎以东道主的身份向客人们敬烟敬茶,一再表示热烈欢迎各位贵客光临。山本太郎性急,不抽烟也不喝茶,嚷嚷着要去看热闹,王志辉、刘存义、潘建安和柴俊虎交换了一下意见,陪同客人们来到灯光球场,招呼客人在贵宾席落座。

下午4时,表演开始,潘建安代表县委、县政府作了简明扼要的讲话:"在党的十五大精神鼓舞下,凤凰坪村成立了农工商贸总公司,为我县进一步搞好体制改革树立了一面旗帜。今天,凤凰坪农工商贸总公司以全民性闹社火的形式进城演出,第一次公开亮相,第一次同全县人民见面。社火队的精彩表演,集中体现了凤凰坪全体村民焕然一新的精神面貌。震撼人心的威风锣鼓,是凤凰坪人迈向新世纪的进军鼓,是凤凰坪人跨入改天换地行动的冲锋号。我们坚信,凤凰坪的事业一定能够走向辉煌,一定能够取得全面胜利。县委、县政府在预祝凤凰坪农工商贸总公司旗开得胜、马到功成的同时,希望全县人民积极行动起来,乘着西部大开发的浩荡东风,迅速掀起一个学习凤凰坪、赶上凤凰坪的改革热潮,为富韩兴民做出最大的贡献!"

铺天盖地的掌声犹似春雷滚动,群情激奋,万众欢腾,凤凰坪进城闹社火的预期效果,比原来设想的要好得多。柴俊虎触景生情,一个宏伟的发展蓝图在他的脑海中更加成熟,更加完善。在体育场表演,比起街道来要宽敞多了,演职人员受热烈气氛的鼓舞,人人意气风发,个个斗志昂扬,虽然欢腾舞闹了五个多小时,仍然是方兴未艾,斗志犹酣。柴俊虎审时度势,召集各组负责人开了个碰头会,制定了一个"快速、集中"的表演方案,要求所有节目在一个小时内全部结束。调整演出的方案得到了王志辉、刘存义和潘建安的首肯,潘建安一声令下,万头攒动的体育场又一次沸腾了。

柴二狗是个爱出风头的角儿,在众目睽睽下跨马游街,没有车辆行人障碍,没有红绿灯限制,想快就快,想慢就慢,比起电影电视小人书中那些骑马夸官的新科状元和前呼后拥的官老爷们,更要神气十分。他打心眼里感激贾景堂从甘肃带回了这匹非常神骏的马中之龙,暗自庆幸学会了驭马之技。社火队在体育场上集中表演,跟在舞台上表演能差多少?柴二狗蓦然升起一股大明星的豪气:马季赵炎能跨着高头大马说相声?赵本山、宋丹丹的小品演得再好,能比跨马表演更风光么?

跑马表演是开场节目,柴俊虎只给了五分钟时间,也就是绕体育场跑两圈的工夫,柴二狗欣然领命,随着第一声铳响,他双腿轻叩马肚,扬手一鞭,骅骝马昂首一声长嘶,扬蹄奋鬃,只听嘚嘚嘚一阵马蹄声响,马背上忽然没了人影,柴二狗卖弄神通,玩了一手出人意料的镫里藏身,吓得张兰花差点惊叫起来,柴俊虎也是心中一阵狂跳。只有贾景堂心中有数,只有他清楚柴二狗为了学会骑马吃了多少苦头。策马急驰了一阵,马速忽然减慢了,柴二狗把马靠近观众,从怀中取出一叠宣传材料,散发给前几排观众,口中不住喊道:"奉命送书信,各位多费心,贵口能生金,转告众乡亲!"这个活宝随机应变,以这种独特的形式代替高秀月她们散发了剩余的宣传材料,因为集中表演,宣传车无法进入体育场。

锣鼓队以大鼓为中心,迅速排列成品字形阵势,那面由四名鼓手同时挥槌的"抬鼓"为龙头,其他锣鼓铙钹依次环列,二十杆花铳分布两边,李有贵挥动指挥旗,二十杆花铳同时点燃火捻,随着"轰隆""轰隆"的巨响,锣鼓铙钹暴风骤雨般急鸣,天摇地动,万人惊心。李有贵将高举的令旗往下一甩,锣鼓声骤然而止,全场突然一片寂静,鸦雀无声,静得能听见人群中的咳嗽声。俄顷,随着令旗的挥动,锣鼓队重新排列,又敲打着新的鼓点变换了队形。

在观看社火表演的过程中,通过察言观色,柴俊虎和几位客人彼此都有了初步认识。知性者同乐,将要一起共创大业,焉有互不了解之理?林森教授博学多识而且健谈,他被热烈的社火气氛感染了,情难自抑地对石磊和秦川高谈阔论:"这种锣鼓叫威风锣鼓,起源于春秋战国,盛行于隋末唐初,最早是两军交战用于助阵。唐太宗李世民当秦王的时候,在军中组建了一支上百人的锣鼓队,对阵时击鼓助威,得胜后击鼓助兴,经过不断改进,逐渐形成一种表演形式,流传盛行于民间,成为歌舞升平太平年间庆丰收过节日闹社火的专用节目。"

石磊点首赞同:"是有这么个说法,威风锣鼓盛行于山西和陕西,因为山西太原是唐高祖李渊的封地,陕西长安是唐王朝的京都。我看过一部野史,说在唐太宗李世民的'贞观之治'年代,山西和陕西几乎每个村社都有锣鼓队,逢年过节庆丰收闹社火成了风气。"

山本太郎和佐滕义雄听了羽田杏子的翻译,异口同声赞叹说,中国传统文化太伟大了,都显得格外亢奋格外激动。王志辉晓得凤凰坪招来了几位不同寻常的人物,柴俊虎麾下很可能要增添几员谋士和战将,他要借此机会让客人们对柴俊虎有个初步认识,便大声问和他隔着两个座位的柴俊虎:"俊虎,听潘书记讲,你改变了展销花卉苗木的计划,为啥?"

柴俊虎应声答道:"我们凤凰坪今天是头一回亮相和全县人民见面,没想到人民群众如此热情,我们几个人商量了一下,决定取消展销计划,改为猜谜有奖活动的赠品,我们不想让人民群众把凤凰坪农工商贸总公司看成是唯利是图的公司。"

王志辉借题发挥:"这么一来,你们得白白损失几万块钱呢。"

柴俊虎爽朗地说:"我们觉得几万元比起人民群众的信任感,是微不足道的区区小数目,人民群众的信任和支持是千金难买的!"

短短几句话,体现了一个博大的胸怀,林森、石磊和几位日本客人,对凤凰坪的领头人不得不刮目相看。

气势磅礴而又热烈精彩的社火表演,引起了全场观众一次又一次的热烈鼓掌和欢呼,直到最后一个节目寿星腰鼓队退场后,观众仍然久久不肯离去,欢呼呐喊声不绝于耳。潘建安手持话筒大声宣布:"社火表演到此结束,晚上7点闹花灯活动准时进行。"

初春的下午5时多,已是暮色苍茫的傍晚时分了,距县城较远的人们呼朋唤友,一批又一批地向车站拥去。为了方便群众,根据县政府的统一部署安排,全县所有大中小型公共汽车一律加班加点,夜间12点以前不能收车,几个大厂矿平常接送职工上下班的大轿车,也被统一调配输送群众。柴俊虎和田根年、李国强、秦川以及王萍等人商量了一下,决定除锣鼓队和少数工作人员外,其他群众返回凤凰坪,并很快确定了工作人员名单。

王志辉和刘存义决定设宴招待林森、石磊和几位日本客人,正在商议确定陪宴人员,王倩和刘锦跑过来,要王志辉和刘存义把小宝留在县城住几天。王志辉摇头摆手地说:"我可没那么大的面子,小家伙才不听我的呢,他心目中只有他刘伯伯。"

刘锦对爸爸说过几次了,刘存义总是不吭不哈不表态,她情急智生来了个激将法:"我爸尽吹牛,小宝能听他的?没门!"

刘存义果然上了套:"啥?小宝能不听我的?简直是开国际玩笑!"他走到正准备出场乘车返回的社火队中,找到俊虎妈和高秀月:"小宝呢?让他留在我家住几天,舍得么?"

俊虎妈爽气地说:"小宝住在你家和回家有啥区别,咋舍不得,秀月你说呢?"

高秀月说:"小宝淘气得很,会影响你休息和工作的。"

正在此时,柴二狗架着小宝从厕所出来了,刘存义接过小宝:"小宝不走咧,到伯伯家玩几天行不?"

小宝歪过小脑袋,瞅瞅高秀月再瞅瞅奶奶,见妈妈和奶奶笑嘻嘻地点着头,高兴得搂住刘存义的脖子撒娇,刘存义架着小宝走回贵宾席前,扬扬得意地对刘锦和王倩说:"咋样?你俩问问小宝跟谁亲?"王倩和刘锦欢天喜地地抱着小宝走了,郭强和冯仰山、周丙庚领着凤凰坪留下来的工作人员去招待所吃饭休息,王志辉和刘存义、柴俊虎、潘建安、司马兆奇、秦川、孙健恩陪同林森、石磊以及几位日本客人去了县宾馆。此后,欢度春节闹社火闹花灯的狂欢过去了,凤凰坪农工商贸总公司改天换地的事业上了新台阶,一个跨世纪的创业战鼓擂响了,冲锋号吹响了,青龙渡又一次沸腾了!

家有梧桐落凤凰

热闹喧腾了半个多月的山庄,忽然间静下来了。春日照射下的凤凰坪一片寂静,家家户户门前的花灯和对联依然显亮夺目,充满喜庆祥和之气,只是街头巷尾少有人影,连炊烟也少了许多。人们狂欢尽兴闹腾了好长时间,人困马乏,是该好好休息两天了。

县委、县政府那两辆红色桑塔纳轿车又一次驶进了凤凰坪,常务副县长司马兆奇和工商局局长孙健恩,奉命陪同几位客人前来参观考察。经过观看社火和初步交谈,林森、石磊以及佐滕义雄和铃木芳子,对凤凰坪人的精神面貌和凤凰坪的事业有了初步认识,尤其是对柴俊虎发生了浓厚的兴趣。秦川和山本太郎了解柴俊虎的一切,林森、石磊、佐滕义雄自然也知道了柴俊虎的为人。无论一国、一省、一县、一村或者一个部门一个企业的兴衰强弱,全在于当家做主的领头人。俗话说"大海航行靠舵手",在浩浩淼淼风恶浪险的大海航行中,没有好舵手能顺利地到达彼岸么?一天一夜之间的短暂接触,几位客人竟很快达成了一个共识——柴俊虎是一位难得的好舵手!

按照常规,柴俊虎的家成了接待上边来客的接待站。村委会没有厨房没有接待室,以前上边来了人吃派饭,下乡蹲点和搞调查研究的则是住在条件比较好的家户。体制改革后,除过长期蹲点或搞调查的工作组另起炉灶外,一般来客都是由村长或支书临时接待。山里人实诚好客,管吃管住烟茶招待,从来没有人争长论短慢待客人的。柴俊虎一身兼三职,是凤凰坪的领头人,加之家里条件较好,成了理所当然的招待所。

佐滕义雄和铃木芳子是头一回到中国的农家做客,充满了好奇。宽敞的院落,幽雅的环境和宽大的土炕,比起日本农村窄狭的院落和榻榻米来,要好多了。山本太郎是柴俊虎家的常客,主动向佐滕和铃木介绍柴俊虎家中的一切,反客为主的为其他人递烟倒茶,并和高秀月开玩笑:"你的,我的,拜年的干活!"

高秀月咯咯咯地笑道:"正月十五贴门神,晚了半个月咧。"

羽田杏子翻译了高秀月的话,佐滕义雄和铃木芳子放声大笑,气氛十分活跃。秦川的辞职申请已获批准,王志辉和刘存义说要挑一个日子,给他举行一个有一定规模的欢送会,加上有林森和石磊同来凤凰坪,秦川的情绪格外高涨,也和高秀月开玩笑凑趣:"秀月啊,大年初一我在家里喝过酒,到今天已有半个多月没有闻到酒香咧,有些馋酒,啥时候请我喝喜酒呀!"

高秀月瞅了柴俊虎一眼,大大方方地说:"你啥时成了凤凰坪的村民,我们就啥时请你喝喜酒。"

秦川自以为逮住了理:"好,咱俩打个赌,要是我把户口迁来,喝不上喜酒咋办?"

高秀月说:"输给你一条好烟一瓶好酒。"

秦川兴高采烈地说:"一言为定,我赢咧!"

高秀月笑了笑:"不一定。"

秦川颇为得意地说:"请在座诸位做证,我一个月之内办好落户手续。"

人多水不够用,一轮茶水下来,暖瓶已是空空如也了,高秀月忙着去厨房灌热水,秦川扬扬得意:"赢咧,我赢咧,到时候我请大家分享胜利果实,好烟好酒人人有份。"

俊虎妈笑道:"秦局长,你输咧,俊虎和秀月定在二月初二办喜事,满打满算也只有半个月的时间。"

秦川怔了一下:"真的?"

司马兆奇也十分诧异地问柴俊虎:"你要结婚?我咋不晓得?王书记和刘县长知道么?"

柴俊虎有些抱歉:"我没有对任何人讲,王书记和刘县长也不知道。"

司马兆奇有些不满:"就是移风易俗新事新办,也得打个招呼发两颗喜糖呀,咋能不吭不哈的,看不起人咋的?"

刚提水进门的高秀月笑着解释:"司马县长不了解情况,不要扣大帽子呀。是这么回事,村上有好几家原计划正月办喜事,因为我们忙着排练社火,还要赶制花灯、花卉和服装道具什么的,实在腾不出时间。俊虎给大家做了思想工作,答应二月初二由我俩带头,集体举行婚礼,请柬一般都是办喜事前两三天送,哪能提前到处张扬呢?"

孙健恩问:"为啥放在二月初二?"

俊虎妈说:"二月初二龙抬头,都说这天结婚的人,能和和美美地过一辈子。"

司马兆奇哈哈大笑:"大婶呀,怪不得我和我爱人经常抬杠打嘴仗,原来是结婚的日子没挑对,多亏您老指点,我回去和爱人商量商量,二月初二也来凤凰坪凑份热闹,重新结一回婚,图个后半辈子和和美美。"

司马兆奇四十岁出头,当过律师,为人直爽随和,爱说爱笑,人缘极好。他爱人梅月兰在工商局办照科工作,是孙健恩的部属,孙健恩自然晓得司马兆奇是个怕老婆的角儿,故作一本正经地出了司马兆奇一个洋相:"这是一件大好事,我回去一定把司马县长的话,原原本本一字不漏向梅月兰女士进行传达。"

司马兆奇摇头摆手地说:"别别别,你可千万不要给我捅娄子,要是夫人一怒之下把我赶出门外,我天天上你家吃饭去!"

大伙儿乐不可支,秦川对凤凰坪的啥事都很关注,问柴俊虎:"还有这么个风俗?"

柴俊虎说:"是有这么个习俗,传说宋辽军争战期间,辽军的大本营扎在龙泉沟,青龙川大一点的村庄都住有辽军。有一年二月初二,萧太后的一位公主搭彩楼飘彩招亲,选中了一位才貌双全的驸马郎,两人在龙泉沟恩恩爱爱生活了好多年,此后就流传下来这么个习俗。"

中午饭自然是在柴俊虎家,白雪莲成了凤凰坪招待来客的专职厨师,在高秀月和王萍的协助下,再一次烹炒调拌大显神通。柴二狗爱热闹,带着还没有回张家坪的张兰花前来帮忙,还叫来田春燕和柳翠香当临时服务员。田根年、李国强和牛建明作为领导成员,自然要陪客人进餐并参加座谈。牛建明对柴家总是承担接待的义务很觉过意不去,又一次向田根年和李国强提起,李国强说老支书早就打过招呼,要他把柴家招待来客的次数和人数都记下来,找机会予以补偿,不能让柴家太吃亏。这件事自然不能对柴俊虎讲,反正时间不会很长,凤凰坪得有专门接待应聘人员和下乡干部的招待所。

午餐很丰盛,气氛很热烈。白雪莲的拿手好菜红烧肉和爆炒羊肉,得到了见过大世面的林森和石磊出自内心的赞叹。做菜讲究色、味、形,白雪莲烧的红烧肉为长方形,大小均匀,色泽鲜亮,红中透焦,肥而不腻,十分爽口。爆炒羊肉是一道野味,是用野羊肉做的,野羊与山羊和绵羊的肉质不同,多了一份粗韧,少了一份膻腥,白雪莲做的爆炒羊肉色泽鲜亮,耐嚼有味。石磊说这两样菜,比他去过的任何餐厅都要好得多。压轴戏自然是川妹子王萍做的麻辣汤,客人们先是望着红得瘆人的汤汁,嗞嗞嗞地吸冷气,慢慢品尝几小口后,便一勺接着一勺往口里灌,人人嘴角冒油,个个头冒热气。平生头一回品尝麻辣汤的佐滕义雄和铃木芳子,一边品尝一边赞不绝口:"哟西!哟西!"

小宝不在家,少了一份欢乐,山本太郎十分惋惜地嚷嚷:"小宝的不在,地道战的不能玩,没有八路军的干活!"

石磊是长期搞行政工作的政府官员,习惯于用政治目光去观察人和事。他在上边待的时间多,下到基层的时间少,说话干事远不如基层干部那么直爽。他想起了一件事,斟词酌句地说:"柴主任,凤凰坪的社火和花灯够档次,达到了进省城的水平,那辆宣传车包装得也别具一格,看了车两边的大幅照片,就能对凤凰坪的情况有个大概了解。昨天晚上在县宾馆吃饭,你对王书记和刘县长说,有一幅照片不合法不应该往外挂,是啥意思?"

柴俊虎说:"我是针对狩猎组那幅图片而言,看热闹的人群中,有不少人问我和老支书,凤凰坪的狩猎组有没有虎骨豹骨?有没有麝香?还有好几家餐厅老板追着缠着,问能不能长期向他们供应野味,争着要和我们签订协议。这些事引起了我的警觉,联系到野生动物保护法,我觉得我们成立狩猎组不合法。听刘县长讲,县上计划下发一个严禁捕猎野生动物的文件,认真贯彻执行野生动物保护法。我在报纸上看到过报道,一些靠近林区的村庄,常有虎豹出没,村民只是敲锣打鼓放鞭炮,把它们吓跑就行,虎豹伤害了家畜,当地乡政府和村委会照价赔偿。他们都是依法办事,想方设法保护生态平衡,而我们却堂而皇之地成立了狩猎组,这是明显的违法行为么。"

田根年深有同感:"近几年,飞禽走兽明显地越来越少咧。我小时候,常常听见豹子、野狼和狐狸进村偷叼猪羊鸡鸭的事,也常常见到野狼、野猪、野兔和猴子。那时候的鸟雀,多得根本无法数清,树上、房屋上和空中,一整天到处都是鸟雀,从早到晚都是叽叽喳喳的鸟叫声,多热闹啊。可现在呢,常年四季也很难见到黄羊和野狼,好几年没有听见狼嚎豹啸,各种鸟雀也是稀稀拉拉的没有多少咧,尤其是城里,一整天可能见不到几只飞鸟吧?"

司马兆奇点头应道:"是的,在城里很少见到成群结队的鸟雀。人袭鸟类,虫类袭人,这几年光治虫就花了多少人力财力啊!保护生态平衡,也是保护人类自己啊!"

石磊十分钦佩地冲着柴俊虎点点头,嘴角显出一丝笑意。从改销售花卉为赠送礼品和自觉维护野生动物法这两件事来看,石磊觉得柴俊虎确有过人之处,至于能否让他心甘情愿地俯首称臣,还要进一步深入考察了解,三思而行,行必有方,自己毕竟是担任过多年处级领导的老干部啊。

酒足饭饱,司马兆奇问柴俊虎:"下一个节目是啥?是不是由你给几位客人介绍一下凤凰坪农工商贸总公司的基本情况?"

柴俊虎稍加思考后说:"我的意见是让客人们先到处走一走,看一看,边走边看边介绍,最后坐下来由大家提问,我和其他有关同志解答,这样能使客人们心中有数,不受先入为主的干扰,您说呢?"

孙健恩连声称好:"这样很好很实在,既然是考察,就要揭起皮毛看骨头,摸个清看个透。这和出嫁姑娘是一个道理,一辈子的终身大事能含糊么?"

秦川意气风发地说:"大家都晓得你孙局长是个实话实说的人,我认为你这个比喻很实在很生动,我就是经过反复考察反复思考,才选定了凤凰坪农工商贸总公司这个婆家。有人说我犯傻是个二百五,有人说我是赶时髦,想出风头想上电视想上报想当新闻人物,说啥的都有。我不管别人怎么说怎么看,该咋办就咋办,人各有志么。世上就有很多这号人,无论谁率先想干个啥事,总要有枣三杆子,没枣也是三杆子的评头论足妄加评论,等到人家成功了,他们还是振振有词:当初我就晓得那是一条成功之道,只是没来得及走罢了!"

司马兆奇说:"有这么一个有两样说法的笑话:一个国王想选一个勇敢的青年当驸马,就在鳄鱼池的对面搭了一个彩楼,当众承诺,哪个青年能游过去,就能娶到美若天仙的公主为妻,高官任当,骏马任骑。鳄鱼池边挤了好几百名青年,都想当驸马,可谁都不敢跳进凶险无比的鳄鱼池,只是七嘴八舌议论纷纷,夸夸其谈。忽然'扑通'一声,一个青年跳入池中,手脚乱蹬拼命向彼岸游去,没费什么周折很快就上了岸。国王和公主高兴万分,一人拉着青年的一只手,争着问他哪来的这般勇气?青年愣了好一阵才缓过神,忽然冲着对岸叫骂:'是哪个王八蛋把我推下了鳄鱼池'?"

　　人们哈哈大笑,柴二狗忙不迭地问道:"司马县长,另外一种说法是啥?"

　　司马兆奇说:"另外一种说法大同小异,说国王宣布了承诺后,所有的青年都是评头品足各抒己见,没有一个人敢跳进鳄鱼池。过午以后,一个年轻的猎人从此路过,问明情况,二话没说就跳进鳄鱼池向对岸游去,很快就上了岸。直到他得到了美若天仙的公主,当上了驸马爷,那群青年还在那儿评头品足议论不休。"

　　这两个故事很有寓意,耐人寻味,孙健恩深有感触地对秦川说:"秦局长,你就像那位勇敢的猎人,不说空话办实事,务实不务虚,这一点我远不如你,我就像岸上那么多青年一样,只会夸夸其谈而没有勇气跳进鳄鱼池。不过,每个人的情况不一样,你秦局长在搞畜牧方面是行家里手,在凤凰坪大有用武之地。我呢,目前只能尽力干好工商,凤凰坪又没有工商管理部门,你说我来应聘能干了啥?过几年时过境迁,说不定我也得来凤凰坪应聘,不过到那时就今非昔比了,不晓得俊虎要不要我呢!"

　　柴俊虎客气地说:"孙局长言重咧,凤凰坪的大门始终敞开着,欢迎一切有识之士前来共创大业,我们的口号是:筑巢引凤,广纳人才,聘请专家,培养人才。号称中国第一村的大邱庄有一句名言:拿着放大镜找人才,人人都是才,我认为这话有道理,每个人都有他的长处,再能的人也有他的短处,尺有所短,寸有所长么。对有长处的人因材施教,发挥其长,扬长避短,每个人都能成为有用之才,我们渴望得到一大批人才,当然也包括能运筹帷幄,决胜于千里之外的指挥人才。韩塬有很多部局长都很有才干,总不能要求他们都来凤凰坪应聘吧?有些人人不在凤凰坪,但心在凤凰坪,比如孙局长吧,热心指导协助我们办营业执照,亲自为我们选择经营场地,在龙泉沟那次常委扩大会上,详细介绍了刘庄创办龙头企业的经验,为我们公司命名,到处为我们搜集人才,还有这次进城闹社火,跑前跑后出的力气不比我们少。所有这些,我们凤凰坪人心里都有一本账,都忘不了所有关心凤凰坪事业的好人!"

　　柴俊虎一番出自肺腑的话,令孙健恩大为感动。平时很少动感情的人,眼眶里竟涌上了一层泪水。羽田杏子一字不漏地翻译了柴俊虎的话,山本太郎心中有数,佐藤义雄和铃木芳子颇感惊奇,像看外星人似的紧紧盯着柴俊虎,嘴巴张成了O型。

　　秦川十分得意地瞅瞅这个,望望那个,左手拉着右手手指,拉得手指关节啪啪作响。司马兆奇问柴俊虎:"俊虎,听刘县长说你有两大策略,除用人外,另外一个是啥?"

柴俊虎说:"也不算是啥策略,只是一种设想。无论哪个企业,都有它的发展计划和经营方式,凤凰坪农工商贸总公司除过苗圃、大棚菜、陶瓷厂、生产组、工艺厂和龙泉沟的养牛基地初露头角之外,其他企业还是只有个地点、有个名称和负责人的空架子,是名副其实的白手起家。每个企业的兴盛存亡,全由产品决定,我们的策略是:锁定一个产品,发展一个企业,带动一个产业,创造一片辉煌!"

　　俊虎话音刚落,孙健恩连声叫好:"好啊,凤凰坪有这么两件法宝,用不了多长时间,一定能跻身中国大村的行列!俊虎,能不能也给我一个顾问的封号?"

　　在座的人都笑了,司马兆奇看看表说:"快两点咧,该行动了,俊虎,先去哪儿?"

　　柴俊虎说:"先看现成的,由近及远,从苗圃开始吧。"

　　过了正月十五,离"惊蛰"只有三两天的时间,到了"蛤蟆跳出泥"的"九九"季节。这年春早,天气出奇地暖,春光明媚,万物复苏,山峰丛林背阴处残留着斑斑驳驳的积雪,好像一片片夹杂在绿茵中的洁白花朵,点缀得山川丛林别有一番景致。

　　枝叶初绽的苗圃里,郁郁葱葱的枝叶随风摆动,翻起一层层泛着金光的绿浪。被人们誉为"四季花"的月季,大都长出了小小的粉色蓓蕾,已有不少蜜蜂和蝴蝶围绕着花丛飞舞盘旋。苗圃深处不时传来一阵阵欢声笑语,李云杰和田春山领着一帮青年,正在逐块施肥灌溉。司马兆奇问道:"这么早就春灌?"

　　柴俊虎说:"我们和绿化局签有合同,今春供应两万多棵乔木和二十万株灌木,离植树节只有十多天咧,起苗前的施肥灌溉很重要。"

　　秦川向几位客人介绍说:"这些苗木花卉是我们凤凰坪第一批供销产品,俊虎说从一开始就要树立良好的售后服务观念,并制订了很多跟踪服务措施。"

　　司马兆奇逗秦川:"大家听听,秦局长还没有在凤凰坪正式落户,开口闭口就是'我们凤凰坪',和我们已是楚河汉界,泾渭分明了。"

　　柴俊虎说:"秦局长是凤凰坪事业的创始人之一,从在龙泉沟策划养牛基地一开始就参与咧。父老乡亲们没有把秦局长当外人看,闹社火闹花灯都有他一份呢。"

　　孙健恩对售后服务很欣赏:"售后服务的具体措施是什么?"

　　李国强说:"售后跟踪服务是宗旨,俊虎三番五次强调以信为本开拓市场之道,并把跟踪服务写进了公司章程,明确指定由老支书和牛建明同志分管。老支书是总公司监事会主任,建明是董事会成员。"

　　田根年和牛建明分别谈了自己的认识和决心,孙健恩颇为感慨地说:"这几年假冒伪劣产品把人们坑害苦咧,售后跟踪服务这一招很高明,如果所有经销部门都能如此,王海现象也就没有必要再存在了。"

　　司马兆奇点头赞同:"在发展中求信誉,在信誉中求发展,是一条含有辩证法的营销方式,尤其是在市场竞争十分激烈的情况下,这种跟踪服务无疑是一招妙棋,这次供给县上的苗木花卉都有啥品种?"

柴俊虎回答:"分乔木和灌木两种,乔木以桐树和槐树为主,只有两万株。灌木以桑叶梅和冬青为主,数量比较大。花卉的品种很多,目前有八十多个品种,比较大众化的是月季、牡丹和玫瑰,比较名贵的有十多种。"

林森教授喜爱养花育草也很内行,走进花丛中仔细观察,不时地嗅花朵花蕾,抓起一把泥土看看湿度。他对桑叶梅特别赞赏:"桑叶梅是一种好花木,花朵红艳,叶绿枝繁,红花配绿叶,既有乔木的挺拔,又有灌木的葱郁,确是一种绿化环境的理想花卉。"

几位日本客人看来也很喜爱花卉,唔里哇啦地热烈交谈,不时发出欢乐的笑声,兴致极高。接下来要去看大棚菜,大棚菜距苗圃不远,转过青龙渡堤坝前的山崞就是。李云杰是分管苗圃、大棚菜和果园的副总经理,也是副村长,柴俊虎喊他过来和客人们认识。司马兆奇介绍了李云杰舍己救人的英雄事迹,客人们对这位失去右手的年轻人肃然起敬,佐滕义雄激动得握住李云杰的假肢哇哇直嚷,羽田杏子翻译:"佐滕先生说李先生是位了不起的男子汉,说日本的医疗条件比韩塬好一些,有机会他要带李先生去日本治疗。"

比起外界来,大棚蔬菜内另是一番天地,虽然春节前经过采摘,但由于水肥充足温度适宜,第二茬蔬菜瓜豆很快又蓬蓬勃勃地长出来了,并且比第一茬更繁茂,色泽更加鲜亮。黄瓜又长又壮,青翠欲滴;茄子紫中泛白,个肥体胖;西红柿润鲜光洁,红得发亮。豆角、辣椒、韭菜、白菜、芹菜、香菜、香椿以及冬瓜、南瓜、土豆等各种瓜类蔬菜,琳琅满目,一片青翠,令人颇感清新。

大棚里很快就热闹起来了,客人们穿行在黄瓜架下和西红柿架丛中,人人都有一种回归大自然的亢奋,任意选食黄瓜和西红柿,没有一个人去用水清洗,都是用手帕或卫生纸擦拭一下,就大口大口吞食。山本太郎高兴得手舞足蹈,像小孩儿似的和羽田杏子、铃木芳子追逐嬉闹。佐滕义雄吃法独特,净挑青色的大个西红柿,还摘了一个小灯笼似的大辣椒放进嘴里嚼了几下,辣得他龇牙咧嘴哇哇直叫,惹得大伙儿笑得前仰后合。

林森是个有心计的人,且善于心算,他询问了苗圃的面积和首批供应的苗木花卉数量,很快算出了货款数额。望着琳琅满目的满棚蔬菜,询问了种植面积,很快又算出了大棚菜的年收入。星星之火,可以燎原,凤凰坪农工商贸总公司起步之初,就能一炮打响取得这么好的经济效益,真是旗开得胜,初战告捷。按照柴二狗的说法,这是老鼠拖木锨,大头在后边,大头究竟有多大?目前无法预料,但从柴俊虎的胆识和魄力以及凤凰坪的创业基础来看,肯定是前程锦绣,一片辉煌。老教授不能不感到振奋,心理上的砝码逐渐向凤凰坪移动。

教 授 应 聘

  晚餐仍是在柴俊虎家,因为刚过罢正月十五元宵节,鸡鸭鱼肉和各种佐料都现成,大棚蔬菜要啥有啥,按照俊虎妈的安排,白雪莲在田春燕、柳翠香、张兰花的配合下,凉拌热炒汤汤水水地弄了十几个菜。高秀月烧了一大锅加有红枣、核桃仁的绿豆小米稀饭,这是山本太郎最喜爱的食物,说绿豆小米稀饭的营养价值不亚于人参汤。山里人好客,听说有老教授和两个日本人要来应聘和办企业,纷纷把鸡蛋、粉条、果品和过节馍馍往俊虎家送,拦也拦不住,推也推不掉,俊虎妈十分作难:"这么多馍馍往哪儿放呀?晒成干片馍,我们全家几个月也吃不完!"

  川妹子王萍好兴奋啊,一张俏美的瓜子脸上写满了春风写满了得意。一个名不见经传的年轻女子,和县委书记、县长平起平坐,陪着教授和外国人参观考察,以东道主的身份接待这些尊贵的客人,还堂而皇之地指挥着秧歌队,在众目睽睽下尽情歌舞,这一切都是凭借凤凰坪的事业,她深深感谢命运之神赐给了她这个人生难得的机遇,暗自庆幸自己在坎坷崎岖的人生道路上,踏上了一条充满阳光充满希望,前途无限光明的金光大道。经过两个多月的接触,王萍对高秀月有了全面了解,觉得高秀月貌美而贤淑,是一个具有中国民族传统的贤妻良母型女性,和柴俊虎婚配真正是佳偶天成。如果让自己和柴俊虎结为夫妻,凭自己的性格和抱负,能和和美美的过日子么?两个胸怀大志同样事业心特强的人,能相亲相爱夫唱妇随白头偕老么?自己能做个贤妻良母么?川妹子想通了,她和柴俊虎只能成为事业上的伙伴,而无法结为夫妻。柴俊虎在她心目中是一位良师益友,高秀月是一位可以信赖的好姐妹。有这么好的创业环境和这么多可以依赖的好人,自己还有什么可挑剔的呢?川妹子心花怒放,意气风发,一回到柴家大院就一头扎进厨房,她要再做一盆麻辣汤和一盆肚丝汤,为凤凰坪的待客晚宴增加两个地地道道的川菜。

  晚餐和午餐一样丰盛,但大伙儿举筷动勺的时间少,争相说话的时间多——参观考察后的看法和想法太多了,人人都有自己颇感兴趣的话题。山本太郎一会儿用他那特有的"日本中国话"大谈养牛基地,一会儿用日语回答佐滕义雄的提问,忙得不亦乐乎。佐滕义雄和铃木芳子是头一回来中国,对中国话一窍不通,看着大伙儿竞相发表议论的场面,急得头上直冒汗珠,弄得羽田杏子没有吃饭的工夫。

  客人们对好看又好吃的寿桃馍馍和馄饨馍馍大为欣赏,赞不绝口,听说这些馍馍是父老乡亲们主动送来待客的,几位客人无不为之动容,在参观考察中很少开口的石磊情难自禁地说:"我们何德何能?竟让凤凰坪的父老乡亲们如此高看啊!"

  秦川见石磊的态度有所改变,暗暗松了口气,冲着林森点头微笑,老教授感慨地说:"人有敬意,须当领之,礼物虽轻,情意甚浓,不能忘了父老乡亲们的深情厚意。"

晚宴即将结束之际,青龙乡党委书记范孝勤和乡长贾景堂闻讯赶到柴家大院,随即,一个具有重要意义的凤凰坪农工商贸公司董事会扩大会,在柴俊虎住的窑洞里召开了。

白雪莲是工艺品加工厂的副厂长,田春燕和柳翠香是电脑培训中心的负责人,高秀月和张兰花以东道主的身份搞招待,都有资格参加扩大会。宽敞的大窑洞被十几个人挤满了,没有那么多的座,老支书田根年和李国强,陪着四位日本客人像坐榻榻米那样,盘腿坐在炕上,增添了祥和的家庭气氛。山本太郎显得十分开心,很活跃也很随便,他为每位男士扔去一支香烟,反客为主地催促柴俊虎说:"你的讲话,开会的干活!"

人们都被山本太郎逗乐了,柴俊虎笑着征求司马兆奇和范孝勤、贾景堂的意见,司马兆奇说:"今天我们几个是跑龙套的,只打边鼓助威呐喊,你是唱主角的,大元帅升帐,你说咋办就咋办!"

柴俊虎客气地说:"凤凰坪农工商贸总公司成立以来,是头一回开这样的座谈会,咋个进行,我心中实在没数。我看这样吧,几位客人对凤凰坪在不同程度上,都有了一定的认识和了解,也参观考察了苗圃、大棚菜和养牛基地,有啥看法,有啥想法和不明白的地方,请讲出来,大家共同商量讨论。"

孙健恩说这是个好主意,范孝勤和贾景堂也说如此甚好,司马兆奇自然是点头赞同,他冲着山本太郎笑道:"你的,高见大大的,说话的干活!"

司马兆奇的"中国日本话"远不如柴二狗讲得好,山本太郎居然听懂了,他伸出一个巴掌说:"牛的这样的多,大大的不够,什么时候多多的,大大多,多……"他弄不懂多和大的概念,又让多多的大大的给绕糊涂了。

屋里响起一片和善的欢笑声,柴二狗冲着山本太郎直扮鬼脸,佐藤义雄和铃木芳子莫名其妙地跟着傻笑。林森教授很关心养牛基地的发展,接过山本太郎的话说:"秦局长给我们反复介绍了凤凰坪的事业,着重介绍了龙泉沟的养牛基地,我们俩对凤凰坪早就有了理性认识,今天是身临其境,耳闻目睹,有了感性认识,从感性认识到理性认识是一个飞跃,从西安来到凤凰坪,又是一个飞跃,我虽然不是金凤凰,也想落到凤凰坪这棵梧桐树上来。"

"哗……"在柴俊虎带动下,屋里响起一片热烈的掌声,教授的话很含蓄也很明白,他已决定来凤凰坪应聘。

林森客气地摆摆手,继续说道:"百闻不如一见,凤凰坪的人好自然环境好,龙泉沟的畜牧条件更是一绝。从龙泉沟的地貌结构和自然环境推测,辽国军队在龙泉沟饲养过几千匹战马的说法完全可能,也就是说,龙泉沟完全能办成一个大型养牛基地。听秦局长讲,凤凰坪农工商贸总公司决定以畜牧业为龙头,开拓、发展一批起点高、产品尖、效益好、竞争力强的好项目,我认为这个创业策略是正确的,而且发展速度也相当快。总公司是去年10月份正式挂的牌吧?嗯?去年10月份挂牌,现在就初见成效初具规模了,苗木花卉马上就要起苗,大棚蔬菜将要进入市场,龙泉沟已经有五十六头黄牛一千多只羊,搭起舞台就唱戏,不同凡响啊!更有意义的是进城闹社火闹花灯这步棋,走得相当精彩相当绝妙,起到了难以估量的宣传效应。目前正值春暖花开之季,一年之计在于春,不知道总公司对养牛基地有何具体发展措施?"

柴俊虎回答说:"我们原来计划让群众以入股方式,把全村的耕牛和羊只集中起来,在此基础上再求发展,但从实际情况来看,这样做弊大于利。各家各户养的全是耕牛,清一色的当地老化品种,体小瘦弱,其中相当一部分是趋于退役的老龄牛,没有商品价值也没有任何发展前途,集中起来只能是滥竽充数做表面文章,而且有很多具体问题不好解决。因此我们修订了计划,以买优良品种的外地牛羊为主,同时在群众喂养的牛羊中,挑选一批个大体壮的牛羊进行杂交,不断优化牛羊品种,在出奶率和出肉率上大做文章。目前我们已经有了五十六头甘肃牛,村里还能挑选五六十头好牛。这样,龙泉沟的存栏牛就能达到一百多头,再从外地买一批优良种牛,凑够二百头,这二百头牛就是发展奶牛和肉牛的基础,并能按照实际情况培育一批好耕牛。"

林森插言说:"创业之初,二百头牛不是个小数,关键是种公牛和母牛的比例。"

贾景堂说:"这是个关系到繁殖速度的大问题,俊虎早就考虑到了,从甘肃买的五十六头黄牛,其中母牛四十八头,从村里挑选的也大都是青年母牛,俊虎要求母牛要达到百分之八十以上。"

林森很满意地点点头,戴上老花镜,在日记本上记下了这个数字。柴俊虎接着说:"养牛基地的重点是发展奶牛,根据秦局长的建议,我们决定一次性买回一百头奶牛,并制订了一个发展计划,一年打基础,二年搞发展,三年见成效,肉牛存栏数保持三百头,奶牛存栏数保持五百头,尽快建一个乳制品加工厂。"

老教授显得很激动,忽然从沙发上站起来,扫视着所有的人,十分庄重地说:"我决定来凤凰坪农工商贸总公司应聘,愿意为凤凰坪的事业贡献出我的一切!"

人们好像被惊呆了,屋里一片沉寂,随即爆发出一阵春雷般的掌声。柴俊虎挤过去,握住老教授的双手使劲摇动,不知该说啥好。司马兆奇一跃而起,眉飞色舞地喊道:"秀月,拿酒来!"

林森怔了一下:"司马县长,这又不是在餐厅,要酒干吗?"

司马兆奇说:"咱们共同进过三次餐,我知道您能喝酒,因为害怕影响您的身体健康,一直没敢向您敬酒,现在非敬您一杯不可!"他从高秀月手中接过一瓶"西凤",满满斟了一杯,双手捧酒:"现在,我代表韩塬县委、县政府向您表示热烈欢迎和祝贺,祝您健康长寿,再创辉煌!我先喝为敬。"

范孝勤、贾景堂和柴俊虎积极响应,纷纷拿起酒杯,林森连忙摆手拦挡:"不敢当,不敢当,衷心感谢诸位青睐,敬酒不敢领,咱们共同饮一杯,我还有话要说呢!"

几个人互相碰杯,各自干了杯中酒,林森推心置腹地说:"承蒙各位如此看重,我无以为报,用一条重要信息作为应聘的见面礼:'渤海黑牛'大家听过吗?'渤海黑牛'为全世界四大黑牛系之一,其特征是个大体肥,性情温顺,产奶和产肉率极高。一头奶牛年产奶可达三千公斤以上,肉牛出肉率可达到百分之四十八。'渤海黑牛'一般体重六百至八百公斤,种公牛可达到一千公斤。此外,还有一种'波尔羊',同样是目前世界上公认的优良品种,波尔羊和当地山羊杂交繁殖的小羊,十个月就可以长四十公斤,大公羊可长到八十公斤以上。'渤海黑牛'和'波尔羊'有一个共同特点,就是适应性强,易饲养,免疫能力强,可以毫不夸张地说,一头'渤海黑牛'就是一座不冒烟的工厂!"

窑洞里又一次沸腾了,人们忍不住惊讶赞叹,欢腾雀跃。山里人善识牛羊,一头渤海黑牛和波尔羊的体重是当地牛羊的两倍以上,出肉率和产奶率自然也同样,这是啥效益啊!柴俊虎更是兴奋难抑,觉得秦川不仅仅是为凤凰坪农工商贸总公司请来了一位高级知识分子,简直是请来了一尊活财神!他急不可待地问林森:"林教授,哪儿有渤海黑牛和波尔羊?"

林森回答说:"山东的好几个地方都有,都是从国外引进的,据说引进时间不长,都取得了十分理想的经济效益。"

李国强学过地理课,知道渤海是中国内海,在山东半岛和辽东半岛之间。从外国引进的黑牛为何叫"渤海黑牛"可能与此有关,他不敢肯定自己的想法,向林森请教,林森的回答证实了李国强的想法:"这种黑牛是山东无棣县首先引进的,因为无棣县临近渤海湾,所以就把这种黑牛称之为'渤海黑牛'。"

柴俊虎兴奋难抑地对司马兆奇说:"司马县长,县上能不能想想办法,疏通一下买渤海黑牛和波尔羊的渠道?"

司马兆奇未及回答,秦川应声答道:"何必舍近求远呢?林教授在来韩塬之前,就已经联系过了。"

屋里所有的目光又对准林森,老教授吸了一口香烟,多少有些得意地笑道:"秦局长接二连三地进行游说,春节前专程来西安给我和石处长拜年,说他已经写了辞职报告,正月过后就要迁到凤凰坪,一定要我们来韩塬参观考察,真是盛情难却啊。有了来凤凰坪考察的意向,我就着手查找养牛养羊的有关资料,即便是我俩来不了,也得为老秦着想么。在一份内部信息交流材料上,看到了发展渤海黑牛和波尔羊的信息,恰好我的一位学生在山东省委农工部任职,我打电话委托她尽快了解渤海黑牛和波尔羊的具体情况,这次来韩塬之前接到她的电话,说找到一盘有关渤海黑牛和波尔羊的录像带,已经邮寄了,估计再有三五天就能收到。"

柴俊虎十分动情："林教授，一家人不说两家话，我就不再说感谢咧，我只能说句心里话，你和秦局长同是凤凰坪农工商贸总公司的创始人，凤凰坪的父老乡亲永远记着你们的好处，凤凰坪的发展史上，肯定会有您光辉的一页！"

林森也很动情："士为知己者死，女为悦己者容。承蒙柴主任和各位领导如此看重，这是莫大的荣幸和鼓励，我决心投身于凤凰坪的事业，鞠躬尽瘁，死而后已！关于引进渤海黑牛和波尔羊之事，我一定想方设法摸清底细，一周之内给诸位一个答复！"

屋里又是一阵掌声，掌声刚息，秦川忽然说："今天晚上的座谈会，应该让老丁参加，他对牛羊很懂行，又是养牛基地的负责人。"

柴俊虎说："原来没有想到今天晚上开座谈会，更没料到会有这么重要的好消息，是该请丁叔来。"他和田根年、李军强、王萍几个人商量了一下："干脆趁热打铁，开个董事会扩大会，把下一步的工作进程定下来。"

司马兆奇说："快10点了，是不是明天上午召开扩大会？几位客人该休息咧。"

林森说他不困，石磊说他有熬夜的习惯，山本太郎和佐滕义雄更是兴趣盎然，山本自告奋勇，要去龙泉沟请丁贵："丁的，和我朋友大大的，我的去请！"

柴俊虎笑道："哪能劳您大驾？二狗骑摩托去接丁叔，路上小心，骑慢点。"

柴二狗喜滋滋地走出窑洞，借机把兰花叫出大门悄声说："花儿，我去接丁叔，你可不要走啊，你一个人回去能睡着？能不想那事儿？"说罢扮了个鬼脸，加大油门向龙泉沟飞驰而去。

夜幕下的龙泉沟，改变了白天那种千娇百媚的容颜，显得格外空旷、沉寂。一轮明月被飘浮不定的乌云遮掩得忽明忽暗，天地间一片朦朦胧胧，浑浑噩噩，两边坡上的丛林失去了勃勃生机的风采，白天看上去花团锦簇的植物和灌木丛，全都变成了怪模怪样、狰狞可怖的凶禽怪兽。夜风阵阵，满山遍野都是树叶草丛相互摩挲的飒飒响声，不时传来几声鸟啼兽叫，令人感到毛骨悚然。

柴二狗驾着摩托驶进龙泉沟不多远，前轮被几块小石头绊了一下，突然灭了火，险些让柴二狗摔了个大跟头。这辆125型摩托是柴俊虎春节前刚新买的，柴二狗没骑过，不熟悉车的性能，黑灯瞎火的又看不清是哪儿出了毛病，气得他不住口地骂娘希匹。树上传来两声猫头鹰凄厉的啼叫，把柴二狗吓了一大跳，下意识地抬起头来，望望黑黝黝的山野丛林和形同魑魅魍魉的岩石，忽然有了一种恐惧感，摩托咋个鼓捣也发动不起来，只好摘了挡推着往前走。转过一堆树丛，柴二狗蓦然看见远方有一盏忽隐忽现的红灯，心中一喜，推着摩托吭哧吭哧地朝着灯光奔去。

丁贵是个责任心很强的人，每天夜间都要给牛添两遍夜草，人无横财不富，马无夜草不肥，牛马同一理，不勤添草料不精心饲养能上膘么？柴俊虎把如此重担交给丁贵，丁贵敢有半点松懈之心么？和牛打了一辈子交道的"牛魔王"，对牛有一种常人无法理解的感情,对牛的了解让所有同行望尘莫及。凤凰坪闹社火闹花灯是全民总动员,没有参加的人极少,"瘸八"胡有来没有参加,因为他腿瘸不方便,羊群也得有人照料。丁贵没有参加,他离不开那五十六头黄牛,他记住了柴俊虎的话,这五十六头黄牛是养牛基地的基础,是凤凰坪农工商贸总公司发展龙头企业的希望。在丁贵心目中,这五十六头黄牛是五十六台印钞机,是五十六座不冒烟的工厂。从五十六头甘肃牛踏进龙泉沟开始,丁贵就把他的命运和牛紧紧联系在一起,奋不顾身斗群狼,不分昼夜精心照料,时时处处尽职尽心。春节过后,丁贵忽然发觉有不少母牛常常离群索居,好动好饮水,通过仔细观察,丁贵惊喜万分,竟有二十多头母牛怀孕了,间隔时间不到一个月,显而易见,这些牛都是来到龙泉沟以后逐渐受孕的。深谙黄牛习性的丁贵甚感迷茫,觉得这些靠近草原的甘肃牛简直是不可思议,竟能在不要人力辅助的情况下自由交媾,不由得对这些野性很大的黄牛刮目相看,除过仔细观察外也逐渐改变着饲养和管理方式。由于柴俊虎很忙,丁贵一直没有向柴俊虎汇报黄牛怀孕的事,他想彻底弄清怀孕牛的数量和具体时间,给柴俊虎一个惊喜,并详细商讨一下管理措施和发展计划。近来,他每天都要跟着牛群仔细观察,夜间增加了巡查次数,给那些怀孕的母牛开了小灶。丁贵给黄牛添过夜草,又给枣红马和小马驹添过草料,提着风灯刚走到大门前,就听见柴二狗连声呼唤,不由得怔了一下,问道:"是二狗?黑灯瞎火的有啥急事啊?"

柴二狗气喘吁吁地说:"请你去参加座谈会,半道上灭了火,我费了九牛二虎之力也发动不着,平时我骑摩托,今天摩托骑我!"

丁贵举着风灯说:"你小子好好看看是哪儿的毛病啊,唠叨叨个啥呢!"

柴二狗接过风灯仔细检查了一遍,原来是火花塞松动了,不由得自我嘲笑:"娘希匹,真是忙昏了头,屁大个毛病害得我香汗淋淋,花容失色!"他拧紧火花塞,用脚轻轻一蹬发动杆,"轰"的一声发动机响了,车灯射出一束雪亮的光柱。柴二狗按了两下喇叭说:"丁叔快上马,大伙儿都等你大驾光临呢。"

丁贵简单地问了问座谈会的情况,感到特别振奋:"好啊,龙泉沟马上要热火朝天地大变样咧,二狗你稍等片刻,我给哑巴和黑狗他们打个招呼,千万不敢误了添二遍草。"黑狗是人不是狗,和丁贵是近邻,初中毕业后就成为丁贵的徒弟,学得一身好本事,对牛身上的一切了如指掌,人称"小牛魔王"。

丁贵刚走进大院,"瘸八"胡有来不知从哪儿冒了出来,走近柴二狗嬉皮笑脸地说:"赖狗,深更半夜的来龙泉沟干啥?得是那玩意儿阳痿了硬不起来,请我帮忙去整兰花?"

柴二狗伸手拍了拍胡有来的脑袋说:"想去找俺兰花投胎啊?把这玩意儿剃光洗净再往里拱,免得俺花儿痒得难受!"

两个人满口酸脏话打了一阵子嘴仗,柴二狗问"瘸八":"瘸八,你不在屋里睡觉跑出来干啥,得是给羊添夜草?"

胡有来说:"扯屎淡,羊还添夜草?我睡不着憋得慌,出来转转。"

柴二狗笑道:"你小子也像《法门寺》里那个刘光棍一样,'半夜三更睡不着,一心只想女娇娥'么?"

胡有来叹了口气说:"你小子是饱汉子不知饿汉子饥啊,你把兰花骗在家里,想啥时亲就啥时亲,想咋玩就咋玩,谁能和你比呀?只有太监才不想女人呢。你摸摸,硬起来没个完,摁也摁不下去,真他妈的憋得人好难受啊!"

柴二狗受过性折磨,自然晓得是啥滋味,他很同情比他大两岁的胡有来:"活人还能让尿憋死?找个女人不就解决问题么?"

胡有来递给柴二狗一支香烟说:"你小子站着说话腰不疼,上哪儿找?又不是买货,只要掏钱要啥有啥。"

柴二狗嘻嘻一笑:"女人不是货?没听人说过么,找情妇太累,泡小姐太贵,找个下岗妹,五十块钱整夜睡,只要舍得掏腰包,舞厅好货多着呢,想咋玩就咋玩!"

柴二狗用摩托带着丁贵走了好长时间,"瘸八"胡有来还站在那儿发呆。柴二狗信口开河的一句酸话,犹如一支催情素,刺激得本来就春情难耐的胡有来更是欲火攻心,浑身燥热,眼前若是有个女人,他会不管不顾地扑上去。柴二狗根本没有想到,他无意间一句酸话又使他犯了一次错误,害得他心惊肉跳地又上了一次"斗私纠风会"。

丁贵来到柴家大院时,已是晚上10点多钟了,柴二狗讲了摩托熄火的事,惹得大伙儿纷纷逗乐,山本太郎嬉笑着挖苦柴二狗:"你的粗心大大的,技术的不行,摩托骑人的干活!"

趁着大伙儿凑热闹之际,石磊把林森叫到院子里说:"老林,你当众表态应聘咋不和我商量一下?同路不舍伴,咱俩应同时应聘么。"

林森吸了一口烟,冷冷地说:"人各有志,不可强勉,你没想通之前,我能死拉硬拽地赶着鸭子上架么?牛不喝水强按头,能落个好么?"

石磊和林森同住一幢楼,是天天碰头夜夜鏖战的棋友,关系非同一般。老教授知识分子的味道特足,胸中没有城府,直来直去不会拐弯,语言比较尖刻。石磊在官场磨炼久了,早就没了棱角,又摸透了林森的脾性,遇到争执总是哈哈一笑化干戈为玉帛,知性者同乐么。今晚他还是如此,不管林森火气大小,仍是心平气和:"既来之,则安之,我也要当众表表态。"

林森一时间拐不过弯来,乜斜着石磊,仍然是冷冰冰地说:"三思而行,行必有方,你可要深思熟虑啊,君子一言,驷马难追,话一出口想收也收不回来。你是堂堂的正处级,是个七品官啊,这儿没有级别,硬要套的话,充其量也是个副科级,勉强能算个从九品,高射炮打蚊子,小心委屈了你!"

石磊被老教授的小孩子脾气逗乐了,笑嘻嘻地说:"你是嫌我一整天没发言没表态有气啊?不说七品八品九品的了,铁打的衙门流水的官,下了台还能抱着品级当饭吃?咱们都是过了花甲之年的人咧,从大都市来到小山沟,总得让人有个认识过程有个转弯过程么,那位工商局的孙局长不是说了么,应聘和出嫁姑娘是一个道理,得摸清婆家的底细。"

林森说:"那你就慢慢摸吧,等你摸来摸去摸明白咧,黄花菜也早凉了!"

石磊说:"我这不是摸清么,白天参观考察,晚上表态应聘,黄花菜就凉了?"

林森被石磊逗乐了,脸上升起一片笑容。柔能克刚,容易上火发脾气的老教授,永远都是退休处长的手下败将。林森乐呵呵地说:"走,快进屋去表个态,也让秦局长露露脸。"

石磊和林森走回窑洞,柴俊虎刚向丁贵讲了座谈会的情况,丁贵十分高兴地对林森说:"林教授,您能来我们凤凰坪,真是从天上降下来一位活菩萨,以后请教个啥问题方便多咧。"

林森笑道:"还有一位呢,石处长也要跟着你这位牛司令弄个团长旅长干干!"老教授一高兴,幽默劲儿又上来了。

屋里顿时静了下来,石磊喜形于色地说:"经过反复考虑,我下定决心来凤凰坪求职,柴董事长,我可是主动跳进鳄鱼池的,没有人把我往下推啊!"

屋里响起一阵掌声和欢笑声,司马兆奇、孙健恩、秦川和山本太郎争着和石磊握手表示祝贺。柴俊虎情真意切地说:"我近来看《三国演义》,悟出了一个道理,真正认识到古往今来的成败兴衰,全是因人而为,人的因素第一。就拿刘备来说吧,比起曹操和孙权来,他势孤力单,几乎没有立足之地,不得不东奔西颠地打游击,可他有礼贤下士知人善任的才能,三顾茅庐请诸葛亮出山,又能充分调动和发挥关羽、张飞、赵云、黄忠、马超等五虎上将的积极作用,在不占天时、地利的劣势下,只取人和这一点,便形成了三足鼎立之势,建立了蜀汉王朝。以古比今,以大比小,同是一个道理,大邱庄、华西村、刘庄之所以能成为中国三大村,主要原因就是拥有一大批各种人才。我们凤凰坪的自然条件比中国三大村要好得多,虽然起步晚,但我们有党的好政策,有好的自然条件,再加上拥有一批各种人才,天时、地利、人和全都占了,一定能创造出一个辉煌。目前,我们的事业刚刚起步,就遇上了西部大开发这个百年难遇之机,就有各种人才来凤凰坪加入创业行列,王萍、老牛和丁叔初来乍到,就以主人翁的姿态参加了各项活动,得到了父老乡亲们的认可,都把他们当亲人看。秦局长从创办养牛基地一开始就参与了,费心劳神搞策划,跑前跑后联系培训兽医和畜牧人员,还自费六上西安请来了林教授和石处长,真是劳苦功高啊!人心是杆秤,凤凰坪的父老乡亲永远忘不了对凤凰坪事业有贡献的人。今年大年初一,有不少人家在吃年饭时都多添了一份碗筷,说是给王书记、刘县长、秦局长、高主任和成怡局长留着座,不少人争着给王萍、丁叔和老牛送年糕,送年饭,山里人重感情,这些好人都于我们有恩,都是我们的亲人啊……"年轻的村主任哽咽了,刚毅的汉子又一次热泪滚滚,屋里响起一片抽泣声。

  石磊是"文革"以后走向领导岗位的人,从干事、副科长、科长、副处长到处长,一步一个台阶,二十多年来吃尽了尔虞我诈、钩心斗角的苦头,经历过"五十年代人爱人,六十年代人斗人,七十年代人防人,八十年代各人顾各人"的年代,把人情世故看歪了,大有看破红尘之感。可来到韩塬来到凤凰坪只有两天多时间,老处长的世界观起到了翻天覆地的变化,从县委书记王志辉和县长刘存义身上,他看到了一级领导人的高风亮节,认识到领导干部大多数是好的和比较好的,认识到贪官、昏官和庸官毕竟是少数。刘存义和小宝的感情出乎石磊的意料,使他隐隐约约看到了八路军的身影。凤凰坪的父老乡亲送来那么多寿桃馍、馄饨馍,送来那么多干鲜果品那么多鸡蛋粉条,真心实意地欢迎他们这些外来客人,石磊真正看到了过去那种民拥军军爱民的动人场面。柴俊虎出自肺腑的一番话铿锵有声,振聋发聩,使石磊的心灵受到了极大的震动,使他真正看到了真情,看到了光明看到了希望。柴俊虎的真情表露,更使石磊吃了一颗定心丸,他十分动情地说:"我这次来到咱们凤凰坪,收获真是太大了,短短的两天多时间,彻底改变了我二十多年形成的观念,我十分感激秦局长把我拉上了一条金光大道,十分感激林教授把我推下了鳄鱼池。进了凤凰坪的门,就成了凤凰坪的人,多余的话我就不讲啊,我借用林教授刚才说过的一句话,作为我加入凤凰坪农工商贸总公司的誓言和决心,那就是'鞠躬尽瘁,死而后已'!"

  林森擦擦满眼泪水,紧紧握住石磊的双手使劲摇晃,这是他们结识以来头一回的心灵相撞,头一回交流饱含真挚的感情。

  羽田杏子一字不漏地向山本和佐滕翻译了柴俊虎和石磊的话,几位日本客人实实在在耳闻目睹了这个动人场面,受到的震动不比石磊少,几个人你望望我,我瞅瞅你,又用十分复杂的目光扫视着窑洞里的每一个人,脸上写满了好奇写满了激动。山本太郎比比画画地问柴俊虎和司马兆奇:"我的,凤凰坪落户的干活,哪里的登记?什么条件的有?"

  司马兆奇按捺住汹涌的激情,郑重其事地对羽田杏子说:"羽田小姐,请你告诉山本先生,县委、县政府大力支持他来凤凰坪投资办企业,政策上予以全面优惠,一切手续由我和孙局长亲手办理。关于山本先生要求到凤凰坪落户之事,韩塬县还没有先例,我们得征求省上有关部门的意见,保证会让山本先生满意!"

  羽田杏子把司马兆奇的话原原本本地做了翻译,山本太郎神情很激动,唔里哇啦地说了一串日语,羽田杏子朗声翻译:"山本先生说他已决定在凤凰坪投资办企业,请求县上派人协助签订合约,帮助资金顺利到位。佐滕先生是皮革商,打算在凤凰坪创办一个皮革公司,也请县上协助办理有关手续。山本先生说他要在凤凰坪落户是真心实意的,因为他的后半生事业在凤凰坪,这一请求县上一定要正式答复。"

羽田杏子的话,所有在场的人全都听得一清二楚,掌声和欢呼声震得窗子上的玻璃哗哗作响,柴二狗情不自禁地一把抱起山本太郎,一边抢着转圈一边喊着:"脱么打的!脱么打的(好朋友)……"

座谈会变成了董事会扩大会,柴俊虎让柴二狗请来了董事会成员第一村民小组组长柴水生,二组组长田卫东,三组组长李海娃和妇女主任刘凤珍,趁热打铁讨论研究安排下一步工作。柴水生、田卫东和李海娃都是血气方刚的愣头青,热情高干劲大,是柴俊虎麾下的得力干将。刘凤珍常年四季很少在家,给在西安工作的闺女看孩子搞家务,是个挂名妇女主任,加之心中有愧,这次回家过春节没打算久留,已向党支部和村委会写了辞职报告,并推荐白雪莲当妇女主任。刘凤珍对凤凰坪的事业很关心很感兴趣,发言很积极,提出了不少合理化建议。

通过研究讨论,柴俊虎拍板定案,做出了以下四条决定:一、立即组织劳力搞好苗圃灌水施肥和起苗工作,挑选十名责任心强有管理经验的人成立护林队,及时和绿化局成怡局长联系,植树后随即搞好护林工作,由李国强具体负责。二、在龙泉沟砌十孔带有小院落的窑洞,配齐家具和生活用品,林森、石磊、王萍、丁贵、秦川以及山本太郎和佐滕义雄各一套,山本和佐滕的住宅按照日本风格进行装饰布置,牛建明具体负责。三、制定拦洪引水改造荒草滩扩建大棚蔬菜面积的方案,尽快制定改造措施,由李云杰和柴水生、柴二狗负责。四、将龙泉沟养牛基地更名为龙泉沟养殖中心,成立领导小组,由柴俊虎亲自挂帅任组长,一个月内完成购买以渤海黑牛为主的百头奶牛和千只波尔羊任务。最后,根据山本太郎和佐滕义雄的要求,决定由田根年和王萍陪同日本客商对养殖中心进行全面考察,选好项目并举行投资联营仪式,具体时间请示王志辉和刘存义后确定。

渤 海 黑 牛

  林森教授是位很有敬业精神的人,办啥事都特别认真,又是个急性子,上午9点邮递员送来通知单,他10点钟就从邮电大楼取回了从山东邮来的录像带,12点匆匆吃过午饭,连久已成习惯的午睡也取消了,拉上石磊赶往火车站,登上了开往韩塬的列车。

  韩塬县城是个十分美丽的小城市,高楼大厦鳞次栉比,街道马路纵横交错,到处都是绿树花丛和街心公园,坐落在新城北端的火车站也不例外,广场周围全是现代化建筑和树木花丛,候车厅前那个鲤鱼跃龙门的喷泉,飞雪溅玉,更是引人注目。火车到站时间是下午6时,林森和石磊一走出出站口,就被从人群中挤过来的秦川和柴俊虎迎住了。柴俊虎接过林森手中的手提箱:"林教授,石处长,二位辛苦了,一路上还好吧?累不累?"

  林森笑呵呵地说:"俊虎,我俩现在可是咱凤凰坪的人咧,是你手下的小兵,成了一家人,再这么客气就见外啰。"石磊对这次来韩塬,没有任何思想准备,只拎了一个装着毛巾和口杯的小塑料袋,他小孩儿诉苦般地对柴俊虎和秦川说:"我的行李什么的啥都没有准备就绪,林教授来了个突然袭击,不由分说拉着我就往火车站跑,我是两手空空而来,啥东西都没有带。"

  秦川打着哈哈说:"新媳妇回婆家,还要披红插花的巧打扮呀?凤凰坪的人回凤凰坪,有啥准备的?随随便便就来了么。俊虎接到你二位的电话,可高兴咧,不到3点钟就从凤凰坪赶到县城,订房间,买水果,通知有关人员打招呼,一个人跑来跑去忙活了一下午。"

  林森有些意外:"怎么,还住宾馆?我的村长同志,我再说一遍,我们是凤凰坪的一名普通村民,不是外宾更不是外国总统!"

  柴俊虎笑了笑没有吭声,领着林森和石磊向停在喷泉前边的小轿车走去,林森一眼就认出了那辆红色桑塔纳是县委书记的"坐骑",连连摇头:"小题大做,小题大做,何必如此兴师动众,就近登记个小旅馆就可以了么。"

  秦川解释说:"村里的招待所和几处独院住宅正在赶建,没地方么,再说要放录像看资料也没条件,不瞒二位说,凤凰坪目前还没有录放机,要用还得来县上借呢。"

  石磊拉开车门上了车,一路上没有说一句话,脑海里却一刻也没有松闲过,他当过好几年行政处长,管家理财是一把好手。当过行政领导的人,大都死爱面子,林森来凤凰坪应聘,一出手就先声夺人,拿出渤海黑牛和波尔羊作为见面礼,这份见面礼犹如一颗重型炮弹,太厚太重了,对凤凰坪农工商贸总公司的发展,具有举足轻重的重大作用。尽管林森一再声明,这份见面礼为他俩共有,可那只是老教授出于友情的客气话,秃子头上的虱子明摆的事么,自己是无功受禄啊。上次来韩塬,是林森和秦川硬把石磊拉来的,初来凤凰坪,他还有一种居高临下的优越感,在凤凰坪只待了两天,石磊的思想来了个一百八十度的大转弯,真正感到自己成了一名落伍者,自己之所以能来凤凰坪应聘,完全是星星跟着月亮走,沾了林森的光。迈出了第一步,第二步第三步怎么走呢?石磊苦心孤诣地考虑了好几天,终于悟出了道道:自己没有一技之长,但有一套丰富的管理经验,当不了运筹帷幄决胜千里之外的大元帅,还当不了出谋划策的谋士?没有张良、诸葛亮、刘伯温那样的经天纬地之才,总有点点滴滴的经验教训么。柴俊虎尽管是一位出类拔萃的领导之才,可他毕竟没有学过专门管理,不可能是百事精通的天才,他也和过去的大元帅一样,麾下得有一批良将,也得有一批谋士啊。石磊想好了,在凤凰坪事业的起步之初,他一定要从当谋士开始,一步一个脚印往前走,走到哪步算哪步。根据凤凰坪目前的实际情况,石磊打算写一份管理规章和具体实施方案,腹稿还没有完全打好,就被林森风风火火地拉来了。石磊决定晚上加班开夜车,赶写出管理规章和实施方案,作为自己来凤凰坪应聘的见面礼。

晚餐较为简便但很丰盛,韩塬地方风味小吃基本上是应有尽有。就餐的连同四位日本客人一共八个人,正好一桌。王志辉和刘存义一般情况下不陪餐,打电话向林森和石磊问好,说他们晚上要参加常委会,定好明天上午来宾馆参加凤凰坪的座谈会。餐桌上就数山本太郎最为活跃,他一会儿用生硬的"日本中国话",反客为主地向林森和石磊介绍各种风味小吃,一会儿用日语和佐滕义雄开玩笑,不时爆发出一阵欢快的笑声,惹得送饭斟酒的女招待们站在一旁不忍离去。

夜深了,石磊翻来覆去地睡不着,睁大眼睛毫无睡意。睡在对面床上的林森。不断发出均匀的鼾声,睡得很香很沉,不时发出一两句含糊不清的梦呓。石磊看看夜光表,已是凌晨3点多钟了,便悄然无声坐起来,轻手轻脚走到写字台前,拧亮台灯,略略调整了一下思绪,笔走龙蛇地写开了管理规章。

柴俊虎没有睡懒觉的习惯,早晨6点刚过就醒了,他怕惊醒对面床位上的秦川,想悄悄溜出房间去晨练,这是他多年的习惯。柴俊虎刚下床,就听秦川问道:"俊虎,又要去锻炼?"

柴俊虎表示歉意:"把您打扰醒咧?"

秦川翻身坐起:"没有啊,我和你一样,也是个晨练者,已经坚持五六年了。我以为你住宾馆要中断晨练,所以也就没有起床。"

柴俊虎说:"我这人是个拗性子,认准了的事从不半途而废,我妈常骂我是牛脾气,可我总也改不了。"

秦川点头赞同:"改啥呢?我就佩服你这股拗劲,没有毅力能成大事?开弓没有回头箭,我也跟着你拗下去。走,宾馆对面就是公园,晨练的人很多,咱们凑份热闹去!"

吃过早点,柴俊虎陪同几位客人,来到山本太郎那间带有套间的大客房,刚坐下不久,王志辉和刘存义就相随着走了进来,山本太郎嚷嚷着说:"两位太君的,迟到的有,没有米西米西的干活?"

羽田杏子和铃木芳子十分殷勤地给大伙儿斟茶敬烟,把刚买来的橘子、香蕉、酥梨和苹果一样一样往外端。柴俊虎向王志辉和刘存义汇报说:"林教授昨天上午从邮局取回录像资料,立刻就和石处长坐火车来韩塬,石处长一夜没睡觉,写了一份管理规章和开展工作的实施方案,还造出了基建预算表。"

刘存义大加赞赏:"好啊,你两位和我是一个脾性,都是忙工作不顾一切的角儿!"

王志辉随声附和,引用了曹操《步出夏门行·龟虽寿》中的几句名言:"'老骥伏枥,志在千里,烈士暮年,壮心不已',这几句话送给林教授和石处长,真可谓当之无愧啊!"

林森呵呵一笑:"对酒当歌,人生几何?对于曹孟德这两句话,历朝历代都有争论,有人认为人生在世,有了条件就应该花天酒地及时行乐,有人认为人生苦短,应该抓住一切机遇发奋图强,干一番事业。我赞同后一种观点,老石你说呢?"石磊连夜苦干的行为,令老教授十分满意,他对这位同伴刮目相看了。

石磊笑了笑说:"曹操的本意也是如此,要不咋能有'烈士暮年,壮心不已'之说呢?我认为无论干什么工作,都要有老黄牛的干劲和千里马的闯劲,要有一种龙马精神。"

醉心于学习中国话的山本太郎听糊涂了,莫名其妙地问道:"牛?马?龙?井深?掉在井里的干活?"

大伙儿全乐了,房间里爆发出哄堂大笑,羽田杏子向山本太郎做了翻译,山本太郎和佐滕义雄也不由放声大笑,山本太郎嚷嚷着要柴俊虎给他找一本《三国演义》,说他也要"志在千里的干活"。

林森是个认准理连身带心一起倒的人,他在内心上把自己划到了凤凰坪,时时处处以凤凰坪人自居。面对豪华住房和日本女子的热情招待,老教授颇感不安地对韩塬县两位党政一把手说:"王书记,刘县长,我们凤凰坪正值创业之初,没有招待所,也没有可供放映录像资料的办公室,很多事都要麻烦县上,真不好意思,不好意思!"

老教授一番近似于小孩子的书呆子话,惹得柴俊虎心里热眼里也热,他暗自下了决心,以后一定要把林森和石磊当作自己的长辈看待,在生活上不能让他们受一点一滴的委屈。刘存义也是个热肠子,听了林森的话甚为动情,心里直翻热浪。一个初来乍到的高级知识分子,能如此钟情于凤凰坪的事业,而作为老百姓的父母官,自己又该如何呢?凤凰坪的事业不只是凤凰坪老百姓的事业,搞好了是一面兴韩富民的旗帜,搞砸了也会起到很大的反作用,搞好搞不好都会影响全局,何况他们已成功地迈出了头一步,为发展农村的集团性企业打下了良好的基础。作为一县之长,关心凤凰坪的事业和支持凤凰坪的事业,是职责所在,责无旁贷,和老教授相比较,自己的工作还不到家啊。刘存义和王志辉对视了一下,知道他俩又想到一块去了,他甚为恭敬地给林森敬上一支香烟:"林教授,您的话是对我们的批评和鞭策,我和王书记只能说我们的工作没做好,保证今后一定要投入更多的时间和精力,为凤凰坪的事业多办一些实事。不过,您的话中有一个字得改正一下,我们凤凰坪一句中的'我'字,应该改为'咱'字,是咱们凤凰坪。因为我和王书记商量好了,过几年退下来也去凤凰坪应聘,到时候拜您为师行么?"

林森连连摇头摆手:"不敢当,不敢当,刘县长言重咧。真的有那一天,我和俊虎敲锣打鼓来迎接二位!"

王志辉哈哈大笑:"一言为定,您和石处长现在就开始学敲锣打鼓,免得到时候敲不到鼓点上,让我们俩无法迈步啊!"

房间里又是一阵笑声,刘存义问柴俊虎:"村里参加会议的人啥时候到?"

柴俊虎回答:"通知他们9点前赶到,现在刚过8点半,估计快来咧。"

柴俊虎话音刚落,就听见柴二狗在外边咋咋呼呼地问服务员:"小姐,请问我们凤凰坪的柴主任住哪个房间?日本客人住哪儿?"

秦川听出了柴二狗的声音,笑呵呵地对王志辉和刘存义说:"说曹操曹操就到。"

山本太郎又来了个聋子打岔:"曹操?《三国演义》的有?"他以为秦川说给他借来了《三国演义》。

满房间又是一阵哄堂大笑,柴二狗和丁贵、李国强、李云杰、牛建明以及王萍循声走进房间。山本太郎听了羽田杏子的翻译,弄懂了"说曹操曹操就到"的典故,十分开心地指着柴二狗嚷道:"曹操的到,曹操的干活!"

柴二狗不晓得山本太郎说的啥洋相话,莫名其妙地瞅着山本太郎,山本太郎乐他也随着乐,山本太郎做怪相他也做怪相,惹得羽田杏子和铃木芳子抱着肚子笑,刘存义指着柴二狗说:"你小子一到准有一场热闹!"

山本太郎住的房间虽然很大,但也容纳不下这么多人,十几个人挤在一起,连坐的地方也没有,你推我让都站着,山本太郎和佐藤义雄不知该请谁坐下。刘存义打电话叫来宾馆经理说:"让服务员把小会议室的门打开,我们要举行一个二十多人的座谈会,连同食宿费用都记在县政府的账上。"

宾馆经理也是个乐天派,爱开玩笑爱热闹,凤凰坪进城闹社火,他跟着社火队寸步不离,晚上闹花灯从头闹到底,一连猜中了好几条灯谜,和凤凰坪不少人都熟,也特别崇拜柴俊虎。他弄清了借用小会议室的用意,大大方方地送了个人情:"刘县长,记啥账啊,我们想为凤凰坪助一臂之力总是助不上,凤凰坪能在宾馆开座谈会,我们欢迎还来不及呢,咋能收他们的钱?房间尽管住,会议室尽管用,我们是分文不收,服务照旧!"

宾馆经理刚离开房间,副县长司马兆奇、宣传部长郭强领着电视台的录像记者牛祺,带着全部录像设备也赶来了。司马兆奇和大家逐个打过招呼,向王志辉和刘存义报告说一切都准备好了,刘存义挥挥大手:"这儿房小人多太拥挤,都去小会议室吧,那儿宽敞着呢。"

多功能会议室布局别具一格,近似江南的园林茶榭,有假山有喷泉也有绿色尽染的各种花卉草木,两排鱼缸里饲养着五颜六色的小金鱼,犹如游人散步似的,不紧不慢地穿梭游荡着。会议室的东端是一个高出地面六十公分的主席台,椭圆形的写字台后放着一台大屏幕彩电,音响设备一应俱全。会议室没有沙发、木凳,错落有致地摆放着二十多张小圆桌,每个小圆桌围放着四个圈椅,圆桌和圈椅全为红木家具,现代化色彩相当浓厚。几名衣着统一的女服务员引导大伙儿落了座,逐桌沏好茶水摆好各种水果,后退几步垂手站定,随时进行服务。

凤凰坪除过柴俊虎和李云杰外,丁贵、李国强、牛建明都是生平头一回身临如此场合,都显得有些拘谨。王志辉和刘存义对凤凰坪人格外热情,亲手把客人们一个个按在座位上,连声催促大家喝茶吃水果。刘存义取出一盒中华香烟说:"我和王书记都不吸烟,身上也从不装烟,这盒'中华'是我从宾馆强经理那儿打来的秋风,借花献佛让大家尝个鲜,可惜只有一盒,各位悠着点吸,好好品品味。"

柴二狗忍不住"扑哧"地笑了,刘存义忙问:"二狗,你小子笑啥?"

柴二狗和刘存义开玩笑开惯了,无所顾忌地问道:"是您和王书记不吸烟,还是朱姨和冯姨不让您和王书记吸?"

刘存义虚张声势地说:"你小子嘴上没毛说话不牢,一点紧要机密全让你给暴露咧,传出去多丢人啊!"

王志辉说:"城门失火,殃及池鱼,咋把我也扯进去咧?我本来不吸烟,为了证明不怕老婆,今天非吸几根不可!"

一阵欢声笑语,气氛又热烈起来了。羽田杏子把每个人的每句话,都及时向佐藤义雄和铃木芳子做了翻译,佐藤义雄和铃木芳子像看稀世珍宝似的,瞅瞅王志辉又瞅瞅刘存义,唔里哇啦地直嚷嚷,显得异常亢奋。

郭强和牛祺收拾好录像设备,把林森送来的那盘录像带推进放像机,冲着王志辉和刘存义点头示意,王志辉仍像主持常委会那样,来了段很令人欢欣鼓舞的开场白:"昨天的县常委会上,大家通过了这么一个口号:西部大开发,韩塬要腾飞。作为我们今后工作的指导方针,这个口号要以各种方式方法,尽快做到家喻户晓,人人皆知,在座诸位,哪位晓得这句口号是谁最早提出来的?"

柴二狗脱口而出:"是我们凤凰坪。"

王志辉说:"二狗说得不错,是凤凰坪率先喊出这个口号,闹社火那天,社火队最前面的横标上就是这句话。可以毫不夸张地说,凤凰坪农工商贸总公司,是在体制改革的滚滚洪流中应运而生,在西部大开发的汹汹春潮中发展壮大。创办企业和行兵布阵治国安邦同是一个理,要上靠天时,中取人和,下靠地利,正如俊虎以前所讲,凤凰坪农工商贸总公司的成立和发展,天时、地利、人和全占了。凤凰坪的事业好似一艘正在扬帆加油的航船,刚出海就刮来了西部大开发这股浩荡东风,捷报初传之始,林教授和石处长又送来有关开发养牛业的录像带,既是雪中送炭,又是锦上添花,凤凰坪今年真可谓是双喜临门,形势喜人,刘县长你说呢?"

刘存义也来了个借题发挥:"正月十五闹社火,凤凰坪已经在全县人民面前亮出了改天换地的架势,开弓没有回头箭,凤凰坪体制改革这一炮一定要打响,集体致富的目的一定要实现。政策对了头,一步一层楼,有党的好政策,有西部大开发的好形势,我坚信不疑,凤凰坪农工商贸总公司一定会突飞猛进,捷报频传。俊虎,开始吧,让我们也开发开发观念!"

柴俊虎习惯地站起来激动地说:"今天的会议只有一个内容,就是观看有关渤海黑牛和波尔羊的录像,结合实际安排下一步工作。林教授和石处长不失时机,不辞劳苦,专程从西安赶到韩塬送录像资料,连夜起草工作计划,这种积极的工作态度和高度的敬业精神,值得我们凤凰坪每一个人敬佩,值得我们每一个人学习,希望大家认真观看录像,用心学习科技知识,用科技知识武装头脑,以便在今后的工作中不断发挥积极作用。"

服务员拉上所有窗帘,打开四面墙壁上的霓虹灯,会议室的光线暗了许多,五颜六色的彩灯放射出柔和的光辉,亦真亦幻,点缀得宛若仙境。牛祺打开投影开关,屏幕上出现了一片波澜壮阔的渤海湾画面,浩浩渺渺的海面上渔帆点点,成群结队的海鸥盘旋飞翔,伴随着哗啦哗啦的海浪拍岸声,响起了悦耳动听的画外解说:"体制改革洪流汹涌澎湃,改革之花遍地盛开。紧濒渤海湾的无棣地区,乘着体制改革的浩荡东风,凭借得天独厚的自然条件,以畜牧业为龙头,带动一批产业,创造一片辉煌,在省、市有关部门的大力支持下,先后从国外引进了一批品种十分优良的黑牛,命名为渤海黑牛。"

伴随着播音员的解说,画面上出现了一个依山靠水的养牛场,数百头黑牛犹如黑云移动由远而近,镜头对准了走在前边的几头黑牛,一阵沉闷的"哞哞"叫声之后,又响起了播音员的画外音:"这些庞然大物就是渤海黑牛。渤海黑牛是世界四大黑牛系之一,其特征是体形壮大,性格温顺,适应性强,极易饲养。渤海黑牛平均体重为六百至八百公斤,种公牛体重可达一千公斤,肉牛出肉率高达百分之四十八,奶牛每年平均产奶三千多公斤。瞧,这是头刚成熟的种公牛,它的体形在所有的种公牛之中,谈不上位列前茅,只是比一般公牛稍大而已。"

望着荧屏上那头威风凛凛的种公牛,柴二狗忍不住咋舌惊呼:"我的妈耶,这简直是一辆坦克呀!"

丁贵拽拽柴二狗的衣角,示意他别出声。丁贵着迷了,生怕漏过每一句话每一个镜头。

画面上出现了一组配制精饲料的镜头,二十多个身着统一工作服的饲养人员,正在用铁锨和簸箕搅拌饲料,并将配制好的精饲料装入塑料袋。画外音解说道:"渤海黑牛极易饲养,遍地都是食物,各种青草、滕蔓、落叶都是它们的美味佳肴。渤海黑牛白天放牧,晚上只需添加一次精饲料就可以了。精饲料的成分也很简单,用麸皮、豆渣、骨粉、淀粉和食盐按照比例配合,每头牛每天只需添加五百克的精饲料。"

画面上换成了添加精饲料的镜头:十分宽阔的牛栏里,是几条延伸很长的牛槽,每头牛占一米多的槽位。明亮的电灯光下,饲养员将精料撒进碎草中,用搅拌棍搅拌均匀,伸进槽中的牛头等不及饲养员抽出搅拌棍,就迫不及待地大口吞食。丁贵聚精会神地注视着每一个细小的情节,心中筹划着以后该如何管理。他越看越兴奋,越看思路越清晰,和牛打了半辈子交道的"牛魔王",面对荧屏上的优良品种渤海黑牛,有了一种全新的概念,浑身上下增添了一股新的斗志。

镜头从牛栏摇到了挤奶室,两头膘肥体壮的奶牛,被赶到宽敞洁净的大厅,站在挤奶架前,十分温顺地接受挤奶。两名身着白大褂的女工,各自提着铝皮桶,分别蹲在两头奶牛的肚皮下,用戴着白色手套的双手,一上一下熟稔而老练地挤牛奶,不大一会儿就挤满了两大桶,随后由运输工挑起奶桶,送进提炼室,进入流线型的机械设备,进行分解、提炼。

接下来是令内行看了激动、外行看了脸红的镜头:人工取精、授精和配种。一头母牛被牵到配种架下,摇头摆尾地显得有些躁动。随即,一头体形庞大的种公牛也被牵来了,它不像内地种公牛那样发疯般的冲过来,只是有些着急地走到母牛身后,伸出舌头舔抚着母牛那尾巴高扬的臀部,大有绅士风度,然后跃起前蹄,爬在母牛背上。渤海黑牛的交配也需人工辅助,一名配种人员用手抓住坚硬似棍的牛鞭,掀起母牛尾巴送入母牛的阴户,随后退到一旁进行观察和记录。

配种镜头过后,又是一个提取精液的镜头:一头种公牛被牵到配种架前,配种架下是一头人工制作的母牛标本,形象逼真,达到了足以乱真的程度。种公牛趴到中间隔着横杠的假母牛背上,神态格外亢奋,也是由配种工抓住牛鞭插入人工制作的阴道,种公牛难辨真伪,仍如往常那样,呼哧呼哧喘着粗气激烈晃动着。随着种公牛的交配,播音员的画外音继续讲解:"人工提取种公牛精液,原来是采取电刺激的方法,这样做对种公牛的伤害比较大,有损于种公牛的健康和正常发育,极易产生副作用。聪明的技术人员想出了一个两全其美的方法,制作了一头可以乱真的假母牛,在人工阴道涂上润滑剂,阴道末端有一个类似避孕套那样储存精液的囊袋,种公牛的性欲达到最高潮时,就会将精液射到囊袋中,然后送入特制的冷冻柜中储存起来,随时可以进行人工授精。"

随着播音员的解说,人工提取精液的镜头又换成了人工授精的镜头:一头母牛被牵进配种架,一名技术人员一手揭起母牛的尾巴,一手撑开母牛阴唇,另一名技术人员把一个圆椎形的输精管,慢慢送进母牛阴道,像推动针管那样,将冷冻处理过的精液送入母牛子宫,时间不长就完成了人工授精工序。

屠宰肉牛的镜头比较简捷,没有血淋淋的屠宰场面,只有各种车辆拉运新鲜牛肉以及人们在肉架前争相购买牛肉的画面。最后是一组相互切换的镜头,一头渤海黑牛从出生到成长,到奉献奶汁和进入屠宰场进入市场的一系列过程,一晃之间就全部完成了,解说员的结束语很幽默很风趣:"来自世界四大黑牛系的渤海黑牛,从一踏入中国大地,就彻底改变了它的牛生价值,摇身一变,成为一个个不冒烟的工厂,成为一台台不用纸张的印钞机。体制改革的灿烂之花遍地盛开,渤海黑牛就是其中一束五彩缤纷的鲜艳花朵。衷心祝愿渤海黑牛在神州大地到处涌现,热切希望渤海黑牛发扬光大它们的牛生价值,成为千家万户不冒烟的工厂,成为不用纸张的印钞机。"播音员的话音刚落,会议室响起了一阵热烈的掌声,所有观众无不感到大开眼界,深受启发,刘存义大声问道:"还有吗?"

林森应声回答:"有啊,还有一盘波尔羊的录像。"

刘存义说:"既来之,则看之,休息十分钟继续放。"

柴二狗说:"刘县长,接着放吧,这么有价值的录像,看不完心不甘啊。"

大伙儿异口同声地响应:"继续放啊,不休息了!"

刘存义指着柴二狗笑道:"这小子有长进了。好吧,尊重大家的意见,继续放!"

画面上出现一大片草地一大片羊群,这些羊只体形大得出奇,和当地羊比起来,真真正正是鹤立鸡群。特别是那只头羊,膘肥体壮,十分雄伟,活脱脱的一头巨鹿。娓娓动听的解说词令人颇感振奋:"在体制改革不断取得丰硕成果的凯歌声中,全世界公认的优良品种波尔羊漂洋过海,在山东莱州半岛安家落户了。波尔羊来自非洲,波尔是音译。波尔羊的特点是生长期快体形大,成年羊平均体重为八十公斤,且适应性特别强,食性普遍,不吃树叶不啃树皮,在林区放牧,对树木没有任何损害。波尔羊和当地羊进行杂交,出生一周的小羊,高度和重量都是当地小羊的一至两倍,十个月体重可达四十公斤以上,出肉率高达百分之五十,这在国内是绝无仅有的!"

录像带录制得很成功,清晰明亮,层次分明,波尔羊的配种、人工取精和人工授精,以及放牧、饲养、挤奶、屠宰等镜头依序而过,经历和渤海黑牛大致相同。画外解说通俗生动,恰到好处,给观众留下深刻的印象。

录像放完了,大伙儿兴犹未尽,会议室响起一片由衷的赞叹声。丁贵被整个画面迷住了,如痴如呆地盯着已经关机的大屏幕,默默无声地回忆和体会着每一个镜头。柴俊虎也如同丁贵,目光没有从屏幕上收回来,胸中翻江倒海,一个个创业蓝图在他脑海中逐条具体起来了。千头万绪抓根本,他完全明白了该抓什么该如何抓。他对发展渤海黑牛和波尔羊的经济效益,进行了一番心算,对于尽快在龙泉沟以渤海黑牛和波尔羊为主,全面发展畜牧业,他是胸有成竹,志在必得。他有这个预感,也有如此决心:在两三年里,录像带上所有的画面,必将在龙泉沟重现。

几名女服务员拉开窗帘,续换了茶水,刘存义十分激动地说:"林教授,了不起啊,你二位带来的这份礼物太厚重咧,这盘录像资料不仅为凤凰坪的发展带来了强劲东风,对我们韩塬县的工作也是很大的促进,类似这样的录像资料还有么?"

林森应道:"据我所知,有关养殖业的录像带和文字资料很多,农学院的音像图书馆就有关于养殖蓝狐、鸵鸟、山鸡、梅花鹿以及绿毛龟、蝎子等很多资料。"

王志辉问道:"林教授,以上几个养殖项目,您最了解的是哪几项?"

林森说:"从不同程度上讲,以上所讲的养殖业我都接触过,比较了解的是蓝狐和七彩山鸡。去年我们扶持过西府农村一位军嫂养殖七彩山鸡,对七彩山鸡的习性和价值可以说是了如指掌。还有蓝狐,我比较了解也比较热心,蓝狐原名叫芬兰狐,也是一个好项目,一只母狐每年可产十到十五只小狐,一张狐皮的出口价是二百八十美元。"

李国强忙问:"林教授,你说的七彩山鸡是家禽还是野物?"

林森来了兴致,如数家珍:"七彩山鸡其实就是野鸡,也称雉鸡,因其羽毛七彩斑斓,故名七彩山鸡,是集食用、药用、毛用、皮用于一体的珍禽,俏销于国内外市场。美国华侨和东南亚一些国家的人民群众,视七彩山鸡为逢凶化吉、招财进宝的吉祥物,称其为'龙凤鸟',素有'无凤不成席'之说,无论国宴、家宴或者有档次的餐馆,都离不了七彩山鸡。近几年来,由于人们大量捕猎,野生山鸡已濒临绝迹,从而出现国际、国内山鸡货源奇缺、供不应求的状况。"

李国强说:"是这么回事,就拿我们凤凰坪来说吧,以前野鸡可多咧,经常能在村边地头看到成群结队的野鸡,有时还会出现野鸡和家鸡合群觅食斗架的现象,近几年野鸡少得可怜,只有在林间和沟里才能看到。"

林森说:"正因为如此,养殖七彩山鸡成了一项大有可为的养殖业。山鸡属蛋肉兼用型的珍禽品种,肉汁鲜美,营养丰富,含有多种人体必需的氨基酸及钙、钠、碘等多种微量元素,具有补中益气、止咳祛痰、清肺平喘、养肝活血等医疗作用。蛋白质含量高达百分之二十八以上,高出家禽八个百分点。此外,鸡胆、鸡血、鸡内脏等杂碎,经过提炼可制成药物制剂,有极高的滋补、药用、保健和美容价值。凤凰坪的乡亲都知道,山鸡的羽毛五彩缤纷,十分艳丽,既可观赏,又可制作绚丽多彩的羽毛制品,如礼帽、高档羽扇、羽毛工艺品等等。咱们常看古装戏,舞台上演员用的那两根鸡翎,就是用野鸡尾做的。同时,山鸡的羽毛还可以织成缎、锦用以制作华丽、高贵的礼服,鸡皮可以制成各种精美耐用的皮具。可以毫不夸张地讲,七彩山鸡全身都是宝。"

王志辉十分感慨:"听君一席话,胜读十年书。今天看了录像,听了林教授的讲解,真是受益匪浅。林教授,能不能多找一些有关养殖业的录像带和文字资料?我和刘县长商量一下,打算在韩塬举办几期学习班,在城乡全面推广养殖业。"

刘存义大手一挥:"商量啥呢?这么好的事谁不干谁就是天下第一号傻蛋,我看干脆办个养殖业培训学校,把养殖业作为一项长期事业来抓,请林教授定期讲课。"

林森摇摇头认真地说:"不行啊,我已经是凤凰坪的人咧,啥事都得服从命令听指挥,得听俊虎调遣呢。再说,我们凤凰坪正值创业之初,正是用人之际,脱不开身么。"

刘存义冲着柴俊虎直摇大拇指,夸他找到了一位难得的人才。王志辉问柴俊虎:"俊虎,县上经常要请林教授讲课,你能不能忍痛割爱做一点贡献?"

柴俊虎的思绪还没有完全从录像和林森的讲解中走出,对王志辉提出的要求没听明白,怔怔地望着王志辉傻笑,林森忙为柴俊虎解围:"王书记,你别让我们的俊虎为难了,你和刘县长考虑的是韩塬县这个大全局,俊虎考虑的是凤凰坪这个小全局,大全局小全局都是全局,俊虎不好表态么。我有个两全其美的办法,县上可以考虑把培训学校办在我们凤凰坪,不但授课方便,学员们也有实习基地。"

刘存义当场拍板定案:"好!一言为定,我们将尽快派有关人员去凤凰坪选择地址,做好前期准备工作,俊虎可要大力支持啊!"

柴俊虎说:"没说的,随时恭候县上来人,保证一切从优。"他看看手表说:"刘县长,快12点咧,咱们去餐厅吧?"

石磊忽然站起来说:"我还有话要说,我决定不回西安了,现在正式报到,请俊虎考虑给我安排工作!"

林森甚感意外:"老石,你不是啥都没有准备好么?原说好了的,咱俩明天返回西安,做好一切准备工作月底报到,咋说变就变?"

石磊披肝沥胆地说:"形势不饶人,时间不等人么。录像看了,七彩山鸡的具体情况了解了,连我都坐不住了,何况俊虎他们呢?我敢断定,俊虎对如何发展渤海黑牛、波尔羊和七彩山鸡的事,已是成竹在胸,凤凰坪引进渤海黑牛、波尔羊以及七彩山鸡势在必行,牛、羊、鸡回来之前,相应配套的人员、设施、场地以及饲料等等问题,都得提前解决。事多人手少,我得留下来协助俊虎逐项列出计划,逐项落实,要在很短时间内搞好工作,人手少了不行啊!"

柴俊虎十分感动地说:"石处长,您和林教授真是雪中送炭,太及时太必要了!"

会场响起一阵热烈的掌声,刘存义和王志辉、司马兆奇小声商议了一会儿,笑嘻嘻地冲着林森说:"林教授,明天是周休日,我和王书记、司马县长同去你们凤凰坪参与策划,欢迎吗?"

七彩山鸡

龙泉沟又一次热闹起来了,丁贵的办公室和会议室容纳不下三四十号人,人们又过了一把同归大自然的瘾头——在去年召开县委常委扩大会议的草坪上席地而坐,无比惬意。高秀月、白雪莲、田春燕、田桂芳、张兰花以及王萍一帮女将全来了,她们又一次充当临时服务员,把从塑料大棚摘来的黄瓜、西红柿和其他干鲜果品摆满了几个石桌。宣传部长郭强嘻嘻哈哈地说:"凤凰坪是以新鲜瓜果代茶呀?要这样,我以后每个周休日都来。"

王萍打趣说:"啥子哟,我们凤凰坪不只是以果代茶,还以果代饭呢。"

郭强装出一副苦相:"上帝啊,一日三餐顿顿吃瓜果,以后谁还敢来!"

王萍寸步不让:"既然是回归大自然,就得有个回归大自然的样子嘛,猿人时代有面包有山珍海味满汉全席么?"

宣传部长斗嘴斗不过川妹子,向司马兆奇求援,司马兆奇夸张地大嚼着又嫩又鲜的黄瓜,顺手扔给郭强一个红艳艳的西红柿。人们各食所爱,黄瓜和西红柿很快就下去了大半,草坪上飘荡着一派欢乐气氛。柴俊虎听从了李国强的建议,除董事会和村两委会成员外,让每个村民小组选派三至五名群众代表,参加这个特殊的集体活动,一是扩大影响面,不断增强群众的主人翁意识,二是群策群力便于调兵遣将,同时也让林森和石磊亮亮相。

铃木芳子在羽田杏子和王萍的教授下,学会了一些简单的中国话,喜欢用生硬的"日本中国话"同高秀月、白雪莲、田春燕以及柳翠香等人开玩笑。铃木芳子生性活泼,俊俏秀丽,虽然只有二十五岁,但在日本已经是闻名遐迩的艺伎了,是很多青年和企业老板心中的偶像。佐藤是因为一次见义勇为救助了铃木芳子,才获得了铃木芳子的芳心,抱得美人归。三百多年来,日本艺伎已经成为日本独特文化的一个组成部分,一些比较驰名的艺伎,甚至对日本历史的走向有过微妙而深刻的影响。18世纪中叶,艺伎作为一种社会职业被合法化,只卖艺不卖身的行规被广泛接受。在日本江户(今东京)的新桥、柳桥和京都祇园等地,相继出现了专门进行表演的艺伎馆。艺伎未必年轻美貌,却风情万种;未必身材窈窕,却能长袖善舞。许多具有较高文化素质的家庭,以女儿能进入这个行当引以为荣,一般平民百姓的女儿也是趋之若鹜。有志于学习艺伎的女孩儿,十岁左右就要进入艺伎馆,开始长达五年或更长时间的系统学习。在此期间,女孩子要学习大到诗书、舞蹈、琴瑟、书法、茶道、插花、谈吐、妆扮,小到如何优雅地打开推拉门、如何走路、如何鞠躬和斟酒斟茶等生活礼仪。经过艰辛的培训,艺伎一定要做到优雅甜美、知书达理、服饰华丽、能歌善舞,要学会察言观色,对各种男人都能够应付自如。此后,艺伎成了日本国一道亮丽的风景线,风云人物层出不穷,20世纪最出名的艺伎是中村喜春。中村喜春1913年出生于东京,父亲是当地很有名望的一位医生。她十五岁那年投身艺伎行列,凭着自身的天赋和刻苦训练,几年后声名鹊起,不但红透日本,就连著名影星卓别林也曾慕名观看她的演出。抗日战争期间,中村喜春也和很多女性一样,被军方征调来到中国,先是在艺伎馆演出,后来成了慰安妇,难以幸免地成了侵略战争的牺牲品。二战以后,继中村喜春之后,日本又出了一位名叫岩崎峰子的艺伎,青出于蓝而胜于蓝,数年之间便风靡国内外。1970年4月,岩崎峰子参加接待英国查尔斯王子的私人茶道会,精彩绝伦的表演令查尔斯王子倾倒,提出要看她的扇子,当她把扇子递给查尔斯时,查尔斯没有征求她的意见就在扇子上签了名,让岩崎峰子很不高兴,回家后就把扇子给扔了。1975年5月,英国女王伊丽莎白对日本进行国事访问,一次晚宴,岩崎峰子应邀作陪,女王很是瞧不起这些艺伎们,不予理睬也不吃其精心准备的食物。峰子很是愤愤不平,借与女王丈夫菲利普亲王攀谈之机,故意卖弄色相,做出一些令人心荡魂飘的亲昵举动,惹得这位亲王神魂颠倒,举止失控,一直色眯眯地围着峰子转,令女王颇受刺激,当天晚上夫妇分床而眠。铃木芳子虽然出身渔家,但天生丽姿,善解人意,出道不久就誉满东京,在一次茶道会表演过程中,铃木芳子突然呕吐继而昏迷,佐藤不顾一切地把铃木芳子抱上车直奔医院,后来两人很快坠入爱河。要不的话,铃木芳子也许会成为岩崎峰子第二。铃木芳子跟随佐藤后来到中国,感到天宽地阔,来到凤凰坪,感到无限欢乐,很快就和几位女性成了要好的朋友。身临如此赏心悦目的自然环境和如此欢乐快活的场面,铃木芳子犹如回到森林中的小鸟一样,快活极了,叽叽喳喳地用半生不熟的中国话和几位女性开玩笑逗乐,惹得大伙儿不时发出一阵笑声。很快,高秀月、田春燕、田桂芳、柳翠香、白雪莲就学会了几句日语:"依毛豆"是姐妹,"叽叽哈哈"是爸爸妈妈,"瓦格达"是明白吗,"抢酒骨头"是干杯,"特么菇"是鸡蛋。几个人相互用生硬的日语和中国话打趣,不时爆发出欢笑声。三个女人一台戏,十多名中日女人围在一起纵情欢笑,能不比唱大戏热闹?

望着欢乐快活的女人们,柴二狗感到怪不得劲儿,张兰花要准备结婚的事,上次座谈会的第二天就回张家坪去了,身边没有花儿,他像少了魂魄似的,总是蔫不拉叽地打不起精神。和柴二狗十分要好的二组组长柴水生,早就看穿了柴二狗的心事,明知故问地大声问:"哎,咋不见兰花呢?欢迎兰花给大家唱支山歌。"

柴二狗顺手向柴水生扔去一根黄瓜:"嫩黄瓜堵驴屁眼,看你再放驴屁!"

一些年轻人围着柴二狗嬉闹打嘴仗,这边也唱起了一台戏。

草坪上的人们无形中分成三堆,一堆是妇女们围着铃木芳子说笑逗乐,一堆是男人们围着柴二狗谈天说地,还有一堆就是由柴俊虎、田根年、李国强、牛建明、"麻子老三"李有贵陪着王志辉、刘存义、司马兆奇、郭强、秦川、林森、石磊以及山本太郎和佐滕义雄。王志辉望望男人堆,又望望女人堆,看得眼热,十分感慨地对身边几个人说:"真是物以类聚,人以群分啊!比起广大群众来,咱们简直成了孤家寡人,啥时候咱们能和群众亲密无间,就说明我们的工作真正做到家了。唉,八路军的作风是该回来咧!"

刘存义把最后一口黄瓜咽下肚,用手帕抹了抹嘴,轻声唱起了陕北民歌:"围定亲人哎嗨哎嗨哟,热炕上坐哎嗨哎嗨哟,知心的话儿飞出心窝窝,依哎呀哎来吧哟……"

县委书记破例没有再嘲笑县长的歌声,反而推波助澜地鼓着掌说:"唱得好,唱得嫽,再来一段要不要?"

郭强虚张声势地双手捂耳:"好是好,嫽是嫽,就是老跑调,听不清是秦腔还是京剧。"

刘存义哈哈大笑:"你和王书记一样,都是下里巴人的水平,能听懂我的阳春白雪么?"

旁边几个人都被逗乐了,也发出一阵欢笑声,招惹得另外两堆男人们女人们都扭过头朝这边看。王志辉问柴俊虎:"陕北五首民歌还播放么?"

柴俊虎回答说:"放呢,每天清晨和黄昏都按时播放,从未间断过,全村的男女老少差不多人人都能唱几句陕北民歌。"

秦川向林森和石磊介绍了凤凰坪以陕北五首民歌作为村歌的来龙去脉,林森和石磊大加赞赏,说这是教育村民提高素质的最佳方案。丁贵过来对柴俊虎说:"结巴田金生打了一头黄羊,还捉了几只山鸡,中午饭咋吃?"

刘存义忙问:"中午还管饭呀?这么多的人,你们有那么大的锅么?"

柴俊虎说:"我们是这样安排的,开过座谈讨论会后,大家动手包饺子,上次野餐的锅碗瓢盆都现成,在溪水边随便挖几个火坑,来一个以野羊肉和野韭菜为馅的水饺大会餐,一切佐料都准备好咧。"

王志辉笑吟吟地说:"好么,包饺子是我的拿手好戏,一分钟能包三十个。"

林森问丁贵:"老丁,山鸡是死的活的?"

丁贵说:"山鸡是用绳网套捉的,连一根鸡毛都没掉,煮肉熬汤可鲜美呢。"

林森忙说:"刀下留鸡,刀下留鸡,千万不敢宰杀,我要好好看看刚捕获的山鸡。"

柴俊虎和李国强相视一笑,多么好的讲课机会啊!柴俊虎对丁贵说:"丁叔,让二狗把那几只野鸡提过来,请林教授借题发挥,给大家上一堂养殖课。"

人们很快被聚到一块儿,柴俊虎朗声说:"刚才大家参观了大棚蔬菜和养殖基地,有啥想法有啥好主意尽管说,三个臭皮匠,顶个诸葛亮,大家拾柴火焰高么。报告大家一个特大喜讯,林教授和石处长给我们送来了关于养殖渤海黑牛和波尔羊的录像资料,并对我们如何发展畜牧业和目前工作安排,列出了一套可行的实施方案,一会儿请石处长宣布安排意见,现在请林教授为大家上一堂十分重要的养殖课,请大家洗耳恭听,欢迎!"

草坪上响起一片热烈掌声,林森站起来鞠了个躬:"今天能和凤凰坪的父老乡亲们见面亮相,我和石处长感到无比荣幸无比激动。走进一道门,便是一家人,我和石处长、秦局长已经成了凤凰坪的人,希望父老乡亲们不要把我们当作客人看待。俊虎刚才讲了,大家拾柴火焰高,我们决心和凤凰坪的父老乡亲们一起拾柴一起烧火,使凤凰坪的事业像烈火一样,越烧越旺。我决心在董事会和俊虎的领导下,拼搏奋斗,发挥余热,为尽快把凤凰坪建设成有中国特色的社会主义新农村,贡献出自己的一切,鞠躬尽瘁,死而后已!"

全场又是一阵热烈的掌声,柴俊虎、田根年、李国强、丁贵、牛建明、王萍以及柴水生等一些村民小组长,都情难自禁地站起来使劲鼓掌,把手心都拍红了,惊吓得笼子里的几只野鸡展翅扑棱,咕咕乱叫。

林森连连抱拳致谢:"谢谢,谢谢乡亲们的厚爱。俊虎要我给大家上一堂科技课,我遵令而行,要讲的太多了,讲什么呢?只要大家爱听,我以后会把肚子里的东西全倒出来,来日方长嘛。今天,根据咱们凤凰坪的实际情况,我只讲两个课题,一个是养殖,一个是基本建设。关于养殖,大家都知道我们要引进渤海黑牛和波尔羊的事,对渤海黑牛和波尔羊的特点、优势也都初步有了认识,俊虎说近几天要以办夜校的形式,组织群众轮流观看录像,今天我就不多讲渤海黑牛和波尔羊了,主要讲一下如何养殖七彩山鸡。"

林森从笼中提起一只野鸡反复观察,有些爱不释手:"咱们山区的人能经常看到五彩缤纷的野鸡,司空见惯,觉得没啥,可在平原尤其是城市人,就把它当作赏心悦目的艺术珍品看待。没有比较就无法鉴别,把七彩山鸡和家鸡放在一起是什么效果呢?显然是山鸡要漂亮多了。那么再从养殖效益方面来讲,山鸡是家鸡的好几倍,我在看录像时就明白无误地讲过:山鸡全身都是宝!"

林森如数家珍,有理有据,生动而形象地讲解山鸡的各种优势和养殖价值,声情并茂地为大家算了一笔账:"物以稀为贵,山鸡作为一种珍禽,价格自然很高,国际市场价值每公斤五十元左右,国内价格因地制宜,每公斤为三十元左右。养殖山鸡的经济价值到底有多高?不算不知道,一算吓一跳。以一只山鸡为例吧,一只山鸡每年最低产蛋一百五十枚,最低孵化率为百分之八十五,每只鸡苗长至一点五公斤,每公斤按保守价二十元计算,那么一只母山鸡一年产生的最低经济效益是什么呢?一百五十枚蛋乘以百分之八十五的孵化率,再乘以一点五公斤的重量,再乘以每公斤二十元的价格,一只山鸡一年所产生的最低经济效益为三千八百二十五元。那么十只一百只一千只一万只是多少呢?这是个几何倍增的原理,换成咱们民间的话,就是鸡变蛋蛋变鸡变个没完。当然啰,如果把鸡蛋吞进肚子,那只能产生热量而不能变成小鸡。"

"哗……"草坪上的掌声和欢笑声犹如春潮喧嚣，在场的绝大多数人是生平头一回听教授讲课，头一回领略教授的风采，全都被林森那种飞扬的神采和生动通俗的演讲迷住了，产生了强烈的共鸣，恨不得当下就办一个规模很大的山鸡养殖场。李国强不断地搓着双手，眉飞色舞地对柴俊虎说："一语值千金，真正的高水平啊！"

林森连连挥手制止了经久不息的掌声和欢笑声，继续演讲："第二个课题是讲讲咱们凤凰坪的基本建设，这个课题本该由石处长讲，石处长说他只善于动笔不善于动口，我只好代劳了。大家都知道，咱们凤凰坪农工商贸总公司的龙头企业是畜牧业，而畜牧业的拳头产品是渤海黑牛、波尔羊和七彩山鸡。如果按照常规办事，养牛场、养羊场和大型养鸡场，都得有一套现代化的房舍，现代化配套设施以及相应的运输车辆。据我所知，办一个有百头奶牛的养牛场，各种费用得三百多万元，其中基本建设费用二分之一，也就是说，房屋和厂房就得一百多万元。那么，养三百头与五百头牛的基建费用是多少呢？按照我们龙泉沟养殖中心发展渤海黑牛、波尔羊和七彩山鸡的计划规模，没有五百万元不行。创业之初，五百万元不是个小数目，求之不易啊！好在我们有俊虎这个既有开拓进取精神，又善于精打细算的好领头人，有得天独厚的自然条件，主观努力和客观条件结合运用，就为我们解决了很多具体困难和后顾之忧。"

林森向前跨了两步，指着两边山坡说："根据俊虎'因陋就简、就地取材'的指导思想，我和石处长、秦局长对龙泉沟以及周围的几条山谷，进行了比较详细的勘察，石处长结合他多年的管理经验，制定了两套因陋就简的基建方案。大家请看，龙泉寨下的山坡东西长度是一千五百多米，西边山坡南北长度是六百五十多米，南边山坡东西长度也是一千五百多米，三面山坡的总长度为三千六百多米。一孔窑洞宽为八米，平均每十米打一孔窑洞，共可建三百六十孔窑洞，每孔窑洞可容纳十五头牛，如果养五百头牛连同存放饲料用不了四十孔窑洞。每孔窑洞按容纳一百只羊计算，五千只羊五十孔窑洞。每孔窑洞可容纳二十组山鸡也就是两百只山鸡，如果养殖一千只山鸡，连同储存饲料再占去十孔窑洞，还剩二百六十孔窑洞的面积。很多同志都知道，中国三大村大邱庄和刘庄，从社会上招聘的各类人员，几乎和本村自有人口相等，甚至超过本村人口，我们凤凰坪以后也会有成百上千的各种人才前来应聘，那么，这么多的人往哪儿住呢？有一技之长的人不能让他们住集体宿舍，每人平均按一间住房计算，如果一两年内有两百人应聘，就得两百间住房，建造两百间住房得花多少钱？我们负担得起么？所以，窑洞就成了最经济最实惠最理想的住所。我本人非常喜欢住窑洞，而且认为窑洞的优势大于宫殿大于宾馆和招待所。"

全场一片哗然，人们对老教授语惊四座的宏论无法理解，纷纷交头接耳议论纷纷。

林森拍拍手掌笑道："大家知道窑洞的悠久历史么？早在五六千年之前，我们的祖先为了躲避风雨雷电和虎豹狼虫的袭击,发现并利用了大大小小的洞穴,逐渐发展到现在的各式窑洞。窑洞的妙用是什么呢?凤凰坪凡住过窑洞的乡亲们都晓得,可以用四句话十六个字概括:'冬暖夏凉,经济实惠,土性养人,强体健身',凡居住过窑洞的人,都晓得这个基本道理,可以这样讲,窑洞孕育了华夏民族,因为早在三皇五帝治世时,作为部落首领的黄帝、颛顼、帝喾以及尧、舜,都是由穴居转向草棚转向房室的,也可以毫不夸张地说,凡是有山有塬的地方,都有人们赖以生存的窑洞,即便是在某些平原地区也有人建窑而居。两年前我去河南三门峡讲学,参观过一个被人们称为'地下宫殿'的村庄,那个村庄有不少村民在平地挖一个方形大坑,在坑壁上凿打窑洞居住,在院中打一眼井蓄水,从院底斜打一条洞孔为出道。这种坑室窑洞常年四季保持恒温,酷暑盛夏地面气温高达三十八度的时候,窑洞里的最高温度是十五度左右,中午睡觉时还需要盖毛巾被。西藏有个东孜村,村民大都住土窑洞,加之有良好的自然条件,从1945年到1995年,五十年没有死过一个人,村里没有心脏病、癌症和中风患者。由于没有死亡,全村人口已由过去的六百八十人增加到1995年的六千二百二十四人,年纪最大的一百二十岁,九十岁以上的就有一百八十八位。当然,除过窑洞的优势外,自然环境也是一个重要因素,大家都知道'世外桃源'这个典故,那是诗人陶渊明笔下的神秘地方,千百年来为人们津津乐道为人们神驰意往,因为那里的人们健康长寿,安享天年。但那只是诗人想往中的人间仙境,现实中有这样的地方吗?我可以告诉大家,有!"

　　人们全都怔了一下,更加凝神聆听老教授的高谈阔论:"我国广西壮族自治区的巴马县,就是当代的世外桃源。巴马山清水秀,风光旖旎,幽雅宁静,全县几乎每个家庭都是四世同堂,百岁老人到处可见,久有'六十岁的青年,八十岁的中年'的说法,是闻名遐迩的长寿之乡。那么,巴马人长寿的秘诀是什么呢?科学家们对当地人的饮食习惯、土质、水源以及空气成分等各方面都进行了检测,发现巴马人粪便中的有益菌含量非常非常高,达到其他地区水准的五十倍。人的寿命与有益菌有什么关系呢?人体有一万亿个细胞,但肠胃却寄居着十万亿个细菌,其中百分之九十五是有益菌,百分之一是有害菌,平时有益菌占上风,医学上称之为微生态平衡。有益菌有分解食物、合成维生素、帮助营养吸收、抑制有害菌以及排毒等重大作用,有益菌的多少直接影响着人们的健康和寿命,没有有益菌人就无法生存。那么,有益菌从何而来呢?这其中有很多深奥的医学道理,但归根结底只有一条,就是幽雅适宜的自然环境。"

　　林森来了兴趣,举目四望,伸出右臂在空中画了一个大圈:"我们这里的自然环境,比巴马差不了多少,用一句文学语言形容,真正是山有四季不谢之花,沟有常年不息之水。往常的景色我没有看到过,可眼前的景色是一览无余啊,山清水秀,鸟语花香,柳绿花红,青松翠竹,比起城市公园里的亭台楼阁、曲廊画栋、假山怪石和人造湖泊来,更为自然更为幽雅。俊虎同志积极响应党中央关于建设秀美山川的号召,三令五申要求凤凰坪的所有企业都要美化环境,都要建成花园式的场所,群众家户也要达到家家垂柳、户户流水的程度。大家可以想一想,有如此幽雅别致的自然环境和清新空气,再加上功能独特的窑洞,我们凤凰坪人肠胃中的有益菌能不成倍增加么?由此可见,窑洞的优势大于任何居室。很久以前,我就有一种住进窑洞的强烈欲望,一直没有机会,现在机会来了,我已向俊虎提出要求,请他拨给我一孔窑洞,我也要强身健体,争取活到一百二十岁。"草坪上又一次响起了热烈的掌声和欢笑声,林森摆摆手继续说:"再算一笔经济账,听凤凰坪的几位同志讲,打一孔窑洞不太费事,三四个小伙子三五天就可以打一孔窑洞,门窗家具可以就地取材用一些杂木制作,一孔窑洞平均不到三千元,如果建一百孔窑洞,总共用不了三十万元,三十万元和五百万元相比较是个啥概念?经商搞企业同是一个道理,少花一分钱就等于多赚了一分钱,我们凤凰坪农工商贸总公司正值起步之初,一定要想方设法节约每一分钱,千方百计为凤凰坪的事业出谋划策贡献力量,每个人都要有这么个坚定不移的信念:一切为了凤凰坪农工商贸总公司的飞速发展,一切为了尽快把凤凰坪建设成有中国特色的社会主义新农村!"

掌声如春雷滚动,欢声如南海春潮,柴俊虎和李国强、牛建明、柴二狗、李有贵以及柴水生几个人一拥而上,把老教授抬起来在人群中兜圈。佐滕义雄看得眼热,把羽田杏子拉到山本太郎面前,唔里哇啦地说了一阵日语,羽田杏子点点头,来到刘存义身边:"刘县长,佐滕先生说他决定到凤凰坪投资办企业,要求县上领导协助洽谈有关事宜。"

刘存义高兴地说:"欢迎,热烈欢迎!什么时候谈都行,我和王书记随时恭候!"柴俊虎把在场的几位董事会成员召集到一起,就目前工作很快达成了统一认识,然后要大家静下来大声宣布:"经董事会研究决定,任命石磊先生为基本建设指挥部总指挥,负责所有建设项目,现在请石处长安排工作!"

在热烈的掌声中,石磊突然想起了韩信登坛拜将的故事,心头涌起无限豪情,他用微微颤抖的双手捏着稿纸,迈着坚定稳实的步伐,格外庄严地向林森刚才站过的地方走去……

日本客商

柴二狗突然来了戏瘾,一有空就高一声低一句地唱《红鬃烈马》一剧中王宝钏的唱词:

> 二月二来龙抬头,
>
> 王三姐梳妆上彩楼,
>
> 王孙公子千千万,
>
> 彩球专打薛平男……

柴二狗同他爷爷柴黑牛一样,天生的一副硬嗓门,爱唱秧歌爱唱秦腔却总唱跑调。不过,可能是进化的自然规律吧,柴二狗比他爷爷进化了不少,几句唱词反反复复地唱来唱去,居然有了一点韵味,起码能让人听出点秦腔的味道。

高秀月骑着自行车从卫生院回凤凰坪,刚来到小柳林前,就听见柴二狗正在林子那头唱"二月二来龙抬头"。听声音,这个二百五的兴致很高,翻来覆去地练唱,大有练不到字正腔圆死不罢休的英雄气概。高秀月听着听着,忽然感到脸红心跳,浑身涌起一股热流。屈指算来,离结婚的日子满打满算只剩十天了,还有很多事要做。尽管她和柴俊虎三天两头在一起,形同夫妻,可毕竟没有举行婚礼没有入过洞房啊。柴俊虎是个正人君子,在她面前从来没有轻薄之举,相处快半年了,就那次在小柳林搂抱亲吻过以后,两人再未有过肌肤之亲,甚至连一句含蜜的情话也没有,但她明白他的心意,他很爱她,爱得含蓄,爱得刻骨铭心。她也清楚他时时刻刻盼望着那一天,盼望着名正言顺的甜蜜。高秀月憧憬未来,心中涌起阵阵热浪,反正自己把身心全都交给他了,他是过来人也是大哥哥,他会怜香惜玉,会把自己当成心肝宝贝的。高秀月抑制不住满腔喜悦,随着柴二狗那渐渐入味的唱腔,也轻声唱了起来:"二月二来龙抬头,王三姐梳妆上彩楼……"

佐滕义雄听柴二狗反反复复唱"二月二来龙抬头",听顺了耳,觉得特别动听。羽田杏子向柴德贵请教了二月二龙抬头的传说和"王三姐梳妆上彩楼"的故事,原原本本向几位同伴做了翻译,佐滕义雄高兴得手舞足蹈,用十分生硬的中国话学唱"二月二来龙抬头",还要山本太郎和铃木芳子和他一起唱。佐滕义雄来到凤凰坪不到半个月时间,可他感到收获太大了,凤凰坪的民居、家常便饭、风土人情以及山里人的淳朴善良,都使他感到新奇令他感慨万分,他也学会了在外人面前说:"凤凰坪,我们的,大大的好!"

佐滕义雄是日本国爱知县人,和山本太郎是邻居也是同学,上世纪80年代从早稻田大学毕业后,子承父业,从小职员开始,一步步晋升为董事长。来中国经商和投资办企业,是佐滕义雄的夙愿,因为他的家族早就和中国结下了不解之缘。佐滕义雄的祖父佐滕小野,抗日战争之初就到了中国的哈尔滨,在日本侵略军关东军中任军医。佐滕义雄的父亲佐滕中村,于1945年初被征入伍,在一次行军中被流弹击伤了右腿,没等出院日本天皇就宣布无条件投降了,父子俩先后被遣送回国,老佐滕开诊所坐堂行医,小佐滕进了一家经营皮革的株式会社,当了小职员。佐滕义雄的姑母叫佐滕顺子,不满十八岁就被征当了慰安妇,她受不了同胞们野兽般的践踏,患了精神分裂症,回国后经住院治疗,时好时坏,没有根除。佐滕义雄自幼丧母,是姑妈一手把他抚养大的,佐滕顺子在精神状况良好的情况下,就给佐滕义雄讲侵华战争,讲他们一家两代人的遭遇。从姑妈和父亲口中,佐滕义雄知道了中国人民的抗日战争,弄明白了一个无法抹杀的事实:日本发起的侵略战争,不止是给中国给整个亚洲造成了巨大灾难,就是日本国本身也没能幸免,几乎家家户户都是家破人亡,人民群众也是生活在水深火热之中。到了1944年日本惨败前夕,所有十六岁以上的男女青年都得去中国,男的当兵,女的做护士和慰安妇。1945年8月,日本天皇宣布无条件投降的时候,日本国已是十室九空,没有哪个家族能够逃脱侵略战争的阴霾。佐滕义雄上中学时,经常和几个志同道合的同学聚会,讨论日本军国主义的罪行,诅咒"亡灵应该进入十八层地狱"的靖国神社。在如此情况下,佐滕义雄向往中国,不是一天两天的事了,只是苦于没有机会。山本太郎从中国回来后,向他讲述了中国的改革开放,讲述了中国的西部大开发和凤凰坪正在腾飞的事业,佐滕义雄高兴极了,无须动员,一拍即合,过完春节,一接到王萍发来的电报,便随着山本太郎,兴冲冲地登上了从日本飞往西安的班机。

佐滕义雄原计划先来凤凰坪初步考察,回日本国和董事会商议后,再决定投资事宜,可是来凤凰坪没有几天,他把原来的计划全盘推翻了,有了一种莫名其妙的紧迫感,商人的第六感官告诉他,这是一个稍纵即逝的好时机,无论哪个有目光的商人,只要在凤凰坪待上三五天,是无论如何也不会放过这个挖掘聚宝盆的难逢良机的。佐滕义雄详细考察了龙泉沟、无名谷、野狼沟以及临近的几条山谷,以商人特有的精细,对凤凰坪农工商贸总公司的龙头企业——畜牧业进行了一番科学预测。论自然条件,这几个山谷都是草肥水美的天然牧场,各种水草取之不尽,用之不竭,养殖千头牛万只羊绰绰有余,而且空气清新,气候宜人,没有污染源,从根本上保证了牛羊的肉质和皮质。按照凤凰坪农工商贸总公司的规划,两年后养殖基地每年可产三千多张羊皮、三百多张牛皮和五百多张蓝狐皮,仅此一点就可以为皮革公司解决相当部分的货源。同时,随着养殖中心的不断发展和壮大,牛皮、羊皮、蓝狐皮将会成倍增长,七彩山鸡的羽毛要多少有多少,如果早投资早联营,就能为将来垄断皮革货源打下良好的基础。可是,该从哪方面入手进行投资和联营呢?瓜园挑好瓜,越挑越眼花,佐滕义雄和山本太郎一样,感到大有老虎吃天无处下口之感。

山本和佐滕在县宾馆都包有房间,但很少去住,一直待在凤凰坪,范孝勤和贾景堂的办公室成了他们的临时住所。为了食宿方便,柴俊虎为几位日本客人购置了一应灶具,以便他们自做合口味的饭菜,可实际上他们连一次日本料理也没有做过,好客的父老乡亲能让日本客人自做自吃么?每天都是争先恐后地把客人往家中请。日本客人也被中国的风味小吃和家常便饭征服了,对中国的饮食文化赞不绝口。

　　羽田杏子和铃木芳子跟着高秀月和白雪莲学艺,会炒几个中国菜也会擀面条包饺子了。因为有王志辉、刘存义、司马兆奇和林森、石磊、秦川等一些客人,柴俊虎家又一次成了临时招待所,一日三餐都在俊虎家进行。为了凑热闹也为了多学几样中国菜,羽田杏子和铃木芳子自告奋勇,提前到柴俊虎家帮厨去了。离吃午饭还有个把小时,山本太郎对佐滕义雄说:"佐滕君,快到吃饭时间了,咱俩提前去吧,不要总是让人家请咱们啊!"

　　佐滕义雄说:"好,咱们得抓紧时间决定投资项目,趁柴董事长还没去山东,赶紧找他请教,你说呢,山本君?"

　　山本太郎一拍头皮:"哎哟,我咋把他们要去山东买渤海黑牛和波尔羊的事给忘了,得快去见柴董事长。"

　　山本太郎和佐滕义雄锁了门,急急匆匆地向柴家大院赶去,刚走到巷口,就听见柴二狗的唱腔由远及近:"二月二来龙抬头,王三姐梳妆上彩楼……"

　　佐滕义雄嘿嘿一笑,刚要开口学唱,柴二狗蹬着自行车过来了,老远就连声喊着:"今早!今早!(你好)"

　　山本在凤凰坪待久了,逐渐了解了当地风俗习惯,醉心于当地的方言土语,特爱和柴二狗用方言土语对话,常常惹得大家笑弯了腰,这次也不例外,一见柴二狗就伸手拦住去路:"懒狗狗,你子么期?(二狗,你干什么去?)"

　　柴二狗装着正儿八经的样儿说:"哦哥叫你列咥商火饭期。(我哥叫你俩吃中午饭去。)"

　　山本太郎:"咥死么饭?(吃什么饭?)"

　　柴二狗:"米脱草菜茶酱面。(米汤炒菜炸酱面。)"

　　山本太郎:"搓配瑟吃还是搓地哈吃?两朝拉边?(坐炕上吃还是坐地下吃?脸朝哪边?)"

　　柴二狗:"狼面不面随便搓,两朝狼。(南面北面随便坐,脸朝南。)"

　　山本太郎:"嚓列搓讲子哈边吃。(咱俩坐台阶下边吃。)"

　　柴二狗:"嘿嘿,干脆搓替瑟。(干脆坐地上。)"

　　山本太郎:"侯哈亚能吃。(蹲下也能吃。)"

　　柴二狗哈哈笑着说:"富哈亚能吃。(睡下也能吃。)"

　　山本太郎:"哈哈哈,灭早擦列富哈吃。(明天咱俩睡下吃。)"

柴二狗："能行买！（能行么！）"

山本太郎："哈有洒？（还有谁？）"

柴二狗："木有含人,凑你咧。（没有闲人,就你俩。）"

山本太郎挥挥手："赶紧掐,哦列凑雷啦。（赶紧去,我俩就来啦。）"

柴二狗做了个鬼脸,说了声"撒由耶那（再见）",骑着自行车返回去了。山本太郎高兴地说："佐藤君,俊虎君不会去山东了。"

佐滕义雄十分诧异："山本君,你怎么知道他不去山东了？俊虎君是个办事认真的人,这么大的事他能不亲自挂帅出征？"

山本说："你没听见二狗唱'二月二龙抬头'么？二月初二是俊虎君结婚的大喜之日,今天已经是正月二十八了,他能去么？他就是要去,大伙儿也不能让他去呀。"

佐滕恍然大悟,操着生硬的中国话,又一次唱了起来："二月二来龙抬头……"

这顿午餐没有什么新花样,只是加了一道"霸王别姬"和五香甲鱼汤。柴二狗和柴水生为了犒劳林森和石磊,用了大半天时间,从青龙渡钓上来两只大王八。城里有"无鳖不成席"的说法,堂堂凤凰坪农工商贸总公司宴待贵客,无鳖能上档次么？在柴二狗的心目中,凤凰坪无论从哪方面讲,都要讲高品位绝不能掉价！

王志辉和刘存义是第三次在凤凰坪过夜,昨天晚上几乎是一夜没有合眼,和林森、石磊天南海北侃了个没完没了,侃来侃去县委书记和县长做了个决定：从下个月开始,重金聘请各界名教授轮流来韩塬讲课,先从法律和经济方面开始,无论哪堂课,凡乡镇以上所有领导干部都要参加,要形成一种雷打不动的学习制度。两位党政一把手下了决心,从听课学习入手,狠抓党风建设,理论联系实际,来一次有针对性的批评与自我批评,不吃凉粉腾板凳,对犯有严重错误和违法乱纪的害群之马,该清除就清除,该惩处就惩处,绝不姑息迁就绝不心慈手软,并当面授命郭强,连夜加班起草了一份通知,要所有乡镇以上的领导干部,于下个月的第一个周六来凤凰坪报到,听林森教授讲有关发展畜牧业的课,为期两天。

凉拌热炒的美味佳肴,一样一样地摆满了两张餐桌,大伙儿依次而坐。柴俊虎和田根年陪王志辉、刘存义、林森、石磊、秦川、王萍以及山本太郎、左滕义雄坐一桌,李国强、李有贵和牛建明陪同司马兆奇、郭强、范孝勤、贾景堂以及丁贵、柴水生为一席。柴二狗自告奋勇跑后勤,羽田杏子和铃木芳子坚决不入席,要跟着高秀月和白雪莲帮厨,要和田春燕、柳翠香端菜斟酒当服务员。

农村和城里一样,入席前总有一番推推让让的热闹场面,在一片欢声笑语的气氛中,有几个人心中多少有些惆怅和失落感,总是挥之不去。刘存义每次来凤凰坪,都要欢天喜地地当一回现代马,可这一回连小宝的影子也没见着。张凤仙的母亲马玉莲思念女儿,也深感愧疚,整天蔫不溜溜地打不起精神,托人向柴俊虎和俊虎妈说情,要小宝到张家坪陪她一阵。俊虎妈征求高秀月的意见,高秀月通情达理地说：

"老人孤孤单单地怪可怜,让小宝去陪外婆,我和俊虎也要常常去看望她。"小宝去了张家坪,刘存义能不有些失落感么?

柴俊虎听柴二狗唱"二月二龙抬头",心头不时升起一片惆怅,结婚喜期屈指可数,去山东买渤海黑牛和波尔羊又是势在必行,一公一私,何去何从,都是当机立断的事,他能不进退维谷能不两头为难么?引进渤海黑牛、波尔羊以及七彩山鸡,是关乎到凤凰坪农工商贸总公司创造辉煌的头等大事,作为创业的领头人,作为总公司董事长,事不躬亲能成么?可结婚毕竟是人生的终身大事啊,自己是过来人,可高秀月毕竟是黄花闺女,而且这桩婚事不比寻常,来之不易啊!能让这么一位好姑娘在心头上再蒙受创伤么?柴俊虎心中暗暗自哂:有个分身术多好!

高秀月表面不显山不露水,心里头可是四海翻腾云水怒,有好几次不是拿错了盐就是拿错了醋,她和柴俊虎的心理一样,处在公与私的十字路口左右为难。她毕竟是个大姑娘,结婚入洞房是盼望已久的终身大事,再大的事也得给婚期让道,天经地义,古来如此。可是凤凰坪的事业非同寻常,柴俊虎是职责所在,高秀月比柴俊虎多了一层为难,一颗芳心总是七上八下地忐忑不安。

川妹子王萍比起柴俊虎和高秀月来,更多了一层无法启齿的烦恼。光阴似箭,她来凤凰坪一晃快半年了,可寸功未建啊。要做的工作千头万绪,她能不忧心如焚么?近几天来,王萍好几次听到了柴二狗唱"二月二来龙抬头",更是勾起了满腹心事。二月初二,柴俊虎和高秀月就有了一个幸福美满的小家庭,可是自己呢?家,是个多么富有吸引力的名词啊!人,无论贵为帝王将相,也无论是草民百姓,都得有个安身立命之地。即便是能呼风唤雨,能指鹿为马能扭转乾坤的伟人能人,总还有需要回家缓冲、休整的时候。用爱心营造的家,有春之华,秋之实,夏之凉爽,冬之温暖,无论外界有何风吹草动,甚至电闪雷鸣,家里都依然是温存的,平和的,亲切的,永远都是惬意的春天。西安寻梦被骗失身,凤凰坪的心中偶像让人捷足先得,自己咋就总是不能用爱心营建一个温暖的家呢?王萍的姑母是一位语文教师,深谙人生真谛,王萍从姑母那儿学到了很多东西,最为刻骨铭心的是姑母那句振聋发聩的"女儿经":"女人要想过上好日子,就必须走向成功,自己无法成功就找一个成功的丈夫,丈夫没有成功就教育儿女成功,否则就只能是一个围着锅台转的黄脸婆。"经过反复思考,王萍终于领悟了人生真谛:人生在世,爱是生命的旋律,人生其实就是寻寻觅觅的过程,每个人都要在人生旅途中找到四个人,第一是自己,第二是自己最爱的人,第三是最爱自己的人,第四是和自己共度一生的人。滚滚红尘,芸芸众生,爱与被爱全靠缘分,缘来了分不在,那就叫有缘无分。缘分来的时候要学会珍惜,缘分去的时候要学会放手,这样,你才能给别人重生的机会,自己也就有了更多的机会去选择。物有贵贱之分,人有强弱之别,王萍毕竟是王萍,川妹子毕竟有一股辣味,她暗自铁了心,事业无成绝不再言婚嫁。王萍仔细观察分析了山本和佐滕的心态,知道他们正在积极选择投资项目,一个新的想法油然而生。

心细如发又是局中人的李国强,对柴俊虎、高秀月和王萍的思绪是心知肚明,对几个人之间的关系也是了如指掌,可他只有想法没有办法,看《三国》掉眼泪,替古人担忧。思来想去,觉得只有求助于县委书记和县长,只有他们二位才能走活这盘棋。李国强抬头向王志辉望去,见王志辉正冲着他微微一笑,李国强心中一块石头落了地,他知道县委书记早已胸有成竹。

干了三十多年行政工作的王志辉,在察言观色揣摸人意方面,可谓炼成了一双火眼金睛,加之他对凤凰坪的具体情况了如指掌,对柴俊虎、高秀月和王萍的心思焉有不解之理?他和刘存义此次来凤凰坪,除了协助柴俊虎运筹帷幄决定方针大计外,也想为柴俊虎在两难之际排忧解难,也想为川妹子助一臂之力。县委书记亲自为每个人斟了酒,端起酒杯说:"自古美酒敬英雄,林教授亲自出征,和秦局长、老丁以及李国强同志,一起去山东引进渤海黑牛、波尔羊,还要绕道湖北引进七彩山鸡,我提议大家共饮一杯,预祝林教授此去旗开得胜,马到成功!"

柴俊虎怔了一下,有些感到意外地说:"王书记,不是说好让我和林教授去山东么?"

王志辉未及答言,林森笑呵呵地说:"俊虎是想和老朽争功呢还是不放心老朽?坐帐离不开大元帅,你安心坐镇指挥吧,我们保证不辱使命,请大家静候佳音!"

刘存义从口袋里取出一部手机递给林森:"林教授,这是县政府配给您的手机,随时随地可以和家里联系,我已经给邮电局打过招呼,让他们三两天内给老支书家和龙泉沟各安一部电话,你们到山东后就可以随时通话了。"

林森几句玩笑和刘存义的举动,轻而易举地为柴俊虎解了围,满屋子响起一片欢笑声,白雪莲和田春燕、柳翠香都是喜出望外,围着高秀月嬉闹,嚷嚷着要吃喜糖。

刘存义端起第二杯酒,冲着山本笑道:"你的投资,什么时候的干活?干杯的有?"

山本太郎迫不及待地说:"投资的一定,项目的干活,你的指点!"

刘存义哈哈一笑,指着王萍对山本太郎和佐滕义雄说:"她的,项目的,大大的好。"说罢喊住正在端菜的羽田杏子,向她介绍了王萍的服装系列项目,羽田杏子现场翻译,山本太郎和佐滕义雄悄声议论了一阵,十分高兴地冲着羽田杏子说了一串日语。羽田杏子点点头,转面对刘存义说:"山本先生说要尽快和王萍小姐洽谈,请柴董事长阁下参加座谈会。"

王志辉冲着李国强呵呵一笑,举杯大声说道:"为了林教授马到成功,为了王萍小姐事业有成,为了凤凰坪农工商贸总公司的飞速发展,请大家共同干杯!"

洞房花烛夜

农历二月初二,是个春光明媚、风和日丽的好天气。一大清早,凤凰坪又热闹起来了,人来人往川流不息,街头巷尾到处都是欢声笑语。八对新人同日结婚同时举行婚礼,而且由凤凰坪的领头人柴俊虎带头喜事新办,能不令人感到稀奇新鲜么?出入各家帮忙的,采购各种用品和搭喜棚的人们都忙活着各自的工作,全村的男女老少几乎全体出动了。"麻子老三"李有贵代替了柴二狗的工作,组织了一支五十多人的锣鼓队,正在村北头的打麦场上咚咚锵锵地操练队形。

鸡啼第一声的时候,本来就没有睡实在的柴二狗就醒了,他一个鲤鱼打挺跃起身,胡乱穿上衣服一头闯出门去,像只无头苍蝇似的满院子乱闯乱转,不知道该干些啥。村里帮忙的人多,和他气味相投的朋友也多,昨天下午没用多长时间,该准备的全都准备好了。用大红纸写好的执事单贴在墙上,人们只要一看执事单就明白给自己分配的工作,敲鼓打锣,各干各活,该做什么就什么,无须主家操心。院子里搭起了篷帐,整整齐齐地摆放着十几张方桌,来贺喜的宾客随到随入座,自有礼房的待客者接待,也不用主家出面。因为二狗妈是个半哑的残疾人,手脚不灵便,田二曼和春燕妈几乎把二狗的内务活全包了,柴二狗结婚的穿戴、床上用品和屋里的摆设,里里外外没有一样不过手。李云杰、田春燕和田春山、柳翠香犹如柴二狗的兄弟姐妹一样,整天泡在二狗家,操的心出的力不比二狗少。二狗甜言蜜语地说奉承话献殷勤,田春燕不为所动,总是瞪着杏子眼警告柴二狗:"少表孝心,看我咋个闹洞房,不把你二狗整出尿来不姓田!"李云杰和田春燕新婚头一夜,柴二狗带头闹洞房,挖空心思想出了很多新花样,让李云杰和田春燕顾此失彼,十分狼狈,这笔账田春燕记着呢。

田柱儿在炕上翻了一夜烙饼,折腾来折腾去一直没有进入过梦乡,却不感到困乏,浑身上下反而有一种无穷无尽的力量。如果此刻王水英要他去干活,他会一手提着一只盛满水的水桶,或者一个肩膀上扛着一大袋粮食行走如飞。如果王水英要他下水捕鱼,他会毫不犹豫地跳进青龙渡扎几个猛子。年轻力壮的大小伙子,蓄久难发的情欲犹如饱含岩浆的火山,沸腾点已快到了极限,其势其力一旦喷发,是任何力量也无法阻挡的。近几天来,小伙子特别爱听柴二狗唱"二月二来龙抬头",每听一次都会涌起一阵躁动,都会浮想联翩。人们普遍认为田柱儿是个四肢发达头脑简单的愣头青,其实只看了个现象,并不了解田柱儿的内心世界,殊不知小伙子的内心世界复杂着哩。田柱儿一直没有近过女色,可他时时刻刻渴盼着女色,对女性世界充满了神奇充满了向往。王水英虽然也常来凤凰坪,可她是个正经姑娘,除过在学骑摩托时和田柱儿拥抱亲吻了那次外,再没有让田柱儿贴近身,她说不到洞房花烛之夜,绝不让田柱儿动她一指头。田柱儿记住了王水英"到时候随你便"那句话,掐着指头盼望二月二龙抬头的那一天。笨人有笨办法,腊月二十六得到村上的通知,说要在新春过后的二月二龙抬头那天,由村委会统一办理,村里八对新人集体结婚。田柱儿掐着指头细算,离二月二还有三十六天,急忙弄来一支粉笔,在门背后写了六个正字,每天早晨起床第一件事,就是抹去一画。正字是五笔画,每抹去一画就少了一天,六六三十六,等抹完最后一画,就到了二月二龙抬头那一天了。对于戏剧《红鬃烈马》中王宝钏的那段唱词,傻柱牢牢记在了心里,每天都要唱好几遍,唱得字正腔圆,有滋有味,绝不比碟片上那些名演员唱得差。在他心目中,王水英就是王宝钏王三姐,他就是那位薛平贵,王水英水灵白嫩,比王宝钏更漂亮,是二狗们公认的美人,新婚洞房是人生一大喜事,搂着美人睡觉那是啥滋味?傻柱没有接触过女人,不知道新婚之夜该咋过,一本《新婚必读》被他翻得皱皱巴巴,主要内容背得滚瓜烂熟,模拟动作反反复复不知做了多少遍,好不容易盼到了这一天,他能睡着觉能平心静气地稳坐钓鱼台么?

  高秀月两天前就回县城了,男婚女嫁,就讲究个明媒正娶,新郎官跨马押轿到女家迎请新娘,向岳父岳母行跪拜大礼尽半子之孝,贺喜的亲朋宾客向新郎索要喜糖,小姨子小舅子三姑四姨搞些恶作剧般的玩笑,不闹个天翻地覆不闹个尽兴而休是不会让新娘起轿的。人生的终身大事,老祖宗留下的规矩,是千万马虎不得的。太平盛世,男婚女嫁的迎娶花样多得令人目难暇顾,近两年来时兴用小轿车迎娶新娘,小轿车越高级越体面,而且要红颜色的,车牌号的尾数还要是双号,说这样大吉大利,双喜临门。俊虎妈不愿意让高秀月受屈,坚持要用红色的小轿车迎娶新娘,车牌尾号也一定要用双号的,谁劝说也不行,柴俊虎给妈讲大道理,破天荒地被老太太骂了个狗血喷头,声严色厉地对柴俊虎说:"如果不用车牌是双号的红小车去接秀月,我去你舅家永远不回来!"

  消息传到王志辉和刘存义的耳朵里,刘存义没有往深处想,大手一挥说:"那有何难,用我的车吧,颜色是红的,车牌号是双数,老太太保证满意!"

  王志辉微微一笑说:"我的小车也是红颜色也是双号,俊虎能要么?用咱俩的车谈不上什么铺张浪费,也和腐败沾不上边,可俊虎处在目前的地步,他能不考虑影响吗?老太太一生不容易,这么个要求不过分,一定要满足老太太的心愿。"二月初二上午9时,八辆车牌号为双数的红色小轿车同时驰出凤凰坪,分头奔向各自的目的地。遵照王志辉的指示,柴水生和田春山在电视台记者牛祺、周虹的协助下,联系了八辆出租车,风风光光体体面面地把八位新娘接到了凤凰坪。

  二月二龙抬头这一天,凤凰坪的中枢机关是设在村委会的民俗理事会,柴德贵和老教师李民贤、退休干部田明章以及川妹子王萍,成了内阁大臣般的最高指挥,统筹安排策划八对新人办喜事的整个议程,八辆喜车几点钟起程几点进村,八对新人几点钟举行结婚仪式,各家的待宾宴几点钟开席,锣鼓队和秧歌队什么时候表演,晚上的电影几点钟放映等等有关事宜,都得按照他们的安排部署进行。乡党委书记范孝勤和乡长贾景堂成了帮手,协助"内阁大臣"们抄抄写写和发号施令,一场凤凰坪史无前例的集体婚礼,在热热闹闹的气氛中,按部就班地进行着。

下午两时整,八辆被装扮得五彩缤纷的小轿车,相继驶进搭在打麦场的彩棚前,一字排列,"麻子老三"一声令下,噼里啪啦的鞭炮声和咚咚锵锵的锣鼓声同时响起,凭空刮起暴风骤雨,滚动阵阵春雷,秧歌队在田桂芳的指挥下,踩着鼓点翩翩起舞,打麦场上顿时沸腾了。在震耳欲聋的鞭炮声中,八对新人相继跨出彩车,依次走到喜棚前站成一排,新人的家长们在系着红彩球的幔帐前正襟危坐,故作庄重的面孔上掩饰不住欢心快意,想笑不敢笑,惹得看热闹的人们嘻嘻哈哈地逗乐。

俊虎妈感到无比欢欣无比激动,身上不时发出一阵轻轻的痉挛。她被家长们公推为家长代表,端坐在正中央的一把太师椅上,生平头一回在父老乡亲面前亮相露脸,显得有些局促不安。她被白雪莲兰香和菊菊几个爱热闹的妇女打扮得花里胡哨,描眉涂脂抹口红,头上戴着红花帽,格外逗人。按照风俗习惯,每位家长手中都捏着一百元人民币,等新媳妇行跪拜大礼时作为见面礼。俊虎妈手中捏的不是钱,而是那把从不离身的大门钥匙,她要当众把大门钥匙交给高秀月,让大伙儿都知道高秀月是柴家大院的当家人。

主婚人是乡党委书记范孝勤和老支书田根年,司马兆奇和县妇联主任赵琳、绿化局女局长成怡以及山本太郎和佐滕义雄,作为贵宾代表,被安排到来宾席上就座。电视台记者牛祺和周虹,为了及时报道凤凰坪喜事新办的新闻,一大早就挤进司马兆奇的小轿车来到凤凰坪。羽田杏子充当义务录像师,扛着她那台小巧玲珑的录像机,轮流到每对新人的家中和村头巷尾录像,累得她娇喘吁吁,头冒热气,仍是坚持不懈地抢录着每一个镜头。按照山本太郎和佐滕义雄的意见,她得复制八盘录像带,八对新人每家一盘,作为永久留念。

王志辉和刘存义因为工作忙,没有前来参加婚礼,托司马兆奇和赵琳带来了八本精装影集和八束鲜花作为贺礼。和凤凰坪有过来往的一些部局长也纷纷送来牌匾、花篮和其他各种贺礼。下午两点半,结婚仪式准时进行,范孝勤做了十分精彩的致辞后,像戏剧中的唱礼生那样,退在一旁高声唱礼:"一拜天地,向北京方向三鞠躬,感谢党中央的英明领导;二拜高堂,向父母大人三鞠躬,感谢父母大人的养育之恩;夫妻对拜,相互三鞠躬,拥抱拥抱握握手,随后再饮交杯酒!"

台上乱套了,新人们不好意思在众目睽睽下拥抱握手,伴娘们牛不饮水强按头,纷纷推着各自的新郎新娘握手拥抱,打麦场上响起一片欢呼笑闹声。柴二狗悄声对张兰花说:"搂抱搂抱亲个嘴,给大家起个带头作用。"张兰花一瞪杏子眼:"你敢,小心我一脚把你踹到台下去!"张兰花的新伴娘是田春燕,她大声把柴二狗和张兰花的对话宣布了一遍，年轻人跟着起哄，好多人笑得前仰后合直冒泪花子。

最后由来宾代表成怡讲话，她略略整整衣衫，怀着十分兴奋和激动的心情走向麦克风。凤凰坪的父老乡亲感念女局长的扶助之恩，一致要求女局长来凤凰坪参加这场非常有意义的婚礼。她一跨出小轿车，人们就争先恐后地拥上前，向她打招呼问好，七嘴八舌地邀请她去家里做客。女局长好感动啊，十分豪迈地对司马兆奇和赵琳说："看，我们凤凰坪的父老乡亲们多热情！"

按照理事会的安排，结婚仪式结束后，八对新人各自回家入洞房，各家分头摆席设宴招待宾客。为了避免宴席有档次高低之分，宴席的菜单由理事会统一安排，定为八凉四热一个汤，鸡鱼蔬菜由村上统一供应。这样，无论到了哪家，都是同样的饭菜同样的烟酒，没有高低薄厚之分。八对新人的亲朋各自入席自不必说，乡上和县上来的客人以及几位日本客人可就犯了难：家家都坚持着要让客人去他们家喝喜酒，你拉他抢闹得不可开交。最后由范孝勤和贾景堂、老支书田根年采取平均分配的办法，让客人们分头去各家做客。司马兆奇十分感慨地对赵琳和成怡说："今天总算过了一通当八路军的瘾！"

随着夜幕的降临，凤凰坪又一次进入了狂欢之夜。原定的放电影计划被取消了，八对新人八个洞房，闹洞房多热闹多有趣，能不比看电影强？天还没有全黑，人们已经分头向八个洞房拥去，街头巷尾到处都是人群，到处都飘荡着欢声笑语。

来柴二狗家闹洞房的人最多，作为新婚洞房的大窑洞够宽敞了，可仍是容纳不下接踵而来的人群，院子里和大门外都挤满了人。山本太郎和佐滕义雄应邀来柴二狗家做客，也像其他人一样，争着抢着干这干那，笨拙的动作和生硬断句的中国话，逗得满院宾客爆发出一阵又一阵欢声笑语。羽田杏子和铃木芳子做了高秀月的新伴娘，柴二狗充当临时翻译，天快黑时，他把山本太郎和佐滕义雄拉到一旁，悄声说："闹洞房的干活，二位远离的不要，为我保驾护航的要紧！"柴二狗自作聪明，他晓得田春燕和柴水生那帮人不会轻饶他，以为有日本客人在他身边会少吃些苦头，殊没料到事与愿违，山本太郎和佐滕义雄不仅没有为他"保驾护航"，反而推波助澜，让田春燕痛痛快快地来了一次大报复。

闹洞房的活动刚开始，柴二狗就向田春燕打躬作揖套近乎："好燕子，请你大发慈悲高抬贵手，我们生了小二狗让他叫你姑奶奶！"

田春燕使劲憋住笑，虚张声势地说："种瓜得瓜，种豆得豆，种下仇恨自己遭殃，我今天是以其人之道还治其人之身，先来文的，老老实实交代你勾引兰花的详细经过，咋个干就咋个说，说一句假话罚你变一次大王八！"

柴二狗大惊小怪地咋呼："我的姑奶奶，那事儿能说出口？"

大伙儿一阵大笑，七嘴八舌地要柴二狗老实交代。山本太郎和佐滕义雄早就清楚闹洞房是怎么回事，自然不会放弃这个难得一遇的民间热闹。柴二狗向山本太郎和佐滕义雄求援,佐滕义雄假装听不懂,虚张声势地摇头摆手,山本太郎明白装糊涂,一个劲儿给田春燕煽风点火:"种瓜种豆,洞房里的干活!"

柴二狗急得直嚷嚷:"山本先生,你是哪壶不开提哪壶啊!"

山本太郎继续装傻:"你的,酒壶的要?"他扭回头对大伙儿嚷嚷着说:"酒壶的要,酒壶的干活!"

柴水生摩拳擦掌,站在炕上配合田春燕搞恶作剧,闻言急忙向窗外喊道:"谁在门外?快拿一壶装满烈酒的酒壶来!"

很快,一个装满烈酒的大酒壶传递到田春燕手中,这是一个农村常见的那种圆形大肚锡壶,可装两斤酒。田春燕拧开壶塞闻了闻,对柴二狗娇叱道:"快说,越详细越好,说一句假话灌你一口酒,这可是六十度的老白干!"

柴二狗龇牙咧嘴地装熊:"我坦白,我交代,保证不讲半句假话……"

张兰花狠狠拧了柴二狗一把:"敢胡说一句,我一脚把你踹到炕下去!"

洞房里爆发出哄堂大笑,夹杂着掌声、口哨声和喊叫声,急得挤不进洞房的人们在外边乱嚷乱喊:"把窗子打开!把窗子打开……"

当地的风俗习惯,闹洞房是婚礼上重要的一环,没有人能够平静无奇地度过新婚之夜。农村尤其是山区,闹洞房十分热闹,但比较粗俗甚至野蛮。新婚三天无大小,不同辈分的男女老少挤进洞房,连续不断地变化着各种花样,牛不饮水强按头,逼迫新郎新娘表演诸如"咬红枣""推磨""掏蛇"等等五花八门的节目。"咬红枣"比较文明,一根拴着大红枣的红绳绳悬吊在空中,让新娘新郎争着去咬摇摆不定的大红枣,谁先咬到谁当家,其寓意很明显:早生贵子。"推磨"和"掏蛇"的游戏很不文雅,带有很大的酸味,但这是传统节目,每个新郎新娘都得尽情表演。所谓"推磨",就是两个人四条腿交叠在一起,在人们的推搡拉扯下,互相搂抱着转圈圈,左三圈右三圈,一圈都不能少。"掏蛇"的难度不大但是很酸,一般新娘子做不来,新娘子不进行表演,闹洞房的人就用各种方式惩罚新郎,轻则打得新郎头昏眼花,重则眼青鼻肿甚至头破血流。新娘心疼丈夫,就得乖乖听话,尽心尽意表演:让新郎的双腿搭在自己双腿上边,新娘把新郎的红裤带解下来,从新郎左边的裤筒塞进去,再从右边的裤筒掏出来。这个游戏看似简单,其实难度相当大,因为裤带要在新郎的胯间停留下来,让新娘把红裤带打个结,随后再把红裤带从右边裤筒掏出来。这个游戏往往要持续很长时间,是闹洞房最开心最热烈的节目,把新娘闹哭的事屡有发生。闹洞房的习俗虽然很粗鲁甚至野蛮,但在某些程度来讲,是一种启蒙式的性教育。试想一下,没有经过肌肤之亲没有性经历的新郎新娘,能懂得男欢女爱么?能主动睡进一个被窝么?闹洞房没有时间限制,因人制宜因事制宜,往往都是到了一定时间,由村里德高望重的人或者新郎的长辈,把香烟糖果发给每一个人,客客气气地把人们撵出洞房。别以为闹过洞房以后,新郎新娘就可以男欢女爱高枕无忧了,还有一个很为特殊的"节目",会让他们提心吊胆地钻在被窝里不敢出声,那就是传统节目"听房",顾名思义,就是听房里的动静,听新郎和新娘说些什么甜蜜话。听房者一般是新郎的母亲、姑姑、姐妹、嫂子,再就是新郎的伙伴。家里人听房,主要是担心一对新人不谙房事,不好意思同床共枕。不孝有三,无后为大,传宗接代延续香火,是人生的头等大事,千万马虎不得。其他人听房,不过是为了寻求刺激为了凑热闹。听房的地点不固定,窗户下边、门前屋后,甚至有人钻在床下边或者衣柜里,防不胜防,新郎新娘在明处,听房者在暗处,新郎新娘能心安理得地睡好觉么?

比起柴二狗的闹洞房,柴俊虎的洞房花烛另是一番景象,除了司马兆奇、赵琳、成怡和范孝勤、贾景堂、田根年外,还有几位村干部和在村里比较有头脸的人。柴俊虎毕竟是一村之主,是受父老乡亲敬重的领头雁,高秀月也是一位受人尊重的好姑娘,何况高宁对凤凰坪的事业有扶持引导之恩德。洞房里的气氛很祥和,人们嗑瓜子抽烟吃水果,天南海北聊大天。快10点钟的时候,牛祺、周虹、山本、佐滕等人相随着来到柴家大院,争着讲述各家闹洞房的笑话,逗得人们开心大笑。周虹是个爱热闹的快活人,她和白雪莲、田桂芳、羽田杏子耳语了一阵,首先发难:"柴主任,我们是来闹洞房的,不能光侃大天呀!"

高秀月红着脸说:"这样不是很好么?"

田根年见几个年轻人要闹洞房,站起身要走,白雪莲拦住他说:"新婚三天没老少,田叔你走啥呢?"

田根年是个厚道人,被白雪莲一句话定住了,讪讪地笑道:"闹么,你说咋个闹?"白雪莲快人快语:"按老规程,先讲恋爱经过,再表演节目。"

柴俊虎不好说什么,只是一个劲儿地傻笑着直挠头,高秀月红着脸要往外跑,被白雪莲、田桂芳、羽田杏子、铃木芳子和周虹几个人拦住无法脱身,司马兆奇和赵琳打圆场:"算了算了,让他俩给大家唱支歌就行咧。"

山本太郎和佐滕义雄积极响应:"唱歌的好听,'二月二龙抬头'的干活!"

柴俊虎和高秀月拗不过,凑合着唱了一段"二月二龙抬头",女士们通不过,只好又边唱边舞来了段黄梅戏"树上的鸟儿成双对",总算过了闹洞房这一关。

夜深人静,喧腾热闹了一整天的凤凰坪,渐渐在夜幕中沉寂了,柴俊虎和高秀月送走客人,向母亲问过晚安,相随着走进新洞房。柴俊虎关上门,笑嘻嘻地问高秀月:"累了吧?"

高秀月笑笑没有吭声,脸上又飞起两片红霞,她温情脉脉地望着柴俊虎,用手轻轻拂去俊虎肩上一片灰迹,兑了一盆热水让柴俊虎洗脸洗脚,开始履行一个妻子的义务。

朦朦胧胧的月色透进门窗玻璃,黑咕隆咚的窑洞里有了一丝昏蒙的光线。柴俊虎轻轻地帮着高秀月脱去衣裳,忽然感到高秀月打了个冷战,连忙悄声问:"冷么?"

高秀月仍然没有吭声,一头扎进柴俊虎的怀中,柴俊虎紧紧搂住高秀月,两人如饥似渴地一阵狂吻,两行热泪从高秀月双目中涌出,柴俊虎深情地为她抹去泪水,左手搂着爱妻的脖子,右手在那丰满光洁的肌肤上自上而下轻轻地抚摸。坚挺壮实的双乳,平坦细腻的肚皮,浑圆柔软的双腿,到处都是那么光滑,那么富有弹性,柴俊虎觉得他怀中搂抱着的不只是一副娇美的胴体,简直是一尊富有生命力的艺术珍品,珍贵得令他不敢也不忍心用力去捏去碰,只能用手轻轻地抚摸,只能用嘴唇轻轻地舔吻。

　　高秀月温顺地躺在柴俊虎怀中,觉得自己是躺在爱河中随波逐流,巨大的幸福感使她浑身上下不断发出一阵阵轻轻痉挛,她忽而感到紧张,忽而感到激奋,一颗芳心不住地狂跳,不由自主地把身子紧紧贴进丈夫那温暖的怀抱。柴俊虎明白她的心理活动,他不想让她有一丝一毫的痛楚之感,他要让她如同品尝甘露醇酒一样,在温柔美妙的爱河中任意畅游尽情享受,她有这个权利,他有这个义务和责任……

人狼奇缘

野虎川和青龙川只隔着一道山梁,翻山越岭走近道从青龙川去野虎川,一天能打两个来回。自古以来,野虎川和青龙川通婚的人很多,山上到处都是弯弯曲曲的羊肠小道,高耸入云的青龙山成了人们脚板下的台阶和桥梁,弯弯曲曲的羊肠小道留下了许许多多千奇百怪的故事。

那年,"瘸八"胡有来偷看五嫂洗浴摔折了腿,实在无颜在凤凰坪待下去了,便领着"虎子"去了野虎川的姑姑家,姑父是村长,动员村民们把羊只集中起来让胡有来放牧,让他住在村边的一个旧院落里与羊为伍,挣一份工钱,开始了羊倌生涯。一个阴雨霏霏的阴雨天,胡有来在一棵大松树下的草丛中,发现了一只刚出生不久的小狼崽,像个病小猫似的蜷缩在草丛中,奄奄一息,苟延残喘。胡有来把小狼崽抱回他居住的窑洞,用面糊和稀粥救活了小狼。不到半年,小狼崽成了大灰狼,大灰狼毛色发亮,硕壮俊逸,胡有来给它起了个名叫"灰公主"。"灰公主"自幼在"瘸八"的调教下,善解人意,能按照主人的指令去办一些比较简单的事,无论生人熟人,没有胡有来的许可,无法走进大门一步,也休想拿着东西走出大门。来了客人,只要胡有来和客人一握手,"灰公主"就会屈着后腿站起来,两个前爪做抱拳状向客人作揖敬礼。晚上天冷,"灰公主"常常会爬上炕头挤在胡有来身边,用它那毛烘烘的身子为胡有来送暖。胡有来常常紧紧搂着"灰公主"的脖子说:"'灰公主'啊'灰公主',你咋是狼不是人呢?"有时胡有来动了感情,泪流满面,"灰公主"就会伸出舌头,慢慢地舔去胡有来的泪水,用狼脸贴着人脸来回摩挲,人和狼建立了奇异的感情。

"灰公主"两岁的时候,胡有来住的院落前突然闹起了狼事,每天一到黄昏,院子外边就远远近近地挤满了几十只野狼,高一声低一声地嗥叫着,跳跃着,有几条健壮雄伟的公狼争先恐后地爬上墙头,不管不顾地要往院子里跳。每当此时,"灰公主"就像疯了似的,和"虎子"冲着墙头上的公狼乱扑乱咬。胡有来一开枪,"灰公主"又回过头来,双目柔柔地瞅着"瘸八",嘴里呜呜咽咽,好像求情似的不让胡有来伤了它的同类。枪声、狗吠狼嗥声,往往引得村里人敲锣吹号,明火执仗地赶来助威。狼群窜入山林后,"灰公主"总会精疲力竭般地趴在地上,听着远处传来的狼嗥声,不安地摇头摆尾,喉管里发出一阵阵沉沉的哀鸣。

久而久之,村里不少人家遭到了狼祸,今天这家丢了鸡,明天那家丢了羊,闹得天刚黑家家就得关门闭户,夜里大小便都不敢出门。于是,人们把怨气全撒向胡有来,胡有来的姑父三番五次劝"瘸八"把"灰公主"撵回深山老林,劝说无效后就下了最后通牒,说胡有来十天之内不赶走"灰公主",他就要忍痛割爱和胡有来中断雇佣关系。中断雇佣关系吓不倒胡有来,此处不养爷,自有养爷处,凭着管理羊群的技艺,到哪里不能当羊倌?要命的是一伙年轻人放出风来,说要用"灰公主"的皮做一条毛色发亮的狼皮褥子!

万不得已,胡有来只好狠着心用棍棒赶走了"灰公主","灰公主"总是在山林里待不了三五天又跑回来,胡有来再次把它撵走。两个多月后,"灰公主"显怀了,还是三天两头地往胡有来住的地方跑,村里慢慢就有了风言风语,说"灰公主"怀上了胡有来的种,将来没准会生下一个既像狼又像人的怪物。对于这样的风言风语,胡有来根本就没往心里放,狼咋?人咋?都不是动物么?"灰公主"要是真的怀上我的种才好哩!胡有来无所谓,胡有来的姑姑受不了,见了面总是唠唠叨叨没完没了地追根问底,甚或一把鼻涕一把泪地数落这个不争气的侄儿。胡有来为了混口饭吃,为了避开令他无颜见人的凤凰坪,只好咬紧牙关在夹缝般的环境下混日子,有好几次竟产生了跟着"灰公主"到深山老林去过人兽混杂的生活的念头!

这年过了元旦,柴俊虎派柴二狗专程到野虎川给胡有来送口信,请他回村去当羊倌。胡有来正愁没有退路,听了柴二狗的话,真好像半路跌跤拾了个金元宝,高兴得直想翻跟头。

树高千尺,落叶归根,谁愿背井离乡常年在外颠簸呀!出了那档子丑事,胡有来无颜再在凤凰坪待下去了,可他无时无刻不想念家里人,经常梦见村里的父老乡亲,梦见家里人更多地梦见那位令他神魂颠倒的五嫂子。龙泉沟离村里近在咫尺,隔三岔五地也能回村里转转回家里看看。凤凰坪成立了农工商贸总公司,牛羊是总公司的拳头产品,论起放牧管理羊群,凤凰坪除过他还有谁比他更强?七十二行行行出状元,杀猪宰羊的屠夫胡三都能当状元,自己就不能当个羊状元?羊只发展到几千只上万只,那是个啥场面?柴俊虎能不给自己戴大红花能不封个啥经理啥主任的干干?五嫂子和村里的大姑娘小媳妇能不对自己刮目相看么?胡有来越想越急,归心似箭,不管雇佣合同到期不到期,毅然决然地和姑父结清了工钱,背起铺盖卷,领着牧羊犬"虎子",翻山越岭走捷径往回赶。

胡有来是农历腊月十九离开野虎川的,那天是"小寒",天上飘着零星雪花,西北风一阵紧似一阵,刺得人脸颊生疼。"瘸八"腿瘸走路不慢,不到两个时辰便翻过了野虎岭,来到了青龙山下。他刚拐过一个山峁,突然呆住了,"灰公主"站在石坎上拦住去路,胡有来心里一热,扔掉铺盖卷,紧跑几步扑到"灰公主"跟前,一把抱住"灰公主"的脖子,连声喊道:"'灰公主',我的'灰公主',你咋晓得我要离开野虎川?"

"灰公主"的毛色远不如以前那样光亮了,身子显得有些消瘦,肚子下面垂吊着两个圆鼓鼓的奶头,它定定地望着"瘸八",蓝幽幽的眼睛里似有泪光。"灰公主"仍像以前那样,前爪搭在胡有来的腿上,脑袋钻在胡有来的怀中拱来拱去,嘴巴里发出一阵哽咽般的低鸣声。胡有来抚着"灰公主"的脖子说:"'灰公主',跟我回青龙川吧,跟着我一起去放羊,咱们一辈子永远在一块,行么?"

"灰公主"好像是听懂了胡有来的话,仰起头来盯着胡有来看了看,又扭过头向山坡望去,忽然显得有些躁动,站起来又趴下,粗壮的尾巴不安地甩动着。胡有来十分诧异地把头扭向山坡,不由得浑身一震,只见一头硕壮的大公狼领着一只羊羔般大的小狼,犹如木雕泥塑般地站在一堆灌木丛前,呆呆地望着他和"灰公主"。胡有来恍然大悟:"灰公主"有了丈夫有了儿女,这次是倾家出动来为他送行的。"瘸八"心中忽然涌起一阵悲哀,有了一种无法抑制的失落感,头脑里一片空白。

"虎子"和"灰公主"混熟了,围着久别了的"灰公主"转着圈子撒欢,虽然同是兽类,但"虎子"自知它和"灰公主"的身份不同,"灰公主"在它心目中算是半个主人,"虎子"从来不敢对"灰公主"有任何非礼之举,但它容不得其他野兽,它也发现了山坡上的大公狼和小狼崽,冲着大公狼和小狼崽龇牙咧嘴的发出咆哮。

胡有来被"虎子"的咆哮声惊醒了,不由自主地打了个冷战,蓦然恢复了理智,狼毕竟是狼,人类和兽类之间有一条永远也跨越不了的鸿沟,永远都是敌对者,就像冰炭不能同炉,黑白无法混淆。退一万步讲,即便是"灰公主"愿意和他相随,凤凰坪的人们能容忍他和狼住在一起么?能容忍他领着一头野狼牧放羊群么?何况"灰公主"有了自己的家,大公狼不会放过它,狼类也不会放过它,如果真的领它走,龙泉沟的狼祸将会无穷无尽地闹下去,后果不堪设想!胡有来咬紧牙关,恋恋不舍地推开"灰公主",不无醋意地挥挥手说:"回到你丈夫和儿子身边去吧,它们等着你哩。'灰公主',再给我敬个礼,咱俩今生今世就永别了!"

"灰公主"好像听懂了胡有来的话,后腿弯曲着站起身来,前爪合并,怪模怪样地冲着胡有来作了个揖。胡有来心中一阵痛楚,有了一种生离死别的感觉,他抹了一把眼泪,扛起铺盖卷,领着"虎子"绕过"灰公主",头也不回地沿着羊肠小道向山上走去。

胡有来回到凤凰坪,受到了热烈欢迎。柴俊虎亲自安排好胡有来的食宿,说等牛羊达到一定数量,就任命他为放牧组组长,并领着胡有来熟悉了无名谷的各个角落。

"结巴猎神"田金生和丁贵、柴二狗敲山震虎驱赶狼群的时候,胡有来清清楚楚看到了夹杂在狼群中的"灰公主",他晓得"灰公主"来无名谷的心意,担心它误撞在"结巴猎神"的枪口上,寸步不离地跟着田金生,以保护野生动物为由,力劝田金生不要动真格的,放放空枪把野狼吓跑就行了。柴二狗笑骂道:"瘸八,看你吓成那熊样,得是狼群中哪头母狼是你的情妇?人兽交配那才算有滋有味哩!"

胡有来咧着嘴笑了笑,破例没有和柴二狗打嘴仗,只要"灰公主"安然无恙,柴二狗咋个挖苦都行。

无名谷树木稀疏野花青草多,满山遍野都有四季不败的迎春花,金黄金黄的小黄花在艳阳照耀下,黄灿灿的十分醒目。这个葫芦形状的小盆地避风向阳,风和日丽,四处泛青,五颜六色的蝴蝶和大大小小的蜂儿盘旋飞舞,花浓处传出一片嗡嗡之声。野狼、野猪和豹子等野牲口深居简出,很少再露面。野鸡、野兔、黄羊和獐子一些无害于人类的飞禽走兽,在受到短暂的惊吓后又跑出山林与羊为伍,自由自在地嬉闹、觅食。

哑巴是个笑面佛般的矮胖子,烧饼脸大嘴巴,整天嘻嘻哈哈地不知道犯愁,三十多岁了还是光棍一条,一直跟着哥嫂过。哑巴不会种庄稼只会放羊,而且放羊有一手绝活,他不会说话但心灵手巧,爱动脑子心眼活泛,知道春、夏、秋、冬应该分别去啥地方放牧,阴雨天应该给羊如何添草,懂得给羊治病会接生,认识很多能给羊治病的中草药,而且有一条防止野狼的绝招。他仔细观察过了,再硕壮再厉害的野狼,都特别害怕比猫大不了多少的豺狗,豺狗可以跳上狼后背咬断狼的尾巴,也可以用十分尖利的爪子伸进肛门和阴户,把野狼的五脏掏出来。哑巴学会了豺狗的叫声,惟妙惟肖,难辨真假,加之有一条训练有素的牧羊犬,哑巴的羊只从来没有发生过意外损失,也少有疾病,家里养的五十多只羊,都是膘肥体壮,毛色发亮,拉到集市上自然是抢手货,哑巴成了家里的摇钱树。哑巴也是个无忧无虑的乐天派,整天嘻嘻哈哈地干啥都乐,他爱山林更爱牛羊,无论何时只要赶着牛羊走进山林,他总乐呵呵地东跑西颠,时不时地冲着牛羊啊巴啊巴来一阵即兴讲演。哑巴是头一回来无名谷,感到十分新鲜十分开心,一边东张西望四下打量,一边挥动长鞭啊巴啊巴地把离了群的小羊往羊群里撵。哑巴虽然总是笑眯眯地像个弥勒佛,但很有个性,他瞧不起"瘸八",放牧时总是和"瘸八"保持着一定距离,尽心尽职地守护着羊群,很少去和"瘸八"用手势比比画画地高谈阔论。

暖烘烘的阳光,柔沙沙的春风,背靠大树席地而坐,"瘸八"感到惬意极了,他点燃一支香烟连连吸了几口,眯着双眼欣赏羊群吃草,并不时地向丛林深处望去。在青草如茵的山坡前,羊群渐渐分散了,三五成群地各自啃食青草。哑巴晓得"瘸八"腿脚不大灵便,主动指挥着"虎子"守护羊群,沿着山林边缘来回巡望,生怕野狼突然窜出来袭击羊群。

胡有来和哑巴的心思恰恰相反,他时刻盼望着"灰公主"能突然出现,他晓得"灰公主"不会伤害羊只,他渴望着从"灰公主"身上得到一点说不清道不明的精神安慰。俗话说"饱暖思淫欲",有了安定环境吃穿不愁的胡有来,性欲膨胀到了不可抑制的程度。他是个身强力壮的小伙子,奔小三十了还没有尝到过女人的滋味,整天脑子里不多想别的,总是想着男女相亲的好事儿,每听到一个酸故事甚或一句酸话,都能使他感到亢奋;每做一次男欢女爱的美梦,就会精液横流,就会狂呼大叫着疯狂一阵子。胡有来和柴二狗都是爱说酸话爱开玩笑的活宝,有事没事总爱凑到一块说酸话打嘴仗。柴二狗看过黄色录像也有亲身体会,说起酸话酸故事来活灵活现,含有极大的刺激性,"瘌八"每听一次都要受一次性折磨,久而久之,他对雌性动物也有了一种情愫,真的有了和"灰公主"交媾的念头,"瘌八"产生了变态心理!

那只毛色乌黑发亮的大公羊是个地地道道的色鬼,它依仗体壮力大的优势和头羊的特权,像个统治三宫六院的皇帝佬一样,可以找任何一只母羊寻欢作乐发泄情欲,且十分霸道,只要发现其他公羊趴在母羊背上,它就会瞪着发红的眼睛冲过去将情敌一头抵翻,为此它没少挨胡有来的皮鞭,胡有来给它起了个绰号叫"花花公子"。

春暖花开,是牛羊容易发情的季节,胡有来忽然偏爱"花花公子"了,时不时薅几把水嫩的青草扔给"花花公子",一有机会就给"花花公子"加一份精饲料,连面包和白面蒸馍都舍得,口头上说保护公羊的精力让它多下种,实际上是为了看羊交配寻求刺激,"瘌八"精着呢。

被胡有来誉为"黑牡丹"的母羊正值发情期,它不安心啃青,不时地抬起头来"咩咩咩"地叫几声,躁动不安地来回游荡。中午的太阳暖烘烘的,"黑牡丹"更是燥热难耐,它跑到距胡有来只有三五米远的一堆灌木丛前,连续不断地发出急切的求偶声。正在小溪旁饮水的头羊闻声抬起头来看了看,撒开四蹄一阵风似的跑过来,吓得几只刚靠近"黑牡丹"的公羊纷纷逃窜。"花花公子"显然格外宠爱"黑牡丹",围着"黑牡丹"转圈儿,伸出舌头亲热地舔抚着"黑牡丹"的耳朵和鼻梁,"黑牡丹"温顺地叉开后腿站定,扭过头看着"花花公子",嘴里发出柔柔的"咩咩"声。"花花公子"迅速绕到"黑牡丹"身后,猛地跃起趴在"黑牡丹"的背上。"虎子"不明就里跑过来想抱打不平,胡有来来了气,随手抓起一块石头狠狠砸在"虎子"的屁股上,吓得"虎子"夹着尾巴跑走了。

"花花公子"的阴茎终于插入了"黑牡丹"的阴道,两只畜类开始了近似疯狂的交媾,"花花公子"犹如冲锋陷阵的勇士,竭尽全力做着剧烈的动作,"黑牡丹"显得兴奋不已,不时地仰起头来发出几声颤颤的叫声。胡有来的眼睛看直了,久蓄难发的欲火"轰"地点燃了,浑身上下像过电似的发出一阵不可抑制的痉挛。看着看着,胡有来的眼前忽然出现了幻景:五嫂扭动着她那白嫩光洁的裸体,冲着他一个劲儿地媚笑,两个坚挺的奶头发出诱人的光环,那神秘的部位暴露无遗,几乎是伸手可触。随着"黑牡丹"又一阵兴奋难抑的咩叫声,五嫂的身影消失了,"灰公主"的身影又出现了,它仍然和以前那样,依偎着"瘌八",把头伸进"瘌八"怀中。"瘌八"迫不及待地伸出双手去搂抱"灰公主",扑了个空,头脑顿时清醒了许多,胡有来坚信不疑,如果他要和"灰公主"来一次人兽交媾,"灰公主"百分百会让他尽情尽兴。

"花花公子"和"黑牡丹"的交媾终于结束了,"花花公子"从"黑牡丹"的背上溜下来,像抵架似的摇了摇双角,若无其事地低下头啃食青草。"黑牡丹"好像还没有得到完全满足,围着"花花公子"转了两圈,然后紧挨着"花花公子"啃青。

"瘌八"兴犹未尽地盯着"花花公子"和"黑牡丹",身上涌起一阵躁动,胯间那个阳具硬得像铁棒,把裤子顶得老高老高。直到"花花公子"和"黑牡丹"混入羊群,他才眯起双眼,仔细回味"花花公子"和"黑牡丹"交媾的每个动作。

太阳升向正空,暖烘烘的阳光洒在人身上,使人浑身发热,昏昏欲睡。"瘸八"的倦意上来了,他十分舒坦地吐了一口气,伸展四肢,仰面朝天呈大字形,躺在松树下的草丛中,慢慢地眯上眼睛。忽然,前边的草丛树枝一阵晃动,"灰公主"窜出草丛,一阵风似的跑到"瘸八"身边,一头扎进"瘸八"的怀中,伸出柔软的舌头在"瘸八"脸上舔抚。"瘸八"喜出望外,急忙搂住"灰公主",性欲又膨胀了。他抬头四处张望,羊群在远处吃草,哑巴不知去向,连虎子也跑得无踪无影了。机不可失,"瘸八"双手紧紧搂住"灰公主"的脖子……

"汪汪汪","虎子"的吠声惊醒了"瘸八"胡有来,妈的,原来是一个美梦,伸手一摸,裤子湿了一大片。胡有来身软如泥,靠树而坐,心情颇感烦躁。经过一番激烈的思想斗争,胡有来咬咬牙,做出了一个大胆的决定:明天就请假进城,他听柴二狗说过,歌舞厅有的是小姐,只要舍得出钱,想咋玩就咋玩!

沸腾的山沟

自渤海黑牛、波尔羊和七彩山鸡运回来的那天起,龙泉沟就空前地热闹起来了,人们像赶庙会像朝圣似的一批接着一批往龙泉沟拥,人欢马叫,热浪喧天。近水楼台先得月,凤凰坪凡是能走动的,没有一个人没去龙泉沟,平娃爷和其他几位八十多岁的老寿星,是让儿孙们用架子车拉着去龙泉沟的。老教师李民贤眉飞色舞地说,九百多年前辽国军队在龙泉沟驻扎时恐怕也没有这么热闹过。

林森、秦川、丁贵以及李国强,成了凤凰坪的有功之臣,受到了父老乡亲们的热烈欢迎和极大的敬重。二十多天马不停蹄地辗转几千里,一下子买回一百头渤海黑牛、一千只波尔羊和一百组(一千只)特级优质的美国七彩山鸡,考察、交涉、挑选、洽谈、办理各种手续以及组织装车运输,得费多少心血得花多少精力,谈何容易啊!石磊见到林森的第一句话就是:"我的林教授,你还没累死呀?真有你的!"

林森笑呵呵地说:"人本身就是一个谜团,有许多无法解释的地方。说来也怪,我以前总是感到困乏无力,三天两头闹病,常常药不离身,可是这次出差,几乎跑遍了山东北部和东部所有地方,又南下武汉,下了公共汽车上火车,下了火车上轮船,在乡间小道上坐过拖拉机和牛车,还常常要步行十里二十里的,竟然不觉乏困,能吃能睡,啥毛病也没犯过,好像脱胎换骨换了一个身子似的,总觉浑身上下有一股使不完的力气用不完的劲儿,你说怪不?"

石磊深有同感:"我也一样,以前晚上不看书不吃安眠药总是睡不着,现在是一躺下很快就入睡,饭量也比以前大多了。这恐怕就是自然法则,人的生命在于运动,再就是精神作用吧。"

丁贵成了凤凰坪的新闻人物,身边总是围着不少人,七嘴八舌地询问他这次出差的详细经过,津津有味地听他讲外边世界的精彩。田二曼夹杂在人群中看热闹,好几次想靠近丁贵都难以如愿,气得她冲着丁贵直翻白眼。

雄伟高大的渤海黑牛,使前来看稀罕的人们大开了眼界。这些家伙根本不犯生,大大咧咧地在草坪上啃青,不时地甩动的粗壮的尾巴,显得十分悠闲,一百头黑牛黑压压一片,犹如一片缓缓浮动着的黑色云彩。站在牛群头排那十头种公牛,高大得令人咋舌,身高将近两米,体长都在三米开外,简直是一辆辆黑色的铁坦克。那头被称为"大老黑"的头号种牛,好像要在人前卖弄风姿显示雄威似的,忽然昂头一声长鸣,好似凭空滚过一声惊雷,吓得人们纷纷后退。丁贵不慌不忙地走近"大老黑",拍拍"大老黑"的脖子,又用力在它的大肚子上擂了一拳,大声向人们解释说:"不要看它壮实得像座黑铁塔,脾性可温顺哩,你就是骑到它背上,它也不会发脾气,林教授说渤海黑牛有绅士风度。"

由于波尔羊早晨出沟,黄昏前归圈,七彩山鸡的网舍没有建好,因而很多人没有目睹波尔羊和七彩山鸡的风采。为了满足父老乡亲们的要求和应付县上、乡上组织的参观,柴俊虎和林森、石磊、丁贵、李国强等几个人商量了一下,决定将渤海黑牛、波尔羊和七彩山鸡在龙泉沟集中放养一天,让凤凰坪的父老乡亲和前来参观的人们一饱眼福。

夜间淅淅沥沥地下了一场小雨,天亮时分天地间还是雾蒙蒙一片,随着曙色渐盛,乌云密布的天空竟然逐渐放晴了。当太阳爬上东山梁的时候,阴云浓雾已经消失得无踪无影,碧空如洗,满山遍野一片翠青,花草树木上挂满了晶莹的露珠,在阳光照耀下犹如一粒粒珍珠,星星点点地闪耀着绚丽多姿的光辉。雨后的丛林中总是显得格外热闹,各种鸟雀的啼叫声此起彼伏,高一声低一声远一声近一声地组成了一支奇妙的晨曲。五颜六色的野鸡一群又一群地来到涧溪边饮水,它们好像欢迎新到的同类似的,散布在新网舍的周围啼叫着不肯离去。

经过二十多天的突击奋斗,龙泉沟有了很大的变化,两面山坡下新增了三十多孔大窑洞,全部安上了门窗并进行了粉刷,按照柴俊虎的要求,完全达到了宽敞舒适和干净卫生的新式牛舍标准。牛槽全部用香椿木制作,据说这种牛槽有一股自然香味,能增加牛的食欲,每个槽位下都有一个用水泥砌成的小水池,保证每头牛能随时饮水。每孔窑洞里只放十头牛,地面上铺了厚厚一层筛选过的细沙,每头牛无论是站是卧,都间隔着几十公分距离。

作为羊圈的几孔大窑洞,除了没有木槽和水池外,也显得格外宽松干净卫生,每孔窑洞的羊只从以前的一百只减为五十只,垫羊圈的沙也全部过了筛,绝对没有石块和其他杂物出现。

在靠近溪水的山坡下,俨然是一处度假村式的别墅。一排溜十孔窑洞掩映在树丛藤蔓中,窑面全部镶贴着乳白色瓷砖,窑洞前是一个一百多平米的小院,地面用龙凤图案配成的地板砖铺成。每个窑洞前都依次摆放着几盆塔松、芭蕉、君子兰、月季、牡丹等花卉,全都是从苗圃移来的。两边是两排翠竹,翠竹下间隔放着几个大鱼缸,平地正中央是一个用大理石制作的小圆桌和四个石墩。作为家庭式的小独院,每孔大窑洞的旁边都配有一间二十多平米的小厨房,房顶铺着琉璃瓦,墙面贴着瓷砖。各种灶具一应俱全。这排窑洞的前边就是涧溪,在每家门前的溪水上都架起了小桥,在溪水岸边筑有洗菜淘米以及洗涤衣物的洗衣台。距窑顶几十米处有一孔山泉,柴俊虎让人在泉边砌了一圈石墙,建成了一个蓄水池,为每家铺设了管道,用水和城里的单元房一样方便。

整个窑洞的选址、面积、布局格式都是柴俊虎和石磊精心策划的。为了建造这个有别墅风格的居室,柴俊虎没少费心机没少跑腿,请人绘了十多张图纸,没有一张称心的,最后还是他和石磊别具匠心地设计了一套建筑方案,充分利用了风景秀丽的自然条件,除过打窑洞,周围的花草树木能保留的尽量保留。啥叫别墅？别墅不就是有花草树木有小桥流水的住宅么？窑洞依山傍水而建,有四季常青的花草树木,有长流不息的山涧溪水,花草鱼虫样样不缺,飞禽走兽随时可见,凤凰坪很多人自诩这儿是窑洞别墅。老教授林森不辱使命凯旋而归,面对如此美妙的住处,显得比哥伦布发现新大陆还要高兴,不住地向柴俊虎称谢,柴俊虎有些抱歉地说："创业之初,只能因地制宜建这样的别墅,等以后有了条件,咱俩到南方去参观考察一圈,分别在龙泉沟和村里建一些现代化的小别墅,凡对凤凰坪事业有重大贡献的人每人一套。"

　　圈养七彩山鸡的大网棚,架设在距山坡一百多米处的草坪上。所谓大网棚,就是用衔接起来的大网,绕着一些大树网住了一块三千多平方米的草坪,上不封顶,保留了原来的自然风貌,只是在几棵大树下建了十多个鸡舍。鸡舍旁边是几个房子般大小的卧牛石,卧牛石中间有一孔汩汩长流的泉水,山鸡可以在这种自然环境中自由觅食、下蛋以及孵化,不受任何外界干扰,每天只需管理人员撒两次饲料,下午捡拾一次鸡蛋就行了。

　　上午10点多钟,龙泉沟又逐渐热闹起来了,新修好的大路上,相继驶来了各式小车和摩托、三轮车,县上和乡上组织的参观团来到了龙泉沟。参观团的成员是各乡镇的乡镇长,由常务副县长司马兆奇带队。乡上的参观团是由八个村的支书和村主任组成,范孝勤和贾景堂说这是近水楼台先得月。这些人和柴俊虎都很熟,一见面就嘻嘻哈哈地开玩笑,要喜糖,说些并无恶意的风凉话,搞得柴俊虎顾此失彼,手忙脚乱。田根年和李国强等人连忙为柴俊虎解围,这才把客人请进办公室烟茶招待。红日从东山梁升至正空,满山遍野流金溢彩,雨后的龙泉沟更加显得清新迷人,秀色可餐。山坡上几种早开的野花争相怒放,招惹得蝴蝶和蜜蜂成群结队地飞来舞去,为春意盎然的龙泉沟增添了无限情趣。山本太郎、羽田杏子和佐藤义雄、铃木芳子夹杂在进沟的人群中,说说笑笑地抄近道走进龙泉沟。一个多月来,他们东家进西家出,差不多跑遍了家家户户,山本太郎和佐藤义雄的"日本中国话",走到哪儿哪儿就响起一片欢笑声,凤凰坪的人们都很喜欢这几位日本友人。

　　柴俊虎、林森、石磊、田根年、丁贵、李国强、牛建明、"麻子老三"李有贵、王萍以及柴二狗都成了讲解员,分别向客人介绍渤海黑牛、波尔羊和七彩山鸡。山本太郎和佐藤义雄特别喜爱这些渤海黑牛、波尔羊和七彩山鸡,来来回回地围着牛羊群和大网棚转圈子,每看一遍都会增加一些设想,他们毕竟是商人,同其他看热闹的人相比较,多了一层商业意识,多了一些更切合实际的想法。

　　"瘸八"胡有来近来像脱胎换骨换了个人似的,一反往常那种玩世不恭的懒散样子,变得勤快起来了,特别是波尔羊运回来后,他每天一大早就起了床,叫起新来的几个羊倌,匆匆吃过早饭就赶着羊群进了无名谷,不但不让那几个羊倌歇着,他也瘸着腿来回跑着照料羊群,仔细观察波尔羊的习性,整天哼哼唧唧地曲不离口,红光满面的显得格外精神。"瘸八"有了"精神支柱",他在城里一家名叫"红艳艳"的歌舞厅,结织了一位名叫小兰的东北小姐,小兰不嫌他腿瘸,爱他的钱也爱他的蛮力气,无论何时只要"瘸八"一进门,她就会撇下别的人去陪"瘸八",先唱卡拉OK再洗澡,然后相拥着去到按摩室,脱得赤条条的一丝不挂,在那宽不过二尺的"按摩"床上,尽心尽力地做着"异性"按摩。这事儿容易上瘾,先是十来天一次,后来改为一周一次,就这样"瘸八"还难尽兴,有时悄悄塞给哑巴几块钱,让哑巴照管羊群,他悄悄跑到城里去快活。波尔羊运回来后,柴俊虎挑了几个有一定文化程度且责任心强的人当羊倌,"瘸八"无法再偷偷进城了,只好捺着性儿先憋着,反正有发泄的地方,这是早晚的事儿。对于"瘸八"的变化,除过哑巴心知肚明却无法道破而外,没有一个人清楚"瘸八"的秘密。

  为了观察波尔羊和当地羊的交配情况,丁贵决定先把波尔羊和当地羊混圈放牧,过一段时间后再互相搭配分群。有这么多的人参观看热闹,"瘸八"显得格外神气格外精神,从小放羊练就了两手绝技,一是甩响鞭,二是打飞石,他精心自制了一把长达三米的皮鞭,皮鞭头带着鞭梢儿,挥臂一甩,鞭声比鞭炮响声还大,既能震狼更能震羊。说起飞石之技,更在响鞭之上,无论哪只羊跑离了羊群,他只要随手捡起一块石子飞过去,就会随心所欲地指哪儿打哪儿,打轻打重全凭心意。"瘸八"赶着羊群过来了,五百多只羊好像一股洪流,纷纷乱乱地向牛群奔来,站在大网棚前的林森急得头上直冒汗:"哎呀,羊炸群了,要出事……"

  丁贵胸有成竹地笑着说:"没事儿,那是'瘸八'故意逗能哩!"

  丁贵话音刚落,"瘸八"站在一块石头上,挥起长鞭在空中画了几圈,随着几声鞭炮般的响声,羊群忽然站在原地不动了,"瘸八"十分得意地向四下看了看,又把手指塞进嘴里打了个长长的呼哨,牧羊犬"虎子"一阵风地跑过去,在远离牛群二十多米的地方站定,羊群就地散开,在草坪和山坡下啃草,没有一只离群乱跑的。林森松了口气说:"七十二行,行行有能人啊!"

  渤海黑牛有强烈的恋群意识,也具有强列的排他性,刚开始不愿意和那批甘肃牛混在一起,甘肃牛面对那批黑铁塔般的庞然大物,也大有望而生畏之感,任凭哑巴和黑狗怎么赶也赶不到黑牛群里去,林森教授有些着急地说:"这样下去如何是好,咱们的杂交计划不就落空了?"

  丁贵不服气地说:"我和牛打了大半辈子交道,就不信治不了它,牛毕竟就是牛嘛!"他习惯地蹲在地上,点燃一支香烟,两只小眼睛瞪得圆圆的,直愣愣地盯着两个保持着一定距离的牛群动脑子。一支香烟还没燃尽,丁贵忽然用手一拍光秃秃的脑门说:"有了!"

林森和石磊异口同声地问："有好戏？"

丁贵十分自信地说："牲畜和人一样，都有一种天生的生理特征，无论是外国牛或者中国牛，都分雌雄，都有性功能么。我仔细观察过咧，那十头种公牛的性欲特别强，牛鞭不时地伸出来，可那些母牛没有一头发情的。我想找一头身高体大的甘肃母牛和那头'黑大汉'交配，让它们联络联络感情，给其他渤海黑牛和甘肃牛做个榜样。"

林森和石磊都被丁贵的话逗乐了："老丁，你真逗，甘肃牛不到发情期，能让它和'黑大汉'交配么？强扭的瓜不甜，小心出岔子啊。"

丁贵笑道："我想出了一个绝招，明天上午让'大老黑'做一次新郎！"

丁贵精通兽医之道，对牛的一切了如指掌，他亲自在丛林中采集了几种青草，把配制成粉面的几种中药撒在青草上，分别给"大老黑"和一头身高体壮的甘肃大母牛开了小灶，而且夜间多添了两遍草。第二天大清早，奇迹出现了，牛圈门打开后，渤海黑牛和甘肃黄牛各自拥出牛圈，那头大母牛不啃草也不去溪边饮水，定定地站在一堆草丛前昂首鸣叫，显得躁动不安。"黑大汉"也同样感到很兴奋，不时地隔着牛群闻声向大母牛望去。丁贵让黑狗把大母牛赶到配种架下，大母牛像受到了刺激似的，"哞哞"的鸣叫声一声高似一声。"黑大汉"沉不住气了，昂首一声长嘶，撒开四蹄绕过黑牛群直奔配种架而来，它绕着大母牛转了两圈，终于抵挡不住异性的诱惑，奋起前蹄向大母牛的背上压去。令丁贵和黑狗感到意外的是，"黑大汉"不用人工辅助，那根坚硬细长的牛鞭没费多少周折，几乎是一下子就插入了大母牛的阴户，这在以前的配种过程中是从来没有过的。试验成功了，随着"黑大汉"和大母牛闪电式的成婚交媾，两群泾渭分明的牛慢慢混为一体了。林森教授又一次竖起大拇指说："七十二行行行出状元，老丁你可真行啊！"

田桂芳在西安系统地学习了挤奶以及加工技术，理所当然地成为奶品部第一任经理。挤奶室不能随便进入，龙泉沟没有录像设备不能放录像，只好在奶品部门前挂了一幅大型照片。照片上的田桂芳身着白大褂，蹲在一头大奶牛身边，用戴着长手套的双手在挤奶，身旁是几个不锈钢的奶桶，背景是一排排正在工作的挤奶女工。男要俏，一身皂，女要俏，一身孝，身着白大褂的田桂芳更是明眸皓齿，光彩照人，活生生的一幅美人挤奶图，其本身就是一个活广告，凡是来龙泉沟参观的人，都要驻足在这幅美人挤奶图前，久久不肯离去。人们在饱享眼福的同时，对凤凰坪的事业有了更为深切的认识。

大网棚外的四周围满了人，大家都像在动物园看珍禽异兽似的，仔细打量着这些五彩缤纷的七彩山鸡。虽然山里人常常见到野鸡，可仍然觉得这些名为七彩山鸡的山鸡，比林丛间那些山鸡稀罕多了，评头品足的议论声此起彼伏。七彩山鸡根本不怕人，三五成群自由自在地在花草丛林中觅食，不时地押长美丽的脖子啼叫几声，或者站在那儿用尖嘴梳理着自己那身华丽的羽毛,一副旁若无人的样子。

参观的人们普遍对七彩山鸡感兴趣,比起渤海黑牛和波尔羊来,七彩山鸡更现实,家家户户都有养殖的条件,因而纷纷要求林森详细讲解一下养殖七彩山鸡的方式方法。司马兆奇鼓动说:"林教授,难得有这么一个机会,请您为大伙儿讲讲吧,山里人难得有听教授讲课的好机会啊!"

林森为群众的热情所感动,抬脚站在旁边的一块石头上,像在教室讲课那样,以大网棚里的七彩山鸡为讲题,从七彩山鸡的起根发苗滔滔不绝地讲了起来。参观团的成员和凤凰坪的群众,都是生平头一回听教授讲课,而且有活生生的教材,几百人挤在一起凝神细听,没有一个人说话没有一个人走动,甚至连咳嗽声也没有。司马兆奇耳闻目睹了群众迫切要求勤劳致富的心情,真正感到肩上的担子有多重,他虽然听过一次了,但还是聚精会神地竖耳聆听,生怕漏过了一句话甚至一个字。

听了林森的演讲,首先是青龙乡几个村的头头脑脑心热了,他们的村庄离凤凰坪很近,有两个村子和凤凰坪连畔种地,自然条件基本相同,以前之所以没有大干快上,只是没有人领头罢了,如今凤凰坪扯起了一面创大业走集体致富道路的旗帜,谁不跟着学跟着干谁就是懦夫笨蛋,是人民群众的罪人!林森的话音刚落,这些支书村主任就一拥而上,围着林森争先恐后地邀请他去他们村讲课。林森十分为难地说:"不行啊,我们的渤海黑牛、波尔羊和七彩山鸡刚引进回来,要办的事太多了,人手不够用,分不开身么。再说我是柴董事长麾下的一名老兵,一切行动得服从命令听指挥呀!"

老教授顺口一句话,柴俊虎成了众矢之的,支书村主任们又哗啦啦围住了柴俊虎,他们和柴俊虎同是村干部,经常碰头经常在一起讨论聊天,熟得不能再熟了,七嘴八舌一个腔调,硬要柴俊虎顾全大局忍痛割爱,让林教授到他们村去讲课去指导发展养殖业。

石磊对林森的书生气又好气又好笑,他把林森拉到一边悄声说:"你讲明道理推脱一下不就行了么,咋把难题往俊虎身上推,这下倒好,你看看让俊虎该咋个应付?"

林森一拍脑门说:"哎呀,我这脑袋瓜咋老这么笨!"他急忙挤到柴俊虎身边对支书和村主任们说:"大家不要难为俊虎了,他心里早就想着青龙川的父老乡亲们呢,常说等凤凰坪的事业成功了,一定要带动各村的父老乡亲脱贫致富。当然啰,干啥事都得分个轻重缓急,我看是这样吧,各位回去开会研究讨论一下,看要发展哪项养殖业,决定好了,请写个发展计划交给我,我们几个按照各位的具体要求予以具体指导,保证有问必答,这样可以吧?"

柴俊虎推心置腹地说:"好狗护三邻,好汉护三村,都是青龙川的父老乡亲,我们有啥舍不得呢?现实情况大家也看到咧,目前确实给大家帮不上大忙,因为我们是摸着石头过河,正值创业之初。不过我可以向大家保证,只要凤凰坪的群众有肉吃,我们绝不会看着其他村的群众喝稀汤。我同意林教授的意见,尽快成立一个咨询小组,无论是哪位乡党要发展哪项养殖业,保证随到随答复,并尽其所有免费提供技术资料。"

司马兆奇理解支书和村主任们的心情,更了解柴俊虎的心意,也为柴俊虎解围:"俊虎和林教授的话说到这份儿上,大家该满意了吧?"

支书和村主任们纷纷点头说"满意",龙湾村的支书张高法深有感触地对柴俊虎说:"俊虎啊,从你眼前的铺排来看,已经拉开了大干快上的架势,你的为人大伙儿都清楚,开了弓就没有回头箭,凤凰坪迟早都会成为全省甚至全国的大村之一。老哥没有你那耐也没你那德性,但咱们两村可是相隔不到十里路的近邻啊。常言说远亲不如近邻,近邻不如对门,老哥我没啥本事,可有一股黏劲,以后就把你给黏上咧,你干啥我们也学着干啥,学不了大的学小的,星星跟着月亮走,我就不信沾不了光,近水楼台先得月么!"

服 装 模 特

日本客商来凤凰坪投资办企业的事,沸沸扬扬地传扬了好几个月,终于确定了签订协议书的具体时间,凤凰坪又一次面临着沸腾。

经过长时间酝酿和反复洽谈,决定由凤凰坪农工商贸总公司和山本太郎、佐滕义雄联营创办"青龙服装公司",总公司为甲方,山本太郎和佐滕义雄为乙方,王萍为服装公司的法人代表。服装公司的注册资金为两百万元人民币,王萍以她那二十万元作为入股投资,凤凰坪农工商贸总公司提供一套厂房,厂房的建筑费用和地面费折价算在王萍名下,加上王萍的技术股,投资为一百零一万元,占有控股权。山本太郎和佐滕义雄以私人身份投资入股,各自出资四十九点五万元人民币,由乡政府司法办主任解问军代为起草的协议书上写明,日方款到之日协议生效,山本和佐滕商议后,表示在签约之日当场交款,并提出愿意为凤凰坪农工商贸总公司提供一百五十万美元作为无息借款,条件是龙泉沟养殖中心以后出产的皮毛,全部由他们垄断经营。这个要求对双方都有利,很快获准。柴俊虎代表凤凰坪全体群众向山本太郎和佐滕义雄表示谢意,并说要在签订协议的仪式上,当众为他们颁发荣誉村民证书。

为了选择举行签约仪式的日子,柴俊虎和李国强、田根年、牛建明、李有贵以及王萍忙活了一阵子。凤凰坪农工商贸总公司和日本客商都要求王志辉、刘存义和范孝勤、贾景堂参加签约仪式,王萍执意要自编自演搞一次"具有凤凰坪特色"的服装模特表演,配合签约仪式。柴德贵也来凑热闹,拿着他那本新买的《万年历》,不厌其烦地挑选着"诸事皆宜"的好日子。经过一番忙乱,确定清明节的前一天在凤凰坪村委会院中的舞台上举行签约仪式。王志辉和刘存义认为这个签约仪式具有重要意义,因为这是自改革开放以来外商第一次来韩塬投资联办企业,决定让有关部局长和各乡镇长都参加这次签约仪式。清明节前是个星期天,既不影响各部门各单位周一的例会,又能造成一定的影响。于是,柴俊虎一声令下,各路人马又一次投入了紧锣密鼓的工作之中。

乡政府迁移到了凤凰坪,凤凰坪原来村办的加工厂经过修建改造,变成了乡政府的办公场所,新建的大门楼两边,分别挂上了"中国共产党青龙乡委员会"和"韩塬县青龙乡人民政府"的木牌,除过派出所和工商所随迁以外,信用社、卫生院、税务所以及畜牧站等一些驻乡单位,正在加班加点地盖造房舍。不少个体商贩捷足先登,早在乡政府搬迁之前就在指定地点租房租地皮,几乎一夜之间就在凤凰坪的村东边冒出了一条商业街。

乡党委书记范孝勤和乡长贾景堂自走马上任以来,从来没有这样紧张过,一个多月接连搞了农村产权制度改革、春季计划生育和乡政府搬迁三件大事,忙得连理发洗澡的机会也没有。刚刚松了口气,县上又来了要各乡镇参加签约仪式的通知,范孝勤乐了:"我的天哪,'老板'和'东家'邪门咧,一开春咋就像程咬金似的连着来了三斧头,再这么来三斧头,咱俩非进医院不可!"

贾景堂脱口说道:"只争朝夕么,谁愿意在离任时留下脏屁股让别人擦?"

范孝勤一怔:"咋,'老板'和'东家'要调走?"

贾景堂竖起食指"嘘"了一声,压低嗓门神秘兮兮地说:"小道消息,不敢乱说。我一个战友在市委组织部工作,昨天来电话,说近几天他要陪同省委组织部和市委组织部几位领导,来韩塬考察县委和县政府领导班子,顺便给我老爹捎来一样治疗心脏病的新特药。省委组织部下来考察,不是考察'老板'和'东家'考察谁?"

范孝勤:"按着'老板'和'东家'的任职时间和人品政绩,早该升迁咧,要真的是那样,我心里还真的舍不得让他们走哩。"

贾景堂深有同感:"是呀,跟着这样的好领导干工作,没有后顾之忧,挨训挨批评也让人舒心。这事可千万不敢乱讲啊,要是让俊虎他们知道了,会影响工作情绪的。"

范孝勤点头应道:"小道消息毕竟是小道消息,何况是咱俩在瞎分析,敢信口开河么?凤凰坪农工商贸总公司和日本客商联营办公司,王萍是主角,咱们得给她鼓鼓劲儿助助威。俊虎结婚前后,我发觉川妹子情绪有些不大对头,想和她谈谈心,一直没有时间。"

贾景堂说:"川妹子是个人才,一个大姑娘能走到这一步不容易啊,有些事俊虎不便出面,咱们是该关心关心她了,啥时有空咱俩去看看她吧?"

范孝勤说:"行啊,吃过中午饭就去吧,她正忙着呢,除过吃饭时间怕也逮不着人影,下午顺便把山本和佐滕几位日本客人请到乡政府来,搞一些花生香烟水果什么的,咱们也该略尽一下地主之谊了。"

村委会大院正北边那个戏台,是清朝乾隆十年建造的,距今已有二百五十多年的历史了。虽然经过几次修补改建,但仍然保持着当时的建筑风格,为砖木结构,青砖墙,灰瓦顶,木、砖、石雕俱全,梁柱上和墙壁上的福禄、八卦、花卉、人物以及禽兽图雕举目可见。一个小小的戏楼,记录了凤凰坪的发展史。老支书田根年有事没事总要走上小戏楼,里里外外地溜达上几圈,也总要望着那四个柱子上写着"三五人千军万马,六七步五湖四洲"和"可家可国可天下,能文能武能鬼神"的两副对联,喟叹地两句:"戏台小天地,人生大舞台啊!"

作为凤凰坪群众的活动中心,这个小戏楼的舞台上曾经出将入相,唱过秦腔演过秧歌,连以前放电影,也总是把那片白色的银幕悬挂在舞台上,小小戏楼成了父老乡亲们的精神寄托。柴二狗的爷爷柴黑牛虽然被誉为青龙川第一条刚烈硬汉,尽管他有那个得以传名的骇人听闻之举,但他从未在这个小小的舞台上风光过一次。柴黑牛老人根本不会料到,他那梦寐以求难得一逞的夙愿,时隔半个多世纪以后,在他的孙媳妇张兰花身上如愿以偿了。作为被王萍调教过的服装模特,张兰花今天要在这个小舞台上尽情表演,一展风姿。

一大早,村委会大院就忙忙乱乱地热闹起来了,柴二狗和柴水生几个小伙子,按照柴俊虎的指示,在舞台上摆放好桌椅板凳,把一幅写有"凤凰坪农工商贸总公司招商引资签约仪式"字样的横幅,端端正正地悬挂在舞台的正上空,并在四面八方人们目所能及的地方,贴满了花花绿绿的标语。锣鼓队和秧歌队的一应用具,依次排放在舞台前边的石阶下,显示出一片浓烈的节日气氛。

上午10点多钟,一辆又一辆小轿车和吉普车相继驶进了凤凰坪,依次停放在村委会大门前的草坪上。王志辉和刘存义去了柴俊虎家,一些乡镇长和部局长去了青龙乡乡政府,还有一些人利用开会前的这段时间,驱车前往龙泉沟参观渤海黑牛、波尔羊和七彩山鸡。村委会的几个办公室全部成了临时接待室,白雪莲指挥着几位临时抽调当服务员的新媳妇和大姑娘,倒茶敬烟上水果,出出进进地忙了个不亦乐乎。

柴家大院另是一番景象。刘存义有好长时间没有见到小宝,想得慌,给小宝带来一个十分精美漂亮的小书包,铅笔和图书等学习用品应有尽有,他说四岁的孩子应该入学前班了。小宝正在用冲锋枪对准树上的喜鹊巢"嘟嘟嘟"地进行扫射,一见到刘存义,就把冲锋枪往地上一扔,张开双臂,像小鸟似的喊着伯伯扑向刘存义。刘存义一把抱起小宝说:"小宝,想不想伯伯?"

小宝连声说:"想,小宝想伯伯,小宝给伯伯留着糖葫芦,奶奶说伯伯今天要来。"

刘存义问小宝:"小宝,伯伯给你教的唐诗忘了没有?"

小宝忙说:"记着呢,记着呢,我背给伯伯听,锄禾日当午,汗滴禾下土,谁知盘中餐,粒粒皆辛苦……"

小宝一口气把刘存义教给他的十几首唐诗,一字不漏地全都背诵了,高兴得刘存义手舞足蹈:"好小宝,有出息,今天伯伯再教你几首唐诗,还要教给你几道算术题……"

王志辉被刘存义的憨态逗乐了:"小宝是个四岁的小娃娃,能接受得了你这种强化挤压式的教育么?按照这种教育方式,小宝十岁就可以上大学啰!"

连俊虎妈也被逗乐了,咧着缺了两颗门牙的嘴呵呵直笑,刘存义自嘲地说:"心急吃不得热豆腐,我这不是揠苗助长么?俊虎,不是说要办个学前班的幼儿园么?啥时能建成?"

柴俊虎说:"地点选择好咧,过两天就动工,五一节前一定开学。"

刘存义说:"听贾景堂说要让秀月当幼儿园的园长,这再合适不过了,咋不见秀月?"

小宝抢着回答说:"妈妈排练去咧。"

俊虎妈解释说:"王萍要搞服装表演,秀月是主要演员哩,连日本客商羽田杏子和铃木芳子都参加了。"

王志辉说:"王萍这位川妹子不简单,敢想敢干能出奇招,青龙服装公司肯定能一炮打响,前程不可限量啊!"

俊虎妈张罗着要炖荷包蛋,王志辉和刘存义都说吃过早饭了,不让俊虎妈忙活,小宝飞快地拿来两个大苹果,非让王志辉和刘存义吃不可。他偎在刘存义怀中,不时地给刘存义嘴中塞一粒花生或一节芝麻糖,王志辉看得眼热,亲昵地嗔骂小宝:"小鬼头,干脆给你伯伯做儿子去,省得他三天两头操心你。"

刘存义得意地说:"忌妒啥呢?投之以桃,报之以李,这是一种缘分,懂么?"

柴俊虎不好意思参与两位领导的逗乐打趣,让妈为两位领导和司机雷明热了三大碗稠酒,又汇报了近来的工作进展和签约的具体情况,王志辉欣慰地说:"改革开放以来,到处都张扬着招商引资,可真正成功的不多,尤其是离省城较偏远的县区,更是寥寥无几,咱们韩塬县也就你们凤凰坪这一家。按说日本客商投资只有一百万元,是个微不足道的小数目,连同那笔一百五十万美金的无息借款,也算不上什么巨款投资,充其量不过是一千多万元人民币的支援,可意义非常大,搞好了,不但能搞好一个企业,而且能起到一花引来百花香的好效果。省上的招商办已打过招呼,说有几家港商最近要来咱们县进行考察。"

刘存义接口说:"在西部大开发的特殊形势下,筑巢引凤这个提法很有科学性,俗话说没有梧桐树,引不来金凤凰。要招商引资,就要有优越的招商条件,还得有良好的投资环境。条件和环境是什么呢?我认为不仅仅只限于自然条件和创办企业的环境,关键在于人,确切地说,人的因素第一。就拿凤凰坪来说吧,如果只凭龙泉沟的自然条件,费的口舌再多,日本客商恐怕也不会有如此举动。正因为你对他们以诚相待,凤凰坪的父老乡亲们没有把他们当成外人,使他们有了一种宾至如归的安全感和义务感,才能够愿意以私人身份和王萍联营服装公司,而且还主动提出为凤凰坪提供一百五十万美金的无息借款。诚信是真正的无价之宝。"

司机雷明有个好习惯,只开车不管闲事,跟领导外出只长耳朵不长嘴巴,他喝完了一大碗稠酒,抹抹嘴巴对小宝说:"小宝,跟叔叔坐汽车去。"说罢,抱着欢天喜地的小宝走出门外去了。

王志辉冲着雷明的背影满意地点了点头,续了一支烟接着刘存义的话题说:"说白了,是俊虎的人品和乡亲们的真情实意,深深地打动了日本朋友的心。一千多万不是个小数目,对凤凰坪来说那可是雪中送炭啊。"

柴俊虎动情地说:"是雪中送炭,这笔款确实为我们解决了很多实际困难,极大地推进了我们公司的发展速度。原来银行同意一次性贷给我们三百万元,但总无法兑现,前后才给了五十万元,说上级银行卡得很紧,把放贷权收到上边去咧。多亏县上及时给我们支付了那批苗木花卉款,我们才能够按计划引进了渤海黑牛、波尔羊和七彩山鸡。就这样,还是影响了我们发展养殖业的计划,按照林教授和秦局长的意见,我们想一次性引进三百头渤海黑牛和两千只波尔羊,办一个具有现代化水平的中小型奶品加工厂。就是因为钱的问题,一步路只好分两步甚至三步走。"

王志辉说:"你们的发展计划很大也很现实,因为你们既有得天独厚的自然条件,也具备了大干快上的管理能力,只是县上的财政很紧张,帮不了你们的大忙,刘县长和我说过好几次了,想拿出一笔款来助你们一臂之力。"

柴俊虎真心实意地说:"县上对我们的关怀和支持还小呀?从我们开始种植苗木花卉直到现在,节节步步都是在县委、县政府以及乡党委和乡政府领导的关怀和支持下进行的,不说别的,不到半年时间,县上在龙泉沟召开了两次常委扩大会,还有……"

刘存义一挥大手拦住了柴俊虎的话:"俊虎,再不要提以前的事咧,那算得了啥呀,是个称职的领导都会这么做的。咱们都是实在人,说话办事都来个实对实,听说你们决定办一个中小型奶品加工厂?钱够不够?不用打肿脸硬充胖子,不够就不够,多了不敢吹大话,百八十万的我还能划拉得来!"

柴俊虎说:"如果日本朋友那一百五十万美金能落实,钱足够咧,我们村还有些家底呢。"

刘存义说:"那一百五十万美元没有问题,折合人民币不就是一千多万元么,说到就到,山本先生是个重情义的人,再说他的胃口大着呢,他专门和我谈过两次,说他自己不但把后半生放了在凤凰坪,还要动员两家有实力的大财团来凤凰坪参观考察,他再三再四地强调说,西部大开发是所有外商的发展良机,青龙山是座取之不尽用之不竭的宝山,能发展很多好项目。"

王志辉点头称是:"从目前讲,人家的科学技术还是比较发达的,有很多可以学习借鉴的东西。所以说,一定要抓好和日本客商联营这个机遇,打好基础,扩大战果,在扩大巩固养殖中心的同时,把服装公司也尽快办起来。"

几个人谈兴正浓,高音喇叭传来了陕北民歌,举行签约仪式的时间快到了,刘存义站起来说:"走吧,今天要大开眼界呢。"

中午12点钟,签约仪式正式开始,各乡镇的乡镇长、书记和各部局的部局长依次登上舞台,山本太郎和佐藤义雄换了一身名贵的西装,红光满面地站在舞台右边的入口处,逐一向每个来宾微微躬身点头致意,不住口地说着"欢迎光临,请多关照"的欢迎词。羽田杏子和铃木芳子参加了服装模特演出队,正在忙着准备工作,山本和佐藤只能千篇一律地重复着一句话。

参加签约仪式和看热闹的人,比预料中的要多好几倍,因为是星期天,有些乡镇的副职和工作人员也来了，台上坐不下，就挤在台下的人群中看热闹。不少新迁来的商户和小商贩或者关门停业来开眼界，或者把小商品和各色食品搬到村委会大院。凤凰坪的群众自然不会放弃这个大快人心的好机会，能来的都来了，舞台下挤满了摩肩接踵的人群，比以前看大戏的人还要多。

柴俊虎满面春风地走到主席台前，亮开嗓门宣布："韩塬县凤凰坪农工商贸总公司招商引资签约仪式开始。第一项，鸣炮庆祝！"

以光棍李金锁为首的十名铳手引火点捻，十杆铁铳发出惊天动地的爆响，随着铳声响过，"麻子老三"李有贵一甩令旗，威风锣鼓排山倒海般地敲响了。随着柴二狗手中令旗的挥动，急风骤雨般的鼓点变成了有节奏的鼓点，锣鼓队的队形也变了，在十多杆绕旗的引导下，锣鼓队和秧歌队绕场一周。很多前来祝贺的单位和个人也纷纷点燃鞭炮，整个大院硝烟弥漫，声浪喧天。

一阵热闹过后，柴俊虎致了热情洋溢且十分精彩的开幕词，王志辉和刘存义也分别讲话以示祝贺，随后在热烈的掌声和欢呼声中，山本太郎眉飞色舞地走到主席台前，十分庄重而虔诚地深鞠了一躬，微微颤抖的双手捧着发言稿，怀着无比激动的心情进行发言，羽田杏子一旁朗声翻译："尊敬的各位领导阁下，尊敬的女士们先生们，尊敬的父老乡亲们，我和我的朋友佐藤先生来中国考察学习，有幸来到凤凰坪，承蒙凤凰坪父老乡亲们的关照和爱护，使我们在伟大的中国找到了第二个家，找到了发展事业走向辉煌的金光大道。我代表佐藤先生，代表羽田小姐、铃木小姐，衷心感谢大家的光临，请多关照，请多关照！"

隆重的签约仪式进行到实质阶段，作为签字用的长条桌被抬到舞台正中，电视台的摄影记者牛祺选择好最佳角度，全场忽然变得鸦雀无声，所有的目光一齐射向签字桌。柴俊虎和山本太郎、佐腾义雄分别从舞台两边走到签字桌前，互相握手、拥抱，坐到各自的座位上。羽田杏子用流畅的普通话宣读了协议书的各项条款，把协议交给了山本太郎，山本太郎双手交给柴俊虎，柴俊虎稍作谦让，拿起笔来很潇洒地签上了自己的名字，随之，山本太郎和佐藤义雄也分别在协议书上签了字。

第一份协议签字后，柴俊虎站起来退到一边，王萍满面通红地走过来，向台下鞠了一躬，十分紧张而庄重地坐在柴俊虎刚坐过的座位上。羽田杏子又宣读了联营服装公司的协议书，王萍激动万分地签上了自己的名字，双手把协议书交给了山本太郎。

在双方交换协议书后，山本太郎向羽田杏子招手示意，羽田杏子双手托着一个用红绸包着的木盒走到台前朗声说道："山本先生和佐藤先生现场交出股金九十九万元人民币！"

全场掌声雷动，老支书田根年挥挥手，操着他那鼻音很浓的大嗓门宣布："经村党支部、村委会研究讨论，决定聘请山本太郎先生、佐藤义雄先生、林森教授、石磊先生、秦川先生和王萍女士为凤凰坪荣誉村民,下边由凤凰坪党支部书记、村主任,凤凰坪农工商贸总公司董事长兼总经理柴俊虎同志颁发荣誉村民证书。"

鞭炮和锣鼓声又同时响起来了,王志辉、刘存义、范孝勤、贾景堂、田根年和白雪莲,分别为山本太郎和林森等人披红戴花,被聘为荣誉村民的六个人站成一排,双手从柴俊虎手中接过金字红皮的荣誉证书,人人高兴得不能自已,山本太郎和佐滕义雄争着和柴俊虎拥抱,两人一合力,竟抬起柴俊虎在舞台上转圈子。

签约仪式最后一个议程是服装模特表演,对这场别具风格的表演,柴俊虎向全体观众做了精辟的介绍:"大家都知道今天有一场服装模特表演,对于服装模特表演,我们只是在电视上见过。服装模特和影视演员、歌唱演员同样,都有档次和规模大小之分。我们凤凰坪的服装模特表演是王萍同志亲自设计亲自编导领头演出的,她说人们的身材有高矮胖瘦之分,衣着自然也要因人而宜,而那些专业服装模特全都是高个子,穿在她们身上的各种服装无论有多么好看,也只能代表高身材的人,那么个头比较矮的人和比较胖的人,穿上那样款式的衣裳是否美观呢?王萍同志以现实为依据,设计了一些比较新颖的服装,让高矮胖瘦不一的人按照型号,身着统一色彩统一款式的服装进行表演,或者说叫试穿亮相,以便让同等身材的人对照挑选。这样做究竟效果如何,有待于群众评论,毕竟也是一次试验么,希望大家观看后畅所欲言,大胆批评指导,也请凤凰坪的父老乡亲记住这句话:一切为了凤凰坪的事业!"

在热烈的掌声和欢呼声中,服装模特表演开始了。青龙川自古出美女,凤凰坪更是美女如云,任意挑出几个小媳妇大姑娘稍作收拾打扮,都会成为花容月貌的俏佳人,仅这一条就为这场史无前例的表演打好了基础,没有失败,只有成功,只是成功的倍数大小罢了。

第一个出场的是王萍。为了给演员们壮胆做榜样,也为了控制观众,川妹子精神饱满,意气风发,怀着对事业对前程的无限向往之情,怀着志在必得的豪情壮志,几个旋转步子旋在台前,做了一个十分优美的中心亮相。她身穿黑色超短式晚礼服,黑发高高绾起一个圆髻,白皙俊俏的脸上漾满了甜甜的微笑,一双明如秋水的大眼睛顾盼生辉,显得仪态万方。随即,王萍迈步扭躯,以其柔美的体型、轻盈的步履、高雅的气质和风格独特的表演,使台下的观众如痴如呆,竟然忘记了鼓掌,直到川妹子踩着录音机播放的舞曲翩翩退场,全场才突然爆发出一阵春雷滚动般的掌声,不少人情难自禁地高声呼喊:"王萍!川妹子……"

随着欢快流畅的音乐,高秀月、田春燕、柳翠香、张兰花、王水英和"带刺玫瑰"田桂芳,身着五颜六色、款式新颖别致的时装相继登台亮相。这六个人都是凤凰坪群众公认的美中之美,尽管个头、身材不一,肤色有别,但各有各的风姿,各有各的韵味。同一颜色同一款式而不同型号的衣裳,分别穿在她们身上,更加显得贴切、合适,相互映衬之下,各有千秋,各有各的引人注目之处。

六位演员除过在学校时参加过集体歌咏比赛以外，全都是头一回登台亮相，好在她们都有一定的文化程度，经过了好几天的强化培训，又有王萍起了个很好的带头作用，所以表演起来并无怯场之感，一个个抬头挺胸，踩着乐曲走步、甩手、扭腰、侧身、造型、亮相，每个动作都是那么优美，那么潇洒，引来一阵阵热烈的掌声和喝彩声。

羽田杏子和铃木芳子先是身着和服进行了表演，这种和服是王萍和羽田杏子、铃木芳子反复商量研究后设计的，据两位日本姑娘说，用中国的土布制作的和服很可能在日本走俏，川妹子决心试一试，她不愿意放弃任何一个争夺市场的机会。随后她俩和其他演员联袂表演，满台的月容花貌，满台的奇服异装，看得满场观众目难暇顾，如痴如醉。贾景堂情难自禁地对身边的范孝勤和几位客人说："我们真是身居宝库不知宝啊，光是这样的表演到县城省城多表演几次，青龙服装厂生产的所有服装一定会供不应求。"

最后一个压轴戏是"蓝色的渡口"，编导者王萍着意突出了青龙川的地方色彩。这台节目没有灯光，没有布景更没有地毯，唯一的布景就是请学校的美术教师，按照青龙渡的风貌制作了一套简朴的渡口模具。模具过于简陋，怕观众们看不明白，画蛇添足般地在一块硬纸片上写了"青龙渡"三个字，很别扭地贴在那块模拟的石头上。为此，柴俊虎难过了好几天，觉得他委屈了王萍的一片心意。后来在县城剧院表演时，舞台上树起了一座活灵活现的青龙渡口，栩栩如生的灯光布景烘托得那场表演格外精彩，取得了意想不到的艺术效果，当场就有二十多家经销商要求签约。

随着一阵哨音响过，四个身穿黑色泳装和四个身穿白色泳装的演员，分别从写有"出将""入相"牌额的台口走出来，穿插走步，黑白反差如此强烈，形成十分明鲜的对比。接着依次是金色、红色、绿色和迷彩色等泳装的出现。显而易见，王萍是根据流行款式和地方特色精心设计了这种泳装。没有比基尼三点式，但这些泳装也比较鲜明，在尽可能暴露的情况下，恰到好处地把女性的上胸、后背、腰肢、大腿的最动人之处充分地予以展现。虽然是春光明媚的艳阳天，但初春的气温毕竟很低，凤凰坪的这些小媳妇大姑娘以及日本国的两位小姐，咬紧牙关一丝不苟地认真表演，她们牢牢记住了柴俊虎那句话——一切为了凤凰坪的事业！

清 明 上 坟

  本应是清明时节雨纷纷的清明节,天气却格外晴朗,蔚蓝蔚蓝的天空碧翠如洗,连一片飘浮的云彩也没有。当一轮红日光芒四射的时候,青龙山犹如春梦初醒的盈盈少妇,娇艳的面容沐浴着万道金辉,更加妖娆多姿,光彩夺目。满山遍野郁郁葱葱,氤氲芬芳,用一句文学语言形容,真正是山清水秀,鸟语花香。

  清明上坟,前三后四,人们习惯了老辈人传下来的风俗,在清明节前三天和后四天的日子里,纷纷拿着柳枝,提着祭品,携儿带女地到祖茔去扫墓祭奠,烧一些纸钱,奠一些茶酒,细心填补坟墓上的鼠洞,添上一层新土。近年来,人们的生活逐渐富足了,在祖先坟前植树立碑的人越来越多。清明节,每个坟头都是柳枝摇动,白幡飘飘,随着纸钱化作灰烬随风起舞,到处都能听见哀哀哭声。唉,清明节是个令人伤感的日子。

  改革开放以来,随着时代的发展,人们的思想观念逐渐有了改变,过去那种宗族集体扫坟祭奠的形式很少见到了,人们按照自己的具体情况各自扫坟祭奠。柴俊虎把上坟的日子选在四月五日,这天是清明节,人们习惯地称这天为正清明。上坟是有时辰限制的,不能太早了也不能太迟,一般都是上午10点到下午3点以前,传说这段时间里阴间放假,以便鬼魂们分头去到各自的坟前享受祭品。中午12点,柴俊虎和柴二狗领着小宝来到了柴家祖茔,柴俊虎的爷爷和柴二狗的爷爷是同胞兄弟,每年都是柴俊虎和柴二狗一同扫坟祭奠。按照青龙川的习俗,女性一般是不能上坟的,但这条不成文的规矩慢慢地被淘汰了,有的家户全家男女老少齐出动,把扫坟祭奠当成了一次踏青野游的活动。

  张兰花硬是让柴二狗给拽来了,她是个心细手勤的人,把堂姐张凤仙坟头上的青草清除得干干净净,把放在墓门里的那张玉照取出来,用洁白的小白花把镜框擦拭得一尘不染,手把手教导小宝为母亲摆贡品、叩头、烧纸、奠酒。小宝从小和张凤仙没有感情,也不知道伤心,只是觉得好玩,兴致勃勃地干着张兰花教给的一切。他见柴二狗把粘着纸钱纸幡的柳枝,挨个插上每个坟头,十分好奇地问柴二狗:"二爸,为啥在坟上栽树?你们都哭啥呢?"

  扫坟祭奠,一般都是逐坟扫祭,今年扫坟不同往年,由于增添了张凤仙的坟墓,柴俊虎多备了一些纸钱和祭品,他要单独陪伴亡妻度过第一个清明节。作为丈夫,柴俊虎不能跪在亡妻坟前哀哀哭泣,扫祭结束后,他支走了柴二狗、张兰花和小宝,呆呆地蹲在张凤仙坟前,把罐头、啤酒和张凤仙生前爱吃的几样果脯摆放整齐,重新烧化了厚厚一叠印制精美的冥币。望着照片上那张灿若朝霞的花容,柴俊虎不禁悲从中来,成串热泪不可抑制地直往下涌。他听人说过土葬和火化的不同:埋掉了是物理变化,火化是化学变化,两个变化是同工异曲,成为魂和魄两个不同的物质。魂可以飘来飘去,魄要寄托于物体。张凤仙是土葬的,灵魂自然会不断地飘荡,清明时节,她的灵魂会不会飘回来呢?

隔着一片丛林,传来柴德贵那饱含悲怆的秦腔乱弹。男愁唱,女愁哭,柴德贵的妻子生前特别爱看戏,每年清明节扫坟祭奠,柴德贵都要怀着无限惆怅,为亡妻唱一段拖着悲腔的戏文:

三月里来三月三,

清明上坟泪不干,

烧几张纸钱化灰笺,

在阴曹地府做盘缠……

一段悲哀凄凉的秦腔唱段唱完了,紧接着就是一阵悠扬婉转、如泣如诉的唢呐声。柴先生每年清明上坟只吹两个曲牌,一个是《秦雪梅吊孝》,一个是唢呐咔戏秦腔《二进宫》,因为妻子生前特别爱听秦腔,没事时总爱哼几句秦腔唱段,最爱听最爱唱的是《二进宫》,能同时模仿须生杨波、大净徐彦昭和正旦李艳妃的对唱。妻子在临咽气之前,要丈夫为她吹奏了唢呐咔戏《二进宫》,在唢呐声中平静地闭上了眼睛。柴德贵没有抱着妻子的遗体号啕恸哭,而是泪流满面地吹奏了一曲《秦雪梅吊孝》,吹得亲友们掩面哭泣,吹得院子里的人们泪如泉涌。扫墓的人们相继离去了,柴德贵不知何时也离开了坟场,荒郊野外冷静沉寂,只有鸟啼和风吹树叶的飒飒声。柴俊虎从山坡上挖了几株迎春花,移栽在张凤仙的坟头,用酒瓶连续盛来几瓶泉水,细心地浇灌在迎春花的根部。这是一种生命力旺盛繁殖特别快的野花,柔细的藤蔓,青翠的枝叶,金黄的花朵,格外美丽娇媚,用不了多长时间,张凤仙的坟墓就会被盘根错节的迎春花笼罩得严严实实。张凤仙生前爱干净爱美爱花,柴俊虎要为亡妻戴上一顶绚丽夺目的花冠,让前妻在花丛中怡然长眠。

慢慢西移的艳阳金辉灿烂,照得人暖洋洋热烘烘浑身发热。柴俊虎泪眼迷茫地盯着张凤仙的遗照,眼前出现了幻景,依稀听到张凤仙那银铃般的笑声……

柴俊虎高中毕业不久,老支书田根年让他当了村文书。那天,他正在村委会写材料,门帘一动,村支书兼村长田根年,领着一位胖胖的中年男人走了进来,柴俊虎认得是张家坪的村支书张平安,急忙站起让座敬烟。张平安方面大耳,生就一副佛爷相,慈眉善目的脸上,总是堆满笑意,他顺手拿起材料看了看,连声夸赞:"字写得蛮不错么,啥程度?"

柴俊虎有些不好意思:"没出息,算是混了个高中毕业证。"

张平安问:"咋没上大学?"柴俊虎笑了笑没吭声,田根年不无惋惜地说:"只差三分,按他的平时成绩,考大学是瓮中捉鳖,十拿九稳的事,全让穷家拖累咧,可惜了一棵好苗子。"

张平安笑眯眯地说:"世上路多着呢,何必非要走学而优则仕那一条?是金子到哪儿都发光,农村咋?农村就不能出人物?中央首长有几个不是从农村出来的?毛主席还种过田呢!"

田根年笑道:"张支书,看来你是喜欢上我们的俊虎咧,我是个大老粗,俊虎跟着我成不了大气候,你是个肚子里有墨水的人,俊虎跟着你,才算是明主良臣呢。"

张平安笑呵呵地说:"良臣择明主,良禽栖高枝,按照咱庄户人的说法,是人往高处走,水往低处流,既然俊虎在你身边屈了才,就让我带走吧。"

田根年说:"行啊,一言为定,明天送人上门。"

张平安和柴俊虎东拉西扯谈了一阵话,打着哈哈告辞了。翌日清早,田根年来到柴俊虎家:"俊虎,换上新衣裳,称肉买点心再买一瓶好酒,咱俩去张家坪。"

柴俊虎一怔:"昨天是开玩笑啊。"

田根年哈哈大笑:"张支书相中你咧,这可是天大的喜事呀,不要说在青龙川,就是在县城,也有不少人是求之不得呢。"

柴俊虎一脸迷茫,俊虎妈用手指点着儿子的脑门嗔道:"傻蛋么,让你去相亲,你当是卖你呀?"

柴俊虎心中一阵狂跳,根本不相信这个可望不可即的好事,竟会如此轻而易举地落在自己头上,他十分惊喜地问:"给我介绍张凤仙?"

张凤仙是张平安的女儿,是青龙川公认的第一美女,被人们誉为金凤凰。上初中的第二年,张凤仙因为和年轻的班主任搞师生恋,引起一场轩然大波,被迫辍学,在家一待就是好几年。这两年来,说媒求亲者能踏破门槛,可她高不成低不就,二十三岁了还没有找到婆家,在山里算是老姑娘了,爹急妈急她也急,张平安亲自出马,明察暗访寻觅乘龙快婿,他终于相中了柴俊虎。

柴俊虎刚迈进张平安家的大门,就和张凤仙迎面相遇,柴俊虎顿觉眼前发亮,心跳骤然加速,这是怎样一个妙人啊!真像小说中描绘的那样,有闭月羞花之貌,沉鱼落雁之容,平时耳听是虚,今日眼见为实。两位村支书呵呵一笑,拉着手进屋高谈阔论去了,凤仙妈把柴俊虎领进女儿的住处,沏了一壶茶水,找借口回避了,屋里只剩下了柴俊虎和张凤仙。面对如花似玉的青龙川第一美女,柴俊虎感到一阵惶惶不安,不知该如何开口,窘得直挠头皮。张凤仙盯着这位个头稍高、略显清瘦而英俊的村文书,咯咯咯地发笑:"头上长虱子咧?"

柴俊虎不敢再挠头皮了,手足无措地正襟危坐,张凤仙调皮地说:"哎,你咋不问我多大咧?"

柴俊虎不假思索脱口而出:"我知道,你今年二十三岁,农历三月初四的生日。"

张凤仙莫名其妙:"你咋这样清楚?"

柴俊虎老老实实回答:"大伙儿常在一起议论,我早就记住咧。"

张凤仙瞟了柴俊虎一眼:"背后说三道四议论人,不怕掉舌头?"

柴俊虎正儿八经地说:"一家有女百家求,你这么漂亮,自然惹人注目么。"

这话张凤仙爱听,她笑嘻嘻地问柴俊虎:"你多大咧?"

柴俊虎小心翼翼地说:"我叫柴俊虎,是凤凰坪的村文书,今年二十五岁,五月初六的生日,高中毕业,家里就我和我妈两口人。"

"咯咯咯……"张凤仙笑得直喘气:"你是在背书呢还是谈恋爱?"

柴俊虎窘得浑身冒汗,狼狈不堪,张凤仙显然喜欢上柴俊虎了:"愿意和我谈对象么?"

柴俊虎鸡啄米似的连连点头:"愿意,愿意……"

张凤仙说:"我这人手拙身笨,里里外外啥活儿都干不了,连饭也不会做。"

柴俊虎豪气十足:"哪能让你干重活累活呢?两亩多责任田,我捎带着就干完咧。不会做饭也没啥,我妈手巧着呢,蒸馍做饭是一把好手。衣裳更不用说,如今的人都是买现成的,谁还像以前那样一针一线的缝衣穿?"

张凤仙故意逗柴俊虎:"衣裳脏了要不要洗?破了要不要补?"

柴俊虎连想都没有想:"有我呢,我从小就会洗衣裳,缝缝补补的啥都会。"

张凤仙脸上绽开了花:"你连生小孩儿都么?"她觉得柴俊虎是个靠得住的实在人,感到很开心。

柴俊虎又窘得直挠头皮,心里热烘烘的,他知道这门婚事十有八九能成。

张凤仙和柴俊虎谈得很投机,凤仙妈格外舒心,包了饺子炒了菜,好烟好酒热情款待柴俊虎和田根年。酒足饭饱,田根年先一步告辞了,张凤仙向柴俊虎发号施令,指派柴俊虎挑水锄草拉土垫圈,还领着柴俊虎指认了她家的责任田。这是凤仙妈传授给女儿的秘诀:结婚前要把女婿调教得服服帖帖,让他一辈子都俯首帖耳听妻子的话。

直到日落西山红霞飞的时辰,柴俊虎才恋恋不舍地离开了张家坪。一路上,他回想着和张凤仙谈情说爱的每一个细节,憧憬着美好的未来,无限欢悦无限亢奋,恨不得一步跨进家门,把每一个细节都讲给妈听,让妈也分享一点快乐。心急脚步快,不知不觉,十多里山路甩到身后去了,刚来到青龙渡前边山口的拐弯处,忽然从柳林中传来女人的呼救声,柴俊虎稍稍怔了一下,随即循声冲进柳林。茫茫暮色下,三名歹徒正在强暴一名女青年,柴俊虎怒火中烧,大吼一声,冲过去一阵急风暴雨般的拳打脚踢。

三名歹徒被突如其来的袭击打蒙了,一个矮胖子从女青年身上溜下来,抓起裤子扭头就跑,为首的络腮胡醒过神来,见袭击他们的只是柴俊虎一个人,气不打一处来,喝住正要逃窜的矮胖子吼叫:"跑个屁!掏刀子,上!"三名歹徒亮出匕首,穷凶极恶地向柴俊虎围过去,柴俊虎虽然身强力壮,毕竟寡不敌众,且是赤手空拳,几个回合下来身上被戳了几刀,鲜血直往外冒。女青年情急智生,就地抓起几把泥土甩到了三名歹徒的脸上,随即跑出柳林,尖着嗓门拼命呼救:"快来人啊,土匪杀人了……"

柴俊虎奋不顾身斗歹徒,身上受了六处刀伤,上了电视登了报,成了家喻户晓的英雄人物,光荣地加入了中国共产党。此后,他春风得意,一路绿灯,和张凤仙结婚的第二年,在换届选举中,被选为村委会主任。

"爸爸……"小宝欢快的喊叫声,使柴俊虎打了个激灵,猛然间从遐思中清醒了,他抬头望去,高秀月牵着小宝的手迎面而站。面对高秀月那双清幽明亮的大眼睛,柴俊虎心中一阵狂跳,忽然有了一种对不起高秀月的感觉,他慢慢站起身来,挠着头皮冲着高秀月讪讪苦笑:"你咋来咧?"

高秀月望着眼前的一切,心中百感交集。她心肠良善,深明大义,是个通情达理的人,她理解丈夫的心情,深知丈夫的为人,他和张凤仙毕竟是夫妻一场,毕竟有过恩爱毕竟同甘共苦生活了八年之久。人是感情动物,没有感情的人还算人么?有了新欢而忘却前情的男人算个好男人么?张凤仙故去半年多了,今年是她过世后的头一个清明节,柴俊虎对张凤仙能无惜别之情?她不怪他,但心中仍有一股说不清道不明的味道。

一阵清风刮过,纸幡上飘落几片纸钱几个元宝,小宝跑过去捡拾,高秀月默默无声地从手提包里取出一叠纸钱和几样祭品,跪在张凤仙坟前点燃了纸钱,两行清泪顺着她那秀丽的面孔,连续不断地往下滴……

天空不知什么时候飘来几片乌云,遮住了偏西的太阳,山脚下的光线暗了下来,一阵山风刮过,各个坟头上的纸幡随风舞动,发出一阵阵飒飒声。气温有所下降,使人感到了凉意,小宝连声嚷着冷,高秀月抱起小宝,瞅了瞅神情很不自然的柴俊虎,默默无言地离开了张凤仙的坟墓。柴俊虎把张凤仙的遗照摆放好,轻轻吐了口气,用手拍打拍打衣裳,尾随高秀月而来。他见小宝赖在高秀月身上撒娇,便没话找话:"那么大的孩子,抱着多累呀,让他下来自个儿走么。"

高秀月没有吭声,还是抱着小宝往前走,小宝看见了爸爸那责备的眼光,十分乖觉地从高秀月的怀中溜下来,跑到路边去折喇叭花。柴俊虎十分抱歉地对高秀月说:"原计划今天上午早点上坟,中午饭前咱俩到县城给妈扫墓,硬是让我给耽误咧。"

高秀月不在意地说:"急啥呢,前三后四,明天后天去都行么。"高秀月的母亲卓玛安葬在县城西郊的公墓里,前几天俊虎妈就叮咛过好几次,要儿子陪秀月一起去上坟祭奠。

小宝调皮捣蛋,一刻也不停着,他折了一大把喇叭花,又去追赶那只花蝴蝶,不小心一跤绊倒,脸上被石子扎破了,冒出几点血珠,高秀月急忙把小宝拉起来,用手帕按住小宝的脸。她见小宝咧开小嘴巴要哭,忙鼓励说:"小宝是男子汉,男子汉可不兴哭鼻子啊。"

小宝瞪着圆溜溜的眼睛望了望高秀月,吸了吸鼻子,挺起胸膛:"小宝是男子汉,男子汉不哭!不哭!"

高秀月拭净小宝脸上的泥土,心疼地用脸蹭着小宝的脸,摸摸这儿,看看那儿,连声问摔疼了没有。柴俊虎说:"看你把他宠成啥咧,小孩子么,摔摔打打是常事,有好处,我小时候上树掏鸟窝,下河逮鱼鳖,身上经常都是青一块紫一块的。"

高秀月不同意柴俊虎的观点:"现在的孩子哪能和你小时候比?要是让你当幼儿园负责人,不被家长们骂死才怪呢!"

柴俊虎和高秀月领着小宝走出沟口,刚拐过一丛山林,忽然听见柴二狗大惊小怪地嚷嚷着什么,便循声走过去,见光棍李金锁跪在爹妈坟前烧纸祭奠。柴二狗高声大气地正冲着光棍大放厥词:"我说光棍哥,你发啥神经啊,冥票就是冥票,是专为阴间鬼魂用的,你给老人烧化人民币干啥?人民币在阳间是真币,到阴间就成了假币,你以为阴间就不打假?要是让阎王爷把人民币当作假币查办,你这不是让老人家在阴间受洋罪么……"

光棍一声不吭,柴二狗忽然看见了柴俊虎和高秀月,忙对柴俊虎说:"金锁哥拿人民币给老人祭奠呢,你看……"

柴俊虎抢前几步,果然看见光棍正要烧化一沓人民币,其中有五元、十元票面,也有五十元和一百元票面,旁边放着一堆纸钱和纸糊的金银元宝。光棍是个孝心很重的人,担心爹妈在阴间受苦受罪,想多尽一份孝心。柴俊虎忙从光棍手中夺过那沓正要点燃的人民币,顺手递给一旁的柴二狗,他跪在光棍身旁,帮着光棍点燃纸钱和金银元宝,十分虔诚地在熊熊燃化的纸钱周围洒了一圈酒,端端正正地叩了三个头。光棍李金锁扶起柴俊虎,弯下腰替柴俊虎拍去膝盖上的尘土,讪笑着说:"俊虎,你看二尿哥是不是烧包咧?"

柴俊虎很严肃地说:"何止烧包,你这是在犯罪啊!你听说过么,玷污人民币都是一种违法犯罪行为,更不用说把人民币当作冥币烧化。你如今已是一厂之长咧,咋能尽做些不着边际的事?"

光棍叹了口气:"心烦啊!不瞒兄弟你说,我爹在世时常说不孝有三,无后为大,我都四十岁出头咧,连个家都没成起来,我……"

柴俊虎深感同情也很内疚:"锁哥,你不要说咧,这件事全怪我,我……"

光棍急忙打断柴俊虎的话:"好兄弟,娶不到媳妇咋能怪你呢!都是你这二尿哥不争气,不要说对不起列祖列宗对不起父母,我连我自己也对不起,我以前尽干些啥事啊!"男儿有泪不轻弹,只是未到伤心处,光棍伤心了,两行热泪流出了眼眶。

柴俊虎感到心酸，也感到内疚，在处理李金锁骗奸白雪莲那场风波时，他就和老支书说好了，一定要把李金锁的婚姻大事解决好，尽快给李金锁物色一个好妻子，可是总公司成立之初，纷至沓来的七事八事忙得柴俊虎喘不过气来，把这件事忽略了。柴俊虎深感自己没有尽到一个领导人应尽的责任，感到对不住李金锁，他大包大揽地说："金锁可，你安心办厂吧，你的婚事我包咧，年前一定给你个满意答复！"

光棍苦笑着摇了摇头，刚要说什么，柴俊虎摆摆手："这件事不说咧，我知道该咋办。那批花盆烧制的情况如何？离'五一'满打满算只有二十五天咧，千万不敢误事啊！"

凤凰坪农工商贸总公司做出决策，要利用"五一"节在城里搞一次花卉展销。花卉展销，花盆当先，柴俊虎给陶瓷厂下了死命令：一定要在"五一"前烧制出一批出类拔萃的优质花盆，既要结实耐用，又要美观大气，要成为一种有观赏价值和保存意义的工艺品。柴俊虎和石磊三进文化馆，请美术师描绘了龙凤呈祥的图案，计划把这套图案作为凤凰坪农工商贸总公司的统一商标，以龙凤呈祥图案代表凤凰坪的形象。他反复强调，苗木花卉是凤凰坪农工商贸总公司的首批商品，头一炮一定要打响。

光棍李金锁有压力，也有苦衷。他是抱着"士为知己者死"的决心，走马上任到陶瓷厂担任副厂长的。他自恃自己有一身蛮力气，也懂一些烧窑技术，决心甩开膀子大干一场，以实际行动改变自己的形象，为柴俊虎争光，何况还有同宗同姓的老窑主李金旺当厂长，自己光出力大干就行了。李金旺是青龙川数一数二的烧窑好手，上世纪50年代就曾因烧制细瓷花纹碗碟和盆罐而闻名遐迩，红极一时。李金旺年逾花甲，和李金锁是本家兄弟，虽然早已出了五服，但一个李字掰不开，往常交情不错。可这次光棍失算了，他根本没有想到李金旺变了，变成了只认钱不认人更无全局观念的守财奴。

李金旺的儿子叫李宏宝，在县城南关开了一个瓷器店，李金旺是后台老板，仗着自己有一套过硬的烧制技艺，曾先后两次去江西景德镇"切磋"技艺，担任了省城一家陶瓷厂的名誉顾问，并经常到邻县几个陶瓷厂联系业务，陶瓷店基本上是代销几家陶瓷厂的产品，不用出资但获利甚丰。凤凰坪农工商贸总公司成立后，柴俊虎和田根年一同去李金旺家，把任命书亲手交给李金旺，再三再四地请他重操旧业出任陶瓷厂厂长，为凤凰坪的事业出一把力，添一把火。李金旺碍着情面勉强答应了，也到新建的陶瓷厂走马观花地看了看，说了几句不疼不痒的话，就不辞而别进了县城，从此再未露过面。

李金旺可以溜之大吉，可以不顾集体利益去实现他的发财梦，但李金锁不能同李金旺比呀，为了报答柴俊虎的知遇之恩，为了凤凰坪父老乡亲们的切身利益，也为了他自己，光棍是过了河的卒子离了弦的箭，断无回头之理。他爱看古装戏爱看小人书,知道"破釜沉舟"这个典故,自己也下了破釜沉舟的决心,不干出个样儿来,能有脸再见俊虎么?连有自己用武之地的陶瓷厂都办不好,还有脸面见人吗?光棍时刻牢记着他向柴俊虎发过的誓言:"干不出个名堂来,自个儿投进青龙渡!"他也记住了柴俊虎的那句名言:"一切为了凤凰坪的事业!"

半年多来,光棍使尽了浑身解数,带领二十多名小伙子,在荆棘丛生、乱石瓦砾遍地早被废弃了的原陶瓷厂旧址,以最快速度土法上马,因陋就简建成了像模像样的陶瓷厂,并一次性试烧成功,烧制出第一批陶缸和瓷盆瓷碗。"五一"到县城搞花卉展销,又是柴俊虎亲自交代的任务,光棍敢有丝毫含糊能没有压力么?他虚心请教了青龙川所有的老窑工,以龙爪沟特有的石英、长石、硼砂、黏土为主要原料,经过筛选研磨,灌模成型,分别灌制了大、中、小三种型号的花盆,拓印了龙飞凤舞的龙凤呈祥图案,并提出了以景泰蓝为主色的大胆设想。但在烧制过程中,光棍遇到了十分棘手的事,一是把握不住火候,二是过不了上釉关,他不想让柴俊虎分心,硬着头皮到处求教,先后两次去狐仙岭,请教身怀绝技的老窑师"大青猴"刘铁山,碰了钉子吃了闭门羹。近来,光棍正处在进退维谷的困境中,他打算过了清明节再去向柴俊虎汇报求助,没想到在给爹妈烧化人民币的时候,被柴俊虎发现了,光棍借风驶船,把具体困难如实向柴俊虎做了汇报。

柴俊虎见天气尚早,便对高秀月说:"你和小宝先回家吧,我到陶瓷厂去看看。"

小宝没去过龙爪沟,拉着高秀月闹着要去龙爪沟逮螃蟹。柴二狗平时总哄小宝,说龙爪沟的小河里有螃蟹有小鱼,柴二狗信口胡诌,小宝信以为真并牢记在心,好容易有了去龙爪沟的机会,他能不闹腾吗?光棍也特别喜爱小宝,他举起小宝架在脖肩上,对高秀月说:"大妹子,你没去过龙爪沟吧?那儿的景色挺不错,今天趁便一起去看看吧?"

高秀月有些迟疑,柴二狗极力怂恿:"秀月姐,去龙爪沟看看吧,你如今是咱凤凰坪第一夫人,对凤凰坪的山山水水沟沟岔岔都要熟悉了解呢,今天权当是去巡视。"

高秀月让柴二狗逗得脸红心乐,她还来不及表态,光棍驾着小宝已离开了坟场,小宝扭回头直嚷嚷:"妈妈妈妈快来呀,李伯说让我骑大红马!"

龙爪沟离村庄比较近,从村北那个小柳林穿过去,拐个弯儿就是沟口,进沟不到一公里就是陶瓷厂。龙爪沟和其他沟岔相比较,另有特色,沟口窄小,两边石壁犹如用巨斧从中劈开,悬崖绝壁,猿猴难攀,沟里却十分宽阔,也和龙泉沟、无名谷一样,泉多草密,溪水依崖而流。北边的山坡缺少植被,裸露出一大片狼牙锯齿般的石茬,显示出被长期炸山开采过的痕迹。望着几乎被削去半个山头的峭壁,高秀月惊叹不已:"妈耶,炸掉那么多石头,该要烧制多少瓷器呀?"

柴二狗咋咋呼呼地胡吹冒撂:"牛皮不是吹的,火车不是推的,恁大个韩塬县,哪家没用过咱凤凰坪陶瓷厂的碗盆?哪家的水缸粮缸不是从这儿驮走的?用不了多长时间,光棍哥会把整个山头烧制成各种瓷器,说不定还要漂洋过海卖到纽约和华盛顿去,说不定克林顿总统要用美元换咱凤凰坪的工艺品呢!"

高秀月有些好笑:"吹牛皮不犯死罪!"

光棍郑重其事地说:"二狗也不完全是吹牛,只要能闯过眼前这几道难关,我有决心把陶瓷品打出去。我听贾乡长说,一套景泰蓝花瓶,在国外值好几万美元呢。别人能做到的,咱凤凰坪人咋就做不到?"光棍有了群体观念,有了主人翁意识,"咱凤凰坪人"和"我们凤凰坪"常常挂在嘴边。

陶瓷厂虽然是因陋就简土法上马而建,但并不寒酸,建厂图纸是柴俊虎和石磊绘制的。山沟里有的是石头,有的是木料,两排平房是用石头砌的,木椽是伐薪林里选出来的杂木。房顶苫着一层牛毛毡,牛毛毡上压着厚厚一层白茅草,光棍说这样冬天保暖,夏天防晒。一排溜瓷窑也是用石头砌的,唯一的洋玩意儿就是那台球磨机。陶瓷厂依山傍水,建厂时尽量保留了一些无碍的花草树木,另外又栽植了一些月季、芍药、红玫瑰以及毛毛花等四季花卉,四周和人行道两旁还栽有两排冬青,整个厂子像个小公园似的。在各个企业创办之初,柴俊虎就有言在先:每个厂子都要利用地理位置的自然环境,能保留和能栽植草木花卉的地方,一定要有花草树木掩映,每个工厂都要成为公园式的工厂。柴俊虎这个愿望实现了,凤凰坪农工商贸总公司的各个企业,全都成了错落有致、花红草绿的小公园,山本太郎不无感慨地赞不绝口:"工厂的,花园的一样,美国、日本统统的没有!"

瓷窑前的场地上,整整齐齐码放着一排烧制好的农用缸和没有花纹图案的碗盆,那是陶瓷厂的头一批试制品。宽大的塑料棚下码放着大、中、小型花盆毛坯,毛坯旁摆放着几十个颜色暗淡斑驳的花盆,李金锁弯腰抱起一个花盆对柴俊虎说:"你看,不晓得是火候把握不好还是上釉方法不对头,连烧两窑都是这种熊颜色,比蛤蟆背还难看!"

柴俊虎仔仔细细看了烧制好的每一个花盆,心里也有些发急:"金锁哥,除过李金旺,青龙川再有没有能工巧匠?"

李金锁说:"有啊,狐仙岭那个外号叫'大青猴'的河南人刘铁山,有一手烧窑绝技,比李金旺在行多哟,我一连去了两次,他不是眯着眼皮子打瞌睡,就是抬屁股走人,真他妈臭硬!"

柴俊虎沉思有顷,果断地说:"明天一早去狐仙岭!"

狐仙传奇

　　山区的自然村庄很多,星星点点的布满沟岔山岭,有不少是一家分成两三家的独家庄。凤凰坪是青龙川居住最为集中的大村子,也是由凤凰坪、李家峁、柴家坡、田家湾几个自然村组成的。从前几个自然村是鸡犬之声相闻,连畔种地比较分散的村庄,后来由于兄弟分家和外来户居家盖房的人多了,几个自然村逐渐连成一片,加之地处青龙川道的宽阔处,所以便形成了青龙川的"都市"。此外还有距凤凰坪五里多路的独家庄狐仙岭,按区域也划归凤凰坪所辖,实际上是个天高皇帝远的独立王国。狐仙岭虽小却很有名气,青龙川男女老少都知道狐仙岭的来历,是源于一个美丽动人的传说。

　　很久以前,河南洛阳一位姓刘的年轻书生去北京赶考,屡试不第,连续两场都是名落孙山。刘秀才风流倜傥,满腹经纶,因为没有门路也没钱进贡,虽然文章做得花团锦绣,字秀文美,到头来还是榜上无名,刘秀才一气之下放弃了考取功名的念头,一心要学汉太史公司马迁"读万卷书,行万里路"的博大精神,一边浏览各地名川大山,一边研习诗书,立志也要写一部例似《史记》那样的不朽之作,以慰此生。他是一个穷秀才,便靠着卖字卖画沿路而行,信步而走,打算最后在司马迁的故乡陕西韩城找一幽静之处安居,著书立说,遗学后世。

　　清明佳节之际,刘秀才迤逦而行来至青龙川,被山清水秀、鸟语花香的旖旎风光迷住了,流连忘返,错过了宿头,摸黑赶了好长时间,才来到了凤凰坪,在一个门前挂着灯笼的小酒店前停住脚步。这家小酒店有个酿酒的小作坊,一阵酒香扑面而来,饥肠辘辘的刘秀才闯进酒店,向店主人讲明来意,便住了下来。

　　小酒店刚开张没几天,当地识文断字的人很少,连个店名也没有,刘秀才为店主书写了"醉仙楼"三个字作为门匾,又写了一副对联,上联是:"酒香传十里",下联是:"诚意播八方"。有了刘秀才书写的店名和对联,小酒店的生意很快就红火起来了,当地几位族长很看重刘秀才的才学,便挽留他在凤凰坪当了私塾先生。

　　小酒店酿出的苞谷酒甘淳幽香,甜爽可口,全川道的乡亲们都纷纷前来品尝和沽酒。一天清晨,小酒店刚开门,就走进来一位鹤发童颜、银须飘飘的古稀老翁。店主人从来没见过这位陌生老人,但来者都是客,就十分热情地给这位老者安排了座位。老翁要了一盘卤鸡块,三大碗酒,端起酒碗喝了一小口,吧唧吧唧了两下,一口气把三大碗酒全喝下去,连声喊道:"好酒呀好酒,再来三大碗!"

　　店主十分诧异地望着老翁没有挪步,老翁从怀中摸出一锭十两重的银子说:"掌柜的,这锭纹银不用找了,我以后常来你这儿喝酒,到时候一块算吧。"

店主再端来三大碗酒,银须老翁依旧是一口气饮光,竖起大拇指说:"真是好酒呀,今天让我过了一次酒瘾,过两天我还来。"

三天后,银须老翁又来到了小酒店,依旧是一盘卤鸡块三大碗酒,三大碗酒下肚后,难以尽兴,又要了六大碗,九大碗烈酒下肚,老翁两腮发红,双目迷蒙,摇摇晃晃坐不稳了,店主急忙把老翁扶到住房,让老翁躺在炕上休息。过了一会儿,店主怕老翁睡着了着凉,又走进房中给老翁盖被子,忽然发现老翁屁股后面露出一条毛茸茸的大灰尾巴,店主吓得挪不开步,像傻了似的盯着酣然大睡的老翁不敢吭气。过了一会儿,老翁翻了一个身,变成一只灰白色的大狐狸,嘴里噙着个麻雀蛋大小的金丹,金丹随着狐狸的呼吸上下升降,呼气时升出嘴巴寸余,吸气时又进入口中。店主晓得遇到了狐仙,悄悄拉上门退出房间。吃过午饭,店主蹑手蹑脚地来到窗前,把窗纸戳了个小洞往里窥看,屋里空无人影,狐仙不知何时已离去了。店主无心再做生意,早早关了门,跑到学堂,把遇到狐仙的事原原本本地告诉了刘秀才。刘秀才平常不大相信鬼神狐怪之类的事,他也知道店主不会无缘无故编出如此荒诞不经的故事来欺骗他,便对店主说:"狐仙再来酒店饮酒时,请及时告知我。"

十天过去了,二十天过去了,三个多月过去了,狐仙再未露面,店主那种惴惴不安的心情逐渐平静了下来。刘秀才不时过来询问,以为是店主饮酒多看走了眼,淡淡一笑拱手而别,也就不再过问此事。

转眼半年多时间过去了,八月十五中秋节那天,店主刚开门,就见那位银须老翁飘飘然然地走了进来。店主愣怔了片刻,随即镇定下来,十分热情地招呼老者坐在椅子上,借着温酒之机,让妻子去学堂请刘秀才。

银须老翁比上次多喝了一碗酒,一连喝了十大碗,可能怕像上次那样醉卧小店,用袍袖擦了擦嘴巴,摇摇晃晃走出了店门,刘秀才匆匆赶来时,老翁已走出街头了。刘秀才追出村口,远远望见那位银发老翁,正步履蹒跚地朝沟里走去。当老翁来到一处山包之前时,酒力发作,脚步趔趄,一不留神绊倒在地,他挣扎了几下没有爬起来,顺势滚到一堆灌木丛前,俄顷便昏昏睡去,不大一会儿便响起了沉重的鼾声。刘秀才走近老翁身边仔细观察,看见老翁的臀部果然露出了一条毛茸茸的狐狸尾巴,老翁好像是乏困极了,张大嘴巴喷了几口酒气,慢慢变成了灰白色的大狐狸,侧身而卧,嘴里噙着一颗金丹,金光灿灿,周围形成一个绚丽夺目的光环。刘秀才突然想起了民间传说,只有修炼千年以上的老狐仙,才能炼出神奇无比的仙丹,凡人要是吃了仙丹,能知过去未来,可长生不老。刘秀才的心猛然狂跳起来了,老狐仙醉意正浓,嘴里发出粗重的喘息声,那颗仙丹随着老狐仙的呼吸,升在空中又落回,一升一落光芒四射,刘秀才咬咬牙,猛地抢前一步,一把抓住又一次升在空中的仙丹,转身就跑。刘秀才一口气跑出几十步开外,忽听身后传来一声撕肝裂肺的长嗥,他回头一看,只见那只老狐狸双睛灼红,龇牙咧嘴地向他扑来。刘秀才情急之下,把那颗仙丹塞进口中,不料仙丹一入口便咕咚一下滑进了肚子,刘秀才顿觉浑身燥热,眼冒金花,不由自主地一阵狂奔狂窜。过了一会儿,浑身感到异常轻松爽快,神志大清,他站定脚步回头细看,那只老狐冲着他哀叫了几声,失魂落魄地窜入了草丛。

  刘秀才无意之间掠夺了老狐的仙丹,心中甚感愧疚不安,君子不夺人之美,自己咋能把一个苦苦修炼千年的老狐仙的仙丹吞进肚呢?狐仙没有了仙丹还能成仙么?自己即使成了仙也是狼心狗肺的混仙!可仙丹已经入肚,自己该怎么办呢?刘秀才心烦意乱,坐立不安,咕咚咚喝了一碗酒,晕晕乎乎倒在炕上睡着了。

  半夜时分,刘秀才被一阵冷风吹醒,他点亮油灯,心事重重地在屋里踱着步,嘴里喃喃自言自语:"老狐仙啊,太对不起您了,我如何才能把仙丹还给您呢?"

  一阵凉风吹过,门扇忽然启开了,一位妙龄女子飘然而入,柔声说道:"小女子姓胡,家住前边不远处的胡家岭,因为老父患了急病,小女子连夜求医买药,不料药铺关了门,天上又下着雨,小女子走投无路,迎着灯光而来,想在先生这儿避避风雨,不知可否?"

  刘秀才定睛细看,只见妙龄女子面如三月桃花,眉若弯弯柳叶,目似一潭秋水,貌赛天仙美女,不由得怦然心动,牡丹入室,哪有不留其香之理?刘秀才还了一礼:"寒室陋舍,难得有贵客光临,小姐如不嫌弃,请留芳步。"

  二人言来语去,甚是投机,相互顿生爱慕之心,遂相拥上炕,宽衣解带,彻夜颠鸾倒凤,行鱼水之欢。鸡啼三遍天将微晓,胡小姐偎在刘秀才的怀中说:"我没有禀告过父母兄嫂,便和你有了夫妻之实。老父持家甚严,他老人家怪罪下来如何是好?"

  刘秀才不以为然:"你我既成夫妻,我就有了半子之劳,明天就去拜见老人家,我也懂得些医道,顺便给老人家看看病。"

  胡小姐万分惊喜:"刘郎还会看病?那咱们快走吧,我一夜未归,父母和哥嫂们不晓得急成啥样子了。"

  刘秀才点头称是,俩人再次鱼水皆欢恩爱一番,便穿衣起床,草草梳洗一毕,趁着曙色向山沟里走去。旭日初升之时,俩人来到昨天老狐仙现形的地方,刘秀才不由自主地停下脚步,呆呆地望着那堆灌木丛发愣。胡小姐连声问他怎么了,刘秀才摇摇头,沉沉地叹了口气,跟着胡小姐拐进深沟,转过一个山岔,眼前出现了一个独家小院,胡小姐说声"到家了",便上前去叩动门环。随即,一个十分清秀的青年男子开了门问胡小姐:"小妹,你为何整夜不归?这位公子是谁?"

  胡小姐说:"是我给爹请来的看病先生。"她扭回头又对刘秀才说:"这是我哥哥,公子请进屋吧。"

  刘秀才走进大门只觉眼前一亮,顿感心旷神怡:满院皆是奇花异草,姹紫嫣红,四处飘香。随着一阵环佩声响,从屋里走出来一位雍容华贵的美夫人和几名十分俊俏的丫鬟,胡小姐忙说:"嫂嫂,我回来了,爹还好么?"

美夫人点点头,盯着刘秀才看了一阵,扭身向上房走去,胡小姐略略迟疑了一下,拉着刘秀才的手跟着嫂嫂进了上房,那位青年男子关了大门,也尾随着跟过来了。

上房里摆设得富丽堂皇,桌椅坐墩全都是古香古色的奇木或玉石做的,宽大的玉雕床上,侧卧着一位发须皆白的老翁,正在长一声短一声的喘着气,不时发出十分痛楚的呻吟。胡小姐紧行几步,扶着老翁说:"爹,您不要紧吧?女儿把那位刘秀才请来了。"

老翁十分艰难地坐了起来,瞪着布满血丝的眼睛,紧紧盯着刘秀才,声嘶力竭地厉声喝道:"刘秀才,还我仙丹来!"

刹那间,刘秀才一切都明白了,眼前这位银发老翁,就是被他掠去仙丹的老狐仙,胡小姐就是老狐仙的女儿,自己被骗到狐狸窝里来了!想不到自己竟和一只雌狐恩恩爱爱地做了一夜夫妻!刘秀才以为已被雌狐吸去了真精,今天又要食他肉唼他皮来了。

老狐仙伸出青筋暴涨、指甲如戟的手掌,"滋啦"一声撕破刘秀才的衣裳,要去掏挖刘秀才的心脏,胡小姐急忙拦住老狐仙说:"爹爹不可如此,女儿寻到刘郎门前时,他正在屋里后悔不迭地说,'老狐仙啊,太对不起您老了,我如何才能把仙丹还给您呢',可见他是位心肠良善的正人君子。再说……再说女儿以身相许,我们已结为夫妻了。"

老狐仙愣住了,他愤愤地盯着女儿,气得说不出话来,胡小姐的哥哥扶住老狐仙劝道:"爹爹不可伤他性命,杀了他爹就犯了伤生之罪,即使有了仙丹也难位列仙班啊!"

刘秀才身临其境,反倒无所畏惧了,他觉得自己见丹起意,有了不义之举,罪不容诛,便十分坦然地说:"老仙翁,晚辈一时糊涂,做了损人利己之事,悔之已晚。大丈夫敢作敢为,不用老仙翁动手,请赐晚生一把刀剑,晚生自己剖开肚皮,把仙丹奉还给老仙翁。"

老狐仙全家都愣住了,呆呆地望着刘秀才,胡小姐一把抓住刘秀才的手哭泣道:"刘郎啊刘郎,我爹苦苦修炼了一千年,才炼成那颗仙丹,再做几件善事便可位列仙班了,我们全家也都能脱离兽籍加入仙道。我们虽为兽类,可从无恶行,我是爹的女儿,又是你的妻子,你说我如何办才好啊!"

刘秀才万分悔恨地说:"全怪我一时鬼迷心窍,悔之已晚,我心已定,决意自剖腹而还仙丹,我死后请你念在夫妻的情分上将我尸体掩埋,不要让我曝尸荒野,我就死而无憾了!"说罢就连声催着要刀要剑。

胡小姐的嫂嫂跨前一步说:"刘公子既有此意,确是难能可贵,我倒有个两全之计。爹,请您将刘公子剖腹取丹,随后再用灵丹妙药愈合,让妹妹跟他去到人间,生下一男半女后再让妹妹返回,这样既报了刘公子的还丹之德,又成全了他们的夫妻之义,不知爹意下如何?"

老狐仙长长叹了口气:"事已至此,也只好这样了,不知刘公子愿否?"

刘秀才连声说:"如此甚好! 甚好!"

就这样,刘秀才还丹娶妻,和胡小姐正式成了亲,胡小姐为刘秀才生下一男一女,男孩儿五岁女孩儿三岁那年,胡小姐在一个月明星朗之夜悄悄离去了。刘秀才难舍夫妻之情,弃了学馆,领着儿女来到胡家,但已是人去屋失,原来那座幽雅华丽的独家小院荡然无存,只留下一堆杂草乱石。刘秀才徘徊多时,对着空中拜了几拜,就地结茅为庐,开荒种地,领着儿女过起了日出而作、日落而息、晚间课子的农夫生涯,最后在岭上安家落户,世代相传,人们就把这儿叫作"狐仙岭",狐仙岭的故事一代接着一代流传下来了。

三上狐仙岭

狐仙岭是个独家庄,只住着刘铁山一家,刘铁山有两个儿子,长大后分家另过,狐仙岭成了有三户人家的小山庄。刘铁山原籍是河南人,但绝非刘秀才的后裔,他之所以能在狐仙岭安家落户,完全是一个牵强附会的巧合。

刘铁山自幼父母双亡,成了四处流浪乞讨的小叫花子。十二岁那年进入当地一个瓷器厂当苦工,和泥制坯,担煤烧窑,啥活儿都干。新中国成立时他刚满十五岁,正式拜师学艺,跟着一位老窑工学习上釉和烧制手艺。后来,他和老窑工的独生女儿定了亲,老窑工把他既当女婿又当儿,尽心尽力,把一手上釉烧制的绝活,毫无保留传给了刘铁山。可惜好景不长在,好花不常开,就在刘铁山准备成亲的那一年,老窑工患肺痨撒手西归了。一个风雨交加的夜间,窑主趁刘铁山上夜班之机,翻墙入室强奸了刘铁山的未婚妻。刘铁山一气之下放火烧了窑主的房子,带着未婚妻连夜逃出洛阳,靠摆地摊耍猴为生,跑遍了山东、山西、河北、陕西各地,最后辗转来到了青龙川。

刘铁山耍猴和别人不一样,有一手绝活。他人长得瘦小精巧,用两张青猴皮缝制了一身猴服,穿在身上稍加化装,便活脱脱地成了一只大青猴。无论到了何地,只要逢集过会或者是应堂会,他就装扮成大青猴,和那只真青猴联袂演出,翻筋斗,爬高杆,骑羊骑狗钻火圈,不要命地表演种种高难动作,以求博得观众喝彩欢乐,挣几个血汗钱,久而久之,就得了个"大青猴"的绰号。

"大青猴"来到青龙川没几天便出了事,从此结束了夫妻二人的流浪生涯。一个集日,刘铁山在凤凰坪村口的打麦场上摆好摊子,在围观群众的欢声鼓噪下,他和青猴随着妻子手中的铜锣声,汗流浃背地追逐着翻筋斗,忽然随着一阵吱吱吱的乱叫,二十多只猴子从树丛中跑出来,跳跃着闯进地摊,分别拉着刘铁山和青猴往场外跑。青猴见来了同类搭救,自然是喜出望外,在十多只猴子的裹挟下,三跳两蹿就钻入丛林踪影皆无了。另外十多只猴子也把刘铁山当成了同类,乱爪齐出把刘铁山往圈外拉,刘铁山猝不及防,猴服被扯烂了,身上也被抓出了几个血口子,他蓦然明白了这群林中小丑的企图,不由得火冒三丈,顺手抓起脚下挑行李的扁担向群猴抢去,猴子们见同类突然变成了大活人,吱吱乱叫着窜入山林逃窜了。

失去了真正的青猴,刘铁山靠猴吃猴的营生干不下去了,他夫妻二人是避仇逃难在外,以后的日子怎么过?莫非还得去沿门乞讨当叫花子么?刘铁山万念俱灰,双手抱头蹲在地上号啕大哭。山里人心肠良善,人们纷纷上前劝慰刘铁山夫妇,劝他们留在青龙川另谋出路。当得知刘铁山也是河南洛阳人也姓刘时,便七嘴八舌地谈起了狐仙岭,谈起了刘秀才。言者无心,听者有意,刘铁山灵机一动,顺风使舵地谎称他小时候听父母讲过,他们的祖先是一位秀才,因怀才不遇而流落在外乡,后来和一位狐仙成了亲。

刘秀才的后裔来到青龙川的消息,很快就传得沸沸扬扬,人们络绎不绝地前来探望刘秀才的后人,纷纷为他送来吃食和用品。后来,在村长田根年的大力协助下,刘铁山夫妇在狐仙岭安家落户,成了凤凰坪的正式村民。田根年在和刘铁山拉家常时,得知刘铁山有烧制瓷器的技艺,便安排他到凤凰坪大队的瓷器厂当烧窑师傅,协助厂长李金旺工作。李金旺本是个没见过世面的土窑工,只能烧制一些简陋的粗瓷器,如水缸碗盆面瓮什么的,当他发现刘铁山有一套娴熟的烧制技艺和上釉加丝诀窍后,便动了心机,隔三岔五地请刘铁山吃肉喝酒套近乎,并报请田根年让刘铁山当了副厂长。刘铁山感恩戴德,把一身绝技基本上都传授给了李金旺,只是遵照师傅"传子不传女"的遗训,保留了上釉加丝和控制火候的诀窍。尽管李金旺心眼活泛鬼点子多,但无法撬开刘铁山的口,在上釉加丝和控制火候方面只学了点皮毛之技,他晓得从刘铁山嘴里再掏不出什么有价值的东西了,便渐渐疏远了刘铁山,生着法儿给刘铁山使坏穿小鞋,刘铁山斗不过李金旺也不想生闷气,借口妻子生小孩儿向大队请了长假,回到狐仙岭刨地求食。随后不久,"文化大革命"爆发了,陶瓷厂也因为瓷器上印有仕女图,被红卫兵视为"封资修"的滋生园地而被砸得一塌糊涂,凤凰坪大队陶瓷厂也就寿终正寝了。

刘铁山住在狐仙岭上深居简出,好像也要修仙成道似的,很少有人见到他的影子,凤凰坪有很多年轻人不认识他,柴俊虎和刘铁山也很少有接触,便拉上田根年同去狐仙岭。

狐仙岭的山坡上有一片桃李杏杂间的果林,春暖花开,正是桃李争艳之际,满山遍野的桃李杏花和各种野花参差相连,相映成趣,远远望去,犹似祥云缭绕,缕缕炊烟和隐约可闻的鸡啼犬吠声,使人对狐仙岭有了一种世外桃源之感。光棍走渴了,趴在山泉边咕咚咚一阵牛饮,用袄袖擦了擦嘴角说:"人常说不走的路也要走三遍,我今天是第三次上狐仙岭咧,'大青猴'这老家伙的臭架子真大!"柴俊虎说:"千军易得,一将难求,求才若渴这句话你懂么?"

光棍咧着嘴嘿嘿一笑:"咋不懂,不渴我能喝这么多泉水么?"

田根年被光棍逗乐了,操着鼻音很重的嗓音说:"刘备三顾茅庐才请得诸葛亮出山,你跑了两次就泄气,那咋成?"

一阵阵春风飘来一阵阵芳香,枝叶初绽的花草树木荡漾着勃勃生机,阳春三月,是个令人陶醉的季节,田根年的心绪极好,一边吸着香烟,一边向柴俊虎和李金锁讲述着每个山名的传说,李金锁很认真地问田根年:"老刘头真的是刘秀才的后代么?"

田根年笑道:"到底有没有刘秀才那么个人,谁能说得清?世上真的有狐仙么?不过是巧合罢了。当时老刘头山穷水尽,走投无路,一些好心人东拉西扯,硬是把他和刘秀才联系到一起咧,狐仙岭上真有狐仙,能轮到外乡人刘铁山到狐仙岭上安家落户么?"

柴俊虎说:"这老头真是个怪人,常年四季待在岭上,也不憋得慌?"

田根年笑道:"确实是个怪人,他的家道很不错,可老家伙吝啬得出奇,常年穿补丁摞补丁的灰衣裳,做饭不让炒菜嫌费油,吃完饭总是用舌头把碗舔干净,说既省粮食又省水。老婆怕儿子媳妇忍受不了清苦,趁空又烹又炒地吃了一顿好饭,老家伙急了眼,说这日子不过了,揪住老婆又打又骂,撕扯中碰碎了暖水瓶,撕烂了衣裳,老家伙心疼极咧,嚷嚷着说快住手,快住手,咱俩脱光衣裳到外边去打!老婆说光着身子打破皮肉咋办?老家伙振振有词地说,皮肉破了就破了,长出新肉是自己的,衣裳撕烂了谁赔?"李金锁被逗乐了,咧着大嘴哈哈大笑,柴俊虎说:"笑啥?笑老刘头抠是不是?受过贫穷苦难的人谁不珍惜一粒米一根线?哪像你,有了大吃大喝,没了筷子敲锅,还把人民币当作纸钱给老人祭奠。金锁哥你如今是一厂之长,啥事都要起模范带头作用呢。"

田根年诧异地问李金锁:"金锁,你给爹妈烧化人民币?"

光棍讪讪地笑道:"我原以为烧人民币是为爹妈尽孝呢,俊虎说那是一种犯罪行为,要我在斗私纠风会上做自我批评。我想通咧,是应该受批评,你想想,要是人人都像我这样给亡人烧人民币,那不全乱套了?老支书,我是个浑人,要不是俊虎和你伸手拉我一把,我的坟头上早已长满青草咧!我下了好多次决心不再做浑事,可总是说错话办错事,坏毛病咋总是改不掉!请你和俊虎常敲打着,让我也像你俩一样,做做个受人尊敬的人。"

柴俊虎说:"咱们三个人无意之间开了一次斗私纠风会,今天该让二狗同来,也让他长长见识开开心窍。"提起柴二狗,田根年不由嘿嘿发笑:"那活宝尽出洋相,前几天总缠着春山和云杰查字典,要春山和云杰给他另起个名,春燕逗他说把二狗改成二葵吧,他还正儿八经地问葵有啥伟大意义。"

三个人哈哈大笑了一阵,又向山上爬去,不长时间就钻进了靠近山头的桃杏林。桃树、李树和杏树比其他树木发芽早,且是未长叶先开花,粉红色的花瓣,嫩绿色的树叶,含苞初绽的蓓蕾,招来了数不清的蜜蜂,成群结队地绕着树枝花丛采蜜,满山坡上一片嗡嗡嗡的蜂鸣声。果林尽头是一片柳林,长长的柳枝挂满了弯弯的柳叶和细细的柳絮,随风摆动,柳絮翻飞,形成一片泛着嫩黄色的碧波。鸟语花香,绚丽多姿的山林美景,把肚子里没有多少墨水的光棍李金锁的诗兴勾起来了,他情难自禁地手舞足蹈,张开大嘴吟出了光棍水平的诗词:"啊,啊,啊呀呀,真他妈的美啊!美极咧……"

光棍的怪样儿逗得老支书笑弯了腰,他拍着光棍的肩膀笑喘道:"金锁,你没念过多少书还想作诗,那不是狗嘴里吐象牙么?"

李金锁不好意思地挠着头皮嘿嘿发笑,柴俊虎鼓励光棍:"金锁哥,陶瓷厂那些小伙子,最少也是初中文化,哪一个不能当老师?多订几份报刊,开卷有益,不懂就问,过不了多久保你能写文章能作诗。"

李金锁点头称是。柴俊虎问田根年:"田叔,你对老刘头的烧窑技术了解么?"

田根年说:"不大了解,大队陶瓷厂以前出过一批画着花草鱼虫和美女像的细瓷碗、花瓶和盆盆罐罐什么的,原以为是李金旺一手烧制的,后来才听说是刘铁山的手艺。刘铁山离开陶瓷厂不久,就爆发了'文化大革命',我成了泥菩萨过河,自身难保,把这事慢慢就忘咧。不过,当年刘铁山送给我的那对花瓶还在,就是我桌子上放的那对。"

柴俊虎双睛一亮:"那对花瓶是刘铁山烧制的?我还以为是老辈子传下来的工艺品。"

田根年自嘲地笑道:"真是忙昏了头,家里放着好瓷器,咋就没有想到刘铁山,咋就没有想到陶瓷厂?要是让二狗晓得了,准要咋咋呼呼地说我没有全局观念,非得斗私纠风不可!"

三个人说说笑笑爬上山头,绕过几棵合抱粗的大松树,眼前露出一处院落,李金锁向柴俊虎和田根年介绍说:"到了,这是'大青猴'的家,他的两个儿子住在崖头那边。"

田根年习惯地吭吭了两声:"金锁,嘴上要有站岗的,说话留点神,不要'大青猴'长'大青猴'短的咧,叫门吧!"

从房屋院落的建筑格局上可以看出,"大青猴"刘铁山确非常人,他充分利用了狐仙岭的仙气和他的烧窑技艺,把个山岭院落建造得像个佛教圣地,绿柳花草环绕之下,高高耸立的门楼飞檐翘脊,红墙绿瓦,门前两棵枝叶茂盛的大松树,犹如两个巨型华盖,平添几分肃穆。围着院墙栽种着一排青竹和花草,几十只鸡在草丛中觅食,两只长脖子长腿的大白鹅犹似鸡群的护卫,昂首挺胸地蹲在大门口。一条大黄狗卧在门前的大树下,不扑不咬,虎视眈眈,这是一条受过训练的良种护家犬。山里人不怕狗,李金锁朝前走了两步,冲着大门喊道:"刘师傅,刘师傅,柴村长和老支书看你来咧!"

大门"咯吱吱"一阵响拉开了,一个虎头虎脑的小男孩儿探出半个身子,指指点点地数了数,扭头喊道:"奶奶,来了三个人。"

一位六十多岁的胖妇人提着簸箕走到大门口,一眼认出了田根年,急忙放下簸箕,扯下蒙在头上的毛巾在身上拂了拂说:"是老支书啊,哪阵仙风把您吹来咧,快进屋!"

院子很宽阔,坐西朝东一排溜三孔大窑洞,全用青砖砌成,窑顶镶有一排琉璃瓦,中间的墙壁上有一个神龛,供着一尊观音菩萨,供板上是一盘水果和三支正在冒着袅袅青烟的香火;院中央也和凤凰坪每个家户一样,有一个爬满藤蔓的葡萄架,架下放着一堆苞谷。老妇人操着浓浓的河南腔,絮絮叨叨地说:"狗娃他爷爱喝苞谷粥,老是催着俺给他碾苞谷糁,俺说中啊,这还不容易,山珍海味龙肝凤胆是缺物,苞谷小米多着哩,这不,俺正忙着捡苞谷。荒山野岭,平常难得有客人来,快坐下,他爷和老大老二种瓜去咧,立马就回来。"她拍拍小男孩儿的脑袋说:"狗娃,你个小鳖孙愣着干吗?快去叫你爷回来,就说老支书来咧。"

　　胖妇人是"大青猴"刘铁山的老伴,年轻时随着刘铁山耍猴跑江湖,走南闯北,风风雨雨地见过大世面,待人接物周到圆滑,老支书于她家有恩,且是凤凰坪最大的父母官,她能不小心在意么?胖妇人很麻利,眨眼之间就把沏好的茶水、香烟和一大堆干鲜果品摆到客人面前说:"俺们住在这荒山野岭,难得有个下山的机会,和村里的父老乡亲见面少,不认识的人多,这位大侄子眼生得很哩。"

　　李金锁大惊小怪地说:"这位是柴村长,你连他都不认得?"胖妇人两眼圆睁,盯着柴俊虎看了好一阵子,拍着双手说:"娘耶,你就是俊虎主任啊?家里人哪天不念叨几遍?耳朵都快磨出茧子咧。哎哟哟,俺真是有眼不识真佛爷啊!三位抽烟喝茶,俺这就去喊他回来。"说罢急匆匆向外走去。李金锁冲着柴俊虎竖着拇指说:"你真了不起,连没见过你的人都这么敬你,威望多高啊!"

　　田根年说:"金锁,好好干,只要能把陶瓷厂办得红红火火,群众也会敬重你的。"

　　门外传来刘铁山斥骂小孙子的声音:"小鳖孙,家里来了贵客,你咋不早来喊我,得是屁股发痒,想挨鞋底是不是?"

　　连光棍都听得出,这是说给他们听的,心中暗暗骂道:"滚你的瞎驴蛋,老子来了两次,你个老混蛋连正眼都不瞧一下,这会儿倒装神弄鬼演起戏来咧!"

　　被喊作狗娃的小男孩儿走进院子,把手指含在嘴里怯怯地望着三位客人,大黄狗吐舌摆尾地围着主人撒欢,"大青猴"刘铁山打着哈哈走进大门,双手抱拳连声说道:"不知三位贵客大驾光临,有失远迎,对不起对不起,千万请原谅请原谅!"

　　这是一个矮小干瘪的小老头,窄瘦的黄脸上嵌着一双深凹的圆眼睛,尖尖的嘴巴,活脱脱一副猴相。他十分热情地给柴俊虎、田根年和李金锁敬上香烟,亲手用打火机一一点燃,一边向众人问着好,一边催着随后走进大门的老伴炒菜做饭。田根年拉着刘铁山的手,让他坐在身旁说:"从村里到这儿才多远,还能走饿咧?不要张罗咧,我们今天是刘皇叔请诸葛先生来咧!"

　　"大青猴"是何等样人,能不晓得老支书的来意么?他却没料到,为了请他出山,光棍竟搬来了老支书和柴村长,多大面子啊!尽管刘铁山深居简出,很少下山,可村里的大小事他都知晓,二儿子二聪和大儿媳牡丹天天去村里卖豆腐豆皮,啥事听不到?近来,刘铁山明显感到,凤凰坪的变迁已经波及到他的家庭了,二聪和牡丹整天嚷嚷着要下山去加入公司要去入股。儿大不由爹,二聪和牡丹的事他管不了,也无法管,但最终得有人管啊,谁管呢?自然得靠村上管,柴俊虎是一村之主,一言九鼎,不靠他靠谁?刘铁山正愁着无法去见柴俊虎,他自己却登门拜访,这不是老狐仙显灵了吗?难得的天赐良机能错过吗?刘铁山定下神来,有些结舌地说:"老支书言、言重咧,俺、俺算个啥,咋能和诸、诸葛亮比?有啥事只管说。"光棍说:"我来了两次,你可不是这样说的。"

刘铁山有些尴尬,讪讪干笑着无法答话,柴俊虎瞪了光棍一眼,为"大青猴"解围:"刘师傅,咱们村重建了瓷器厂,五一节前要烧制一批高品位的花盆花瓶,上釉加丝和控制火候这两个重大关口过不去,李厂长很着急,一再催着我和老支书登门拜望,请你担任陶瓷厂的副厂长,有关技术方面的事由你说了算。"

刘铁山满口答应:"中,干别的不行,烧窑是老本行,让我啥时去?"光棍说:"今天!"刘铁山颇感意外:"今天?"柴俊虎道:"刘师傅,不要怪李厂长心急,他有压力。"刘铁山问李金锁:"你以前不是跟着金旺干过么,他没给你传授真经?"

李金锁咧咧大嘴不屑地说:"凭他那两下子能教下好徒弟?你给他教了那么一点点,他再贪污一点点,教给我也就那么一点点,能把泥土烧成大缸大盆就不错咧,哪有本事烧好瓷器啊!"

刘铁山嘿嘿直笑,有些卖弄地说:"要把泥烧成瓷器换成钱,里面的渠渠道道多着哩,冰冻三尺,非一日之寒!"

柴俊虎想让光棍多长点见识,为刘铁山递去一支香烟说:"烧窑和做饭是一个道理,同样是面粉,巧媳妇能做出几十个花样,擀出的面条也好吃耐嚼。同样是泥巴,高手烧制的瓷品也不一样,水缸、大盆是啥水平,光滑细腻的工艺品是啥价值?阳春白雪和下里巴人区别很大,档次不同,价值不一样啊,田叔家中那对花瓶是你亲手烧制的吧?"

刘铁山怔了一下:"那对花瓶还在?那是俺特地为老支书烧制的纪念品啊!"

田根年说:"当然么,那可是难得的艺术珍品啊,我要世世代代传下去呢!"

刘铁山大为感动,双手颤抖得难以点燃香烟,柴俊虎趁热打铁:"刘师傅,我真弄不明白,同样的泥巴,同样的瓷窑,烧制的瓷品咋就有天地之差呢?"

刘铁山不假思索:"那跟你刚才说的巧媳妇做饭是一个道理,有很多窍门,烧制上等瓷器,要把好三个关口,一是选择土质,把好和泥、搅拌和打磨关;二是把好上釉关,上釉是个细心活儿,要把握好毛坯的干湿度,要反复烧结,适时加丝上釉;三是把握火候,瓷窑里没有温度表,只能凭眼力和感觉观察掌握,火候不到,色泽不足,烧过火候,颜色发黄发焦,人常说的'火候不到,不如回家睡觉',说的就是这个理儿。"光棍听呆了,不觉失声道:"我的妈,有这么多渠渠道道啊!"

柴俊虎暗暗拽了拽光棍的衣角:"咋样,大开眼界了不是?听君一席话,胜读十年书。今天听了刘师傅一席话,不比你读几年书强?这么好的师傅哪儿去找?"

光棍心头豁然发亮,蓦然想起了汉朝张良拜师学艺的故事,灵机一动,"咕咚"一声跪在刘铁山面前:"刘师傅,收下我这个徒弟吧!"

刘铁山猝不及防,让光棍给跪愣了。田根年推波助澜地说:"金锁,难得你有这么一片诚心,刘师傅会收下你这个徒弟的。"

柴俊虎随声附和:"拜师学艺是件大事,礼数不可过于简单,今天算是行了认师礼,拜师的仪式改日进行,该咋着就咋着,人熟礼不熟,一点也不能含糊!"

事情到了这一步,刘铁山不认也得认,不收也得收。"大青猴"毕竟是走南闯北闯荡过江湖的人物,心眼活脑瓜灵也讲几分义气,田根年和柴俊虎如此看重他,可不是个小面子啊,士为知己者死,都这把老骨头了,能把诀窍技艺带进棺板里去么?两个儿子不成器,眼高手低,没有一个人瞧得起烧窑这个行当,收个徒弟也算是后继有人。光棍李金锁有一身蛮力气,脑瓜子又不笨,是块当窑师的好料,难得他有这份决心,当众叩头下跪拜师的人真的很少了。柴俊虎和田根年的面子不可驳,李金锁的决心不可伤,"大青猴"审时度势把握住了这个火候,双手扶起李金锁:"金锁,你这个徒弟俺收下了,只要你肯用心学舍得花力气,俺就把全身本领全都传给你!"说罢扭回头对老伴说:"狗娃他奶,你到地里去把老大老二全都叫回来,好好炒几个菜烫一壶老酒,大家一起乐和乐和!"

柴俊虎问刘铁山:"老大老二都在?"

狗娃奶接口说:"都在地里种瓜呢,俺去喊他们回来。"

柴俊虎拦住狗娃奶说:"清明前后,种瓜点豆,眼下正是春耕大忙时节,千万不能误了农时。您老在家准备饭菜,我们几个随刘师傅去种瓜,也趁此机会学一点种瓜点豆的本领。"

刘铁山像喝了一杯烈性酒似的,浑身感到一阵燥热,有些飘飘然了。他随着柴俊虎和田根年站起来,兴高采烈地说:"中啊,人多好干活,种完瓜咱们一起下山!"

狐仙岭确实是个世外桃源般的好地方,仅用山明水秀、鸟语花香等成语形容是无法尽述的。这儿离村庄远,偏僻却不荒凉,在丛林山峦的环抱下,一排排梯田层层叠叠,齐脚脖深的小麦绿油油一片,金黄色的菜子花香气袭人,田间地头到处是蜂群,大小不一颜色不同的蝴蝶飞来飞去,和采蜜的蜂群交叉飞行,和睦共处,成了狐仙岭一大景观。崖边地畔遍长的蒲公英也争相开放,和绚丽娇媚的桃李杏花争奇斗艳,相映成趣。燕子成双成对掠空而过,三三两两的鹰鹞在碧空展翅翱翔,忽升忽降,任意盘旋。被人们誉为吉祥鸟的喜鹊,从这个枝头跳到那个枝头,喳喳喳地叫个没完没了,不时有野兔和松鼠从草丛中蹿出来,傻乎乎地东张张西望望,又蹦蹦跳跳地钻进了草丛。

"大青猴"刘铁山是个大能人,他会耍猴,会干木活,有一手制坯烧窑的绝技,也会侍弄庄稼,还深谙磨豆腐做豆皮之道。狐仙岭上没有灌溉条件,靠天吃饭,风调雨顺多收,久旱缺雨少收,所以弃耕地很多。刘铁山按照自然规律,采取了广种薄收的耕作办法,临近村庄的一些好地轮茬种小麦、玉米、谷子、糜子等主粮作物,其他二三流地种黄豆,收多少算多少。黄豆耐旱好管理,刘铁山歪打正着,头一年就得了个大丰收,黄豆收了上千斤。黄豆不是主粮也易生虫,吃不了又无法长期储存,刘铁山就办起了豆腐坊。他心灵手巧点子多,不长时间就揣摸出了窍门,做的豆腐又嫩又瓷实,豆腐皮薄而坚韧,生拌热炒水煎油烹都不易折断,很受群众欢迎,久而久之,刘家豆腐随着狐仙岭一起出了名。

狐仙岭的山坡上是一排排经过整修的梯田,大都种着小麦,由于播种时下了一场透雨,春节前又下了一场大雪,底墒很足,加之刘铁山舍得施肥,因而小麦长势很好,茁壮的麦苗随风拂动,成了一片片绿色的湖泊。绕过两块麦田,是一块两亩多面积的正茬地,几个人正在忙着种瓜,刘铁山对柴俊虎和田根年说:"两个儿子和俺是分了炉灶没分家,生活分开另过,合伙种地,合伙磨豆腐,像以前的生产队那样,每年年终搞一次分配。"

柴俊虎颇感兴趣:"按人头分配还是按出勤数分配?能平和么?"

刘铁山叹了口气:"唉,咋说呢,说是按人头吧也不是,说是按出勤天数吧也不中,收秋打夏,除过公粮和种子,大致分成三份,各自用粮袋往回扛。不分谁多谁少,够吃就中。钱账由他娘管着,年终给他们各自分个三千五千的,也就那么回事,终归是一家人么。"

刘铁山有两子一女,老大叫大傻,老二叫二聪;大儿媳叫牡丹,二儿媳叫春花。两兄弟两妯娌心性不同,品貌各异,属于月下老人乱点鸳鸯谱那种张冠李戴的婚姻,时间长了,自然而然就演出了一幕使刘铁山感到"家丑不可外扬"的绯闻艳剧,且愈演愈烈,闹到了不可收拾的地步。大傻并不傻,只是笨,笨而倔;二聪人如其名,精明而性躁,要不是妹妹春桃倾心竭力从中周旋,说不定两兄弟早就大动干戈了。刘铁山的女儿春桃是个红颜薄命,以换亲的代价为大哥换来了俊媳妇,她自己却嫁给了比她大十多岁的瘸子,一朵鲜花插到了牛粪上,三天两头吵架打骂,一年三百六十五天,就有三百六十天住在娘家,客观上成了刘家两兄弟之间的和事佬。唉,家家都有一本难念的经,世上没有好过的人!

在地里忙着种瓜的共有两男三女五个人,此外还有一个两三岁的小男孩儿在草丛中撵着逮蝴蝶,浇水的浇水,点种的点种,从表面上看,一片农家之乐。刘铁山向柴俊虎和田根年介绍说,拉水灌窝子的是大傻和二儿媳春花,点种的是二聪和大儿媳牡丹,那个穿红衣服的是女儿春桃。田根年不知底细,由衷地赞叹道:"刘师傅真是治家有方,一家人红红火火地过日子不容易啊!"

刘铁山讪讪地笑了笑,笑得比哭还难看,他不敢再往下说了,嘶哑着嗓门喊道:"春桃,柴村长和老支书帮咱们种瓜来咧,你去帮你大哥担水灌窝,今后晌一定要种完。"

春桃脆生生地应了一声,抬起头来向几位来客望了望,拍拍手上的泥土,向刚放下水筒车的大哥和二嫂走去。这是一个很受看的山村少妇,黑黑的面孔,红红的脸膛,一对小虎牙,两个小酒窝,一双月牙般的大眼睛,荡漾着盈盈笑意,举手投足间显示出一种农村妇女特有的利索劲儿。

二聪是个三十岁出头的青壮汉子,有些消瘦的脸上有一对炯炯发光的眼睛,高高的鼻梁，薄薄的嘴唇，腮下一圈黑胡茬儿，显得格外精明利落。他没想到柴主任和老支书能来狐仙岭，还来帮他们种瓜，亢奋得有些慌乱，下意识地在衣襟上擦拭着双手，冲着来人一个劲儿地傻笑。光棍李金锁和二聪是熟人，亮着大嗓门说："二聪你笑啥？不认得柴主任和老支书咋的？还有牡丹，得是不欢迎我们到狐仙岭来？"

二聪抢前几步，紧紧拉着柴俊虎的手说："柴主任，我们早就想去见你，又怕打扰你，村上那么多的事够你忙的了，根本没有想到你和老支书能到岭上来，真是、真是三生有幸啊！"小伙子念过初中，平时爱看书看报，能说几句文绉绉的话，他和田根年、李金锁握了握手，扭回头向正在地头哄孩子的年轻妇女喊道："哎，把我的西服袄拿来，口袋里有烟和打火机呢。"

李金锁轻声向柴俊虎和田根年介绍说："那是大傻的媳妇，名叫牡丹。"

牡丹应声放下娃，拿着二聪的衣服走过来，满面笑容地向柴俊虎和田根年打招呼问好，光棍又是一阵心跳，浑身一片燥热，牡丹和"风流寡妇"白雪莲有些相像，言谈举止也都酷似白雪莲，风姿、风韵、风骚样样具备。光棍爱吃豆腐爱吃豆腐皮，三天两头找二聪和牡丹买豆腐，每一次看到牡丹，心里都会不由自主地扑腾一阵，他和"风流寡妇"的一夜情虽然是过眼烟云，可一夜风流对光棍来说，却是刻骨铭心，想忘也忘不了。

刘铁山把大傻、春花和春桃都喊过来说："柴主任、老支书和金锁帮咱们种瓜，咱得抓紧点赶快种完，都回家去俺有话要说。春桃和你大哥二嫂担水灌窝，二聪点种，牡丹和俺们几个人负责覆盖塑料薄膜，剩下不到半亩地，用不了多长时间，都放利索点！"

刘铁山以一家之主的身份发号施令，分派活路，因人搭配，指挥有方，显示了他的治家能力。治家治厂是一个道理，只要刘铁山能以厂为家，何愁陶瓷厂不能振兴？田根年觉得柴俊虎慧眼识人，又为凤凰坪的事业觅得了一位人才。柴俊虎察言观色，已从刘铁山的言谈举止和大傻、二聪、牡丹、春花以及春桃的神色上看出了一些异常，他揣测今天晚上很可能得留在狐仙岭，刘铁山家中一定有什么要紧事要让他和老支书调处。

种瓜是一项不甚卖力却需要细心的技术活，土质要疏松，底肥要施足，种瓜和种其他庄稼不一样，不能用化肥，施用过化肥的西瓜和香瓜都有一些酸味，口感较差。此外，下种前处理瓜籽也有门道，通常采用"喷死救活"的办法处理瓜籽，就是把选好的瓜籽放进盆里，用煮沸的开水冲烫，随后兑入冷水温泡。用开水冲烫和兑冷水的间隙很要紧，间隔时间长了，瓜籽就会被烫死发不了芽，间隔时间太短又起不到催芽的作用，这也和制坯烧窑是一个道理，把握不住火候就会前功尽弃。这个火候一直由刘铁山亲自把握，且传媳不传女，大儿媳牡丹心灵手巧，是刘家的主力，刘铁山把种瓜的技艺传给了牡丹，牡丹把公公传授的技艺发扬光大，科学育种、科学施肥和科学管理，所以刘家的西瓜和香瓜个大汁甜，皮薄子少，且上市比一般瓜早一个多月，很快就在青龙川出了名，每年夏天，两亩多地的瓜不够卖，用不了多长时间就拔蔓整地,收入自然甚丰。

在种瓜过程中,柴俊虎和田根年都注意到了,二聪和牡丹配合默契,眉目传情,二聪总是喂呀哎呀的和牡丹打招呼,从未喊她一声嫂子。牡丹留着齐耳短发,俊俏的瓜子脸上红中透白,柳眉杏目,端正的鼻子和微微上翘的嘴角,透出一股英气,更加显得姣美妩媚,高山出俊鸟,活脱脱的一个美人坯子。她手脚麻利地帮着刘铁山盖土铺地膜,不时地瞄瞄柴俊虎,悄悄打量着这位带有传奇色彩的年轻村主任,暗暗揣猜着年轻村主任和老支书的来意。大傻长得矮矮胖胖,紫红色的脸膛显得十分木然,习惯用那双鼓着眼袋的眼睛直勾勾地看人,分不清是哭是笑地咧着厚厚的嘴唇。春花是个瘦高个儿,窄窄的黄脸皮透出苍白,两颊星星点点地散布着一些雀斑,说不上漂亮却也不丑,是个普普通通的农家妇女,她在客人面前显得有些自卑,十分拘谨地提水灌窝,轻易不敢抬头。连光棍李金锁也看得出,月下老人把红线牵错了。

太阳离西山还有两竿子高的时候,种瓜已接近尾声,用不了一个小时即可全部结束,刘铁山以师傅的口吻对光棍说:"金锁,你照料着让他们把剩下的两垄地种完,我和柴主任、老支书先回家去有话要说,不要忘了在地头四边多种些南瓜。"说罢让春桃提来水桶,请柴俊虎和田根年洗过手,相随着向家里走去,开诚布公地把他的"家丑"告诉了柴俊虎和田根年。

光阴荏苒,不知不觉之间,刘铁山已在狐仙岭安家落户四十多年了。人是地上仙,双手可垒山,四十多年的艰苦奋斗和惨淡经营,原是荒山野岭的山头成了林茂粮丰、景色秀丽的田园庄舍,鸡犬之声相闻,人来人去不断。狐仙岭虽然比较偏远,但作为一个社会细胞,在历史的航道上也无法过于偏航,仍然随着社会的发展不断地发生变化。大傻和二聪是挨肩兄弟,相差不到两岁,兄弟俩到了男大当婚的年岁时,衣食不愁无忧无虑的刘铁山整日愁眉不展,坐卧不安,家里有粮有钱,啥都不缺,就是缺人,缺儿媳,老伴整天穷叨叨,说娶不来儿媳连孙子都要耽搁了。山高路远,难得有媒人上门,刘铁山能不忧心如焚能不着急么?他怀揣香烟,手提酒瓶,到处托媒求亲,嘴皮子都快磨出茧子来了,可总是天眼难开。大傻二十七岁二聪二十五岁那年,刘铁山再也撑不住了,狠着心把不满十八岁的女儿春桃嫁给了牡丹坪的瘸腿"黄瘸狼"黄树刚,把黄树刚的妹妹牡丹换娶过来给大傻做了媳妇,随后又以两石麦子一万元的代价为二聪娶来了春花。从女儿春桃出嫁和牡丹过门之日起,刘家开始风起云涌,没有了安生日子,春桃三天两头回家哭闹,牡丹两头三天哭闹着跑回娘家,久而久之,兄弟妯娌之间发生了婚变,刘家也随之发生了裂变。

如花似玉的牡丹十分讨厌矮胖笨拙的大傻,结婚一年多的时间,根本不让大傻沾边,经常把大傻抓得满面血道。潇洒英俊的二聪也看不上相貌平平的春花,婚后尝新鲜欢娱了不长时间就疏远了,虽不像牡丹和春桃那样吵吵闹闹,但也是话不投机半句多,三天两头说不上几句话,连夫妻做爱也是例行公事似的,一两个月来那么一两次。

二聪和春花做爱次数不多,但春花的生育能力很强,结婚三年多接连生下了狗娃和羊娃两个男孩儿。牡丹生怕有了孩子像大傻,更嫌恶心,先是坚决不让大傻爬上她的身子,后来经不住婆婆相劝和春桃哭哭啼啼的央求,牡丹咬咬牙勉强开了戒。她是个很要强的女人,她有她的章法,和大傻做爱时仰面朝天躺在炕上,双手捂脸,不脱上衣,裤子也只褪到膝盖下,让大傻双手撑地,像动物交配那样胡乱扑腾几下就算完事,且严格规定,两个月来这么一次。为了不怀上大傻的种,牡丹采取了严格的避孕措施,每次做爱都坚持让大傻戴上避孕套,她自己坚持服用避孕药。大傻不傻只是笨,笨人奈何不了妻子,不能过正常的夫妻生活,常常抱头哭泣,常常望着别人的孩子发呆。

牡丹特别喜爱小孩儿,她好想做母亲,特别疼爱二聪的孩子狗娃和羊娃,没事总爱抱着哄着玩。爱屋及乌,牡丹爱上了二聪,想借二聪的种生个聪明漂亮的孩子。她是嫂嫂,这种事无法启齿,只好借机接近二聪,向二聪暗送秋波,眉目传情,不失时机地向二聪嘘寒问暖。牡丹对二聪有情,二聪自然心知肚明,只是碍于叔嫂关系,不敢有非分之念。一个偶然的机会,两个情投意合的人终于同床共枕了,平静了四十多年的狐仙岭荡起了生活的激浪。

二聪和牡丹的婚变由家庭豆腐坊而起,属于那种"日久生情"的恋人。做豆腐是个很辛苦很麻烦的事,浸黄豆、磨豆浆、熬豆汁、点卤水、压豆腐,有很多工序和技巧,还要起早贪黑走村串户去叫卖。刘铁山最会用人,大傻身强力壮,但笨拙不会叫卖。春花没进过学校门,是个文盲,且有孩子缠身,不能出山去卖豆腐,刘铁山就让大傻和春花干些磨豆浆、摊豆腐皮的粗活,夜间干,白天休息。二聪和牡丹负责销售,每天一早开着农用三轮车到凤凰坪和周围村庄去叫卖。二聪精明,开车叫卖提秤,牡丹只管收钱,返回时二聪就手把手地教牡丹踩油门挂挡学开车。狐仙岭脚下有一个被废弃了的窑洞,离道路不远,经二聪和牡丹稍加收拾,便成了两人的爱巢,经常把车停在路边的树丛中,两人在爱巢中相拥相抱着行云布雨,如鱼得水似的欢娱够了,再开车回家。

春花没文化但心眼却很活,她慢慢觉察到了二聪和牡丹的密切关系,跟踪觅迹发现了那个窑洞,暗中目睹了二聪和牡丹偷情的全过程,她惹不起二聪和牡丹,便叫上大傻悄悄隐藏在窑洞前面的灌木丛中,把赤身裸体紧紧搂抱在一起的二聪和牡丹堵了个正着。事情挑明了,反倒有了解决的契机,牡丹斩钉截铁地说,她生是二聪的人,死是二聪的鬼,大傻不要再想沾她半根毫毛,说大不了闹个血肉横飞,她明确地告诉大傻和春花,她把炸药都准备好了,就等着这一天。大傻和春花害怕了,退却了,后来经过春桃从中调处,达成了调换协议:大傻和春花同居,二聪和牡丹同居,表面上一切照旧。本来,狐仙岭山高皇帝远,也就这么着过下去了,由于凤凰坪成立了集团公司,轰轰烈烈的改革浪潮,强烈地吸引着不安于现状的二聪和牡丹,他俩将所有一切毫无保留地告知了刘铁山,刘铁山万般无奈之下只得求助于柴俊虎,于是便有了这段故事。

兄弟换妻

"大青猴"刘铁山毫无保留，一五一十把家丑告诉了柴俊虎和田根年，再三再四地请求柴俊虎和田根年调处。年轻的村主任没经过这样的事，六十多岁的老支书几十年来调处过不计其数的家事和民事纠纷，但也是头一回面临如此风流公案，他不想参与这种十分棘手的家事，也不想让柴俊虎卷进去，找了个外交辞令婉言谢绝："刘师傅，不是我们不想为你分忧解愁，实在是无能为力，清官难断家务事么。"

刘铁山着急了，声音颤颤地说："你二位不管谁管啊，这件事要是处理不好，俺能安心离开么？有俺镇着，还能将就着往下过，俺不在家，天晓得以后会出啥祸事啊！"

柴俊虎的想法和田根年不一样，同是一亩三分地里的庄稼，苗长荒了或者生了虫子，当家的不管谁管？狐仙岭离村子再远也是凤凰坪的一部分，能眼睁睁看着这桩后患无穷后果不堪设想的家事不管么？狐仙岭山高皇帝远，平时很少有哪级领导或有关部门来这儿搞调查研究或者了解情况，自己当了好几年村长都没有到过狐仙岭，催粮催款搞计划生育和开会什么的，总是让有关人员跑一趟或者捎个话就行了，狐仙岭成了一个被时代遗忘的角落，落实国家的政策法令成了捎带事，如果放在村子里或者是村干部三天两头来，能发生这样荒唐古怪的风流事件么？即便发生了，也能及时发现及时解决。柴俊虎觉得自己白白当了几年村主任，完全是一种失职行为，既然知道了而且又身临其境，焉有打退堂鼓不战而逃之理？为了保密也为了向家里打个招呼，柴俊虎取得了田根年的同意后，对光棍说："金锁哥，我和老支书有事要同刘师傅商议，今天晚上不下山咧，你回去向家里人说一声，我俩明天上午回村。"

吃过晚饭，柴俊虎和田根年借口说要看看狐仙岭的夜景，到外边去散散步，让刘铁山转告大傻、二聪、牡丹、春花，晚上他俩要分别和他们谈话，随后召开家庭会议研究讨论个解决问题的好办法。

比起川道和凤凰坪来，狐仙岭上的夜景另是一番情致，举目四望，远处树丛花草随风摇动，发出细小的摩挲声，虫鸣鸟啼声彼伏此起，声声悦耳，不时有小动物从附近的草丛中一闪而过，撞得树丛哗哗作响。再远处是一片茫茫苍苍的山林，绵延起伏，无边无沿，直通天际。站在高岗俯瞰，朦朦胧胧的田园庄舍尽收眼底，点点灯光和碧空的星星相映成趣，夜色笼罩下的山川树木犹似舞台上的布景，亦真亦幻，显得格外神秘。青龙河犹如一条银白色的长龙蜿蜒而行，闪现出一片光辉。田根年无心观赏夜景，颇为担心地问柴俊虎："处理这号事，你有把握么？"

柴俊虎说："这件事其实并不复杂，如果真像刘师傅讲的那样，这个问题很好解决,按照法律程序办个手续就行咧。咱俩得和大傻、二聪、牡丹、春花分头谈一下,弄清内幕,弄清了,问明了,就能对症下药,合情合理合法地处理好这桩风流公案。"

田根年点头同意:"你的想法很好,是得合情合理合法地处理好这件事。唉,捆绑不成夫妻,强扭的瓜不甜啊!"

大傻和二聪隔墙而居,都是借着崖势打了三孔窑洞,一孔住人,一孔做饭,一孔放杂物。院子很大,没有围墙,只栽了一圈二尺多高的篱笆。院子里很脏很乱,没有猪圈也没有鸡笼,只是在崖头打了一孔高不过二米宽不过三米深也不过三米的小窑洞,中间拱着几根木棍,上边住鸡,下边住猪,连个栅栏门也没有,鸡和猪可以任意出入,院里到处是鸡屎和猪粪,有一股刺鼻的酸臭味。

听说柴俊虎和田根年要来,大傻把他和二聪合养的那条大黑狗牢牢地拴在靠近崖头的大柳树上,这畜生既凶猛且爱下口,曾经咬伤了好几位走乡串户收购皮货收购破烂的小贩和化缘的和尚尼姑,害得他赔了不少医药费。春花一反往常的懒散劲儿,手忙脚乱地把屋里收拾得干干净净,还没来得及打扫院子,柴俊虎和田根年就来了。大傻和春花都参加过好多次村民大会,认得柴俊虎和田根年,在他俩心目中,柴俊虎和田根年是最大的父母官,父母官大驾光临,而且是为了解决他们难以启齿又耿耿于怀的终身大事,敢有丝毫慢怠么?大傻忙着让座敬烟,春花端来一盘苹果和核桃,找了个小铁锤砸了很多核桃仁,又取出一罐蜂蜜,十分热情地款待两位父母官。田根年笑呵呵地说:"清明节都过咧,苹果和核桃还这么鲜?"

春花说:"山上比川道气候凉,又是放在地窖里,好保管,割麦时仍这么新鲜呢。"

柴俊虎风趣地说:"好么,夏收后嘴馋咧,我来你们家换口味尝尝鲜。"

几句亲切的家常话,使比较紧张的空气轻松多了。大傻和春花都暗暗松了口气,讪讪地干笑着,端端正正地坐在一条板凳上,等着柴俊虎和田根年问话。田根年笑眯眯地对春花说:"春花,我俩想和大傻单独谈谈,你看是让我们在屋里谈还是去外边谈?"

春花赶快站起来说:"就在屋里谈么,我到外边去看看那几只鸡回来了没有。"说着便匆匆走出去了。

田根年反客为主地向大傻递去一支香烟,开门见山地问:"大傻,你咋和兄弟媳妇住在一起?"

大傻怔了一下,倔声倔气地说:"她是俺媳妇!"大傻平常很少出山,长期跟爹妈在一起,说话河南味很浓。

田根年说:"弟媳成了爱人,到底是咋回事?啥事都得有个公理有个章法,村里的户口本和乡上发的结婚证上可不是这么回事啊。"

大傻不吭气了,呼哧呼哧地喘着粗气,手颤抖得几乎连香烟也捏不住。柴俊虎开导他:"雪里埋人不是长事,啥事总得有个结局,你们的事总这么拖下去也不是个办法。你爹明天下山,村上请他担任瓷器厂的技术厂长,他再三要求我俩在他离家之前处理好你们的事。"

大傻说:"俺们的事,俺爹不是给两位领导都说了么?"

柴俊虎说:"你爹是说了,但他只能说个大概,不知道底细,我们想弄清这件事的起根发苗,想听听你们各自的意见。"

大傻忽然发怒了,猛地站起来指手画脚地吼道:"老二那狗东西把事做绝咧,俺还有啥好说的?要不是春花肚里怀着俺的娃,俺早就一把火把狐仙岭烧个精光……"

"大傻,你是发疯了咋的,你这是对谁耍牛脾气?有啥话好好向领导讲么,吼啥呢?还嫌不乱套还想窝心咋的!"站在门外的春花忽然闯进来,没好气地把大傻好一顿数落。

大傻又发愣了,他望着春花张了张嘴没再吭声,垂头丧气地坐在板凳上,看来他是很顺从春花的。春花殷勤地为柴俊虎和田根年续上茶水,很抱歉地说:"二位领导千万不要和他一般见识,他就这么个牛脾气,发起火来恨不得把天顶个窟窿,过后又屁事没有。"她扭过头又对大傻说:"把事情的经过全部讲给二位领导听,照实说,半句话也不要藏着掖着!"

春花说罢又要到外边去,柴俊虎拦住她:"春花嫂,不要出去咧,大傻哥没说到的你可以补充么。"春花点点头,大大方方地挨着大傻坐在板凳上,用胳膊肘捣捣大傻,催他快说。大傻吸了一口香烟说:"牡丹是俺明媒正娶的,可她从来不让俺沾她的身子,从进门那天起就和俺闹,没有安生过一天,屋里的东西能摔的全都让她给摔砸咧,后来我才晓得,她和老二、和老二好上了,那次、那次让俺和春花在沟口那个破窑洞里堵住咧,从那次就……"

大傻很难为情地说不下去了,勾着头一个劲儿地抽烟,春花咬了咬牙说:"他不说我说。二聪娶的是我,可他从来就没有把我往心上放,不怕二位领导笑话,不要看我们生了两个孩子,可在一起睡觉的时间总共不到一个月。我早就晓得他和牡丹好上咧,为了这个家,为了两个孩子,也害怕丢丑,就咬紧牙关强忍着。我也晓得自己配不上人家,总盼着天长日久他会回心转意,谁知他俩越来越不像话,整天身挨身的泡在一起,一大早出去卖豆腐,不到天黑不回来。那天,我从娘家回来晚了些,走到沟口时天已经麻麻黑咧,我加快步子想从小道往岭上走,那条道近,烧锅水的时间就能回到家。走到离小道不远处,我忽然看见我们家的那辆三轮车停放在一堆灌木丛中,车上没有人影,明摆着的事么,二聪和牡丹肯定是在那个破窑洞干那事儿呢。我也不知道是咋个回到家的,连水也没顾上喝,就给大傻说了,大傻不大相信,问我是不是看花了眼。第二天天快麻麻黑时,我和大傻躲在那孔破窑洞前的树丛中,不大一会儿,三轮车开到树丛前灭了火,二聪和牡丹手拉着手进了破窑,我一把没拉住大傻,他挣脱我的手跑过去,我害怕出事,赶紧在后边追,跑到窑口、跑到窑口……让大傻说吧。"

大傻和春花相互补充着讲述了当时的情景:大傻和春花跑到窑口一看都愣住了,二聪和牡丹已经脱光了衣裳,刚刚相拥着倒在他们早就铺好了的地铺上,看见大傻和春花突如其来地堵在窑门口,二聪好像没有看见似的仍然搂抱着牡丹,牡丹火光冲天地说:"你俩来干啥?要闹事咋的?我俩早就准备好了炸药包,敢闹事咱们一起上西天,到阎王爷那儿去打官司!"说着就从身后拉出一个炸药包。大傻傻眼了,站在窑门口呼哧呼哧喘粗气,春花冷笑着脱光自己的衣裳,又剥光大傻的衣裳,把大傻扳倒,躺在二聪和牡丹身旁。二聪和牡丹穿上衣裳退走了,大傻和春花在窑洞里睡了一夜。第二天,妹妹春桃当和事佬,让两位哥嫂换了婚。

二聪和大傻虽然只有一墙之隔,情景却大不相同,同样是用竹篱笆圈着的院子里,到处都是花草,鸡有鸡舍,猪有猪圈,墙上挂着几串火红的辣椒和金黄的玉米穗。二聪和牡丹早已等候多时,一见柴俊虎和田根年从大傻家走出来,急忙迎上去打招呼问好,十分热情地把客人让进屋里。屋里也是干净利落,茶几上堆满了香烟、瓜子和干鲜果品,和春花不同的是把蜂蜜倒在一个瓷碗,以便客人用筷子夹着核桃仁蘸蜂蜜吃。牡丹把两个茶杯重新用清水冲刷了一遍,很在行地没有把茶杯倒满,她懂得"酒斟满,茶斟浅"的礼数,显然是个有一定文化修养的女子。牡丹双手为客人敬茶递烟,微笑着对柴俊虎说:"难得到岭上来一趟,咋不把小宝领来?"

柴俊虎有些诧异:"你认得小宝?"

牡丹说:"认得,我们排练扭秧歌,小宝不停地来找他妈妈,我们都很喜爱他,小家伙和我混得蛮熟呢。"

柴俊虎有些抱歉地说:"你看我这人,官不大官僚主义却不小,闹社火排练了那么长时间,我都没有认识你,真是忙昏了头,怪不得我妈常骂我不长眼睛不长记性!"

牡丹叹了口气,幽幽地说:"我们住在这荒山野岭,常年四季很少有干部光临,谁能知道这里有个叫二聪叫牡丹的人?"说着眼圈就红了。

柴俊虎觉得脸上发烧,连声向二聪和牡丹做检讨,二聪真心实意地说:"咋能怪你呢?全村男女老少一千多人,你能全都关照么?再说我们离村庄那么远,你和老支书整天有忙不完的事,哪有工夫到荒山野岭上来?这次你二位来得正是时候,我和牡丹商量好咧,这两天正想去见你们呢。"

田根年忙问:"有事么?"二聪和牡丹对视了一下说:"我们家的事二位领导已是心知肚明了,我俩也实话实说,那些事都是真的,要说有错,全都怪我……"

牡丹拦住二聪的话:"不关二聪的事,全都是由我引起的。我爹寻死觅活逼着我换亲,我不嫁大傻,我哥就得打一辈子光棍,黄家就要绝后。可嫁给大傻,我觉得比死都难受,实在过不下去咧,我就拿了一瓶农药,到沟口那个破窑洞去寻死,二聪赶来夺走了药瓶,我说不让我死就得咱俩结为夫妻,二聪说行,就发生了后来的事。可这种活法也不是长久之计呀,原来我俩打算跑到南方去打工,随便在哪儿安个家都行。参加了村里的闹社火活动,我俩才晓得村里正在干翻天覆地的大事,心就热了,说好等种完瓜就去村里入股参加公司,咋也没想到两位领导能来狐仙岭。"

田根年点点头说:"看来你俩都是明白人,这件事的后果想过吗?"二聪回答说:"想过,我们晓得这样做不对,也不是长久之计,可又有啥办法呢?事情已经到了这一步,柴主任说咋办就咋办。"

柴俊虎说:"不是我说咋办就咋办,得按法律程序办事啊。你们兄弟姐娌双方都同意并且这样做咧,这是一种违法行为,得赶快到乡政府办理离婚和申请结婚登记手续。"

牡丹说:"行,村里给我们开个介绍信,我们明天就去办。"

柴俊虎呵呵一笑说:"离婚和结婚手续都很容易,但有一个问题你们考虑过没有,两个小孩儿咋办?如果都判给春花,按照计划生育的有关规定,大傻哥和春花嫂不能再生育。如果判给二聪,你们俩同样也不能生育。"

牡丹爽直地说:"不能生育就不生育,反正羊娃和狗娃都是刘家的娃,不算绝后。"

二聪眨了眨眼睛,笑嘻嘻地说:"柴主任,你能不能和老支书给乡上说说,两个娃给我和春花各判一个?"

田根年乐了:"二聪二聪,果然聪明,聪明人咋干糊涂事?明知这样不是长久之计,咋不早些按照法律程序办?"

二聪和牡丹红着脸不吭声了,柴俊虎看了看表:"时间不早咧,咱们都到你爹屋里去开个家庭会,把这件事的处理办法说明叫响,明天就去办理有关手续。"

春 桃 离 婚

牡丹像换了一个人似的,和春桃穿山林,越沟岔,不多时就从山林小道跑上了逶迤蜿蜒的山梁。她满面春风,精神饱满,一路上到处都洒下了她那银铃般的笑声。在柴俊虎和田根年的协助下,一切都如愿以偿,她能不心满意足能不欢天喜地么?春桃看得眼热,一路上不知笑喷了多少回:"看你乐得像个三岁小娃娃似的,得是喝了喜娃她妈奶奶?"

牡丹总是笑嘻嘻地说:"道路是曲折的,前途是光明的,你也会喝上喜娃她妈奶奶的。"

春桃是两位哥嫂换亲的始作俑者,两对夫妻按照法律程序解决了这桩风流公案,有情人终成眷属,皆大欢喜。狗娃和羊娃名义上是二聪和春花一人一个,可都仍旧跟着奶奶过,手心手背都是肉,终归都是老刘家的后代,爷爷奶奶不管谁管?两对夫妻落得轻松快活。柴俊虎答应了二聪和牡丹承包养殖中心饲料加工厂的要求,大傻和春花也乐意独家经营豆腐坊,两兄弟和父母彻底分了家,在他们面前都有一条铺满鲜花自然也有荆棘的道路,由他们各自去奋斗去品尝甘苦。人生就是这样,有七情六欲,有酸甜苦辣,有绚丽夺目的五颜六色,也有撕心裂肺的生离死别,无一般不成世界么!可春桃总觉得自己和别人不一样,少了一份欢乐,多了一份苦楚,总是在没有鲜花只有荆棘的崎岖小道上挣扎,想到此次去牡丹坪的前程吉凶难料,不由自主地连连唉声叹气,俏丽的面孔上总是阴天转多云。唉,她能快活起来么?

牡丹何尝不了解春桃的满腹愁肠,她不也经历过这种度日如年生不如死的痛苦么?但她感到有把握说服爹和哥哥,也像他们一样协议离婚,放春桃一条生路。牡丹很感激春桃,总觉得欠了春桃一份情,如果不是为了给哥哥换亲,如花似玉的大姑娘,能委曲求全嫁给一个比她大十几岁的瘸子么?如果没有春桃大力周旋,她和二聪能称心如意么?没有尝过黄连的人想象不到黄连有多苦,她是从生死关口挤过来的人,她完全理解春桃的心情,也全力以赴支持春桃的行动,她不能眼睁睁地看着一朵鲜花枯死在牛粪上。当春桃再一次唉声叹气时,牡丹大包大揽地安慰春桃:"唉啥声叹啥气呢,这回要是办不好这事,我陪你当尼姑去!"

春桃苦笑着摇了摇头,从某些角度上讲,她比牡丹更了解她爹和她哥,父子俩不比寻常人,都不是好东西!

牡丹爹叫黄彪,从小就跟着父亲当了盗墓贼,受过打击坐过牢,后来改行当了屠夫。牡丹的哥哥黄富刚子承父业,走村串户杀猪宰羊带劁骟,人称"黄鼠狼",也有人称他为"黄瘸狼"。人有特长有奇行容易出名,黄富刚成名于他的狼性,而他爹黄彪和他爷爷更是青龙川家喻户晓的盗墓贼,流传着不少盗墓故事,而以黄彪金盆洗手退出贼行那段故事最广为流传。

抗日战争胜利前夕,和青龙川只有一梁之隔的野虎川忽然热闹起来了,在国民党中央军当师长的杨虎山,亲自护着母亲的灵柩荣归故里。堂堂师长还乡,县党部、区政府以及乡公所自然不敢怠慢,头头脑脑们争着往野虎川跑,老太太的丧事办得特别风光特别排场,是野虎川从来未有过的热闹事,如此引人注目的丧事自然会引起一场风波。

杨虎山的父亲自小外出经商,后来成了南京一家当铺老板,家道豪富,广有钱财,却富不忘本,特别爱吃家乡的家常便饭,便让人在野虎川挑选了一个名叫红杏的姑娘当丫鬟。红杏生得俊秀,长得灵巧,精通女红,做的一手可口的家常便饭,擀的面条既长又筋,十分爽口,一碗红油红油的酸汤面,能让人在寒冬腊月天淋漓尽致地出一头汗。杨老板爱穿红杏纳的千层底布鞋,更爱吃红杏做的家常便饭,爱屋及乌,他也很喜爱红杏。一天晚上睡觉之前,红杏照例端来一盆热水伺候杨老板洗脚,杨老板一时性起,扬起左脚炫耀说:"人都说我有洪福,这就是我的福根。"

红杏低头一看,原来杨老板的脚心长有一颗红痣,笑了笑不以为然地说:"那有啥?我两只脚各有一颗,身上还有一颗呢!"

杨老板闻言吃惊不小,急命红杏脱袜验证,红杏扭捏了一阵,拗不过老板,只好红着脸脱掉袜子,果真是一只脚心一颗红痣,且又大又圆。杨老板又问:"还有一颗在哪儿?"

红杏十分羞赧地说:"在、在奶头下边。"

杨老板匆匆擦过脚,趿着鞋走过去关了门,把红杏拉到床前说:"快解开衣衫让我瞧瞧!"

红杏心中一阵狂跳,她不敢不听老板的话,双手颤颤地解开纽扣,两个奶头之间有一颗比脚心更红更大的红痣!杨老板惊骇不已,认定红杏必是大福大贵之人,蓦然有了纳她为妾的念头。他借着摸看红痣之机,轻轻抚摸着那两颗小红枣般的乳头。红杏正值怀春的豆蔻年华,哪能经得起男人如此撩逗,浑身一阵痉挛,很快就身软如泥,娇喘着倒在杨老板怀中。三天之后,杨府张灯结彩,鼓乐喧天,红杏名正言顺地成了杨老板的如夫人,第二年便生下了杨虎山。

杨虎山从小就认定自己的福气是母亲带来的,十分孝顺,直到当了国军的师长,仍坚持早晚问安。老太太活到八十八岁,在抗日战争胜利前夕无疾而终,杨虎山冒着丢官去职的风险,遵照母亲入葬杨家祖茔的遗言,带着三名护兵亲自护棺回到野虎川的杨家湾,举行了十分隆重的葬礼,陪葬了很多金银财宝。可是垒起坟墓之后,杨虎山却坐卧不宁,日夜担心盗墓贼盗墓,因为丧事办得太大太张扬了,万一坟墓被盗,金银财宝失窃事小,若让母亲落个曝尸扬骨,当儿子的岂不成了千古罪人?思来想去，他派人在祖茔盖了两间房屋，招募了两名壮丁和他那三名护兵日夜轮流看守。时间不长，日本政府宣告无条件投降，蒋介石为了抢夺胜利果实和积极准备发动内战，接二连三发来电报，严令杨虎山按期返回南京。杨虎山不敢违令，又放心不下母亲的陵墓，急得他犹如热锅上的蚂蚁，食不辨味坐卧不安地来回转圈子，思来想去，终于想出了一条瞒天过海的良方妙计，他一咬牙，派人找回来了随他护棺回乡的管家张成。

张成也是野虎川人，三年前失手伤了人命，逃到南京投靠已成为贵夫人的远房姑姑红杏。因他为人机敏手脚勤快，逐渐得到重用，成了杨府的二管家。张成听说师长传唤，急匆匆来到杨府，杨虎山十分关心地问张成："家里安置好了吗？"张成忙说妻儿老小都安置好了，杨虎山叹了口气说："自古忠孝不能两全，刚回来时间不长，又得让你陪我回南京，我真感到过意不去。"

张成受宠若惊："老爷是国家栋梁，忠于党国，我是小民百姓，忠于主人，在小人看来，其他事小，看护姑母的陵墓事大。"

提起陵墓，杨虎山脸上堆满了愁云，唉声叹气地说："按照总统府的命令，后天咱们必须起程，如果咱们离开野虎川，老人家的陵墓只交给两名乡勇，能让人放心么？"

张成也想到了这一点，颇为担心地说："而今的盗墓贼多如牛毛，其中肯定有不少盗墓高手，不要说两名乡勇，就是派一个班恐怕也是防不胜防，应该想一个两全其美之计，才能万无一失。"

杨虎山点点头："两全其美之计我已想出一条，请你前来就是为了此事。"说罢，他关上门，悄声对张成讲了他的良方妙计。

张成听罢连声称妙，诺诺而退。经过一番准备，天黑后悄悄来到杨家祖茔，支走两名乡勇和护兵，在新坟上挖了一个两米多长的黑窟窿，并自作聪明地在洞底放了一颗手雷。

翌日一早，张成大惊小怪地四处张扬，说老太太的坟墓被盗，忙不迭地派人向杨虎山报告。杨虎山赶到时，杨家祖茔已经围满了前来看热闹的人，杨虎山奔到坟前一看，悲痛万分地跪倒号啕大哭，族人和护兵好不容易将杨虎山扶起，杨虎山铁青着脸围着母亲的坟墓转了两圈，忽然双目一瞪，厉声喊道："张成，你身为护墓总管，玩忽职守，竟让盗墓贼一夜之间得手，要你何用！"说着便从腰间拔出手枪。张成根本没料到杨虎山要假戏真做，一声"冤枉"尚未出口，只听"砰砰"两声枪响，张成顿时脑袋开花，当场毙命。

当时确实有不少盗墓贼来到野虎川，盯着红杏的坟墓蠢蠢欲动，其中几名盗墓贼亲眼看见张成因失职被杀，亲眼看见了坟墓上那个黑洞，人口快如风，几乎在一天之间，远远近近的盗墓贼都知道了坟墓被盗的消息，纷纷撤离野虎川。红杏的坟墓毫不起眼地夹杂在杨家祖茔的荒坟乱冢之间，不再惹人注目了。

张成做了障眼法的替罪羊,杨虎山心中有愧,厚葬了张成并给了张成妻儿一笔抚恤金。张成下葬那天,他那个十二岁的儿子哭得死去活来,三番五次地要跳入墓穴陪葬,被众人拉开,可第二天他却突然莫名其妙地失踪了。

杨虎山是半夜三更离开野虎川的,有人看见他单枪匹马急驰而去,没有看见那三名护兵,此后也无人再看到那两名乡勇。

十年后,野虎川来了两名劁骟匠,走门串户劁猪阉牛,也杀猪宰羊。两人自称是甥舅,年长的三十多岁,年轻的二十岁出头,满口地地道道的河南腔。来到杨家湾的第二天,舅舅忽然病倒了,发高烧说胡话昏迷不醒,村里人可怜落难的外乡人,把他们安排在村北头的一位五保户家里,帮着外甥为他舅舅请医生。当天半夜时分,甥舅俩悄悄换上夜行衣,神不知鬼不觉地来到了杨家祖茔,围着红杏的坟墓反反复复查看,最后停在那个已被荒草掩盖住了的洞口,悄声商量着如何下手。

这俩人不是甥舅,年长的叫黄彪,是个盗墓贼,年轻的叫张小毛,是张成的独生子。黄彪是张成的关门弟子,黄彪和师傅从坟墓中盗出来的东西,大都是通过张成之手销赃。张成出门避祸,三年后跟随杨虎山衣锦还乡,黄彪得到信,专程从青龙川赶来看望师傅,有幸目睹了红杏丧事的全过程。张成突然被杀,黄彪断定其中有诈,便连夜带着张成的独生子张小毛远走他乡,边学艺边盗墓,新中国成立后在河南嵩山下安了家。张小毛二十多岁了,到了娶妻生子的年龄,黄彪深思熟虑后,便和小毛装扮成劁匠返回野虎川,决意要钻进红杏的坟墓探个究竟,弄清张成被杀之谜,顺手捞一笔横财。

豁开荒草,用强光手电向黑洞照射,极目之处全是蜘蛛网,靠近洞口的地方长着一层苔藓,不但没有人进出的痕迹,连小动物也没有进去过。显而易见,杨虎山巧使瞒天过海的良方妙计,十分稳妥地保住了他母亲的遗体,保住了那笔金银财宝。张小毛年轻气盛,为父报仇心切,不由分说把绳圈套进自己的腰间,抢先从洞口爬了进去。不大一会儿,黑洞里突然发出一声闷响,震得地皮颤动,紧接着一股烟尘从洞里滚滚而出。听到巨响,黄彪两腿一软瘫坐在地上,脑海里一片空白。张成制造盗墓假象时,自作聪明在洞底放了一颗手雷,原本是为了效忠主人,没料到却炸死了他的儿子。黄彪清醒过来了,他本能地站起来跑出杨家祖茔,站在高处向村里望去。因为坟地离村子较远,一颗手雷在地下的爆炸声不会传出多远,村子里鸡不啼犬不吠,没有任何动静。黄彪和张小毛不是父子情同父子,他抱着一线希望,烟尘还没有完全消失,便不管不顾地钻进了黑洞。

那颗美式手雷把墓壁炸塌了,黄彪毫不费力溜进了墓室,墓室很宽大,四周全用石块砌碹,正中放着一口漆黑发亮的柏木棺板,黄彪用强光手电照射,不禁惊得目瞪口呆,棺盖已被挪开,里面空空如也,棺板四周躺着五具还没有完全腐烂的尸体,张小毛血肉模糊地躺在墓壁下,早已气断命绝。黄彪抱起张小毛的尸体,欲哭无泪,牙齿咬得咯咯发响,他终于明白了:心毒手辣的国民党师长为了保住母亲的遗体,冤杀了张成,害死了那三名护兵和两名乡勇,留下了一副空棺。

案发不久,黄彪银铛入狱,被判处三年有期徒刑。经过劳动改造,黄彪大彻大悟了,真正认识到盗墓是一条死亡之道,盗墓贼在盗墓过程中也为自己刨了一个墓坑!出狱那天,黄彪没有先回青龙川,而是直接来到杨家祖茔。事隔多年,红杏的坟墓还是老样子,只是那个洞口被堵死了。望着被荒草野蔓覆盖着的坟头,黄彪心中无限悲愤,啥世道啊!杨虎山为了保住他母亲的坟墓,竟然丧心病狂地连伤五命;张成为了效忠主人,却落了个断子绝孙的下场!黄彪断定,真正盛殓红杏的那口棺板仍在这座坟墓中,很可能埋在那个墓室之下,而且那个真正的墓室里也会有几具尸骸,杨虎山为了保密,连他的亲随护兵都杀了,还能放过几个建造坟墓的工匠吗?

作为一个经验丰富的盗墓贼,黄彪心知肚明这座坟墓下有一批足可使他暴富的金银财宝,而且除他之外再无一人知晓,但他不敢再干犯法的事也不敢再冒可能送命的风险,便愤愤不平地离开了杨家祖茔。回到牡丹坪,黄彪受不了集体出勤干农活那份罪,仗着有一手劁骟手艺,便走村串户劁骟和杀猪宰羊,赚几个零花钱混几顿饭吃。本来生产队不允许任何人搞副业,可黄彪是个当过盗墓贼坐过牢的歪人,死猪不怕滚水烫,急眼了敢拼刀子,成了当地一霸,无人敢惹也无人敢管。1962年,经人说合,黄彪和邻村一个小寡妇结了婚,第二年生下了黄富刚。上梁不正下梁歪,黄富刚从小就坏得出奇,偷鸡摸狗不走正道,翻墙偷东西摔坏了右腿,小学没毕业就退了学,跟着他爹黄彪当劁匠当屠夫。

黄富刚既坏又霸更好色,常常借机调戏妇女,在劁骟猪牛羊时,只要有妇女在场,他总是满口酸话脏话,令人不堪入耳,人们对他防备甚严,劁骟的活儿都在门外进行,很少有人把他往家里请。黄富刚三十多岁了,没有一个姑娘肯嫁给他,他急他爹更急,父子俩常常借酒发疯骂大街。牡丹和黄富刚截然相反,端庄秀丽,通情达理,人们都说狼窝里出了金凤凰,既然是狼窝里的金凤凰,牡丹能有个好么?黄彪为了不使黄家绝后,丝毫不念父女之情,死磨硬缠甚至叩头下跪,硬是让牡丹换亲。

三十多岁的光棍娶来了如花似玉的大姑娘,黄富刚的霸气和兽性不可抑制地迸发了,等不到天黑就把春桃压在炕上,任凭春桃哭喊撕扯抓破了脸皮,硬是把春桃强奸了。春桃新婚之夜就跑回了娘家,黄家接一回跑一回,跑一回闹一场。山里人不懂法律知识,又有换亲这根绳子捆绑着,这桩只有痛苦没有欢乐的婚姻,就这么一直悬着。

春桃做梦也不会想到,她和黄富刚离婚的事竟然会如此顺利,顺利得令人不敢相信是真的。不止是春桃感到意外,就连牡丹也是始料不及,原来设想的一哭二闹三翻脸的方案,一个都没用上。其实,并不是黄家父子改恶从善,放下屠刀立地成佛了,而是黄富刚因犯罪银铛入狱了,等待他的将是法律的严惩。黄富刚不务正业,好逸恶劳，整天想着如何才能一夜暴富。闲聊之际，黄富刚从父亲口中得知了红杏坟墓中有金银财宝的秘密，先后两次去野虎川，探清了坟墓周围的详细情况，在一个烟雨蒙蒙之夜，独自一人盗了红杏的坟墓，得到了一大笔金银财宝。由于东西太多，黄富刚一次拿不了多少，便把金银财宝分别转移到一个很隐蔽的山洞，在转移过程中被一个放羊的老头发现了，黄富刚为了杀人灭口，竟然丧心病狂地把老头活活给扼死了。黄富刚能轻而易举地杀死放羊老人，但无法对付那条硕壮凶狠的牧羊犬，人犬一场恶战，黄富刚被牧羊犬咬伤了胳膊抓破了脸，只好落荒而逃。还没等黄富刚逃离红杏的墓地，就被村里人堵在山洞里，很快就锒铛入狱了。盗墓杀人，无疑是死罪。牡丹通过律师会见了黄富刚，提出和春桃离婚的要求，黄富刚自知必死无疑，痛痛快快地在离婚协议上签了字。随后，在柴俊虎和田根年的大力斡旋下，春桃和李金锁领取了结婚证。

"五一"国际劳动节前，光棍李金锁真正结束了他的光棍生涯，欢天喜地地做了新郎官，新娘就是刚办完离婚手续的春桃。为了促成这桩婚事，柴俊虎和田根年没少费力气，最后连范孝勤和贾景堂也披挂上阵了，从提亲到结婚不到十天时间，可谓是闪电式的一场男婚女嫁。

也是一个月明星朗的夜晚，银盘似的月亮格外明亮，好像能看清那桂树那玉兔，也能看清吴刚和嫦娥似的，新郎李金锁冲着那轮明月直做鬼脸，心里暗自叨咕着：嫦娥仙子，何必那么清苦孤寂呢？我当了三十多年光棍都受不了，你咋能熬恁长时间？快下来吧，人间多美啊！"久旱逢甘霖，他乡遇故知，洞房花烛夜，金榜题名时"，这是自古以来的人生四大快事。光棍一人吃饱全家不饿，久旱短旱与他无关；他没有出过远门，谈不上他乡遇故知；金榜题名他连听都不愿意听，肚子里就那么几滴墨水，还想中状元当举人？做梦都做不了那样的好梦！唯有洞房花烛夜对于光棍来说，才真正是人生一大快事。此时此刻他什么都不想，只想着自己是新郎官，只想着早点上床和新娘颠鸾倒凤，鱼水皆欢！

好不容易送走了最后几位闹洞房的客人，李金锁心中不由得一阵狂跳，目不转睛地盯着新娘一个劲儿地傻笑。新娘春桃比往常更靓丽，圆圆的脸盘，高高的鼻梁，嘴角微微上翘，在李金锁眼里，简直就是西施再现，杨贵妃第二！春桃被光棍看得有些不好意思，有些发窘地说："看啥呢，得是没见过！"说罢就转身走到别处去了。

在高秀月、柳翠香、田春燕、张兰花以及菊菊等一些妇女的操持下，光棍的新洞房焕然一新，富丽堂皇，光棍犹如进入仙境，大有飘飘茫茫之感。趁着春桃不在屋里，他这儿摸摸，那里看看，坐在柔软的席梦思床上轻轻蹾了几下，顺手把两个枕头紧紧放在一起，憧憬着即将来临的甜情蜜意。春桃出去好一阵子了，咋还没见回屋？光棍有些发急，掀起门帘望去，见春桃正在院里忙着收拾整理，他急忙走出门说："劳累了一整天咧，还忙啥呢，该休息了，那些杂活明天让我干吧。"

春桃笑了笑说:"累啥呢,忙惯咧,当天的活儿做不完睡不安生。"

光棍有的是力气,三下五除二很快就干完了所有杂活,又借着干活的机会把墙角旮旯到处都检查了一遍。回到屋里,春桃已经为他端来一盆热水,连牙膏都挤好了。光棍愣住了,从小长到这么大,哪享受过这样的待遇啊,他受宠若惊地望望脸盆和牙具,又望望新娘子,嘴唇抖动着不知该说啥好。春桃笑嗔道:"快洗脸刷牙呀,痴痴呆呆地看啥呢?傻相些!"

夜莺的啼叫声不时从空中掠过,青龙河的水吼声也越来越清晰了,夜深了,该睡觉了,望着春桃出门倒洗脚水的背影,光棍感到一阵慌乱,感到有些束手无策,是自己铺床呢还是等新娘子铺?是铺一床铺盖还是铺两床?正在光棍犹豫不定之际,春桃返回新房,她把洗脸盆放在脸盆架上,径直走向床边去铺床。光棍的心跳再次加速,两眼紧紧盯着春桃的一举一动,很快就觉得心里发凉:春桃铺了两床铺盖,而且两个枕头之间还有两三寸的距离。春桃铺好床,笑吟吟地说了声:"睡吧。"顺手拉灭了电灯。

明月之夜,屋里朦朦胧胧能看见人影,李金锁一边怏怏不快地脱着衣裳,一边偷偷看着春桃的动作。春桃脱掉了外衣,只剩下胸罩和裤头,浑圆而白皙的身子白生生地格外引人注目。她揭起被头,不紧不慢地溜进被窝,有意无意地把枕头往李金锁这边挪了挪。

光棍李金锁心头无限悲伤:好不容易熬到了洞房花烛之夜,咋是这番光景!他望着春桃的身影,又情不自禁地想到了"风流寡妇"白雪莲,想起了那令他终生刻骨铭心的一夜风流,胯间那阳具不争气地直挺着,摁也摁不下去,光棍真想一把扯开春桃身上的绸被,爬到春桃身上,把那不争气的玩意儿放进它该进去的地方,明媒正娶,不是骗奸更不是强奸,怕什么?光棍飞快地脱得赤条条一丝不挂刚要动粗,忽然想起了柴俊虎再三叮咛他"要文雅要稳重"的话,欲火下去了大半,他赌气地钻进被窝里用被子蒙住头,把身子转过去,用脊背对着春桃。

远处传来几声狼嗥兽吼声,春桃问李金锁:"那是啥叫声呀?怪瘆人的。"

光棍闷声闷气地说:"是发情的野狼和野獾叫春。"春桃关切地问:"金锁你咋咧?得是忙了好几天感到乏困了?"

光棍不好再赌气了,他转过身来违心地说了句温存话:"不困,一点儿都不困,我是怕你乏困了,不敢打扰你。"

春桃无声地笑笑说:"不困咱俩说说话么。"

李金锁忙问:"说啥呀?"

春桃说:"说说你小时候的事吧。"

李金锁叹了口气说:"爹妈死得早,我从小就是匹没有笼头的野马,有啥好说的?"

春桃说:"就说说你和别人合伙买手电筒的事吧。"

李金锁怔了一下,咻咻地发笑着不吭声。他十八岁那年,穿村串巷的货郎老乔哄他说,金锁,听说供销社进了几把手电筒,咱俩合买一个吧,你年轻惹人看,白天拿着锃光明亮的手电筒多排场,我年纪大咧,不想显弄也不想找对象,晚上归我用。李金锁一想是好事,就满口答应,和货郎老乔合买了一个手电筒,白天归他,晚上让老乔用,为人们的茶余饭后平添了一个笑料。

春桃催问:"咋不说话呀?"

李金锁不好意思地笑道:"我那时年纪轻,让老乔那鬼精灵当猴耍咧!"

春桃说:"说明你从小就心实。听柴主任说,你心眼实在人能干,把一个倒闭了好多年的瓷器厂搞得红红火火,成了凤凰坪农工商贸总公司的一个骨干企业,他一再夸你是位好厂长。"李金锁心里热乎乎的,豪情油然而生:"连个瓷器厂都办不好,我还有脸见人么?用不了多长时间,我一定要攻下烧制景泰蓝瓷器这道难关,为俊虎兄弟争个光!"

远处又传来几声狼嗥声,春桃找了个借口:"又是狼叫,真怕人哪。"

李金锁顺口说:"不用怕,野狼不伤人,只是夜间发情时在林边吼叫,白天很少看见狼影,你初来乍到不习惯,时间长了就不害怕咧。"

春桃暗暗骂了声"笨屄",身子往李金锁这边靠了靠娇嗔道:"可我现在怕呀。"

李金锁明白了春桃的话,顿觉心花怒放,说了声"有我哩",便迫不及待地揭开春桃的被子钻进去,一把将春桃搂进怀中,一场狂风暴雨般的激战终于打响了……

临别赠言

　　一条新修的山区公路蜿蜒而行，在青龙渡堤坝尽头处绕过一处石壁，通向幽深葱郁的龙泉沟。阴雨乍晴，山川草木犹如出浴美女，显得格外秀丽，山坡上一簇簇林木青翠欲滴，裸露的岩石被雨水长期浸淋，繁衍出一层绿茸茸的苔藓。夹杂在野草丛中的野花，比起初春含苞待放之际，别是一种风韵，随着阵阵山风吹过，摇首弄姿，争奇斗艳，点缀得满山遍野绚丽夺目，芳香醉人。

　　上午9点多钟，各种型号的汽车首尾相接，沿着蜿蜒起伏的盘山公路，浩浩荡荡驶往龙泉沟——韩塬市常委扩大会将又一次在那儿召开。今非昔比，这一次无须柴二狗等人再守候在沟口迎客，韩塬市的"文臣武将"们，也不必跟在柴二狗的屁股后面穿林越沟"游山玩水"活受罪了。养殖中心已初具规模，既有自然风雅又具有现代气息的牛羊圈、鸡棚以及新建的奶品加工厂鳞次栉比，错落有致。依山势而建的办公楼和会议室设施齐全，容纳量很大，但王志辉和刘存义经过商议，决定这个常委扩大会还在古寨下面的草坪上开。

　　忙不完的工作操不完的心，柴俊虎明显消瘦多了，他忙得顾不上理发，干脆把那头乌黑的偏分头"精兵简政"留了个"小平头"，早晨起来一洗一拭就行，确实省事。高秀月心疼丈夫，给他订了一份牛奶，送奶员每天一早送奶上门，一份一斤，风雨无阻。柴俊虎说上有老下有小，自己年纪轻轻身强力壮的喝啥牛奶？他把一斤牛奶分成两份，妈喝一份小宝喝一份。

　　俊虎妈体谅儿媳的心意，也心疼儿子，说啥也不喝那份鲜牛奶，说她喝不惯，说每天早晨两个荷包鸡蛋，比吃啥补品都强。小宝是个懂事的孩子，他把分给他的那份牛奶又送给柴俊虎，稚声稚气地说："爸爸你喝，奶奶说喝了牛奶能长胖，小宝不喝牛奶，小宝跟奶奶吃鸡蛋！"

　　柴俊虎心里发烫，眼圈发红，爱人、母亲和儿子的心意他全领了，从此，他每天一早喝一斤鲜牛奶，便骑着摩托直奔龙泉沟。山本太郎和佐滕义雄在签约仪式后，以个人名义送给凤凰坪的那辆"公爵王"小轿车，柴俊虎从来不私用，他说那是公共财物，是为办公事的人乘坐的。话是这么说，可不办公事而坐车的大有人在，凤凰坪七十岁以上的老人都坐过，九十二岁的老寿星"倔祖宗"、八十一岁的平娃爷和"快嘴五婶"是第一批乘客，生平头一回坐着高级小轿车，由高秀月陪同在城里转了一大圈，三位老寿星高兴得跟小孩儿似的，逢人便津津乐道赞美外边的精彩世界，赞美"俺虎娃"的尊老爱幼之心。

　　市委要再次在龙泉沟召开常委扩大会的消息，是早晨6点钟王志辉亲自打电话告知柴俊虎的，王志辉不想干扰养殖中心的正常工作，再三叮咛不让柴俊虎做任何准备,说以蓝天为室、草丛为席就是最好的会场,只要有开水喝就行。市委书记的心意柴俊虎领了,可他不能不做好一切准备工作,其他不讲,地主之谊能不尽么?柴俊虎和高秀月商量了一下,喊来柴二狗,让他和田金生、牛建明、柴水生、"麻子老三"李有贵以及医疗站的平娃,再办一次比去年更丰富的野炊,让高秀月通知王萍、白雪莲、田春燕、柳翠香、田桂芳、王水英和张兰花充当临时招待员,并向与会者每人赠送一份礼品——服装公司落成之前,工艺品加工厂率先运作了,各种花卉和刺绣搞得热火朝天,绣有龙凤呈祥图案的青龙牌系列产品之一的床单,成了风靡一时的抢手货,作为赠送礼品是再合适不过了。

市上要再次在龙泉沟召开常委扩大会的消息,像春风一样,很快就传遍了凤凰坪的每个角落,不少群众纷纷来到村口和沟口迎接王志辉和刘存义,好久没见两位领导,人们普遍产生了思念之情。韩塬撤县改市好长时间了,县委书记成了市委书记,县长成了市长,可凤凰坪的父老乡亲不管这些,仍然一口一个"我们的王书记",一口一个"我们的刘县长"。龙泉沟养牛基地很快就沸腾起来了,丁贵颠着腿一阵小跑,把这个好消息告知了林森、石磊和秦川以及几位技术人员,林森立即召集所有管理人员安排部署,以最快速度搞出了一份统计报表和汇报提纲。尽管不清楚常委扩大会的具体内容,会场选在龙泉沟,各级领导不可能不了解养殖中心的进展情况,大家都熟悉王志辉和刘存义的脾性,有备无患。

上午10点钟,韩塬市又一次具有非常意义的常委扩大会准时开始。比起去年那次常委扩大会,这次人数增加了两倍,除过各部局的部局长,各乡镇的党委书记、乡镇长和几个重点村的支书村主任全都扩进来了,日本客商山本太郎作为特邀人士列席会议,加上凤凰坪农工商贸总公司的有关负责人,总计有一百多位与会者。

这次扩大会的内容没有提前说明,但大多数人心中有数。王志辉升为渭滨市的市委副书记,刘存义升任为渭滨市副市长;代理韩塬市委书记叫谷志清,是从省委组织部下来的,二十多年前知识青年上山下乡曾在韩塬插过队,继任韩塬市长是司马兆奇。

领导班子变更了,领导席上出现了新面孔,这次扩大会无疑是一场交接会和告别会。

其实,与会者只猜对了一半,王志辉和刘存义之所以要在离任前再次在龙泉沟召开这样的常委扩大会,主要是因为韩塬市也发生了类似四川綦江的虹桥事件,他俩要在离任之前为所有领导干部上一堂生动的反腐倡廉课,为凤凰坪农工商贸总公司的腾飞再加一把火,再助一臂之力。

会议由市委常务副书记潘建安主持。本来,韩塬市委书记一职应由潘建安继任,无论从哪个方面讲,他都是当之无愧理所当然的。但组织部门有规定,各地县市级以上的党政一把手必须易地任职,潘建安是韩塬人,从民办教师一步一步走上领导岗位。他已经五十五岁了,又患有几种慢性疾病,近两年来由于劳累过度,常常感到身体怠倦体乏无力,经检查是脑神经衰弱,不能过于劳累。潘建安是一位党性很强的人,三番五次写申请,力辞提拔使用,表示愿意在常务副书记的位置上站好最后一班岗。他向王志辉和刘存义讲过他的心意：再干三两年，一到站就下车，然后轻装上阵到凤凰坪去应聘。他是搞行政出身的，虽无一技之长，但抓政治工作抓思想教育抓精神建设还是有用武之地的，他不相信柴俊虎不要他。王志辉动情了，拍着他的肩膀也说了一句心里话："老兄先行一步，我和刘市长商量过了，退下来后也去凤凰坪安身立业，咱们以后在凤凰坪再度相聚！"

潘建安和王志辉在一起工作时间长了，耳濡目染地受到了熏陶，时间观念特别强，他抬起手腕看了看手表，时针刚好走到 10 点整，站起来清了清嗓门大声宣布："中共韩塬市委常委扩大会正式开始！"

"哗……"草坪上响起一阵掌声，潘建安用手捋了捋花白的头发，神情亢奋地说："今天的会议内容很特别，无论对韩塬市六十多万人民群众，还是凤凰坪农工商贸总公司来说，都具有特别意义。大家都知道了吧？王书记和刘市长的调令已下来了，去向是渭滨市，王书记担任市委副书记，刘市长担任副市长。按照王书记和刘市长原来的打算，要在离任前开个范围很小的告别会，但是最近发生了一件意外事件，经王书记提议市常委集体讨论，决定在凤凰坪的养殖中心龙泉沟，再次召开一次有各部局各乡镇领导参加的常委扩大会，并特邀了凤凰坪农工商贸总公司的负责同志和日本客商山本太郎先生参加。首先，请新任市委代理书记谷志清，新任代理市长司马兆奇同大家见面！"

随着一阵热烈的掌声，谷志清和司马兆奇同时站起，向所有与会者颔首致意。谷志清的开场白很简单也很炽烈："我十八岁那年来韩塬插队落户，在韩塬生活了八年多，回到省城后，每年都要回韩塬看看，准确地说，我算半个韩塬人。这次组织派我来韩塬工作，我感到无比高兴无比荣幸，有一种回娘家的感觉。我初来乍到，不能刚下车就夸夸其谈，只能向大家表示一下自己的决心，以后要在王书记和刘市长的指导下，在大家的支持配合下，继往开来，以实际行动向党向人民交出一份合格的答卷！"司马兆奇只说了一句话："在任期间，我决心当好刘市长的徒弟！"山本太郎十分诧异地问身旁的林森："书记，市长，代理的干活？什么意思的有？"

林森教授小声向山本太郎解释说："要经过党员代表大会和人民代表大会选举通过，才能正式成为市委书记和市长。"

柴俊虎是个很重感情的人，虽然听到了王志辉和刘存义要调走的消息，但他总觉得那是以后的事，没太往心里放，可今天在这样的场合得到证实后，这位刚烈的汉子心中涌起阵阵热浪，泪水很快噙满了眼眶。他永远忘不了王志辉和刘存义那次微服私访，永远忘不了那次常委扩大会，更忘不了两位领导为凤凰坪农工商贸总公司的发展所付出的心血汗水。他和凤凰坪的父老乡亲心中都明白，没有王书记和刘县长的支持和指导，凤凰坪的事业发展不会如此顺利如此快捷。吃水不忘打井人，山里人重理更重情，有不少人在大年初一吃大肉馄饨时，没有忘记在敬献灶神的牌位前,给王书记、刘县长、高宁以及成怡也敬上一份年饭,这在"文革"以后的全省乃至全国范围内,可能是凤毛麟角的稀罕事。柴俊虎耳濡目染,比其他人更重一份情谊,王志辉和刘存义在他心目中是良师益友,是他的指路人和引路人。一年多来,一周之内见不到王志辉、刘存义的面,听不到王志辉和刘存义的声音,他就感到缺少了什么,有一种失落感,他像当初依恋田根年那样,深深地依恋着他所尊敬所爱戴的两位领导。柴俊虎泪眼迷蒙地望着王志辉和刘存义,胸中排山倒海,口中讷讷无言。坐在柴俊虎身边的林森教授和山本太郎看清了柴俊虎的神态,无不为之感动,各自的心头也泛起一阵涟漪。林森是"文革"前从名牌大学毕业的老知识分子,历经磨难,饱受艰辛,吃尽了被人整治被人戏弄的苦头,他抱着"话到口中留半句,未可全抛一片心"的处世态度,对任何人都抱有戒心,对任何人都是敬而远之。无论何时何地,总是默默无闻地干着本职工作,用自己的心血汗水换取应得的一份报酬,自觉与世无争,于心无愧,不求有功,但求无过,中庸处世,明哲保身。可他来到凤凰坪应聘后,很快就改变了观念,真正明白了"好心换好心,八两换半斤"的朴实哲理。柴俊虎和凤凰坪的父老乡亲多么实在啊,关心他,爱护他,时时处处想着他,不说逢年过节,平时谁家吃顿稀罕饭,也忘不了有他一份。"结巴猎神"田金生不断为他送野味送中草药,没花一分钱,苦苦折磨了他二十年之久的风湿性关节炎竟神奇地被治好了。他是个丧偶多年的鳏夫,生活不大方便,柴俊虎雇请了一个心灵手巧的小保姆,专门为他和石磊、秦川三个人做饭洗衣裳。柴俊虎三天两头给他送一些新鲜水果和保健品,虚心向他求教,啥话都向他掏心窝子,他能不感动能不欣慰么!望着满眼噙泪的柴俊虎,林森心里也热热的,酸酸的。士为知己者死,女为悦己者容,为了柴俊虎的情义,为了凤凰坪的事业,他再次萌动了"鞠躬尽瘁,死而后已"的豪情壮志。

随着时间的推移,山本太郎也成了半个中国通,熟悉了很多风俗乡情,能将就听懂中国话,他的"日本中国话"别人也能将就听得懂,大家全都喜欢同他接近。山本太郎的家在日本国,事业在凤凰坪,一年多来,他和村里人混熟了,经常挂着文明拐杖或架着小宝到处去串门,他十分敬重柴俊虎,夸柴俊虎是一位真正的男子汉。山本太郎永远忘不了那一次他去柴俊虎家逗小宝玩,适逢电影频道播映抗日故事影片《地道战》,柴俊虎为了不使山本太郎难堪,借故把他领到院中间的葡萄架下,东拉西扯地和他聊天。山本太郎喜欢和小宝用"中国日本话"开玩笑,喜欢逗小宝玩耍,小宝爱看战斗片,守在电视机前寸步不离,惹得山本太郎一次又一次地往窑洞里跑,柴俊虎一次又一次地把他往外请。后来,山本太郎明白了柴俊虎的心意,这位日本客商动了感情,诚心实意地对柴俊虎说:"你的好意,我的明白,侵略的干活,不得人心,中国人民反对,日本人民也大大地反对。爱好和平的人大大的,好战分子小小的!"他不再和柴俊虎聊天了,抱着小宝津津有味地观看电影故事片《地道战》,小宝笑他也笑,小宝拍手他也拍手,惹得高秀月和俊虎妈不断地发出欢笑声。

第二天,柴俊虎把这个事告诉了李国强和柴二狗,柴二狗抱着山本太郎抡了个圈,两人成了一对莫逆之交。时间长了,这位大和民族的后裔对中华民族有了更深刻的了解,他懂得了许多人生哲理,也更加增强了他的事业心和责任感。在日本国得不到的东西,在凤凰坪得到了,政策上的开放和保护,良好的投资环境,取之不尽用之不竭的资源,勤劳朴实而富有开拓进取精神的群体,天时、地利、人和全占,不放手拼搏不敢商海弄潮,那不成了天字一号的大傻蛋?明知可为而不为者为之懦夫,山本太郎不是懦夫,他使出浑身解数,在凤凰坪农工商贸总公司找到了用武之地,稳住了阵脚并初见成效,而且领到了凤凰坪荣誉村民的证书,乐得他整天"哟西"不离口,很少发现他有愁眉苦脸的时候。此时此刻,柴俊虎流露出来的真情实意,再度使山本太郎受到震撼,也深有同感地产生了惜别之意,他不由自主地伸出大拇指,对林教授说:"柴的,朋友的够,良心大大的!"

人是感情动物,感情维系人生,经过实践考验的感情更加纯朴也更为深厚。蓦然听到王志辉和刘存义将要调任的消息,不只是柴俊虎黯然神伤,应邀列席会议的田根年、李国强、牛建明、李云杰、丁贵、"麻子老三"李有贵以及王萍和白雪莲也都目瞪口呆,他们大眼瞪小眼地相互对视了一下,不约而同地走到柴俊虎身边,丁贵不由自主地嚷嚷着说:"咋会这样?咋会这样……"

农民的感情是朴实无华的,山里人更是看重情义。凤凰坪几位创业者的失态之举,引起了一阵波动,靠近范孝勤和贾景堂的几位乡镇长悄声向他俩询问内情,人们交头接耳议论纷纷。

谷志清已从潘建安和司马兆奇口中了解到了凤凰坪的基本情况,也理解王志辉和刘存义要在龙泉沟召开常委扩大会的良苦用心,心中腾起阵阵浪花。对于王志辉、刘存义的为人和工作作风,谷志清心悦诚服,对于柴俊虎和凤凰坪人的深情厚意,他感动至极。谷志清暗暗下定决心,在任期间一定要发扬和光大王志辉的敬业精神和待人之诚,也要像王志辉和刘存义那样,以实际行动同柴俊虎同凤凰坪的父老乡亲结下不解之缘。

王志辉和刘存义也看到了柴俊虎的神态,相互对视了一下,十分欣慰而又苦笑着叹了口气。潘建安冲着柴俊虎点点头,击掌让大家静下来,继续说道:"去年3月份,中央电视台连续播了四川'虹桥事件'的新闻报道,大家记忆犹新吧?4月中旬,在市上召开的三级干部会议上,王书记曾以此为例,再三告诫所有领导干部要廉洁奉公,不要贪赃枉法,不要徇私舞弊,不要伸手,伸手必被捉,并请政法学院的教授做了有关反腐倡廉的专题报告。按说,腐败分子应该有所收敛,应该悬崖勒马了,可是时隔不到一年,在我们韩塬市也发生了类似'虹桥事件'的事件。大家都知道,去年夏天那场特大洪水,城南曲水河上那座旧桥成了危桥,为了适应形势发展和保障人民生命财产安全,市上筹集了五百多万元,要建一座具有现代水平的公路桥梁,具体设计和施工分别由城建委和交通局负责。从一开始,市委市政府就三令五申,不准任何人在工程上打主意以权谋私。可是,在桥梁基础工程完成后的浇铸过程中,桥梁骨架发生了大面积裂断,引起桥拱垮塌,造成了工人一死五伤的恶性事故,直接损失一百六十多万元。经查,造成这个事故的主要原因,是个别腐败分子受贿徇私,包工队偷工减料以次充好所致!"

草坪上发出一阵哗然,与会者交头接耳互相询问,潘建安大声说:"大家不要嚷嚷咧,过几天市委要召开三级干部会议,以这个事件为主题进行一次整风,到时候人人都要畅所欲言。在今天这个会议上,王书记要以此事件为题,给大家上一堂反腐倡廉课,算是他和刘市长的临别赠言。"会场上爆发出一阵热烈而长久的掌声,王志辉用深情的目光扫视着所有与会者,心里忽然有了惆怅之感,他轻轻吐了一口气说:"刚才潘书记讲了,这次扩大会一是让谷志清同志、司马兆奇同志和大家见见面,亮亮相。二是我和刘市长要对大家讲几句话,算是临别赠言,既然是赠言,就得有点意义。韩塬发生了类似四川'虹桥事件'的恶劣事故,是交通局长李富臣贪污受贿徇私舞弊,违反原则私自发包工程而一手造成的!"

会场上又是一片哗然,交通局长李富臣可是个响当当的人物啊!王志辉摆摆手说:"这个案件过些日子法院要公开审判,具体情况今天就不讲了。李富臣虽然是咎由自取,但仍然说明市委在抓反腐倡廉方面心慈手软,方法欠缺,工作不扎实不细致,当然主要责任在我,起码是有眼无珠,用人不当!李富臣从当镇长到交通局长,都是我和他谈过话后在常委会上拍板定职的。以前也有人反映过李富臣有急功近利、好大喜功的毛病,说他在任乡镇长期间就喜欢插手私营企业,私下兼着好几个私营企业的名誉顾问,我和其他领导都以为他只是贪功而已,没有做过详细的全面考察,因而没有及时识破他的庐山真面目,严格地讲,是一种失职行为。"

王志辉的严词自责,引起与会者的同情,七嘴八舌地为市委书记鸣不平,刘存义习惯地一挥大手说:"天作孽还犹可,自作孽不可活!李富臣是个小爬虫,是变色龙,是个地地道道的伪君子!他蒙骗了一大批人,曾连续五年被评为模范干部和优秀党员。"

刘存义接着说道:"每个人都要记着这样一个事实,人生只有彩排,没有回放,每一件事都是现场直播。人生要犯很多错误,几乎与错误并行,有的错误可以经常犯,改了就好;有的错误一次都不能犯,犯了就会一失足成千古恨。所以说,做任何事情都要权衡利弊,反复思考,三思而行,行必有方。也就是说,福祸无门,唯人自招,同志们千万不可掉以轻心!"

王志辉很有感触地说:"刘市长的话可谓是金玉良言,字字珠玉,希望在座各位仔细领悟,身体力行。今天,各部局各乡镇的负责同志都来了,韩塬市今后的工作如何上台阶,重担全在各位肩上。兵熊熊一个,将熊熊一窝,一个部局一个乡镇一个村子的工作搞好搞不好,关键在于各级领导。去年在这儿召开的县常委扩大会上,柴俊虎同志说过,火车跑得快,全凭车头带,这句话永远不会过时,我亦有同感,希望大家不要忘了这句话。因为都是各级领导,我和刘市长一人准备了一个话题作为临别赠言。李富臣的丑恶面目暴露之后,我由此及彼思考了很多问题,并查阅了很多资料,为自己也为大家查出了一个很有价值的为官之道和做人之道,这套资料权且称为'清官谱'吧,今天和盘托出,与诸君共勉。自古以来,人民群众最喜爱清官,清官不贪财,不枉法,心底无私天地宽么。宋朝的包拯是人所共知的大清官,从不贪赃枉法,铁面无私,不收受任何人的礼物。包拯六十岁寿辰时,贴出告示严禁任何人送礼,但第一个送礼的恰恰是皇上,送礼太监看到那张告示后,灵机一动,便写了一首诗放在礼盒上一起交给包拯,诗曰:'德高望重一品卿,日夜操劳似魏徵。今日皇上把礼送,拒之门外理不通!'包拯看后呵呵一笑,也写了一首诗:'铁面无私丹心忠,做官最忌唠叨功。操劳本是分内事,拒礼为开廉洁风。'

"明朝宣德年间,兵部侍郎于谦奉旨巡抚河南,回京时两袖清风,不受丝毫礼物,满腔正气地写了一首入京诗:'绢帕蘑菇与线香,本资民用反遭殃,清风两袖朝天去,免得闾阎话短长。'有点历史知识的人都知道,兵部侍郎相当于现在的国防部副部长,他是代表皇上巡抚河南的,言出法随,生杀予夺,巴结逢迎的人自然很多,可他连一条手绢一丝线也不拿,不愿在百姓中留下坏影响。闾阎是指巷道里的门,古代二十五家为一闾。'

"明朝还有一个清官叫李太,他奉旨到福建主持科举考试,有人暗送黄金求取功名,李太写诗拒纳:'义利源头识源真,黄金难换腐儒贫。莫道暮夜无人知,怕寒乾坤有鬼神。'

"大家都看过古装戏《十五贯》吧?苏州知府况钟也是一位大清官,他严惩贪官污吏,平反冤狱,十年任满赴京考绩时写了一首诗:'检点行囊一担轻,京华望去几多程,停鞭静忆为官日,事事堪持对日盟'。因为他不贪赃不枉法,光明正大,襟怀坦白,每件事都可以让人评论。过去有句俗话说,'三年清知府,十万雪花银',况钟一连当了十年知府,所有行装一担挑,再笨的人也能想到他清廉到如何程度。大家平心静气地想一想,如果我们每个领导干部都能有况钟这种心态,老百姓能不拥戴?工作能不步步登高更上一层楼么?

"清朝道光四年,南方人蔡信芳在陕西蒲城县任知县,清正廉洁,重士爱民,兴修水利,倡导私学,为老百姓做了不少好事,却得罪了权贵,被革了职,离任前百姓成群结队拦道挽留,车马无法前行,蔡信芳十分激动地写诗相赠,'罢郡轻身回江南,不带秦川一寸棉,回看群黎终有愧,长亭一别心黯然!'蔡知县为老百姓做了好事,老百姓感恩戴德,他们心目中没有达官显贵没有皇帝老子,只有清官。上司罢免了蔡知县,他们却拦道挽留,对蔡知县来说,这是多么高的荣誉啊!听说过么?我们的一位县委书记离任是半夜三更偷偷溜走的,第二天上午有很多人拿着送瘟神的诗,点燃鞭炮为他送行!

"清朝陈最峰在山西晋州为官,他针对当时贪污受贿的情形,在衙署厅堂,也就是他办公的地方自写了一副对联,上联是:'头上有青天,做事要循天理';下联是:'眼前是瘠地,存心不刮地皮'……"

会场上鸦雀无声,与会者都在聚精会神地聆听着这堂特殊而生动的廉政课。王志辉一边念着清官们的诗词,一边逐句解释并讲述清官的故事。最后,他十分感慨地说:"以上我给大家讲解了历朝历代很多清官的诗词和故事,不知大家有何感想,我自己是感受颇深啊!有人说做清官难做贪官易,我认为难和易包含着一定的辩证法。做清官难不难?说难也难,说易亦易,关键在于你咋个想咋个做。不贪心自明,无私身自清,精神无压力,啥事干不成?做贪官就易?我看不见得,贪污受贿毕竟是见不得人见不得阳光的肮脏事,吃了人家的嘴软,拿了人家的手短,贪污了公款,整天提心吊胆。收受了别人的贿赂,就成了人家手中的猴子屁股后边的狗,终究要落个身败名裂!钱是身外之物,生不带来,死不带去,名节却不能带进棺材,名节为重,人格要紧啊!我在韩塬工作、生活了十年,对韩塬有了很深的感情,尤其是凤凰坪的事业,更将会使我魂牵梦萦,我以后会常回来看看的。希望大家以历朝历代清官为楷模,以焦裕禄和孔繁森同志为榜样,洁身自好,廉洁奉公,同心协力,众志成城,力争在新的世纪之初把韩塬市推入十佳县市之列!"

会场上一片沉寂,参加会议的每一个人都受到了震撼,每一个人的心里都在翻江倒海。谷志清更是别有一番滋味在心头,他觉得听了王志辉这堂反腐倡廉课,胜读十年书,他衷心感谢王志辉能在离任前召开这么个常委扩大会,对他日后工作所起到的作用是无法估量的。谷志清用目光扫视着人群,忽然情不自禁地站起身来,使劲鼓起掌来,随即,一阵热烈的掌声骤然而起。

常委扩大会的效果比预想中要好得多,潘建安脸上每个褶子里都荡漾着无限欢悦,平常看上去总是有些发黄的瘦脸上忽然容光焕发,难得一笑的脸面上充满了盈盈笑意。他对王志辉的思想意识、工作作风和为人处世,比其他人更多了一层了解。他十分敬重这位比他小六岁的领导,跟他干工作无须有任何顾忌,舒心,惬意,能放开手脚。自从得到王志辉要调走的消息,他心里就有了一种失落感,刚才柴俊虎的突然失态,更加添重了他的惜别之情,他决定会后和柴俊虎好好谈谈心,共同调整一下情绪。潘建安等掌声平静下来,小声和谷志清交换了一下意见,亮着嗓门说:"感谢王书记给我们上了一堂十分生动十分有意义的反腐倡廉课,希望大家经常回味,仔细领会,对我们今后的为人和工作都是大有裨益的。下边请刘市长讲话!"

刘存义挥挥大手,制止了热烈的掌声:"刚才王书记讲了,既然是赠言,就得有点意义。王书记查阅了很多资料,以历朝历代的清官为楷模,要求所有领导干部以史为镜,更新观念,树立正气,这个赠言有分量,有意义,我自己是受益匪浅。我给大家的赠言是什么呢?要说的话和该说的话,已经在各种场合讲得不少了,今天借着王书记这个话题,谈谈我个人的感想和看法,我只给大家提一个建议:没事经常去火葬场看看!"

刘存义语惊四座，与会者全都愣住了，莫名其妙的目光一齐射向刘存义。刘存义用炯炯有神的目光扫视着会场说："是的，常去火葬场看看大有收益。在火葬场，看着死者静卧在鲜花簇拥的灵床上，内心除了对死者的哀痛，对死者亲属的同情外，还会陡然产生出超然的通达和无欲的空灵，也就不难悟出这么一个道理：人啊，不论当多大的官最终都得退休；无论活多大岁数，最终都要死亡，这是自然法则；有多大的财富，死后也只能是两手空空地躺进棺材。为了名和利，处心积虑，钩心斗角，劳神费力，身心疲惫，值不值呀？平淡地活着，没有显赫，没关系；清贫地活着，没有荣华富贵，无所谓。大厦千间，只眠一躯；山珍海味，只求一饱，猴头燕窝不一定就比苞谷面小米粥的维生素多！凤凰坪有位老奶奶今年一百零二岁了，至今没有吃过猴头燕窝，粗菜淡饭养了个壮身子。俊虎，是不是这样？"

柴俊虎应声答道："是这样，论辈分我该称她为老奶，她老人家一辈子只出过两次山，一次是解放那年进城看热闹，一次是大炼钢铁那年，在山外炼过半个多月的钢铁，现在还能做些养鸡喂兔的家务活。"

刘存义说："有时间的话，各位可以去看望看望这位老寿星，长一点见识，多一份启迪，这就是人们常说的'高官不如高富，高富不如高兴，高兴不如高寿'。想通了这些道理，就可以平心静气，与世无争，豁达乐观，笑傲人生。这样，你可能是物质上的贫民，但你更是精神上的富翁。同志们，不要以为这是看破红尘，更不要以为这是消极的人生。这不是佛家的无欲，不是道家的空灵，不是四大皆空，不是六根清净，都不是，是一种境界，一种精神，一种领悟。道理很简单么，有了这种境界，这种精神，这种领悟，就无须和人争权夺利，钩心斗角，就没有了私心杂念，那么，就剩下了全心全意地为人民服务，全力以赴地努力工作，如此这般，当不了清官干不好工作是绝无此理！

"同志们，福祸无门，唯人自招，我们可以反观现实，一些人是物欲横流，官欲极盛，尔虞我诈，坑蒙拐骗，贪污受贿，敲诈勒索，这样的人其实很笨很蠢，根本不懂'多行不义必自毙'这个道理。世上没有不透风的墙，雪里埋人能长久么？在社会主义条件下，个人主义私欲膨胀，无所忌惮地与党纪国法对抗，无疑是等于慢性自杀，是玩火自焚，这是一种对个人，对亲友，对家庭，对社会，对生命极不负责任的愚蠢行为！毛泽东主席曾引用过汉太史公司马迁的一句话，'人固有一死，或轻于鸿毛，或重于泰山，为人民利益而死，就是重于泰山'。联系到包拯、于谦、况钟那些清官廉吏，对照我们自己，多领悟一些人生哲理，多做一些造福一方的好事，你才会得到人民群众的爱戴，才会活得充实，活得有意义有价值。我的感觉是，从某种角度上讲，去一次火葬场，就是一次对精神的升华，所以，我给大家的临别赠言归根结底一句话：常去火葬场看看！"

和刚才一样，会场上又是一片寂静，许久许久，没有一个人说话。从远处不时传来牛羊"哞哞""咩咩"的叫声，竟是那么清晰，那么悦耳……

柴二狗捉奸

列车正点进站,柴二狗头一个走下卧铺车厢,把从四川请来的厨师和堂倌扶下阶梯,领着客人匆匆向出站口奔去。正值华灯初上之际,韩塬火车站灯火辉煌,车水马龙,广场四周停满了前来接站的各种车辆,旅客们前拥后挤地往外拥,司乘人员和接站的人们争先恐后地往前迎,熙熙攘攘,声浪喧腾,车站广场顿时热闹起来了。

晚间没有通往青龙川的公共汽车,柴二狗干着急没有办法,只好就近住进铁路招待所,他心中有事,安排好两位客人,就急匆匆地跑出招待所,拦了一辆出租车,心急火燎地向花店赶去。

在韩塬县城最繁华的状元街中段,新开了一个规模很大的花店,供应各种花卉也供应各种苗木。花店的前身是夜总会,红红火火地热闹了两年多便由盛到衰,最后偃旗息鼓停止营业。工商局局长孙健恩不肯放过这个好机会,自作主张为凤凰坪租下了这座总面积近五百平方米的街面房。柴俊虎闻讯赶来,一眼就相中了这个很有发展前景的黄金地段,高兴万分,连声称谢,孙健恩颇为得意地打趣:"谢啥?我是毛遂自荐要了一顶顾问的乌纱帽,能顾上的事不积极主动去办,要是让你柴董事长撤职查办了咋办?不是自讨没趣么?"

凤凰坪在五一节那天搞了一次花卉苗木大展销,花店同日开张,锣鼓喧天人欢马叫地着实热闹了一阵子,几乎成了家喻户晓的新鲜事,出租车司机自然是驾轻道熟,不用柴二狗费心打听,径直把车开到了花店门前。柴二狗走出车门抬头望去,顿觉眼前一亮,嚯,好大的气派,张灯结彩的大门两旁悬着两个硕大的大红灯笼,门框上是几串五颜六色的霓虹灯,明明灭灭闪闪烁烁地犹似一条流动着的彩河,流光溢彩,幻若仙境,一块铝合金制的牌匾上,赫然写着"凤凰坪农工商贸总公司苗木花卉经销中心"字样,虽然是晚上9点多了,花店里仍然是人来人往川流不息。柴二狗打发走出租车司机,迈步进入花店,两名身披彩带的女郎笑盈盈地迎上来说:"您好,欢迎光临!"

柴二狗吓了一跳,凤凰坪的人进凤凰坪的花店,反倒成了顾客,这是哪儿跟哪儿呀?他稍稍怔了一下问:"这是凤凰坪的花店么?"两位女郎异口同声:"就是的,请问先生是买花还是联系业务?"

柴二狗摆出一副主人气派,居高临下地问道:"田春山和柳翠香哪个在?"

两位女郎有些诧异地望了望柴二狗,一位个头稍高的女郎彬彬有礼地说:"先生请稍等,我马上报告经理。"说着,款步走到放在墙角的电话机前,抓起耳机:"田经理,有位客人要见您,是请他上去还是您下来?"

柴二狗没等女郎讲完,走过来接过耳机大咧咧地说:"田春山,你小子好大的架子啊,能批准我上楼么?"

耳机里传来一阵哈哈大笑,随即,田春山和柳翠香咚咚咚跑下楼梯,十分惊喜地说:"这么快就从四川回来咧?快上楼!"

花店里真正是花的世界,几十种花卉按照品种、颜色、形状和大小,错落有致地排列成立体图案,五彩缤纷,绚丽夺目,令人有一种超然于尘世的清新之感。柴二狗在田春山和柳翠香的引导下,小心翼翼地穿过花丛拾级而上,来到了设在二楼的办公室,柳翠香问柴二狗:"是喝茶水还是吃西瓜?"

柴二狗很是诧异:"是新下来的西瓜?"

柳翠香笑道:"你以为是上世纪的?大棚的西瓜和香瓜早就上市咧!"

柴二狗忙说:"西瓜的米西,快快的!"

田春山问二狗:"你去四川才二十多天,咋回来得恁快?学到做川菜的技艺咧?"

柴二狗从盘里拿起一块西瓜,三两口就啃得只剩下薄薄的瓜皮,连瓜子都吞咽了。他抹抹嘴巴:"厨师就那么好学?三两个月能学个狗屁!如今这年代么,办啥事都得出奇才能制胜,我请来一位名厨和一位身怀绝技的堂倌,搭起舞台就能唱戏,准能一炮而红!"

田春山笑了:"千里迢迢去成都,就请了一个堂倌,还身怀绝技呢!"

柴二狗正儿八经地说:"你可别小看那个堂倌,真的是身怀绝技,别说在咱韩塬县,恐怕整个陕西省也找不出第二个。那天饭店经理请我吃饭,一声'上茶',那位小个子堂倌一手捧着几个茶碗,一手提着长嘴茶壶,站在餐桌一米远的地方,咣啷啷把茶具扔在每位客人面前,随即抖动手腕,居高临下喷射出一股水柱,逐个注入茶碗,竟是滴水不洒,紧接着一阵咣啷啷的轻声响动,所有茶碗都捂上盖子,一系列动作几乎是一气呵成,你说这是不是身怀绝技?"

柳翠香咯咯咯地一阵娇笑:"柴二官人,你是说书呢还是在说梦话?吹牛不上税呀!"

柴二狗白了柳翠香一眼,不屑地说:"啥,我柴二吹牛?哪天让你亲眼目睹一下,看我柴二官人是不是吹牛说梦话。"

田春山问柴二狗:"搞川菜馆是总公司经营还是由私人承包?"田春山出任花卉苗木经销站经理,工资待遇实行效益挂钩,还没有签约,柴俊虎要他两口子先试干几个月,然后再按照实际情况和总公司签订承包合同,他想听听柴二狗的想法。

柴二狗狼吞虎咽地吃掉大半个西瓜,看看手表有些着急:"那些婆婆妈妈的事,三言两语说不清,改日再说,我有急事要办,把摩托给我。"

田春山顺手取过摩托钥匙:"啥事这么急?明天办不行么?"

柴二狗含糊其词地说了句"明天就来不及咧",便接过钥匙下了楼。田春山帮着把摩托推出后门,柴二狗一边发动摩托一边说:"今天晚上不要等我,明天上午我再来。"说罢加大油门急驰而去。

月明星朗之夜,即便是不开车灯也能看清路面,柴二狗本来就爱驾车飞驰,此刻心中有事,加之国道车少人稀,更是心急车快,他把控制油门的手把拧到极限,摩托像一匹发了疯的野马,挟裹着一阵疾风向前狂奔。拐进川道,路窄弯多,柴二狗仗着路熟车技高,仍是高速行驶,他恨不能一步跨进家门,弄清既不愿是真而又无法解开疑团的"情变"。

柴二狗疑心生暗鬼,忽然怀疑爱妻有了外遇而导致"情变"。原因很简单,任凭他婚前婚后不分昼夜地加班加点胡折腾,兰花的肚皮总是鼓不起来,而且越来越厌烦干那事。无论婚前婚后,两人都是合盖一床被子,共枕一个枕头,兰花总是偎在他怀中两人紧紧搂抱着睡觉,可自那次服装模特表演以后,兰花有了明显变化,先是说下面发痒发疼不舒服,对那事儿没了兴趣,后来又说俩人合盖一床被子睡不实在,硬是另盖了一床被子。更有甚者,在和柴二狗做爱过程中,不像以前那样呻吟着呼喊着热烈配合,而是木头般地平躺着没有任何反应,柴二狗气恼地说:"花儿你是木头呀,这么个穷折腾有啥意思?还不如买二斤猪肉挖个窟窿也能泻火!"兰花说那你去买猪肉好了,在我身上胡折腾啥呢?后来,他用手抚摸兰花的肚皮和乳房她也烦。

柴二狗坐立不安了,嘴里骂着娘希匹,脑子里翻江倒海推测、分析兰花突然发生"情变"的原因。推测来分析去,他断定兰花有了外遇或者早就有了情夫!这个奇怪的念头在他脑海里定格了,挥不去抹不掉,他就按这个思路顺蔓摸瓜过筛子排队,看到底谁是兰花的情夫!张家坪就那么十来个二十多岁的小伙儿,柴二狗全认得,兰花当姑娘时能和谁好?娘希匹,以前咋就没留心这号事?兰花参加了服装模特演出后,熟人忽然多起来了,她每次去买菜去购物,总有不少年轻人主动向她打招呼献殷勤,争着和兰花说话开玩笑,娘希匹,一定是哪个小白脸勾引了兰花!对可能是兰花的情夫和能勾引兰花的人,柴二狗在脑海中排了队,逐一筛选,哪个都像哪个都不像,想得这个二百五脑袋发胀,还是想不出个子丑寅卯来,气得他直骂娘希匹。

随着乡政府的搬迁和养殖中心的扩大,凤凰坪越来越热闹了,原来靠近大路那条比较冷清的巷道成了商业街,如雨后春笋般忽然冒出了二十多家饭店、商店和各式各样的摊点,卖啥的都有,就是没有一家经营川菜的餐馆。人们进入了火辣辣的时代,连胃口也变得火辣辣的了,普遍都喜爱吃川菜吃火锅,火锅城川菜馆应运而生,到处都是川菜馆火锅城,懂不懂得川菜和火锅,也敢挂个"正宗川菜""重庆火锅"的招牌,无论啥菜多放辣椒多放花椒就成了川菜。为了表示正宗,没去过四川的老板也敢冒充四川人,开口闭口都是"格老子""干啥子"和"龟儿子"。柴俊虎接受了林森和石磊几个人的建议,决定在改建后的餐饮楼上开设川菜和火锅,柴二狗自告奋勇到四川去学艺,他以前在城里打工当过火头军,有做饭炒菜的基础,他振振有词:凤凰坪毕竟是凤凰坪,干啥都不能有丝毫掺假,川菜馆不经营地地道道的正宗川菜,那不是挂羊头卖狗肉么?不是有损凤凰坪的名声么?柴俊虎同意了柴二狗的请求,派他去四川成都学艺,那儿有贾景堂好几位战友,熟人好办事。

柴二狗是带着满腹疑窦南下四川的。这个活宝花花肠子多,为了掌握兰花有外遇的真凭实据,在枕边和床垫下都放了暗记,他知道兰花把情夫引进门太容易了,母亲半哑耳朵背,一个加强连在院里跑步也听不见,她能盯住兰花的行踪么?日有所思,夜有所梦,柴二狗到成都后,三天两头梦见兰花抱着情夫在炕上翻来滚去,一会儿是张三一会儿是李四,模模糊糊地总也辨认不清到底是谁。柴二狗在成都待了二十多天,实在待不下去了,又想出了一个奇招。正好贾景堂的战友是一家星级大饭店的总经理,按照柴二狗的要求,为他聘请了一位名厨和一位身怀绝技的堂倌。

心急车快,近五十公里的路,只用了一个小时,晚上10点半学校打熄灯铃,柴二狗是在铃声响起时进村的。为了不惊动任何人,他关灯熄火,推着摩托绕道来到家门口,隐在树荫下定了定神,像做贼似的爬上墙头,盯着他和兰花住的窑洞观察了一会儿,悄无声息溜下墙头,蹑手蹑脚地来到窗前,凝神敛气竖耳聆听。

屋里传来一阵响声,好像是有人在炕上滚动,随即传来兰花的呻吟。轻微的呻吟声,在柴二狗的耳边犹如一声惊雷,担心的事果不其然发生了,张兰花正在和情夫颠鸾倒凤,正在如鱼得水般的快活,这种声音他听惯了,只有在充分享受爱欲时才有这种呻吟。柴二狗浑身冒火,从腰中抽出一条细尼龙绳,抬起脚刚要踹门,忽然又听见一声沉重的呻吟。娘希匹,这种呻吟声咋变了调,好像十分痛苦,柴二狗愣住了。

"啪嗒"一声,电灯被拉亮了,有人起身下炕,随后就是一阵踢踢踏踏的脚步声和暖瓶倒水声。柴二狗的疑心又增重了,娘希匹,干那事出了大汗得喝水补充呢!捉贼捉赃,捉奸捉双,得看清野汉子是谁,是大块头还是小个子,知己知彼百战不殆么。柴二狗用舌尖舔破窗户纸贴眼望去,蓦然惊呆了,只见张兰花一手抱着肚子,一手端着茶杯,缓慢地越过炕头,把两片药往口里塞,她脸色惨白,眼角有两行泪渍,显而易见是病了,病得不轻,柴二狗情急之下脱口喊道:"花儿!花儿……"

张兰花挣扎着拉开门,满脸惊喜:"二狗,你可回来咧?咋半夜三更才到家?晚上还有班车?得是哪个领导的车送你回来的?"

张兰花连珠炮般的问话,把柴二狗问得浑身冒汗,张口结舌地说不出话来。张兰花很快弄清了柴二狗的"捉奸行动",一下子气昏了头,伸手打了柴二狗两个耳光,咬紧牙关跟跟跄跄跑出了门。

柴二狗明白这回事闹大了,急忙追了出去,他深知兰花的脾性,硬拦只能招来哭喊怒骂和耳光。娘希匹,丢人丢定了,千万不敢在稠人广众前丢人现眼,知道这件事的人越少越好,巷道人多,屋里人少,家庭矛盾最好在屋里和平解决,他晓得兰花要去哪儿,悄悄尾随其后。果然不出所料,张兰花敲响了柴俊虎家的门环,随即就传来高秀月和张兰花一问一答的说话声。柴二狗挠了挠头皮，扭头向田根年家跑去，他害怕柴俊虎动怒，只好去搬救兵。

半年前在"风流寡妇"白雪莲家曾发生过的场面又重现了，柴俊虎和田根年并肩坐在沙发上，张兰花伏在高秀月怀里哭泣，柴二狗光着上身，脊背上捆着一节碗口粗的木头跪在地上，诚惶诚恐地听着俊虎妈的数落。活宝仿效大将军廉颇负荆请罪的故事，寻了一根碗口粗一米长的木头捆在身上。他的鬼点子多，防打能力强，恁粗的木头一只手握不住，柴俊虎能双手抱着木头把他往死里砸么？要是换上一根细木棍，这位堂兄真的发了虎威，不把他打个皮开肉绽血溅公堂才怪呢。

俊虎妈狠狠数落了柴二狗一顿，她惦记着小宝，站在门口以本家大妈的身份对俊虎说："把这不争气的东西给我往死里打！花儿这么好的媳妇，让你气成啥样咧？以后再敢欺负她惹她生气，小心我剥了你的皮！"

柴二狗听着大妈的责骂，口中唯唯诺诺，心里偷偷直乐，他明白大妈是明骂暗帮忙，意思很明显，要柴俊虎责骂他几句就行了，让他把兰花请回去好好过日子。他生怕大妈不在场自己要吃亏，慌忙顺着大妈的话音说："花儿花儿，你和我这个狗人见啥怪呢？人常说天上下雨地下流，小两口打架不记仇，白天吃的一锅饭，晚上枕的一个枕头。你打了我两个耳光，我不记仇，咱俩赶紧回家吧，你看把大妈、俊虎哥、秀月姐还有老支书气成啥样咧！"

活宝一席洋相话，把在场的人全逗乐了，都使劲憋着，俊虎妈怕笑出声来，转身捂着嘴回她屋里去了。田根年嘲笑柴二狗："二狗，你身上背了那么粗一根木头，得是让我们两个人抬着木头打你？"

柴二狗说："嫌粗不好拿，下次换根细棍子。"

田根年和高秀月都被逗笑了，柴俊虎面似沉水："打你这号货臭手，二十大几的人咧，咋总是没长进，尽做些见不得人的狗事！两条路由你选，一是上斗私纠风会接受大家的批评教育，二是向兰花赔礼道歉写出保证书。"

柴二狗刚要表态，张兰花气冲冲地说："我不和他过咧，离婚算了！"

柴二狗脱口嚷道："花儿你胡说啥些，小二狗还没出世，咋能让他没有妈妈呢？"

屋里人全被逗笑了，高秀月批评柴二狗："兰花儿生病一个多月了，你啥时候关心过？啥时候过问过？她病成这样，为了支持你的工作，自个儿咬紧牙硬撑，里里外外啥活都干，你不体谅她，反而疑心生暗鬼地污辱人格，你的良心得是让狗吃咧！"

柴二狗听了高秀月一番话，浑身又冒出了一层冷汗，惊慌失措地说："我立马用摩托送花儿去县医院！"

高秀月瞪了柴二狗一眼，嗔怪地说："这么长时间了你不闻不问，现在雨后送伞赶啥趟呢！"她扭身对柴俊虎："兰花可能是宫外孕，这号病不敢耽搁，你给司机说一声，用村上的车送兰花去县医院，越快越好！"

张兰花的病因很快就查清,果然是宫外孕,要是再晚些日子,会有生命危险。在高秀月和护士张丽的配合下,张兰花很顺利地做了手术,被安排在一个单间病室治疗。柴二狗目睹和经历了检查、动手术以及治疗的全过程,全面了解了宫外孕的形成原因和严重后果,吓得他惊魂失魄直放冷屁,兰花要真的有个三长两短,他除过上吊投河还能有第二条路可走吗?柴二狗干的傻事错事太多了,唯有这个"捉奸事件"对他的教育最大,够得上刻骨铭心触及灵魂。为了立功赎罪,他寸步不离地护理着兰花,无微不至地照顾着兰花,生着法儿逗兰花乐。张兰花记恨柴二狗的下流做派,一直紧绷着脸不理不睬,弄得这个二百五终日惶惶不安。高秀月安顿好张兰花要回凤凰坪,趁着护士张丽送高秀月下楼的机会,柴二狗关上病房门,"咕咚"一声跪在张兰花床前说:"我的心肝宝贝花儿,你老公真不是个好东西,竟敢惹他最心爱的花儿生气,不是欠打是啥?本来应该让你再扇他一顿耳光,怕污了你的贵手,让我替你出出气,权当让你听音乐哩!"说罢,就抡起双手左右开弓,噼里啪啦地打了起来。

张兰花以为这个活宝又是拍打着屁股和她闹着玩,侧身而睡不予理睬,柴二狗和她开过好几次这样的玩笑了。听着听着觉得响声不大对头,扭头一看大吃一惊,不由自主地喊道:"二狗,你这是干啥呀?"

柴二狗没有停下手,一边自打耳光一边苦笑着说:"花儿,这种音乐好听么?我再给你来个高八度的!"说着高扬巴掌"叭"地来了一个十分响亮的耳光,疼得他眼冒金花直吸冷气。

张兰花定睛望去,柴二狗的脸又红又肿像猴屁股似的已经变了形。她一骨碌爬起来,拨开柴二狗的手,心疼万分地抚摸着柴二狗的脸哭道:"二狗,你疯咧,看把脸打成啥样了!"

柴二狗怕张兰花挣了伤口,急忙扶着张兰花躺好,用舌头舔着她脸上的泪水,张兰花双手捧着柴二狗的脸说:"傻货,轻轻打两下就行了么,咋能这么自己折磨自己,你不嫌疼我还心疼呢!"

柴二狗动了感情,抱住张兰花放声大哭,张兰花一把捂住他的嘴巴说:"不要哭,你以为是在咱们家呀,小心让别人听见了笑话。"

张兰花稍一用力挣了伤口,不由"哎哟"了一声,吓得柴二狗头冒冷汗,慌慌张张地要去叫医生,张兰花说:"没事,静静躺一会儿就好咧。"

柴二狗刚刚服侍张兰花躺好,护士张丽哼着流行歌曲推开门,她一见柴二狗就大惊小怪地嚷道:"你的脸咋成了猴屁股?"

柴二狗忙用双手捂脸:"没事没事,吃药过敏,痒得不行,自个儿打的。"

张丽乐了:"吃药过敏让医生看看,或者吃两片息斯敏就行了么,咋能把脸打成这样?你真舍得出力,你以为是打牛屁股呀?"

柴二狗嘻嘻哈哈:"胖子想瘦,瘦子想胖,胖人可以吃减肥药,瘦人咋办?只好打肿脸充胖子么,我这是为瘦人变胖做试验呢。"

张丽笑弯了腰,直喊肚子疼,张兰花也咯儿咯儿地笑。张丽好不容易止住笑:"马主任要见你说件事,你这副尊容能见人么?"

柴二狗问:"哪个马主任?找我干啥?"

张丽说:"就是骨科的老主任呀,他快要退休咧,可能是想去咱们凤凰坪应聘办诊所。"张丽和田春燕、柳翠香是好朋友,自从为田春燕做新伴娘在凤凰坪住了几天后,当着凤凰坪的人总爱说"咱们凤凰坪"。

柴二狗说:"只要是咱凤凰坪的事,啥时见面都行。这副尊容咋?红光满面精神焕发么,走,咱俩现在就去见老主任。"

张丽说:"急啥?是他求咱们,又不是咱们求他,何必劳你大驾?晚上吧,灯下能遮丑,免得吓着了人家,你大小也算是凤凰坪的官,代表凤凰坪的形象呢。"

柴二狗后悔不迭:"你咋不早说?害得我白挨了一顿耳光。小张,难得你处处想着咱凤凰坪,我一定尽心尽力在凤凰坪给你找个好婆家,让你尽快来咱们凤凰坪。"张丽大大方方地说:"行啊,办成了本人有重谢呢。晚上要谈正经事,让我用热毛巾给你敷敷脸,算是提前酬谢大媒。"

马主任名叫马芮,1965年从医科大学毕业后,分配到韩塬县医院骨科,一干就是三十六年,当了十五年骨科主任,被评为副教授级的主任医师,仍然是科室主任,人们习惯称他为"老主任"。马芮是位淡泊名利埋头业务的实干家,有一套稔熟的接骨整骨技术和一套丰富的治疗经验,在民间享有盛誉。无论按资历还是技术,早就应该当上业务副院长或者院长了,可他一无此意,二是说话太直办事太认真,上上下下得罪了不少人,只能当个管理三五个人的骨科主任。大伙儿喊他老主任,他自己也喊老主任,打电话总要说一声"我是老主任",一句老主任出口,大家哈哈一笑,图个乐和。

正月十五凤凰坪进城闹社火闹花灯,平常不爱看热闹的马芮,拗不过妻子和孙女,观看了社火参与了闹花灯,一连猜中五条灯谜,得到作为奖品的五盆花卉和一套养植花卉的技术资料。植树节医院全体医护人员植树,马芮亲手栽植了凤凰坪的苗木,耳闻目睹了凤凰坪人的精神面貌和正在腾飞的事业,老主任怦然心动,此后一反常态很少下象棋,把业余时间大都用到了解凤凰坪上,曾先后三次单人独骑去凤凰坪参观考察。马芮热衷于凤凰坪的事业,更崇拜"结巴猎神"田金生的接骨和治疗跌打损伤之神技,几把野草、草根和树叶捣碎挤汁涂在患处,就能使患者短时间痊愈,比国家药厂的虎骨药酒和跌打丸神多了。

马芮见过"结巴猎神"田金生,田金生只能唱不能说,秘方也不可能随便传授,所以马芮无法接近田金生,更无法进入深山老林去辨认去采撷那些神奇的药草。

新院长是个门外汉,只会管人不懂业务,对马芮研究试制药物的要求,仍和前几任院长一样,说几句"研究研究"的官场话便束之高阁。马芮真的心灰意懒了,下决心去凤凰坪应聘,他相信那儿有他的用武之地,坚信凤愿一定能在那儿实现。柴二狗是凤凰坪的治保主任,听说和市委书记、市长都能说上话,适逢他留在医院护理爱人,马芮能失之交臂能轻易放过难遇之良机么?他听说张丽在凤凰坪颇有人缘,问张丽能不能帮忙,张丽大包大揽地说,想见凤凰坪任何人都行,要去凤凰坪应聘也可以引见。于是,马芮郑重其事地拜会了被人们称为"柴二官人"的活宝柴二狗。

  宫外孕是个小手术,无须马芮这样的高手操刀,也不属一个科室,马芮晚上来病房拜会柴二狗,顺便检查了张兰花的伤口,说了一些要注意的话,便切入了正题。柴二狗扬扬得意地说:"我那结巴哥可是位奇人啊,能从各种野兽和鸟雀的叫声中分出公母,能听懂它们的叫唤声是求偶还是觅食。就说那些能治疗跌打损伤的药草吧,也没啥神奇的,巴哥说过,有一年他误伤了一头怀孕的獐子,就把它放生了。你晓得么?猎人有三不打,离群的孤雁不打,益鸟益兽不打,怀孕的禽兽和哺乳的禽兽不打。"

  马芮点头称是:"有道理,各种行业都有自己的道德准则,猎人也有猎人的规矩,说通俗了,这就是职业道德。"

  柴二狗为他的话能引起共鸣格外高兴,忘记了他那副被打肿了的尊容,眉飞色舞地说:"我说到哪儿咧?对,就接着獐子说。獐子的后腿被打断了,你晓得么?我那巴哥嘴拙枪神,真真正正的是昼打飞鸟,夜打香头,要不咋叫'结巴猎神'呢?巴哥见那头受了伤的獐子行动不方便,怕让野狼吃了,就悄悄地跟在獐子后边,打算把它护送到窝边。可那头母獐不急着回窝,而是一瘸一跛地跑到树丛中,低下头寻来寻去寻到一种青草,它把青草嚼碎,很费力地涂在受伤的腿上,又大口大口吞吃那种青草,然后才瘸着腿回窝去咧。过了几天,巴哥又发现了那只母獐,受过伤的腿竟全好咧,巴哥心里突然开了窍,把母獐嚼吞过的那种青草薅了一大把,回到家搞研究,研究来研究去就成了神医。不过他只能治疗跌打损伤,不会开药方更不会开刀动手术。"

  马芮忙问:"那是啥草?"

  柴二狗怔了一下,讪讪地摸着肿脸:"哎呀,我也不晓得那是啥草,我们那里的野花野草上百种,有很多很多花草谁都叫不上名,八十多岁的平娃爷当了一辈子医生,也不晓得那种草叫啥名儿。"

  马芮说:"田金生是不是保密?"

  柴二狗十分自信:"啥?保密?他对任何人保密也不能哄我呀,我们可是铁哥们儿。巴哥不但认得能治疗跌打损伤的药草,还认得哪种草有麻醉作用。"

  马芮忙问:"有那样的药草?采了多少?"

  柴二狗摇摇头:"我哥没让采,我哥是谁?就是赫赫有名的柴俊虎么,我们是嫡亲的叔伯兄弟。我哥说使用麻醉药物,得向有关部门申报,上边不批准不能干,他说凤凰坪不能有任何违法乱纪行为。"

马芮越听越振奋:"我想去凤凰坪应聘,办个中草药研究所行么?"

柴二狗满口应承:"行么,咋不行呢,我们正是用人之际,热烈欢迎您来凤凰坪。"

马芮又问:"如果我要上山采药,田金生能积极配合么?"

柴二狗说:"能,一定能,我们凤凰坪有一个口号,叫'一切为了凤凰坪的事业',只要有利于凤凰坪事业的发展,每个村民都会积极配合。"

马芮掏出名片递给柴二狗:"柴主任,这是我的名片,上边有详细住址和电话号码,麻烦你和柴董事长说说,能不能约个时间见面?"

柴二狗接过名片看了看:"马主任,你的名子叫马内呀?"

张丽不禁"扑哧"一声笑了:"你睁大两眼再看看,那是个内字呀?"

柴二狗再仔细看了看:"念错咧,原来是叫马丙。"

马芮也乐了,笑呵呵地解释说:"我叫马芮,草头下面一个内外有别的内字,汉语拼音 rui,是个生冷字,不要说你不认得,去年上边来了一个检查团,带头的团长拿起我的名片翻来覆去地看了好几遍,十分奇怪地问我:'你的名字怪怪的,咋叫马肉呀'?"

几个人全乐了,张丽笑得前仰后合,张兰花也双手捂着肚子笑,柴二狗有些不好意思地说:"幸亏你对我讲清楚咧,要不以后在村里准会闹出更大的笑话呢!"

门庭家训千古风

　　随着凤凰坪农工商贸总公司的深入发展和养殖业的勃然兴起,凤凰坪的斗私纠风会、夜校活动和村歌也如火如荼,逐渐形成惯例,被范孝勤和贾景堂誉为凤凰坪的三大村粹。"瘸八"进城嫖娼的事件引起了丁贵的怀疑,及时向柴俊虎做了汇报,柴俊虎和田根年、李国强对"瘸八"进行了"三堂会审","瘸八"如实交代了他和舞厅小姐流氓鬼混的违法行为,并痛哭流涕地诉说了他的苦衷。柴俊虎的心又一次震撼了,觉得"瘸八"沦为嫖客,作为凤凰坪的领头人,自己有一份不可推卸的责任,为何只发现了"瘸八"的一技之长,让柴二狗翻山越岭地把他请回来当羊倌,就没有考虑到他为何出走呢?为何就没有想到一个年轻光棍的苦衷呢?为何没有吸取李金锁的前车之鉴呢?年轻的领头人在自责之余,联系到相继出现在一些年轻人身上的种种毛病,他真正认识到,在积极推动总公司整体工作向前发展的同时,忽略了对村民特别是对青少年的思想教育,如此下去,即使是经济效益突飞猛进上了台阶,各种违法犯罪现象也会不断发生,凤凰坪的村风和声誉也会一落千丈,后果不堪设想!柴俊虎经过一番深思熟虑,一个因地制宜抓思想工作的方案逐渐形成,他轻轻吐了一口气,拔腿向老支书家走去。

　　老教师李民贤设在村口的图书馆扩大了,他在房前搭了一个凉棚,摆了几样时鲜水果和新上市的西瓜,整天人来人往地很是热闹。李民贤的老伴是风湿腿,行走不太方便,李民贤惦记着苗圃和大棚菜的事,除过吃饭睡觉很少回家,图书馆交给老伴管理,凡来看书借书者一律茶水招待,想吃新鲜水果随时供应,给多给少只要不赔就行,反正都是从村子的塑料大棚批发来的,被人们誉为人类灵魂工程师的李民贤,能让老伴赚父老乡亲们的钱么?李民贤这天上午没有去上工,柴俊虎捎来话,说要来图书室找他有要事相商。好些日子没有和柴俊虎促膝谈心了,老教师心中怪想的,为了总公司的发展,柴俊虎整天忙得晕头转向,能专程来找他商量事,肯定是一件有关总公司整体工作的重要事情,可自己能为总公司办啥重要事情呢?李民贤一大清早就起了床,里里外外地忙活着,不停地抬起头向村里张望,盼望那个熟识的身影早点儿闯入他的眼帘。

　　李云杰搞嫁接搞出了好多名堂,连续成功地嫁接了苹果、酥梨、桃李、杏李和酸枣变大枣。今年又对"大蜜宝"西瓜和"虎皮"西瓜进行了杂交,一次成功。这种西瓜个儿不大,十分均匀,特点是皮薄无子汁甜若蜜,吃起来格外爽口,既香又甜。老教授林森美其名曰:"百果香",说这种西瓜具有所有果品的香味和甜味。"百果香"是在塑料大棚里育成的,为数不多,李民贤图书室的水果摊是特殊照顾,也只批发了几十个，没几天就卖完了。李民贤听说柴俊虎要来，把好不容易才保存的两个"百果香"拿出来，他晓得柴俊虎是个自律性很强的人，虽然是凤凰坪的领头雁，也不一定品尝过"百果香"的奇特味道。

老伴把一大碗荷包蛋和两块干馍放在小饭桌上，冲着站在路口不停举目张望的李民贤说："失魂落魄地看啥哩，你吃不吃早饭呀？"

李民贤头也不回地说："等俊虎来了一块吃。"

老伴有些好笑地数落李民贤："虎娃多忙啊，七事八事那么多事都得他操心劳神，能说来就来么？秀月和小宝她奶那么关心虎娃，都快9点咧还能没吃早饭？"

李民贤孩子气地笑了笑，坐在小饭桌前拿起筷子说："话是那么说，可我知道俊虎常常忙得顾不上吃饭，有时把午饭当早饭吃，他妈和秀月没少数落他，我总觉得他常常是空着肠子东奔西颠。"

老伴叹了口气说："为了大伙儿的事，真是难为虎娃咧。你快吃你的吧，虎娃要是真的没有吃饭，想吃啥做啥，割身上的肉我也舍得！"李民贤吃过早饭不大会儿，柴俊虎骑着摩托来到图书室前，他刚停稳车，李民贤和老伴异口同声问柴俊虎吃过早饭了没有，柴俊虎怔了一下，想了想："好像吃过咧，反正肚子饱饱的，圆圆的，要没吃饭早就咕咕叫咧！"

老两口都被柴俊虎逗乐了，手忙脚乱地沏茶水取烟，李民贤抱来两个西瓜说："俊虎，这是云杰培育出来的'百果香'，不知你品尝过了没有？我特意给你留了两个。"柴俊虎笑道："近水楼台先得月么，西瓜刚开园那天，云杰他们给林教授和石处长、秦局长送去两个，我沾光吃了两块，味道确实不错，明年要大面积种植呢，这两个西瓜叔和婶留着吃吧。"

李民贤用刀"咔嚓"一声切开大西瓜，很快分成八块，递给柴俊虎一块说："这两个西瓜不吃完你不要想离开这儿，有啥事边吃边说，无事不登三宝殿，没重要事你哪有空到这儿来？"

柴俊虎毫不客气地啃了一口西瓜说："是有要紧事和您老商量，我想利用咱们村现存的三座四合院，对全村村民特别是青少年进行一次传统教育，您老看……"

"行啊，你的意思我明白了！"老教师在这方面是心有灵犀一点通，"四合院那些门庭家训，都是来自《朱子家训》《论语》《增广贤文》，有很深刻的哲理和教育意义，我以前讲语文课经常以此为题，'文革'中还受过批判哩！俊虎，你真行啊，咋能想出这么个好主意来呢？"

柴俊虎深有感慨地说："中国文化博大精深，源远流长，孔孟之道在人们的心目中留下了深刻的印象，逐渐形成了一种观念，干啥都讲究一个理字。中国国情不同于外国，历朝历代的教育方式不一样，效果也难相同。尤其是很多青少年受到了黄色书籍和低级下流等乌七八糟的东西的侵蚀，道德观念发生了很大变化，光凭读报纸和讲大道理解决不了根本问题。好在咱们村还保存着三座四合院,有不少门庭家训,我想请您为大伙儿讲解讲解,看能不能起到一些教育作用。"

李民贤连连点头答应:"行啊,啥时候讲都行,熟路熟套,连课都不用备。"

以门庭家训进行传统教育之举,在凤凰坪的村民中引起了较大反响,上了一些岁数的老人们神气起来了,动辄就以长辈的口吻用《朱子家训》或者《增广贤文》里的话数落、教育儿孙。与此同时,夜校的课堂也增加了一门新的内容,《朱子家训》《增广贤文》以及《三字经》的一些格言,逐渐为广大青少年所接受,不少人开始懂得尊卑长幼,懂得谦让变得有礼貌了,照柴二狗的话来讲,野马头上又多了一副笼头。

市委宣传部长郭强来青龙乡检查工作,随着范孝勤和贾景堂参观了凤凰坪现存的三座四合院,聆听了李民贤讲解的门庭家训,宣传部长大受启发,认为这是一个搞传统教育的好方法,回城后立即向市委书记谷志清做了汇报,谷志清详细询问了事情的来龙去脉,怦然心动,当即召来常务副书记潘建安和市长司马兆奇,几个人一商量,便决定立即去凤凰坪参观听课,并由谷志清亲自审定了第一批参观听课的人员名单。

在离村委会不到两百米的中心地带,一并排有三座四合院,建筑精良,独具风格,环境幽雅,内涵丰富,集中国传统民居建筑文化于一体,是凤凰坪也是青龙川仅存的建筑文化遗产。经考查,这三座为柴姓人家的四合院,最早建于元至顺三年(1331年),距今已有六百多年的历史了。从碑文上可以看出,明朝永乐年间和清朝咸丰年间,柴家先后出过五位举人,先后五次进行过修缮。这三座四合院只有一座住人,房主柴选江也是一位老教师,已退休好几年了。其他两户的主人于新中国成立前分别迁居新加坡和马来西亚,两座四合院由村委会和柴选江代为看管,"文革"后县文化局每年都拨有修缮款,并挂有保护文物古迹的牌子。

下午两点多,几辆小轿车首尾相随驶进凤凰坪村,径直来到四合院前,车门开处,市委书记谷志清、市长司马兆奇、常务副书记潘建安、宣传部长郭强、文化局长冯仰山以及共青团和妇联的有关负责人纷纷走下车。柴俊虎、田根年、林森、石磊和范孝勤、贾景堂早已等候多时,山本太郎也来了,一见到谷志清和司马兆奇就笑呵呵地逗乐打趣:"二位太君的光临,远远迎接的没有,得罪大大的!"

谷志清向几位东道主摆摆手说:"都是三天两头见面的老熟人,所有客套全免了,我们是来参观听讲的,该咋个进行,俊虎你随便安排,客随主便么。"

柴俊虎把李民贤介绍给几位市领导,双方握手客套了几句,就正式参观听讲。三座四合院背靠青龙山,面朝青龙渡,巍然矗立,大有鹤立鸡群之势。高大气派、典雅精美的门楼格外引人注目,醒目的门楣题字显示着主人的身份地位和道德信仰,精美的石雕、砖雕、木雕工艺炫耀着主人的审美情趣和财富。三座四合院的门楼檐下,都悬有硕大精美的睡莲木雕,当地人称之为睡莲门楼。大门前有石雕门墩、上马石和拴马桩,门道两壁刻有八卦图形和福、禄、寿图像,屏风上到处都刻着一个大福字,据说是慈禧太后的手笔。照墙和门额、山墙上到处都刻有各种图案和各种门庭家训。老教授林森反反复复参观了四合院后,十分感慨地说:"四合院中的门庭家训更是令人茅塞顿开,受益匪浅。"市文化局局长冯仰山对这三座四合院的评价更高:"这儿是一幅中国传统民居的精卷画轴,是一个窥探黄河文化往昔的窗口,也是一个启迪人生道德观念的课堂,不可忽视的宗族文化。"

人们在柴俊虎和李民贤的引导下,参观了三座四合院的外围,随后停在左边第一家四合院门道前。李民贤依次开始讲解,他的开场白简练精彩,引人入胜:"一篇《朱子家训》流传百年,至今不衰,其在人民群众中的流传和影响,远远超过四书、五经等儒家经典。柴家先祖从中受到启发,在建造四合院时,把自己悟出的人生之道,处世之理,修身之法,养性之规,以家训的方式刻于大门庭院醒目之处,要子孙们时时研学,获得教益。一家刻家训,众皆仿习之,凤凰坪古时候的村风如何我没有做过调查研究,但小时候和青少年时候的事却是记忆犹新。从我懂事到'文革'之前,每年正月初一和八月十五,都要到这四合院瞻仰门庭家训,聆听长辈教导。我父亲生前常对我说,他从读私塾时就听老师讲过,凤凰坪连续百年村无犯法之男,亦无再婚之女,可见门庭家训对人们的影响之深和作用之大!"

李民贤吭了一下接着说:"自新中国成立以来,凤凰坪的村风一直很好,没有发生过大的刑事案件。吭,即使是在文化大革命期间,产生过几个造反派,只是敲锣打鼓地搞了一次破四旧活动,吭,不但没有搞过武斗,连架都没有打过。"

"轰隆"一声,久闭的厚门被推开了,人们随着李民贤鱼贯而入,李民贤指着照墙上雕刻的几行字说:"年代久了,字迹有些模糊,这是四句话,'傲不可长,欲不可纵,志不可满,乐不可极'。翻译成现在的话是'傲气不可滋长,欲望不能放纵,志向不能满足,私欲不宜无度'。"

四合院占地四分左右,呈长方形,四周由厅房、厢房、门房四屋围成,青砖铺墁,院中设天心石。以厅房为首,门房为足,左右厢房为双臂。厅房高大,厢房次之,与照壁合称"三脊(级)",意为主人要"连升三级",分别称为前院、中院和后院。

走进大院是一座一明两暗的大厅堂,大厅堂的左右山墙上分别雕刻着两幅家训。李民贤指着左边的家训说:"这几句话是'动莫若敬,居莫若俭,德莫若让,事莫若咨'。意思是'举止不如礼貌一些,家居不如俭朴一些,德性最好谦让谨慎,遇事最好咨询求教'。右边的几句话是'薄叶养气,去怒养性,处抑养德,守清养道'。意思是'粗米淡饭最能涵养人的身心,处事平和最能涵养人的禀性,处在困境之中才能磨炼人的品质,保守高洁的操守才能形成正确的人生观'。"

四合院由南北两座厅堂和东西两座厦房组成,北厅堂的两边墙壁上也刻着两条家训。李民贤继续讲道:"左边的几句话是'言有教,动有法,昼有为,宵有得,息有养,瞬有存'。啥意思呢？用现在的话就是'说话要有教养,举止要合规范,白天要有作为,夜思应有心得,一呼吸一眨眼都应该有所收获'。右边的几句话是'心欲小,志欲大,智欲图,行欲方,能欲多,事欲鲜'。这几句话的意思是说,处事应该小心,志向应该远大,思想应该机智庞大,行为必须方正不苟,本领越多越好,是非越少越好……"

四合院一般都有后院,是容纳厕所、猪圈、鸡舍、柴炭以及堆放杂物的地方。在通往后院夹道的门额上,刻着一个大大的"忍"字,下面是一条警语："父母遗骨重,国家法度严,圣贤千万语,一字忍为先。"

李民贤朗诵了警语,借题发挥："提起这个忍字,有这么个很生动的故事,传说清朝初年,青龙川有个名叫田豹的青年,新婚不久就随别人外出经商,一去就是两三年,他在外边赚了不少银子,十分想家,决计在八月十五中秋节那天赶回去过团圆节。田豹向老板辞工回乡,老板对田豹说,你啥都好,就是性急脾气太冲,缺乏涵养,咱们朋友一场,赠你一字防身,说罢就在田豹手臂上文了一个忍字。

"田豹告别老板,买了一匹快马,晓行夜宿,八月十五下午,按计划赶到了韩塬县城。他在南关打尖吃饭,买了很多月饼糕点和鲜果烧酒等等祭月的东西,又马不停蹄地向青龙川赶去。县城距青龙川近百里路,田豹紧赶慢赶用了三个多时辰,回到家门口已是午夜丑时,也就是现在说的凌晨1点到3点。田豹想念娇妻心切,不及叫门也怕更深夜静惊动左邻右舍,便踩着马背翻墙而入,这一翻墙入室,险些酿成一场连伤几命的惨祸！

"田豹的媳妇思念丈夫心切,常常愁眉不展,唉声叹气,妹妹心疼嫂嫂,常常女扮男装,穿着哥哥的衣裳帽靴逗嫂嫂乐,姑嫂犹如亲生姐妹。八月十五中秋节是天上月圆阖家团聚的团圆节,哥哥没回来,妹妹又穿着哥哥的衣裳,和嫂嫂扮成夫妻拜月。由于陪父母喝了一些酒,姑嫂都不胜酒力,连衣裳也未脱,便相拥着倒在炕上睡着了。田豹大步流星来到卧室前,见房门敞开,朦胧的月色中见炕上一男一女相拥而眠,不由怒从心头起,恶自胆边生,随手拔出腰刀要向炕上砍去,他刚举起刀,猛然看见了手臂上那个忍字,强压心头怒火,点亮灯盏,打算把两人叫醒审问一下,写张休书让媳妇连夜离家。结果呢？是一场皆大欢喜的大误会,一个忍字免去了一场血案。从此,青龙川很多性情急躁的人,都在手臂上文有忍字,不少人家都挂起了有忍字的条幅字画,据说,柴家四合院这个忍字就是这么来的。"

声情并茂和带有传奇色彩的故事,引起了一片掌声和赞叹声,李民贤客气地摆摆手,又领着人们参观了第二座四合院和柴选江居住的第三套四合院。三座四合院建筑格局相同,面积一样,门庭家训抬头可见,四处皆有,总计有五十六条。李民贤讲解完最后一条警句后做了总结："三座四合院的所有门庭家训,内容多为思想格言,极含生活哲理,且书法考究,雕刻精美,柴家先辈在为子孙积累物质财富的同时,苦心孤诣地为子孙后代积存了十分丰硕的精神财富，用心良苦，让人敬仰，更引人深思。正如俊虎讲的那样，如果用心研习认真领会这些门庭家训，很容易成为一个人的座右铭，会改变一个人的人生观。以上所讲难免有不到之处或有讲错的地方，敬请各位领导批评指正！"

第三座四合院的主人柴选江，在凤凰坪也算是个人物，性情耿直却不乏幽默。他的独生子也是个中学教师，很注重礼节，每次回家先向父母请安问好，然后再回卧室和爱人亲热。但自有了小宝宝以后就不一样了，一回家总是先跑到自己的卧室，抱着小宝宝亲不够爱不够。柴选江的老伴气不过，不住嘴地骂儿子忘恩负义是个白眼狼。柴选江也不相劝，老伴有一次骂儿子不孝时，柴选江像以前讲课那样，装腔作势地清了清嗓门，朗声吟道："隔窗看见儿亲孙，手拍胸膛想自身，人生自古都一样，咱爹也是和咱亲！"老伴一听颇为心动，再一细想也就一通百通了。柴选江自从写了举报信后，常常感到愧疚不安，再次写了请求恢复柴俊虎职务的联名信后，很庄重地向李有贵、田拴牢和刘凤珍宣布解散"四人帮"，读书看报养鸟抱孙子，成了他日常生活的主旋律。为了配合李民贤讲解门庭家训，他携同全家人把客人们迎进厅堂，烟茶招待，把家里保存的所有资料和物品，全部拿出来请大家观赏，诸如历代几位皇帝的圣旨、袍服、凤冠、三寸长的妇女弓鞋以及各种字画，琳琅满目，令人叹为观止。文化局长冯仰山格外亢奋，这个被人们誉为"县宝"的饱学之士，根本没有想到小小的四合院大有天地，竟有那么多内涵丰富的门庭家训。全市共有多少四合院？该有多少门庭家训和宝贵资料？综合利用将会起到什么样的社会效应？他把记录下来的门庭家训，逐条逐页整理好，小心翼翼地放进公文夹，心悦诚服地对柴俊虎说："俊虎啊，你得是熟读过《孙子兵法》？咋总是用绝招出奇制胜？"

柴俊虎憨厚地笑了笑，又挠开了头皮，他从来不爱在人前摆功显弄，李民贤为柴俊虎解围："俊虎喜欢读书看报，平常就爱记录名言警句什么的，他是从这些门庭家训中悟出了一些为人之道，认为这些门庭家训可以作为一种辅助教材，对村民特别是青少年进行教育。在讲解过程中，俊虎再三强调，要我从讲美德讲法度着手，而不是在宣扬孔孟之道。"

谷志清接口说："孔孟之道之所以流传了两千多年经久不衰，自然有它经久不衰的道理和意义。外国人信仰基督教信仰上帝，中国人信仰孔孟之道，属于一种自然信仰。啥事都有双重性，孔孟之道有它陈旧腐朽的一面，也有它积极健康的一面，有糟粕也有精华，孔孟的很多语言很多观点，都含有丰蕴的哲理，能使人受到启迪而大获收益。俊虎的想法和做法，完全正确也很有必要，这样做肯定能起到意想不到的好效果。"

潘建安显然已是深思熟虑："俊虎，能不能让党支部和共青团在进行传统观念教育的同时，搞一些调查研究，写出书面材料，为市上以后狠抓精神文明建设提供一份活教材？"

柴俊虎点头应道："行，马上照办！"

谷志清对范孝勤和贾景堂说："潘书记的意见很好，乡党委和乡政府可以配合俊虎的工作，就近抓典型不是一举两得么？司马市长你说呢？"

司马兆奇说："这确实是一件一举两得的好事，青龙乡是近水楼台先得月，只要放开手脚，一定能搞出一套有典型意义的经验来。"

党政主要领导表了态，宣传部长郭强心有灵犀一点通，脑海中的思维机器高速运转，一个如何利用门庭家训和一些名言警语进行思想教育的方案，正在紧锣密鼓的酝酿，形成。

动物王国

过了端午节,离夏至只有三四天的时间,天气越来越热,在城里,好多人家已经用起了电风扇和空调,满街满巷都飘荡着花花绿绿的各式裙子。山区比山外的气候凉爽多了,正是乱穿衣的季节,中午穿单,一早一晚就得添衣裳。"老主任"马芮是先一天赶到凤凰坪的,他只穿了一件衬衫,一大清早起来冷得身上直起鸡皮疙瘩,柴二狗把他的西服披在马芮身上说:"山区不比县城,一早一晚凉得很,你只穿一件衬衣咋行?"

马芮谢过柴二狗:"老田不会误事吧?"

柴二狗说:"结巴哥是个讲信用的人,绝对不会误事,说好9点出发,9点前准到,现在还不到8点呢。我哥一早就去了龙泉沟,他让我陪你吃早点陪你上山,晚上在我们新建的招待所给你接风洗尘。"

马芮嘴里连声说"太客气了",心里却感到热乎乎的。他事前没有打招呼,一个人乘车来到凤凰坪,在公用电话亭给柴俊虎打了个电话,柴俊虎亲自把他接到新建成的招待所,很快请来田根年、李国强、李云杰、李有贵、牛建明等几位头面人物和马芮见面,设便宴盛情款待马芮,表示热烈欢迎他来凤凰坪搞中草药研究,并请来"结巴猎神"田金生作陪。田金生本来就口吃得厉害,在那样的场合更是半天结巴不出一句话来,只是使劲点头表示积极配合,饭后约定今天上午9时出发去鹰愁崖。

早餐是在招待所吃的,为了防渴,柴二狗让厨师做了两碗八宝粥,外加一份鲜牛奶和鸡蛋。他一再劝马芮说:"老主任,你要尽量多吃多喝,去鹰愁崖来回得用大半天时间,要是不顺利的话,天黑前不一定能回来。"

马芮是城里人,从来没有进过深山老林,听了柴二狗的话,心情有些紧张了:"听说鹰愁崖那儿猛兽凶禽很多,有老虎豹子么?"

柴二狗漫不经心地说:"老虎豹子有啥了不起,有巴哥那支百发百中的猎枪和那两条勇猛无比的猎犬,啥野兽都不怕,再说,再说还有我那支猎枪呢。"

马芮十分敬佩地说:"是的是的,再凶猛的禽兽都怕猎人,你也是位神枪手吧?"

柴二狗不愿意说自己枪法不行,又不敢吹牛说自己是神枪手,含糊其词地说:"比起结巴哥还差着呢。老主任,快吃饭吧,出发的时间快到咧,我还得准备带一些食物呢。"

8点半刚过,"结巴猎神"领着"黑熊"和"花豹"来到了招待所。田金生一副猎人装束,头扎帕巾,足穿登山鞋,腰系弹药带,打着绑腿,绑腿上分别插着两把锃亮的匕首,身上交叉背着那支百发百中的猎枪和百宝箱,显得十分干练,英姿勃勃,和初次见面判若两人。那两条硕壮的猎犬形同虎豹,凶猛得令人打怵。田金生晓得马芮心怯,嬉笑着和马芮握了握手,口中轻轻打了个呼哨,"黑熊"和"花豹"像小孩儿嬉闹似的,围着马芮亲昵地摇尾撒欢。

柴二狗对马芮说:"'黑熊'和'花豹'可通人性咧,它们已经把你当作主人了,你让它们干啥就干啥,保证听话。"田金生取出一副绑腿,亲手给马芮打好,又给他在头上系了一条黑丝帕巾,让马芮换上登山鞋,并细心地检查了柴二狗要带的饮料和食物,生怕不够用。柴俊虎亲自登门拜访,给田金生讲了马芮要来凤凰坪应聘搞中草药研究的事,要田金生陪同马芮到深山老林去考察和采药,讲明研究成功后专利为他和马芮共有,一再叮咛他积极配合并绝对保证安全。田金生对柴俊虎佩服得五体投地,唯命是从,柴俊虎再三再四强调要照顾好马芮,"结巴猎神"敢有半点含糊么?

打猎组被取掉之后,"结巴猎神"很少去过深山老林,更没有去过素有动物王国之称的鹰愁崖。好久没有打猎了,"结巴猎神"的手早就痒痒得难受,在几次上山采药期间,先后几次碰见的飞禽走兽,不是益鸟就是怀崽的猞鹿和母獐,野兔、黄羊和野鸡也好像是闻风而逃了,轻易不能发现,气得"结巴猎神"朝天放空枪,放空枪也得小心谨慎,唯恐误伤了林中的猴子或珍禽,那次误伤国家二级保护动物白尾鹞的事记忆犹新,结巴心有余悸。这次陪老主任马芮去鹰愁崖,结巴暗暗高兴,期盼能碰见野狼野猪甚或豹子狗熊,为了保证马芮的绝对安全,能不动枪来真格的么?人和人打架斗殴还有个正当防卫呢!

"黑熊"和"花豹"也好久没有上山了,显得格外兴奋,一进入山林就前跳后蹿地撒着欢,一会儿钻进山林,一会儿跳沟越涧,撵得一些飞鸟和小动物乱飞乱撞,争相逃窜。马芮是生平头一回进入深山老林,既紧张又兴奋,对山林中的一切都感到神秘感到新鲜,目不暇接地东张西望,不住口地问这问那,并紧紧贴近柴二狗,不敢远离半步。柴二狗理解马芮的心情,有问必答。为了让马芮有安全感,他兴致勃勃地向马芮介绍了"结巴猎神"田金生和他父亲"猪见愁"田振山的煌煌猎史。

田金生的父亲田振山,是青龙川继柴二狗的爷爷柴黑牛之后的头等猎手。山里人自古以来就有"一猪二熊三老虎"之说,野猪最厉害,田振山特爱打野猪,一枪一个准,得了个绰号"猪见愁"。田振山是打猎世家,没有耕地,只有两孔破窑洞,靠打猎养家糊口。青龙山野物多,只要进山就不会空手而归,卖了皮货和野兽身上可以入药的骨头、器官,再加上采集一些药材,小日子过得蛮滋润。田振山生就的一副猎人身板,翻山越岭如履平地,飞崖越涧胜似猿猴,一杆猎枪使得神出鬼没,百步之内随心所欲,想打哪儿就哪儿。那年,一头凶猛硕壮的公狼咬伤了他的爱犬,他气红了眼,把那头野狼逼在石壁前的一块草坪上,先是开枪打飞野狼的左右耳,再挨个儿打断野狼的尾巴和四条腿,最后一枪击穿了野狼的脑袋。穿山越林几十年,死在田振山枪下的飞禽走兽,大的如豺狼虎豹,小的如獐雉羊兔,尤其是野猪,连他自己都弄不清大概有多少。青龙川及至县城无人不知猎手"猪见愁",纷纷传言说老虎豹子狗熊野狼等猛兽,远远望见"猪见愁"都会吓得屁滚尿流拼命逃窜。

新中国成立那年,近三十岁的田振山分到了耕地,娶了妻,田振山一边刨地一边打猎。妻子是位身强力壮的女人,能干活也能生育,扑通通一连串生了五个女儿,直到田振山四十多岁才盼来了传宗接代长牛牛的宝贝儿子。小家伙刚爬出娘胎,田振山瞧见小家伙胯间那个牛牛,高兴得险些岔了气,当下就给儿子起了个名字叫金生,发誓要为儿子挣一份家业,让金贵的儿子享一辈子荣华富贵。

田金生聪明伶俐,调皮捣蛋,不爱念书只爱玩弹弓,十多岁就随着爹上山凑热闹。他从小口吃,越大口吃得越厉害,上到初中时,口吃得半天说不出一句囫囵话,同班同学拿他耍笑取乐,其他班级的学生也生着法儿和他开玩笑,田金生实在不愿意上学了,将就着初中毕业,就子承父业当了猎手。就在田金生正式成为猎手那一年出了事,威震青龙川的头号猎手田振山被熊抓伤继而丧命!

田金生成为猎手的时候,正是"文化大革命"闹得昏天黑地的年代,老百姓十室九空,大都过着糠菜半年粮的苦日子。一个进城交售皮货的集日,田振山得到一个令人振奋的消息:有人出高价求购熊皮、熊掌和熊胆,可以预付定金。田振山心花怒放,当下就和要货人订了口头协议,并收了人家二十元定金。一头熊的皮、胆、掌价值三百多块,黑市上一斤小麦才卖两角钱,三百块钱能买一千五百斤小麦,足够全家人吃一年了,田振山能不兴高采烈能不眼红心热么?

田振山领着田金生进入山林不久,没费啥事就查到了熊的踪迹,父子俩追到北山脚下的一条山谷,只见一头高大粗壮的黑熊正在一块苞谷地里大享口福。黑熊很笨拙地用前掌后脚将一大片苞谷扳倒踩断又拢作一堆,一屁股蹲在上面,双掌抱起苞谷穗,用嘴撕开苞谷皮,狼吞虎咽地啃着刚灌浆的玉米,满嘴满脸都糊着白花花的玉米汁。田振山艺高人胆大,领着儿子悄无声息地摸到离大黑熊只有十来米远的一棵核桃树后,两杆枪同时瞄准了黑瞎子。田振山为了保证熊皮完好无缺,要瞄准黑熊心窝那堆白毛一枪毙命,让儿子亲眼领教打黑熊的诀窍。一切准备就绪,田振山伸出手,"咔嚓"一声折断了一根树枝。

有经验的猎手都晓得各种野兽的致命处,大黑熊凶猛而且皮肉厚实,打到别的部位无法置它于死地,而受了伤的黑熊是不会放过猎人的。黑熊视力很弱反应迟钝,人们称为"黑瞎子",只要听到响动,它就会站起来引颈张望,猎手只要瞄准胸脯那堆白毛,就会将黑熊一枪毙命而无损于皮毛完整。田振山经验丰富成竹在胸,在黑瞎子吃得津津有味之际,故意发出响声。

智者千虑,必有一失,久经战阵的"猪见愁"失算了。那头大黑熊显然是经过仗火的,听见响声并未站直身躯循声张望,而是丢掉玉米,两掌护住前胸勾着脑袋,一双细眯眼扫来扫去,终于发现了树后的两个身影,咆哮着直向核桃树后扑去。田振山吃惊不小，急忙扣动扳机，只听"啪"的一声，枪机空响，是一颗哑弹。田金生初生牛犊不怕虎，不管三七二十一对准黑熊开了一枪。这一枪打中了大黑熊的左肩，冒出一股血水，大黑熊发疯了，穷凶极恶地一头撞向核桃树，半抱粗的树身被拦腰撞断。再换弹药来不及了，田振山一把推开儿子，拔出匕首，顺手一扬扎进了黑熊的血盆大口，黑熊狂吼着扑倒了来不及躲避的田振山，人与兽扭成一团满坡翻滚，压平了草丛，撞断了小树，人的惨叫声和黑熊的怒吼声惊天动地。田金生已重新填装了弹药，但无法开枪，只能围着扭在一起的人和熊绕来绕去干着急。人熊滚来滚去滚到崖边，田金生来不及惊叫，田振山和大黑熊同时摔下了十几丈高的悬崖，黑熊被摔死了，田振山也受了重伤，抬回家没几天就咽了气。田金生是个犟性子，他吸取了爹的教训，苦苦研练了半年枪法，培训了"黑熊"和"花豹"两条优等猎犬，发誓要继承父亲遗志，重振山威。有志者事竟成，田金生终于成了青龙川独一无二的"结巴猎神"。

　　柴二狗绘声绘色的一番介绍，听得马芮兴致勃发，对眼前的"结巴猎神"肃然起敬，真的有了一种十足的安全感，有这样的人物保驾，再厉害的凶禽猛兽都不足担心。何况还有"黑熊"和"花豹"以及柴二狗这杆猎枪呢。马芮的疑惧心情消失殆尽，主动抢过柴二狗身上的食物包，兴致勃勃地穿行在深山密林之中。中午12点，一行人来到了鹰愁崖，还未走出丛林，就听见哗哗奔流的涧水声。马芮紧走几步举目望去，顿觉眼前一亮，对面山头上云飘雾绕，山坡上披绿戴翠，那一道道似烟似雾的溪流瀑布犹似帘卷飞飘，白纱起舞，从绚丽多彩的山花草丛中飞金溅银从空落下，在阳光的照耀下闪射出一片光辉。马芮惊叹不已，这种云雾缭绕，花艳木翠，形似世外桃源般的茫茫山林腹地，自然而然地成为飞禽走兽栖居活动的中心区域，是野生动物休养生息、繁衍子孙的理想乐园。通过柴二狗的讲解，马芮弄清了这里也是一个弱肉强食自相残杀的动物王国，羚羊、獐子、黄羊、野兔和野雉一些弱小动物，往往会成为一些凶猛野兽的"山珍海味"。马芮望着到处皆是的兽骨和残骸，心中不由升起一股凉气。

　　田金生在一个小山包上安营扎寨了，这儿树木稀疏，怪石林立，是个既好隐蔽又可以居高临下观察野物动静的好地方。三人都已又渴又饥，打开食物包就地野餐，马芮把两块五香牛肉扔给"黑熊"和"花豹"，"黑熊"和"花豹"冲着马芮摇摇尾巴，毫不客气地大口吞食起来。

　　鹰愁崖下的乱石滩十分阔野，是一处天设地造的野生动物活动场地，分布四野的疏林和草丛中，不时有各种小动物跳来蹿去，撞得树木草丛不住晃动，只有到了有凶猛野兽出没的时候，它们才会静悄悄地隐藏其中悄然不动。马芮一边不断向"黑熊"和"花豹"扔食物，一边朝乱石滩张望，好奇而紧张地期盼着大野兽的出现。柴二狗笑嘻嘻地说："老主任不要着急，好戏有的瞧。人有人的作息时间，野物有野物的活动规律。我来过好多回咧，摸清了这些家伙的习惯，它们总是像唱戏像演电影似的，一拨一拨的轮换登台亮相。我们以前每次都看见不少大家伙，但没有见过老虎、狮子和大象，可能它们是一大清早出场，也可能这儿没有老虎、狮子和大象……"

"嘘"的一声，田金生摆摆手止住了柴二狗的话，顺手指了指"黑熊"和"花豹"。"黑熊"和"花豹"已经停止了吞食，冲着山林方向发出一阵低鸣。田金生晓得有大野兽即将露面了，轻轻打了声呼哨，让"黑熊"和"花豹"安静下来。

过了不到两分钟，山林边缘的树木草丛一阵摆动，几十只野狼奔腾跳跃着从林中蹿出来，纷纷奔入疏林草丛中，袭击捕食着那些弱小的动物，霎时间血肉横飞，哀声四起，一场弱肉强食的野生动物残杀就这样发生了。马芮心惊胆寒，身上不由嗦嗦发抖，田金生拍拍马芮的肩膀，用手指指前方，马芮急忙举起望远镜顺着田金生指引的方向望去，十分清楚地看到两条瘸着腿的野狼，正在大口大口咀嚼着青草，不断地把嚼碎的青草往腿上涂抹。马芮明白，那种青草就是田金生说的接骨草。真是踏破铁鞋无觅处，得来全不费工夫，马芮没想到头一回进山，就能轻而易举地发现这种神奇的药草，而且亲眼目睹了野狼嚼药自救的全过程，他由衷地暗自喟叹："世界真是太奇妙了，中草药的事业太伟大了！"

恣意肆虐的野狼们窜出疏林草丛，伸着还在滴着血水的舌头，跳跃着奔向山涧。吃饱了，喝足了，狼群仍然不肯离去，横七竖八地蹲卧在涧边。那两头嚼草自医的野狼完成了自疗程序，抬起头来朝涧边的同类望了望，吞咽下最后一口药草，瘸着腿一前一后跑到涧边，围着狼群中那条硕壮雄伟的公狼转了两圈，一左一右紧贴公狼而卧。那头公狼显然是头狼，柴二狗和田金生早已辨认出那两条受了伤的野狼是母狼。两头母狼很可能是头狼的嫔妃，头狼伸出舌头分别舔了舔两头母狼的伤腿，粗壮的尾巴一左一右在两头母狼身上扫来扫去，看来它很宠爱它的嫔妃。

忽然，那头公狼站了起来，昂首一阵长嚎，群狼像听到命令似的，纷纷跃起，齐刷刷地站成一排，同时昂首长啸。几十头野狼的嚎叫声犹如雷声滚动，山鸣谷应，乱石滩顿时腥风骤起，杀气腾腾。不要说马芮感到心寒胆裂，就是贼大胆柴二狗也惊出了一头冷汗，下意识地抓起了他那支十打九空的猎枪。"花豹"和"黑熊"都沉不住气了，不约而同的一跃而起，四腿蹬直，腰身弓紧，只要主人稍一示意，就会如箭离弦般地冲向狼群。"黑熊"和"花豹"是经过严格训练且有实战经验的优等猎犬，没有主人的指令绝对不会随意出击，它们扭回头望着田金生，嘴里发出急迫的嘶鸣声。

"结巴猎神"毕竟是"结巴猎神"，面对如此情形，他依然无动于衷，还是那样漫不经心地吃肉干喝饮料，一副泰然自若、熟视无睹的样子。柴二狗悄声问道："巴哥，这是咋回事？得是群狼看见了咱们向咱们示威？"

田金生微微一笑摇了摇头，又剥开了一根香肠，马芮用发颤的声音说："金生，狼群会不会冲到咱们这儿来？"

田金生不能不回答马芮的问话，涨红着脸说了句："不……会！"

和严重的口吃者谈话无异于和哑巴谈话,能问出个子丑寅卯来么? 柴二狗十分着急地说:"到底是咋回事,巴哥你不能说就唱么,要是吓坏了马主任,咱咋向我哥交代呀?"

柴二狗这么一激,把田金生激急了,马主任可是柴俊虎亲自委托给他的客人呀,再说他胸怀壮志,肩负重任,不怕艰苦不惧危险来到深山老林采集中草药,是一位对凤凰坪的事业能做出贡献的科学技术人才,而且中草药的研究对自己也有利,真的让野狼惊吓出了毛病,自己担当得起么? 有脸见柴俊虎么? 他恨自己是个结巴,无法说得清道得明,想用笔谈又忘了带笔和纸,只好以唱代说了。好在田金生脑瓜灵活肚里有墨水,又是唱惯了的,他略略想了想,低声唱道:

> 野狼是个坏东西,
> 欺负软弱怕硬的。
> 两头母狼伤了腿,
> 定是虎豹咬伤的。
> 单打独斗斗不过,
> 结伙成群示威呢。
> 最多不过半小时,
> 窜进树林无踪迹!

听罢田金生的唱词,柴二狗悬吊起来的心又落到实处了,他孩子气地笑了笑对马芮说:"老主任听清了吧? 这是群狼搞游行示威活动呢,我说过有好戏看就有好戏看,群狼回到林子后,又会有其他野家伙出场亮相哩。"

马芮拭去满头冷汗,不好意思地笑了笑,又举起望远镜继续观察群狼的动静。果然如田金生所言,过了不长时间,群狼停止了嗥叫,在那头公狼的带领下,挟裹着两条腿上有伤的母狼离开涧边,在山林边缘徘徊了一会儿,就纷纷钻入丛林不见踪影了。

阔野的乱石滩上犹如刚唱罢一出紧锣密鼓的武打戏似的,骤然间静下来了,静得出奇,连从来没有身临其境过的马芮,也感到这种寂静异常,他相信了柴二狗说的野兽要轮流亮相那句话,同时也惊叹不已:大千世界,无奇不有,为大多数人无法了解的动物世界,竟和人类有相同的活动规律和组织形式。他真正领悟了老祖宗流传下来的那句俗话:"活到老经不了!"

火辣辣的太阳晒得人头上冒汗,"黑熊"和"花豹"卧在一堆灌木丛中,伸着鲜红的舌头喘粗气。柴二狗把块石头搬到靠近崖边的一棵树荫下,对马芮说:"老主任,这儿凉快,坐在树下不影响您看热闹。"

马芮感激地笑了笑,顺从地坐在那块石头上,神情专注地注视着乱石滩。群狼的肆虐和群啸让马芮受了惊吓开了眼界也吊足了瘾头,他急着想看群狼消失后又会有什么猛兽登场亮相。

也许是野狼的群啸起到了震慑作用,过了许久也无其他猛兽出现,林丛和乱石滩上仍是那样静悄悄的没有任何动静,只能听到此起彼伏的蝉鸣声。柴二狗瞌睡多,靠在树上眯着眼睛打瞌睡,时不时发出一两声短粗的鼾声。田金生不打瞌睡也不关心乱石滩上的动静,正在全神贯注地擦拭着他那杆铿明发亮的猎枪。尽管爬山涉水地跑了这么多路,马芮仍无倦意,为了不打扰田金生和柴二狗,他打算躺在草丛上休息一会儿,散发着芬芳香味的草丛,比起席梦思来别有情趣。

马芮以手为枕,仰面朝天躺在厚厚的草丛上,强迫自己闭上了眼睛,可他的心仍留神乱石滩上的动静。一阵群鸟唰啦啦的飞翔声由远及近,马芮睁眼望去,只见成百只野鸟正从头顶飞过,他还没有辨认出这是一种什么鸟雀,群鸟便从鹰愁崖头上飞过去了。

马芮想问柴二狗和田金生这是什么鸟,但很快就打消了这种念头,柴二狗睡意正浓,可能又在做啥美梦,何必打扰他呢,打扰别人的瞌睡有罪,老辈人都这么说。问田金生还不如不问,总不能啥事都让他现编现唱啊!马芮觉得有些好笑,咬咬嘴唇没有笑出声,又闭上了双眼。忽然,一阵松涛般的声音又响起来了,马芮睁眼望去,只见大群野鸟从上空飞过,密密麻麻的一大片,遮天蔽日。这群野鸟少说也有上千只,队形零乱,高低错落,振翅声和乱叫声犹似狂风怒吼。柴二狗被惊醒了,连田金生也抬头张望,马芮忙问柴二狗:"这是啥鸟啊,咋这么黑压压的一大片?"

柴二狗打了一个呵欠说:"这是灰脖雀,是大大的益鸟,听林业局的苗局长讲,一只灰脖雀一天最少要吃十五克毛毛虫,嗯?就是专吃树叶钻树身的那种毛毛虫么。苗局长说如果不是这些灰脖雀,得用几十架直升飞机洒药治虫,哪年不得几百上千万元?县上有规定,谁打死一只灰脖雀罚款一千元!"

鸟群挟裹着风声飞过了鹰愁崖,不长时间,不知又从何处冒出来一群老鹰,像打扫战场的士兵似的,很快分散开来,时而盘旋,时而俯冲,不时传出嘶叫声。一只硕大的黑鹰利箭般地俯冲下来,在小山包前的一堆草丛中抓起一只野兔凌空腾起,那只野兔的个头比黑鹰的个头还大,它拼命地蹬着腿反抗挣扎,黑鹰被拽弄得无法升高,忽然发怒了,一双利爪紧紧抓住野兔的脖子,狠命地在野兔的头上乱啄,眨眼间那只肥大的野兔就鲜血四溅,眼珠子都被啄掉了,显然已是气绝身亡,黑鹰展翅腾飞,穿云而去。其他黑鹰也连连得手,捕食了不少鸟雀,惨叫声此起彼伏,羽毛纷纷散落。这里也是鸟类世界,也是弱肉强食的生死战场!马芮看呆了,怔怔地仰望着天空出神,忽然听见"黑熊"和"花豹"嘴中发出一阵低鸣,又急忙扭头向乱石滩望去,只见几头野猪急急慌慌地从山林中闯出来,争先恐后地向河水下游跑去,不大一会儿就无踪无影了。时隔不久,一头十分雄壮的金钱豹跃出丛林,站在乱石滩上虎视眈眈地东张西望,随即又从山林中蹿出两头体形较小的金钱豹来。马芮打了个激灵,脱口喊道:"豹子!"

柴二狗听见喊声,一扭头就看见了只有一百多米远的三头金钱豹,心中一阵狂跳,急忙就地卧倒,把枪口指向豹子。田金生只是朝着三头金钱豹瞥了一眼,漫不经心地低下头继续擦拭猎枪。柴二狗望了望田金生,不好意思地笑了笑。三头金钱豹跑到涧边饮水去了,柴二狗小声对马芮说:"结巴哥不怕豹子,他爹是猎捕豹子的活武松,据说他只要对准豹子的鼻梁一拳下去,再厉害的豹子也得乖乖俯首就擒。巴哥知道这个诀窍,但他没有实践过,他有百发百中的猎枪,有'黑熊'和'花豹'这样的哮天犬,豹子近不了他的身!"

和田金生去年见到的情景相同,金钱豹窜回林中不久,两头硕大无比的黑瞎子爬出了山林,径直走到涧边,把硕大的头伸进水中使劲摇晃,看不清是饮水还是洗脑袋。田金生已停止了擦拭猎枪,抬头向涧边望了望,又顺手抓起一把土往空中一扬,测试风向,黑瞎子眼神不好嗅觉灵敏,他时时处处得为马芮的安全操心。黑瞎子不同于野猪野狼也不同于金钱豹,再高明再老练的猎手,不到万不得已,绝不会向黑瞎子开枪,田金生亲身经历过人熊恶斗,至今仍然是心有余悸。

马芮见"结巴猎神"如此小心,自然也不敢大意,他按照柴二狗的指点,趴在一堆十分茂盛的灌木丛下,举起望远镜向涧边望去。高倍望远镜把黑瞎子和人的距离,一下子拉得很近很近了,马芮甚至清楚地看到了笨家伙双掌上那层厚茧,几乎伸手可触。两头黑瞎子好像是一对情侣,紧紧挨在一起,不断用双掌往水里拍打,样子十分笨拙十分可笑。马芮不晓得黑瞎子在搞什么名堂,把望远镜递给柴二狗,柴二狗稍稍看了一下,很在行地对马芮说:"黑瞎子是在捉鱼呢。"

两头黑熊可能是没有逮住小鱼,也可能是嬉闹够了喝足了,站起身来摇摇晃晃地离开涧水,又趴下来沿着山涧向下游走去。马芮问田金生:"黑瞎子得是去追那群野猪?"

田金生摇摇头,示意马芮和柴二狗不要动,他自己领着"黑熊"和"花豹"离开小山包,跑到黑瞎子刚才停留过的地方,蹲下身子仔细观察了一阵,又回到小山包,比比画画地说:"黑……瞎子……病……病了,寻…寻…药…药去…了。"马芮高兴极了,没费什么周折,就找到了有接骨功能的野草,还能跟踪觅迹寻找有其他神奇功效的药草,多年夙愿一朝实现,能不兴高采烈能不激动万分么?他一骨碌从草丛中爬起来说:"金生,咱们得赶快去采药!"

"结巴猎神"点点头,领着马芮和柴二狗走到乱石滩,他东张张西望望,忽然举起猎枪朝空放了几枪,并示意柴二狗同样动作,与此同时,"黑熊"和"花豹"也跳跃着狂吠,枪声和犬吠声惊天动地,比野狼群啸的气势还要大。柴二狗笑嘻嘻地对发愣的马芮说:"老主任,结巴哥是向林中的野兽做警告呢,免得它们突然跑出来惊吓了你。"

距山林边缘不远处的疏林中,一片草丛被那两只伤狼撕扯得十分凌乱,许多断草残叶蔫蔫地还没有完全枯萎。有备而来的马芮,根据青草的断茬和枯叶的形状,很快就认出了令他颇感神奇的接骨草。这种形似韭菜的野草他以前没有见过,田金生也是只知其用而不知其名。马芮和柴二狗在田金生的指导下,很快就采撷了一大把,小心翼翼地用一块湿布包起来放进皮包。马芮见天色尚早,兴致勃勃地说:"咱们去山涧下游寻找药草吧,现在刚过3点半,时间完全来得及。"他刚才仔细观察了黑瞎子的粪便,粪便稀如浆汁且有脓血,黑瞎子显然病得不轻,它们结伴沿涧而下,下游肯定有能治疗肠胃病的神奇药草。

"结巴猎神"对黑瞎子心有余悸,不敢轻举妄动领着马芮去,如果真的需要,他会领着"黑熊"和"花豹"去冒这个险,即是真的和黑瞎子遭遇了,他自信不会吃亏,可是有马芮在身边,他难免顾此失彼,很容易发生意外。柴二狗没有真正经过仗火,初生牛犊不怕虎,也随声附和怂恿:"巴哥,来一回鹰愁崖不容易,再往前跑跑吧?"

田金生为了报答马芮的恩德,把马芮领向幽深的山林腹地,他晓得哪儿药材多,晓得哪儿的药草价值高,"结巴猎神"是神枪手也是山里通。山林腹地是一个阴冷的绿色世界,阴冷而潮湿,树高叶茂,到处都是蛛网般的树根和盘根错节的葛藤野蔓,光线比较灰暗,阳光从树冠的缝隙间挤进来,犹如探照灯射出的一缕缕光柱,亮处耀目,暗处更暗,地上密布着成网成团的草丛,铺着厚厚一层不知积攒了多少年的枯枝败叶,落脚下去如同踩着海绵。

这儿的药材果然不少,不用费力,很快就发现了柴胡、黄芩、当归、牵牛子、桔梗、土三七以及甘草等药材。田金生结结巴巴地说,那种有麻醉效能的迷魂草就在前边不远处。马芮欣喜若狂,面对这些色彩斑斓的奇花异草,情难自禁地嚷嚷:"这儿简直是一个中草药宝库,是真正的宝山啊!"

马芮犹如深山觅宝似的,在田金生和柴二狗的协助下,用砍刀和小铁锄东挖西刨,小竹篓很快就满了,马芮兴犹未尽,继续埋头寻觅名贵药材。拐过一堆灌木丛,忽然听见有潺潺流水声和吱吱啾啾的鸟叫声从深幽处传来。"黑熊"和"花豹"早就闻声蹿过去了,三人尾随而行,不多时便来到一条清澈的涧水边,循声望去,只见一个小瀑布银练似的垂挂在一堵峭壁上,飞玉溅银,哗哗有声。山涧边沿,数株幽兰盛开着雪白雪白的长絮花,交叉着伸在水面上,随着清澈的涧水声轻轻摆动,放射出阵阵幽香。此情此景,使马芮感到心旷神怡,真正有了流连忘返乐不思蜀之意了。

"黑熊"和"花豹"忽然发出一阵奇异的嘶鸣声,三人循声望去,不由目瞪口呆,在离瀑布不足二十米的一块巨石上,盘卧着一条银灰色的大蟒蛇,身粗如桶,头大如斗,高高昂着隆起角质的脑袋,气势汹汹地盯着"黑熊"和"花豹",铜铃般的眼睛犹如两颗绿幽幽的夜明珠,口中发出"咝咝"声响,长长的芯子急速地伸缩着,浑身骨节发出一阵"叭叭"声。

"结巴猎神"毕竟是位身经百战的优秀猎手,他晓得巨蟒要施威了,只要那巨大的身躯腾空而起,"黑熊""花豹"和三个大活人都会被吸进那张血盆大口或者被铁棒般的蛇尾打成肉泥。他暴喝一声"打",以迅雷不及掩耳之势抬手就是一枪,巨蟒的右眼睛冒起一股血花,紧接着又是一枪,子弹不偏不倚正好射入蟒蛇的血盆大口。柴二狗在紧急关头派上了用场,也连开两枪击中了蟒蛇的脖颈。田金生把膛中的枪弹全部射入蟒蛇的脑袋,喊了声"跑",就一把将马芮压倒在地,抱着马芮就地十八滚躲避在一棵大树后面,这一连串的动作,只发生在几秒钟之内。

不可一世的蟒蛇顷刻之间遭到了灭顶之灾,那粗大的身躯从巨石上高高弹起重重落下,满地翻滚着垂死挣扎,铁尾横扫,腥风席地而起,树枝碎石乱飞,几十棵碗口粗的树木被齐刷刷拦腰扫断,山涧边飞沙走石,天摇地动!

直到蟒蛇陈尸涧边停止了滚动,马芮还怔怔地没有完全清醒,田金生扶着马芮站起来,结结巴巴地问:"没……事……吧?"

马芮惊魂甫定,长长地出了一口气,摇摇头表示没有什么,他一边用手帕擦拭着满头汗水,一边心有余悸地向涧边张望。柴二狗是个贼大胆,他见巨蟒疯狂了一阵后一动也不动地躺在涧边,晓得平安无事了,跑过去围着巨蟒看了看,大声喊道:"巴哥,你跟老主任过来吧,大蟒蛇早就光荣牺牲咧!"

这条巨蟒蛇少说也有三百斤重,从角质和鳞甲的紧硬程度看,年龄在百年以上。如此怪物已成精气,张开大口可把数米外的羊只吸进它的口中,巨尾横扫可以击断树身打死牛,要是摆开阵势打斗,百十人难以取胜。弄清了蟒蛇的厉害,柴二狗后怕得直放冷屁,再也不敢大言不惭地说敢保牛羊平安无事了,天晓得深山密林中还藏有什么凶禽猛兽,它们以后将会对牛羊鸡构成多么大的威胁?

分红大会

　　青龙川水碧山青,风景秀美,无论是晴天还是阴天,白天还是黑夜,都有着不同风韵,永远都是一道亮丽的风景。春见桃,夏看柳,秋观菊,冬赏雪,月圆是诗,月缺是画;日出灿烂,日落浪漫,一年四季都是诗情画意。九九重阳,牛肥羊壮,花果飘香,正是春华秋实的金秋季节。夕阳西下,暮色苍茫,晚霞染红了半边天际,峰岚丛林披红挂彩,地处群山环抱的凤凰坪,更显娇媚更显妖娆。

　　十个多月前,也是这么个鸟雀归林、牛羊入圈的傍晚时分,县委书记王志辉和县长刘存义,徜徉在这条长满青草和野花的小道上,在那令人心潮澎湃的陕北五首民歌的感召下,商定了扶持凤凰坪的方针大计,为全县体制改革树立了一面光辉的旗帜。无独有偶,市委书记谷志清和市长司马兆奇,也是在凤凰坪招待所吃过晚饭后,相随着来到这儿散步谈心。今天是市委、市政府命名凤凰坪为全市模范村的日子,他俩要学王志辉和刘存义,借此机会来一个锦上添花,再为凤凰坪送去一股东风。村上原来决定好的,为了积极响应市委市政府的号召,今天晚上要召开有各组组长、村民代表参加的扩大会,总结改革开放二十年来的巨大变化,安排部署下一步的工作。因为遇到了这么个好日子,柴俊虎和田根年、林森、石磊、李云杰、李国强、牛建明、李有贵、丁贵、王萍几个人开了个紧急董事会,决定借着这次挂牌的机会,召开全体村民大会,提前两个月宣布分红方案,当场兑现。由于方案早就定好了,提前分红只有一个困难,就是要去银行提出大量现金,没有提前给银行打招呼,怕来不及现场发放。司马兆奇当场拨通了银行行长的电话,讲明了原因,行长满口答应,说他立即着手准备,下午5点以前派运钞车把现金送到凤凰坪。农村办事的保密性不强,上午刚决定了的事,午饭前就"泄密"了:李国强是分红方案的起草人,他回家刚从抽屉里取出早已打印好的方案,突然感到内急,顺手把方案放在茶几上,一溜烟似的跑到茅房去了。菊菊正要出门,一眼就瞅见了"分红方案"四个大字,拿起来仔细看了一遍,激动得两手打战,听到李国强的脚步声,连忙把方案放回原处,拿起两袋营养品,对丈夫说兰香快要生小孩儿了,她去看看兰香。李国强惊喜不已,说麻子老三要当爹了,明天让他请客,催促菊菊赶快去看兰香,说罢便拿着方案匆匆而去。菊菊走到巷口,碰见田二曼,连忙把这件事说给田二曼,再三叮咛保密。田二曼惊喜万分地说:"妈耶,一亩地要分五千块?还要加上出勤天数?那家家不都成万元户了么?啥,以后家家户户的油盐米面按月供应?医疗费实报实销?"随即,田二曼又讲给了柴选江,也是说这话只告诉你一个人要保密。很快,全村人都知道了分红方案的具体内容,人们奔走相告,村里到处飘荡着欢声笑语。最后一个小道消息反馈到田根年耳边时,六十多岁的老支书心潮澎湃,泪如泉涌。从他入党宣誓开始,在村里实现"共产主义"的理想,就在他的心灵深处扎了根,随着时光的流逝,那个根越扎越深,经常发酵膨胀。20世纪60年代自然灾害时期,凤凰坪和全国各地一样,家家户户都剥过树皮挖过草根,也饿死过人。作为党支部书记和村长,他不怨天不怨地,总是怨自己没能耐。多年以来,无论哪家有了困难,他总是想方设法倾力相帮。无论哪家的孩子没钱上大学,他都要东跑西颠筹集学费。改革开放后,田根年不再想实现"共产主义"了,与时俱进,又想着什么时候能让父老乡亲们集体致富,田根年做梦也不会想到,就因为柴俊虎一次无私奉献,不到两年时间,凤凰坪竟然真的集体致富了,沉淀在他内心深处的美梦终于成真了。尽管分红方案是他参与制定的,可是听到群众的议论,老支书还是忍不住泪流满面,泣不成声,这是喜极而泣,是一种骄傲自豪的宣泄。

通知8点钟开会,现在还不到7点,谷志清和司马兆奇正好利用这个空当,相互交流意见,统一思想,上任伊始,得多搞点调查研究。新官上任三把火,头一把火自然得从凤凰坪烧起,干柴易燃,谷志清和司马兆奇焉能不通此理?

高楼万丈平地起,

蟠龙卧虎高山顶,

边区的太阳红又红,

边区的太阳红又红,

咱们的领袖毛泽东……

悦耳动听的陕北民歌很容易令人动情,市委书记和市长中断了谈话,伫立路边凝神细听,谷志清听着听着勾起了歌瘾,情不自禁地跟着高音喇叭唱了起来。五首民歌从头唱到尾,字正腔圆,节节合拍,司马兆奇颇感惊叹:"没看出,你还有这么高的唱歌水平!"

谷志清说:"唱歌演戏我算是科班出身,你以为是半路出家的半桶水呀?"

司马兆奇问:"你当过演员?"

谷志清笑了:"是当过演员,但不大正宗,我在学校时就是文艺骨干,上山下乡来到韩塬的卫东公社不久,县上发现我能拉善唱,一个电话把我抽调到县上新成立的'毛泽东思想文艺宣传队',我当编剧当导演当演员,演过好几个革命样板戏呢。"司马兆奇打趣:"是不是扮演栾平、王连举和匪兵甲匪兵乙那类角色?"

谷志清哈哈大笑:"狗眼看人低,老实告诉你,我扮演过《白毛女》中的大春,《智取威虎山》里的杨子荣,《红色娘子军》中的洪长青,《沙家浜》里的……刁德一!"

两个人同时放声大笑,都感到十分开心。短短几句对话,两人的感情接近了许多,在各自的心中都有了学习王志辉和刘存义那种党政一把手同心协力干工作的决心。谷志清问司马兆奇:"你喜欢唱陕北民歌么?"

司马兆奇说:"非常喜欢听,也爱唱,但是五音不全,只能在心里暗暗唱。"

谷志清笑了笑说:"不怕五音不全,只怕没有决心唱,多唱几遍就合拍咧,啥时候有机会,我陪你到凤凰坪的两委会上去唱!"司马兆奇很自信地说:"今天晚上我就敢唱,全都是熟人,没有人笑话我也不怕谁笑话,乐乐和和图个热闹么。"

谷志清为自己和司马兆奇续了一支香烟说:"凤凰坪的夜景真美啊,咱俩是头顶一天星斗,肩扛半条银河,脚下芳草萋萋,身边流水潺潺,真是江山如此多娇,引无数英雄竞折腰啊!"

司马兆奇笑道:"行啊,你既是歌星又是诗人,今天晚上可以在会上凑一份热闹。"

谷志清摇摇头:"今晚这个会很特殊,庆祝会改为总结大会和分红大会,真的是一盘活棋一盘妙棋,既总结了改革开放二十年来的丰功伟绩,又鼓舞了士气。农民最讲现实,家家户户都能领到一万两万甚至三万多的现金,村里统一供给粮油米面,实行公费医疗,学生上学全额补助,村民们头一回尝到了甜头,能不欢欣鼓舞么?而且还办了幼儿园和敬老院,幼有所学,老有所依,不能不说是一个奇迹,须知,所有这些都是在不到两年时间实现的啊。由此看来,柴俊虎这个人真不简单。"

司马兆奇说:"你初来乍到,对俊虎不大了解,他是个难得的人才,德才兼备,重情重义,极易相处。虽然只有三十多岁,村里人都把他当成主心骨,开口闭口总是'俊虎说的',连婆媳不和小两口打架,都要说'找俊虎评理去'。他也是位有传奇色彩的人物……"

司马兆奇刚要给谷志清详细介绍柴俊虎,高音喇叭传来了李国强的声音:"开会时间马上到了,请参加会议的同志赶快进场……"

谷志清说:"赶紧走,千万不能迟到!"两人来到会场,柴俊虎迎过来说:"谷书记、司马市长,请和范书记、贾乡长到主席台前就座。"

谷志清摇头摆手:"我们坐在下边就行咧,你快去主持会议。"

柴俊虎笑道:"下面人多没座,快上主席台吧。"

谷志清笑道:"我们和大伙儿挤一挤,挤在一起热和么。"

山本太郎站在主席台上,连连向谷志清、司马兆奇和范孝勤、贾景堂招着手直嚷嚷:"快快的上台,你们的不上,我的下!"

参加会议的人全乐了,嘻嘻哈哈地热烈鼓掌,硬是用掌声把四位领导送上了主席台。

村民大会在村委会大院举行,经过精心布置,整个大院灯火辉煌,彩旗飘扬。前边摆放了两排沙发,是供七十岁以上老人坐的,沙发前的茶几上摆满了各样果品和饮料。大院里全都依次摆放了塑料凳子,一人一座。一米五高的舞台前沿,用木板搭了一个坡形,铺着红地毯,主席台也是一排桌椅,桌上放着写有入座者的姓名牌,整个会场浑然一体,充满祥和气氛。

柴俊虎和往常一样,把几位上了岁数的老人搀扶到前排,让他们坐下来,为每位老人点燃了香烟,再三嘱咐几位服务人员要招呼好几位老人。五保户快嘴五婶大大咧咧地说:"虎娃,不要操心我们咧,你快上主席台去吧,有五婶在,你放大胆讲话,心不要慌!"

快嘴五婶倚老卖老的话惹得大伙儿哈哈大笑,柴俊虎心里热乎乎的,大伙儿心里也热乎乎的。耳闻目睹此情此景的谷志清怦然心动,和司马兆奇交换了一下眼色,他开始认识了凤凰坪这位年轻的领头人。这次具有重大意义的村民大会,令凤凰坪的每一个村民都感到欢欣鼓舞,几乎都是全家出动。老人们爱听柴俊虎讲话,关心凤凰坪的事业。他们是看着柴俊虎长大的,对这位年轻的领头人有一种特殊感情,总是以长辈自居,都爱在稠人广众面前得到柴俊虎的尊重,取个心态平衡露个脸。

李国强以凤凰坪农工商贸总公司副总经理和村委会副主任的身份主持会议。他用手指弹了弹话筒说:"喂,静一静,静一静!会议正式开始,今天的会议内容有两个,一是贯彻落实市委和乡党委的决议,总结一下我们村二十年来的变化和成果。大家都知道,自去年10月份以来,我们忙着养殖中心的事,没有及时总结改革开放以来的巨变,今天借着庆祝市上命名我们凤凰坪为模范村的机会,好好总结一下。二是总结总公司前一段的工作和下一步安排,现在请俊虎讲话!"

林森、石垒、王萍、丁贵、羽田杏子挤在人群中,不愿意上主席台,他们认为自己是凤凰坪的村民,和大伙儿挤在一起多亲切啊。张凤仙的哥哥张兴泉和嫂嫂刘婷向单位请了假,星夜兼程,风尘仆仆地赶回青龙川,他俩是专程给柴俊虎报喜讯的:怙恶不悛的犯罪分子任小小,犯有拐卖妇女儿童罪、强奸罪、盗劫罪、诈骗罪、伪造公文印章罪,数罪并罚,被西安市中级人民法院依法判处死刑,剥夺政治权利终身,昨天被押赴刑场枪决。张兴泉和刘婷赶巧碰上这个非同寻常的分红大会,受到凤凰坪父老乡亲们的热诚欢迎,感慨万端地在嘉宾席就座。马玉莲也被高秀月接到凤凰坪来了,她实在没脸见凤凰坪的男女老少,推说头疼,死活不去会场。高秀月只好陪她说了很多家常话,说妈头疼就在家看电视,开完会我立即回来陪妈。随后不久,在俊虎妈和田根年的倾力周旋下,马玉莲和高宁办理了结婚手续,如愿以偿,真正实现了她那个进城享清福的美梦。小宝先是由林森抱着,后来不停地传递,到了正式开会的时候,他依偎在高秀月的怀中,右手食指习惯性地塞进口里,瞪着圆溜溜的眼睛盯着爸爸转。

好像是形成了一种惯例,只要是柴俊虎出面讲话做报告,掌声就会格外热烈,格外持久,且会伴有欢呼声和呼哨声,二狗们说这是感情掌。柴俊虎的讲话历来是简练精彩,举起事例来十分形象十分生动,无论在什么场合讲话从来都不坐着,总是站着讲,他说这是礼貌问题,乡里乡亲的,拿啥大呀?

山本太郎也喜欢听柴俊虎讲话,喜欢这种热闹场面,他十分幽默地说:"你的讲话,我的大大的喜欢,你快快地讲,你的不讲,我的讲,我的讲话,大家大大的不喜欢!"他摊开双手做了个很滑稽的动作,又是一阵哄堂大笑。

柴俊虎习惯地吹了吹话筒,意气风发地开始了十分精彩的演讲:"乡亲们,去年10月份以来,为了庆祝中华人民共和国成立五十周年,全国到处都在总结改革开放二十多年来翻天覆地的巨大变化。作为伟大祖国的一个组成部分,我们凤凰坪的变化也很大,变化到什么程度呢?德贵叔编了这么一段顺口溜做了概括性的总结:'改革开放二十年,农村旧貌变新颜,吃的是白面蒸馍臊子面,穿的是高级料子赛绸缎,住的是砖屋明闪闪,骑的是不吃草料的一溜烟'。虽然只有短短的六句话,但很形象很生动地总结了农村的巨大变化,大家说德贵叔编的顺口溜好不好?"

"好……"与会者全都鼓掌喝彩,山本太郎冲着人群中的柴德贵直竖大拇指,又用日语吩咐羽田杏子赶快记在笔记本上。

柴俊虎继续说道:"我们凤凰坪有很好的文化底蕴,被誉为文化之乡,乡言俚语比比皆是,文字亲切朴实,朗朗上口,言简意赅,是广大人民群众在生活中总结提炼出来的一种民间通俗文学。二十多年来的变化真是太大太大了,如果光用各种数字来总结,显得干巴巴的索然无味,弄不好就成了催眠曲,会把大家的瞌睡虫勾上来的。大家不要笑,就是这么个理儿。那么咋个总结二十多年的变化呢?我们几位领导搜集了一些乡言俚语,也就是民谣顺口溜,形象而生动地反映一下农村的巨变。我们按照顺序分了工,现在请老支书讲改革开放前的乡言俚语。"

田根年在掌声中走到台前,习惯地"吭、吭"两声:"改革开放之前,咱们农村是啥样子呢?吭,四十岁以上的都亲身经历过,具体的事例太多太多,多得无法比,我搜集了这几句顺口溜,给大家念念。'农民常年四季忙,一日三餐喝稀汤,小孩儿喝得光尿炕,大人喝得心发慌。茅草破屋溜光炕,破柜破箱破衣裳。三间房,两头塌,雨往锅里下,风往炕上刮,外面下大雨,屋里水哗哗,外边雨停了,里头还滴答'。吭,吭。这种情况,让年轻人听起来好像是听稀罕,可这都是千真万确的事,当然并非家家如此,也有光景比较好的,可在那么个年代,能好到哪儿去呢?嗯?请大家好好回忆一下,哪家没有吃过救济?哪家没有夹着口袋借过粮?如今呢,真正是改革春风吹醒了穷山恶水,吹绿了山川田野,广大农民真正脱贫致富咧。吭,看看咱们凤凰坪吧,到处是'青砖白灰大瓦房,玻璃门窗亮堂堂;有彩电,有音响,有煤气灶有电冰箱;自来水哗哗淌,不少家把电话装,赶集上会不用走,骑着摩托真风光'!当然,这些顺口溜不能反映具体变化,但有很生动的对比,希望有文化的同志多走走,多看看,多编些这样的乡言俚语,嗯!为党的好政策歌功颂德!"他向大伙儿鞠了一躬,在掌声中退了场。

分红大会

接着上场的是李国强,他是老三届高中生,平时爱读书爱看报纸,开口成章,讲起话来有板有眼一套一套的:"改革开放之前,吃的是大锅饭,实行集体粗放经营,生产关系很不协调,集体出勤,集体下工,干多干少一个样,干瞎干好一个样,根本无法调动积极性,上地磨洋工,回家一窝蜂。咱们村当时共有六个生产队,啥情景呢?可以这样形容,'一队的钟,二队的哨,三队的铁轨四队的号,五队的队长满村跑,六队的队长挨门叫'。有的生产队是'干部敲破钟,社员不出工';有的生产队是'干部乱点兵,社员乱哄哄,干部动动嘴,社员跑断腿。得罪了队长派重活,得罪了会计用笔戳,得罪了保管挨秤砣'。那种'大呼隆'的现象真是苦了农民,'堂堂五尺男子汉,干活不如鸡下蛋,常年四季不停干,一年到头不见钱'。在这种状况下,生产队的庄稼种不好而且无人看护管理,靠近村边的庄稼让猪、羊和鸡鸭任意糟践。当时就有这么几句顺口溜:'黑猪圈,白羊团,后边跟着机(鸡)枪连,猪拱羊啃鸡群叨,青苗没有地垄高,不长庄稼只长草,种一葫芦打半瓢'。大家想一想,如果那样的情景再延长三五年,如果没有改革开放,农村将会是啥样子?后果不堪设想啊!我们过去经常讲,翻身全靠共产党,吃水不忘打井人,农村之所以能发生翻天覆地的巨大变化,全靠党的富民政策,我们凤凰坪人要热情歌颂党的好领导,以实际行动为改革开放和西部大开发献上一份厚礼!"

两委会的领导成员,基本上都用搜集整理的乡言俚语歌颂了二十年来的巨大变化和辉煌成就。"麻子老三"李有贵是个知错就改的血性汉子,当他全面了解重新认识了柴俊虎后,就义无反顾地加入了凤凰坪的创业行列,任劳任怨,尽心竭力,很快就成了柴俊虎手下一员战将。在选举柴俊虎重新担任村主任的群众大会上,第四村民小组的群众在李国强的主持下,也开了个选举会,一致通过了让李有贵继李国强担任村民小组组长的提议,李有贵顺理成章地成了村委会成员。他没有说民谣也没有说顺口溜,只唱了两首歌,一首是《没有共产党就没有新中国》,一首是《你就是那定盘的星》。柴俊虎最后做了总结:"二十多年伟大实践,二十多年辉煌成就,彻底改变了近十亿农民的命运,广大农民精神面貌焕然一新,相当一部分农民富起来了。绝大多数农民告别了贫穷保证了温饱,过去那种'点灯不用油,耕地不用牛,楼上楼下,电灯电话'的梦想成真。目前有很多农村除过道路没有硬化和没有下水道外,其他都不比城市差,而且很多方面比城市要强得多。改革开放是从农村的联产承包责任制开始的,农民有了自主权,如鱼得水,如虎添翼,不用打钟,不用派工,早上工,天未明,晚收工,黑蒙蒙,一天当成几天用,早晚两头见星星。体制改革不长时间,就彻底改变了大集体时'大队干部村头看,公社干部骑着车子转,小队干部地头站,老实社员一身汗'的现象,改变为'大领导,小领导,有空就往地里跑,又种地,又锄草,干得少了老婆吵'的情形。实行责任制后,粮棉增高产,囤里粮食满,吃穿不再愁,银行有存款。别的村我不大了解,咱们村已经没有特困户咧,也可能是我了解得不够全面,在场的同志晓得谁家是特困户,请举手。"

人们嘻笑着东张西望,没有一个人举手,快嘴五婶嚷嚷着说:"看啥呢?俺虎娃说没有就没有,谁敢胡说八道给俺虎娃脸上抹黑,看我不扇他两个大嘴巴!"

又是一阵欢声笑语。快嘴五婶当了一辈子接生婆,是凤凰坪的一位特殊公民,凤凰坪五十岁以下的人,差不多全是由她接生的,人们都拿她当老太君看待,要是她动了气,真的扇你两巴掌你能咋?柴水生的爷爷今年七十八岁了,他接过快嘴五婶的话头说:"我活了七十八岁,受了五年罪,咋着呢?新中国成立前兵荒马乱,经常东奔西颠逃命避难。新中国成立后倒是过了好几年安稳日子,可后来又是大跃进,又是大炼钢铁,还有"文化大革命",把人折腾了个够。1962年低标准瓜菜代,饿得人头昏眼花走不稳路……"

"活神仙"平娃爷也来参加会议,他硬缠着让平娃用平板车把他拉到村委会,是柴俊虎亲自把他搀扶到前排座位上的。老爷子是凤凰坪的老寿星之一,德高望重,医术高超,是一位说话很有分量的长辈。他挥挥手打断水生爷的话:"过去的伤心事还提它干啥,不是扫大伙的兴么!我活了恁大年纪,从来没有经过近多年这么好的世道,天天大米白面,三天两头吃肉,天天都和过年过节一样。照着咱凤凰坪这副架势,芝麻开花节节高,好日子还在后头呢。虎娃说我能活一百二十岁,他是盼望我能多享几年清福。虎娃是个难得的好当家人,大伙儿跟着他准没错。我常给平娃说,你小子敢不听虎娃的话,我先扇耳光再用拐杖打!"

大伙儿都乐,拍着巴掌为老人助兴,柴俊虎冲着几位长辈笑了笑,继续说:"历史在前进,时代在发展,随着体制改革的不断深入,农村的形势也在逐步变化。中国三大村大邱庄、华西村和刘庄,都成立了集团公司,农工商贸齐头并进,为全国广大农民树立旗帜,做出了榜样,亿元村和小康村应运而生,大批涌现。我们凤凰坪也成立了农工商贸总公司,经过大家共同努力,已经初见成效,我向父老乡亲们保证,五年内一定要进入中国大村之列!"

谷志清参加过无数次各式各样的会议,从来没有经历过这种场面,他没料到柴俊虎果真有这么高的讲话水平,没料到柴俊虎有这么好的群众基础,从热烈的气氛和亲切的目光中,他看到了凤凰坪群众对柴俊虎的真挚感情。那些上了岁数的老人以长辈自居,虽然是列席的旁听者,可说起话来声音很高很随便,他们一口一个"俺虎娃",一句一个"俺虎娃咋说就咋办",听得谷志清心里好热乎。从柴俊虎身上,新任市委书记看到了凤凰坪农工商贸总公司的辉煌前景,受到了很大启迪,也真正理解了王志辉那句话:"老八路的作风回来了!"

司马兆奇觉察到了谷志清的心情,和范孝勤、贾景堂交换了一下眼神,扭过头悄声和谷志清说,"看来你也得讲几句?"

谷志清摇摇头说:"不讲了,咱俩讲得再好,也没有俊虎讲得生动,听了他们的总结,真正是受益不浅呢。会议结束后,我想和那几位来凤凰坪的应聘者开个茶话会,你看行么?"

司马兆奇点点头,征求范孝勤和贾景堂的意见,范孝勤说:"俊虎已经做了安排,会前就对我和贾乡长讲了,说要借这个机会,请谷书记、司马市长同几位应聘人员见见面,座谈座谈。"

县、乡四位领导刚统一了意见,柴俊虎就走过来请他们讲话,范孝勤讲了谷志清和司马兆奇的意见,柴俊虎笑呵呵地点点头,重新走回主席台,向大家简明扼要汇报了近期各项工作的进展情况,安排部署了下一步工作,和老支书交换了一下眼神,向侧面招招手,李云杰指挥着柴二狗、李有贵、牛建明抬着一个用红绸蒙盖着的箱子,放在舞台中心。人群顿时静了下来,全场鸦雀无声,一千多双眼睛一齐射向那个大木箱。因为箱子里装着全村人的期待,装着胜利果实。每个人似乎都看到了写着自己姓名的红包,猜想着红包里到底装着多少钱。凤凰坪的困难户比较多,入股前占到总户数的百分之三十以上,其中不少家户经常过着缺盐少醋的苦日子,真的是穷怕了。从来没有和银行打过交道的人,突然之间就腰缠万贯了,有了五位数的银行存折,能不喜出望外能不喜极而泣么?人们经常喜欢用叫花子拾黄金开心取乐,不只是调皮话,是自我安慰的一种精神寄托,更是一个魂牵梦萦的春秋大梦。风水轮流过,今年到我家。做了无计其数的美梦突然成真,人们那种狂热的心情,是用笔墨纸砚能形容得了的吗?自从听到分红的消息后,村民们心中就汹涌澎湃,一刻也没有消停过。太阳离西山头还有两竿子高的时候,人们就相继来到会场,无须通知也没有人指挥,各尽所能地帮着二狗们摆放桌椅沙发贴标语挂横幅,人人脸上挂着无法掩饰的笑容,个个怀中都是活蹦乱跳的心扉,惴惴不安地等待着那个美妙的时刻。柴俊虎走到麦克风前,朗声说道:"其实大家都知道了,今晚大会的压轴戏是季节分红。按照公司章程,每年六月份和十二月份分两次红,现场兑现。去年总公司刚起步,没有进行年终分红,只是给各家各户发放了大棚蔬菜、米面粮油和零花钱,我又欠了父老乡亲们一份人情。今年大不一样了,截至目前,我们的苗木花卉、牛羊出栏以及牛奶、畜牧业产品、青龙牌服装等各项收入,都分别突破了百万元大关。经董事会研究决定,在留足周转资金的前提下,按照土地面积和出勤天数进行分红,并对有重大贡献的人员予以重奖。下面由凤凰坪农工商贸总公司秘书长王萍宣布分红、奖金数额。"说罢退到一旁,向王萍做了个谦让手势。川妹子王萍今晚神采奕奕,格外靓丽,一身挺括适体的青龙牌西服,大红色的领带,衬托得一张俏脸犹如盛开的牡丹,尤显雍容华贵,亭亭玉立。由于川妹子的普通话和英语都很流畅,贡献突出成绩优异,被任命为凤凰坪农工商贸总公司形象大使兼秘书长,她的户口已经迁到了凤凰坪,成了地地道道的凤凰坪村民。此时此刻的川妹子容光焕发,美目流盼,落落大方地站在麦克风前,捧着分红名单的双手微微颤抖,她深情地望着全体村民,不由自主地感到心热眼酸,思绪联翩。一阵清风吹过,拂动了王萍的披肩秀发,也温暖了王萍的心扉,她深深鞠了一躬,用字正腔圆的韩塬方言朗声说道:"亲爱的爷爷奶奶,亲爱的叔伯婶婶,亲爱的兄弟姐妹,亲爱的父老乡亲们,今天是咱们凤凰坪第一次分红的大喜日子,作为凤凰坪的村民,我也和大家同样感到欢欣鼓舞,感到自豪感到骄傲。现在我宣布分红和奖金名单——"

"哗——"全场爆发出热烈的掌声和欢呼声,李金锁带头点燃了火铳引线,十杆火铳同时发出"轰隆轰隆"的爆响。柴德贵、田春山、柳翠香、田春燕、田桂芳、白雪莲、牡丹、春桃点燃鞭炮和烟花,伴随着震耳欲聋的鞭炮声,五彩缤纷,绚丽多姿的烟花腾空而起,在星辰月光的映照下,流金溢彩,幻若仙境。锣鼓队的小伙子们早已等不及了,随着二狗的令旗挥动,锣声、鼓声、金钵声骤然响起,掌声、欢呼声、呼哨声、火铳声、鞭炮声以及锣鼓声犹如春雷惊空,犹似万马奔腾,凤凰坪又一次沸腾了……

后 记

每个人都有梦想，人的一生与梦想同行，没有梦想就没有成功，更没有滚滚红尘。中国梦，梦之蓝，梦是诗情画意更是目标。我也有梦，而且常做美梦，有的梦想实现了，美梦成真，几度风光几度辉煌；更多的美梦破裂了，破裂得支离破散，痛彻心扉。

一方水土养一方人，每个人的梦总是因地制宜，因情而生，千奇百怪，匪夷所思。大概是受司马先贤的影响吧，我的梦和一般人不一样，少年时代的梦想就是当记者，当作家，当诗人，做一个像司马迁那样的人，"行万里路，读万卷书"的理念，早就在我心里深深扎根，至今尤甚。基于此，读小学三四年级的时候，就迷恋于各种连环画册，也就是小人书，逐渐囫囵吞枣般地阅读了《史记》和四大名著，后来，凡是能买到能借到的各类小说、剧本、连环画以及各种报刊，也都饥不择食般的看了，成了人们眼中的书虫。也就是从那个时候起，无论在什么地方，我的床头、写字台、餐桌、茶几、沙发上都会乱放着书籍报刊，也养成了吃饭、睡觉、上卫生间看书的不良习惯。书柜里陈列的古今中外书籍、杂志以及各类工具书，我基本上都有眉批和勾圈，力求博闻强识，为此付出的代价就是脑神经衰弱，总是睡眠不好。

我的家乡韩城是史圣司马迁的故乡，文化底蕴相当丰厚，历朝历代的名臣名人灿若星辰，层出不穷。史圣司马迁是世界十大名人之一；清朝乾隆二十五年的状元王杰，是清朝入主中原一百一十八年以来第一位江北状元，他们都是人中之佼佼者，为后人留下了非常厚重的文化遗产。韩城文化底蕴不同于其他地域，由于地理位置比较独特，在西周周成王姬诵（西周第二位君主）"一叶封侯"时代，就有了韩城这个封邑（《诗经·大雅·韩奕六章》：奕奕梁山，唯禹甸之，有倬其道，韩侯受命，王亲命之）。东晋十六国分化为南北朝时期，韩城是北魏的属县，被史学家称为"千古一后"的"文明太皇太后"冯太后,孝文帝元恪(改鲜卑姓拓跋为元姓的皇帝)大兴汉学,出于对史圣司马迁的敬重,朝廷明文规定,韩城(当时为夏阳)的私塾和官学可以多于任何地区。在此之前,北魏朝廷严禁民间办学,违者塾师杀头,主家诛三族。北宋灭亡后,韩城成为金国的辖县,历时一百二十多年,随之又历经了元朝九十八年的统治,所以在承续儒学的同时,融入了少数民族的游牧文化,逐渐形成了多元化的韩城文化底蕴。不知始于何朝何代,有了脍炙人口的民谣:"下了司马坡,秀才比毛多。"韩城文风之盛,可见一斑。作为韩城籍的作家、诗人和学者,我感到自豪,感到骄傲,而更多的是压力,因为我不想也不敢写出不上档次没有品位的作品,给司马故里抹黑,更不想让读者失望和诅咒。作家的知识积累和生活阅历,决定作品的文学艺术含金量,文学艺术含金量决定作品的文化档次和品位。小说的要素只有一点,就是虚构和现实的高度糅合,使二者浑然天成,让读者意识中是小说,感觉中是真实。无论是什么类型的文学作品,只能是源于生活高于生活,脱离了这个轨道,只能是冗陈杂乱,没有生活气息的文字堆积,只能是出了印刷厂又进造纸厂的文字垃圾。说轻点,是浪费笔墨纸砚,浪费出版资源;说严重点,是害人害己更是糟蹋传统文化,是一种犯罪。一部好小说的神韵,不仅仅是读者的精神食粮,更是一段历史的浓缩,是民族精神的体现,所起到的凝聚力和鼓舞效应,足以影响历史的进程。文化大革命以前,百家争鸣、百花齐放的文学艺术创作,达到一个巅峰时期,毫不亚于唐初和北宋时代的文学盛况,诸如《红旗谱》《暴风骤雨》《青春之歌》《野火春风斗古城》《平原枪声》《烈火金刚》《吕梁英雄传》《铁道游击队》《红日》《保卫延安》《林海雪原》《红岩》《上海的早晨》《创业史》《艳阳天》等一大批长篇小说,在极大丰富广大读者精神食粮的同时,为增强民族凝聚力,构建和平安定,促进经济繁荣诸方面,起到了不可估量的积极作用。"文革"扼杀了文学艺术,全国人民缺乏精神食粮,八亿人几乎成为一个思想体系,世界上最大的国家,只有八个样板戏,人们需要精神食粮的愿望,几乎达到了如饥似渴的程度。期间出版的长篇小说《欧阳海之歌》,虽然没有什么文学艺术含金量,人物个性、故事情节皆属一般,但在出版后不到一年时间,发行量就超过了五千万册。小说《第二次握手》,竟然以手抄形式不胫而走,流行全国,人们相互传抄,口碑相传。由此可见文学作品的重要性和必然性。而要创作出一部好的长篇小说,没有知识积累、生活阅历、勤奋拼搏精神和天赋,那是绝对不可能的。所以我在创作任何题材的作品之际,都是怀着笨鸟先飞的心态,如履薄冰,慎之又慎,对于自己不满意的作品,无论长短我都会付之一炬,决不痛惜,曾有过令友人瞠目结舌的"焚书"举动。因之,在《凤凰坪》出版之际,不能不说说这部长篇小说的前世今生。

  2001年,经人介绍,我认识了一位李姓书商,给他邮寄了我的长篇小说《青龙渡》书稿,随后又应约去北京和他见了面,签订了出版合同,由他出资出版,出版后付给我一万元稿酬和两千套书(《青龙渡》分为上下部共七十多万字),他享有一年发行权。从此开始,我就进入了一场噩梦。从北京回来不长时间,李某就尾随来到韩城,以出版丛书有困难为由,向我借了一万元。随后不久又邀我去青岛,和他共同编写《新青岛人手册》,由于该书的所有内容基本上是我一个人完成,海尔、澳柯玛、青啤、双狮等大型企业,都是我采访成稿的,按照实际情况,所有编委一致同意我享有版权。《新青岛人手册》出版发行了,对于我的《青龙渡》,李某再没任何借口推诿,再次签订了出书合同,此时他共欠我近五万元。2003年8月份,终于收到两千册《青龙渡》,这部书得到几位记者和专家的好评,写了一篇题为《中国第一部描写农村新时代全景式的长篇巨著》的通讯,在《各界导报》刊登,此后形成了一股购书热潮。2003年12月初,一位企业家愿意出资进行全面炒作,此时很多读者反映,说在网上查不到《青龙渡》,再看看全书,印刷质量很差,错别字特别多而且开了天窗(空白页),我立即给中国书籍出版社打电话咨询,回答说他们没有看到这部书稿,更没有报过这个选题,也就是说,这部书没有书号,是盗版书!这个消息对我来说,不啻于晴空惊雷。此时,还有三百多本书寄放在朋友处,我和几位朋友把这些书拉到黄河滩全部予以焚毁。这就是我的一场噩梦,一个无法抹掉的耻辱。2012年,党的十七届六中全会提出了"文化兴国"的口号,我认为这是文化转型和文化复兴的信息,决定重新出版该书。为了精益求精,在原来七十多万字的基础上,忍痛割爱删掉二十多万字,进一步丰富了人物性格,增强了故事性和文学含金量,书名改为《凤凰坪》。从2003年到今年,整整十年了,也算是十年磨一剑吧。至于这把剑是锋利的宝剑还是一把钝剑,那就由广大读者评判了,读者永远是上帝。"天行健,君子以自强不息","地势坤,君子以厚德载物"。作为一介文人一个男人,我也有魂牵梦萦的君子梦,期盼再次美梦成真。

  在出版过程中,陕西人民出版社原理论部主任、编审张海潮先生不辞辛劳,在百忙之中审读了七十多万字的书稿,提出了十五条建设性的修改意见,并积极热心地联系出版单位。中国著名民营企业家、中国十大公益慈善人物、陕西十大孝子楷模雷有生先生,在整个煤炭市场疲软的状况下,想方设法大力资助,又一次为繁荣文化事业做出了积极贡献。山西省河津市政协主席王锡义有很高的文学造诣,《凤凰坪》创作之际,他时任河津市委副书记,在百忙之中陪我去晋西南农村采风,并提供了不少创作素材。晋西南和韩城仅有一河之隔,风俗习惯和陕西渭北尤其是沿黄河西岸的韩城、合阳、大荔等县(市)基本相同,所以在《凤凰坪》的人物和故事中,都糅合了不少晋西南的风土人情和有关传说。值此《凤凰坪》出版之际,我怀着十分感激的心情,衷心地向张海潮先生、雷有生先生、王锡义先生,本书编审曹彦先生以及太白文艺出版社的所有工作人员,表示崇高的敬意和衷心的感谢!